SUTTON
VERLAG

*„Würde auf dem Grab jedes Ermordeten eine Kerze brennen,
wären unsere Friedhöfe nachts taghell erleuchtet.“*

Volksweisheit

Helmut Barz

WestEnd Blues

EIN KATHARINA-KLEIN-KRIMI AUS FRANKFURT AM MAIN

SUTTON KRiMI

Helmut Barz lebt in Offenbach am Main. Nach einem Studium der Theaterwissenschaften und der Theaterregie arbeitet er als Texter und Regisseur für Werbung und Unternehmenskommunikation. „Westend Blues“ ist sein zweiter Roman.

Mehr Informationen zum Autor und zu diesem Buch finden Sie im Internet unter www.sonderermittlungseinheit.de.

Impressum

Sutton Verlag GmbH
Hochheimer Straße 59
99094 Erfurt
www.suttonverlag.de

Gestaltung und Herstellung: Markus Drapatz
Druck: Druckhaus „Thomas Müntzer“ | Bad Langensalza

ISBN 978-3-86680-484-5

Vermittelt durch BookaBook,
Literarische Agentur Elmar Klupsch, Stuttgart

Girl From Ipanema

Donnerstag, 22. November 2007

Das Klingeln des Handys verkündete den Beginn eines furchtbaren Tages.

Katharina Klein kämpfte ungelenk mit ihrer Bettdecke, die sich beharrlich weigerte, sie freizugeben. Geschafft. Endlich. Gleich darauf bereute Katharina die Befreiungsaktion. War das kalt! Eindeutig die falsche Jahreszeit, um nackt zu schlafen. Aber … was war doch noch gleich? Ach ja, ihr Handy.

Die Uhr auf dem Nachttisch zeigte sechs Uhr. Welcher Barbar rief um diese Uhrzeit an?

Katharina tastete nach ihrer Jeans, die neben dem Bett lag, und zog das kleine Telefon aus der Tasche. Auf dem Display stand »Polizeipräsidium Frankfurt – Durchwahl: POLANSKI«.

Oh nein, nicht so früh am Morgen. Sie drückte so lange auf die Taste mit dem roten Hörersymbol, bis sich ihr Handy ganz abschaltete. Sollte ihr Chef doch auf die Mailbox sprechen.

Erst mal wach werden. Was gegen die dröhnenden Kopfschmerzen tun. Und gegen den Geschmack nach toter Ratte in ihrem Mund. Scheißalkohol. Was hatte sie gestern Abend nur angestellt?

Katharina ließ sich zurück aufs Bett sinken und schaute zur Decke.

Das Bett stand eindeutig falsch. Wann hatte sie denn …?

Sie fuhr hoch. Das hier war gar nicht ihr Schlafzimmer. Nicht einmal ihre Wohnung. Wo war sie? Vorsichtig schaute sie zur Seite.

Der Mann neben ihr schlief. Er war nackt bis auf eine mit rosa Plüsch bezogene Handschelle um sein rechtes Handgelenk. Sein Penis steckte noch in einem Kondom. Das musste eine aufregende Nacht gewesen sein. Aber wenigstens safe.

Leise stand Katharina auf. Sie raffte ihre auf dem Boden verstreuten Kleider zusammen und machte sich auf die Suche nach dem Badezimmer.

Sie spülte sich den Mund mit dem Mundwasser aus, das auf der Ablage über dem Waschbecken stand. Das vertrieb wenigstens den schlechten Geschmack. Als sie ausgespuckt hatte und sich wieder aufrichtete, fiel ihr Blick in den Spiegel. Neonlicht war wirklich wenig schmeichelhaft. Andererseits, so beschlich Katharina die Befürchtung, hätte auch das sanfteste Licht den Anblick, der sich ihr bot, nicht schönen können. Ihre sonst so klaren, mandelförmigen Augen waren blutunterlaufen. Außerdem hatte sie vergessen, sich abzuschminken, sodass der verschmierte Lidstrich die Ringe unter ihren Augen noch verstärkte. Wenigstens ihr Teint war klar; sie hatte die reine, helle Haut ihrer koreanischen Mutter geerbt. Und leider auch ihre sehr begrenzte Trinkfestigkeit. Was hatte sie nur geritten, so viel zu trinken? Egal! Erst mal unter die Dusche.

Der Strahl heißen Wassers reduzierte Katharinas Kopfschmerzen auf ein erträgliches Maß. Sie nahm ein wenig von dem sündhaft teuren Duschgel auf der Ablage und seifte sich ein.

Die Seife brannte auf ihrem rechten Handrücken. Warum das denn? Zwei parallele Kratzer, auf der empfindlichen Haut zwischen Daumen und Zeigefinger. Der Schorf eines Kratzers hatte sich gelöst; ein Blutstropfen rann langsam die Hand hinab und fiel schließlich in die Wanne. Katharina betrachtete die Verletzung. Das war ein Gun Bite, ein Pistolenbiss. Das passierte, wenn man die Pistole so hielt, dass der Schlitten beim Schuss über die Haut schürfte. Sie schüttelte den Kopf. Das war ihr seit Jahren nicht mehr passiert. Und wann hatte sie überhaupt geschossen? Der gestrige Tag war ein einziges verschwommenes Etwas in ihrem Kopf. Thomas würde ihre Erinnerungslücken füllen müssen. Thomas. Ihr Partner. Ihr bester Freund. Was er jetzt wohl machte?

Vermutlich war er schon auf dem Weg ins Präsidium, Polanskis Lockruf umstandslos folgend. Vorher würde er noch rasch seine beiden Kinder in den Kindergarten bringen. Und wenn er das Haus verließ, gab er seiner Frau immer einen langen Abschiedskuss. Man weiß ja nie …

Parkhaus. Treppe. Schüsse.

Katharina musste sich an der Seifenablage festklammern, um nicht zu stürzen.

Thomas war tot. Er war gestern Abend getötet worden.

Und sie selbst hatte zwei Menschen erschossen.

Ihr Kollege, tot auf der Treppe. Die vier Jugendlichen, die in einer Ecke des Treppenabsatzes kauerten. Die beiden Mädchen weinten. Mehr Polizei war gekommen, Krankenwagen, ein Notarzt.

Auch Paul Polanski, ihr Chef. Er hatte sie nach Hause gefahren. Nicht ins Präsidium. Aber sie musste doch ihre Aussage …

»Morgen, Katharina.« Polanski hatte beruhigend den Arm um sie gelegt. Doch sie hatte ihn abgeschüttelt und war aus dem Auto gesprungen.

Und dann? Sie hatte es zu Hause nicht ausgehalten. War in die Nacht hinausgerannt. Hatte getrunken. Hatte gespielt. Und dann war da dieser Mann, schön, nett – warum nicht?

Katharina drehte das kalte Wasser bis zum Anschlag auf. Langsam verschwanden die Bilder. Sie stieg aus der Dusche. Trocknete sich ab. Schlüpfte in ihre Kleider. Im Badezimmerschrank fand sie zwei Aspirin. Dann schlich sie leise aus der Wohnung.

Kriminaldirektor Paul Polanski blätterte fahrig in einer Akte. Schließlich warf er den Hefter auf den Tisch: »Berndt Hölsung sagt, er habe die Situation unter Kontrolle gehabt. Er wäre gerade dabei gewesen, die beiden Täter festzunehmen, als Sie … und ich zitiere wörtlich: ›wie eine wild um sich schießende Furie‹ dazwischengestürmt sind«.

Katharina holte tief Luft. »Seit wann kniet man mit erhobenen Händen vor einer Wand, wenn man jemanden festnehmen will?«

»Das sagen Sie. Hölsung sagt …«

»Befragen Sie doch die vier Geiseln.«

»Das werde ich tun. Verlassen Sie sich drauf. Sobald sie vernehmungsfähig sind. Sie stehen immer noch unter Schock. Wissen Sie eigentlich, was Sie denen angetan haben?«

»Ihre Leben gerettet?«

»Sie haben vor ihren Augen zwei Menschen erschossen. Die haben doch ein Trauma fürs Leben. Und zu allem Unglück war eine der Geiseln Frank Grüngoldt.«

»Der Sohn der Oberbürgermeisterin?« Katharina musste schlucken.

»Genau.« Polanski nickte matt.

Walpurga »Für ein sicheres, sauberes Frankfurt« Grüngoldt. Und ausgerechnet ihr Sohn musste in eine Geiselnahme mit tödlichem Ausgang geraten.

»Oh je!«, stöhnte Katharina auf.

»Das können Sie laut sagen: Oh je! Walpurga Grüngoldt bombardiert mich seit Mitternacht mit Anrufen. Und das ist noch das kleinste Problem. Hölsung will Ihren Kopf. Auf einem Silbertablett.«

»Dafür, dass ich seinen Arsch gerettet habe?«

»Sie haben ihn mit einer Waffe bedroht. Und ihn festgenommen.«

»Wenn ich einen Mann sehe, der einen großen Koffer mit Geld und einen noch größeren mit Kokain umklammert, nehme ich ihn fest. Egal, ob Kollege oder nicht.«

»Berndt Hölsung hat verdeckt ermittelt.«

»In wessen Auftrag?«

Polanski zögerte. Katharina hatte es sich schon fast gedacht: »War das wieder einer seiner Alleingänge?«

»Er behauptet, er habe einen sicheren Tipp bekommen. Er musste schnell handeln. – Jedenfalls sagt nun Hölsung ...«

»Hölsung sollte besser überhaupt nichts sagen«, brauste Katharina auf. »Welcher Schwachkopf kommt denn auf die Idee, eine fingierte Drogenübergabe in einem öffentlichen Parkhaus zu machen? Zur Hauptgeschäftszeit? Allein? Wofür gibt es denn eigentlich den Osthafen? Ein schönes Lagerhaus mit guter Deckung für das SEK. Das man bei so einem Einsatz natürlich alarmiert. Aber dann steht der Name Hölsung ja nicht so groß in der Zeitung.«

»Ich weiß das alles, Katharina!«

»Aber?«

»Hölsung hat mächtige Freunde.«

»Er spielt mit dem Innenminister Golf, ich weiß.«

»Und wem, denken Sie, wird man eher glauben? Dem Beamten mit der weißen Weste oder ...?«

Katharina krallte die Hände in die Armlehnen ihres Stuhls. Polanski ließ sich in seinen Sessel zurücksinken und öffnete die Akte wieder.

»Fünf Schusswaffeneinsätze in den drei Jahren, die Sie jetzt bei mir im KK 11 sind. Drei Anzeigen wegen Tätlichkeiten gegen Verdächtige. Und jetzt auch noch zwei Tote. Mit Kopfschüssen.«

»Alle Verfahren wurden eingestellt. Wegen erwiesener Notwehr!«

»Sie wissen doch genau, wie das läuft. Etwas bleibt immer hängen. Und ich darf gar nicht an die Presse denken: ›Schießwütige Polizistin läuft Amok‹ – Ich sehe es doch schon vor mir.« Polanski musterte sie über den Rand seiner Lesebrille hinweg. »Katharina, ich verstehe Sie nicht. Warum sind Sie so …?«

»So – was?«

»Hier. Ihre Akte. Prädikatsexamen. Sonderausbildung beim FBI in Quantico. Mehrere vorzeitige Beförderungen. Angebote von LKA und BKA. Aber Sie wollten unbedingt zu uns nach Frankfurt. Und seit Sie hier sind …«

»Eine Aufklärungsquote von hundert Prozent.« Dieses Argument stach meistens.

»Und das ist das Einzige, was bisher Ihren Kopf gerettet hat. Sie setzen sich fröhlich über Dienstvorschriften hinweg. Ermitteln gegen strikte Anweisungen. Unterhalten private Kontakte zur Unterwelt …«

»Was?«, fuhr Katharina auf.

»Kommen Sie! Ich weiß, dass Sie mit Antonio Kurtz befreundet sind.«

»Ein alter Bekannter meiner Eltern. Ich kenne ihn seit meiner Kindheit.«

»Gegen Kurtz wurde schon Dutzende Male ermittelt.«

»Und man hat nie etwas gefunden.«

»Aber Sie wissen doch, was man reden wird.«

»Dann sollen die Leute reden. Ich lasse mir mein Privatleben nicht von meinem Dienstausweis diktieren. Sonst noch was? Schnarche ich vielleicht? Verführe Minderjährige zum Sex? Ich habe ja nicht mal ein Alkoholproblem wie viele andere in der Truppe.«

Polanski lachte trocken und widerwillig: »Wenn es das wäre. Damit kann ich umgehen.«

»Nun, wenn es Sie beruhigt: Gestern Nacht *habe* ich gesoffen.«

»Ihre Fahne war mir schon aufgefallen. Aber gut: Sprechen wir wieder über gestern. Was haben Sie überhaupt in dem Parkhaus gemacht?«

»Thomas und ich wollten in die Oper. Karten kaufen für heute Abend.«

»In die Oper? Sie?« Katharinas Antwort schien Polanski zum ersten Mal richtig aus der Fassung gebracht zu haben. Er stand wieder auf. Katharina kam nicht umhin, sich von den auf hundertneunzig Zentimeter verteilten hundertzehn Kilo einschüchtern zu lassen. Ein alternder Schwergewichtsboxer. Aber immer noch in der Lage, viele Jüngere direkt auf die Matte zu schicken.

»Nicht meine Idee. Thomas meinte, ein gemeinsamer Abend mit seiner Frau wäre vielleicht ganz nett. Sie ist … sie war … immer extrem eifersüchtig.«

»Sie haben doch nicht …?«

»Mit Thomas?« Katharina lachte grimmig. »Dem bravsten und treusten Familienvater von allen? Dem hätte ich nackt und mit Schlagsahne beschmiert vor der Nase herumtanzen können, und er hätte nur gesagt, ich soll mir was Wärmeres anziehen, bevor ich mir einen Schnupfen hole.«

Polanski blickte betreten zu Boden und räusperte sich: »Sie wollten also in die Oper und sind deshalb ins Parkhaus gefahren?«

»Ja.«

»Und wie kamen Sie ins Treppenhaus? Warum haben Sie nicht den Aufzug genommen?«

»Der war kaputt.«

»Und dann?«

»Ich hatte meine Handtasche im Auto liegen lassen. Deshalb ist Thomas schon mal vorgegangen. Dann habe ich die Schüsse gehört. Eine lange Salve aus einer automatischen Waffe. Ich bin ins Treppenhaus geschlichen und habe Thomas auf der Treppe liegen sehen.«

»Weiter!« Polanski setzte sich wieder. Sein Sessel knarrte bedrohlich.

»Ich habe gehört, wie sich die beiden Männer unterhalten haben. Sie wollten die Frauen und Hölsung als Geiseln mitnehmen und die Jungs erschießen. Da habe ich mir rasch meinen Pullover ausgezogen …«

»Warum das denn?«

»Im Bustier war mein Auftritt als asiatische, betrunkene Nutte glaubwürdiger.«

»Als was?«

»Ich musste die beiden doch irgendwie ablenken. Ich bin also die Treppe hinuntergetorkelt und hab sie erschossen.«

»Absichtlich?«

»Natürlich absichtlich. Was hätte ich denn sonst tun sollen?«

»Sie hätten Verstärkung rufen können.«

»Und bis die anrückt, werden zwei weitere Geiseln getötet. Und danach? Eine Verfolgungsjagd quer durch die Frankfurter Innenstadt? Wären Ihnen ein Dutzend Tote lieber gewesen?«

Polanski putzte seine Lesebrille mit einem umständlich hervorgekramten Taschentuch.

»Mussten es denn gleich Kopfschüsse sein?«, fragte er. »Meinen Sie nicht, dass die Verwirrung ausgereicht hätte, dass auch Berndt Hölsung in das Geschehen hätte eingreifen können?«

»Hölsung? Der findet doch nicht mal den eigenen Arsch …«

»Katharina!«

»Entschuldigung! Hölsung ist der unfähigste Beamte in Ihrer Abteilung. Und das wissen Sie! Hätte er den heißen Tipp rechtzeitig an die Kollegen von der Drogenfahndung weitergegeben, wäre überhaupt nichts passiert.«

»Vielleicht! Aber zwei tote Verdächtige …«

»Zwei tote Mörder.«

»Zwei tote Verdächtige! Noch gilt in diesem Land die Unschuldsvermutung! Und jetzt kommen wir hierzu.«

Polanski öffnete eine Schublade und nahm eine Pistole heraus. Sie war in einen Plastikbeutel verpackt. Eine Heckler & Koch P 2000. Katharinas Dienstwaffe. Polanski legte einen weiteren Beutel daneben. Ein Magazin. Im dritten Beutel glitzerten Patronen.

»Was ist das?«, fragte er und deutete auf die Pistole.

»Meine Dienstwaffe.«

»Und das?« Polanski zeigte auf die Patronen.

»Glaser-Sicherheitsgeschosse«, antwortete Katharina kleinlaut. Die Geschosse dieser Munition bestanden aus einem Kupfermantel mit Plastikspitze, der mit kleinen Schrotkugeln gefüllt war. Höchste Mannstopp-Wirkung. Kein Durchschlag durch das Ziel. Bei Kopfschüssen sofort tödlich. Und …

»Diese Munition ist bei uns strengstens verboten. Sie dürften sie nicht mal besitzen. Und das auch noch aus einer Dienstwaffe.« Polanski lehnte sich in seinem Sessel zurück und atmete tief durch.

»Hätte ich vielleicht mit unseren schwachsinnigen Vollmantelgeschossen schießen sollen? Die wären doch in dem engen Treppenhaus herumgesprungen wie Flummies und hätten zusätzlich noch die Geiseln gefährdet.«

»Sie hätten überhaupt nicht schießen sollen.«

»Und hinnehmen, dass …«

»Genug. Auf jeden Fall sind Sie bis zur Klärung des Vorfalls vom Dienst suspendiert! Ihren Dienstausweis bitte.«

Katharina zog die grüne Karte aus ihrer Handtasche und legte sie auf den Tisch.

»Und Ihre Ersatzwaffe! Bis auf Weiteres sind Sie nicht berechtigt, eine Schusswaffe zu führen. Und auch nicht zu besitzen.«

Seufzend zog Katharina das Klemmholster mit ihrer Walther PPK hervor. Polanski nahm die Pistole an sich.

»Haben Sie sonst noch etwas in Ihrer Handtasche, das bis zum Abschluss des Verfahrens besser in meinem Schreibtisch bleibt?«

Katharina zog zwei Shuriken, japanische Wurfsterne, aus ihrer Tasche. Und ein Butterflymesser.

Polanski schüttelte den Kopf: »Katharina! Sie sind Polizistin! Keine mobile Kampfeinheit! Ich habe in meinen ganzen dreißig Jahren bei der Polizei die Waffe nur auf dem Schießstand gezogen!«

»Aber …«

»Ich weiß, was Sie sagen wollen: Der Job ist gefährlicher geworden; wir brauchen bessere Bewaffnung. Meine Güte, *Sie* sollten mit dem Innenminister Golf spielen! Haben Sie mir sonst noch irgendetwas verschwiegen? Haben Sie vielleicht seit Neuestem einen Kanonenturm auf Morris montiert?«

Morris, ein von ihr selbst restaurierter Mini Monte Carlo, war Katharinas ganzer Stolz.

»Nein, nur Raketenwerfer hinter dem Kühlergrill.«

»Was?« Einen Augenblick lang befürchtete Katharina, Polanski würde der Schlag treffen. Die Adern an seinem Hals traten dick und blau hervor.

»Das war ein Scherz!«, sagte sie rasch.

»Das ist nicht witzig!« In den drei Jahren, die Katharina jetzt bei der Frankfurter Kriminalpolizei arbeitete, hatte sie ihren Chef noch nie so schreien gehört. Er brauchte einen Augenblick, bis er sich wieder beruhigt hatte: »Also? Noch irgendwas?«

»Ich habe noch Pfefferspray. Moment!« Katharina begann, in ihrer Handtasche zu kramen. Plötzlich hielt sie inne. Was sie aus ihrer Tasche zog, war kein Pfefferspray, sondern eine dicke Rolle mit Geldscheinen. Fünfziger und Hunderter. Das mussten mindestens zwanzigtausend Euro sein. Woher hatte sie denn …? Ihr dämmerte es.

»Was ist das für Geld?«, fragte Polanski streng.

Was sollte sie ihm erzählen? Es war ohnehin egal. Also die Wahrheit: »Das habe ich gestern Nacht beim Pokern gewonnen.«

»Sie haben …« Polanski lief wieder gefährlich rot an: »Stecken Sie es weg. Ich habe das nicht gesehen. Einfach nicht gesehen. Geben Sie's aus. Lassen Sie das Geld verschwinden. Es darf nirgendwo auftauchen, auf keinem Konto, verstehen Sie?«

Katharina steckte die Geldrolle unschlüssig zurück in ihre Handtasche: »Wieso das denn jetzt schon wieder?«

»Wenn es nun heißt, das ist Bestechungsgeld?«

»Das ist doch absurd!«

»Ich weiß das. Aber die Interne Ermittlung wird das anders sehen. Und illegales Glücksspiel ist auch nicht gerade ein Beförderungsgrund.«

»Was hat das denn mit …«

»Gar nichts. Oder alles. Katharina, es geht um Ihren Kopf! Hölsung wird alles tun, um Sie angeklagt zu sehen. Und die Interne Ermittlung will ein gnadenloses Exempel statuieren – gerade, weil die in letzter Zeit erfolglos sind.«

»Na, meinetwegen. Wenn Sie mich hier nicht mehr wollen …«

»Verstehen Sie nicht, dass ich Ihnen nur helfen will? Ich verliere gerade zwei gute Beamte anstatt einem. Und nur, weil Sie sich nicht beherrschen können. Weil Sie Rambo spielen müssen und danach mit der Frankfurter Unterwelt zocken. Wenn das alles an die Öffentlichkeit kommt!«

Katharina sprang auf. Polanski schrak zurück. Zwar war Katharina gerade groß genug für den Polizeidienst, doch ihre Schnelligkeit und ihre Kraft glichen den Größennachteil mehr als aus: »So? Ist das Ihre einzige Sorge? Wie das Polizeipräsidium in der Öffentlichkeit dasteht? Ohne mich müssten Sie jetzt Walpurga Grüngoldt vor der versammelten Presse erklären, warum ihr Sohn bei einer schlecht geplanten Polizeiaktion getötet wurde. Und wenn das alles ist, kann ich ja gehen. Im Übrigen kann ich jederzeit den Dienst quittieren!«

Sie drehte sich um für einen großen Abgang. Aber Polanskis Worte hielten sie zurück: »Dann müsste ich Sie jetzt festnehmen!«

Katharina wirbelte herum: »Was?«

»Jetzt beruhigen Sie sich wieder. Das ist genau Ihr Problem, wissen Sie das? Sie sind immerzu zornig! Warum, Katharina?«

»Warum was?«

»Warum sind Sie immer so zornig?«

Katharina zuckte mit den Schultern.

»Setzen Sie sich. Ich bin noch nicht fertig!« Polanski sprach leise, aber deutlich. Sein Ton duldete keinen Widerspruch. Katharina setzte sich auf den vorderen Rand des Stuhls.

Polanski lehnte sich vor: »Sie haben meine Frage nicht beantwortet! Warum sind Sie so zornig? Ich sehe Sie Tag für Tag: Kaum ist ein Fall gelöst, stürzen Sie sich in den nächsten. Immer auf einem persönlichen Kreuzzug. Warum machen Sie sich kaputt, Katharina?«

Katharina betrachtete ihre Finger. Sie antwortete leise: »Ich glaube, das wissen Sie.«

»Ihre Familie?« Die Frage ließ Katharinas Blut aus ihrem Kopf sacken. Der Anruf aus Deutschland. Der Flug. Die Gerichtsmedizin. Drei tote Körper auf Stahltischen.

»Glauben Sie mir, Katharina! Wir haben damals jede Spur untersucht. Sie würden nichts erreichen. Nicht sechzehn Jahre später. Und Sie wissen genau, dass ich Ihnen die Akten nicht geben darf. Sie sind Betroffene. So sind nun mal die Regeln.«

Katharina betrachtete immer noch ihre Finger. Sie hatte schmale, geschickte Hände. Chirurgenhände. Ärztin hatte sie werden wollen.

»Wie dem auch sei: Sie sind fürs Erste suspendiert … Hören Sie mir überhaupt zu?«

Katharina nickte unmerklich. »Suspendiert«, murmelte sie.

»Allerdings habe ich noch eine unangenehme Aufgabe für Sie. Sie müssen Thomas Henrich identifizieren. Niemand sonst hat Zeit dazu. Und seine Frau möchte ich nicht damit belasten.«

»Meinen Partner identifizieren. Schon klar«, sagte Katharina geistesabwesend.

»Und am Montag finden Sie sich bitte beim Polizeipsychologen ein!«

Katharina sah auf: »Wozu das denn?«

»Das ist Vorschrift.«

»Wenn ich doch ohnehin gefeuert werde.«

»Katharina, ich versuche hier, Ihren Kopf zu retten. Tun Sie also gefälligst, was ich sage: Montag, acht Uhr dreißig bei Doktor Arnulf Sturmer. Er erwartet Sie.«

Katharina stand auf: »Kann ich dann gehen?«

»Ja.«

Sie stand auf und ging zur Tür.

»Ach, noch eines …«, hielt Polanski sie noch einmal zurück.

Was denn noch? »Ja?«

»Sie sind eine verdammt gute Ermittlerin. Vielleicht die beste, die je in diesem Präsidium gearbeitet hat. Ich will Sie nicht verlieren!«

»Danke!« Katharina wollte gehen.

»Und es wäre an der Zeit, auch eine gute Polizistin zu werden, Katharina.«

Sie zuckte mit den Schultern, die Türklinke in der Hand.

»Noch ein letztes Wort.«

Polanski hatte leise gesprochen. Versöhnlich. Überrascht drehte Katharina sich um.

»Die Akte Ihrer Familie …«, fuhr er fort. »Sie befindet sich hier in meinem Schreibtisch. Und sie bleibt offen, bis wir …« Er hielt inne.

»Danke.« Katharina nickte ihm zu und ging endlich hinaus. Leise schloss sie die Tür hinter sich.

Und jetzt?

Sie entschied sich für das Nächstbeste: Schokolade und rohe Gewalt.

Katharina stolperte zurück. Das Shinai ihres Gegners hatte sie genau auf den Kopf getroffen.

»Konzentrier dich, Katharina!« Die Stimme von Hiroshi Yamoto, ihrem Kendo-Sensei, versprach keine Gnade. Genauso gut könnte er statt des Übungsschwerts aus Bambusstreifen ein scharf geschliffenes Katana in den Händen halten.

Katharina schwitzte unter der schweren Rüstung. Ihr Körper war müde. Fast zwei Stunden hatte sie auf die Sandsäcke im Dojo eingeschlagen und getreten, bis Hiroshi sie zu einem Übungskampf herausforderte. Jetzt scheuchte er sie bereits eine halbe Stunde über die Kampffläche, erzielte Treffer um Treffer.

Katharina atmete langsam aus. Ihr Körper entspannte sich. Dann sah sie das Zucken in der Schwertspitze ihres Gegners. Ihre Arme schossen vor, das Shinai traf genau auf den Helm von Hiroshi. Jetzt war es an ihm zurückzutaumeln.

»Schon etwas besser!«, höhnte er.

Sie setzte einen wütenden Schlag hinterher. Doch der ging ins Leere. Sie spürte, wie das Shinai ihres Lehrers sie erneut auf den Kopf traf, und wirbelte herum. Im nächsten Augenblick lag sie auf dem Rücken, entwaffnet, das Schwert ihres Trainers am Hals.

Endlich ließ Hiroshi die Waffe sinken: »Genug für heute.«

Er streckte Katharina die Hand entgegen, um ihr aufzuhelfen. Dann löste er ihr den Knoten, der den Helm auf ihrem Kopf sicherte. Katharina war froh, endlich wieder frei atmen zu können.

Sie half Hiroshi aus seinem Helm. Es war schwer zu sagen, wie alt der grauhaarige Japaner war, der unter der Maske zum Vorschein kam. Doch nach seinen Erzählungen musste er mindestens sechzig sein. Hiroshi Yamoto war der beste Kampfsportlehrer, den sie kannte. Und mit Händen, Füßen und Schwert schneller als viele Jüngere.

Sie verneigte sich vor ihrem Lehrer. Er erwiderte die Verbeugung knapp: »Lass uns duschen und Tee trinken.«

Nach der Dusche fühlte Katharina sich deutlich besser. Sie saß auf dem Boden in der Tee-Ecke von Hiroshis Büro.

»Katharina, warum hast du vorhin verloren?« Hiroshi sah sie über den Rand seiner Tasse durchdringend an.

»Weil Sie extrem schnell und gut sind?«

Hiroshi lachte: »Dein Respekt ehrt mich, Katharina. Doch ich bin ein alter Mann und du eine junge, starke Kriegerin.«

»Nicht stark genug für Sie, fürchte ich.«

»Nein, Katharina. Nicht stark genug für dich selbst. Erst warst du unaufmerksam. Nicht im Hier und Jetzt.«

Katharina wusste, was jetzt kam. Aber es war eine der Lieblingslektionen von Hiroshi, also tat sie ihm den Gefallen: »Wir haben doch nur trainiert.«

»Im Bushido gibt es kein ›nur trainiert‹, Katharina. Du musst ständig eins sein: eins mit dir selbst, eins mit deiner Klinge.«

»Ja, Sensei.« Sie deutete eine Verbeugung an.

»Und danach? Am Schluss unseres Kampfes?«

»Ich hab Sie doch erwischt. Im echten Kampf …«

»Jeder Samurai muss in der Lage sein, nach seiner Enthauptung noch den entscheidenden Schlag zu tun!« Hiroshi ließ seine bevorzugte Stelle aus dem Hagakure, dem Lehrbuch für Samurai, wirken, indem er an seinem Tee nippte.

»Also? Was war dein Fehler?«, fragte er schließlich.

»Mein zweiter Schlag war blindlings.«

»Richtig. Und warum?«

»Weil ich zornig war?«

»Genau. Du warst zornig und müde. Was hättest du tun sollen?«

»Einen Schritt zurückweichen?«

»Richtig, Katharina. Eines Tages wirst du diese Lektion hoffentlich begreifen. Wenn man weiß, dass das eigene Schwert tötet, braucht man es nicht zu ziehen.«

Sie tranken schweigend ihren Tee. Plötzlich fragte Hiroshi: »Warum warst du so zornig, Katharina? Ich konnte die Gesichter auf den Sandsäcken sehen.«

»Ich habe zwei Männer getötet. Und jetzt bin ich suspendiert.«

»Ich höre?«

Katharina begann zu erzählen. Vom Parkhaus. Vom Tod ihres Partners. Von den Schüssen. Von ihrer Suspendierung.

»Ich meine, ich habe mindestens fünf Leben gerettet.«

»Und du hast deinen Herrn entehrt. Du hast gegen seine Vorschriften gehandelt. In zivilisierteren Tagen hättet ihr vermutlich beide Seppuku begehen müssen.«

Katharina lachte auf. Hiroshi sah sie tadelnd an: »Darin liegt wenig Komisches. Was euch fehlt, ist Hingabe an eure Aufgabe.«

»Hingabe? Ich habe mein Leben riskiert. Für fünf Menschen.«

»Ging es dir wirklich um diese fünf Menschen, Katharina?«

Hiroshi traf den wunden Punkt.

»Niemand erschießt meinen Partner ungestraft.«

»Rache, Katharina – sie darf niemals dein Handeln bestimmen. Lass mich dir eine Geschichte erzählen: Ein Samurai begleitete seinen Fürsten zu Verhandlungen auf die Burg seines Feindes. Es war ihnen verboten, dort Waffen zu tragen. Doch der Samurai witterte eine Falle und schmuggelte sein Schwert in sein Schlafgemach. In der Nacht drangen gedungene Mörder in die Räume seines Fürsten ein; der Samurai enthauptete sie mit einem Streich. Sein Fürst erwachte, und als er sah, was geschehen war, sprach er: ›Oh weh, was hast du getan? Du hast die Anordnungen unseres Gastgebers missachtet. Jetzt werden wir beide Seppuku begehen müssen.‹ Und so geschah es. Sie starben ehrenvoll, ohne einen Laut.«

Katharina sah ihren Lehrer an: Wollte er scherzen? Doch Hiroshi blickte ernst zurück.

»Manchmal habt ihr Japaner echt einen an der Waffel«, sagte sie schließlich.

Jetzt war es an Hiroshi zu lachen: »Es spricht die Koreanerin aus dir, Katharina. Deine Mutter hat dir viel mitgegeben.«

»Immerhin haben wir den Amerikanern in den Hintern getreten. Was man von euch nicht sagen kann.« Katharina ließ auf die Herkunft ihrer Mutter nichts kommen.

»Das meinte ich. Zäh bis zum Letzten, wenn es um euer Wohl und Recht geht. Und das wird dir eines Tages den Hals brechen.« Er zuckte mit den Schultern. »Vielleicht ist es euch Frauen einfach nicht gegeben. Frau Yamoto ...« Er sprach immer von »Frau Yamoto«. Katharina wusste nicht, ob scherzhaft oder aus Respekt. »Frau Yamoto lernt es auch nicht mehr ...«

»Sensei?« Katharina wählte diese förmliche Anrede mit Bedacht. »Wie hättet Ihr an meiner Stelle gehandelt?« Hiroshis Ausdrucksweise begann abzufärben.

Ihr Lehrer überlegte. »Nun, ich hätte wohl das Schwert gewählt. Eine abgetrennte Hand kann nicht schießen.«

Es war früher Nachmittag, als Katharina das Dojo verließ. Der Himmel war grau und es nieselte. Sie ging zu Morris, ihrem Mini Monte Carlo. Mit seinem Rennmotor war er das ideale Polizeifahrzeug. Schnell, wendig, keine Parkplatzprobleme. Die grellrote Lackierung mit den weißen Rallyestreifen leuchtete im trüben Novemberlicht.

Während sie einstieg, dachte Katharina, dass sie alte Autos restaurieren könnte, wenn alle Stricke rissen. Aber zuerst musste sie ... Sie schlug aufs Lenkrad. Sie würde jetzt nicht in Grübeleien über ihre Familie verfallen. Eines Tages würde sie den Mörder schon noch stellen. Aber heute Nachmittag ...

Tja, was sollte sie mit dem freien Nachmittag anfangen? Nach Hause zu fahren hatte keinen Sinn; sie würde ohnehin nur in ihrem Wohnzimmer sitzen und grübeln. Wäre schönes Wetter, würde sie mit Morris zum Nürburgring fahren, um dort ein paar Runden zu drehen. Aber es regnete, und bis sie dort war, würde es vollständig dunkel sein.

Aber da war doch ... Hatte Polanski nicht gesagt, dass sie das Geld, das sie letzte Nacht beim Pokern gewonnen hatte, verschwinden lassen sollte? Und wie verschwand Geld am besten? Indem man es ausgab!

»Hast du heute böse Männer gefangen?« Laura Wahrig war »fast fünf«, wie sie immer wieder betonte, und Katharinas größter Fan.

»Nein«, knurrte Katharina und stapfte an dem auf der Treppe sitzenden Mädchen vorbei zu ihrer Wohnung, reichlich bepackt mit ihrer Einkaufsbummel-Ausbeute. Mit der Hacke kickte sie ihre Wohnungstür ins Schloss und begann, die Taschen auf die Zimmer zu verteilen: die zwei Pakete von Under Her, einer neuen Edelboutique für Dessous in der Fressgass, ins Schlafzimmer, ebenso eine dezent schwarze Tüte; die Tasche mit den DVDs ins Wohnzimmer; das neue Navigationssystem für Morris blieb im Flur.

Es war verflixt schwer, zwanzigtausend Euro auszugeben. Katharina ging in die Küche und steckte die nur mäßig geschrumpfte Geldrolle zu den anderen in die Mehldose. Dann würde sie eben mal beim Pokern verlieren müssen. Katharina verlor ungern.

Apropos Spiel: Das war eigentlich eine gute Idee. Sie ging in ihr Arbeits- und Gästezimmer und startete ihren PC. Aus einer Schublade fischte sie ihre Ausgabe von *Unreal Tournament*. Ein paar Aliens hinzumetzeln war doch ein idealer Ausklang für diesen Tag.

Während der PC hochfuhr, ging Katharina ins Schlafzimmer. Dort sortierte sie rasch die Einkäufe. Schade, dass man Dessous erst waschen musste, bevor man sie trug. Also ab damit in den Wäschekorb. Dann packte sie die schwarze Plastiktasche aus. She-X, der Erotikshop nur für Frauen, war immer so schrecklich diskret; der Laden war vermutlich der einzige in ganz Frankfurt, der schwarze Plastikbeutel ohne jegliche Beschriftung ausgab.

Das Sortiment von Kondomen wanderte in Katharinas Nachttischschublade. Danach zog sie den in rotes Seidenpapier gewickelten Kasten hervor. Einem Vibrator in Form eines metallisch glänzenden Delfins hatte sie nicht widerstehen können. Katharina sammelte Delfine. Amüsiert las sie die Vorzüge des Geräts in der Bedienungsanleitung: Die diskrete Formgebung ermöglichte auch eine offene Platzierung dieses schönen und edlen Stücks. Der gebogene Delfinleib hingegen versprach gleichzeitig Stimulation der Klitoris, der Vagina und des G-Punkts. Darüber hinaus war das Gerät wasserdicht. Bis hundert Meter Tauchtiefe. Wozu auch immer. Katharina legte den Vibrator in ihr Nachtschränkchen.

Dann ging sie zurück zu ihrem Computer. Als sie die Programm-CD einlegen wollte, fiel ihr Blick auf die Uhr. Viertel nach acht. Irgendetwas stimmte nicht. Irgendetwas stimmte ganz und gar nicht.

Zehn Sekunden später stand sie wieder im Treppenhaus. Tatsächlich. Laura saß immer noch auf dem Treppenabsatz.

»Sag mal, was machst du denn so spät hier draußen?«

Laura schaute zu ihr hoch: »Mama macht nicht auf. Hat mich auch nicht aus dem Kindergarten abgeholt.«

»Und wie bist du dann hierher gekommen?«

»Ich bin gelaufen.«

»Ganz allein?«

»Klar, ich bin doch schon fast fünf.«

Katharina wollte zu einem kleinen Vortrag ansetzen, doch sie stutzte. »Und deine Mama?«

»Mama hat mich nicht abgeholt. Und macht nicht auf.«

Katharina ging zur Wohnungstür von Melanie Wahrig und klingelte. Niemand öffnete. Sie klopfte und klingelte erneut. Keine Reaktion. Vielleicht war Lauras Mutter ja in ihrer Werbeagentur aufgehalten worden. Irgendwo hatte Katharina doch die Nummer der Agentur.

»Laura, komm doch mal kurz mit zu mir. Ich versuche, deine Mama zu erreichen.«

»Au ja.« Das blond gelockte Mädchen sprang die Stufen hoch. Katharina ging rasch hinterher. Ein Kind in ihrer Wohnung. Das hatte ihr gerade noch gefehlt.

Wohin mit Laura? Ins Wohnzimmer? Ins Gästezimmer? Vielleicht erst mal in die Küche. Laura kletterte artig auf einen Stuhl. Katharina nahm ihr Telefonverzeichnis. Die meisten Mieter des Hauses misstrauten der anonymen Hausverwaltung und hatten Katharina ihre Notfallnummern gegeben. Schließlich war sie Polizistin.

Endlich fand Katharina den richtigen Eintrag. Festnetz, Handy, Fax, die Nummer von Lauras Vater, Tom Wahrig, und die der Agentur mit dem originellen Namen »stop!«. Katharina begann mit der Handynummer. Nur die Mailbox. Auch bei Tom Wahrig meldete sich nur eine sonore Männerstimme: »Hi, hier spricht Tom. Ich bin verreist. Macht keinen Sinn, mir eine Nachricht zu hinterlassen.« Das war wenigstens ehrlich.

Also wählte sie die Nummer der Agentur. Es war zwar schon halb neun, aber vielleicht … Nach endlosem Klingeln meldete sich endlich jemand: »Stop! Hasko Beyer?«

Katharina konnte sich gerade noch bremsen und meldete sich nicht mit »Kriminalhauptkommissarin Klein. KK 11«, sondern nur mit ihrem Namen. Sie entschuldigte sich für die späte Störung und fragte nach Melanie Wahrig. »Hm«, antwortete die Stimme am anderen Ende. »Die war heute nicht hier. Sitzt vermutlich an ihrem Desk und arbeitet.«

Was nun? Sie könnte kurz im Polizeipräsidium anrufen. Aber das machte sie besser aus dem Nebenzimmer. Vielleicht sollte sie Laura beschäftigen. Alle Kinder mochten doch …

»Magst du einen Kakao, Laura?«

»Jahaa!«

Katharina gab ein paar Löffel Instant-Kakao in eine Tasse, goss Milch hinein und stellte die Tasse in die Mikrowelle.

»Du kochst aber komisch Kakao.«

»So geht es am schnellsten.«

Die Mikrowelle meldete sich mit dem typischen »Ping!«.

»Vorsicht, heiß!« Katharina stellte die Tasse vor Laura, die gründlich mit dem Löffel umrührte und einen kleinen Schluck trank. »Lecker«, befand sie. Katharina war beruhigt. Sie ging ins Nebenzimmer und kramte ihr Mobiltelefon hervor.

»Hi Oswald, ich bin's, Katharina.« Oswald war Katharinas Lieblingsmitarbeiter in der Notrufzentrale. Hübsch, durch und durch schwul und mit einer warmen Stimme ausgezeichnet, die auch den aufgebrachtesten Anrufer im Nu beruhigte. Er grüßte freundlich und erkundigte sich, wie es ihr ging.

»Ach, frag nicht! Kannst du mir einen Gefallen tun und mal schauen, ob bei euch eine Melanie Wahrig auftaucht?« Sie buchstabierte den Namen. Oswald verneinte. Weder in den Unterlagen der Polizei noch bei den Notfallmeldungen der Feuerwehr.

»Vielleicht unter den Unbekannten?«

Oswald verneinte wieder. Es seien überhaupt nur zwei unbekannte Verletzte verzeichnet, beides Männer. Katharina bedankte sich. Oswald versprach, sie auf dem Laufenden zu halten.

Und jetzt? Vielleicht sollte sie mal in Melanie Wahrigs Wohnung nachschauen. Katharina spürte das gut bekannte Kribbeln im Magen: Ihr Jagdinstinkt meldete sich. Rasch ging sie ins Gästezimmer und holte Stifte und Papier.

»Warum soll ich denn malen?«, fragte Laura, als Katharina beides vor sie hinlegte.

»Ich muss mal kurz weg und ...«

»Kann ich mitkommen?«

»Nein! Du malst!«, sagte Katharina schroff. Und dann, etwas sanfter: »Mal mir mal alles auf, was deine Mutter heute so gemacht hat.«

»Warum denn?«

»Das mache ich auch oft, wenn ich böse Männer fange.«

Laura sah sie ratlos an: »War Mama böse?«

»Nein, natürlich nicht. Aber vielleicht finden wir sie so.«

»Ist gut.« Eifrig machte sich Laura ans Werk.

Katharina stand vor Melanie Wahrigs Wohnungstür und betrachtete amüsiert ihre Hände. Ganz automatisch hatte sie ein paar Einweghandschuhe angezogen, wie an einem Tatort. Wenn jetzt jemand die Treppe heraufkam ... Eine Festnahme wegen Einbruchs wäre ein wirklich grandioser Abschluss für diesen Tag.

Sie zog ein kleines Taschenmesser hervor, das sie immer bei sich trug. Sie verkniff sich ein Grinsen, als sie es aufklappte. Polanski würde toben, wenn er erfuhr, dass sie ihm das Messer verschwiegen hatte, denn es war nicht nur eine Stichwaffe, sondern auch noch ein Einbruchswerkzeug: Die Klinge war sehr dünn und an der Spitze zu einem Haken geschliffen. Ein Schränker hatte ihr einmal gezeigt, wie man damit Sicherheitsschlösser knackt.

Nach wenigen Versuchen drehte sich der Schließzylinder. Melanie Wahrig hatte nicht abgeschlossen. Und auch die Kette nicht vorgelegt, wie sonst, wenn sie zu Hause war. Dabei war Katharinas Nachbarin eigentlich übervorsichtig.

Die Wohnung war dunkel und still. Katharina rief: »Frau Wahrig? Melanie?«

Das Arbeitszimmer war leer, ebenso das Wohnzimmer und das Schlafzimmer. Das Kinderzimmer auch. Das Bad – leer. Zuletzt ging Katharina in die Küche. Sie stieß mit dem Schienbein gegen etwas Festes, Hartes. Instinktiv griff sie zum Lichtschalter. In letzter Sekunde hielt sie sich zurück und betätigte den Schalter äußerst vorsichtig und nur am Rand. Das Licht flammte auf. Katharina sah, woran sie sich gestoßen hatte: eine umgefallene Haushaltsleiter. Und dahinter lag jemand ausgestreckt auf dem Küchenboden: Melanie Wahrig.

Katharina stieg vorsichtig über die Leiter. Sie tastete nach der Halsschlagader der leblosen Frau. Der Puls war flach, aber regelmäßig. Als sie die Hand auf Melanies Brustkorb legte, spürte sie das Heben und Senken. Erleichtert atmete Katharina auf. Melanie Wahrig war noch am Leben. Sie gab ihr ein paar leichte Ohrfeigen, kniff ihr ins Ohrläppchen: keine Reaktion.

Katharina entschloss sich, die Verletzte nicht weiter zu bewegen. Stattdessen tastete sie nach dem kleinen Mobiltelefon in ihrer Tasche.

»Katharina!«, begrüßte sie die warme Stimme Oswalds am anderen Ende der Leitung. »Leider noch nichts Neues von der …« Katharina unterbrach ihn: »Ich habe sie gefunden. Ich brauche sofort einen Notarzt und einen Rettungswagen. Vermutlich schwere Sturzverletzung.«

Oswald schaltete sofort um: »Name, Adresse … Beides ist unterwegs. Maximal zehn Minuten.«

»Danke dir, Oswald.«

»Nichts zu danken. Das ist mein Job.«

Katharina sah sich in der Küche um. Man würde die Leiter wegräumen müssen, wenn der Notarzt kam. Der Gedanke behagte ihr gar nicht. Es konnte zumindest nichts schaden, jetzt gleich ein paar Fotos zu machen. Katharina zog eine kleine, flache Digitalkamera aus der Innentasche ihrer Jacke. Systematisch fotografierte sie den Körper von Melanie Wahrig, die Küche, die Leiter. Eine Tischkante war blutverschmiert: Offenbar war Melanie Wahrig dort mit dem Kopf aufgeschlagen.

Vorsichtig stellte Katharina die Leiter so auf, wie sie vermutlich gestanden hatte. Auch das fotografierte sie.

Erst die Türklingel riss sie aus ihrer Geschäftigkeit: der Notarzt, endlich!

Keine zehn Minuten später lag die Verletzte auf einer Trage, eine Infusion im Arm, den Kopf durch eine Halskrause gestützt. Die Sanitäter eilten die Treppe hinunter, während der Arzt mit dem Krankenhaus telefonierte. Er bestellte die volle Kavallerie: Neurologie, Orthopädie, Chirurgie, einen Platz in der höchsten Stufe der Intensivstation.

Auf dem Weg zur Tür wandte sich der Notarzt an Katharina: »Wissen Sie, wie lange sie schon so gelegen hat?«

»Keine Ahnung, vermutlich ein paar Stunden. Sie hat ihre Tochter nicht aus dem Kindergarten abgeholt. Ist es ernst?«

»Kann ich nicht sagen. Die Lebenszeichen sind stabil – aber wie lange noch? Großes Fragezeichen. Für mich sieht es nach einem schweren Schädel-Hirn-Trauma aus. Die Halswirbelsäule hat vielleicht auch was abbekommen. Sind Sie eine Verwandte?«

»Nein.« Katharina entschloss sich zu einer kleinen Notlüge: »Katharina Klein vom KK 11.«

»Kripo? Jetzt schon? Für mich sieht es wie ein Unfall aus.«

»Ich wohne hier im Haus. Die Tochter von Frau Wahrig saß allein im Treppenhaus. Und als niemand öffnete …«

»Haben Sie nach dem Rechten gesehen. Sehr gut. Ich wünschte, alle Nachbarn wären so umsichtig. Muss wohl an Ihrem Beruf liegen.«

»Wahrscheinlich. Wie kommen Sie auf Unfall?«

Der Notarzt zuckte mit den Schultern: »War es keiner? Das ist doch das übliche Szenario. Eine Leiter, die nicht stabil steht, eine Frau, die mit Absätzen draufsteigt … So, ich muss dann auch …«

»Ach, eines noch. Wie steht es um sie?«

»Ganz ehrlich? Nicht sehr gut. Aber das kann Ihnen der Neurologe besser sagen. Ich bitte ihn, Sie anzurufen.«

»Danke.«

»Ach, wo ist denn jetzt eigentlich die Tochter?«

»Oben, in meiner Wohnung.« Verdammt, was sollte sie denn jetzt mit dem Mädchen machen? Laura konnte ja schlecht die ganze Nacht in Katharinas Küche sitzen.

»Ich hoffe, sie hat das hier nicht gesehen«, murmelte der Arzt. Dann war er verschwunden.

Laura, Laura, Laura … wohin mit ihr? Die Mutter im Krankenhaus, der Vater nicht zu erreichen. Melanie Wahrigs Eltern waren im letzten Winter nach Spanien gezogen. Ein klarer Fall für das Jugendamt: »Hallo Oswald, ich bin's noch mal. Kannst du mich zum Notdienst des Jugendamts durchstellen?«

»Theresa Ludwig, Jugendamt!«, bellte es kurz darauf aus dem Hörer. Katharina wollte ihr die Situation schildern, doch die Frau wimmelte ab: »Hier ist außer mir niemand mehr. Wir haben schließlich auch Anspruch auf Feierabend.«

»Aber es muss doch …«

»Kann das Kind nicht bei Verwandten unterkommen? Nachbarn? Also wir können vor morgen Mittag wirklich nichts tun.« Ein Klicken in der Leitung beendete das Telefonat. Und jetzt?

Polanski! Sie würde ihren Chef anrufen. Dann würde er wenigstens sehen, was für eine treusorgende Polizistin sie war. Sie zögerte. Handy oder Büro? Sie war höflich, sie war freundlich, sie würde es zuerst im Büro versuchen.

Bereits nach dem ersten Klingeln hob ihr Chef ab. Katharina entschuldigte sich für die späte Störung. Polanski seufzte: »Das macht nichts. Ich komme heute sowieso nicht aus meinem Büro raus, fürchte ich. Was kann ich für Sie tun?«

Fast schämte sich Katharina, ihn mit so einer banalen Frage zu behelligen, aber sie schilderte kurz, was passiert war.

»Katharina, da kann ich auch nichts machen«, unterbrach Polanski sie. »Gibt es denn wirklich niemanden, der sich um das Kind kümmern kann?«

Katharina verneinte. Und dann hatte Polanski einen seiner gefürchteten Geistesblitze: »Was ist denn, wenn die Kleine über Nacht bei Ihnen bleibt? Und morgen sehen wir dann weiter.«

»Bei mir?« Katharina musste sich am Türrahmen der Küche festhalten. »Ich kann doch mit Kindern nichts anfangen.«

»Ach, daran gewöhnt man sich ganz schnell.«

Polanski hatte gesprochen. Katharina musste einsehen, dass er recht hatte. Also dann: ein Kind über Nacht. Ihr blieb auch nichts erspart.

Sie ging ins Kinderzimmer. Was brauchte so ein Kind denn alles? Wahllos begann sie Dinge in einen Rucksack, den sie auf dem Flur gefunden hatte, zu stopfen. Kleidung, Unterwäsche … Die kleine Mickymaus-Zahnbürste im Bad gehörte wohl Laura. Ebenso die Kinderzahnpasta namens Papa Him-Bär. Katharina ließ ihren Blick durch das Kinderzimmer schweifen. Auf dem Bett saß ein großer, reichlich abgegriffener Teddybär aus giftgrünem Plüsch. Hoffentlich war das Lauras Liebling. Sie klemmte sich den Bären unter den Arm.

Was noch? An einem Haken bei der Tür hing ein Schlüsselbund. Katharina probierte sicherheitshalber einige Schlüssel durch. Einer passte zur Wohnungstür.

Als sie die Tür schon ins Schloss fallen lassen wollte, hielt sie inne. Sicher war sicher. Sie zupfte sich ein Haar aus und legte es behutsam über den Riegel des Türschlosses. Vorsichtig zog sie die Tür zu und schob das Haar in die Türfüllung, sodass nur noch eine kleine Schleife zu sehen war. So würde sie erkennen können, wenn die Tür in nächster Zeit geöffnet wurde.

Langsam ging sie die Treppen hoch. Das konnte ja noch lustig werden: von der Kriminalbeamtin zur Babysitterin in weniger als zwölf Stunden.

Laura saß artig am Küchentisch und malte. Wenigstens hatte sie keine von Katharinas Schuhen zernagt oder was kleine Kinder sonst so anstellten, wenn man sie alleine ließ.

»Das hat aber lang gedauert«, stellte das kleine Mädchen resolut fest.

»Ja, entschuldige. Aber …« Was sollte sie dem Kind denn jetzt erzählen? »Laura, deine Mutter musste ganz plötzlich weg. Und sie hat mich gebeten, auf dich aufzupassen«, log Katharina.

Laura sah sie mit großen blauen Augen an: »Ist Mama jetzt eine Giraffe?«

»Was?«

»Mama hat gesagt, wenn sie mal weg muss, dann will sie eine Giraffe werden. Das ist nämlich ihr Lieblingstier. Und meins auch.«

Katharina begriff: »Ach nein, Laura. Sie ist keine Giraffe. Aber deiner Mutter geht es nicht gut. Sie ist krank, verstehst du?«

Laura nickte.

»Und deswegen ist sie jetzt in einem Krankenhaus. Aber sie ist bald wieder da.« Meine Worte in den Ohren jedes höheren Wesens, dachte Katharina.

»Und so lange bleibe ich bei dir?«

»Erst mal heute Nacht. Und dann sehen wir weiter.«

»Fein. – Schau mal, was ich gemalt habe.«

Katharina sah auf die Zeichnung. Laura konnte ja richtig gut malen. In der Mitte des Bildes war eine Frau mit langen, blonden, gelockten Haaren: »Das ist Mama. Mama hat viele Freunde.«

Lauter Männer, eindeutig. Und eine Frau im Rock. »Das ist Tante Sandra. Die kann ganz toll Pfannkuchen machen. Zum Frühstück.«

Katharinas Magen meldete sich. Sie hatte den ganzen Tag bis auf eine Tafel Schokolade nichts gegessen.

»Hast du Hunger, Laura?«

Laura schwieg. »Laura? Hast du Hunger?«

»Mama sagt immer, man soll so spät nichts mehr essen. Das macht dick.«

»Hast du denn heute schon was gegessen?«

»Nur heute Morgen.«

»Aber du musst doch was essen, damit du groß und stark wirst.« Oh Hilfe, dachte Katharina, noch keine Viertelstunde Pflegemutter und schon tief in den Klischees.

»Na gut«, sagte das kleine Mädchen gnädig.

Das warf ein weiteres Problem auf: *Was* sollten sie essen?

Katharina tat einen Blick in den Kühlschrank: Schokolade in allen Sorten, eine Flasche Orangenlimonade, ein paar Sorten Relish, eine Flasche Gewürzketchup und eine halbe Salami. Das sah alles nicht nach einer kindertauglichen Mahlzeit aus. Aber alle Kinder mochten doch ...

»Magst du Pizza, Laura?«

»Mama sagt immer, Pizza ist ungesund.«

»Ach, manchmal darf man das. Schau mal, ich esse auch hin und wieder Pizza.« Katharina wunderte sich, wie leicht ihr diese dezente Untertreibung über die Lippen kam. »Und ich bin sogar Polizistin geworden.«

»Mit Wurst? Und Käse?«

»Natürlich. Wie du magst.«

Katharina beglückwünschte sich: Sie hatte sich einen lang gehegten DVD-Wunsch erfüllt und *Shrek* gekauft. Laura kannte den Film noch nicht. Und so saßen sie kurze Zeit später mit ihren Pizzakartons auf Katharinas Sofa und sahen der Geschichte über ein grünes Monster, einen sprechenden Esel, eine vogelzersingende Prinzessin und einen verliebten Drachen zu.

Als der Film zu Ende war, sah Katharina mit Schrecken auf die Uhr. Es war schon fast Mitternacht; mussten Kinder um diese Uhrzeit nicht schon längst im Bett sein? Sie hatte noch nicht einmal das Gästezimmer fertig gemacht. Und jetzt? Musste sie Laura beim Zähneputzen helfen?

»Kann ich allein. Bin doch schon fast fünf.« Das war eine klare Antwort. Laura putzte sich mit Inbrunst die Zähne. Lauras Vater war Zahnarzt gewesen, bevor er reich geerbt hatte. Melanie Wahrig hatte es Katharina einmal erzählt.

Währenddessen stand Katharina rätselnd vor dem Wäscheschrank: Seide, Satin – alles in Schwarz. Aber irgendwo musste doch noch … Genau, eine infantile Liebschaft hatte ihr ein Set *Star-Wars*-Bettwäsche geschenkt. Sie fand die über und über mit kleinen Yodas bedruckten Bettbezüge im hintersten Winkel des Schranks.

Laura kicherte über den grünen Zwerg und schloss glücklich Zon aus dem Land Yan in den Arm – den grünen Teddy, den Katharina aus ihrer Wohnung mitgebracht hatte.

»Liest du mir noch was vor?«

Auch das noch. Was sollte sie denn …? Klar! Sie zog einen alten gelbroten Band aus dem Bücherregal. Er hatte ihrer älteren Schwester Susanne gehört; sie hatte Katharina immer daraus vorgelesen.

»Also: *Kalle Blomquist, der Meisterdetektiv.*«

A Day In The Life Of A Fool

Freitag, 23. November 2007

Katharina hob den Kopf. Etwas hatte sie geweckt.

Auf ihrer Bettkante saß …

… Susanne, ihre Schwester. An ihrer neonblauen Haarsträhne kauend blätterte sie in einem gelbroten Buch. Sie bemerkte, dass Katharina wach war: »Du hast es aufgehoben.«

Katharina wollte sich aufsetzen, doch irgendetwas hielt sie am Ärmel fest. Sie versuchte sich loszumachen, aber es ging nicht. Das Zerren an ihrem Ärmel wurde immer stärker. Schließlich riss sie sich mit aller Macht los und setzte sich auf.

Wer zum Teufel …? Laura! Das kleine Mädchen stand neben Katharinas Bett und zupfte an ihrem Ärmel. Wie kam die denn hierher?

Richtig. Laura hatte ja bei ihr übernachtet.

»Muss ich heute nicht in den Kindergarten?«

Kindergarten. Stimmt. Kinder müssen in den Kindergarten. Katharina blickte auf die Uhr. Zehn nach sieben. »Wann musst du denn da sein?«

»Um acht.«

Oh je. Also aufstehen. Katharina schwang die Beine aus dem Bett und setzte sich auf die Bettkante.

»Wer ist denn Susanne?« Laura blickte sie mit großen, neugierigen Augen an. »Du hast gerade den Namen gesagt. Beim Schlafen.«

Katharina seufzte: »Meine große Schwester.«

»Mama hat mir auch eine Schwester versprochen. Oder einen Bruder. Aber Jungs sind doof.«

Katharina nahm das kleine Mädchen an die Hand und ging mit ihr ins Bad, wo Laura wieder begann, sich ausgesprochen gewissenhaft die Zähne zu putzen.

Eigentlich war Freitag. Ladyshave-Tag. Das würde Katharina wohl verschieben müssen. So duschte sie nur kurz und stieg rechtzeitig zum Ende von Lauras Zahnputzritual aus der Kabine.

»Laura, willst du auch duschen?«

»Oh ja.«

»Brauchst du Hilfe?«

»Nee, ich bin doch schon –«

»Ich weiß, du bist doch schon fast fünf.« Katharina drehte das Wasser auf handwarm und stellte das milde Shampoo auf die unterste Stufe der Ablage.

In ihrer Kleiderwahl war Laura penibler als Katharina. Endlich fand aber doch eine Kombination in den Kleidern, die Katharina mitgebracht hatte, vor ihren strengen Augen halbwegs Gnade.

Frühstück musste ausfallen. Während Laura ihren Kakao trank, zapfte sich Katharina rasch einen Espresso aus ihrer italienischen Hochleistungskaffeemaschine. Ein Geburtstagsgeschenk von Antonio Kurtz, ihrem Patenonkel. »Wenn ihr Bullen schon ständig Kaffee trinkt, dann wenigstens vernünftigen«, hatte er gesagt. Oh je, sie hatte ja Montag schon wieder Geburtstag, dachte Katharina. Das würde eine feine Feier werden beim Psychologen.

Kinder nahmen doch immer etwas zu essen mit in den Kindergarten, fiel Katharina ein. Sie schaute in den Kühlschrank. Na gut, eine Tafel Schokolade. Daran würde das Kind schon nicht eingehen. In ihrer Obstschale fand sie noch zwei Äpfel, die halbwegs essbar aussahen. Vorsichtig schnupperte sie daran. Ja, das waren richtige Äpfel und keine Dekoration. Wann hatte sie die denn gekauft?

»Du hast aber ein lustiges Auto.« Staunend stand Laura vor Morris, während Katharina überlegte, wo sie das Kind unterbringen sollte. Sie hatte es immer wieder gepredigt, als sie in der Ausbildung Streife fuhr: Kleine Kinder gehören in Kindersitze. Aber sie hatte natürlich keinen. Es musste also so gehen.

Laura krabbelte auf den Rücksitz. Katharina schnallte sie sehr sorgfältig an. Laura giggelte. Das Kind war aber wirklich kitzelig.

Vorsichtig fuhr Katharina aus der Parklücke. »Mein Gott, ich transportiere doch kein Nitroglyzerin«, ermahnte sie sich. Sie brachte die Tochter einer Nachbarin zum Kindergarten. Ausnahmsweise.

»Du hast ja gar kein Blaulicht.«

»Das ist ja auch kein Polizeiauto. Das ist meins. Aber ein Blaulicht habe ich trotzdem.« Sie zeigte Laura das mobile Blaulicht im Handschuhfach.

»Machst du das jetzt an?«

Das fehlte noch. Signalfahrt zum Kindergarten. Hölsung wäre begeistert.

»Aber ich bin doch gar nicht im Dienst. Dann darf ich das nicht.«

»Schade. Da würden die anderen gucken.«

Das taten sie auch so. Katharina hielt sich nicht lange mit der Suche nach einem Parkplatz auf, sondern fuhr mit Schwung auf den Hof des Kindergartens. Rasch bildete sich um das Auto eine Traube von Kindern. Auch ein paar Eltern gesellten sich dazu.

»Das ist ja ein echter Mini.« Katharina, die gerade versuchte, Laura aus ihrem Gurt zu befreien, drehte sich zum Sprecher um. Der junge Mann hielt ein vielleicht dreijähriges Mädchen auf dem Arm: »Der sieht aber richtig gut aus. Ihr Mann ist sicher Automechaniker, oder?«

»Ich bin nicht verheiratet«, knurrte Katharina. »Und den Wagen habe ich selbst restauriert.«

Der Mann blickte auf seine Tochter. »Siehst du, so was kannst du später auch, wenn du mit Autos spielst.« Er sah zu Katharina. »Wir legen großen Wert darauf, dass Yasmin nicht mit einem traditionellen Rollenverständnis aufwächst. Leider spielt sie lieber mit Puppen.«

Katharina hätte am liebsten erwidert, sie hätte als Kind immer mit Autos gespielt und vorgestern zwei Menschen erschossen. Aber vermutlich war der Mann nicht sehr humorbegabt. Das waren die wenigsten Eltern.

Katharina wollte das große, blonde Kind, das ihr immerhin bis zur Nasenspitze reichte, schon fragen, wo sie denn die Kindergärtnerin fände. Gott sei Dank sah sie ein zweites Mal hin, als Laura das »Kind« begrüßte: »Hallo, Tante Elfie.«

»Guten Morgen, Laura.« Das Wesen sah aus wie eine Elfie und sprach auch so. Es musterte Katharina wie eine Spitzmaus ein Stück Rattengift: »Ich bin Elfie LaSalle. Ich leite diesen Kindergarten. Und Sie sind?«

»Das ist Katharina. Sie ist Polizist!«, mischte sich Laura stolz ein. Elfies Gesicht wurde noch spitzer. Gleich würde sie »Haut die Bullen platt wie Stullen« skandieren.

»Wo ist Lauras Mutter?« Mit ihrem Tonfall hätte Elfie LaSalle durchaus den Kurs »Verhörmethoden I« bestehen können. Katharina fragte vorsichtig: »Kann ich Sie einen Augenblick unter vier Augen sprechen?«

Die Kindergärtnerin nickte: »Komm, Laura. Geh schon mal spielen.«

Laura sah zu Katharina hoch. »Tschüss, Katharina.«

Katharina ging in die Hocke, nahm Laura fest in den Arm und strich ihr über die blonden Locken. »Tschüss, Laura. Du bist heute ganz artig, ja? Ich hole dich nachher auch ab.«

»Echt? Toll!« Laura hüpfte mit ihrem Rucksack auf dem Rücken davon. Katharina stand auf.

»Und?« Elfie LaSalle sah sie immer noch streng an, soweit das einem kleinen, blonden, zierlichen Wesen möglich war, das sich im Herzen auf einer Altersstufe mit den von ihr behüteten Kindern befand. Katharina antwortete: »Ich bin eine Nachbarin von Lauras Mutter. Sie hatte gestern einen Unfall und liegt im Krankenhaus. Wissen Sie zufällig, wie ich den Vater oder andere Verwandte erreichen kann?«

Elfie LaSalles Gesicht wurde eine Nuance freundlicher: »Soweit ich weiß, hat Laura nur ihre Eltern hier in der Nähe. Und der Vater ist verreist. Mit dem Segelboot quer durch die Weltgeschichte. Aber ich kann versuchen, seinen Auftragsdienst zu erreichen.«

»Das wäre sehr nett.«

»Und Laura bleibt so lange bei Ihnen?«

»Das wird das Jugendamt entscheiden. Ich fahre jetzt aber erst mal ins Krankenhaus und schaue nach Frau Wahrig.«

Katharina wollte gerade gehen, als sich ihr Jagdinstinkt meldete: »Ach … Sagen Sie … hat sich Laura in letzter Zeit irgendwie verändert? Oder die Mutter? Wirkte sie vielleicht so, als ob sie Angst hätte?«

Hundertfünfzig Zentimeter Ganzkörperstaunen. »Oh nein, im Gegenteil. Beide waren fröhlicher als je zuvor. Unter uns – ich denke, Frau Wahrig war frisch verliebt.«

»Verliebt? Wissen Sie in wen?«

»Nein, leider nicht. Aber man sieht das ja. Wenn ein Mensch verliebt ist, meine ich. – Ist das eine offizielle Ermittlung?«

»Nein, ich bin einfach nur neugierig.«

»Jaja, Katzen, die morgens neugierig sind, fressen abends den Hund.« Damit drehte sich Elfie LaSalle um und verschwand im Haus.

Morris war immer noch von einer Kinderhorde umringt. Direkt daneben stand jetzt ein neuer Mercedes. Der Fahrer wuchtete gerade eine rot und blau gestreifte Tonne aus dem Auto, die Katharina erst beim zweiten Hinsehen als Kind erkannte. Vater und Sohn starrten verkniffen auf die anderen Kinder, die staunend vor Morris standen.

»Immer schön im Regen fahren, vielleicht wächst er ja noch!« Endlich war dem Vater ein Kommentar eingefallen. In das folgende eisige Schweigen hinein sagte ein kleiner Junge: »Du bist aber doof. Das ist doch ein Mini.«

Katharina stieg in ihr Auto und fuhr vorsichtig aus der Einfahrt. Im Rückspiegel sah sie, wie der düpierte Mercedes-Fahrer seinen Nachwuchs ins Gebäude schleifte. Das war fast so gut, wie einen Benz bei zweihundert Stundenkilometern abzuhängen.

Der Becher Automatenkaffee stellte zwar einen eklatanten Verstoß gegen die Genfer Konventionen dar, wärmte aber wenigstens ihre Finger, während Katharina angestrengt auf den großen Plan des Uniklinikums starrte.

Wo war noch mal die blöde Gerichtsmedizin? Sie verfluchte sich dafür, dass sie sich immer vor den Besuchen dort gedrückt hatte. Ihr Partner Thomas hatte diesen Teil ihrer Arbeit übernommen. Ohne zu fragen. Er hatte sofort verstanden, dass Katharina das Gebäude hasste, in dem sie die Leichen ihrer Eltern und ihrer Schwester hatte identifizieren müssen.

Sie war gerade sechzehn geworden. Der Anruf hatte sie mitten in der Nacht in Kapstadt erreicht, wo sie ein Jahr als Austauschschülerin bei Bekannten ihres Vaters leben sollte. Am Flughafen in Frankfurt hatten sie ein Polizeibeamter und ein Pfarrer abgeholt. Mit ihnen zusammen war sie zur Gerichtsmedizin gefahren …

Ihre Beine sackten weg. Der Kaffeebecher schlug aufs Pflaster.

Ein kräftiger Arm fing sie auf. Hielt sie fest. Führte sie zu einer Bank. Setzte sie hin. Katharina ließ sich einfach sinken. Ihre Wange berührte weiches Leder. Sie roch einen Hauch von Aftershave. So würde sie jetzt einfach sitzen bleiben, die Augen geschlossen …

»Hallo, bleiben Sie bei mir!« Sanfte Klapse auf ihre Wangen holten Katharina in die Realität zurück. Die Augen des Mannes, der sie hielt, waren blau mit genau dem richtigen Schuss Grau.

»Sind Sie wieder da?«

Katharina setzte sich auf. Vor ihren Augen flimmerte es.

»Möchten Sie zu einem Arzt? Kann ich Sie irgendwohin bringen?« Die Stimme des Mannes war sanft, warm, freundlich.

»Zur Gerichtsmedizin«, murmelte Katharina.

»So schlimm wird es doch wohl hoffentlich nicht sein.«

Katharina brauchte einen Moment, bis sie verstanden hatte. »Nein, ich muss da hin und ...« Das war jetzt wirklich schwierig zu erklären.

Doch der Mann nickte nur: »Leichenschau I, nehme ich an?«

Sie bejahte leise. Sollte der Mann sie doch für eine Studentin halten.

»Da haben wir den gleichen Weg. Aber erst ...«, er griff in die Tasche seiner Jacke, »... essen Sie das. Das wird hoffentlich ihren Kreislauf wieder auf Touren bringen. – Lassen Sie mich raten: Uniklinik-Frühstück? Automaten-Kaffee ohne Beilagen?«

Der Mann reichte ihr einen Schokoriegel. Gierig biss Katharina hinein. »Danke«, murmelte sie zwischen zwei Bissen.

Ihr unbekannter Wohltäter stand auf. Katharina sah ihn genauer an. Er musste Ende zwanzig sein, hatte ein fein geschnittenes Gesicht, kurze, dunkle, verwuschelte Haare. Er trug eine herrlich altmodische Pilotenlederjacke. Und dann diese Hände: schlank und kräftig. Katharina sah, dass er die Nägel an einer Hand ganz kurz trug, an der anderen sorgsam manikürt und etwas länger. Er spielte also Gitarre. Musiker. Arzt – gut, angehender Arzt. Und er sah verteufelt gut aus.

»Geht es wieder?« Der Mann beugte sich zu Katharina hinunter, die völlig in seinen Anblick versunken war. Sie griff ihre Handtasche fester. »Ja, ja, klar.« Mit Schwung stand sie auf. Sie war jung, sie war dynamisch ...

»Hoppla!« Beinahe wäre sie nach vorn gegen den Mann gefallen, doch er hielt sie an den Armen fest: »Nicht so schwungvoll.«

Als Katharina vor ihm stand, stellte sie fest, dass er nicht so groß war, wie sie gedacht hatte. Vielleicht einen Meter fünfundsiebzig.

»Kommen Sie, wir wollen doch den Anfang der Vorlesung nicht verpassen.«

Er schritt zügig aus. Bald hatten sie das Ende des Uniklinik-Geländes erreicht. Wo ging der Mann nur hin? Dann fiel es ihr wieder ein. Die Gerichtsmedizin lag ja außerhalb des Geländes an der Kennedyallee. Wo war heute Morgen nur ihr Kopf?

Johann-Wolfgang-Goethe-Universität
Universitätsklinikum
Zentrum der Rechtsmedizin

stand auf großen weißen Schildern an den Säulen, die ein schmiedeeisernes Tor hielten, das zu einer prunkvollen Villa führte.

»Ich muss mich jetzt entschuldigen.« Der Mann eilte zu einem kleinen Nebeneingang davon. Vermutlich ein Doktorand, dachte Katharina. Bestimmt war er mit einer Sozialpädagogik-Studentin namens Nadine zusammen, blond, mit ein paar selbst gefärbten roten Strähnen. Abends schmiedeten sie gemeinsam Pläne für die Rettung der Welt. Nach Afrika würden sie gehen, wenn sie mit dem Studium fertig waren, in ein Urwaldhospiz. Armen, unschuldigen Kindern helfen.

Katharina schüttelte den Kopf, um diese albernen Gedanken zu verdrängen. Sie war schließlich hier, um eine Aufgabe zu erledigen.

An anderen Tagen mochte die Gründerzeit-Architektur mit ihren schweren Holztäfelungen edel aussehen, aber im trüben Licht des Novembermorgens wirkte sie einfach nur bedrückend. Wohin musste sie denn jetzt? Vermutlich in den Keller; da waren die Sektions- und Aufbewahrungsräume doch meistens. Aber zunächst musste Katharina den zuständigen Gerichtsmediziner finden.

»Geschäftszimmer« stand an einer Tür. Sie klopfte und vernahm so etwas wie ein »Herein!«. Der Instituts-Zerberus thronte hinter einem großen Schreibtisch und hieb heftig auf eine Computertastatur ein.

»Guten Morgen, ich bin Katharina Klein vom KK 11. Ich soll hier jemanden identifizieren.«

»Da müssen Sie sich schon an den diensthabenden Gerichtsmediziner wenden.«

»Ah ja. Wo finde ich den denn?«

Der Zerberus studierte einen kopierten und eingeschweißten Stundenplan: »Doktor Amendt ist unten. Autopsie III. Hat aber gleich Kurs. Werden wohl warten müssen.«

Damit war das Gespräch offenbar beendet, denn der Zerberus wandte sich wieder dem Computerbildschirm zu.

»Unten?«

»Dienstbotentreppe. Den Gang lang. Dann ins Souterrain.«

Katharina bedankte sich. Der Zerberus antwortete mit einem Laut, der wie ein Zähnefletschen klang.

Beim nächsten Mal nehme ich rohes Fleisch mit, dachte Katharina, als sie wieder auf dem Gang stand. Lustlos machte sie sich auf die Suche nach der Dienstbotentreppe.

Ausgerechnet Dr. Andreas Amendt musste an diesem Tag Dienst haben. Der Neue. Arrogant. Bösartig. Er war kaum sechs Wochen in der Gerichtsmedizin Frankfurt und hatte sich schon sämtliche Abteilungen der Kriminalpolizei zum Feind gemacht. Einer dieser Karriere-Ärzte. Katharina hatte in einem Rundschreiben seine Vita gelesen. Neurologe. Gerichtsmediziner. Und mit gerade mal neununddreißig Jahren stellvertretender Chefarzt des Zentrums. Einer, der mit Macht nach oben wollte. Sie war gespannt, wie dieser Mann aussah; vermutlich früh ergraut, hager, verkniffen, die Augen hinter einer Brille mit Stahlrahmen verborgen.

»Die Leichenschau …«, fing jemand an zu reden, noch bevor er den Raum richtig betreten hatte, »… ist eine der anspruchsvollsten Aufgaben für den Arzt. Was Sie finden oder nicht finden, ist für die Aufklärung eines Todesfalls von entscheidender Bedeutung.«

Autopsie III war gut besucht. Zwanzig Studenten schrieben eifrig in ihre Notizbücher, während der Sprecher hinter den mit einem Tuch abgedeckten Autopsietisch in der Mitte trat. Katharina erschrak: Es war der junge Mann, der ihr vorhin geholfen hatte.

»Mein Name ist Andreas Amendt«, stellte er sich vor. »Und die meisten von Ihnen werden bei meiner Prüfung durchfallen. In Freiburg nannte man mich auch das Exmatrikulations-Amt.«

Einige Studenten lachten unsicher. Dr. Amendt zog eine Fernbedienung aus der Tasche seines Kittels und schaltete damit zwei Monitore an. Auf blauem Hintergrund leuchteten seine Worte auf, als er weitersprach:

»Die Leichenschau stellt drei Fragen: Wodurch ist der Tod eingetreten? Wann ist der Tod eingetreten? Und, nicht zu vergessen: Ist der Tod überhaupt eingetreten?«

Dr. Amendt steckte die Fernbedienung zurück in seinen Kittel. Dann fuhr er fort: »Die erste Frage kann die äußere Leichenschau nur in sehr engen Grenzen beantworten. Aber sie kann uns wertvolle Hinweise geben. Für die Leichenschau wird eine Leiche grundsätzlich vollständig entkleidet.«

Mit diesen Worten zog er das Tuch vom Tisch und enthüllt den Körper einer jungen Frau, höchstens Anfang zwanzig. Sie war nackt und ausgesprochen schön. Blond, schlank, wohlgeformte Brüste.

Mehrere Studenten stießen sich an. Einer pfiff leise. Dr. Amendt musterte ihn abfällig, der Student verstummte.

Der Arzt deutete auf den Pfeifer: »Sie!«

Der Student fragte erschrocken: »Ich?«

»Ja, Sie. Unsere Tote wurde letzte Nacht aufgefunden. Keine bekannte Erkrankung, keine andere medizinische oder juristische Vorgeschichte. Was fällt Ihnen auf?«

»Äh, nichts.«

»Dann treten Sie näher heran. Genaue Beobachtung ist für die Leichenschau das A und O.«

Der Student kam an den Tisch und starrte auf das junge Mädchen.

»Also, was fällt Ihnen auf?«

»Äh, nichts.«

»Was heißt nichts?«

»Nichts Besonderes.«

»Was wäre denn besonders?«

»Vielleicht Verletzungen?«, fragte der Student schüchtern.

»Gut. Also keine Verletzungen. Was noch?«

»Keine Hautverfärbungen?«

»Auch gut. Also, was fällt Ihnen auf?«

»Nichts.«

»Gut. Dann drehen sie die Leiche mal um.«

Der Student trat unschlüssig noch näher an den Tisch. Er rieb sich die Hände am Kittel und wollte zufassen.

»Handschuhe!«, wies ihn Dr. Amendt zurecht. Der so Vorgeführte mühte sich, seine Hände in die Einweghandschuhe zu zwängen, die ihm der Gerichtsmediziner reichte. Dann fasste er die junge Frau vorsichtig an.

»Etwas mehr Kraft werden Sie wohl brauchen.«

Endlich lag die Frau auf dem Bauch.

»Also, was fällt Ihnen auf?«

»Nichts.«

»Gut, dann drehen Sie sie wieder auf den Rücken.«

Als auch das geschafft war, fragte Dr. Amendt erneut: »Was ist Ihnen aufgefallen?«

»Äh, nichts.«

»Also?«

»Nichts.« Gleich würde der Student anfangen zu weinen.

»Nichts? Und das fällt Ihnen nicht auf? Eine junge Frau, offenbar gesund? Keine Verletzungen? Sie dürfte dem äußeren Anschein nach gar nicht tot sein. – Denken Sie immer daran: Etwas Fehlendes wird sehr viel leichter übersehen als ein konkretes Symptom. Also: Was liegt hier vor?«

Er ließ den Blick über die Studenten schweifen. Sie senkten die Häupter. Wer von ihnen würde wohl der Nächste sein? Endlich murmelte einer »Drogen«, »Gift« ein anderer. Schließlich schlug noch jemand »innere Verletzungen« vor.

»Bitte, geht doch. – Wer möchte es jetzt mal versuchen?«

Offenbar niemand – zumindest nicht freiwillig. Dr. Amendt deutete auf Katharina: »Sie vielleicht?«

»Ich? Aber ...«

»Nicht so schüchtern. Kommen Sie.«

Katharina wusste nicht so recht, was sie tun sollte. Plötzlich fiel ihr Blick auf die Monitore, auf denen immer noch die letzte Frage blinkte: »Ist der Tod überhaupt eingetreten?«

Sie betrachtete die junge Frau genauer, während sie sich ein paar Handschuhe überstreifte. »Keine Leichenflecken«, stellte sie fest. Dann tastete sie unauffällig nach dem Puls am Hals der vermeintlichen Leiche: Er schlug kräftig und gleichmäßig. Sie nahm einen Oralspiegel vom Instrumententisch und hielt ihn vor die Nase der Toten. Er beschlug sofort.

Nachdenklich trat Katharina einen Schritt zurück: »Tja ...«

»Und?« Vermutlich wollte der Gerichtsmediziner streng fragen, doch er konnte sich ein Schmunzeln nicht verkneifen.

»Ich denke, wir können die Patientin als geheilt entlassen. Sie lebt und ist allem Anschein nach gesund.«

Die junge Frau auf dem Tisch öffnete die Augen und grinste zu Katharina hinauf. Sie wollte sich aufsetzen, doch Dr. Amendt hielt sie zurück: »Woher wissen Sie, dass sie wirklich gesund ist?«

»Ich weiß es nicht. Aber da Sie ein guter Arzt sind, werden Sie wohl kaum riskieren, dass die Patientin doch noch stirbt.«

Dr. Amendt nickte wohlwollend und sagte zu der auf dem Tisch Liegenden: »Es ist gut, Frau Söhnlein. Sie können sich jetzt anziehen.«

Die Angesprochene sprang schwungvoll vom Tisch und hängte sich das Tuch, das vorher auf ihr gelegen hatte, um wie eine Toga. Dann schritt sie majestätisch nach draußen.

»Das war sehr gut, Frau …?«

»Klein. Ich –«

Weiter kamen sie nicht. Einer der Studenten war umgefallen. Katharina hatte ihn vorher schon bemerkt, weil er sehr dick war und trotz der Kühle im Autopsiesaal schwitzte. Jetzt lag er auf dem Fußboden, das Gesicht so weiß wie sein Kittel. Dr. Amendt und Katharina stürzten hin. Der Arzt tastete nach dem Puls, dann bedeutete er Katharina, ihm zu helfen, den Mann in die stabile Seitenlage zu drehen. Danach rief er über ein Telefon an der Tür den Notdienst. Nachdem er aufgelegt hatte, fragte er die Studenten streng: »Die Ursache für den Kollaps, meine Damen und Herren?«

Keiner regte sich.

»Das ist ja eine Katastrophe mit Ihnen.« Andreas Amendt schüttelte den Kopf. Katharina, die immer noch neben dem Bewusstlosen kniete, sah auf: »Diabetes, würde ich sagen.« Sie zog die Brieftasche des Mannes hervor. Tatsächlich steckte ganz oben eine Diabetes-Hinweiskarte. Sie reichte sie Dr. Amendt.

»Sehr gut, Frau Klein.«

Endlich kamen die Sanitäter. Der Gerichtsmediziner erteilte ihnen knappe Anweisungen. Dann wandte er sich an die Studenten, die immer noch starr dastanden: »Da es Ihnen offenbar an Grundlagen fehlt, ist nächste Woche Testat. Sichere und unsichere Todeszeichen sowie verschiedene Formen des Scheintods. Gehen Sie in die Bibliothek. Zu den Grundlagenlehrbüchern. Jetzt! Und kommen Sie erst wieder, wenn Sie Antworten auf meine Fragen haben.«

Die Studenten gingen langsam aus dem Raum, leise über die Ungerechtigkeit dieser Welt lamentierend. Katharina und Dr. Amendt blieben zurück.

»Hin und wieder trifft man also doch Studenten, die wenigstens ansatzweise begriffen haben, worum es in der Medizin geht«, sagte der Arzt anerkennend.

»Tut mir leid. Aber ich bin keine Studentin. Mein Name ist Katharina Klein vom KK 11.«

»Die Killer Queen?«

Katharina hasste diesen Spitznamen. Doch sie entschloss sich, die Provokation zu überhören. »Ich bin hier, um meinen Kollegen zu identifizieren.«

Dr. Amendt musterte sie nachdenklich: »Schade. – Kommen Sie!«

Endlich hatten sie die Leichenhalle erreicht. An den Wänden fanden sich drei Reihen mit Schubladen. Dr. Amendt sah auf den Belegungsplan. »Wo haben wir denn ... ach da.«

Er ging Katharina voran und zog eine der Schubladen auf. Der Körper war in einen mit einem Reißverschluss verschlossenen, dunkelblauen Sack gehüllt. Katharina fröstelte. Sie steckte die Hände in die Taschen ihres Kittels.

»Bereit?«

Katharina nickte stumm. Dr. Amendt zog den Reißverschluss auf und schlug das Plastik zurück. Dort lag Thomas. Nackt. Katharina sah die große Ypsilon-Narbe der Autopsie, die Einschüsse im Brustkorb. Der Körper war bleich, die Bauchdecke eingesunken. Vermutlich fehlten die inneren Organe.

Früher hatten Katharina Autopsien nichts ausgemacht. Bevor sie nach Frankfurt kam. Doch jetzt? Sie kniff die Augen kurz zusammen. Sie wollte nicht weinen.

Ein Arm legte sich um ihre Schultern: »Möchten Sie einen Augenblick alleine sein?«

Alles, bloß das nicht. Nicht alleine sein. Nicht nachdenken müssen. Katharina schüttelte den Kopf. Endlich traute sie sich, Thomas ins Gesicht zu sehen.

Jeden Augenblick würde er zu ihr aufschauen, dachte sie. Dann wäre dieser Albtraum vorüber. Vielleicht war sie einfach nur in der Oper eingeschlafen? Gleich würde sie aufwachen. Wenn sie sich nur ganz fest konzentrierte.

»Sie müssen wirklich Ihren Kreislauf untersuchen lassen.«

Katharina fand sich auf einem Klappstuhl wieder, immer noch in der Leichenhalle.

»Fallen Sie immer so schnell in Ohnmacht?« Dr. Amendt hockte vor ihr. Hielt ihre Hände fest in den seinen. Katharina machte sich los. Das war ja peinlich. Sie war schließlich Kriminalbeamtin.

»Geht schon. – Ja, das ist mein Kollege.«

»Wenn es Sie beruhigt: Seine beiden Mörder sind auch hier. Rechts und links von ihm. Saubere Arbeit Ihres Killerkommandos.«

Katharina fuhr auf: »Das war Notwehr!«

»Notwehr? So präzise Schüsse? Und bei der Auffinde-Situation? Wohl kaum. Das war Profiarbeit. Kaum zu glauben, dass das Polizisten waren. Aber vermutlich gleichen sich Jäger und Gejagte irgendwann an. – Hier, ich brauche noch eine Unterschrift.« Dr. Amendt hielt ihr einen Aktenordner hin. Katharina trug ihren Namen und ihre Dienstnummer in die dafür vorgesehenen Felder ein und unterschrieb die Identifikation. Das war also der Abschied von ihrem Kollegen. Die letzte Amtshandlung. Nicht weinen. Nicht wieder in Ohnmacht fallen.

Dr. Amendt nahm ihr die Akte ruppig aus der Hand.

»Sie mögen die Polizei nicht besonders, oder?«, fragte Katharina mürrisch. Mit einem Knall schloss der Arzt die Schublade, in der Thomas lag: »Nein!«

Endlich hatte Katharina den Weg ins Freie gefunden. Das war also Dr. Andreas Amendt. Wie kam dieser Schizo nur zu einer leitenden Position in der Gerichtsmedizin?

Sie trat mit aller Macht gegen das Eisentor, das dröhnend aufsprang. Der Tritt löste ihre Probleme zwar nicht, tat aber gut.

Sie erinnerte sich, dass sie Laura versprochen hatte, nach ihrer Mutter zu sehen. Vielleicht würde alles gut werden. Vielleicht ging es Melanie Wahrig schon besser. Vielleicht.

Es hatte leicht zu nieseln begonnen. Sie steckte die Hände in die Taschen ihrer Lederjacke und ging mit schnellen Schritten zurück zum Gelände der Uniklinik.

Eine Schwester führte Katharina durch die Intensivstation. Durch die Fenster der einzelnen Zimmer konnte Katharina die Patienten sehen. Die meisten waren bewusstlos und wurden künstlich beatmet. Es war still auf der Station. Sterile Überschuhe dämpften die Schritte.

In einen Raum am Ende des Gangs lag Melanie Wahrig. Sie war blass, die Haut wirkte durchscheinend. Ihre langen Locken waren abrasiert worden, der Kopf bandagiert. Kaum merklich hob und senkte sich der Brustkorb im Takt der Beatmungsmaschine. Die Augen der jungen Frau waren offen, doch sie starrten ins Leere.

Katharina warf einen Blick auf die Monitore neben dem Bett: Das Herz schien regelmäßig zu schlagen, doch das EEG zeigte nur ganz kleine Ausschläge.

»Sind Sie von der Kripo?« Die Stimme hinter ihr klang übernächtigt.

Katharina fuhr herum. Alles an dem großen Mann, der vor ihr stand, hing übermüdet herab: der Kittel, die endlosen Arme, sogar die Gesichtszüge.

»Verzeihung, ich wollte Sie nicht erschrecken. Mein Name ist Neurath, ich bin der Neurologe hier auf der Station. Sind Sie Hauptkommissarin Klein?«

Katharina bejahte.

»Ich habe schon den ganzen Morgen versucht, Sie anzurufen. Kann ich kurz mit Ihnen sprechen?«

Mit einer knappen Geste bat er sie hinaus auf den Gang und schloss sorgfältig die Tür hinter sich. Katharina fragte: »Wie geht es ihr?«

»Offen gesagt, nicht gut. Wir können nur hoffen, dass die Schwellung im Gehirn zurückgeht. Aber im Moment...« Der Neurologe schwieg.

Katharina sah ihm in die Augen: »Wie sind die Chancen? Kann sie wieder gesund werden?«

»Sie ... sie müsste schon längst tot sein. Aber ihr Körper ist stark. Das ist vielleicht noch eine Chance, aber ...«

»Aber?«

»Ich glaub nicht daran.«

Katharina schwieg. Endlich fuhr Dr. Neurath fort: »Ich wollte aber noch etwas anderes mit Ihnen besprechen.«

Er zog mehrere große, dunkle Folien aus einer Akte und hielt sie gegen das Licht. Unzufrieden mit dem Ergebnis lotste er Katharina in ein kleines Büro, an dessen Wand ein Röntgenfilmbetrachter hing.

»Sehen Sie das?« Er deutete mit einem Stift auf eine Stelle der Schädelaufnahme. »Das hier ist der Bruch im Schädel von Frau Wahrig. Schon bei der OP ist mir etwas Merkwürdiges aufgefallen.«

»Ja?«

»Ich bin kein Spezialist für so was, aber es sieht so aus, als wäre sie zweimal exakt auf die gleiche Stelle gefallen. Mit ziemlicher Wucht. Das ist sehr ungewöhnlich.«

»Und das heißt?«

»Für mich sieht es so aus, als wäre sie auf etwas geschlagen worden. Mit Absicht. Das würde auch die Tiefe der Verletzung erklären. Aber das kann Ihnen ein Gerichtsmediziner besser sagen. Doktor Amendt müsste Dienst haben.«

»Ich weiß«, sagte Katharina knurrend. Dr. Neurath sah Katharina erstaunt an, dann hoben sich seine Mundwinkel um den Bruchteil eines Millimeters. »Er ist nicht so schlimm, wie er scheint. – Grüßen Sie ihn von mir. Wir sind Studienkollegen.«

Sie standen inzwischen wieder vor dem Zimmer, in dem Melanie Wahrig lag. Sie schien noch blasser geworden zu sein, aber vielleicht lag das an dem fahlblauen Licht und der Glasscheibe. Dr. Neurath legte Katharina die Hand auf die Schulter: »Ich rufe Sie an, sobald es etwas Neues gibt.«

Er begleitete sie zur Tür der Intensivstation. Zum Abschied schüttelte er ihr die Hand. Ganz anders als erwartet war der Händedruck warm und fest. Dann schloss sich die Tür mit einem leisen Knacken.

Katharina schälte sich aus dem sterilen Overall, den sie beim Betreten der Station hatte überstreifen müssen. Sie warf ihn gerade in den dafür vorgesehenen Behälter, als sich die Tür hinter ihr noch einmal öffnete. Dr. Neurath streckte ihr einen Umschlag entgegen: »Hier, ich habe die Bilder für Sie zusammengepackt. Die sollten Sie besser mitnehmen.«

Katharina Klein fand die Tür zu Dr. Amendts Dienstzimmer und klopfte. Eine Frauenstimme rief freundlich: »Herein!«

Hinter einem Schreibtisch saß die junge Frau, die in der Vorlesung die Rolle der Leiche übernommen hatte, und verbreitete Sonnenschein.

»Ich möchte gern zu Doktor Amendt.«

»Oh, Andreas ist gerade außer Haus. Kann ich etwas ausrichten?«

Andreas? Vermutlich hatte Amendt seine Geliebte als Sekretärin eingeschmuggelt. Katharina überkam das Bedürfnis, das blonde Wesen hinter dem Schreibtisch zu ohrfeigen. Mürrisch sagte sie: »Ich bin von der Kripo und muss einen Fall mit ihm besprechen.«

»Oh, dann sind Sie sicher Katharina Klein? Doktor Neurath hat gerade angerufen. Ich habe ihm versprochen, dass ich Sie gleich zu Andreas schicke. Er ist auf der Säuglingsstation.«

»Was macht er denn da?«

»Ach, da verbringt er meistens seine Pausen. Er ist ein Kindernarr, wissen Sie? – Warten Sie, ich habe hier eine Karte.«

Die junge Frau begann, auf ihrem Schreibtisch zu suchen, und zog schließlich einen kopierten Plan hervor. Mit einem roten Kreuz markierte sie die Station und zeigte Katharina, wie sie am besten dorthin kam. Katharina bedankte sich.

»Ich bin übrigens Diana Söhnlein«, zwitscherte die junge Frau. »Aber die meisten nennen mich einfach Djeannie.«

»Nach dem Falko-Song?« Wie passend.

»Nein, nach *Zauberhafte Djeannie*.«

»Oh, ich verstehe. Einen schönes Wochenende, Frau Söhnlein. Und eine beeindruckende Leiche haben Sie gespielt.«

»Wirklich?« Das Mädchen strahlte noch mehr. »Ich will nämlich Schauspielerin werden.«

Eine rundliche Schwester öffnete die Tür der Säuglingsstation: »Sie müssen Frau Klein sein. Djeannie hat schon angerufen, dass Sie kommen. Hier, ziehen Sie das an.« Sie drückte Katharina eine chirurgengrüne Kombination in die Hand: kurzärmeliges Hemd und Hose.

»Bitte entschuldigen Sie die Umstände, aber wir haben hier einige äußerst kritische Fälle«, erklärte die Schwester, während sie Katharina in einen Umkleideraum führte.

Nachdem Katharina sich umgezogen hatte, schloss die Schwester den Raum ab und führte sie in einen Saal voller kleiner Betten. In jedem lag ein Baby. Die meisten schliefen.

An einem Tisch stand Dr. Amendt. Er hielt ein sehr kleines Baby im Arm und gab ihm die Flasche. Dabei summte er leise vor sich hin.

»Doktor Neurath hat mich zu Ihnen geschickt«, sagte Katharina vorsichtig.

»Ich weiß«, summte der Arzt im Takt seiner Melodie. Er ließ die Augen keinen Moment von dem Kind auf seinem Arm.

»Er meinte, Sie sollten sich das hier mal anschauen.« Katharina hielt den Umschlag mit den Aufnahmen hoch, den ihr Dr. Neurath gegeben hatte.

»Später«, murmelte Dr. Amendt, während er das Baby über die Schulter hob und ihm sanft auf den Rücken klopfte, bis es leise aufstieß. Dann legte er es vorsichtig in seine Wiege zurück.

»Es ist aber wichtig.«

»Sie sind völlig verspannt, wissen Sie das? Dagegen weiß ich etwas.« Im nächsten Augenblick hatte Dr. Amendt ihr den Umschlag weggenommen und ein Kind in den Arm gedrückt. Vor Schreck ließ Katharina das Baby beinahe fallen.

»Was soll ich …?«

»Füttern. Sie werden sehen, das beruhigt.«

»Schauen Sie sich bitte die Bilder an?«

»Erst füttern!« Er schob ihr einen Stuhl zu. Es half wohl nichts. Sie setzte sich vorsichtig, das Kind auf dem Arm balancierend. Es presste den Kopf an ihre Brust. Katharina schob das Mundstück der Trinkflasche vorsichtig zwischen die kleinen Lippen. Das Baby begann zufrieden zu trinken. Katharina schaukelte es sanft. Sie spürte, wie sich ihr Nacken lockerte. Plötzlich fühlte sie sich so entspannt und ruhig wie den ganzen Tag noch nicht. Friedlich.

Dr. Amendt grinste. »Das funktioniert immer. Ein angeborener Reflex, nehme ich an. Stillen wäre natürlich noch besser.«

Katharina funkelte ihn böse an. Dabei zog sie dem Kind unabsichtlich den Nuckel aus dem Mund. Es begann leise zu greinen. Rasch korrigierte sie ihren Fehler. Zufrieden trank das Kind weiter und schmiegte sich an sie.

»Werden Sie sich jetzt die Bilder ansehen?«

Dr. Amendt hob ein weiteres Kind aus seinem Bettchen. »Gleich. Und als Privatmann gern. Aber als Gerichtsmediziner – offen gesagt, ich bin suspendiert.«

»Warum das denn?«

»Ach, das ist eine lange Geschichte. Im Grunde …«, sagte er und gab dem Kind auf seinem Schoß die Flasche, »… ist die kleine Johanna hier schuld dran. Aber ich will Sie nicht langweilen.« Er begann wieder zu summen. Die Schwester nahm Katharina das Kind ab. Die Kommissarin fühlte sich plötzlich nackt. Beinahe hätte sie gefragt, ob sie nicht noch eines füttern könnte.

Endlich war auch das Kind auf Dr. Amendts Schoß satt. Er legte es in sein Bettchen und deckte es zu: »Schlaf gut, Johanna.«

Dann nahm er den Umschlag. »Jetzt wollen wir mal schauen, was Eric so Weltbewegendes entdeckt hat. Hier entlang, bitte.«

Er führte Katharina in ein kleines Sprechzimmer. Sie blieb am Eingang stehen, während der Arzt die Bilder schweigend betrachtete. Plötzlich schaltete er den Röntgenfilmbetrachter aus: »Ich will sie sehen. Kommen Sie!«

Er begleitete sie auf dem Weg zur Umkleidekabine und schloss ihr die Tür auf. »Ich schaue noch mal kurz nach Johanna. Klopfen Sie einfach an die Scheibe, wenn Sie fertig sind. Aber leise.«

Ein seltsamer Mann, dachte Katharina, während sie die Tür hinter sich schloss. Sie schlüpfte aus den Krankenhauskleidern. Plötzlich öffnete sich die Tür erneut. Katharina sah auf.

Eine Frau betrat den Umkleideraum, vielleicht Ende dreißig. Ihr schwarzes Haar war zurückgekämmt und zu einem Pferdeschwanz gebunden. Als sie Katharina erblickte, sagte sie mit der ruhigen, kühlen Autorität einer Ärztin: »Wer sind Sie?«

Katharina stellte sich vor: »Katharina Klein vom KK 11.« Eine halbe Notlüge. »Ich hatte etwas mit Doktor Amendt zu besprechen.«

»Wegen Alexandra Taboch?«

»Wegen wem? Nein, es geht um einen Fall. Seine Sekretärin hat mir gesagt, wo ich ihn finde.«

Die Frau lächelte wissend: »Tja, man könnte meinen, er sei Kinderarzt, so oft, wie er hier ist. – Ich bin übrigens Katja Meyer. Ich leite diese Station.«

Sie reichte Katharina die Hand. Der Händedruck war fest und kühl, die Hand knochig und kräftig. »Under Her?«, fragte sie und deutete auf Katharinas seidenen, schwarzen Body. Katharina bejahte.

»Schöner Laden.« Und damit streifte Katja Meyer, die immer noch neben Katharina stand, ihren Pullover über den Kopf. Sie trug ein Schnürkorsett aus schwarzem Samt. Auch schön, dachte Katharina. Dann sah sie den Anhänger am Hals der Frau – drei verschlungene Bogen, aus denen man mit etwas gutem Willen zwei S und ein C herauslesen konnte: »Save, Sane, Consentual«, der Wahlspruch der S/M-Szene.

Die Ärztin fuhr fort, sich umzuziehen. Katharina musterte sie aus den Augenwinkeln. Keine Striemen, keine blauen Flecken, nur eine einzelne tätowierte Rose auf der muskulösen Schulter.

Katharina schlüpfte rasch in ihre Kleidung und sah in den Spiegel, der an der Wand hing. Ihr Make-up konnte etwas Auffrischung vertragen. Sie nahm den Eyeliner und die Puderdose aus ihrer

Handtasche und begann, sich zu restaurieren. Die Ärztin sah ihr über die Schulter. »Ich hoffe, Sie machen sich nicht für Andreas so fein?«

Katharina schüttelte den Kopf. Wie kam sie denn auf diese Idee? Sie wollte einfach nur passabel aussehen. Das war doch nicht verboten.

»Das hätte ohnehin keinen Sinn«, lachte die Ärztin. »So ungefähr die Hälfte aller Frauen in diesem Krankenhaus macht Jagd auf ihn. Erfolglos. Die meisten meinen, er ist schwul.«

»Und Sie?«

»Ich halte ihn für einen kinderlieben Vanilla ...« Sie korrigierte sich: »Für einen kinderlieben Mann, der ...«

Ihr Gespräch wurde jäh unterbrochen. Auf dem Flur schrien sich zwei Männer an.

Die beiden Frauen stürmten aus dem Umkleideraum. Ein Mann hielt Andreas Amendt am Kragen seines Kittels gepackt, drückte ihn gegen die Wand des Flurs und brüllte: »Lassen Sie die Finger von Johanna Taboch! Sie haben hier nichts verloren!«

Katharina wollte dazwischengehen, doch die Stimme von Katja Meyer peitschte bereits über den Flur: »Henthen! Lassen Sie sofort Doktor Amendt los!«

Der Angesprochene sah zu ihr hin. Dann nahm er die Hände von seinem Opfer. »Doktor Amendt hat auf meiner Station nichts verloren«, bellte er Katja Meyer an.

»Das hier ist meine Station«, erwiderte die Ärztin gelassen. »Die Abteilung für Reproduktionsmedizin ist eine Etage tiefer. Und dorthin bitte ich Sie jetzt zu gehen.«

»Was erlauben Sie sich?« Der Mann baute sich vor Katja Meyer auf. Sie war größer als er. »Ich bin immerhin Chefarzt der Reproduktionsmedizin.«

»Und ich bin *Chef*-Ärztin der Säuglingsstation.« Katja Meyer ließ sich jede Silbe auf der Zunge zergehen. »Und wenn Sie weiter so einen Lärm machen, lasse ich Sie vom Sicherheitsdienst entfernen.«

Der Mann holte Luft, doch Katja Meyer zog gelassen einen Notfall-Piepser aus der Brusttasche ihres Kittels. Mit hochgezogenen Augenbrauen sah sie den Mann an, der endlich die Schultern sinken ließ, sich umdrehte und türenknallend verschwand.

Katharina fragte in die Stille hinein: »Wer war das denn?«

»Das war Professor Doktor Markus Henthen. Wenn man dem *Zentralblatt für Gynäkologie* folgt, einer der ›weltweit führenden Experten für Reproduktionsmedizin‹«, antwortete die Ärztin süffisant.

»Und Ihrer Meinung nach?«

»Meiner Meinung nach ist er ein übler Faschist, den man bei Gelegenheit mal ordentlich durchpeitschen sollte.«

»Ohne Safeword, nehme ich an?«, fragte Katharina. Die Ärztin grinste böse: »Natürlich.«

»Ohne was?« Dr. Amendt hatte ihnen bis jetzt wortlos zugehört.

»Ohne Safeword«, antwortete die Ärztin sachlich. »Zeig mal deinen Hinterkopf.« Dr. Amendt ging etwas in die Hocke. Katja Meyer taste seinen Kopf sorgsam ab. »Kleine Beule, nichts Schlimmes.«

»Hör mal, Katja, vielleicht ist es besser, wenn ich …«, begann Dr. Amendt.

»Du bist auf meiner Station immer herzlich willkommen«, unterbrach ihn Katja Meyer streng. »Schon aus ganz egoistischen Gründen. Ich kann hier jede Hand brauchen.« Sie hauchte ihm einen Kuss auf die Wange. Katharina spürte einen kleinen Stich im Bauch. Warum auch immer.

»So, und jetzt muss ich nach meinen Kindern schauen. Ich hoffe, Henthen hat sie nicht allzu sehr aufgeregt.« Eilig ging die Ärztin davon.

Katharina und Dr. Amendt sahen ihr nach. Dann drehte sich der Arzt zu ihr um. »Dann wollen wir mal …«

Er hielt Katharina ganz selbstverständlich die Tür auf. Während sie auf den Fahrstuhl warteten, fragte sie: »Was haben Sie denn diesem Henthen angetan?«

»Nichts, was ich nicht jederzeit auch vor Gericht beeiden könnte.« Dann schwieg er.

»Und? Was denkst du?«, fragte Dr. Neurath sofort nach der Begrüßung. Dr. Amendt öffnete den Umschlag mit den Bildern. Die beiden Ärzte traten an den Röntgenfilmbetrachter.

»Also ich sehe zwei Eindrücke. Fast im gleichen Winkel. Sturz- oder Schlagverletzung. Ohne Autopsie schwer zu sagen.«

»Außerdem hat sie eine Platzwunde am Hinterkopf«, ergänzte Dr. Neurath.

Dr. Amendt runzelte die Stirn. »Wenn Murphy zuschlägt. Ich will sie mir mal selbst anschauen. Irgendwelche Einwände?«

Dr. Neurath zuckte mit den Achseln. »Keine. Vielleicht fällt dir ja noch was ein. Ich bin ehrlich gesagt mit meiner Kunst am Ende.«

Er führte Katharina und Dr. Amendt in das Zimmer, in dem Melanie Wahrig lag. Ihre Augen waren jetzt geschlossen. Auf den ersten Blick konnte man sie für tot halten, doch das EKG zeigte immer noch einen Pulsschlag.

Dr. Amendt ging zum Bett und beugte sich über die Patientin. »Hast du die beiden blauen Flecken gesehen?«, fragte er und deutete auf den Kiefer und neben das linke Auge.

»Vielleicht Prellungen vom Sturz. Obwohl sie auf die andere Seite gefallen ist.«

»Seltsam. Frau Klein? Auf welcher Seite lag sie, als Sie sie gefunden haben?«

»Auf der rechten.«

Dr. Amendt betrachtete Melanie Wahrig weiter und schwieg. Plötzlich hob er den Kopf. »Habt ihr eine UV-Lampe hier?«, fragte er Dr. Neurath.

»Ich glaube nicht.«

Der Gerichtsmediziner wandte sich an Katharina. »Sie vielleicht? Haben Sie eine UV-Lampe? So eine, wie sie die Spurensicherung benutzt?«

Katharina verneinte. Sie hatte zwar ein gut ausgerüstetes Kit für alle Fälle, aber das stand im Kofferraum von Morris.

Plötzlich sagte Dr. Neurath »Moment!« und ging rasch aus dem Raum. Kurze Zeit später kehrte er mit einem Geldnotenprüfgerät zurück. »Geht das? – Wir haben hier seit Neuestem Sicherheitsausweise mit UV-Kennung.«

Dr. Amendt schaltete das Gerät ein und hielt es über das Gesicht von Melanie Wahrig. »Dachte ich es mir doch. Seht ihr das?«

Die beiden Blutergüsse waren die Spitzen eines Handabdrucks, der sich klar und deutlich auf dem Gesicht abzeichnete. »Okkulte Prellungen.«

»Ich habe ihr ein paar Klapse auf die Wange gegeben«, sagte Katharina schuldbewusst. »Aber bestimmt nicht …«

»Nein, die Hand ist gespreizt. Und größer als Ihre.«

Dr. Amendt richtete sich auf. »Fremdeinwirkung. Da bin ich mir ziemlich sicher. Das erklärt auch die fast parallelen Einschläge. Jemand hat sie gepackt und gegen etwas geschlagen.«

Katharina sah, wie Andreas Amendt tief durchatmete. Schließlich fragte er den Neurologen: »Und jetzt?«

»Der Hirndruck ist einfach zu hoch. Wir können nichts tun als abzuwarten.«

Dr. Amendt sah auf den EEG-Monitor. »Kaum noch Hirntätigkeit. Vielleicht kann man den Druck noch mal reduzieren?«

»Haben wir schon versucht. Einen weiteren Eingriff überlebt sie nicht.«

»Hat sie Verwandte?«, fragte Dr. Amendt Katharina.

»In Frankfurt nur ihre Tochter. Ihre Eltern wohnen in Spanien und ihr Exmann ist verreist.«

»Wo ist die Tochter jetzt?«

»Im Kindergarten. Sie ist vier.« Verdammt, wer sollte das alles bloß Laura erklären? »Und ich werde sie bestimmt nicht hierher bringen«, fügte Katharina giftig hinzu. »Nicht in ein Krankenhaus, nicht um ihrer Mutter beim Sterben zuzusehen.« Ihre Stimme überschlug sich. Plötzlich fühlte sie sich von zwei Armen gepackt. Andreas Amendt drückte sie an sich.

»Ganz ruhig. Das verlangt ja auch niemand.« Er strich ihr über das Haar. Katharinas Augen füllten sich mit Tränen. Trotzig machte sie sich los und ging aus dem Raum. Dr. Neurath folgte ihr.

»Möchten Sie eine Valium?«

Katharina schüttelte den Kopf. Typisch Neurologe.

Auch Andreas Amendt kam auf den Flur. Katharina wartete auf das ärztliche »Geht's wieder?«. Aber es kam nicht. Sie sah ihn an. »Entschuldigung«, murmelte sie.

»Kein Problem.«

Katharina atmete durch: »Aber Sie müssen ihr doch irgendwie helfen können.«

»Medizinisch?« Dr. Neurath blickte zu Boden. »Nein. Wir können nur warten. – Wissen Sie zufällig, was Frau Wahrig gerne liest?«

»Warum?«

»Manchmal hilft es, wenn Koma-Patienten eine Stimme hören. Ich werde ihr etwas vorlesen.«

Katharina dachte nach. Da war doch irgendetwas? Klar. »Kitschromane«, sagte sie. Das hatte sie immer gewundert bei der jungen und intelligenten Frau. »Herzschmerz und wahre Liebe. Unglückliche Frauen, die von einem Prinzen auf einem weißen Pferd gerettet werden.«

Dr. Neurath sah sie ratlos an: »Sie haben so etwas nicht zufällig dabei?«

Katharina schüttelte den Kopf. Doch Dr. Amendt sagte rasch: »Djeannie liest solches Zeug dauernd. Wo ist dein Telefon?«

Katharina stürmte in Polanskis Büro, ohne anzuklopfen, Andreas Amendt im Schlepptau. Als sie sah, mit wem der Kriminaldirektor gerade sprach, überkam sie das dringende Bedürfnis, sofort die Flucht zu ergreifen.

»Meine Liebe!«, rief die Frau entzückt. Katharina ließ die Wangenküsschen peinlich berührt über sich ergehen.

»Frauke Müller-Burkhardt. Oberstaatsanwältin.« Die Frau streckte dem Gerichtsmediziner burschikos die Hand hin.

»Das ist Doktor Andreas Amendt. Stellvertretender Chefarzt der Gerichtsmedizin«, stellte Katharina ihn vor.

Polanski unterbrach sie: »Katharina, was machen Sie hier?«

»Und das hier ist Kriminaldirektor Polanski«, wollte sie ihren Chef vorstellen.

Die beiden Männer starrten sich an. »Wir kennen uns«, sagte Dr. Amendt nach einem Moment eisigen Schweigens.

»Also, Katharina«, übernahm Polanski rasch das Gespräch. »Was wollen Sie hier?«

»Jemand hat versucht, meine Nachbarin zu töten.« Sie sprudelte die ganze Geschichte hervor. Polanski hörte ihr aufmerksam zu. Als Katharina geendet hatte, sah er sie nachdenklich an: »Und jetzt wollen Sie natürlich ermitteln?«

Katharina zögerte; dann antwortete sie kleinlaut: »Ja.«

»Das ist absolut unmöglich.«

»Warum?«, fragte sie giftiger, als sie beabsichtigt hatte.

»Weil Sie vorgestern zwei Menschen erschossen haben!«, schnauzte Polanski zurück. »Und bis zur endgültigen Aufklärung der Vorgänge sind und bleiben Sie außer Dienst.«

Andreas Amendt hob beschwichtigend die Arme. »Aber …«

Polanski fiel ihm ins Wort: »Und mit Ihnen rede ich gar nicht erst. Ihr Chef hat schon längst ein Fax geschickt, dass Sie suspendiert sind. Wegen haltloser Verdächtigungen.«

Einen Augenblick sah es so aus, als wollte Andreas Amendt den Kriminaldirektor schlagen. Doch dann machte er auf dem Absatz kehrt und lief aus dem Büro. Die Tür fiel knallend ins Schloss.

In das betretene Schweigen hinein klingelte Katharinas Handy. Automatisch griff sie in ihre Jackentasche und antwortete. Dr. Eric Neurath. Sie hörte noch, was er sagte. Dann rutschte ihr das Telefon aus der Hand. Die Staatsanwältin fing sie auf und führte sie zu einem Sessel.

»Melanie Wahrig ist tot«, murmelte Katharina. Verdammt, sie war doch sonst so hart im Nehmen. Polanski drückte ihr ein Glas in die Hand. Sie nahm einen Schluck. Kognak. Der Alkohol brannte wie Feuer. Aber wenigstens spürte sie ihren Körper wieder.

»Katharina?«, sagte Polanski leise. »Ich veranlasse gleich alles Notwendige. Gehen Sie nach Hause. Ruhen Sie sich aus.«

Katharina dachte an den vorherigen Abend. Pizza. *Shrek*. Ein giftgrüner Teddybär. »Jemand muss es Laura beibringen. Das ist die Tochter. Sie ist fast fünf«, erklärte sie mechanisch.

»Wo ist sie jetzt?«, fragte Polanski.

»Im Kindergarten.«

Er ging zum Telefon. Knapp gab er Anweisungen. Katharina bekam nur Bruchstücke mit: »Autopsie … sofort … keinen Aufschub … Jugendamt …«

Endlich war das Telefonat beendet. Katharina sah ihren Chef an: »Die Spurensicherung braucht sicher einen Schlüssel.«

»Katharina, erst brauche ich eine Bestätigung für das, was Sie mir erzählt haben. Aber Professor Metzel macht sich gleich an die Autopsie. Ich kümmere mich um alles.«

»Und jetzt?«, fragte Katharina.

»Fahren wir in den Kindergarten zur Tochter.«

»Sie auch?«

»Natürlich. Und Theresa Ludwig vom Jugendamt kommt auch mit.«

»Ich bin auch dabei«, verkündete Frauke Müller-Burkhardt resolut. Fast war Katharina ihr dankbar.

Zu viert hatten sie sich in den Mini gezwängt: Katharina, Polanski, Frauke Müller-Burkhardt und Theresa Ludwig. Katharina steuerte den Wagen durch den Frankfurter Freitagmittagsverkehr zu Lauras Kindergarten. Sie war froh über jede rote Ampel, jeden kleinen

Stau – über alles, was den Moment, in dem sie Laura beibringen musste, dass ihre Mutter gestorben war, hinauszögerte.

Elfie LaSalle empfing sie schon am Eingang der ein wenig heruntergekommenen Altbauvilla. »Leise!«, flüsterte sie streng. »Mittagsschlaf.«

Polanski erklärte ihr, warum sie gekommen waren. Dann bat er die blass gewordene Kindergärtnerin, Laura zu holen. Elfie LaSalle führte sie zunächst in ein großes Spielzimmer. Dann verschwand sie.

Kurze Zeit später erschien sie mit Laura an der Hand, die sich noch den Schlaf aus den Augen rieb. Das Mädchen sah Katharina und hielt inne: »Mit Mama ist was passiert, oder?«

Polanski hockte sich vor sie hin: »Hallo Laura, ich bin Paul. Katharinas Chef.«

Sanft nahm er die kleine Hand des Mädchens in seine große Pranke und ging mit ihr zu einer Ecke des Zimmers, in der lauter große Kissen lagen. Dort setzte er sich mit ihr auf den Fußboden und begann, leise mit ihr zu sprechen.

Katharina war ihrem Chef unendlich dankbar. Doch Polanski würde ihr für immer ein Rätsel bleiben. Sie hatte erlebt, wie hart er mit Verdächtigen umging. Mehr als einmal hatten sich von ihm Verhörte aus purer Angst in die Hosen gemacht. Es ging sogar das Gerücht, dass er in jüngeren Tagen auch das eine oder andere Mal zugeschlagen habe. Und dann gab es diese andere Seite: Jederzeit war er bereit, seine Familie – die ihm unterstellten Beamten – zu schützen und zu unterstützen oder sich um die Opfer zu kümmern. Katharina wusste, dass sie selbst die Kraft und Geduld dafür niemals aufbringen würde.

Polanski half Laura aufzustehen. Sie umklammerte seine Hand mit aller Kraft. Katharina konnte die weißen Druckstellen unter ihren Fingern sehen, als die beiden zu den Wartenden herüberkamen. Laura ließ die Hand des Kriminaldirektors los und blieb vor Katharina stehen. Sie sah sie mit großen Augen an, ihre Haut war blass, fast grau. Katharina ging in die Knie und nahm das kleine Mädchen fest in den Arm.

Theresa Ludwig, die Jugendamtsmitarbeiterin, sprach als Erste wieder: »Tja, jetzt müssen wir uns wohl um den Verbleib des Kindes kümmern. Gibt es Angehörige in der Nähe?« Ihr Ton war kühl, geschäftsmäßig.

Elfie LaSalle antwortete: »Die Großeltern wohnen in Spanien, leider. Und ich habe zwar den Auftragsdienst des Vaters erreicht, aber die meinten, es kann ein paar Tage dauern, bis er sich meldet.«

»Dann muss die Kleine wohl in ein Heim.« Theresa Ludwig begann, in ihrer Handtasche zu kramen.

»Gibt es keine andere Möglichkeit?«, fragte Polanski. »Eine Pflegefamilie? Das Kind muss doch gut betreut werden.«

»So kurz vor dem Wochenende? Wie soll ich das denn organisieren?«

»Typisch Jugendamt«, murmelte Elfie LaSalle.

»Wie bitte?« fragte Theresa Ludwig giftig. Katharina sah auf. So ein Streit fehlte gerade noch.

»Ich sagte: ›Typisch Jugendamt‹.« Elfie LaSalle baute sich vor Theresa Ludwig auf, die sie allerdings weit überragte. »Nie in der Lage, rechtzeitig zu handeln, wenn es gebraucht wird. Aber ein Riesentheater um einen schwulen Vater machen.«

Polanski hob beschwichtigend die Hände: »Aber meine Damen!« Doch Elfie LaSalle und Theresa Ludwig waren fest entschlossen, das jetzt und hier auszutragen. »Solch eine Beurteilung übersteigt doch wohl Ihre Kompetenzen.« – »Immerhin habe ich tatsächlich Erfahrung im Umgang mit Kindern. Im Gegensatz zu Ihnen.«

Wo Elfie recht hatte, hatte sie recht, dachte Katharina. Es war wirklich nicht sehr taktvoll, vor einem Kind, das gerade seine Mutter verloren hatte, auszudiskutieren, wohin man es abschob. Sie stand auf: »Können wir jetzt wieder an Laura denken?«

»Halten Sie sich da raus! Das geht Sie nichts an«, fauchte Theresa Ludwig.

»Laura geht mich sehr wohl etwas an! Und ich will, dass sie gut untergebracht wird!« Katharina sprach leise, aber scharf. Die beiden Frauen machten erschrocken einen Schritt zurück. Auch Polanski spannte seine Muskeln an.

Plötzlich spürte Katharina ein Zupfen an ihrer Jacke. Laura sah zu ihr hoch: »Kann ich nicht bei dir bleiben?«

Mit einem Schlag war Katharinas Zorn verraucht. Sie ging wieder in die Hocke, um mit dem Kind von Angesicht zu Angesicht zu reden: »Aber das geht doch nicht, Laura. Ich muss doch …«

»Warum eigentlich nicht?«, mischte sich Polanski ein. Katharina sah zu ihrem Chef auf. Was für seltsame Ideen hatte er denn jetzt?

»Wäre das möglich?«, fragte er Theresa Ludwig. »Frau Klein ist eine meiner fähigsten Beamtinnen. Sie ist momentan … beurlaubt und hätte Zeit, sich um Laura zu kümmern. Außerdem ist sie eine Nachbarin. So wäre Laura in ihrer gewohnten Umgebung.«

Was machte Polanski da? Er konnte doch nicht einfach …

Theresa Ludwig musterte Katharina streng: »Das ist zwar ungewöhnlich, aber möglich ist das schon. Frau Klein? Sind Sie verheiratet?«

»Nein, warum?«

»Ich muss doch wissen, ob Sie in geordneten Verhältnissen leben.«

Katharina wollte am liebsten ihre ganz und gar ungeordneten Verhältnisse schildern, doch Polanski war schneller: »Frau Klein ist eine gute und verantwortungsbewusste Polizeibeamtin. Sie können sicher sein, dass ihre Verhältnisse geordnet sind.«

»Ja, bei ihr ist es ganz toll aufgeräumt«, rief Laura, die sich fest an Katharinas Hand klammerte, dazwischen.

»Na dann …« Theresa Ludwig schien zufrieden.

»Ich muss energisch protestieren«, quiekte Elfie LaSalle. »Wissen Sie, was sie Laura heute zum Frühstück mitgegeben hat? Eine Tafel Schokolade. Und Laura hat erzählt, dass sie bis spät in die Nacht Filme geschaut haben. Und es gab *Pizza*!« Sie spuckte das Wort aus wie ein besonders ekliges Stück Knorpel.

Alle drehten sich zu Katharina um.

»Ich … ich hatte nicht eingekauft«, sagte Katharina kleinlaut. »Ich konnte ja nicht damit rechnen, dass …« Theresa Ludwigs Blick war deutlich abgekühlt.

Polanski fiel ihr ins Wort: »Frau Klein hat sich gestern Abend spontan bereit erklärt, Laura für eine Nacht zu beherbergen. Da kann so etwas schon mal vorkommen.«

»Und der Film?«, fragte Elfie LaSalle streitlustig. »Der war nicht für Lauras Altersstufe freigegeben. Das weiß ich genau.«

Polanski wandte sich an Katharina: »Was für ein Film war das denn?«

»*Shrek*«, rief Laura dazwischen. Polanski sagte freundlich: »Ach, den liebt meine Enkelin über alles. Und die ist auch vier.«

»Ich bin fast fünf«, korrigierte Laura ihn streng.

»Wie meine Enkelin.« Polanski hatte eine Enkelin? Soweit Katharina wusste, hatte er nicht mal Kinder.

»Das ist ja völlig verantwortungslos. Und dann das Auto. Das hat ja gar keinen Kindersitz«, ereiferte Elfie sich weiter.

Das war Katharinas Chance: »Herr Polanski, so gern ich aushelfen würde, aber Frau LaSalle hat recht: Ich bin überhaupt nicht vorbereitet auf so eine Situation.«

Laura begann bitterlich zu weinen: »Bitte, ich will bei dir bleiben.«

Katharina nahm das Mädchen in den Arm. Sie wollte etwas sagen. Doch Polanski kam ihr zuvor: »Katharina? Ein Wort unter vier Augen bitte!« Doch Laura wollte nicht loslassen. Wo blieb nur die Ohnmacht, wenn man sie brauchte?

»Komm, Laura, zeig mir mal euer Spielzimmer.« Das war Frauke Müller-Burkhardt, die die ganze Zeit schweigend zugehört hatte. Laura sah Katharina fragend an. »Ja, zeig ihr das Spielzimmer. Ich bin gleich zurück.«

»Bitte wiederkommen«, flehte Laura mutlos.

»Natürlich komme ich wieder. Versprochen!«

Polanski fasste Katharina am Arm und zog sie hinaus. Er schloss sorgfältig die Tür.

»Katharina, wie können Sie so herzlos sein?«

Sie blickte beschämt zu Boden: »Ich kann mit Kindern nichts anfangen.«

»Haben Sie unser Gespräch von gestern schon wieder vergessen? – Genau das meinte ich. Sie weigern sich, Verantwortung zu übernehmen.«

Katharina schwieg. Polanski fuhr fort: »Außerdem ist das Ihre Chance, Punkte zu sammeln. Und es ist ja nur für ein paar Tage, bis der Vater an Land kommt. – Und der Fall, wenn er denn einer ist …«

»Da bin ich ganz sicher.«

»Katharina! Sie kennen doch solche Fälle. Vermutlich ein simples Eifersuchtsdrama. Das kann wirklich jeder aufklären. Aber Laura ist die wirkliche Herausforderung für Sie. Und der Psychologe und die Anhörungskommission werden begeistert sein.«

Es blieb ihr wohl nichts anderes übrig. Sie zuckte mit den Achseln: »Also gut.«

Polanski ging zufrieden vor ihr her zurück ins Spielzimmer. Laura saß in einer Ecke und erklärte der Staatsanwältin offenbar ein

Memory-Spiel. Theresa Ludwig und Elfie LaSalle schwiegen sich an.

»Also«, erhob Polanski die Stimme. »Laura bleibt zunächst einmal bei Frau Klein.«

Das Mädchen sprang auf, lief zu Katharina und klammerte sich an ihrer Hand fest.

»Und die Pizza?«, fragte Elfie LaSalle streng.

Polanski sprach mit seiner sanftesten Stimme: »Frau Klein war nicht auf Besuch eingerichtet. Ist es Ihnen noch nie passiert, dass Sie unverhofft Gäste bekommen haben?«

»Ich habe stets ausreichend gesunde, vollwertige Nahrung im Haus!«

Polanski wollte etwas sagen. Doch Katharina war schneller: »Ich fahre gleich einkaufen. Nur gesunde Dinge.«

Polanski nickte zufrieden. Elfie LaSalles Gesicht nahm wieder eine normale Farbe an. »Und keine Schokolade«, sagte sie streng.

Katharina seufzte. »Versprochen! – Sie haben nicht zufällig einen Kindersitz, den ich leihen könnte?«, fragte sie die Kindergärtnerin versöhnlich.

Was kam jetzt? Der Hinweis, dass Fahrradfahren gesünder wäre? Doch Elfie LaSalle verschwand nur, um kurze Zeit später mit einem schwarzen Kindersitz zurückzukommen: »Der müsste gehen. In meinen Fiat Bambino hat er auch gepasst.«

Das würde die gesündeste Woche des Jahres werden. In Katharinas Einkaufswagen stapelten sich die unterschiedlichsten Obst- und Gemüsesorten, frische Kräuter, Bio-Landmilch – Laura hatte darauf bestanden – und noch weitere Dinge, die Katharina als gesund und kindgerecht einstufte. Laura ließ sich nach einer längeren Debatte doch davon überzeugen, dass Nudeln eine vollwertige Mahlzeit darstellten. Vollkorn-Nudeln natürlich. Dafür musste es Fertigsauce aus dem Glas tun. Katharina brauchte dringend einen Schokoriegel.

»Ich denke, wir dürfen keine Schokolade?«, fragte Laura neugierig. »Das hat doch Tante Elfie gesagt.«

Also gut. Keine Schokolade. Nicht schon wieder eine Debatte. Laura hatte bereits bei jedem Obststück gefragt, ob das *bio* sei. Konnte sie nicht einfach Quarkpackungen durch die Gegend werfen wie jedes normale Kleinkind?

An der Brottheke begann Laura eine ernsthafte Diskussion über das Nussbrot. Die freundliche Verkäuferin schien ein wenig überfragt, ob denn die Nüsse aus Afrika seien. »Das sind nämlich die besten!«, verkündete Laura apodiktisch.

»Sie haben aber ein kluges Kind. Und ganz die Mutter, wie aus dem Gesicht geschnitten.«

Das hatte gerade noch gefehlt. Die Verkäuferin musste blind sein. Einerlei. Jetzt hatten sie endlich alles, wenn Katharina die Berge in ihrem Einkaufswagen richtig einschätzte. Auf zur Kasse. Wenn sie denn jemals durch dieses Labyrinth hindurchfanden.

Mit Schwung bogen die beiden um eine Ecke – und stießen beinahe mit zwei Männern zusammen.

»Katharina! Was für ein Zufall!«, rief der Kleinere.

Katharina kannte die beiden nur zu gut. Hans und Lutz hatten mehrere Jahre abgesessen und arbeiteten jetzt als Sicherheitsbeauftragte für Antonio Kurtz. Hans war klein und drahtig, ein wandelndes ADHS-Syndrom, immer in Bewegung. Lutz war groß, stämmig, kahl rasiert und sehr schweigsam. Katharina war erstaunt, die beiden zu sehen. Normalerweise wichen sie Antonio Kurtz nicht von der Seite.

»Was macht ihr hier?«

»Spezialauftrag!«, wollte Hans lossprudeln. Doch Lutz legte ihm die mächtige Hand auf die Schulter: »Kurtz braucht Caluha.«

»Richtig«, fuhr Hans rasch fort. »Kurtz will ein neues Rezept ausprobieren.«

»Mit Caluha?« Katharina biss sich auf die Lippen, um nicht zu lachen. Hans war ein schlechter Lügner.

»Ja, richtig. Rinderbraten mit Caluha. Ich meine Fisch. Soll Cai Piranha heißen. Weltbewegend.«

Katharina unterbrach ihn: »Leute, ich bin nicht im Dienst. Ihr habt doch keine Dummheiten vor?«

»Nachforschungen. Harmlos«, erklärte Lutz. Katharina sah, dass seine Fingerspitzen weiß wurden, als er die Hand auf die Schulter seines Kollegen presste.

»Was macht die Doktorarbeit, Lutz?«, fragte Katharina, um das Thema zu wechseln. Der große Mann hatte seinen Gefängnisaufenthalt für ein Fernstudium in Philosophie genutzt. Jetzt schrieb er an seiner Dissertation, wenn es die Zeit erlaubte.

»Knifflig. Heidegger«, antwortete er. Wenn er so schrieb, wie er sprach, würde das die kürzeste Doktorarbeit aller Zeiten werden.

Laura hatte die beiden Männer fasziniert betrachtet. »Seid ihr auch Polizisten?«, fragte sie neugierig.

Hans ging in die Knie: »Nein, aber so was Ähnliches. Wir sind Leibwächter. Wir passen auf, dass anderen Menschen nichts passiert. – Und wer bist du?«

»Ich bin Laura.«

»Hallo Laura. Ich bin Hans. Und das ist Lutz.«

Lutz reichte ihr seine große Hand, die Laura artig schüttelte.

Katharina erklärte: »Laura ist die Tochter meiner Nachbarin.«

Hans erhob sich. »Tja, wir müssen weiter. Caluha besorgen.«

Lutz gab Katharina die Hand: »Pass auf dich auf, Katharina. Es passiert so viel in letzter Zeit.«

Die beiden Männer verschwanden im Labyrinth der Regale. Nachdenklich sah Katharina ihnen hinterher. Was trieben sie hier? Lutz' letzte Worte machten sie doppelt stutzig: War irgendetwas Wichtiges an ihr vorbeigegangen? Sie würde Antonio Kurtz fragen, wenn sie ihn das nächste Mal traf.

»Mama kommt nie mehr wieder, oder?«

Katharina und Laura saßen am Küchentisch. Katharina hatte tatsächlich gekocht, und Laura hatte die Nudeln für lecker befunden. Jetzt saßen sie über zwei dampfenden Tassen. Grübelnd hatte Laura in ihrem Kakao gerührt. Und dann hatte sie gefragt. Katharina wusste nicht, was sie antworten sollte. Wie sollte man einem vierjährigen Kind erklären, dass seine Mutter ermordet worden war?

»Ich fürchte, nicht«, sagte Katharina traurig. In Lauras Augen bildeten sich Tränen, die langsam über ihre Wangen kullerten. »Ist Mama denn jetzt eine Giraffe?«, fragte sie.

»Ehrlich gesagt, ich weiß es nicht.«

»Aber du weißt doch alles. Du bist doch Polizist.«

»Ach Laura, niemand weiß, was mit uns nach unserem Tod geschieht.« Sie biss sich auf die Zunge. Durfte sie dieses Wort benutzen?

Laura schniefte und schwieg. Katharina ging um den Tisch und nahm Laura in den Arm. Sie spürte die Schluchzer. Wenn sie das Kind doch nur irgendwie trösten könnte.

»Weißt du …«, hörte sie sich sagen. »Meine Familie ist gestorben, als ich sechzehn war. Meine Eltern und meine Schwester. Aber manchmal besuchen sie mich. In meinen Träumen.«

»Kommt Mama mich auch besuchen, wenn ich träume?«

»Bestimmt.«

Laura lehnte sich wieder an sie und schwieg. Katharina wischte ihr mit einem Taschentuch die Tränen ab.

Laura befand bald, es sei Schlafenszeit für sie. Wie eine kleine Maschine zog sie sich ihren Schlafanzug an, putzte sich mechanisch und gründlich die Zähne. Katharina bot an, ihr noch etwas vorzulesen. Doch Laura wollte nicht. Lieber sollte Katharina bei ihr am Bett sitzen, bis sie eingeschlafen war. So saß Katharina auf der Bettkante und sah auf das kleine Mädchen herab, das seinen Teddy fest im Arm hielt. Bald waren Lauras Atemzüge tief und regelmäßig. Katharina stand leise auf und ging hinaus. Die Tür lehnte sie nur an; so würde sie hören, wenn etwas mit Laura nicht in Ordnung war.

Kinder waren wirklich nicht ihre Stärke. Schon gar nicht, wenn sie Angehörige von Mordopfern waren. Das hatte Thomas immer übernommen. Katharina spürte, wie Hitze in ihr aufstieg. Sie schämte sich. Sie hatte fast den ganzen Tag nicht an Thomas gedacht. An ihren Partner, der jetzt in einer Schublade in der Leichenhalle lag. Den sie nicht hatte beschützen können. Der …

Katharina schaffte es gerade noch ins Bad. Sie erbrach sich über der Kloschüssel. Kotzte sich die Seele aus dem Leib. Sie fror, zitterte am ganzen Körper. Ihre Augen brannten. Endlich rannen die ersten Tränen über ihre Wangen. Heftig schluchzend rollte sie sich auf dem Badezimmerteppich zusammen. Sie biss auf ihre Faust, damit Laura nichts hörte.

Sie wusste nicht, wie lange sie so gelegen hatte. Endlich riss sie sich zusammen und stand auf. Sie blickte in den Spiegel. Ihr Gesicht war aufgequollen, die Augen rot. Ihr Lidstrich war über das ganze Gesicht verschmiert.

Als sich sie gerade gründlich die Zähne putzte, um den Geschmack von Erbrochenem aus dem Mund zu bekommen, klingelte es. Der Schreck fuhr Katharina in den Magen. Wer kam denn jetzt noch?

»Meine Liebe, Sie sehen ja furchtbar aus!«

Vor der Tür stand Frauke Müller-Burkhardt, in der Hand eine Flasche Wein und ein längliches, in Geschenkpapier eingewickeltes Paket. Katharina ließ die Oberstaatsanwältin ein.

»Ich dachte, ich leiste Ihnen beim Babysitten Gesellschaft. – Geht es Ihnen nicht gut?«

Katharina schüttelte den Kopf und führte ihren Besuch stumm ins Wohnzimmer. Sie bot Frauke Müller-Burkhardt einen Platz auf dem Sofa an. Die Oberstaatsanwältin setzte sich und stellte den Wein auf den Tisch. Katharina ließ sich ebenfalls auf das Sofa fallen. Sie war froh, nicht mehr allein zu sein.

Frauke Müller-Burkhardt rückte näher: »Sie haben geweint, nicht wahr?«

Eigentlich wollte Katharina fragen, was die Staatsanwältin das anging. Eigentlich wollte sie die Flucht ergreifen. Doch sie war unendlich müde. Sie spürte, wie sich ihre Augen wieder mit Tränen füllten.

»Es ist in Ordnung, meine Liebe.« Die Oberstaatsanwältin legte die Arme um Katharina und zog sie an sich. Katharina ließ sich gegen die Schulter sinken und schloss die Augen. Sie roch einen Hauch Chanel N° 5, fühlte weiche, kühle Seide an ihrer Wange.

»Kommen Sie, erst Ihr Kollege, dann Ihre Nachbarin. Weiß man eigentlich schon, wer …?«

Mit einem Ruck machte Katharina sich los. Niemand war gekommen, um sich nach dem Schlüssel für Melanie Wahrigs Wohnung zu erkundigen. Gab es denn keine Untersuchung? Die Spuren mussten doch gesichert werden. Bei Mordfällen war Zeit der wichtigste Faktor.

Sie wollte aufstehen, doch vor ihren Augen flimmerte es. Frauke Müller-Burkhardt hielt sie zurück. »Ganz ruhig, Katharina.«

»Aber es war noch niemand hier, um Melanie Wahrigs Wohnung zu untersuchen.«

»Polanski kümmert sich darum. Das hat er mir fest versprochen. Und Sie entspannen sich jetzt!« Die Oberstaatsanwältin stand auf. »Haben Sie irgendwo Gläser und einen Korkenzieher? Sie werden sehen, ein Glas Wein wird uns guttun.«

»In der Küche«, murmelte Katharina. Sie fühlte sich zu schwach, um aufzustehen. Absätze klackerten auf den polierten Holzbohlen. Seit wann trug die Müller-Burkhardt Absätze?

Kurze Zeit später kam sie zurück, in der Hand zwei Gläser und einen Korkenzieher. Während die Staatsanwältin die Weinflasche öffnete, betrachtete Katharina sie genauer. Frauke Müller-Burkhardt trug ihr sonst streng zu einem Dutt frisiertes Haar offen. Es fiel in dunkelblonden Korkenzieherlocken über eine schwarze Seidenbluse, deren oberste Knöpfe geöffnet waren und den Blick auf die obere Kante eines mit Spitze besetzten BHs freigaben. Der schwarze Minilederrock gab den Blick auf mindestens zwei Drittel der seidenbestrumpften Beine frei. Die Füße steckten in schwarzen Pumps mit hohen Absätzen. Vielleicht wollte die Oberstaatsanwältin später noch ausgehen. Oder? Katharina verdrängte ihren albernen Verdacht gleich wieder. Nur, weil eine Frau unverheiratet war, musste sie doch nicht gleich lesbisch sein!

»Schwesternschaft!«, rief Frauke Müller-Burkhardt und reichte Katharina ein Glas. Katharina wollte anstoßen, doch Frauke Müller-Burkhardt hatte bereits ihren Arm um den von Katharina geschlungen. »Ich heiße übrigens Frauke!«

»Was?«, fragte Katharina verwirrt. »Ach ja. Katharina.«

Eigentlich duzte sich Katharina nur ungern, vor allem mit Kollegen. Aber im Augenblick konnte sie wirklich jeden Verbündeten brauchen. Sie tranken. Ihre neue Schwester beugte sich vor und küsste Katharina auf den Mund. Viel zu lang. Viel zu zärtlich. Katharina war zu verdattert, um sich zu wehren.

Gott sei Dank klingelte es in diesem Augenblick erneut.

»Noch Besuch? So spät?« Katharina stand rasch auf. Sie ging, gefolgt von Frauke, zur Tür und drückte den Türöffner. Kurze Zeit später klopfte es sachte. Vor der Tür stand Andreas Amendt, in den Händen eine Akte und eine Flasche Wein: »Ich … ich wollte mich entschuldigen. – Außerdem …« Er hob schwach den Arm mit der Akte.

Katharina hätte nicht gedacht, dass sie so froh über den Anblick eines Gerichtsmediziners sein konnte. »Kommen Sie doch rein«, sagte sie fröhlicher, als es vermutlich angemessen war.

Als Katharina ihm die Jacke abnahm, öffnete sich die Tür zum Gästezimmer. Laura kam auf den Flur getapst; sie rieb sich im hellen Licht die Augen: »Ich kann nicht schlafen.«

Zum wiederholten Mal an diesem Tag wünschte sich Katharina, es hätte auf der Polizeischule einen Kurs »Kinder für Anfänger« gegeben.

Andreas Amendt ging in die Hocke: »Guten Abend. Du bist bestimmt Laura!«

»Und wer bist du?«

»Ich heiße Andreas und bin Arzt. Weißt du, was das ist?«

»Klar. Du machst Menschen gesund.«

»Du bist aber schlau, Laura.«

»Ich bin ja auch schon fast fünf! Was bist du denn für ein Arzt?«

»Ich werde immer gerufen, wenn kleine Mädchen wie du nicht schlafen können.«

»Echt?«

»Echt! – Und du kannst also nicht schlafen?«

Laura nickte schüchtern.

»Dann wollen wir doch mal sehen, was ich für dich tun kann.« Er stand auf und reichte Laura die Hand. Über die Schulter sagte er: »Sie entschuldigen mich? Ich muss mich um eine wichtige Patientin kümmern.«

Mit diesen Worten führte er Laura ins Gästezimmer und lehnte die Tür an. Seine sanfte Stimme drang durch die Tür. Laura kicherte. Katharina war dankbar. Sie begleitete Frauke zurück ins Wohnzimmer. Sie setzten sich wieder, jede auf eine Seite des Sofas.

So saßen sie vielleicht eine halbe Stunde, bevor Andreas Amendt leise ins Wohnzimmer kam und die Tür anlehnte.

»Ein liebes Kind«, sagte er traurig.

»Schläft sie jetzt?«, fragte Katharina.

»Ja. Hoffentlich kann sie durchschlafen. – Hier, der Autopsiebericht von Lauras Mutter. Ich dachte, Sie wollten ihn vielleicht sehen.«

Katharina öffnete den Aktendeckel, den ihr Andreas Amendt gereicht hatte. Die Staatsanwältin eilte rasch in die Küche, um ein drittes Glas zu holen. Als sie zurückkam, war Katharina schon bei den Schlussfolgerungen.

»Der Tod ist vermutlich durch einen Unfall eingetreten«, wiederholte sie zweifelnd. »Aber wenigstens empfiehlt er eine polizeiliche Untersuchung. – Merkwürdig. Die Prellungen, die wir gefunden haben und die zwei Eindrücke werden gar nicht erwähnt.«

»Genau deswegen bin ich hier. Die Röntgenbilder und MRTs sind nämlich weg.«

»Weg?«

»Ja. Ich habe sie Professor Metzel ins Fach gelegt. Aber er behauptet, sie nicht bekommen zu haben. Und bei der Autopsie war nichts festzustellen. Eric hat bei seiner OP die Knochenränder glätten müssen. Leider.«

»Und die Prellungen?«

»Ich hatte auch einen kurzen Brief mit meinem Befund zu den Bildern gelegt. Anscheinend ist der auch verschwunden. – Hat die kriminalpolizeiliche Untersuchung irgendetwas ergeben?«

»Die Untersuchung?«, fragte Katharina erstaunt. »Bisher waren die noch gar nicht da.«

»Das ist aber seltsam. Die Tür von Frau Wahrigs Wohnung ist nämlich polizeilich versiegelt. – Oder waren Sie das?«

Katharina schüttelte den Kopf. Wie waren denn die Kollegen in die Wohnung gekommen? »Das ist wirklich merkwürdig. Ich habe nämlich den Wohnungsschlüssel. – Ich rufe Polanski an.«

Katharina holte ihr Telefon. Doch im Büro meldete sich niemand und auf dem Handy erreichte sie nur die Mailbox. Katharina bat um Rückruf. Aber sie kannte Polanski. Die wenigen Momente, die er seinem Privatleben gönnte, waren heilig. So rasch würde er sich nicht melden. Sie stand auf: »Ich gehe mich selbst in der Wohnung umschauen.«

Frauke hielt sie am Arm zurück. »Katharina, das ist keine gute Idee. Sie sind suspendiert. Ohne offiziellen Auftrag die Siegel zu öffnen, ist eine Straftat.«

»Aber …« Katharina setzte sich wieder, halbherzig.

»Lassen Sie mich das machen. Ich spreche morgen mit Polanski. Und die chronisch überlastete Staatsanwaltschaft wird einfach sehr lange brauchen, bis die Akte bearbeitet und die Leiche freigegeben ist.« Frauke zwinkerte Katharina zu.

»Und jetzt?«

Katharina sah zu Andreas Amendt, der sich nachdenklich seine Bartstoppeln kratzte. »Die Schädelaufnahmen müssten in der Radiologie noch gespeichert sein. Aber da komme ich erst am Montag ran, vorher ist da niemand im Archiv.«

Sie schwiegen. Schließlich fragte Katharina erneut: »Und jetzt?«

»Jetzt …«, sprudelte die Staatsanwältin hervor. »Jetzt spielen wir eine Partie Mensch-ärgere-dich-nicht.«

»Was?«, fragten Katharina und Andreas Amendt gleichzeitig.

Frauke zeigte auf das Paket, das sie mitgebracht hatte und das immer noch eingepackt auf dem Wohnzimmertisch lag: »Ich dachte, Katharina hat vielleicht nichts zum Spielen im Haus.« Sie begann, das Papier von dem Paket zu entfernen.

»Ich weiß nicht«, sagte Katharina zweifelnd.

»Ach komm – eine Partie. Das bringt euch auf andere Gedanken. Den Fall werden wir heute Abend nicht lösen.«

Sechs Partien und zwei Flaschen Wein später stand es ausgeglichen. Katharina war an der Reihe. Mit etwas Glück … Tatsächlich konnte sie ihren letzten roten Stein ins Haus befördern. Sie hatte gewonnen. Entspannt lehnte sie sich zurück. Polanski wäre stolz auf sie. Zum zweiten Mal innerhalb von drei Tagen Alkohol; und jetzt auch noch in geselliger Runde mit Kollegen!

Frauke wollte aufstehen. »Ich glaube, ich muss dann mal …« Doch ihre Beine gaben nach. Sie hatte wohl etwas viel Wein getrunken.

»Also so kann ich euch wirklich nicht nach Hause fahren lassen«, sagte Katharina. »Warum übernachtet ihr nicht einfach hier?«

Sie war selbst überrascht von ihrem spontanen Anfall von Geselligkeit. Aber sie wollte nicht allein sein. Andreas Amendt erhob sich: »Ich kann wirklich …«

»Ach bitte. Dann können wir morgen gleich mit Polanski reden. Und Laura ist sicher froh.«

»Ich finde, das ist eine prima Idee«, verkündete Frauke. »Und wo sollen wir …?«

»Also das Sofa hier ist ein Schlafsofa. Man kann es ausklappen.«

»Au fein, und wir Mädchen teilen uns dein Bett. Dann feiern wir noch eine kleine Pyjamaparty.«

Das hatte Katharina gerade noch gefehlt. Aber es war wohl die einzige Möglichkeit. Dr. Amendt konnte sie ja schlecht zu sich ins Bett einladen.

Es dauerte eine Weile, bis Katharina ihre Gäste mit T-Shirts, Zahnbürsten und sonstigem Zubehör für die Nacht versorgt hatte.

Andreas Amendt lag auf dem ausgeklappten Schlafsofa unter einer Wolldecke. Frauke war bereits im Schlafzimmer verschwunden.

Katharina wollte noch einmal nach Laura sehen. Je länger sie brauchte, umso eher war Frauke bereits eingeschlafen.

Leise öffnete Katharina die Tür zum Gästezimmer. Sie ging im Dunkeln zu Lauras Bett und strich ihr sanft über die Haare. Das Kind sah so zerbrechlich aus, so klein. Plötzlich bemerkte sie, dass Lauras Augen offen waren. »Hab ich dich geweckt?«, fragte sie leise.

»Nein. Ich bin wieder aufgewacht. Und jetzt kann ich nicht mehr einschlafen.«

»Aber warum sagst du denn nichts?«

Laura setzte sich auf und fragte leise: »Du? Deine Familie – kommt die dich jede Nacht besuchen?«

»Nein, nur manchmal.« Katharina hielt inne. »Du wartest darauf, dass deine Mama dich besuchen kommt, wenn du träumst, oder? Dann musst du aber schlafen.«

»Ich weiß. Ich will ja auch.« Laura ließ den Kopf hängen. Katharina nahm sie in den Arm.

»Du, Katharina? Das mit meiner Mama – waren das böse Menschen?«

Katharina seufzte. Laura verstand sie richtig. »Fängst du die und sperrst sie ein für immer? Versprichst du mir das?«

Autumn Leaves

Samstag, 24. November 2007

Der Regen prasselte in schweren Schüben gegen die große Panoramascheibe. Doch im Kamin flackerte ein kräftiges Feuer. Katharinas Vater mochte gerade einen Witz erzählt haben, eine Anekdote von einer Geschäftsreise, denn Susanne, Katharinas Schwester, kicherte und hielt sich gleich danach den Bauch, der sich rundlich unter ihrem T-Shirt abzeichnete.

Sie saßen um den großen Kamin im Wohnzimmer ihrer Eltern: Katharina, ihre Mutter, ihr Vater, ihre Schwester.

Mit einem Knall zerbrach das Panoramafenster; die Scherben regneten auf sie herab. Durch die Splitter schritt eine Gestalt, groß, das Gesicht von einer Kapuze verhüllt. Ohne Eile zog sie eine silbern glänzende Pistole aus den Falten der schwarzen Kutte.

Katharina hörte die Schüsse nicht, die ihren Vater, ihre Mutter in den Kopf trafen. Sie hörte nur das Flehen ihrer Schwester. Zwei Schüsse in den Bauch, der dritte in den Kopf. Susannes T-Shirt verfärbte sich dunkel, während sie auf ihren Sessel zurücksank. Ihr Kopf hing schlaff über der Lehne. Blut rann über das beige Wildleder.

Die Gestalt drehte sich zu Katharina um, zielte. Ein Aufblitzen und …

Mit einem erstickten Schrei fuhr Katharina hoch. Erschrocken blickte sie sich um: In welchen Traum war sie jetzt geraten? Lauter kleine, grüne Zwerge saßen um sie herum, nachdenklich an den Spitzen ihrer Spazierstöcke nuckelnd.

Endlich konnte sie einordnen, wo sie war: Sie saß auf ihrem Gästebett, das sie für Laura mit Yoda-Bettwäsche bezogen hatte. Sie musste gestern hier eingeschlafen sein. Aber wo war Laura?

Aus der Küche drang leises Geschirrgeklapper. Sie hörte Lauras Stimme, die tiefe Stimme eines Mannes antwortete, beide lachten.

Wer zum Henker war das? Ach ja! Richtig! Andreas Amendt war gestern Abend gekommen, kurz nach Oberstaatsanwältin Dr. Müller-Burkhardt. Frauke. Sie waren ja jetzt per Du.

Katharina tappte in die Küche. Es roch nach Kaffee und frischen Brötchen. Frühstück? In ihrer Wohnung?

Laura verteilte gerade mit äußerster Sorgfalt das Besteck auf dem reich gedeckten Küchentisch. Andreas Amendt lehnte an der Arbeitsfläche und nippte an einem Kaffee.

»Guten Morgen«, murmelte Katharina und schlurfte zur Kaffeemaschine.

»Guten Morgen, Frau Klein. Ich war so frei, Frühstück zu machen. Ich hoffe, das war Ihnen recht?«

Katharina nickte und gähnte herzhaft, während die Kaffeemaschine laut gurgelnd Espresso und Milchschaum in eine große Tasse spie.

»Du hast aber einen komischen Anzug an!«, stellte Laura fest.

Katharina sah an sich herab: Richtig, sie trug ihren orangefarbenen Plüsch-Overall, den sie mal für Karneval gekauft und am Abend zuvor als Maßnahme zur Abwehr verliebter Staatsanwältinnen angezogen hatte. »Guten Morgen, Laura! Hast du gut geschlafen?«

Das Mädchen antwortete begeistert: »Klar! Du hast ja die ganze Nacht auf mich aufgepasst!«

Andreas Amendt setzte sich zu Katharina an den Küchentisch, während sie in kleinen Schlucken ihren Kaffee trank.

»Hören Sie«, begann er. »Wenn ich gestern Abend ungelegen gekommen bin …«

»Keinesfalls.«

»Nun, es sah so aus, als ob Sie und Frau Müller-Burkhardt sich einen Abend zu zweit …«

»Das sah nur so aus«, knurrte Katharina.

»Ich meine, es ist doch heute völlig normal – gerade bei Frauen in Berufen, die eher männertypisch sind …«

»Ich bin *nicht lesbisch*!«, blaffte Katharina. »Haben Sie ein Problem damit?«

Andreas Amendt fuhr erschrocken zurück. »Nein, nein! Ich wollte nur …« Er schwieg. Das war auch besser so.

Laura hatte gespannt zugehört. »Was ist lesbisch?«, fragte sie neugierig.

In diesem Moment tapste ein Wust von Korkenzieherlocken über einem überlangen Motörhead-T-Shirt in die Küche.

»Morg'n!«, nuschelte Frauke, mit ihren Haaren um freie Sicht ringend. »Störe ich?«

Katharina wollte sich gerade noch ein weiteres Brötchen schmieren, als sie ihr Mobiltelefon klingeln hörte. Sie fand es zu spät und sah nur, dass Polanski endlich zurückgerufen hatte. Ihre Finger schwebten schon über der Kurzwahltaste, doch dann hielt sie inne. Was sollte sie eigentlich sagen?

Sie ging mit dem Telefon zurück in die Küche. »Polanski. Aber ich war nicht schnell genug dran.«

»Lass mich das machen, Liebes.« Frauke griff nach dem Telefon.

»Jaaaaa, guten Morgen, Paul«, begann sie überschwänglich. »Ich bin's, Frauke. Ich sitze hier gerade mit Frau Klein, und wir sind dann doch neugierig, ob sich in der Sache Wahrig schon was ergeben hat.«

Die Staatsanwältin lauschte. Gelegentlich sagte sie »Hm« oder »Hmhm«. Endlich verabschiedete sie sich von Polanski. Sie erklärte: »Angeblich ist die Wohnung gestern gründlich untersucht worden.«

»Das kann doch nicht sein.« Katharina sprang auf. Bevor noch irgendjemand fragen konnte, wo sie hin wollte, war sie die zwei Treppen zur Tür von Melanie Wahrig hinuntergelaufen. Sie sah die beiden Polizeisiegel. Dann suchte sie nach dem Haar: Es war noch genau dort, wo sie es hinterlassen hatte.

Zornig stürmte Katharina die Treppe wieder hinauf, zurück in ihre Wohnung. Am Küchentisch griff sie nach ihrem Handy. Doch Frauke hielt ihren Arm fest. »Was ist denn, Katharina?«

»Niemand hat die Wohnung betreten! Polanski hat uns angelogen.« Sie machte sich los und wollte wählen. Doch die Staatsanwältin nahm ihr das Handy ab und wählte erneut Polanskis Nummer: »Jaaaaa, hallo, mein Lieber. Ich bin's noch mal. – Tja, es sieht wohl so aus, dass niemand die Wohnung betreten hat. – Doch, das wäre gut. Bis gleich.« Sie wandte sich an Katharina: »Er kommt selbst vorbei.«

»Das ist ja ein ganz schön starkes Stück«, sagte Polanski, nachdem Katharina ihm von dem Haar berichtet hatte. »Und Sie sind sicher, dass sich das Haar nicht einfach nur verfangen hat? Ich meine, vielleicht hat die Hausverwaltung ja …«

»Das glaube ich nicht. Die hätten bestimmt den Hausbesitzer informiert, wenn die Kripo um einen Schlüssel gebeten hätte.«

»Und wie können Sie da so sicher sein?«

»Das Haus gehört mir«, antwortete Katharina sachlich. »Was sagt denn der Bericht?«

Polanski überwand als Erster die Überraschung: »Lesen Sie selbst.«

Er reichte Katharina die Akte, die er mitgebracht hatte. Sie überflog den Inhalt: Der Grundriss stimmte nicht, die Küche war verkehrt eingezeichnet, die Leiter falsch platziert. Der Bericht kam zu dem Schluss, dass es sich eindeutig um einen Unfall gehandelt habe. Katharina las die Unterschrift. Kriminaloberrat Vorbauer, der Leiter des KK 12, als Vorgesetzter. Und dann »KOK Bähr« mit Unterschrift und offiziellem Stempel auf der Zeile »Ermittelnde/r Beamter/in«. Das durfte doch nicht wahr sein! Katharina warf die Akte auf den Tisch: »Warum haben Sie das ans KK 12 gegeben?«

»Das waren die Einzigen, die noch ein Team frei hatten.«

»Raten Sie mal, wen!«

Polanski zog die Akte heran. »Die Bähr. Oh je. Das heißt also …«

»Dass unser lieber Freund Hölsung auch dabei war. Die Bähr ist seine Partnerin. – Kein Wunder, dass die nicht nach dem Schlüssel gefragt haben. Und Vorbauer hat natürlich unterschrieben. Damit liegt das Ganze bei der Staatsanwaltschaft.«

»Scheiße.« Frauke ließ sich auf ihren Stuhl zurücksinken.

»Das sagt man aber nicht«, tadelte Laura sie vorwurfsvoll.

»Genau«, stimmte ihr Andreas Amendt zu. »Da hat sich also ein Dream-Team des Falls angenommen.«

»Sie sagen es. Die sind nicht nur unfähig, sondern Hölsung ist auch noch mein Todfeind«, ergänzte Katharina.

»Eben«, sagte Polanski. »Und wem wird man eher glauben? Einer suspendierten Beamtin oder den beiden Hätschelkindern des KK? Zumal Katharina Hölsung vor drei Tagen mit einer Waffe bedroht und festgenommen hat.«

»Ich hätte ihn erschießen sollen«, sagte Katharina eisig.

»Nun ja, zu spät.« Frauke hatte sich wieder aufgerichtet. »Zunächst einmal werde ich dafür sorgen, dass dieser Bericht ganz unten im Stapel der zu bearbeitenden Akten landet. So gewinnen wir Zeit.«

Polanski rührte nachdenklich in seinem Kaffee. Plötzlich straffte er die Schultern: »Es gibt wohl keine andere Möglichkeit. Sie müssen ran, Katharina.«

»Ich? Bin ich wieder im Dienst?«

»Nicht ganz. – Aber die Angehörigen sind noch nicht informiert, wenn ich das richtig sehe?«

»Nun, die Kindergärtnerin hat den Auftragsdienst von Lauras Vater angerufen.«

»Das ist aber nicht offiziell. Das heißt, es müsste also jemand in die Wohnung gehen und nach Unterlagen zu Angehörigen suchen.«

»Das macht doch das Ordnungsamt?« Worauf wollte Polanski denn hinaus?

»Warten Sie!« Polanski kramte in seinen Taschen und zog ein winziges Handy hervor, das in seiner großen Hand fast verschwand. Er wählte eine Nummer. »Polanski, guten Morgen. – Entschuldigen Sie die Störung am Wochenende. Haben Sie die Unterlagen zum Fall Wahrig schon bekommen? –Ja, ich verstehe, dass Sie überlastet sind. Deswegen rufe ich an. – Ich habe zurzeit eine Beamtin, die im gleichen Haus wohnt und die frei wäre für Sonderaufgaben. – Ja, genau. Frau Klein. – Natürlich ist das rechtens. – Gut, Herr Kollege. Ich werde Frau Klein beauftragen.« Zufrieden legte er auf.

»Ich soll den Job vom Ordnungsamt machen? Soll das eine Strafarbeit sein?«, fragte Katharina mürrisch.

»Wenn Sie so wollen. Aber ich weiß, dass Sie gründlich arbeiten. Sehr gründlich. Und da könnte es doch sein, dass Ihr geübter Blick …«

»Sie meinen, ich soll den Tatort untersuchen?«

»Das haben Sie gesagt. Aber Angehörige sind manchmal schwer zu finden. Da muss der eine oder andere befragt werden, Nachforschungen angestellt …«

Frauke schüttelte den Kopf. »Egal, was sie findet – das ist höchst illegal. Vor Gericht völlig wertlos.«

»Deswegen brauchen wir ein Geständnis vor einem weiteren Beamten. – Haben Sie mich verstanden, Katharina?«

Die so Ermahnte konnte sich ein Grinsen nicht verkneifen. »Ja, klar. Danke, Chef.«

»Nichts zu danken.« Er hielt inne. »Ich habe noch Verstärkung für Sie. Die Hörnchen brauchen dringend Auslauf.«

»Wer?«, fragte Frauke.

»Alfons und Bertram Horn. Aber jeder nennt sie nur A-Hörnchen und B-Hörnchen«, antwortete Katharina. »Die besten Spurensicherungsexperten der Frankfurter Kripo.«

Polanski wählte erneut auf seinem Handy. »Hallo, Alfons. – Und? Wie ist …? – Passt auf, es gibt hier eine kleine Aufgabe für euch. Eine Amtshilfe fürs Ordnungsamt. Katharina wird euch sagen, um was es geht. Ja, Katharina Klein. – Also schnappt euch eure Kits und fahrt zu ihr.« Er gab die Adresse durch und beendete das Gespräch.

»Sie sind unterwegs. Und ich bin jetzt im Wochenende. Ganz offiziell. Und – ich habe Sie nur ans Ordnungsamt ausgeliehen. – Also, Katharina?«

»Ans Ordnungsamt ausgeliehen. Ein Geständnis.«

»Ach ja, eins ohne Daumenschrauben, bitte.«

»Chef, Sie können einem aber auch den ganzen Spaß verderben.«

Alfons und Bertram Horn glichen einander wie ein Ei dem anderen. In doppelter Hinsicht. Sie trugen die gleiche Frisur, das gleiche, seit den frühen Siebzigern aus der Mode gekommene Brillengestell. Außerdem waren beide klein und rundlich. In ihren weißen Arbeitsoveralls sahen sie tatsächlich ein wenig aus wie Eier, die sich beharrlich weigern, das Küken schlüpfen zu lassen.

Auf den ersten Blick mochte man sie für debil halten, doch Bertram Horn war ein renommierter Kriminalbiologe, sein Bruder Alfons ein nicht weniger bekannter Chemiker. Was die beiden ausgerechnet zur Spurensicherung gebracht hatte, war eines der großen ungelösten Rätsel der Frankfurter Kriminalpolizei.

Katharina bat sie in die Küche. Am Küchentisch saßen nur noch Andreas Amendt und Laura. Frauke Müller-Burkhardt hatte sich zusammen mit Polanski verabschiedet. Laura betrachtete die Neuankömmlinge neugierig.

»Ach, guck mal …« – »… der Amendt.« Die Hörnchen hatten die Angewohnheit, Sätze zwischen sich aufzuteilen. Sie freuten sich diebisch, wenn es einem von ihnen gelang, einen Satz zu beginnen, den der andere nicht fortsetzen konnte.

Laura kicherte und zog damit die Aufmerksamkeit der seltsamen Neuankömmlinge auf sich. Artig gaben sie Laura die Hand. »Ich bin Alfons!« – »Ich bin Bertram!« – »Wir sind Kollegen von Katharina!«

»Ihr seid Polizisten?«, fragte Laura ungläubig.

»Oh ja!« – »Wie man's nimmt!« – »Wir suchen Spuren!«

»Echt? Wie Indianer?«

»Besser!« – »Viel besser!« Die Hörnchen schwangen sich auf zwei Stühle.

»Dr. Amendt brauche ich euch also nicht vorzustellen?«, fragte Katharina.

»Den Meister?« – »Natürlich nicht!«

Andreas Amendt betrachtete intensiv den Küchenfußboden, vermutlich auf der Suche nach einer passenden Ritze, in die er kriechen konnte.

»Warum nennt Ihr den Andreas Meister?«, wollte Laura wissen. Katharina hatte es sich nicht zu fragen getraut.

»Er kann viele Dinge, die wir nicht können!«

»Was denn?« Laura hatte offensichtlich Vergnügen an den beiden seltsamen Männern. Doch die Hörnchen antworteten nicht sofort. Andreas Amendts Arbeitsgebiet war wirklich nichts für Kinder. »Ach, er kann Spuren finden, die wir nicht finden können.«

»Echt?« Laura blickte bewundernd zu Andreas Amendt. »Zeigst du mir das mal?«

Andreas Amendt, immer noch etwas rot, sagte rasch: »Na klar. Komm mit! Dann kann Katharina in Ruhe mit ihren Kollegen sprechen!«

Er führte Laura aus dem Zimmer und schloss die Küchentür sorgfältig. Katharina schämte sich. Daran hatte sie gar nicht gedacht. Die Hörnchen waren ja hier, um den Tod von Lauras Mutter zu untersuchen.

»Also, Katharina, was hast du für uns?« – »Polanski hat uns doch nicht wirklich ans Ordnungsamt ausgeliehen?«, fragten die Hörnchen in neugierigem Stereo.

»Wie man's nimmt.«

»Also ist das, was wir machen, nicht so ganz …?«

»Nun, legal ist dehnbar«, erklärte Katharina. »Aber wenn ihr nicht dabei sein wollt, verstehe ich das.«

»Haben wir dich jemals hängen lassen?«

»Außerdem, wann kommt man als Spurensicherer schon mal dazu, verdeckt zu ermitteln?«

Katharina holte ihre kleine Digitalkamera. Während sie die Fotos auf das Notebook der Hörnchen überspielten, berichtete sie ihnen alles, was sie bisher wusste.

Alfons und Bertram betrachteten die Fotos aufmerksam. Hin und wieder deutete der eine auf ein Detail, was der andere mit einem Nicken quittierte. Endlich klappten sie das Notebook zu und schoben es zurück in den Koffer. »Na, dann wollen wir mal!«

»Braucht ihr mich?«, fragte Katharina.

»Ach, Kripo stört nur. Weißt du doch!«

»Und draußen scheint ausnahmsweise die Sonne. Geh doch mit Laura spazieren. Wir rufen dich an, wenn wir durch sind.«

Tatsächlich hatte der Novemberhimmel ein paar Strahlen Sonne durchgelassen. Und so gingen Katharina, Laura und Andreas Amendt am Main spazieren. Doch allmählich wurde es ihnen zu kalt. Also schlug der Arzt vor, eine gute Freundin von ihm zu besuchen.

Er führte sie in eine Seitengasse des Sachsenhäuser Ufers und blieb vor einer unscheinbaren Tür stehen, über der ein kleines Schild hing: Blaues Café.

Stufen führten hinunter ins Souterrain, in ein Gewölbe, das weder blau war, noch irgendeinem Café ähnelte, das Katharina kannte. Kerzen brannten auf den Tischen, ein paar trübe flackernde Öllampen an den Wänden vermochten kaum Licht in die Dunkelheit zu bringen. Die Möbel waren ein einziges Sammelsurium: Sofas, Sessel, aber auch einfache Holzstühle standen um die absurdeste Sammlung von Tischen, die Katharina je gesehen hatte. Auf einer kleinen Bühne am Ende des Gewölbes stand ein moderner Verstärker, an dem eine halbakustische Gitarre lehnte.

Laura klammerte sich an Katharinas Hand. »Toll«, sagte sie nicht sehr überzeugt.

»Das ist das Blaue Café«, erklärte Andreas Amendt. »Mein zweites Wohnzimmer.« Er machte einen Schritt in den Raum hinein.

»Andreas, bist du das?«, fragte eine kräftige Alt-Stimme. Um die Theke herum kam eine Frau. Sie war groß und – Katharina suchte nach dem passenden Wort, nicht dick, sondern – üppig. Ein Schwall roter Haare umfloss ihre Schultern. In ihrem sommersprossigen Gesicht funkelten zwei grüne Augen. Sie mochte Mitte fünfzig sein.

»Darf ich vorstellen, Marianne Aschhoff. Und das hier ist Katharina Klein, eine Kollegin.«

Marianne Aschhoff musterte Katharina eindringlich: »Ärztin?«

»Nein, Kriminalpolizei«, antwortete Katharina verlegen. Marianne Aschhoffs Blick kühlte ab. »So, so. Und du bist?«

Laura hatte sich hinter Katharina versteckt. Marianne Aschhoff ging in die Hocke und streckte ihr die Hand hin. Das Mädchen ging vorsichtig auf sie zu. »Ich bin Laura. – Du bist doch keine Hexe, oder?«

Marianne Aschhoff lachte, dass der Raum bebte. »Nein, Laura. Versprochen.«

Laura war noch nicht recht überzeugt und zog sich wieder hinter Katharina zurück. Marianne Aschhoff erhob sich.

»Andreas, was führt dich hierher?«

»Ach, wir waren spazieren, und da dachte ich ...«

»Du dachtest, du schlägst zwei Fliegen mit einer Klappe und besuchst eine alte Freundin. Das ist fein.«

Andreas Amendt führte Laura und Katharina zu einer Nische, in der ein mit zerschlissenem rotem Samt bezogenes Sofa und ein schwerer Ledersessel um einen Nierentisch standen. Laura kletterte auf das Sofa und zog Katharina mit sich. Andreas Amendt ließ sich in den Sessel sinken. »Marianne ist meine beste und älteste Freundin in Frankfurt«, sagte er.

Wie aufs Stichwort erschien die Wirtin an ihrem Tisch. »Lass mich raten, Andreas. – Einen Milchkaffee für dich. Und für die Damen?«

»Für mich auch einen Milchkaffee«, sagte Katharina.

»Hast du Kakao?«, fragte Laura.

Marianne Aschhoff lachte wieder. »Natürlich. – Also: zwei Milchkaffee und einen Kakao.« Sie glitt fast lautlos davon. Katharina sah ihr nach.

Andreas Amendt sagte beruhigend: »Keine Sorge, sie ist wirklich keine Hexe.«

Katharina schüttelte den Kopf. »Nein, ich frage mich, woher ich diese Stimme kenne.«

»Das wäre nicht weiter verwunderlich. Marianne war ... ist eine bekannte Jazz-Sängerin. Irgendwann hat sie dieses Gewölbe entdeckt und das Blaue Café eröffnet. Jazz ist leider eine brotlose Kunst.«

Marianne Aschhoff kam zurück. Sie stellte zwei Tassen vor Andreas Amendt und Katharina, die in den feinen Cafés der Frankfurter Innenstadt als Suppenterrinen für vier Personen durchgegangen wären. Lauras Tasse war nur unwesentlich kleiner.

»Hui, das ging aber schnell«, stellte Laura fest.

»Weißt du, ein bisschen hexen kann ich schon«, schmunzelte die Wirtin. »Außerdem hilft mir Frankieboy. Das ist mein Zaubervogel.«

»Echt? So was gibt's doch gar nicht.« Laura musterte Marianne Aschhoff misstrauisch.

»Doch, dort bei der Theke, siehst du?«

Katharina sah ebenfalls hin. In einem großen Käfig neben der kleinen Bar saß ein schwarzer Vogel mit gelbem Schnabel. Ein Beo.

»Willst du mal schauen? Frankieboy kann sogar singen.«

Etwas ängstlich kletterte Laura vom Sofa. Sie versicherte sich immer wieder mit einem Blick über die Schulter, dass sie Katharina noch sehen konnte, während sie hinter der Wirtin herging.

Marianne Aschhoff klopfte sanft an den Käfig. »Hallo, Frankieboy!«

Der Vogel begann zu krächzen: »I did it my way. I did it my way.«

Die Wirtin gab Laura ein paar Körner, die das Mädchen vorsichtig durch die Gitterstäbe steckte. Dankbar pickte der Vogel danach, legte den Kopf in den Nacken, schluckte und krächzte: »Moon River, wider than a mile.« Laura kicherte. Marianne Aschhoff hob sie auf einen Barhocker, damit sie den Vogel besser betrachten konnte.

Katharina nahm einen genießerischen Schluck vom Milchkaffee. Sie schwiegen. Frankieboy krächzte »Strangers in the night«. Laura hatte ihm offenbar ein weiteres Korn gegeben.

Plötzlich sah Andreas Amendt auf: »Sie haben die beiden Mörder Ihres Kollegen erschossen, oder?«

Katharina setzte an, etwas zu sagen, schluckte aber die Worte hinunter.

»Ja?«, fragte der Arzt.

Sie sah ihm in die Augen. »Vermutlich haben Sie recht. Jäger und Gejagte gleichen sich irgendwann an.«

Sie wartete auf eine Reaktion: dass Andreas Amendt sie anschrie, ihr eine Ohrfeige gab – irgendetwas. Aber er sah sie nur weiter an.

Plötzlich stand er mit einem Ruck auf und ging auf die kleine Bühne. Er nahm die Gitarre, betätigte einen Schalter am Verstärker. Dann setzte er sich auf einen Stuhl und begann zu spielen.

»Autumn Leaves«, das Lieblingsstück ihrer Schwester Susanne. Katharinas Magen zog sich zusammen. Das war schlimmer als die stärkste Ohrfeige. Sie verbarg das Gesicht in den Händen.

Plötzlich spürte sie, wie sich jemand neben sie setzte. Marianne Aschhoff. »Alles in Ordnung?«, fragte sie.

Jetzt wusste Katharina, woher sie die Stimme kannte. Susanne hatte ihr eine Kassette nach Kapstadt geschickt, »Autumn Leaves« war das erste Stück – gesungen von Marianne Aschhoff, von einer Gitarre begleitet. Immer wieder hatte sie den Brief gelesen, in dem ihre Schwester ihr berichtete, dass sie verliebt, verlobt und schwanger war. Knapp einen Monat, nachdem sie diesen Brief geschrieben und ihr zusammen mit der Kassette geschickt hatte, war Susanne tot.

»Haben Sie das nicht auch mal gesungen?«

»Wer nicht? – Ein Klassiker.«

»Und auch aufgenommen? Mit Gitarrenbegleitung?«

»Der Gitarrist sitzt gerade dort auf der Bühne. – Es waren bessere Zeiten damals. Für mich, für Andreas.«

»Sie kennen Doktor Amendt schon lange?«

»Seine Mutter war meine beste Freundin. – Und als seine Eltern tödlich verunglückt sind … Aber vermutlich sollte ich Ihnen das alles gar nicht erzählen.« Marianne Aschhoff nippte an ihrem Glas. Dann fragte sie: »Laura ist nicht ihre Tochter, oder?«

»Nein. Wie sollte eine Halbkoreanerin zu einem blonden, blauäugigen Kind kommen?«

Marianne Aschhoff musterte Katharina nachdenklich. »Halbkoreanerin? Interessanter Zufall.«

Bevor Katharina fragen konnte, was sie damit meinte, begann ihr Handy schrill zu klingeln. Die Hörnchen.

Kaum hatten Katharina und Andreas Amendt Laura in Katharinas Wohnung gebracht, zogen und drängten die beiden Spurensicherer sie in die Wohnung von Melanie Wahrig.

»Also, was habt ihr gefunden?«

»Alles.« – »Und nichts.«

»Macht es nicht so spannend.«

»Also gut. Erst mal das Nichts.« – »Keine Fingerabdrücke.«

»Ihr meint, keine fremden Finger?«

»Nein, gar keine Fingerabdrücke. Auf keiner Oberfläche.«

»Weder in der Küche noch im Flur, noch im Arbeitszimmer oder im Schlafzimmer.«

Katharina war verblüfft. »Das kann doch gar nicht sein.«

»Doch, alles sauber abgewischt.«

»Abgewischt?«

»Es kommt noch besser. Schaut mal.« Die Hörnchen schalteten das Licht in der Küche aus. Mit einer starken UV-Lampe leuchteten sie auf den Küchentisch. Wischspuren glühten auf. Blut. Jemand hatte den Tisch abgewischt, nachdem er Melanie Wahrigs Kopf darauf geschlagen hatte. Dabei hatte er das Blut mikroskopisch fein verteilt. Die Hörnchen leuchteten weiter. Auf allen glatten Oberflächen fanden sich Wischspuren, mal stärker, mal schwächer.

»Jemand hat immer wieder den gleichen Lappen benutzt. Und Fensterreiniger.«

Die Hörnchen schalteten das Licht wieder an. »Jetzt wird's richtig lustig.« Einer der beiden öffnete den Kühlschrank. »Hier drin waren nur die Fingerabdrücke von Melanie Wahrig. – Und das hier.« Er hielt eine Tupperdose hoch und reichte sie Katharina, die sich selbst Handschuhe übergestreift hatte.

In der Dose lagen drei sorgfältig in Plastiktütchen verpackte benutzte Kondome. Die Tütchen waren in einer sauberen Handschrift nummeriert: 13, 14, 15.

»Wer bewahrt denn so etwas auf?«

Andreas Amendt runzelte die Stirn: »Für mich sieht das aus wie für ein Labor verpackt.«

»Dachten wir auch.« – »Aber nur Nummern.« – »Keine Namen.«

Katharina verschloss die Dose wieder und stellte sie auf den Tisch. Dann sah sie sich um. »Noch mehr?«

»Kein Müll.« – »Und auch kein neuer Beutel nachgefüllt.«

»Habt ihr schon …?«

Entrüstet starrten die Hörnchen sie durch ihre dicken Brillengläser an. »Natürlich haben wir sofort den Müll hier im Haus kontrolliert.« – »Und auch bei den Nachbarhäusern.« – »Unser Mann wusste, was er tut«, brach das Protestduett über Katharina herein.

Nachdem sie sich beruhigt hatten, stellten die Hörnchen die Leiter auf, genau so, wie sie vermutlich gestanden hatte: »Wir haben noch etwas herausgefunden.« – »Steig mal auf die Leiter.«

Katharina gehorchte widerwillig. Als sie auf der obersten Sprosse stand, fragte sie: »Und?«

»Was würdest du jetzt auf dieser Leiter machen?«

Katharina sah sich um.

»Streck mal die Arme aus!«

Katharina tat es. Plötzlich wusste sie, was die Hörnchen meinten: »Warum sollte sie hier auf die Leiter steigen? Mitten im Raum? Man erreicht von hier aus ja gar nichts.«

»Eben.« Die Hörnchen grinsten zufrieden.

Katharina kletterte von der Leiter. »Also, was ist passiert?«

»Wenn du uns fragst ...«

»Ich frage euch!«

»Jemand hat Melanie Wahrig zuerst gestoßen, sodass sie mit dem Hinterkopf auf den Tisch gefallen ist.« – »Dann wurde sie mit der Schläfe auf die Tischkante geschlagen.« – »Nur etwas passt nicht ins Bild.« – »Das da!«

Die Hörnchen deuteten auf zwei leere Eiswürfelformen, die auf dem Kühlschrank lagen. »Die wurden da hingelegt, nachdem jemand die Arbeitsfläche abgewischt hat.« – »Dreh sie mal um!«

Katharina hob die Formen mit den Fingerspitzen an und drehte sie auf den Rücken. Auf der Rückseite waren zwei blutige Fingerabdrücke.

»Die gehören ...« – »... Melanie Wahrig«, erklärten die Hörnchen in Stereo.

Warum waren Melanies Fingerabdrücke auf der Eiswürfelform? Plötzlich wurde es Katharina klar: »Sie hat sich einen Eisbeutel für den Kopf gemacht. Sie war also nach dem ersten Sturz noch bei Bewusstsein. – Ist das möglich?«

Andreas Amendt bejahte: »Die Verletzung am Hinterkopf hat vermutlich stark geblutet, aber mehr als eine Gehirnerschütterung ...«

»Wer stößt denn erst sein Opfer, lässt es dann einen Eisbeutel machen und bringt es anschließend um?«

Auch das Arbeitszimmer war sorgfältig gesäubert worden. Melanie Wahrigs Notebook und Handy fehlten. Im Kurzwahlverzeichnis des Telefons standen nur sinnlose Ziffern. Katharina suchte nach Notizen, einem Kalender, einem Telefonverzeichnis, aber es war nichts zu finden. Der Täter hatte seine Spuren wirklich gründlich beseitigt.

Zuletzt untersuchte Katharina den Computer, der unter dem Schreibtisch stand. Ein neuer Hochleistungsrechner, den sie schon bewundert hatte. Melanie Wahrig war Grafikdesignerin, und auf dem Rechner erledigte sie ihre ganze Arbeit.

Katharina schaltete den Computer ein. Kurze Zeit später forderte der Monitor sie auf, sich einzuloggen. Doch man konnte kein Passwort eingeben. Der Rechner war mit einem Fingerabdruck-Scanner gekoppelt. Doch selbst wenn sie jetzt Melanie Wahrigs Fingerabdruck hätte – es wäre sinnlos gewesen, denn der Stift mit dem Code steckte nicht in dem Port über dem kleinen Scanner. Der Rechner war dicht. Da musste ein Experte ran. Aber das würde wohl bis Montag warten müssen.

Katharina war allein in der Wohnung von Melanie Wahrig zurückgeblieben. Sie wanderte durch die Räume. Was war hier nur passiert? Warum hatte man Melanie Wahrig ermordet?

Solange sie an keine persönlichen Unterlagen kam, war die Frage akademisch. Sie hatte nichts, wo sie ansetzen konnte. Beim Exmann vielleicht, aber der befand sich auf hoher See. Oder doch nicht? Sie würde warten müssen, bis er sich meldete. Wenn er es tat.

Laura brauchte frische Kleidung, Spielzeug. Katharina begann, zwei große Reisetaschen zu packen. Hosen, T-Shirts, Pullis, Unterwäsche, zwei feine Kleidchen. Außerdem nahm sie das Spielzeug mit, das so aussah, als ob Laura gerne damit spielte: die Sitzgruppe mit den drei Puppen und einem weiteren Bär. Die Legokiste. Die Malbücher und Buntstifte, die auf einem kleinen Schreibtisch lagen. Laura malte gern.

Was hatte sie noch am ersten Abend gemalt? »Mama hat viele Freunde.« Das konnte man laut sagen. Warum sonst sollte jemand benutzte Kondome durchnummerieren?

Come Sunday

Sonntag, 25. November 2007

Susanne saß auf dem Geländer des Eisernen Stegs, mit dem Rücken an einen der Stahlträger gelehnt. Es war ein heißer Sonnentag, das Wasser des Mains unter ihnen glitzerte. Katharinas Schwester hatte sich eine Strähne ihres langen schwarzen Haars neongrün gefärbt. Sie trug ein altes T-Shirt und eine kunstvoll-löcherige Jeans. Ihre Sonnenbrille hatte sie lässig ins Haar geschoben.

»So, so. Du hast also Marianne Aschhoff kennengelernt.« Susanne kicherte.

»Du kennst sie auch?«

»Klar. In ihrem Café habe ich meinen Schatz getroffen. Hab ich dir doch geschrieben.«

Richtig. Susanne hatte ihren Verlobten kennengelernt, als sie ihre Eltern in einen Jazzclub begleitete. Ihr Vater mochte Jazz über alles.

Susanne schloss die Augen und ließ sich das Gesicht von der Sonne bescheinen. »Und Laura? Wie kommt ihr zurecht? – Kinder sind klasse, nicht wahr? – Du solltest übrigens mal kurz aufwachen und nach ihr sehen. Irgendwas stimmt nicht. Bis später, Schwesterherz.«

Katharina schreckte aus dem Schlaf hoch und setzte sich auf. Ihr Blick fiel auf die Uhr. Kurz nach drei. Was hatte Susanne gesagt? Irgendetwas mit Laura stimmte nicht? Katharina stand auf, schlich vorsichtig zum Gästezimmer und öffnete leise die Tür.

Laura saß auf ihrem Bett und weinte.

»Was ist denn, Liebes?« Laura fiel Katharina um den Hals und weinte noch heftiger.

»Mama war hier«, stieß das Mädchen schniefend hervor. »Hat mir vorgelesen. – Und dann war sie plötzlich weg.«

»Du hast geträumt, Laura.«

»Nein. Mama war hier! – Guck mal, das Buch.«

Laura deutete auf den Boden. Dort lag das große Märchenbuch, das Katharina aus Lauras Zimmer mitgebracht hatte. Das Kind musste es im Traum vom Nachttisch gestoßen haben.

»Ist Mama jetzt ein Geist?«

»Du hast geträumt, Laura. Ich hab dir doch gesagt, manchmal kommen die Toten uns besuchen, wenn wir schlafen.«

»Und wenn wir wach sind? Kommen sie dann?«

Was sollte sie nur antworten? Katharina schüttelte traurig den Kopf.

Laura begann wieder leise zu weinen. Katharina konnte die Tränen durch ihr T-Shirt spüren. Wie konnte sie Laura nur trösten? Was hätte Susanne gemacht? Susanne hätte …

»Magst du mit bei mir im Bett schlafen, Laura?«

Der Sonntag begann trüb und grau. Eigentlich ein Tag, um im Bett zu bleiben, schlechte Fernsehserien zu sehen und Schokolade zu essen.

Doch Katharina war unruhig. Vielleicht sollte sie mit Laura irgendetwas unternehmen? Nur was? Katharinas Blick fiel auf das Navigationssystem, das immer noch verpackt neben der Obstschale stand. Sie hatte eine Idee: »Laura? Hast du schon mal zugesehen, wenn ein Auto repariert wird?«

Laura schüttelte den Kopf und blickte Katharina neugierig an.

»Sollen wir mit Morris in eine Werkstatt fahren?«

»Ist Morris denn kaputt?«

»Nein, aber er könnte einen Ölwechsel vertragen.«

»Ölwechsel, Ölwechsel.« Das Wort schien Laura zu gefallen. »Oh ja.«

Henry Mörichs Tankstelle mit angeschlossener Werkstatt lag an einer einsamen Landstraße kurz hinter Enkheim. Mörichs Frau betrieb ein kleines Hotel auf dem gleichen Grundstück. Kein sehr erfolgreiches Geschäft, doch die beiden kamen zurecht. Katharina wusste auch, warum. Gelegentlich frisierte Henry Mörich geklaute Autos, und das Hotel war unter Eingeweihten ein bekannter Treffpunkt für Dinge, die man lieber mit gebotener Diskretion erledigte.

Henry Mörich lehnte hinter der Theke des kleinen Ladengeschäfts und rauchte. Automatisch fuhr seine Hand unter den Tresen, als Katharina hereinkam. Dort gab es einen Knopf für stummen Alarm, der Besucher des Hotels vor unliebsamen Überraschungen warnte.

»Entspann dich, Henry. Ich bin privat hier. Morris braucht mal wieder einen Ölwechsel.«

»Schon klar.« Er warf ihr den Werkstattschlüssel zu.

Katharina arbeitete gern in der kleinen, gut eingerichteten Werkstatt. Hier hatte sie Morris restauriert. Als sie ihn fand, war er wenig mehr als ein Schrotthaufen gewesen. Jetzt war er fast im Originalzustand – mit ein paar Zugeständnissen an die Moderne.

Katharina fuhr Morris auf die Hebebühne. Währenddessen fragte Henry Laura, ob sie vielleicht seine Kaninchen sehen wollte. Doch Laura wollte lieber Katharina zuschauen. Henry spottete: »Wenn ich's nicht besser wüsste, würde ich sagen: ganz die Mutter.«

Er duckte sich rasch, als Katharina einen Schraubenschlüssel nach ihm warf.

Irgendwann hatte Laura sich die Kaninchen doch noch angesehen. Dann war sie mit ihren Gummistiefelchen durch die Wiesen um die Werkstatt gestapft und hatte einen interessant glänzenden Stein gefunden, den sie sorgfältig polierte.

Der Einbau des Navigationssystems und einer Zentralverriegelung hatte länger gedauert, als Katharina gedacht hatte. Aber zuletzt hatten Katharina und Henry das Unmögliche doch noch vollbracht. Es war zwar Freistil-Elektrik, aber es funktionierte. Selbst die Blinker leuchteten kurz auf, wenn man auf die Fernbedienung der Zentralverriegelung drückte.

Auf der Rückfahrt staunte Laura über die kluge Frau aus dem Navigationscomputer, die so genau wusste, wie sie fahren mussten. Und Katharina fragte sich, wer um alles in der Welt aber auch wirklich jeden Feldweg in das Kartenmaterial eingespeist hatte.

Müde, hungrig und durchgefroren stapften sie die Treppe nach oben. Auf dem Absatz vor Katharinas Wohnungstür saß Andreas Amendt. Laura freute sich, ihren großen Freund zu sehen, aber Katharina wusste nicht recht, was sie mit diesem unverhofften Besuch anfangen sollte. Trotzdem bat sie ihn hinein und forderte ihn auf, sich in der Küche erst mal einen Kaffee zu nehmen, während sie Laura in ein heißes Bad verfrachtete. Nachdem sie dem Mädchen das Versprechen abgenommen hatte, sofort nach ihr zu rufen, wenn irgendetwas war, ging sie in die Küche.

Andreas Amendt saß am Küchentisch, über eine Tasse gebeugt. Eine zweite wartete dampfend auf Katharina. Sie tranken, ohne zu reden.

Endlich brach der Arzt das Schweigen: »Ich brauche Ihre Hilfe.«

Er legte einen Aktendeckel vor sie hin. »Das sind die Autopsie-Berichte von Alexandra Taboch.«

Katharina erinnerte sich daran, den Namen schon einmal gehört zu haben. Andreas Amendt half ihr auf die Sprünge: »Ich war gerade dabei, ihre Tochter zu füttern, als Sie mich am Freitag auf der Säuglingsstation besucht haben.«

»Ist das …«

»Ja, wegen dieses Falls bin ich suspendiert worden.«

In dem Aktendeckel fanden sich zwei Autopsie-Berichte. Einer von Andreas Amendt, der andere von Professor Gerhardt Metzel, dem Leiter der Gerichtsmedizin. Auf den ersten Blick schienen beide das Gleiche auszusagen: Alexandra Taboch war an den Komplikationen eines Kaiserschnitts gestorben. Ein falsches Blutgefäß war durchtrennt worden, der ausführende Chirurg hatte vor der Wahl gestanden, Mutter oder Kind zu retten. Er hatte sich für das Kind entschieden. Die Mutter war noch auf dem OP-Tisch verblutet.

Doch beide Berichte kamen zu ganz unterschiedlichen Schlussfolgerungen. Professor Metzel sprach in warmen Worten von einem tragischen Unglücksfall und einer schwierigen Entscheidung für den Chirurgen, den höchstens eine geringe Mitschuld träfe.

Dr. Amendts Bericht kam zu einem ganz anderen Schluss. »Es liegt hier ein massives Versagen ärztlicher Kunst vor, so grob und unwahrscheinlich, dass zumindest kriminalpolizeilich zu überprüfen ist, ob nicht ein vorsätzliches Tötungsdelikt vorliegt«, las Katharina halblaut vor. Sie schaute auf. »Sind Sie sicher?«

Andreas Amendt nickte zornig: »Absolut. Die Verletzung des Blutgefäßes wäre ja noch denkbar, auch wenn sich Henthen dann um mindestens einen Zentimeter vertan haben muss.«

»Ein Zentimeter ist nicht viel.«

»Für einen Chirurgen schon. Außerdem wären Mutter und Kind zu retten gewesen. Wenn Henthen rechtzeitig reagiert hätte.«

»Hat er es vielleicht nicht bemerkt?«

»Dann hätte er eine Blutfontäne übersehen müssen.«

»Aber warum sollte ein Arzt so etwas tun?«

»Ich weiß es nicht. Aber Henthen traue ich alles zu.«

»Wenn doch so ein massiver Fehler vorlag – wieso dann der andere Bericht?«

»Eine Krähe hackt der anderen kein Auge aus. Professor Doktor Henthen ist das Hätschelkind der Uniklinik. Der Star. So einer macht keine Fehler. Und einen Mord begeht er schon gar nicht.«

»Mord? Aber was sollte das Motiv sein?«

»Wenn ich das wüsste, wäre ich weiter.« Andreas Amendt starrte in seine Tasse und schwieg. Endlich blickte er wieder auf. Seine Stimme war rau: »Helfen Sie mir?«

Katharina spürte, wie ihr das Blut in die Wangen schoss. Wie kam sie zu dieser Ehre? Fast war sie dankbar, dass es in diesem Augenblick aus dem Badezimmer laut polterte. Sie stürzte hin.

Laura saß auf dem Boden vor der Wanne. Sie musste versucht haben, selbst hinauszuklettern. Dabei hatte sie nach einem Handtuch gegriffen, um sich festzuhalten. Leider lag das Handtuch nur lose über einem Hocker, der umgestürzt war.

Katharina lief zu Laura, die sich ihr Knie rieb, und warf ihr ein Handtuch um. »Du solltest doch rufen, wenn du raus willst. Hast du dir wehgetan?«

»Nur ein bisschen«, sagte Laura beschämt.

»Lass mal sehen.« Das Knie war ein wenig rot, aber nicht aufgeschürft. Und Laura konnte das Bein bewegen, ohne dass es ihr wehtat. Das war noch mal gut gegangen. Kinder konnte man eben nicht alleine lassen.

Sie half Laura auf, nachdem sie dreimal auf das Knie gepustet hatte. Das hatte Susanne auch immer gemacht, wenn Katharina sich gestoßen hatte. Dann half sie dem Mädchen beim Anziehen.

Hand in Hand gingen sie in die Küche zurück.

»Essen wir jetzt was?«, fragte Laura neugierig.

»Tja, nur was?« Katharinas Magen meldete sich auch. Andreas Amendt sagte rasch: »Kochen ist Männerarbeit.«

»Lernt man das als Arzt? Kochen?«, fragte Laura, nachdem sie das Essen für »superduperlecker« befunden hatte.

»Nein, Kochen habe ich von einer alten Freundin gelernt. Marianne, weißt du?«

Laura nickte: »Klar. Die mit dem Vogel.«

Andreas Amendt biss sich auf die Unterlippe: »Ja, so kann man das ausdrücken.«

»Beeindruckende Frau«, sagte Katharina.

»Oh ja. Ein bisschen verrückt. Aber beeindruckend. – Ich bin bei ihr aufgewachsen.«

Katharina fragte: »Und Sie haben eine Platte mit ihr aufgenommen?«

»Ja. Marianne hat mir nie ganz verziehen, dass ich nicht Profimusiker geworden bin.«

»Wollten Sie das denn?«

»Es war eine Option. Doch als ich dann die ganzen kleinen Clubs gesehen habe ... Gitarristen gibt es wie Sand am Meer. Marianne hat wohl eingesehen, dass meine Entscheidung vernünftiger war. Aber richtig begriffen hat sie es bis heute nicht. – Und Sie? Wollten Sie immer Polizistin werden?«

»Nur als Kind. Da wollte ich immer Detektiv werden. Aber später dann Ärztin. Chirurgin.«

Andreas Amendt sah sie über den Rand seines Weinglases an: »Ich kann nur wiederholen, was ich Ihnen schon gesagt habe: Sie wären eine gute Ärztin geworden.«

Katharina zuckte mit den Schultern: »Vielleicht.«

Später brachte Katharina Andreas Amendt die Treppe hinunter zur Haustür. Er hatte sich schon verabschiedet und war auf die Straße hinausgetreten, als Katharina ihn noch einmal aufhielt: »Ach ja, ich helfe Ihnen. Ich weiß zwar noch nicht wie, aber ich helfe Ihnen.«

»Danke.« Andreas Amendt hauchte Katharina einen Kuss auf die Wange. Dann war er in der Dunkelheit verschwunden.

Katharina spürte den Kuss noch, als sie wieder vor ihrer Wohnung stand. Laura erwartete sie in der Tür.

»Warum ist denn der Andreas nicht dageblieben?«, fragte sie neugierig.

»Er musste doch nach Hause, Schatz. Komm, Zeit, ins Bett zu gehen.« Laura folgte Katharina ins Gästezimmer und setzte sich auf die Bettkante.

»Hm«, machte sie und musterte Katharina eindringlich. Und noch einmal: »Hm.«

»Was ist?« Katharina setzte sich neben sie.

»Ist der Andreas nicht dein Freund?«

Katharinas Wangen fingen an zu glühen. »Nein«, sagte sie rasch.

»Schade.« Laura dachte angestrengt nach. »Hast du denn einen Freund?«, fragte sie. Das ging wirklich zu weit. »Nein«, knurrte Katharina.

»Hm«, sagte Laura wieder. »Hm.« Doch sie schien ihre Gedanken für sich behalten zu wollen. Endlich hielt Katharina es nicht mehr aus: »Was ist, Laura?«

»Warum hast du denn keinen Freund?«

»Weißt du …« Tja. Warum? »Ich denke, ich habe wohl den Richtigen noch nicht gefunden«, fuhr Katharina nach einer Weile fort. Das klang doch gut, oder?

Lauras Stirn lag in Falten: »Magst du Frauen lieber?«

»Was?« Jetzt fing die kleine Kröte auch noch damit an.

»Tante Sandra mag Frauen lieber«, erklärte Laura und fuhr belehrend fort: »Das ist aber völlig normal! Und nicht schlimm!«

Katharina musste wider Willen lächeln. »Nein. Das ist wirklich nicht schlimm.«

»Und?« – »Und was?« – »Magst du Frauen lieber?«

Katharina wusste nicht, ob sie stöhnen oder lachen sollte. »Nein, ich mag Männer lieber.«

»Echt?« – »Ja, echt!« Katharina fand, das war ein gutes Schlusswort für die Diskussion ihres Liebeslebens. Laura war anderer Meinung: »Aber du hast keinen Freund?«

»Nein. Das hab ich doch schon gesagt.« In Sachen Verhör konnte sogar Polanski noch etwas von Laura lernen.

»Magst du den Andreas?«

Katharinas Magen wusste nicht, ob er angenehm kribbeln oder sich zusammenziehen sollte. Nach einer Pause sagte sie, so leicht es ihr möglich war: »Ja, ich mag ihn.«

»Er mag dich auch!« Das war keine Frage, sondern eine Feststellung. Laura präsentierte der Verdächtigen die Beweise. Katharinas Wangen brannten, besonders an der Stelle, die Andreas Amendts Lippen berührt hatten. »Ja. Ich glaube schon.«

»Warum ist er dann nicht dein Freund?« – Gestehen Sie, Angeklagte!

Katharina sagte streng: »Ab ins Bett, Laura.«

Crazeology

Montag, 26. November 2007

Katharina setzte sich mit einem Ruck in ihrem Bett auf.

Das Telefon aus ihrem Traum klingelte immer noch. Sie sah auf die Uhr. Halb sechs. Wer auch immer so früh anrief, hatte hoffentlich einen sehr guten Grund. Sie hob ab und sagte mürrisch: »Hallo?«

»Guten Morgen, Katharina.« Schlief Polanski eigentlich nie? »Ich wollte Sie noch einmal an Ihren Termin mit dem Psychologen erinnern. Doktor Sturmer erwartet sie um Punkt halb neun.«

»Guten Morgen, Chef«, gähnte Katharina zur Antwort.

»Ich hoffe, ich habe Sie nicht geweckt.«

»Nein. Das Telefon hat ohnehin geklingelt.«

»Dann ist's ja gut. – Oh! Hören Sie, ich würde Sie nicht wecken, wenn es nicht ungeheuer wichtig wäre. Hölsung veranstaltet eine regelrechte Hexenjagd gegen Sie. Wir brauchen jeden Punkt, den wir kriegen können. Also seien Sie heute bitte anständig, verantwortungsvoll …«

»Kurz, eine gute Polizistin. Sonst noch was?«

»Ach ja, herzlichen Glückwunsch zum Geburtstag!«

»Danke, Chef.«

Katharina ließ sich auf ihr Bett zurücksinken. Es nützte nichts, sie war wach. Und die Stunde Schlaf lohnte auch nicht mehr.

Leise ging sie ins Bad und stieg unter die Dusche. Heiß, kalt, heiß, um den Kreislauf in Gang zu bringen, dann ein angenehmes Lauwarm. Shampoo, Haarspülung, vitalisierende Haarpflege. Sie griff zu Schaum und Rasierer; es wurde wieder mal Zeit, nachdem sie am Freitag ihren Ladyshave-Tag versäumt hatte. Achseln, Beine, Bikinizone.

Sie spülte die Reste des Rasierschaums gründlich ab und griff zu ihrem Lieblings-Duschgel. Sündhaft teuer, aber was soll's? Es war ja ihr Geburtstag.

Endlich stieg sie aus der Dusche und trocknete sich ab. Sie föhnte und bürstete die langen, glatten, schwarzen Haare, bis sie glänzten. Zufrieden betrachtete sie sich im großen Spiegel an der

Badezimmertür: Ihre Figur war schlank, muskulös, ihre Brüste fest, die kleinen braunen Brustwarzen hatten sich leicht aufgerichtet. Nicht schlecht für dreiunddreißig.

Sorgsam manikürte sie sich die Fingernägel. Nagellack? Sie entschied sich dagegen, nur eine dünne Schicht Nagelpflege.

Während sie darauf wartete, dass die Nagelpflege trocknete, betrachtete sie ihr Gesicht im Spiegel über dem Waschbecken. Eigentlich auch nicht schlecht: hohe Wangenknochen, vielleicht etwas zu volle Lippen, graugrüne Augen, asiatisch mandelförmig, die Haut glatt, nur einen Hauch von Lachfältchen – nicht der Rede wert. Sie zupfte ein paar überflüssige Augenbrauenhärchen, zog einen sanft geschwungenen Lidstrich.

Mochte Andreas Amendt eigentlich Asiatinnen? Nicht doch! Sie wollte für sich gut aussehen, immerhin war heute ihr Geburtstag!

Katharina hatte nie viel für Frauen übrig gehabt, die jammerten, sie hätten nichts zum Anziehen. Und jetzt stand sie selbst ratlos vor ihrem geöffneten Kleiderschrank: Was sollte sie anziehen? Es war ja schließlich so etwas wie ein Feiertag. Und beim Psychologen sollte sie vielleicht auch etwas eleganter erscheinen.

Sie entschied sich für ein seidenes Bustier, einen bestickten Tanga und schwarze Seidenstrümpfe. Damit waren die schwersten Entscheidungen schon mal gefällt.

Und jetzt? Jeans und Sweatshirt? Oder Kostüm? Ja, sie hatte tatsächlich ein Kostüm. Für Aussagen vor Gericht. Endlich fiel ihre Wahl auf eine schwarze Stoffhose, eine bestickte, schwarze chinesische Bluse mit Stehkragen und schwarze Halbschuhe mit erträglichem Absatz.

Sie betrachtete sich im Spiegel. Irgendetwas fehlte. Sie zog die Silberkette mit dem Jadestein aus der Bluse. Thomas, ihr Kollege, hatte ihr den Stein geschenkt. Einen kleinen Augenblick musste sie innehalten. Sie schämte sich. Fast das ganze Wochenende hatte sie nicht an ihren Partner gedacht. Als ob die drei Jahre schon völlig ausgelöscht waren. Zu einem anderen Leben gehörten.

Als Katharina in die Küche kam, saß Laura bereits am Küchentisch, ihre Haare waren noch feucht. Sie musste selbstständig geduscht haben. Das Mädchen strahlte, als sie Katharina sah: »Du siehst heute aber hübsch aus!«

»Danke, Laura. – Willst du dir nicht die Haare föhnen? Sonst holst du dir noch einen Schnupfen.«

»Ich komm nicht an den Föhn.«

Katharina nahm Laura an die Hand, ging mit ihr ins Bad und begann, Laura die Haare zu föhnen. Das Mädchen hatte sehr feine Haare, die Katharina vorsichtig bürstete. Zuletzt band sie dem Mädchen einen Pferdeschwanz mit einem schwarzen Samtband. Laura mochte das: »Jetzt bin ich auch hübsch.«

»Aber gut drauf aufpassen!«

»Klar!«

»Du bist schon groß, ich weiß! So, und jetzt gibt es Frühstück.«

Katharina schmierte Laura gerade ein Brot mit Marmelade, als das Telefon klingelte. »Kannst du mal rangehen, Laura?«

Das Mädchen lief in den Flur zum Telefon. »Hier ist der Anschluss von Katharina Klein. Ich bin Laura?«

Der Anrufer würde vor Schreck am Herzinfarkt sterben.

»Ja, sag ich ihr. Worüber? Ja, klar. Ich bin doch schon fast fünf. Auf Wiederhören.«

Laura kam in die Küche gestapft.

»Und? Wer war das?«

»Das war ein Herr Kurtz. Du sollst dich nicht wundern, hat er gesagt.«

Typisch Antonio. »Hat er auch gesagt, worüber?«

»Nein. Außerdem …«

»Ja …?«

Laura schob die Unterlippe vor. »Du hast mir gar nicht gesagt, dass du heute Geburtstag hast«, sagte sie schmollend.

»Das ist doch nicht so wichtig, Laura.«

»Doch. Ich hab gar kein Geschenk für dich.«

»Aber das macht doch nichts. Weißt du, Frauen wollen manchmal gar nicht daran erinnert werden, dass sie älter werden.«

»Das hat Mama auch gesagt.«

»Und?«

»Sie hat gesagt, sie wird jedes Jahr fünfundzwanzig.« Laura dachte angestrengt nach. »Das ist auch schon ganz schön alt, oder?«

»Sie sind also Katharina Klein?« Arnulf Sturmer, der Polizeipsychologe, musterte sie abschätzend. Katharina hatte sich an skeptische

Blicke gewöhnt. Der Mann hinter dem Schreibtisch sah auch nicht wie ein Psychologe aus. Eher wie ein in die Jahre gekommener Preisboxer.

»Sie haben mit angesehen, wie Ihr Kollege Thomas Henrich erschossen wurde?«, fragte der Psychologe knapp.

»Nein, nicht gesehen. Nur gehört.«

»Und Sie wiederum haben die beiden Täter zur Strecke gebracht?«

»Ich habe sie erschossen, ja. Um weiteres Blutvergießen zu verhindern.« Immer schön sachlich bleiben.

»Und was wollen Sie von mir?«

»Ich dachte, ich müsste …«

»Wollen Sie krankgeschrieben werden? Berufsunfähig? Eine Empfehlung für den Innendienst?«, fragte Arnulf Sturmer schlecht gelaunt.

»Was? Nein, ich will so schnell wie möglich zurück in den Dienst.«

»In den Dienst zurück? Das ist ja was ganz Neues.«

»Wieso?«

»Weil die meisten, die hier sitzen, Waschlappen sind. Jammern mir was vor von wegen Schlafstörungen und so. Als ob sie nicht damit rechnen müssten, auch mal zu schießen, wenn man ihnen eine Waffe in die Hand drückt.«

Er wollte sie provozieren, ganz klar. Also ruhig bleiben.

»Keine Schlafstörungen. Keine Probleme.«

»Und was wollen Sie dann hier?«

»Mein Chef hat mich zu Ihnen geschickt. Hat er Ihnen meine Akte nicht gegeben?«

»Doch, Moment.« Der Psychologe stand auf und wühlte sich durch einen Stapel Akten, die unordentlich auf einem Stuhl lagen. »Hier.«

Er setzte sich wieder, schlug den Papphefter auf und vertiefte sich in die Lektüre. Hin und wieder murmelte er »so, so« und »interessant«.

Katharina widerstand dem Drang, auf ihrem Stuhl hin und her zu rutschen. Anstatt die Arme zu verschränken, legte sie die Fingerspitzen aneinander. So hatte es der Lehrer für Defensivrhetorik gezeigt. Vielleicht zahlte sich dieser Kurs, den sie im Sommer als Strafmaßnahme hatte absolvieren müssen, doch noch aus. Diese

Körperhaltung sollte entspannt wirken, offen. Katharinas Nackenmuskeln verkrampften sich.

Mit Schwung schlug Arnulf Sturmer die Akte zu. »Beeindruckend. Dreimal in Serie Polizeischützenmeisterin. – Was schießen Sie?«

»Was ich ...?«

»Was für eine Waffe?«

»Das Übliche. Eine Heckler & Koch P 2000.«

Der Psychologe musterte sie wieder skeptisch. »Und die können Sie halten?«

»Klar, ich bin doch schon groß.« Der Satz war ihr rausgerutscht. Arnulf Sturmer zog seine Augenbraue hoch. »Was?«, fragte er streng.

»Ich meinte, ich komme mit der Waffe gut zurecht.«

Schweigend öffnete der Psychologe die Akte wieder. Plötzlich sagte er: »Hier steht, dass die Schießerei von der Internen Ermittlung untersucht wird. Und dass Sie bis auf Weiteres suspendiert sind.«

»Wenn's da steht.«

»Empfinden Sie das als gerecht und angemessen?«, fiel ihr der Psychologe ins Wort. Grundkurs Verhör I, spontane Fangfrage.

»Nein«, antwortete sie. »Die beiden Täter wollten gerade anfangen, Geiseln zu erschießen.«

»Und Sie wollten natürlich ihren toten Kollegen rächen.«

Katharina schwieg. Arnulf Sturmer starrte ihr direkt in die Augen. Sie hielt dem Blick stand. Schließlich zuckte er mit den Achseln. »Scheint ja sowieso nur Abschaum gewesen zu sein«, knurrte er.

»Es war Notwehr. Wenn es eine andere Lösung gegeben hätte ...«

»Natürlich. Wissen Sie, ich habe viel mit Drogensüchtigen gearbeitet. Da wünscht man schnell alle Dealer zur Hölle. – Aber in der Akte steht auch, Sie hätten einen Kollegen mit der Waffe bedroht.«

»Nun, ich nahm an, dass er verdeckt ermittelt. Ich wollte seine Tarnung nicht auffliegen lassen und hab ihn festgenommen.«

»Eine fingierte Übergabe in einem öffentlichen Parkhaus?«

»Nicht meine Idee. Mein Partner und ich sind zufällig hineingeraten.«

»Dilettantenarbeit.« Arnulf Sturmer spuckte das Wort aus. »War der Polizist, den Sie festgenommen haben, zufällig Berndt Hölsung?«

Stand das nicht in der Akte? Katharina bejahte.

»Hat er die Übergabe eingefädelt?«

»Ich nehme es an.«

»Mal wieder im Alleingang, oder? Sie hätten ihn ebenfalls erschießen sollen. Damit hätten Sie der deutschen Polizei einen großen Dienst erwiesen.«

Wollte er sie provozieren? »Wie meinen Sie das?«, fragte Katharina knapp.

»Vergessen Sie's. Bleiben wir mal dabei, dass ich mit diesem Waschlappen meine Erfahrungen habe. – Und jetzt?«

Vielleicht war die Wahrheit das Beste. »Ich brauche ein gutes Tauglichkeitszeugnis von Ihnen.«

»Stimmt. Hier steht, ich soll ihre psychische Stabilität testen.«

Er griff in sein Jackett und zog seine Pistole hervor, die er auf Katharina richtete. Es sollte wohl schnelles Ziehen sein, doch Katharina hätte ihn dreimal kampfunfähig am Boden gehabt, noch bevor seine Waffe überhaupt das Holster verlassen hatte. Sie blieb ruhig sitzen, während der Psychologe sie weiterhin anvisierte.

»Sie haben weder durchgeladen noch entsichert«, sagte sie schließlich. »Und Sie sollten die Waffe besser pflegen ... mal abgesehen davon, dass Sie gerade so ungefähr zwanzig Gesetze gebrochen haben.«

Arnulf Sturmer lachte zufrieden auf. »Keine Sorge. Das ist eine Attrappe. Die meisten Ihrer Kollegen hätten sich jetzt schon eingenässt.« Er schob die Waffe zurück ins Holster.

»Waschlappen«, knurrte Katharina.

»Meine Rede. – Schreckhaft sind Sie also nicht. Und Ihre Lebensführung?«

»Meine Lebensführung?«

»Ja, die Interne Ermittlung wühlt auch ganz gern im Privatleben. Sie sind nicht verheiratet?«

»Nein.«

»Liiert?«

»Nein.«

»Lesbisch?«

»Nein.« Katharina verkniff sich mit Mühe ein Lachen.

»Was ist daran komisch?«

»Nichts. – Wäre das denn ein Problem?«

»Wäre es eines für Sie?«

»Weiß ich nicht. Ich bin nicht lesbisch.«

»Nie probiert?«

»Doch. Daher weiß ich, dass ich nicht lesbisch bin.«

Arnulf Sturmer stockte kurz: »Aha. Ja. Kinder?«

»Nein. Das heißt, ich habe zurzeit eines zur Pflege, aber nur für kurze Zeit. Laura. Die Tochter meiner Nachbarin.«

»Ach ja, richtig. Polanski hat so was angedeutet. – Und? Wie kommen Sie mit dem Kind zurecht?«

»Gut.«

»Man gewöhnt sich schnell dran, nicht wahr?«

War das wieder eine Fangfrage? »Ach, ich kannte Laura ja schon.«

»Meine Ex hat auch zwei Kinder. Vermisse sie manchmal. Die Kinder. Nicht die Ex.«

Katharina nickte sicherheitshalber verständig.

»Wollen Sie eigene Kinder?«

Eigene Kinder? Katharina hatte noch nie darüber nachgedacht. »Im Augenblick wohl eher nicht.«

»Wie alt sind Sie noch mal?« Er schlug ihre Akte wieder auf. »Ach ja, dreiunddreißig. Alles Gute zum Geburtstag übrigens. Da kommen Sie ja in das Alter, wo viele Frauen ... Und gerade jetzt, wo Sie mit einem Kind konfrontiert sind – Laura?«

»Ja, Laura.« Katharinas Nacken begann zu kribbeln. Kinderwunsch? Hatte Laura nicht gesagt, ihre Mutter hätte ihr ein Schwesterchen versprochen? Und die Kondome? Verpackt wie fürs Labor?

»Woran denken Sie?«, holte sie die Stimme des Psychologen in die Realität zurück.

»Ach, ich dachte gerade ... nicht wichtig.«

»Ein Kinderwunsch?«

»Ja, aber nicht meiner.«

Arnulf Sturmer beugte sich neugierig vor: »Ein Fall?«

»Eher eine Überlegung. Sagen Sie, Frauen mit einem starken Kinderwunsch tun doch sicher häufiger seltsame Dinge, oder?«

Der Psychologe lachte dreckig. »Ich sag nur: Samenraub!«

Samenraub? War es das? Vielleicht ...

»Sehen Sie, wir haben da etwas Seltsames gefunden.« Sie berichtete so knapp wie möglich von den Kondomen, der Nummerierung.

Arnulf Sturmer kratzte sich am Kinn. »Könnten natürlich Trophäen sein. Ist aber bei Frauen eher selten. – Klingt für mich eher so, als würde die Frau den Idealvater suchen. Oder besser den Idealerzeuger. Genetisch. – Ist gerade so eine Welle, wissen Sie? Genetisch optimierte Kinder.«

»Abartig.«

»Sage ich auch. Aber es gibt Menschen, die diese Meinung vertreten. Hier in Frankfurt zum Beispiel Fischer-Lause.«

»Wer ist das?«

»Eine Ärztin an der Uniklinik. Hat dort einen Lehrstuhl für Genforschung. Vertritt die Meinung, dass nur Kinder mit optimalen Erbanlagen gezeugt werden dürfen.«

»Klingt aber sehr …«

»Rassistisch. Ja. – Hat die Frau schon ein Kind?«

»Ja.«

»Gesund?«

»Soweit ich weiß.« War Laura krank? Katharina glaubte es nicht. Sie hätte in der Wohnung bestimmt Hinweise gefunden, Medikamente. Und die Kindergärtnerin wüsste sicher Bescheid.

»Nun, es wäre möglich, das die Frau den idealen Vater finden will und die Spermien untersuchen lässt.« Arnulf Sturmer kramte in einem Aktenschrank und zog ein Buch hervor, das er Katharina gab. »Gute Gene – Chance der Zukunft«. Die Autoren Prof. Dr. med. Annemarie Fischer-Lause und … Prof. Dr. med. Markus Henthen.

»Kann ich mir das mal ausleihen?«, fragte Katharina rasch.

»Natürlich. Aber wiederbringen!«

»Versprochen. – Ach, kennen Sie zufällig auch diesen Henthen?«

»Nur über das, was man in der Klinik so erzählt. Superstar der Reproduktionsmedizin. Und …« Er unterbrach sich.

»Und?«, bohrte Katharina nach.

»Übler Bursche. Streitsüchtig. Elitär. Intrigant. Angeblich ist er der praktische Arm von Fischer-Lause.«

Katharina schob das Buch in ihre Handtasche. Arnulf Sturmer setzte sich wieder. »Tja … dann werde ich mal meinen Bericht schreiben.«

»Und?«

»Ich wüsste nicht, was der Aufhebung Ihrer Suspendierung im Wege stehen sollte. Aber seien Sie vorsichtig mit Hölsung. Ich habe mehr als eines seiner Opfer hier sitzen gehabt.«

Djeannies Nase war wundrot, ihre Augen verquollen. Mit wenig Begeisterung schob sie sich einen Löffel Hustensaft in den Mund. Sie nickte Katharina zu und versuchte, den Löffel zwischen den Zähnen, zu lächeln. Eine Kleenexbox hatte, nach dem Füllstand des Papierkorbs zu schließen, schon reichlich bluten müssen. Katharina beugte sich sorgenvoll vor: »Sie sehen aber gar nicht gut aus.«

»Sch'upf'n«, ächzte Djeannie mit verstopfter Nase. Sie griff erneut nach der Kleenexbox und versenkte einen Nieser in das frische Tuch.

»Gesundheit. – Sollten Sie nicht lieber zu Hause im Bett liegen?«

»Kann 'och An'reas nich' 'leinlass'n.« Djeannie warf das Taschentuch in den Papierkorb. »Wart' übri'ngs auf Sie. Da drin …« Sie deutete auf eine unscheinbare Tür.

»Danke. – Gute Besserung.«

Katharina konnte sich ihre Schadenfreude wirklich nicht erklären. Das arme Mädchen. Sie öffnete die Tür, die zu Andreas Amendts Büro führte. Der Gerichtsmediziner war gerade dabei, Kaffee einzuschenken. Er sah zu ihr auf: »Auch einen?«

Vor dem Schreibtisch saß Eric Neurath, der Neurologe. Er erhob sich und reichte Katharina die Hand.

»Es ist eine Katastrophe.« Alles an ihm hing noch stärker herab als am Freitag. »Meine gesamten Unterlagen zu Frau Wahrig sind weg. Und in der Radiologie sind alle Daten gelöscht. Computerfehler. Angeblich.« Er ließ sich in seinen Stuhl zurücksinken.

Katharina nahm den Kaffee, den Andreas Amendt ihr reichte: »Kann man nicht einfach neu röntgen?«

»Das hat Metzel schon gemacht. – Hier, sehen Sie.«

Andreas Amendt schaltete einen Röntgenfilmbetrachter ein. Katharina sah das Bild eines Schädels mit einem runden Loch.

»Das ist alles meine Schuld«, erklärte Dr. Neurath. »Ich musste bei der Operation die Wundränder glätten.«

»Und die Splitter?«

»Entsorgt. Irgendwo im organischen Müll, vermutlich schon verbrannt.«

»So ein Mist!« Katharina nahm einen großen Schluck Kaffee. »Aber die Prellung, die wir gefunden haben … Der Handabdruck.«

»Auch nicht mehr nachzuweisen«, antwortete Andreas Amendt. »Doktor Metzel hat nicht darauf geachtet, bevor er den Schädel geöffnet hat. Dabei hat er die Gesichtsmuskeln durchtrennt, das Restblut ist ins Gewebe gelaufen. Metzel ist ein herausragender Theoretiker. Doch die Praxis … Das war eigentlich meine Aufgabe. Aber ich bin ja suspendiert.«

»Aber können Sie nicht trotzdem nach der Leiche sehen? Ich meine, vielleicht lässt sich noch was retten.«

»Damit würde ich die ganze Untersuchung kompromittieren. Außerdem …« Er hielt inne.

»Ja?«, drängte Katharina.

»Meine Ausweiskarte für die Leichenhalle ist gesperrt. Alexandra Taboch liegt auch da unten.«

»Fassen wir also zusammen«, sagte Katharina genervt. »Wir haben eine Leiche, an die wir nicht herankönnen, die pathologischen Beweise dafür, dass sie getötet wurde, sind allesamt vernichtet.«

»Und wir haben eine exzellente spurenkundliche Analyse durch zwei anerkannte Experten«, setzte Andreas Amendt fort. »die es offiziell gar nicht gibt. Zudem haben wir nicht mal einen Verdächtigen.«

»Nein, mindestens fünfzehn Verdächtige, von denen drei ihre DNA-Spuren in Form von gefüllten Kondomen hinterlassen haben.«

»Was uns aber auch nichts nützt, da wir nichts haben, womit wir sie vergleichen könnten.«

»Alles in allem der schlimmste Fall von Murphys Gesetz, den ich je erlebt habe«, fasste Dr. Neurath trocken zusammen.

Katharina hatte plötzlich eine Idee: »War Melanie Wahrig eigentlich bei einem Arzt in der Uniklinik in Behandlung? Vor ihrem Unfall, meine ich?«

»Das müsste sich ja herausfinden lassen.« Andreas Amendt schaltete den Monitor seines Computers ein und tippte ein paar Tasten – ohne Erfolg. Er schlug mit der Faust auf die Tastatur. »So ein Mist. Mein Account für die Patientendatenbank ist auch gesperrt.«

Dr. Neurath stand auf und ging um den Schreibtisch. »Lass mich mal.« Er begann zu tippen. Kurze Zeit später erschien ein sehr kurzer Eintrag zu »Wahrig, Melanie« auf dem Bildschirm.

Andreas Amendt und Dr. Neurath sahen sich erstaunt an. »Was ist los?«, fragte Katharina.

»Die EDV spinnt mal wieder. Nach diesen Unterlagen lebt Melanie Wahrig noch.«

»Und das heißt?«

»Dass die Daten vom behandelnden Arzt freigegeben werden müssen. Selbst die Buchhaltung erhält nur Abrechnungscodes.«

»Wer ist denn der behandelnde Arzt? Oder steht das da nicht?«

»Moment.« Dr. Neurath tippte ein paar Tasten. Andreas Amendt pfiff durch die Zähne. Er drehte den Monitor zu Katharina. In der Maske stand »Behandelnde Ärzte: Henthen, Fischer-Lause«.

Katharina lächelte grimmig. Sie zog das Buch, das ihr Arnulf Sturmer gegeben hatte, aus der Tasche und warf es auf den Schreibtisch. »Warum geht jemand wohl zu Henthen und Fischer-Lause? Und warum sammelt dieser Jemand das Sperma von Männern? Ich hätte darauf kommen müssen, als Laura mir gesagt hat, ihre Mutter habe ihr ein Schwesterchen versprochen«, erklärte Katharina. »Melanie Wahrig war auf der Suche nach einem Vater für ihr zweites Kind! Und Henthen hat für sie das Sperma untersucht.«

»Das sähe dem Henthen ähnlich«, sagte Dr. Neurath. »Würde passen: Er hat Zugang zum Computersystem, und einem Star wie ihm …«

»Die Theorie hat leider einen enormen Fehler«, unterbrach ihn Andreas Amendt. »Solche Gentests sind nur mit der Einwilligung aller Beteiligten möglich. Und außerdem wären die Untersuchungen über meinen Schreibtisch gegangen.«

»Warum?«

»Weil das einzige Labor zur DNA-Analyse an der Uniklinik in diesem Gebäude steht. Die Genforschung nutzt es zwar mit, aber die Untersuchung müssen wir genehmigen. Ich. Zumindest bis letzten Freitag«, sagte Andreas Amendt. »Ich habe schon in meinen Unterlagen nachgeschaut. Als ich die Kondome gesehen habe, hatte ich die Idee auch.«

»Und inoffiziell?«

»Inoffiziell?«

»Sie wissen schon: Eine Hand wäscht die andere.«

»Theoretisch möglich, ja. Aber das DNA-Labor ist ein ewiger Streitfall zwischen Gen- und Reproduktionsforschung und der Gerichtsmedizin. Eigentlich sollte das Hochleistungslabor bei denen eingerichtet werden. Doch dann wurden zahlreiche wichtige Mordfälle durch DNA-Analyse aufgeklärt.«

»Und?«, fragte Katharina ungeduldig.

»Und da wanderte das Labor mit seiner ganzen Einrichtung hierher, noch bevor es eingeweiht wurde. Frankfurts Institut für Rechtsmedizin sollte das DNA-Kompetenzzentrum für ganz Hessen werden. Das Labor ist also fest in unserer Hand. Bis auf einen Doktoranden von Fischer-Lause.«

»Aha!«, rief Katharina triumphierend.

»Der artig tut, was wir sagen. Will später eher für uns arbeiten. Netter Kerl übrigens. Torsten Kleinau.«

Katharina hatte erneut einen Einfall: »Geben Sie doch mal Alexandra Taboch ein.«

»Was soll das nützen? Schließlich wissen wir ja, dass sie Henthens Patientin war.«

»Nur so eine Idee. Bitte!«

Zweifelnd tippte Andreas Amendt den Namen ein. Der Eintrag fiel ähnlich kurz aus wie bei Melanie Wahrig. Der Arzt schüttelte den Kopf: »In der EDV scheinen sie diesmal wirklich zu viel gebechert zu haben. Die soll auch noch leben, angeblich.«

»Erstaunt mich nicht. Schauen Sie.« Katharina deutete auf den Monitor: »Behandelnde Ärzte: Henthen, Fischer-Lause. – Ist das immer noch Zufall? Ich finde, wir sollten die beiden fröhlichen Rassisten mal unter die Lupe nehmen.«

»Ach, Rassisten sind sie nicht«, mischte sich Dr. Neurath ein. »Auf jeden Fall nicht im herkömmlichen Sinn. Zumindest Fischer-Lause hat eine Vorliebe für gelungene Mischungen. Sie zum Beispiel, Sie wären, nun ja, ganz nach ihrem Geschmack.«

»Sie meinen … Ach nee, nicht noch eine von der Sorte!«

Dr. Neurath starrte Katharina überrascht an.

»Frau Klein legt Wert auf die Feststellung, dass sie nicht lesbisch ist«, erklärte Andreas Amendt. Dann fragte er Katharina: »Sie haben doch nicht etwa Vorurteile gegen Homosexuelle?«

»Nein, nur gegen Akademikerinnen mit Doktortitel und Doppelnamen. Und das sind keine Vorurteile.«

Die beiden Männer lachten unsicher. Katharina fuhr fort: »Ich finde, wir sollten beide mal unter die Lupe nehmen. Warum gehen wir nicht zur Gynäkologie und organisieren uns die Patientenakten?«

»Weil Doktor Henthen mich hasst, Neurologen für medizinisches Krebsgeschwür hält und vermutlich auf eine polizeiliche Anfrage ebenfalls allergisch reagiert?«

»Wer hat denn gesagt, dass wir ihn fragen sollen?«, erwiderte Katharina fröhlich.

In diesem Augenblick klopfte es. Djeannie steckte den Kopf durch die Tür. »'schul'i'ung für 'ie Störung. Aber da 'raußen ist ein ganz merkwür'iger Mann auf dem Flur.«

»Das hier ist die Gerichtsmedizin. Hier sind alle Männer merkwürdig«, antwortete Andreas Amendt heiter.

»Ab'r der ist b'waffnet. Und er ha' bestimm' an d'r Tür gelausch'.«

»Haben Sie einen Kollegen mitgebracht?«, fragte Andreas Amendt; doch Katharina war schon aufgesprungen und zur zweiten Tür des Raumes, die, wie sie vermutete, auf den Flur hinausging, geschlichen. Sie bedeutete den anderen, leise zu sein.

Dann riss sie die Tür mit Schwung auf. Der kleine Mann fiel ihr entgegen. Katharina trat ihm kraftvoll zwischen die Beine. Er stolperte, griff in seine Jacke, doch Katharina hatte bereits wieder zugeschlagen. Kurz starrte der Mann sie an. Dann raffte er sich auf und rannte davon. Katharina ging auf den Flur und sah ihm nach.

»Wollen Sie ihm nicht folgen?«, fragte Dr. Neurath erschrocken.

»Nicht nötig. Ich weiß, wer das war und wer ihn geschickt hat. Unseren Ausflug in die Gynäkologie müssen wir verschieben. Ich gehe jetzt erst mal italienisch essen.«

Katharina hielt mit quietschenden Reifen vor dem Puccini, einem italienischen Restaurant in der Eschersheimer Landstraße. Andreas Amendt, der sich in der Halteschlaufe über seinem Sitz festgekrallt hatte, atmete auf. Katharina hatte auf der Fahrt die Verkehrsregeln recht flexibel ausgelegt; vielleicht war die letzte Beinahe-Kollision mit einem Lkw ein wenig viel für den Arzt gewesen. Na ja, selbst schuld. Er hatte ja unbedingt mitkommen wollen.

Sie sprang aus dem Auto, ging dann zur Tür des Restaurants und klopfte kräftig. Es dauerte einen Moment, bis sich die Tür öffnete. Lutz stand vor ihr. »Ruhetag«, sagte er mürrisch. Dann erkannte er sie: »Ach, du bist …«

Weiter kam er nicht. Katharinas Fußspitze hatte ihn genau am Solarplexus getroffen. Keine zehn Sekunden später waren seine Hände und Füße mit zwei kräftigen Kabelbindern gefesselt, die Katharina aus den Taschen ihres Mantels hervorgezaubert hatte.

In diesem Augenblick kam auch Hans angestürmt. Er griff nach seiner Pistole, doch auch er kam nicht zum Ziehen. Katharinas Handkantenschlag beförderte ihn ins Reich der Träume. Sie nahm ihm die Waffe ab und fesselte auch ihn.

Plötzlich sprang die Tür zur Küche auf. Ein kräftiger, runder Mann kam heraus, eine Schürze umgebunden, hemdsärmelig, ein großes Messer in der Hand.

»Was ist denn hier los?«, konnte er gerade noch fragen, dann trat ihm Katharina das Messer aus der Hand, drückte ihn rücklings auf einen Tisch und hielt ihm Hans' Revolver an die Kehle: »Warum schickst du mir deine Schläger hinterher?«

Nach einer Schrecksekunde lachte der Mann: »Ich freue mich auch, dich zu sehen, Katharina. – Wollen wir uns nicht lieber beim Essen unterhalten?«

»Erst will ich eine Antwort.«

»Er sollte dich beschützen.«

»Was?« Schlagartig ließ sie den Mann los, der sich von dem Tisch erhob und seine Kleider ordnete. »Er sollte dich beschützen. Aber komm – alles Weitere beim Essen. Oh, du hast uns einen Gast mitgebracht!« Lächelnd ging er auf Andreas Amendt zu. »Antonio Kurtz. – Und Sie sind Doktor Andreas Amendt.«

Der Angesprochene war völlig verdattert und offenbar sprachlos. Katharina winkte ab: »Antonio weiß in dieser Stadt gut Bescheid. Gewöhnen Sie sich besser gleich dran.«

»Das ist mein Kapital. Aber kommt, lasst uns essen.«

»Sollten wir nicht vielleicht …« Andreas Amendt deutete auf die Gefesselten. Katharina zog ihr Taschenmesser heraus. Mit raschen Schnitten durchtrennte sie die Kabelbinder an den Händen und Füßen der beiden Leibwächter. »Tut mir leid, Lutz.«

»Mädel, du kannst ganz schön zuschlagen«, brummte der große Mann und verzog sich in die Küche.

Katharina schlug Hans sanft auf die Wange. »Aufwachen!«

Hans' Blick war etwas glasig. »Jungejungejunge«, murmelte er. »Gut, dass du da bist, Katharina. Wir sind überfallen worden. Vier Männer sind hier reingestürmt, schwer bewaffnet …«

»Nichts für ungut, Hans. Das war nur ich.« Sie half dem kleinen, drahtigen Mann aufzustehen. Währenddessen hatte Andreas Amendt, der die ganze Zeit in seinen Jackentaschen gekramt hatte, endlich gefunden, was er suchte. »Sie da!«, sagte er streng. Hans sprang zurück. »Bleiben Sie mal stehen.« Er klebte ein Heftpflaster auf die Wunde an Hans' Kopf.

»Meine Güte, Katharina. Verprügelst du deine Freunde jetzt so oft, dass du einen Arzt mitbringst, wenn du zu Besuch kommst?«

»Normalerweise lege ich sie um«, sagte Katharina fröhlich. »Doktor Amendt ist Gerichtsmediziner.«

Antonio Kurtz ging ihnen voran durch das Restaurant in eine gemütliche Wohnküche mit einem großen Esstisch aus poliertem Eichenholz. Von hier aus verwaltete Antonio Kurtz sein Reich. Die altmodische Küche mit ihren Geräten und Gewürzen, der antiken Einrichtung und dem großen Gasherd war der Küche seines Elternhauses nachempfunden.

Kurtz bot Katharina und Andreas Amendt Plätze an. Offenbar war er gerade am Kochen gewesen, denn auf der Anrichte lagen diverse fertige und halbfertige Zutaten. Mit Feuereifer machte er sich wieder ans Werk. Katharina wusste, dass er jetzt keinen Ton sagen würde. Kochen war ihm heilig.

Kurze Zeit später stand das Essen vor ihnen: ein in Olivenöl angebratenes Rinderfilet in einer Chianti-Sauce, umrahmt von scharf gewürztem Gemüse aus dem Wok. Kurtz hatte gerade seine italo-asiatische Phase, kulinarisch gesprochen.

Andreas Amendt betrachtete das Stück Fleisch auf seinem Teller wie eine auf besonders interessante Art dahingeschiedene alte Dame auf dem Autopsietisch.

»Sie können ruhig essen. – Bessere Küche werden Sie in Frankfurt kaum finden, schon gar nicht am Montagmittag«, sagte Katharina.

»Eigentlich esse ich ja kein Fleisch«, murmelte Andreas Amendt entschuldigend.

»Madonna! Kein Fleisch! Katharina, wen bringst du da an meinen Tisch?« Antonio Kurtz verfiel in seinen breitesten italienischen Akzent.

»Essen Sie ruhig! Bei Kurtz mache ich auch immer eine Ausnahme«, sagte Katharina, während sie ihr Messer durch das butterweiche Filet zog.

»Meine kleine Katharina hier isst sonst nur Fleisch, das sie selbst geschossen hat«, ergänzte Antonio Kurtz mit dem Stolz eines sizilianischen Vaters.

Andreas Amendt sah auf: »Wenn das so ist: In der Gerichtsmedizin lägen da noch zwei Drogendealer auf Eis.«

Antonio Kurtz lachte, dass ihm die Tränen kamen. »Meine Katharina. – Eine ganze Einheit von ihrer Sorte und die Kriminalitätsrate in Frankfurt wäre bei null.«

»Was macht eigentlich dein Fischgericht? Cai Piranha?«, fragte Katharina zwischen zwei Bissen. »Ich habe am Freitag Hans und Lutz getroffen. Sie sagten, sie würden Caluha für dich besorgen.«

»Eigentlich waren sie wegen dir da.«

»Wegen mir? Warum?«

»Später. Nach dem Essen.«

Endlich hatte Antonio Kurtz die Teller abgeräumt und Espresso zubereitet. Dann setzte er sich wieder an den Tisch und lehnte sich zurück: »Weißt du eigentlich, wen du erschossen hast, Katharina?«

Katharina schüttelte den Kopf: »Nein.«

»Dein Chef hat es dir nicht gesagt? Seltsam.« Antonio Kurtz wiegte den Kopf hin und her. Dann wandte er sich an Lutz: »Die Akte, bitte.«

Der große Leibwächter reichte ihm einen Hefter, dem Antonio Kurtz ein Foto entnahm. Er legte es vor Katharina und Andreas Amendt auf den Tisch. Katharina erkannte den kahl geschorenen Mann mit der Narbe auf der Wange nicht wieder, doch der Arzt nickte: »Das ist einer der beiden. Laut Ausweis Maximilian Grün.«

»Nun, eigentlich Max Boroffski«, erläuterte Antonio Kurtz. »Ein Russlanddeutscher, der für diverse Kunden als …«, er suchte kurz nach dem passenden Euphemismus, »… als Problembeseitiger gearbeitet hat.«

»Ein Killer?«

»Nicht nur. Auch Knochenbrüche und andere grobe Arbeiten. Arbeitete vor allem für unsere Freunde aus dem Osten. Alles in allem kein wirklich wertvolles Mitglied der Gesellschaft. Angeblich Ex-KGB, aber da weiß ich nichts drüber.«

»Was hat das mit mir zu tun?«, fragte Katharina.

»Warte es ab. – Dein Problem ist dieser hier …«

Kurtz zog ein neues Foto aus der Akte. Ein attraktiver Südamerikaner, vielleicht Mitte zwanzig. Wieder nickte Andreas Amendt: »Das ist der Zweite: Miguel Aroso. So stand es zumindest in seinem Pass.«

»Tja, das ist Miguel de Vega.«

Katharina erstarrte: »De Vega? Hat er etwas mit …?«

»Der Sohn von Felipe de Vega, ja. Sein Stammhalter und Erbe. Zumindest, bis du ihm eine Kugel in den Kopf gejagt hast.«

Katharinas Wangen wurden kalt. »Oh Gott«, sagte sie tonlos.

»Wer ist Felipe de Vega?«, fragte Andreas Amendt.

»Ein Relikt aus einer längst vergangenen Zeit«, antwortete Kurtz. »Der letzte der großen kolumbianischen Drogenbarone. Der Mächtigste und Gefährlichste.«

»Und was macht sein Sohn hier?«

»Das hat mich auch gewundert. De Vega liefert nämlich nur in Ausnahmefällen direkt nach Deutschland. Das Geschäft hier hat die östliche Bagage unter sich aufgeteilt.«

»Und die Lieferung?«, fragte Katharina.

»War für einen speziellen Kunden. Mehr weiß ich auch nicht. Muss aber jemand mit guten Beziehungen sein. Immerhin hat er dafür gesorgt, dass die Lieferung bequem den Zoll passieren konnte.«

»Geheimdienst?«

»Vielleicht. Wie schon gesagt, ich weiß es nicht. Die Russen wissen es auch nicht. Waren ziemlich wütend deswegen. De Vega muss wohl die Wogen geglättet haben, wenn sie ihm trotzdem einen ihrer Problembeseitiger ausleihen.«

»Was hat der Sohn von de Vega hier zu suchen?«, fragte Katharina.

»Lutz?«

Der Hüne schaute von dem Buch auf, in das er sich vertieft hatte: »Hat hier studiert«, brummte er. »In Heidelberg. Philosophie und BWL. Angeblich guter Student.«

»Philosophie? Und wieso rennt er dann mit einer MAC-10 durch Frankfurt und pustet Leute um?«

»Ich nehme mal an, auf Anweisung von Papa de Vega«, antwortete Kurtz. »Wie dem auch sei: Deshalb wird die ganze Angelegenheit von der Polizei als höchst geheim behandelt. Polanski hat sogar Polizeischutz für dich angeordnet.«

»Und woher weißt du dann davon?«

»Das ist nicht der Punkt … oder vielleicht gerade doch. Wenn ich all das herausfinden kann, dann kann es de Vega auch. Deshalb werden Lutz und Hans ab sofort nicht mehr von deiner Seite weichen!«

»Ich kann gut auf mich selbst aufpassen.«

Kurtz musterte sie mit einer Mischung aus väterlichem Stolz und Sorge: »Ich weiß, Katharina. Aber de Vega ist unberechenbar. Und Hans und Lutz sind einfach die Besten.«

»Ist das wirklich …«

»Katharina!«, unterbrach Kurtz sie streng. »Dein Vater war mein bester Freund. Ich habe ihm mein Ehrenwort gegeben, dass ich seine Familie schütze, wenn ihm was passiert. Und daran halte ich mich! Also sei vernünftig!«

»Na gut!« Katharina nickte zustimmend. »Sieht ja nicht so aus, als hätte ich eine andere Wahl.«

»Natürlich nicht. – Aber zu einem anderen Thema: Mir sind da so Gerüchte zu Ohren gekommen: Du untersuchst den Tod deiner Nachbarin?«

»Woher weißt du das denn?«

»Ich habe gute Beziehungen zum Ordnungsamt. Die erzählten mir, dass du gerade an sie ausgeliehen bist. Und Polanski verleiht sein bestes Pferd im Stall nicht ohne Grund.«

»Weißt du denn irgendetwas darüber?«

»Leider nein. Nicht wirklich mein Feld.«

Katharina dachte kurz nach. »Kennst du vielleicht einen Markus Henthen? Oder eine Annemarie Fischer-Lause?«

Kurtz dachte kurz nach. »Nein. Die Namen sagen mir nichts.«

Lutz hatte sich lautlos genähert. Katharina erschrak ein wenig, als sie seine Stimme dicht neben sich hörte: »Kenne die beiden. ›Gute Gene – Chance der Zukunft‹. Hab das Buch gelesen.«

»Und?« Die drei sahen Lutz erwartungsvoll an.

»Faschistischer Unrat«, knurrte er. »Haben die was verbrochen?«

»Nichts, was wir beweisen könnten«, antwortete Andreas Amendt.

»Aber wir arbeiten dran«, ergänzte Katharina.

»Gut. Bin gern behilflich. Sind ja sowieso immer in deiner Nähe.«

»Aber keine unnötigen Knochen brechen«, sagte Katharina schnell.

»Nee. Schlimmer. Werde mit denen diskutieren.«

»Ach, Katharina, ich habe ja beinahe das Wichtigste vergessen. – Alles Gute zum Geburtstag.« Kurtz nahm Katharina in die Arme und drückte sie fest an sich.

Auf dem Weg zurück zur Uniklinik wählte Katharina eine etwas defensivere Fahrweise. Andreas Amendt ließ irgendwann den Haltegriff los. Auch seine Gesichtsfarbe, die nach dem Einsteigen wieder zu einem unerfreulichen Grau gewechselt war, sah gesünder aus, wie Katharina mit einem Seitenblick feststellte.

Hans und Lutz folgten ihnen mit einem neuen Golf. Er musste gepanzert sein, denn er lag sehr tief auf der Straße.

Als sie an einer roten Ampel standen, brach Andreas Amendt endlich sein Schweigen: »Für einen Restaurant-Besitzer weiß dieser Antonio Kurtz ja ziemlich viel.«

»Ach, das Puccini ist sein Steckenpferd. Ich nehme auch an, dass er damit die eine oder andere Summe Geld wäscht.«

»Und …?« Andreas Amendt zögerte.

»Sie wollen wissen, wer Antonio Kurtz ist? Es kommt darauf an, wen man fragt. Für manche ist er das Gehirn des Verbrechens, die Nemesis der Strafverfolgung.«

»Und tatsächlich ist er was?«

»Kurtz kontrolliert einen Großteil der Prostitution und des illegalen Glücksspiels in Frankfurt. Hält seine Läden sauber, ist fair zu den Mädchen und anderen Angestellten. Sein Kapital ist das Wissen. – Nicht, dass er nicht auch schon den einen oder anderen Knochen hat brechen lassen. Aber Mord, Drogen und Waffenhandel kommen ihm nicht ins Haus. An allem anderen verdient er mit. Außerdem ist er in der Frankfurter High Society sehr beliebt. Dort schmückt man sich gern mit dem ›Paten von Frankfurt‹.«

»Und Sie?«

»Er ist mein Pate.«

»Was?« Andreas Amendt sah sie erschrocken an.

Katharina lachte auf: »Mein Patenonkel. Seit dem Tod meiner Eltern und meiner Schwester ist er so etwas wie meine Ersatzfamilie.«

In diesem Moment klingelte Andreas Amendts Mobiltelefon: Katja Meyer, die Chefärztin der Säuglingsstation.

Es war schwer gewesen, eine passende Garnitur Krankenhauskleidung für Lutz zu finden, daher spannte das T-Shirt über seiner breiten Brust beängstigend. Die Hose reichte nicht einmal bis zu den Knöcheln.

»Wer sind Sie?«, fragte Katja Meyer Hans und Lutz streng.

»Wir sind die Leibwächter von Frau Klein«, erklärte ihr Hans. »Wir verhalten uns ganz unauffällig.«

»So, so, unauffällig. – Na, dann benehmen Sie sich mal wie Pfleger und helfen Schwester Annegret beim Füttern.«

Hans strahlte: »Wirklich? Dürfen wir?«

Ein paar Minuten später saßen die beiden zwischen den Bettchen, jeder ein Baby auf dem Arm.

Katja Meyer drehte sich zu Andreas Amendt und Katharina um: »Kommt. Ich habe hier jemanden, der auf euch wartet.«

Sie führte sie in ihr Dienstzimmer, in dem eine junge Frau saß. Sie hatte eine kaum zu bändigende braune Haarmähne, war schlank und hatte ein spitzes Gesicht.

»Svenja Taboch. Die Schwester von Alexandra Taboch«, stellte Katja Meyer sie vor. »Ich denke, ihr solltet hören, was sie zu sagen hat.«

Svenja Taboch fragte nervös: »Wo soll ich anfangen?«

»Am besten von Anfang an. Wie Sie mir das auch erzählt haben«, sagte Katja Meyer beruhigend.

»Also gut. – Ich bin die Schwester von Alexandra.«

Andreas Amendt wandte sich an Katharina: »Die Mutter der kleinen Johanna. Sie wissen schon.«

Katharina verstand: das Mordopfer. Wenn man Andreas Amendts Theorie folgte.

»Wir verstanden uns eigentlich immer ganz gut«, fuhr Svenja Taboch fort. »Aber dann hat sie sich verändert.«

»Inwiefern?«, fragte Katharina.

»Eigentlich war sie immer pleite, obwohl sie einen guten Job hatte. Webdesignerin bei einer Werbeagentur namens stop!.«

Katharina machte sich eine gedankliche Notiz: Eine Verbindung zu Melanie Wahrig?

»Und urplötzlich konnte sie ihre ganzen Schulden bezahlen. Und dann war sie genauso plötzlich schwanger. Einfach so.«

»Tja, das soll vorkommen.«

»Bei Alexandra? – Nun, wissen Sie … Alexandra war … hatte es mehr mit … Sie wissen schon …«

»Sie war lesbisch?«, fragte Katharina halb rhetorisch. War sie eigentlich die letzte heterosexuelle Frau auf diesem Planeten?

»Sie war also schwanger«, unterbrach Andreas Amendt endlich die peinliche Pause. »Und kein Mann? Ich meine, ein Ausrutscher …«

»Alexandra fand Männer einfach nur widerlich.«

»Aber irgendwie muss sie ja schwanger geworden sein.«

»Es gibt noch andere Methoden«, warf Katja Meyer ein. »Wartet ab.«

»Also, sie war schwanger. Und dann drehte sie plötzlich durch. Murmelte immer wieder, das Kind würde ihr niemand wegnehmen. Hat sich in den letzten Wochen regelrecht in ihrer Wohnung verbarrikadiert. Ich habe sie nur mühsam ins Krankenhaus bringen können. Der Arzt sagte, es wäre höchste Zeit gewesen.«

»Der Arzt war Henthen?«, fragte Andreas Amendt. Svenja Taboch nickte.

»Dann ist sie bei der Operation gestorben.« Sie schluckte kurz. »Und jetzt kam die Frage auf, was mit dem Kind wird. – Ich bin die einzige Angehörige. Also wandte sich das Jugendamt an mich. – Ich meine, ich bin Single und so, aber als ich die kleine Johanna da so liegen sah, dachte ich … Ich arbeite von zu Hause aus, kann mich also um sie kümmern. Kurz und gut, ich habe mich bereit erklärt, sie zu mir zu nehmen. Und dann kam plötzlich dieser Doktor Henthen. Ich solle das Kind doch zur Adoption freigeben; er hätte da auch die passenden Eltern. Ein kinderloses Ehepaar.«

»Und Sie?«

»Ich hatte mich aber schon entschieden. Sie ist doch die Tochter meiner Schwester. Ich habe also abgelehnt.«

»Und was geschah dann?«, fragte Katharina drängend.

»Doktor Henthen hat mir hunderttausend Euro angeboten. Aber ich kann das Kind doch nicht verkaufen. Da fing er an, mir zu drohen. Ich sei keine passende Mutter. Das würde er schon beweisen. Und ich solle lieber der Adoption zustimmen. Ich bin sofort zu meinem Anwalt. Der hat mich beruhigt. Henthen blufft, hat er gesagt. – Aber plötzlich habe ich ständig Besuche vom Jugendamt, und ich muss am Freitag zu einer Anhörung vor dem Familiengericht.«

In diesem Moment wurden sie durch lautes Geschrei unterbrochen: »Sie! Lassen Sie sofort das Kind los!«

Die vier liefen auf den Flur. Durch die Glasscheibe des Säuglingszimmers sahen sie, wie Markus Henthen auf Lutz, der gerade ein Kind zurück in die Wiege legte, losstürmte. Katja Meyer rannte zur Tür und rief scharf: »Henthen!«

Einen kurzen Augenblick blieb Henthen stehen. Dann drehte er sich um und kam auf den Flur gerannt. Er baute sich vor Katja

Meyer auf: »So, Meyer! Mir langt es. Das Kind ist die Tochter meiner Patientin! Und wenn Sie weiter …«

»Wenn ich was?«, unterbrach ihn Katja Meyer. »Ich entscheide, wer meine Patienten füttert!«

»Aber nicht bei diesem Kind!«

»Ach? Warum?« Andreas Amendt baute sich streitlustig vor Henthen auf.

»Sie natürlich. Hätte ich mir ja denken können.« Henthen packte Andreas Amendt am Kragen, drückte ihn gegen die Wand und holte zum Schlag aus. Doch er kam nicht dazu. Lutz hatte sich angeschlichen und hielt seinen Arm fest. Er zog Henthen herum und hob ihn am Kragen hoch.

»Sind Sie Doktor Markus Henthen?«

Henthen nickte, soweit ihm das möglich war.

»Hab Ihr Buch gelesen! ›Gute Gene‹!«, erklärte Lutz freundlich. Er stellte den Arzt sanft auf seine Füße. »Hab ein Problem damit!«

Henthen schluckte und ordnete seinen Kittel. Lutz fragte höflich: »Haben Sie eigentlich bedacht, dass unser Ins-Dasein-Geworfen-Sein gerade in unserer Unvollkommenheit die Essenz unserer Existenz ausmacht?«

Katharina spürte, wie ihr jemand etwas Hartes, Eckiges aus Plastik in die Hand drückte. Hans flüsterte ihr ins Ohr: »Vielleicht willst du dich in seinem Büro ein wenig umsehen. – Keine Sorge, Lutz hält ihn so lange auf. Stunden, wenn es sein muss.«

Katharina blickte auf ihre Hand. Hans hatte einen Fächer von Sicherheitskarten hineingeschoben, die er Henthen in dem Aufruhr aus der Tasche gezogen haben musste.

Sie zupfte Katja Meyer und Andreas Amendt an den Ärmeln, zeigte ihnen unauffällig die Karten und bedeutete ihnen stumm, auf sie zu warten. Dann ging sie mit schnellen Schritten zum Ausgang der Säuglingsstation und hastete die Treppe hinunter.

Institut für Reproduktionsmedizin
Leitung: Prof. Dr. med. Markus Henthen

stand an einer großen Stahltür. Katharina zog sie vorsichtig auf.

Sie hatte zu früh gehofft, ihren Weg ungestört zu finden. Vom eigentlichen Institut trennten sie noch eine verschlossene Glastür und eine Pförtnerloge, in der eine Schwester saß und sie streng musterte: »Sie wünschen?«

Wozu war Katharina Halbasiatin? »Ich Doktor Fin-Ling Lang von Beijing University«, radebrechte sie mit ihrer höchsten Fistelstimme. »Ich verabredet mit Professor Henthen. Er sagen, ich warten vor Dienstzimmer.«

Die Schwester musterte sie von oben bis unten. Katharina grinste sie unterwürfig an. Schließlich drückte die Schwester den Türöffner. »Den Gang runter, fünfte Tür. Stühle gibt's keine.«

Katharina verneigte sich tief. »Großen Dank Ihnen für Freundlichkeit.« Dann schlüpfte sie durch die Tür.

Vor dem Zimmer von Henthen sah sie sich vorsichtig um. Die Schwester konnte sie von ihrem Platz aus nicht sehen. Sie probierte verschiedene Karten vor dem Sensor an der Tür, bis das kleine Lämpchen von Gelb auf Grün wechselte und der Türöffner summte.

Bis auf einen Schreibtisch mit einem modernen Computer, einem Büro- und zwei Besucherstühlen sowie einem Regal war das Zimmer leer. Katharina setzte sich an den Computer. Er war durch eine Chipkarte geschützt. Kein Problem, Katharina fand die Karte am Fächer in ihrer Hand. Doch der Bildschirm leuchtete nur auf, um ihr ein Passwort abzuverlangen. Verdammt! Aber vielleicht … Auf gut Glück tippte sie »gutegene« ein.

Eitelkeit ist keine Zier; eine Sekunde später bestätigte ihr das System, dass sie offiziell als Dr. Markus Henthen eingeloggt war.

Der Bildschirm bot ihr nicht viele Möglichkeiten, also klickte sie auf das Icon mit der Aufschrift »Patients Medbase«. Eine Suchmaske erschien. Kein Passwort. Wie leichtsinnig. Sie gab »Wahrig, Melanie« ein. Der Bildschirm füllte sich. Diverse Einträge, alle in Medizinchinesisch. Sie gab den Befehl, alles auszudrucken. Der Laserdrucker auf dem Schreibtisch spuckte leise Seite um Seite aus.

Sie wiederholte die Prozedur mit »Taboch, Alexandra«. Der Drucker lief weiter. Wenigstens war genug Papier drin.

Nach endlosen Minuten des Wartens lief endlich das letzte Blatt aus dem Drucker. Sie schaltete den Computer wieder auf Stand-by. Sorgfältig wischte sie die Karten ab und ließ sie unter dem Stuhl auf den Boden fallen. Sollte Henthen doch glauben, er habe sie dort verloren. Dann nahm sie die Ausdrucke und schlich zur Tür, die sie leise öffnete. In der Ferne erklang der Türsummer. »So was Blödes, ich muss meine Karten hier irgendwo verloren haben«, hörte sie die Stimme von Henthen. Sie schlich in eine Toilette, die schräg gegenüber dem Büro lag. Dann hörte sie schon Henthen und die Schwester kommen und vor Henthens Bürotür stehenbleiben.

»Scheiße! Die Dinger liegen vermutlich da drin.«

Katharina traute sich kaum zu atmen. Sie hörte, wie Henthen von einem Handy mit dem Sicherheitsdienst telefonierte.

»Da war übrigens eine Chinesin aus Beijing.« Das war die Schwester.

»Jaja«, antwortete Henthen abwesend. Endlich entfernten sich die Schritte. »Ich brauche einen Kaffee. Und schauen Sie mal, ob Sie in der Bibliothek irgendwas von einem gewissen Peter Singer finden. – Vermutlich bei den Esoterikern oder so.«

Katharina sah, wie beide in einen Raum ganz am anderen Ende des Gangs einbogen. Das war ihre Chance. Sie lief zur Glastür, öffnete sie, schlüpfte durch die große Stahltür und spurtete die Treppe hoch zur Säuglingsstation.

Sie fand Andreas Amendt, Katja Meyer, Hans, Lutz und Svenja Taboch um ein Bettchen versammelt.

»Ist sie nicht schön?«, hörte sie Andreas Amendt sagen.

»Ja, das ist sie«, antwortete Svenja Taboch, die Andreas Amendt unverhohlen anstrahlte. Katharina spürte einen Stich in ihrer Brust. Nein, sie war nicht eifersüchtig!

Djeannie hielt immer noch die Stellung, inzwischen die Schlacht mit der zweiten Schachtel Kleenex schlagend. Andreas Amendt befahl ihr, endlich nach Hause zu gehen. Das sei eine ärztliche Anweisung. Dankbar packte Djeannie ihre Apotheke ein, wickelte sich in diverse Schals und ihren Mantel und verschwand. Ihre letzten Nieser verklangen leise im Flur.

Andreas Amendt setzte sich hinter seinen Schreibtisch und begann die Akten, die Katharina aus Henthens Büro mitgenommen hatte, durchzublättern. Katharina kochte inzwischen Kaffee. Hans und Lutz hatten an beiden Türen des Büros Stellung bezogen.

»Eigentlich ganz normale Arztberichte. Die üblichen gynäkologischen Untersuchungen. Aber hier …« Andreas Amendt deutete auf ein Blatt, dass für Katharinas Augen nur Zahlen enthielt. »Melanie Wahrig hatte vor zehn Monaten eine Fehlgeburt. Das Kind hatte einen schweren genetischen Defekt. Henthen hat sie zu einer Diagnose und zur Beratung zu Fischer-Lause geschickt.«

»Und?«

»Von Fischer-Lauses Bericht steht hier nicht viel. Nur dass sie ein Genprofil gemacht hat. Ohne Befund. Der damalige Vater scheint wohl das Problem gewesen zu sein.«

»Steht da, wer das war?«

»Leider nein. Hat sich wohl nicht untersuchen lassen. Dann vor ein paar Monaten eine normale Routineuntersuchung. Aber ... das ist ja interessant. Empfohlen durch Alexandra Taboch. Die beiden kannten sich.«

»Sie haben für die gleiche Werbeagentur gearbeitet – stop!«, ergänzte Katharina.

»Was?«

»So heißt die Agentur: stop! Mit Ausrufezeichen. – Was steht denn da über Alexandra Taboch?«

»Normale frauenärztliche Betreuung, normale Schwangerschaftsuntersuchungen. Die Schwangerschaft verlief sehr zufriedenstellend. Das zeigen auch die Ultraschallaufnahmen, soweit ich das sehen kann. Dann, hier: vor etwa sechs Wochen Abbruch der wöchentlichen Untersuchungen.«

»Wöchentlich? So oft?«

»Entweder ist Henthen sehr genau, oder Alexandra Taboch war sehr ängstlich.«

»Oder das Kind war besonders wertvoll. – War sie auch bei Fischer-Lause?«

»Ja. Zur genetischen Untersuchung und zur Abstimmung mit dem Kindsvater – eine Samenspende. Anonym, aber genetisch dokumentiert. Ungewöhnlich, aber möglich. – Warten Sie mal.«

Andreas Amendt stand auf und nahm einen Ordner aus dem Regal. Er blätterte schnell. Endlich hatte er gefunden, was er suchte. »Tatsächlich. Alexandra Taboch hat ihre Gene untersuchen lassen. Ziemlich aufwendig. Und dann wurde ein Abgleich durchgeführt.«

»Was ist das?«

»Ich bin mir nicht sicher. Gehen wir doch mal rüber in die DNA. Vielleicht kann uns Torsten weiterhelfen.«

Das DNA-Labor war größtenteils automatisiert. In der Mitte des Raums, umgeben von einer komplexen Maschinerie, saß ein junger Mann vor mehreren großen Monitoren.

»Hallo, Torsten«, sagte Andreas Amendt laut.

Der junge Mann reagierte nicht. Andreas Amendt tippte ihm vorsichtig auf die Schulter. Der Mann fuhr erschrocken herum. Dann zog er ein kleines Gerät, das wie eine Fernbedienung aussah, heran und tippte eine Taste. »Entschuldigung. Ich habe Musik gehört. – Manchmal hat es auch Vorteile, schwerhörig zu sein«, erklärte er und deutete auf das Kabel, das von der Fernbedienung zu einem CD-Spieler führte. »Ich kann mich direkt in meine Hörgeräte einklinken. Ziemlich guter Klang sogar. – Und, Andreas, kann ich was für dich tun?«

»Hier, darüber sind wir gestolpert.« Er hielt ihm die Blätter hin.

»Moment.« Torsten Kleinau stand auf. Erst jetzt sah Katharina, dass auf seinem Arm eine schwarze Ratte saß, die er nun behutsam hochhob und unter dem Kinn kraulte. Dann setzte er das Tier in einen Käfig.

»Haustiere am Arbeitsplatz?«, fragte Katharina belustigt.

»Leider nicht. Tierversuche. Ich werde sie später leider sezieren müssen.« Er hatte wohl gesehen, wie Katharina das Gesicht verzog, daher fügte er hinzu: »Keine Sorge, das Tier erhält vorher eine Dosis Natrium-Pentothal. Ganz human.«

Katharina betrachtete das Tier, das gierig an der Wasserflasche nuckelte. Traurig. Aber das war wohl nötig für den medizinischen Fortschritt.

Torsten Kleinau blätterte den Ausdruck durch, den Andreas Amendt ihm gab: »Das ist eine ziemlich umfassende Genanalyse. So ziemlich alle Risikofaktoren drin.«

»Und was ergab die Analyse?«

»Genau genommen sind das zwei. Mutter und potenzieller Vater. Und die mögliche Kombinatorik, soweit wir das bestimmen können.«

»Und?«

Torsten Kleinau blätterte weiter, sah auf die Resultate. Dann lachte er auf und reichte sie Andreas Amendt zurück: »Ein Planspiel.«

»Ein Planspiel?«

»Ja, für das perfekte Kind. Egal in welcher Kombination, die Gene wären extrem gut und sehr geschützt vor Krankheiten wie Krebs oder Kreislauferkrankungen. Einige Aussehensfaktoren sind auch dabei. Das Kind wäre blond, blauäugig: ein ›Arier‹. Lass mich raten – das kommt von Henthen?«

»Oder Fischer-Lause.«

»Nein, nicht Fischer-Lause. Sie hat es mehr mit den schönen Mischungen. So wie deine Kollegin.« Er stand auf und reichte Katharina die Hand. »Ich bin übrigens Torsten Kleinau. DNA.«

»Katharina Klein.«

»Die Kill–« Er stockte.

»Ja, die Killer Queen.« Schon wieder dieser verhasste Spitzname.

»Wahnsinn. Ich habe die DNA-Tests für den Spielplatzmörder-Fall gemacht.«

»Ach, dann habe ich Ihnen für die Verurteilung zu danken.«

»Aber Sie haben doch den Verdächtigen gefunden.«

»Und Sie haben bewiesen, dass er es wirklich war.«

Torsten Kleinau errötete vor Stolz. Er sah sehr jung aus. Ein recht hübscher Junge, allerdings ziemlich klein, kleiner als Katharina. Erstaunlich jedoch waren seine großen Hände. Sie hingen an seinen dünnen Armen wie Baggerschaufeln.

»Und diese Planspiele? Wozu dienen die?«, fragte Katharina neugierig.

»Ach, das ist so ein Spiel zwischen Henthen und Fischer-Lause. Ein sportlicher Wettkampf. Sie testen hier manchmal fiktive Genkombinationen. – Damit dürfte Henthen aber den Highscore haben. Eine bessere Kombination habe ich noch nicht gesehen.«

»Das hier stammt aus meinen Akten. Das sind reale Untersuchungen«, erklärte Andreas Amendt.

Torsten starrte ihn mit offenem Mund an. »Wirklich? Da muss ein Fehler passiert sein.«

»Und wenn nicht?«

»Dann könnt ihr den Eltern gratulieren. Sie werden ein genetisch perfektes Kind haben. Wenn nichts dazwischenkommt.«

»Dazwischenkommt?«, mischte Katharina sich ein.

»Nun, die Zeugung ist so eine Sache. Pater semper incertum est – der Vater ist immer ungewiss, nicht wahr?«

»Und was würde man machen, wenn man das Kind wirklich so haben will?«

»Hundertprozentig? Dann eine In-vitro-Befruchtung unter strengsten Bedingungen. – Hätte auch den Vorteil, die besten Embryos aussuchen und einpflanzen zu können.«

»Wird das hier an der Klinik gemacht?«

»Wenn es nach Henthen ginge, ja. Aber die Rechtslage ist ziemlich grau. Grundsätzlich möglich ist es. Die Technik existiert, nur die Genehmigungen und Gesetze noch nicht.« Er gab Andreas Amendt die Unterlagen zurück. »Ich bin mir aber sicher, dass das ein Fehler in den Akten war. Ein so perfektes Paar zu finden, ist praktisch unmöglich. Oder jemand wollte Sie ärgern.«

»Nein, das hier ist gemacht worden, bevor ich angefangen habe. Da hat sich Doktor Metzel um die DNA-Genehmigungen gekümmert.«

Torsten Kleinau zuckte mit den Schultern. »Nun ja, Metzel …« Er und Andreas Amendt lachten. Doch Katharina kaute nachdenklich auf ihrer Unterlippe.

Während Katharina Morris durch den Nachmittagsverkehr steuerte, malte sie sich aus, was wohl Elfie LaSalle sagen würde, wenn nicht nur sie, sondern auch Hans und Lutz im Kindergarten aufliefen. Vermutlich würde sie sofort nach Verstärkung schreien.

Die beiden Leibwächter blieben bei Morris stehen, den Katharina wieder auf den Hof des Kindergartens gelenkt hatte. Die Sonne hatte sich ein wenig hervorgetraut, deswegen waren einige Kinder im Garten. Schnell umringten sie die beiden Männer und Morris.

Elfie LaSalle fing Katharina schon bei der Tür ab. »Haben Sie schon etwas herausgefunden? Laura sagt, Sie wollen …«

»Die bösen Männer fangen, die ihre Mutter getötet haben? – Ich bin dran, aber mir fehlt noch eine richtige Spur.« Sie folgte der Kindergärtnerin in das große Spielzimmer. »Wenn Ihnen noch irgendetwas einfällt …«

»Ich denke schon die ganze Zeit nach. Der Auftragsdienst hat übrigens Tom Wahrig noch nicht erreicht. – Aber da war noch etwas. Vor vielleicht einem Jahr – Laura war gerade in den Kindergarten gekommen – da ging es Melanie Wahrig nicht so gut. Sie sah sehr krank aus. Bedeutet das etwas?«

»Vielleicht. Hat Laura mal was von einem Brüderchen oder Schwesterchen erzählt?«

»Oh ja! Sie wünscht sich Geschwister. Und ihre Mutter … aber das geht ja jetzt nicht mehr«, antwortete Elfie LaSalle traurig.

»Melanie Wahrig hatte vor ungefähr zehn Monaten eine Fehlgeburt. Wussten Sie davon?«

»Nein.«

»Haben Sie eine Idee, wer der Vater gewesen sein könnte?«

Elfie LaSalle dachte angestrengt nach: »Außer Tom Wahrig kann ich mir niemanden vorstellen. Die beiden waren auch nach der Scheidung oft zusammen, wissen Sie? Haben sich in Freundschaft getrennt.« Die Kindergärtnerin war zum Fenster gegangen: »Wer sind denn die beiden Männer? Gehören die zu Ihnen?«

»Das sind Freunde von mir.«

»Polizei?«

»Nein.«

»Sehen auch nicht so aus. Der eine ist ja niedlich!«

Katharina sah gleichfalls hinaus. Hans und Lutz spielten mit ein paar Kindern Ball.

»Ja, der Kleinere ist ein echter Kindernarr. Ist verheiratet und hat selbst zwei Kinder.«

»Ich meinte den Großen.«

Katharina lachte auf. Wenn Lutz wüsste, dass ihn jemand als niedlich bezeichnet hatte …

»Wissen Sie, ob …« Elfie schluckte den Rest ihrer Frage hinunter.

»Lutz? Meines Wissens ist er Single. Hat Philosophie studiert.«

»Wirklich?« Elfie sah sie mit großen, blauen Augen an, bevor sie wieder nach draußen starrte. »Mag er Kinder?«

Katharina wollte etwas sagen wie »Am liebsten gut durch mit etwas Zitrone«, aber sie verkniff es sich. Vielleicht war ja Elfies Faszination für diesen Mann noch nützlich. »Ja, doch … ich glaube schon«, sagte sie schließlich.

Laura hatte für Katharina ein großes Bild gemalt, »zum Geburtstag«. Es zeigte, so erklärte es zumindest Laura, Katharina, wie sie mit einem großen Netz ganz viele böse Männer fing. Dann ging sie mit Laura in den Zoo, Giraffen schauen.

Katharina heftete das Bild mit Magneten an die Kühlschranktür, ein bisschen stolz … schon wieder so ein Elternklischee. Dann setzte sie sich mit Laura an den Küchentisch, um Mensch-ärgere-dich-nicht zu spielen.

Laura spielte wirklich gut. Katharina musste sich gerade das zweite Mal geschlagen geben, als es an der Tür klingelte. Hans und Lutz kamen aus ihrem Zimmer gelaufen und bedeuteten Katharina, in der Küche zu bleiben. Doch kurz darauf führten sie Andreas Amendt in die Küche.

Laura lief zu ihm: »Andreas!«

Der Arzt hob sie hoch auf seinen Arm. Katharina ertappte sich dabei, ein wenig neidisch auf Laura zu sein.

Sacht setzte Andreas Amendt das Mädchen ab, dann begrüßte er Katharina. »Alles Gute zum Geburtstag. Tut mir leid, das habe ich vorhin völlig vergessen zu sagen. – Hier, das ist für Sie.«

Er gab ihr eine eingewickelte Flasche und ein flaches Päckchen: »Nichts Besonderes. Aber vielleicht haben Sie Ihre Freude dran.«

Katharina öffnete das Päckchen vorsichtig. Es enthielt eine CD. »A Voice and a Guitar. Jazz Classics. Performed by Marianne Aschhoff and Andreas Amendt.« Katharina erkannte das Cover. Die gleiche CD lag immer noch in Susannes Zimmer auf dem CD-Player, jetzt dick von Staub bedeckt. Vielleicht die letzte CD, die ihre Schwester gehört hatte. Katharina spürte, wie ihre Augen zu brennen begannen. »Danke«, sagte sie mit belegter Stimme.

»Stimmt etwas nicht?«

»Das war … die Lieblings-CD meiner Schwester, glaube ich.«

»Entschuldigung, das wusste ich nicht. Soll ich …«

»Nein, ich will sie hören. Ich … ich …« Ihr fehlten die Worte. Sie legte die Arme um den Hals des Arztes und ließ ihren Kopf gegen seine Schulter sinken. Sie spürte, wie seine Arme sie fest umschlossen.

Nach einem Moment machte Andreas Amendt sich sanft los und sah sie nachdenklich an. »Was ist?«, fragte Katharina.

»Nichts. Alles in Ordnung.« Er strich ihr mit den Fingerspitzen über die Wange. »Ich glaube, ich muss mir in Zukunft in Ihrer Nähe Gedanken über Make-up-feste Kleidung machen.«

Katharina tastete nach ihren Wangen. Hatte sie tatsächlich geweint?

Andreas Amendt ging einen Schritt weiter in die Küche. »Ich habe ein wenig eingekauft«, sagte er unsicher und deutete auf die Tüten, die Hans immer noch in der Hand hielt. »Ich dachte mir, Sie hätten vielleicht keine Zeit gehabt. Ich kann Mousse au Chocolat machen.«

Katharina nickte. Dann ging sie rasch ins Bad und schloss hinter sich ab. Im Spiegel sah sie, dass ihr Make-up völlig verlaufen war. Auch das noch. Sie wusch sich das Gesicht und zog den Lidstrich nach. »Glückwunsch, Doktor Amendt«, dachte sie. »Sie sind der erste Mann, der mich zum Weinen gebracht hat.«

Während Katharina sich immer noch bemühte, ihr Gesicht zu restaurieren, klingelte es erneut. Wer mochte das jetzt sein?

Sie hörte, wie Hans und Lutz zur Tür gingen. »Hallo, Boss!« Antonio Kurtz beehrte sie mit seinem Besuch? »Wo ist Katharina?«, hörte sie ihn fragen.

Nach einem letzten Blick in den Spiegel kam sie aus dem Bad. Antonio Kurtz begrüßte sie mit einer freundlichen Umarmung. Dann hielt er sie auf Armeslänge von sich gestreckt.

»Du hast geweint!«, sagte er streng.

»Es ist nichts.«

»Weinen ist nicht nichts. Hans, Lutz? Wenn jemand meiner Katharina das Herz bricht, dann brecht ihr ihm alle Finger!«

»Ach Antonio, ich kann schon auf mich selbst aufpassen.«

»Ich weiß, Kind. Aber ich wollte Hans und Lutz eine kleine Freude machen.« Er zog sie am Arm ins Wohnzimmer. »Ich habe hier was für dich. Will aber nicht, dass das jeder sieht.«

In dem Paket, das er ihr feierlich überreichte, verbarg sich ein polierter, schwarzer Holzkasten. Sie öffnete ihn. Auf rotem Samt lag eine Stockert & Rohrbacher Modell 1. Der gebürstete Stahl der Pistole glänzte matt. Die Griffe waren aus dunklem Holz gefertigt. Am unteren Ende waren mit Gold zwei Kerben eingraviert. Neben dem Beschussstempel und der Seriennummer fand sich der Schriftzug »Killer Queen«.

Jeannette Stockert und Kirsten von Rohrbacher waren die einzigen weiblichen Waffenschmiede, die Katharina kannte. Sie hatten bei Heckler & Koch gelernt und sich mit einer Manufaktur für edle Jagd- und Präzisionswaffen selbstständig gemacht. Die Modell 1 war ihre erste Pistole, geplant für die Serienproduktion als Einsatzwaffe. Katharina hatte zu den ausgewählten Polizisten gehört, die damit Probe schießen durften.

»Hier, deine neue und hochoffizielle Waffenbesitzkarte.« Kurtz reichte ihr das blassgrüne Dokument. Alle ihre Waffen, auch die neue, waren darauf eingetragen.

»Danke.« Katharina war wirklich beeindruckt.

»Ich kann dich doch nicht unbewaffnet lassen. Außerdem schuldeten die beiden Damen mir noch einen Gefallen. Ich bin dem

Kommandeur eines italienischen Scharfschützenregiments freundschaftlich und familiär verbunden und konnte ihn davon überzeugen, seine Männer bei Stockert & Rohrbacher neu auszustatten. Dafür haben die beiden Damen sich von diesem Modell getrennt. Es ist handgefertigt.«

Katharina wog die elegante Pistole in der Hand. Sie war doch etwas ganz anderes als die klobige P 2000. Vorsichtig legte sie die Waffe zurück in den Kasten. Dann umarmte sie Kurtz.

»Aber, aber! – Eigentlich wollte ich ja für dich kochen. Doch offenbar hat das schon jemand übernommen.«

Sie gingen in die Küche. Andreas Amendt stand an der Anrichte und schnitt Gemüse. Kurtz sah ihm kritisch über die Schulter. Dann nickte er gönnerhaft: »Gut. Weitermachen. Die Karotten vielleicht in Stangen und nicht in Scheiben. – Ist das Mensch-ärgere-dich-nicht?«, fragte Kurtz erstaunt, als er an den Küchentisch trat. »Das habe ich ja schon Jahrhunderte nicht mehr gesehen. – Wie läuft es?«

Hans wiegte den Kopf hin und her. »Nicht gut. Laura gewinnt immer.«

»Du bist also Laura?« Kurtz reichte dem Mädchen die Hand. Laura stand auf und machte einen Knicks wie eine kleine Prinzessin.

»Du bist aber eine wohlerzogene junge Dame.«

»Willst du mitspielen?« fragte Laura begeistert.

»Ich weiß nicht.«

»Ach Boss, kommen Sie«, drängte ihn Hans.

Und so nahm Antonio Kurtz auf dem vierten Stuhl Platz. Laura stellte die Steine wieder auf. Sie hatten gerade ausgewürfelt, wer beginnen sollte, als es erneut klingelte.

Hans und Lutz sprangen auf und liefen hinaus.

Hans kam als Erster zurück. In der Hand hielt er eine Heckler & Koch P 2000. Polizeimodell, wie Katharina auf den ersten Blick sah.

»Der Besucher war bewaffnet«, sagte er.

Kurtz befahl: »Bringt ihn her.«

Lutz führte einen Mann im Polizeigriff in die Küche. Katharina erschrak: »Das ist Kriminaldirektor Polanski, mein Chef.«

Lutz ließ seinen Gefangenen los, wenn auch ungern. Polanski richtete sich auf. Er erkannte Katharinas Besuch: »Kurtz«, bellte er. »Was machen Sie denn hier?«

»Nicht hier, nicht vor der Prinzessin.« Kurtz deutete auf Laura. »Lassen Sie uns ins Wohnzimmer gehen.«

»Sie schulden mir eine Erklärung, Kurtz«, blaffte Polanski, während er sich in einen Sessel fallen ließ.

»Nein, die schulden Sie mir und meinem Patenkind. Warum haben Sie Katharina nicht darüber aufgeklärt, dass sie Miguel de Vega erschossen hat?«

»Ja, Chef. Das würde mich auch interessieren.«

»Weil ich nicht wollte, dass Sie wieder Dummheiten machen. Sich eine illegale Waffe besorgen. Ich will Sie nämlich behalten, wissen Sie? Und im Augenblick …«

»Ja?«

»Hölsung sammelt alles, was er gegen Sie finden kann. Die Interne Ermittlung ist begeistert. Will aus Ihnen den Fang des Jahres machen. – Außerdem haben Sie Polizeischutz, und wir behandeln die Schießerei im Parkhaus als extrem vertrauliche Verschlusssache.«

»Das habe ich gemerkt«, stellte Kurtz sarkastisch fest. »Ich habe fünf Minuten länger als sonst gebraucht, um an die Akten zu kommen.«

Polanski wollte etwas sagen, doch Katharina schnitt ihm das Wort ab: »Wer ist zu meinem Schutz eingeteilt?«

»Arne und Michael.«

»Die Klatschbasen? Wer weiß, was die Hölsung alles erzählen. – Wann ist überhaupt meine Anhörung?«

»Nächsten Montag. Und es wäre gut, wenn Sie bis dahin Punkte sammeln. Sich anständig benehmen. Und vielleicht auch keine Gesellschaft von …« Er sah zu Kurtz, der in einem Sessel saß und ihnen interessiert zuhörte.

Kurtz erwiderte: »Meine Weste ist sauber, Polanski. Das wissen Sie.«

»Aber Ihr Ruf nicht! Und dann die beiden Schläger.«

»Hans und Lutz sind ausgebildete und offiziell zugelassene Leibwächter, die sich um den Schutz meines Patenkinds kümmern. Und ich werde schon aufpassen, dass Katharina keine Dummheiten macht.« Kurtz stand auf.

»Bleiben Sie zum Essen?«, fragte Katharina ihren Chef.

»Ich glaube …«

»Pah, Feigling«, sagte Antonio Kurtz über die Schulter.

»Bitte, Chef. Es ist doch mein Geburtstag.«

»Ach, das hatte ich schon wieder ganz vergessen. Noch mal herzlichen Glückwunsch.« Polanski schüttelte Katharina die Hand.

Andreas Amendt war immer noch beim Kochen, als sie in die Küche zurückkamen. Polanski stockte kurz, als er den Arzt sah.

»Ach, Doktor Amendt«, fragte Katharina betont formal. »Herr Polanski bleibt auch zum Essen. Macht Ihnen das etwas aus?«

»Solange er nicht mit den Fingern isst.«

»Bitte. Es ist doch mein Geburtstag«, sagte Katharina schnell. »Vertragt euch.«

»Schade«, sagte Polanski. »Ich bin Doktor Amendt noch immer einen Rückkampf schuldig. – Ist das Mensch-ärgere-dich-nicht?« Er blickte fasziniert auf das Brett.

Kurtz setzte sich wieder auf seinen Platz: »Wie wär's, Polanski? Ein Spielchen? Wie in alten Zeiten? – Katharina, dein Boss war mal ein ganz gefährlicher Zocker, bevor sie ihn befördert haben. Jetzt ist er sich wohl zu fein dafür.«

»Sie wissen genau, dass das nicht der Grund ist, Kurtz«, erwiderte Polanski knapp.

»Au ja«, rief Laura. »Ein Spiel zu sechst. Das geht nämlich. Schaut mal.« Sie drehte das Brett um. Auf der Rückseite war das sternförmige Spielfeld mit sechs Häuschen abgedruckt.

Und so spielten Hans, Lutz, Katharina, Polanski, Kurtz und Laura, während Andreas Amendt kochte. Laura gewann. Und Katharina wunderte sich, was für ein schlechter Verlierer ihr Chef doch war.

»Noch eine Partie Mensch-ärgere-dich-nicht?«, fragte Kurtz, als der Tisch nach dem Essen abgeräumt war. »Wir könnten es etwas interessanter gestalten.« Er zog ein Bündel Geldscheine hervor. »Was meint ihr? Hundert pro Spiel, der Gewinner kriegt alles?«

Polanski wand sich unsicher in seinem Stuhl.

»Ach kommen Sie, Polanski! Ein Spielchen, wie in alten Zeiten!«

»Also gut! Aber Frau Klein spielt nicht mit. Nachher erfährt noch jemand davon.«

Katharina holte ihre Mehldose aus dem Schrank. »Gut. Aber ich bin Lauras Finanzier.«

Sie lehnte sich an die Anrichte, während die anderen das Spiel aufbauten und auswürfelten, wer beginnen sollte. Das Los fiel auf Polanski, der seiner Brieftasche einen Schein entnahm und auf den Tisch legte.

Als er gerade würfeln wollte, klingelte es.

Hans und Lutz sprangen auf und begleiteten Katharina zur Wohnungstür. Katharina sah durch den Spion. Vor der Tür stand ... ein Wahlplakat?

»Ihr könnt zum Spiel zurück, Jungs. Das ist die Oberbürgermeisterin.«

Katharina öffnete die Tür. Davor stand tatsächlich Walpurga Grüngoldt. Hinter ihr stand ein junger Mann, der Katharina vage bekannt vorkam. Er war groß, hager und blass.

»Das ist sie, Mama«, sagte er.

Ohne Vorwarnung fiel die Oberbürgermeisterin Katharina um den Hals: »Danke! Sie haben meinem Sohn das Leben gerettet.« Katharina fürchtete kurz, zwischen den üppigen Brüsten der Politikerin erstickt zu werden.

»Das ist Frank, mein Sohn«, stellte die glückliche Mutter vor, nachdem sie Katharina endlich losgelassen hatte. Frank grinste linkisch und streckte Katharina die Hand entgegen: »Das war cool. Wie bei Counter Strike.«

So viel zum Thema »Trauma fürs Leben«, dachte Katharina. »Wollen Sie nicht reinkommen?«

Sie entschloss sich, die Oberbürgermeisterin lieber nicht in die Küche zu führen. Die selbsternannte »Frau für ein sauberes Frankfurt« wäre vermutlich entsetzt, wenn sie einen leitenden Kriminaldirektor beim Zocken mit dem bekanntesten Unterweltler der Stadt sah. Sie lotste den Besuch lieber ins Wohnzimmer.

»Mein Sohn will jetzt unbedingt auch zur Polizei!«, verkündete Walpurga Grüngoldt stolz, nachdem das Mutter-Sohn-Gespann Platz genommen hatte. Oh Hilfe, dachte Katharina, der leptosome Spargel hätte bei der Sportausbildung wirklich seine Freude.

»Nun ja, das ist natürlich schon hin und wieder ziemlich gefährlich«, sagte sie deshalb vorsichtig.

»Ach, er will irgendwie in die Abteilung für Computerkriminalität. Er kennt sich gut mit Computern aus. Neulich hat er sogar einen EDV-Ausfall im Rathaus behoben. – Vielleicht kann er ja mal bei Ihnen ein Praktikum machen?«

»Ich bin leider beim KK 11. Kapitalverbrechen. Da haben wir nicht so viel mit Computerkriminalität zu tun. Aber ich kann mich ja ein wenig umhören.«

»Das wäre lieb.« Katharina fürchtete schon eine neue Umarmung, aber die blieb ihr erspart. Walpurga Grüngoldt fuhr fort: »Ich wäre schon früher gekommen, aber es war schwierig, Sie zu finden. Gott sei Dank hat der Innenminister einen Golfpartner im Präsidium.«

Danke, Hölsung, dachte Katharina. Warum hast du es nicht gleich als Postwurfsendung verteilt?

»Und Sie? Schon wieder an einem neuen Fall?«, fragte die Oberbürgermeisterin neugierig.

»Nun, ehrlich gesagt …«

»Ich verstehe schon, Sie dürfen nicht darüber reden.«

»Nein, ich bin suspendiert.«

»Suspendiert? Doch nicht wegen …«

»Doch! Leider.«

Walpurga Grüngoldt sprang auf. »Das ist ja ein Skandal!«, schrie sie schrill. »Ich werde sofort mit Kriminaldirektor Polanski reden. Seine beste Beamtin – eine Heldin – suspendiert.«

»Ach, Polanski sitzt in der Küche!« Katharina wusste nicht, was sie ritt. Vielleicht wollte sie sich dafür rächen, dass ihr Chef ihr die Identität der Toten verschwiegen hatte. Walpurga Grüngoldt stürmte aus dem Wohnzimmer.

»Polanski! Das ist ja ein Skandal!«, drang ihre Stimme aus der Küche. »Suspendiert! Eine Heldin suspendiert!«

Ein paar Sekunden später schleifte die Oberbürgermeisterin Polanski ins Wohnzimmer und schubste ihn auf einen Sessel.

»Suspendiert! So was! Einen Orden hat Frau Klein verdient. Sie hat meinem Sohn das Leben gerettet.«

Polanski fasste sich wieder: »Ganz meine Meinung, Frau Grüngoldt. Aber leider steht Aussage gegen Aussage. Der verdeckt ermittelnde Beamte, den Frau Klein festgenommen hat …«

»Der Typ mit den Koffern war Polizist?« Frank Grüngoldts Stimme überschlug sich fast.

»Ja, er sagt, er hatte die Situation unter Kontrolle.«

»Was?«, riefen Mutter und Sohn gleichzeitig schrill. Frank Grüngoldt erklärte: »Der Typ hat sich doch angepisst vor Angst. – Entschuldigung, Mama.«

»Weiter, Frank! Erzähl, was passiert ist.«

»Der hat sich doch in seine Ecke verkrochen. Und gewimmert wie ein Kind. Erst hat der eine einen Mann erschossen …«

»Meinen Partner. Thomas Henrich«, warf Katharina ein.

»Und dann wollten die abhauen. Uns Männer erschießen und die Mädchen als Geiseln nehmen. Doch da kam Gott sei Dank Frau Klein.«

Polanski hatte aufmerksam zugehört.

»Und so ist es wirklich gewesen?«, fragte er.

»Mein Sohn denkt sich so was doch nicht aus. Da können sie auch die anderen drei fragen«, sagte Walpurga Grüngoldt entrüstet.

»Keine Sorge, das werde ich tun. Frau Grüngoldt, wären Sie damit einverstanden, dass Ihr Sohn eine offizielle Aussage vor dem Untersuchungsausschuss macht?«

»Mein Sohn ist volljährig, Herr Polanski.«

»Natürlich sage ich aus. Und meine Freunde auch«, sagte Frank Grüngoldt trotzig. Er blickte Polanski direkt in die Augen. Polanski starrte zurück. Doch der junge Mann hielt dem Blick stand.

»Hervorragend.« Der Kriminaldirektor nickte anerkennend.

Nach und nach gingen die Gäste. Walpurga Grüngoldt gab Katharina noch ihre Visitenkarte. Sie solle sich melden, wenn sie irgendetwas brauche. Katharina steckte die Karte an den Spiegel im Flur. Eine Verbindung zur Oberbürgermeisterin könnte irgendwann vielleicht noch nützlich sein.

Laura hatte ein kleines Vermögen gewonnen. »Reicht das für eine Giraffe?«, fragte sie neugierig.

»Noch nicht ganz.« Katharina steckte das Geld in einen Umschlag, auf den Laura mit großen Buchstaben ihren Namen malte, außerdem eine Schatztruhe.

Andreas Amendt verabschiedete sich als Letzter. Katharina brachte ihn zur Tür. »Danke«, sagte sie leise. »Für das Essen, für die CD.«

»Das ist mir …«

»Nein. Sechzehn Jahre sind eine lange Zeit.«

Andreas Amendt musterte sie. Sein Blick war undurchdringlich. »Was ist?«, fragte Katharina.

»Ach nichts. – Vielleicht wirklich.«

Plötzlich stellte sich Katharina auf die Zehenspitzen und hauchte ihm einen Kuss auf die Wange: »Tschüss. Bis morgen.«

Andreas Amendt nickte ihr noch einmal zu. Dann drehte er sich um und ging die Treppe hinunter. Katharina wartete, bis sie die Haustür klappen hörte. Dann schloss sie die Tür und legte die Kette vor.

Morgen würde sie sich die CD anhören. Von Anfang bis Ende.

Let's Face The Music And Dance

Dienstag, 27. November 2007

Der Wecker zeigte Viertel vor sieben. Verdammt, sie hatte verschlafen. Erst jetzt bemerkte Katharina den Kaffeegeruch. War außer ihr und Laura noch jemand in der Wohnung? Ach ja, richtig. Hans und Lutz waren bei ihr »auf die Matratzen« gegangen, wie sie es nannten.

Sie tappte in die Küche. Hans, Lutz und Laura saßen am Küchentisch. Lutz hatte einen dicken Wälzer vor sich, Laura malte. Hans las *Kalle Blomquist*, höchst konzentriert die Wörter mit den Lippen formend.

Lutz blickte auf. »Wollten dich gerade wecken«, brummte er. »Dachten, wir lassen dich ausschlafen.«

Katharina nickte dankbar und murmelte »Morgen«, während sie zur Kaffeemaschine schlurfte.

»Guten Morgen, Katharina. Hast du gut geschlafen?«, fragte Laura.

»Tief und traumlos.«

»Hat dich Susanne nicht besucht?«

»Nein. Sie kommt nicht jede Nacht, weißt du?«

»Mama war bei mir. Die ganze Nacht. Hat mir ganz viel vorgelesen«, sagte Laura glücklich. Katharina konnte nicht widerstehen und gab ihr einen Kuss auf das frisch gewaschene Haar. Dann setzte sie sich mit ihrer Kaffeetasse an den Frühstückstisch.

»Lutz, ich möchte dich um einen Gefallen bitten.«

»Klar.«

»Ich möchte, dass du mit mir zum Kindergarten fährst und Laura reinbringst.«

»Klar.«

»Und ich möchte, dass du dich ein wenig mit der Kindergärtnerin unterhältst.«

»Keine Frauen, keine Kinder, Katharina!«

»Doch nicht so! – Du sollst einfach ein bisschen mit ihr plaudern.«

»So wie mit diesem Henthen gestern?« Lutz grinste wie ein Haifisch beim Anblick gut gemästeter Touristen.

»Nein, ganz normal reden. Du wirst sehen, was ich meine. Vielleicht erzählt sie dir was Interessantes.«

»Verstehe. – Warum ich? Hans kann das viel besser.«

»Nein, in diesem Fall …«

»Und warum sprichst du nicht selbst mit ihr?«, fragte Hans ein wenig eifersüchtig.

»Weil ich eine Polizistin bin.«

Laura verkündete: »Tante Elfie mag keine Polizisten. Sagt immer Bullen. Dabei haben die gar keine Hörner – Katharina hat keine.« Sie sah Katharina fragend an.

»Nein, und auch meine Kollegen nur sehr selten.« Katharina unterdrückte ein Grinsen, während sie sich Berndt Hölsung mit zwei großen Kuh-Hörnern vorstellte. »Ach, Lutz? Was hältst du eigentlich von diesem Henthen?«

»Nullnummer. Schätze mal, die Fischer-Lause übernimmt bei denen das Denken. – Werd mal ein paar von den Mädchen anrufen, später. Sieht mir aus wie ein typischer Kandidat für den Edelpu–«

Katharina hob abwehrend die Hand: »Mach das.«

Hans fragte: »Und was machen wir sonst so, heute?«

»Ich fahre nachher mal in die Werbeagentur, für die Lauras Mutter gearbeitet hat. – Da werdet ihr wohl im Wagen warten müssen.«

Hans zuckte mit den Schultern: »Kein Problem! Kann ich das Buch mitnehmen? Ist gerade so spannend.«

»Natürlich.«

Lutz schlug Hans auf den Rücken: »Bin stolz auf dich, Kleiner. Ein ganzes Buch!«

»Warum machst du dich eigentlich über Hans lustig, Lutz? Ich meine, über seine Lesegewohnheiten? Ist doch sonst nicht deine Art?«, fragte Katharina. Nachdem sie Laura im Kindersitz angeschnallt hatten, hatte sich Lutz auf den Beifahrersitz von Morris gezwängt. Jetzt schlichen sie durch den Frankfurter Morgenstau. Hans folgte ihnen im zweiten Wagen.

»Mach mich nicht lustig«, grummelte Lutz. »Bin wirklich stolz. Hans war Analphabet. Hab ihm das Lesen beigebracht. Hat keine schöne Kindheit gehabt, der Hans.«

Katharina hielt vor dem Tor des Kindergartens. Lutz stieg aus und ging mit Laura die Stufen zum Eingang hoch. Elfie LaSalle begrüßte ihn überaus freundlich. Sie gingen hinein.

Es dauerte fast eine halbe Stunde, bis Lutz zurückkam. Katharina steuerte den Wagen wieder in den Verkehr und schaltete das Navigationssystem ein, um sich zu stop! navigieren zu lassen.

»Und?«, fragte sie neugierig. »Was ist mit Elfie LaSalle?«

»Niedlich«, murmelte Lutz. »Neo-Marxistin.«

»Hat sie dir was über Laura erzählt?«

»Mag den Vater nicht. Hält ihn für einen Aufreißer. Außerdem war die Mutter immer sehr besorgt um die Gesundheit von Laura. Laura ist aber kerngesund, sagt Elfie.«

Katharina nickte. Wenigstens etwas. Lutz schwieg.

Nach einer Weile sagte er: »Hat mich eingeladen. Zum Tee.«

»Elfie?«

Lutz brummte nur zur Bestätigung. Katharina trommelte mit den Fingern aufs Lenkrad: »Komm schon, Lutz. Spann mich nicht auf die Folter. Hast du angenommen?«

»Hab gesagt, dass ich schaue, ob ich Zeit hab. Viel zu tun und so.«

»Magst du sie nicht?«

»Doch, schon.«

»Aber?«, drängelte Katharina.

»Weiß nicht. Frauen und so. Will keinen Stress.«

So konnte man es natürlich auch sehen.

Die Werbeagentur stop! residierte in einem alten Fabrikgebäude in der Hanauer Landstraße. Sie bogen auf den Firmenparkplatz ein und stellten sich auf den Bereich, der mit »stop! here for your success!« gekennzeichnet war.

Die alte stählerne Doppeltür, die zu den Räumen von stop! führte, war von einem Graffiti-Künstler bunt bemalt worden. Katharina wuchtete sie auf und ging zielstrebig auf die Empfangsdame zu. Sie war blond, üppig, in ein zu enges Kostüm gezwängt. Auf ihrer Brust prangte ein achteckiges Namensschild: »stop! Mein Name ist Sarah«.

»Guten Morgen, mein Name ist Katharina Klein. Ich komme wegen Melanie Wahrig und –«

Stop!-Mein-Name-ist-Sarah unterbrach sie schwungvoll: »Gut, dass Sie kommen. Herr Beyer hat schon auf Sie gewartet.« Sie griff zum Telefon. »Hasko, der Copywriter von Frau Wahrig ist am Front Entrance.«

Ein Stück entfernt von ihnen sprang eine Tür auf. Ein graumelierter, sportlicher Mann kam herausgestürmt. Er eilte auf Katharina zu und streckte ihr die Hand entgegen.

»Hasko Beyer, CEO von stop! Gorgious, dass sie kommen konnten. Wir haben Sie schon gestern erwartet. Kommen Sie.« Während er ihr noch die Hand schüttelte, zog er sie bereits mit sich durch die Tür, durch die er gekommen war.

In dem Raum stand ein großer Konferenztisch, umgeben von zahlreichen hochlehnigen Stühlen. Außer Hasko Beyer und Katharina befanden sich noch drei Personen im Raum.

«Okay, Boys«, hob Hasko Beyer an. »Das hier ist der neue Copywriter, den uns Melanie proposed hat. Ihr Name?«

»Katharina Klein«, antwortete sie unsicher. Irgendetwas lief hier gerade ganz schwer aus dem Ruder.

»That's Hartmut Farber, Art Director.« Der Mann, der ihr die Hand reichte, mochte Mitte fünfzig sein. Er hatte sein schütteres, graues Haar kurz geschnitten. Seine Augen lagen tief zwischen scharfen Müdigkeitsfältchen.

»Wigo Bach, Chief Conceptioner.« Der Mann war braungebrannt, drahtig, hatte einen Dreitagebart und kurze, übersorgfältig frisierte Haare. Oswald aus der Notrufzentrale würde sofort anfangen, zu schmachten.

»Ernesto Langmann, Customer Contacts.« Ende zwanzig, dekorativ. Irgendeine Mischung, an der diese Fischer-Lause sicher ihre Freude hätte. Das dunkelrote Hemd spannte sich über seiner bodybuildinggestählten Brust.

»Und that ist unser Problem.« Er deutete auf den Tisch.

Dort lag eine Stockert & Rohrbacher Modell 1. Um sie herum, sorgfältig auf schwarze Pappen aufgeklebt: Plakate, Prospektseiten, Anzeigen.

»Ich hoffe, Sie haben no Problems mit Waffen.«

Katharina schüttelte den Kopf. Was passierte hier? Sie entschloss sich mitzuspielen. Wenigstens konnte sie zu dem Thema etwas halbwegs Intelligentes von sich geben.

»Der Customer hat unsere Designs für die Campaign rejected. Wir diskutieren gerade das Why«, erläuterte Hasko Beyer.

Katharina sah auf die Entwürfe und wusste sofort, was daran nicht stimmte. Das zentrale Motiv war die Modell 1, vor blauem Hintergrund, im Licht glänzend. »Perfection in Precision« stand darüber in weißen, plastischen Lettern. Im Hintergrund war dezent eine Gewehrzielscheibe angedeutet, deren Zentrum mehrfach getroffen worden war. Katharina konnte sich gut vorstellen, wie die beiden Waffenschmiedinnen reagiert hatten.

»Das Plakat ist Blödsinn.«

Die Männer starrten sie erschrocken an.

»Das hier …« Sie nahm die Waffe an sich. »… ist eine Defensivwaffe. Kein Sportgerät. Einfach zu bedienen, gut einzustellen, leicht zu ziehen und zu tragen. Für Leute, die mit der Waffe mehr anrichten wollen, als Scheiben zu lochen. Und nichts, aber auch gar nichts, findet sich davon auf dem Plakat.«

Überrascht, dass die Männer beschämt nickten, fuhr sie mutiger fort: »Diese Waffe soll Schaden anrichten. Einen gewalttätigen Angriff abwehren. Wie alle Waffen von Stockert & Rohrbacher.«

»Aber es sind doch Präzisionswaffen?«, fragte Wigo Bach schüchtern.

»Natürlich. Die besten, die es gibt. Allerdings auch die teuersten. Jeder, der mit Schusswaffen arbeitet, weiß das.«

»Und was …?«

»Das …«, Katharina deutete auf das Plakat, »… ist ein Sportspielzeug für reiche Waffennarren. Das hier …«, sie hielt wieder die Waffe hoch, »… ist eine Pistole für Leute, die sie auch brauchen. Polizisten, Militär.« Kriminelle, fügte sie für sich hinzu. »Dafür ist sie entworfen worden. Die Modell 1 hat eine richtige Seite.«

Sie zeigte Hasko Beyer den Blick über das Visier der Waffe. *»Und eine verdammt falsche!«*, bellte sie plötzlich, und richtete die Pistole auf die vier Männer. Hasko Beyer und Hartmut Farber hoben erschrocken die Hände. Ernesto Langmann ließ sich auf den Boden fallen und schlug die Arme über den Kopf.

Befriedigt legte Katharina die Waffe zurück auf den Tisch. Die Männer waren blass, ihre Augen groß wie Untertassen.

»Bloody brilliant«, stammelte Hasko Beyer. »Das war sehr impressing, Frau Klein. Aber eine Campaign …«

»Die Waffe soll als Einsatzwaffe verkauft werden. Und das hier ist … Nicht mal die Zielscheibe im Hintergrund stimmt.«

»Warum denn nicht?«, fragte der Art Director schmollend.

»Das ist eine Zielscheibe für Gewehre. Jeder, der sich mit Waffen auskennt, sieht das sofort.«

»Sie wissen aber viel darüber.« Hasko Beyer verfiel vor Schreck ins Deutsche.

»Ich war beim Law Enforcement, bevor …« Sie unterbrach sich. Jetzt fing sie auch schon mit diesem Sprach-Mischmasch an.

»Und Sie glauben, eine Campaign ›richtige Seite, falsche Seite‹ wird vom Customer appreciated?«

Katharina dachte daran, mit welchem Vergnügen die beiden Waffenschmiedinnen eine Schaufensterpuppe in Stücke geschossen hatten. »Oh ja«, sagte sie nachdrücklich.

Hasko Beyer führte sie in ein Eckbüro mit großen Fenstern. Er bot ihr einen Platz an, während er selbst in seinen Bürosessel fiel.

»Ich bin wirklich impressed. Jetzt müssen wir Ihren Preis negotiaten.«

»Meinen was?«

»Ich möchte, dass Sie das Projekt übernehmen. Konzept und Text. Was ist Ihr Preis? Sie müssten allerdings sofort starten.«

»Eigentlich bin ich wegen Melanie Wahrig hier.«

»Yeah, I know. Sie hat Sie uns wärmstens empfohlen.«

»Nein, deswegen komme ich nicht.« Katharinas Magen zog sich zusammen. »Melanie Wahrig ist tot.«

»Was?« Hasko Beyer sprang auf.

»Ich habe sie am Donnerstag in ihrer Wohnung gefunden. Am Freitag ist sie im Krankenhaus gestorben.«

»Das ist ja …« Hasko Beyer brach ab.

»Ich weiß, das ist sicher ein Schock.«

»Das ist eine Katastrophe. Wissen Sie, an wie vielen Projekten sie für uns gearbeitet hat? Wer soll das denn jetzt alles übernehmen?« Hasko Beyer rieb sich über das Gesicht. Dann sah er Katharina an: »Aber Sie sind doch Texterin?«

Katharina hasste sich für das, was sie jetzt tat. Aber das hier war ihre beste Spur. Wer so über Menschen sprach …

»Ja«, sagte sie fest.

»Ich kann Ihnen für die Campaign zwei fünf zahlen.«

»Drei.«

»Deal!«

Hasko Beyer hatte sie in ein Büro gebracht, in dem Wigo Bach an einem Schreibtisch saß. Wigo erklärte ihr, was sie tun sollte. Katharina verstand schnell. Sie sollten Ideen für ein Plakat, eine Anzeige und eine Broschüre entwickeln. Ihre Aufgabe war der Text. Hartmut Farber, der in einer Ecke des Büros saß und auf einem Skizzenblock zeichnete, würde Entwürfe machen, und Wigo würde zuletzt alles auf PowerPoint-Folien setzen.

»Ich denke, wir sollten eine Testimonial-Campaign machen«, schlug Wigo vor.

»Eine was?«, fragte Katharina.

Die beiden Männer lachten: »Typisch Texter – will alles auf Deutsch hören«, sagte Hartmut Farber. »Dieses Denglisch vom GröWaZ ist ziemlich ansteckend.«

»Von wem?«

Wigo antwortete spöttisch: »Vom Größten Werber aller Zeiten. So heißt hier Hasko, wenn wir unter uns sind. – Ach ja«, fügte er hinzu. »Wir Kreativen duzen uns hier alle. Ich hoffe, du hast nichts dagegen.«

Katharina schüttelte zögernd den Kopf. Mit ihren Kollegen bei der Polizei war sie lieber per Sie, aber wenn es hier so üblich war …

«Also, eine Testimonial-Campaign …«, erläuterte Wigo, »… zeigt einen mehr oder minder realen Nutzer und bringt ein knackiges Zitat von ihm.«

»Ich trinke Jägermeister, weil …«, murmelte Katharina.

»Genau.«

»Und wer soll das sein? Die Waffe ist noch im Prototypen-Stadium.«

Hartmut Farber warf seinen Skizzenblock auf den Tisch: »Du natürlich!«

Der Block zeigte Katharina in einem langen schwarzen Mantel, die Waffe im Anschlag. Darüber stand: »Auf der richtigen Seite: Modell 1«.

»Cool«, sagte Wigo. »Das ist es.«

»Aber ich kann doch nicht …«

»Du warst doch mal bei der Polizei, oder?«, fragte Wigo. »Dann ist es wenigstens nicht gelogen.«

Katharina war erstaunt, wie leicht ihr die Arbeit von der Hand ging. Wigo sah ihr hin und wieder über die Schulter und nickte anerkennend.

Auch Hartmut Farber wirkte zufrieden. Er hatte sich an seinen Computer gesetzt und angefangen zu layouten.

Gegen Mittag lehnten sie sich alle zurück. »Jetzt fehlen nur noch die Fotos«, sagte Wigo. »Ich rufe Sandra an.«

Kurze Zeit später kam eine rundliche, hübsche Frau, die Katharina vage bekannt vorkam, in das Büro. Wigo stellte sie vor: »Sandra Beckmann, unsere Producerin und guter Geist. Katharina Klein, unsere neue Texterin.«

Der Händedruck von Sandra Beckmann war kräftig und kühl: »Was kann ich für euch tun?«

»Ein Wunder vollbringen. Wir brauchen ein Fotoshooting. Am besten gestern«, antwortete Wigo.

Sandra Beckmann zuckte mit den Schultern. »Wenn's weiter nichts ist. Das Studio ist morgen nicht belegt, und Sven ist frei. – Stylist?«

»Ja. Und ein paar Klamotten.«

»Models?«

»Katharina hier springt ein. Sind erst mal Layout-Aufnahmen. Sven soll sich aber trotzdem Mühe geben.«

Sandra Beckmann musterte sie anerkennend von oben bis unten. Offenbar hielt sie Katharina für fotowürdig.

»Ach, und wir brauchen noch einen Mann«, fuhr Hartmut Farber fort. Er legte wieder einen Skizzenblock auf den Tisch. »Du bist auf der falschen Seite, Mann!« stand oben drüber. Die Zeichnung darunter zeigte wieder Katharina, diesmal halb von hinten, die Waffe im Anschlag auf einen knienden Mann, der artig die Hände hochhielt.

Alle lachten.

»Schwierig. – Du weißt, wie das mit männlichen Models ist«, sagte Sandra zweifelnd. »Die dürften alle gebucht sein.«

»Oh, ich dachte an kein Model«, erwiderte der Grafiker. »Ich dachte an André.«

»Das ist gut«, lachte Sandra auf. »Ich frage ihn. Der ist so eitel …«

»Wer ist André?«, fragte Katharina.

»Unser stellvertretender Geschäftsführer. Für die Anglophilen: unser Secondary C – E – O.« Wigo dehnte die Buchstaben ins Unendliche.

»Und? Was macht er?«, fragte Katharina.

»Das ist das eine ungelöste Rätsel dieser Agentur.«

»Und das andere?«

»Was macht Hasko Beyer?«

Wie zur Antwort drang Beyers Stimme aus einem Lautsprecher der Vielzweck-Telefon-Gegensprechanlage: »Please kommt alle in die Church für ein kurzes Meeting.«

Die Church hatte altmodische Buntglasfenster. Stühle standen in ordentlichen Reihen bereit zum Gebet. Den Altar ersetzte eine Projektionswand. Daneben stand, etwas erhöht und einer Kanzel gleich, ein Rednerpult.

Nach und nach trudelten die Mitarbeiter ein. Wigo flüsterte Katharina die Namen zu: »Das ist Sven Langstroem, der morgen fotografieren wird. Ernesto und Sandra kennst du ja. Das ist André Meyer.«

André Meyer war schön und wusste es auch. Wie ein Kranich segelte er in den Raum, das Renaissance-Profil vorgestreckt, das graumelierte Haar in eine aufwendige Out-of-Bed-Frisur gezwungen, gekleidet in etwas, das man nur als edles Tuch bezeichnen konnte. Er nickte den Mitarbeitern huldvoll zu, bevor er sich auf einen Stuhl in der ersten Reihe drapierte. Katharina freute sich darauf, ihn zu erschießen. Sie zog ihre kleine Kamera aus der Tasche und begann, die Anwesenden unauffällig zu fotografieren.

Endlich trat Hasko Beyer ans Rednerpult: »Liebe Kollegen. Leider habe ich eine traurige Message für euch. Unsere Mitarbeiterin Melanie Wahrig ist am Freitag verstorben.«

Es wurde schlagartig totenstill. Nur Sandra Beckmann schluchzte einmal laut und trocken auf. Sie war totenblass und hatte die Zähne so fest zusammengebissen, dass die Muskeln am Kiefer heraustraten.

»Ich möchte gern am Freitag ein kleines Event hier in der Church machen. Ich würde es appreciaten, wenn alle daran teilnehmen und sich etwas einfallen lassen.«

Katharina war erstaunt. Hatte sie Hasko Beyer doch falsch eingeschätzt? Er wirkte zumindest ehrlich betroffen.

Hasko Beyer stieg vom Rednerpodest. Die Anwesenden erhoben sich langsam und gingen aus dem Raum. Katharina ging neben Sandra Beckmann, die leise murmelte: »Ich brauche jetzt eine Zigarette.« Katharina folgte ihr in die Raucherecke, die schamhaft hinter einem Labyrinth aus Paravents verborgen war. Sandra stellte sich an einen der hohen Tische und zündete sich fahrig eine Zigarette an, dann hielt sie Katharina die Schachtel hin. Wenigstens eine sehr leichte Sorte.

»Jetzt weiß ich, woher ich dich kenne«, sagte Sandra plötzlich. »Du wohnst doch bei Melanie im Haus, richtig?«

Katharina bejahte. Sie mussten sich wohl mal auf der Treppe begegnet sein.

»Bist du nicht Polizistin?«

»Nein, ich bin gefeuert worden. Melanie war so freundlich, mich hierher zu empfehlen.« Diese kleine Notlüge war hoffentlich verzeihlich. Blieb nur zu hoffen, dass die echte Texterin nicht zu früh auftauchte.

Sandra starrte ins Leere.

»Kannten Sie … kanntest du Melanie gut?«, fragte Katharina vorsichtig.

Sandra nickte langsam. »Wir waren sehr eng befreundet.« Sie drückte heftig ihre Zigarette aus. »Egal. Das Shooting wartet nicht.«

Sie ging rasch davon. Katharina blickte ihr nach. Ob Freunde, Familie, Verwandte: Es war immer ein elendes Gefühl, ihnen die schlechte Nachricht überbringen zu müssen.

Nachdenklich ging Katharina zurück ins Büro. Dort wartete bereits Hasko Beyer, über die Entwürfe gebeugt. Er sah auf, als sie hereinkam.

»Good work, Frau Klein.« Er versuchte den Anflug eines Lächelns. In der Hand hielt er eine Cola-Flasche, aus der ein Strohhalm ragte. Katharina sah den Strohhalm fasziniert an. DNA. Ob sie …

Hasko Beyer zog einen kleinen Zettel aus der Brusttasche seines Hemdes und reichte ihn Katharina: »Frau Klein, ich hätte noch eine Bitte. Haben Sie Zugang zum Computer von Frau Wahrig?«

Katharina bejahte.

»Ich weiß, es ist vielleicht the wrong moment. Aber da sind ziemlich viele Projektdaten drauf. Ob Sie wohl schauen könnten? Hier ist das Passwort.«

Katharina nahm den kleinen Zettel: »Ich kümmere mich darum.«

Hasko Beyer nickte dankbar und ging. Seine Cola-Flasche ließ er stehen. Hartmut Farber wollte sie schon nehmen: »Immer diese Schlamperei.«

Katharina kam ihm zuvor: »Ich muss auch zum Getränkeautomaten. Da kann ich die Flaschen gleich mitnehmen.«

Dankbar gaben ihr auch Wigo und Hartmut ihre Flaschen. Katharina jubelte innerlich. Drei Proben bei nur sechs Männern in der Agentur, wenn sie richtig gezählt hatte.

Katharina schloss sich in einer Toilettenkabine ein und zog sich Einweghandschuhe an. Sie war froh, dass sie immer mehrere Paare in ihrer Tasche hatte, wie auch kleine Plastikbeutel. Rasch zerschnitt sie die Strohhalme, verpackte und beschriftete sie.

Am Getränkeautomat traf sie auf Ernesto Langmann, der sie anerkennend musterte. »Sie haben mir ja einen ganz schönen Schrecken eingejagt.«

Katharina nickte huldvoll: »Gern geschehen.«

»Eigentlich schulden Sie mir dafür eine Einladung zum Essen. – Wie wäre es heute Abend?« Er versprühte den Charme des sexuell Größenwahnsinnigen; kein Wunder, bei dem Geschlechterverhältnis in der Agentur.

Katharina antwortete bedauernd: »Oh, ich fürchte, das wird nicht gehen. Mein …« Wenn schon, denn schon! »Meine Lebensgefährtin erwartet mich. Und sie wird schnell eifersüchtig.«

Ernestos Lächeln verkrampfte sich: »Schade. Ich kenne ein sehr gutes brasilianisches Restaurant. – Ich bin Halbbrasilianer, wissen Sie?«

»So etwas hatte ich vermutet. Tanzen Sie auch Salsa?«

»Ist der Papst katholisch?«

»Sehr gut. Ein anderes Mal gern. Wenn mein Schatz verreist ist.« Sie zwinkerte kokett.

Ernesto erwiderte siegesgewiss: »Gern.« Er versenkte mit einem zielsicheren Wurf seine Flasche im Kasten neben dem Getränkeautomaten und tänzelte davon.

Katharina wartete, bis er außer Sichtweite war. Ihr Schweizer Taschenmesser hatte eine Pinzette, mit der sie den Strohhalm aus der Flasche fischte. Vier Proben. Zwei fehlten noch. Und die würde sie, wenn alles glatt lief, morgen bekommen.

Sie zog einen Schokoriegel aus dem Süßwarenspender. Das hatte sie sich jetzt verdient. Dann ging sie schwungvoll zurück ins Büro.

»Okay Boys, what's up?«, sagte sie dynamisch. Wigo und Hartmut lachten.

»Tja«, antwortete Wigo. »Eigentlich sind wir durch. Wir könnten was essen gehen. Nur um die Ecke, zum Stehitaliener.«

Hartmut Farber hatte noch zu tun, und so gingen Wigo und Katharina allein. Sie aßen schweigend. Nach dem Essen zündete sich Wigo einen Zigarillo an. Er bot auch Katharina einen an. Sie würde sich noch zur Raucherin entwickeln, wenn das so weiterging, aber Wigo hatte vielleicht wichtige Informationen. Und sie konnte sie ja schlecht aus ihm herausprügeln.

»Kanntest du eigentlich Melanie?«, fragte sie.

»Ja, ganz gut. Wir haben oft zusammengearbeitet. Die Arme. Wie ist das denn passiert?«

Katharina spürte so etwas wie einen elektrischen Schlag: Das war doch eine ganz typische Frage. Und niemand in der Agentur hatte sie bis jetzt gestellt.

»Sie ist wohl beim Putzen von der Leiter gefallen und unglücklich aufgekommen.«

»Beim Putzen? Melanie hatte doch eine Putzfrau. Dieselbe wie ich. Ziemlich gut, ziemlich gründlich.«

Katharina zuckte mit den Schultern. »Sagt zumindest die Polizei.«

Wigo sah sie an: »Und? Was denkst du?«

»Ich?«

»Du warst doch Polizistin. – Passt das zusammen?«

»Warum?«

»Nun, es könnte …«

Katharina lachte gezwungen: »Ein Mord sein? – Ich glaube, du hast zu viel Fantasie.«

»Möglich. In meiner Freizeit schreibe ich Krimis.«

Ein Hobby-Kriminalist. Das hatte Katharina gerade noch gefehlt. Die Nervtöter jeder Ermittlung. Aber manchmal … »Hast du denn einen Verdacht?«, fragte sie vorsichtig.

»Nicht direkt. Aber Melanie … Man soll ja nicht schlecht über Tote reden, aber sie hat sich ziemlich merkwürdig benommen in letzter Zeit. Hat so ziemlich alles angegraben, was männlich und halbwegs attraktiv ist.«

»Dich auch?«

Wigo lachte: »Ich denke mal, du hast schon vermutet, dass ich mir aus Frauen nicht so wahnsinnig viel mache. – Auf jeden

Fall hieß Melanie hinter vorgehaltener Hand schon ›der Wanderpokal‹.«

Das passte so gar nicht zu dem Bild, das Katharina von ihrer Nachbarin hatte. Aber wenn Melanie wirklich einen passenden Vater für ihr zweites Kind finden wollte, brauchte sie eine Auswahl an potenziellen Erzeugern.

»Außerdem heißt es …« Er schwieg wieder.

»Ja?«

»Dass sie so einen ganz komischen Fetisch hatte. Sie hat …« Er beugte sich zu ihr und flüsterte: »… benutzte Kondome von ihren Liebhabern gesammelt. Nun, jedem das Seine.« Er zuckte mit den Schultern. »Jedenfalls kann ich mir vorstellen, dass sie jemanden damit vor den Kopf gestoßen hat. André Meyer zum Beispiel. Und der hat angeblich schon mal einer Frau ein blaues Auge verpasst, weil sie ihm einen Korb gegeben hat.«

Da Katharina mit ihren Texten fertig war und nichts mehr zu tun hatte, konnte sie sich von ihrem neuen Arbeitsplatz vorzeitig verabschieden. Vor der Tür sprang sie rasch in ihren Mini und gab Hans und Lutz ein Zeichen, ihr zu folgen. Hans legte widerwillig *Kalle Blomquist* weg und ließ den Motor an.

Sie fanden Andreas Amendt gedankenverloren zwischen den Bettchen der Säuglingsstation sitzend. Er fütterte gerade Johanna und winkte ihnen durch die Scheibe, sie sollten hereinkommen. Die Schwester musterte sie kritisch, erkannte aber die begeisterten Kinderfütterer. Hans und Lutz machten sich auch gleich mit Feuereifer ans Werk. Auch Katharina nahm sich eine Flasche und ein Kind. Dann setzte sich neben Andreas Amendt. Das Kind trank artig. Katharina spürte, wie sie sich entspannte.

»Ich habe ein paar DNA-Proben«, sagte sie in melodiösem Singsang.

»Sehr gut«, summte Andreas Amendt zurück. »Auch an die Kondome im Kühlschrank gedacht?«

Katharina nickte. Sie hatte an diesem Morgen ein paar Proben genommen, bevor sie das Haus verließ. Die Probenröhrchen lagen ebenfalls im Seitenfach ihrer Handtasche, sauber beschriftet, gut gekühlt von zwei Gel-Packs, mit denen sie sonst ihre Blessuren aus dem Training kurierte. Plötzlich hatte sie eine Idee.

»Vielleicht sollten wir auch von Johanna eine Probe nehmen? Dann wissen wir genau, ob sie das perfekte Kind ist.«

»Schon erledigt.«, Andreas Amendt klopfte auf die Tasche seines grünen Hemdes. Er summte weiter: »Jetzt müssen wir nur noch den Kleinau überzeugen.«

Die DNA-Analyse-Anlage lief nicht. Torsten Kleinau hörte wieder Musik. Er hatte die Augen geschlossen und dirigierte mit einer Hand die nur für ihn hörbaren Klänge. Nach einem großen Schlussakkord schaltete er den CD-Player ab und seine Hörgeräte wieder an.

»Bruckner. Achte Sinfonie«, sagte er entschuldigend. »Die reißt mich immer mit. – Was kann ich für Euch tun?«

Andreas Amendt fragte betont harmlos: »Eure Anlage muss doch hin und wieder mal getestet werden, nicht wahr?«

Torsten Kleinau hob die Schultern. »Hin und wieder schon, warum?«

»Und wann ist der nächste Test fällig?«

»Irgendwann in nächster Zeit.«

»Was hältst du davon, wenn du ihn heute machst? Ich meine, es ist doch gerade ziemlich ruhig.«

Torsten Kleinau ließ sich mit seinem Sessel um die eigene Achse wirbeln: »Anders ausgedrückt: Du willst, dass ich ein paar Proben für euch analysiere – ohne Gerichtsbeschluss. Kann das sein?«

Andreas Amendt sah zur Decke: »So kann man es vielleicht formulieren, ja.«

»Hör mal, das ist höchst illegal. Wenn das rauskommt, komme ich in Teufels Küche.«

Katharina atmete tief durch: »Schauen Sie, es ist so: Wir haben da zwei Mordfälle. Und wenn wir nicht schleunigst einen Verdächtigen finden, werden die Akten geschlossen. Wenn wir aber erst mal wissen, wer der Täter war, finden wir auch genug Beweise, um die Tests unter den Tisch fallen zu lassen.«

»Ehrenwort? Und ihr sagt niemandem, dass ich die Proben für euch analysiert habe?«

»Niemand wird erfahren, dass diese Proben überhaupt existieren.«

Torsten Kleinau nickte seufzend: »Also schön.«

Katharina zog ihre Proben aus der Handtasche und legte die Plastikbeutelchen vor ihn hin. »Hier, einfach nur identifizieren. Und wenn es irgendwelche Übereinstimmungen gibt, wäre ich für eine diskrete Notiz ganz dankbar.«

»Okay. Ich mache mich gleich an die Arbeit.«

»Und das hier …« Andreas Amendt zog ein Teströhrchen aus der Tasche. »Davon hätte ich gern ein komplettes Genprofil. So wie bei den Unterlagen, die ich dir gestern gezeigt habe.«

Torsten Kleinau sah ihn mit hochgezogenen Augenbrauen an: »Lass mich raten: dein perfektes Kind?«

»Ich glaube, das willst du gar nicht so genau wissen.«

Der DNA-Analytiker lachte: »Okay. Einmal DNA mit allem. Aber ich sage dir jetzt schon, dass du enttäuscht sein wirst.«

Lutz hatte ein wenig wegen Henthen herumtelefoniert. Er berichtete: »Ein paar von den Mädchen in Kurtz' Bordellen kennen ihn. Prahlt ziemlich damit, was er ist. Ansonsten völlig normal. Keine Sonderwünsche. Zockt aber regelmäßig im Goldtaler.«

Katharina pfiff durch die Zähne. Der Goldtaler war einer von Kurtz' Läden. Er lag in einer Seitenstraße der Konstablerwache und war nach außen eine ganz normale Kneipe. Im Hinterzimmer lief jedoch ein illegaler Spielbetrieb für die Reichen und Dummen. Dort spielten die, die man nicht guten Gewissens in die richtigen Spielrunden lassen konnte: reiches Volk, das sich einmal richtig verwegen fühlen und in einer echten Unterweltkneipe zocken wollte. Damit niemand Schaden nahm, hatte Kurtz den Goldtaler eingerichtet. Eine Handvoll arbeitsloser Schauspieler gab Abend für Abend das Unterweltvolk: Zuhälter, leichte Mädchen, hin und wieder eine kleine Schlägerei. Die Besucher gingen mit moderaten Gewinnen oder Verlusten nach Hause. Dazu waren die Croupiers angewiesen.

»So, so. Unser Doktor spielt. Hat er Schulden?«, fragte Katharina.

»Kurtz sagt, nein. Nicht in seinen Läden«, antwortete Lutz knapp.

»Denken Sie, das hat etwas zu bedeuten?«, fragte Andreas Amendt Katharina.

»Geld ist immer ein Motiv. Immerhin wurde Alexandra Taboch offenbar für die Schwangerschaft bezahlt. Oder haben Sie sonst eine Erklärung, warum sie auf einmal alle Schulden begleichen konnte?«

»Sie meinen, die kleine Johanna ist ein Kind auf Bestellung?«

»Leihmutterschaften sind zwar illegal, aber zumindest würde es erklären, warum Henthen unbedingt die Adoption durchsetzen will. Und so ein ›perfektes Kind‹ könnte einen sehr hohen Preis erzielen.«

»Vielleicht braucht er für andere Dinge Geld«, warf Hans ein. »Gierige Ehefrauen, Alimente, Börse, Drogen …«

»Nein, er ist kein Drogentyp«, widersprach Andreas Amendt. »Außerdem kommen Ärzte gut und billig an fast jeden Stoff.«

»Und was ist mit Drittmitteln?«, schlug Lutz vor. »Vielleicht geht's ja um sein Institut.«

»Ich glaube, da hat er keine Probleme. In die Reproduktionsmedizin fließt ziemlich viel Geld. Trotzdem schadet es vielleicht nichts, sich mal ein wenig umzuhören. Ich kenne da jemanden, der genau die richtigen Verbindungen dafür hat.« Andreas Amendt griff zum Telefon. »Grüß dich, Paul! – Ich bin's, Andreas.« Es folgten ein paar Minuten Small Talk. Katharina befürchtete schon, er habe das wahre Anliegen seines Anrufs vergessen.

»Sag mal, was ganz anderes. Ich müsste mal auf dein Wissen zurückgreifen. – Ja, es geht um Henthen. Wir fragen uns, ob sein Institut irgendwelche Probleme hat. – Stimmt, besser nicht am Telefon. – Gut, dann kommen wir morgen Nachmittag vorbei.« Er verabschiedete sich. Dann erklärte er: »Das war Paul Leydth, mein ehemaliger Doktorvater. Er hat uns morgen Nachmittag zum Kaffee eingeladen. Wir könnten Laura mitnehmen. Paul mag Kinder. Und Laura wird es dort gefallen. Schönes Haus mit einem tollen Garten.«

Katharina sah auf die Uhr und erschrak. »Hilfe, ich muss los. Laura vom Kindergarten abholen.«

»So früh schon?«

»Ich will vorher noch kurz nach Hause. Sehen, ob ich mit dem Passwort weiterkomme, das ich in der Agentur gekriegt habe. Für Melanie Wahrigs Rechner. Und ich will Laura nicht unbedingt mit in die Wohnung ihrer Mutter nehmen.«

Andreas Amendt stimmte ihr zu: »Sehr vernünftig.«

Ein Händedruck, ein unverbindliches »Bis morgen!«.

Katharina stellte erstaunt fest, dass sie das traurig machte.

Aus der Hofeinfahrt von Katharinas Haus kam ihnen ein Mann entgegen. Sein Gesicht lag im Schatten einer Kapuze: »Katharina Klein?«

Er wartete die Antwort nicht ab und griff in seine geöffnete Jacke. Auch das noch!

Katharinas Fuß schnellte vor und traf den Arm des Mannes mit voller Wucht. Gleichzeitig ließ sie ihre Handtasche von der Schulter rutschen und mit Schwung auf den Kopf des Mannes krachen. Die Bleieinlage im Taschenboden zeigte Wirkung. Der Mann sackte nach vorn, nur um gleich von Katharinas Ellbogen wieder hochgerissen zu werden. Eine Sekunde stand der Mann aufrecht. Aus seiner Hand glitt eine Pistole mit Schalldämpfer, die klappernd auf den Gehsteig schlug. Dann fiel der Mann nach hinten. Sein Kopf knallte auf das Pflaster.

Katharina stürzte sich auf den Mann und riss ihn am Kragen hoch. Mit der freien Hand zog sie die Stockert & Rohrbacher Modell 1 aus ihrer Handtasche und hielt dem Mann die Mündung an die Stirn.

»Wer schickt dich? Und wen hat er noch geschickt?«

Der Mann kniff die Lippen zusammen. Katharina stieß seinen Kopf zurück auf das Pflaster. Dann zeigte sie ihm den Griff ihrer Pistole und deutete auf die in Gold eingravierten Kerben. »Max Boroffski! Miquel de Vega!«

Die Namen ließen den Mann zusammenzucken.

Sie deutete eine dritte Kerbe an: »Du!«

Dann richtete sie die Waffe wieder auf die Stirn des Mannes: »Eins … zwei …«

Der Mann schloss angsterfüllt die Augen. Er murmelte »De Vega!« und ein russisch klingendes Wort.

»Das heißt ›Schwester‹«, übersetzte Lutz, der zusammen mit Hans herangetreten war.

»Ich bin nicht deine Schwester.« Mit dem Griff der Waffe verpasste Katharina dem Mann einen wohldosierten Kinnhaken. Er sackte ohnmächtig zusammen.

Endlich hatten auch die beiden Polizisten im unauffälligen Opel, der von Polanski geschickte Polizeischutz, bemerkt, dass etwas passiert war. Sie kamen herangelaufen, ihre Pistolen aus den Holstern nestelnd. Was für Dilettanten! Wenigstens hatten die jetzt das Vergnügen, den Mann ins Polizeipräsidium zu bringen. Schnell ließ Katharina ihre Waffe verschwinden.

In einer Leistungsschau glänzend koordinierter operativer Hektik drehten die beiden Polizisten den Ohnmächtigen auf den Bauch und legten ihm Handschellen an, während Katharina Handschuhe und eine Plastikhülle für Beweismittel aus ihrer Handtasche zog. Mit spitzen Fingern sicherte sie die Waffe des Killers, ließ das Magazin herausfallen und packte beides in die Hülle. Sie zog den Schutzstreifen des Klebeverschlusses ab und verschloss den Beutel sorgfältig.

Nachdem die beiden Polizisten den langsam wieder zu sich Kommenden an eine Mauer gelehnt hatten, richteten sie sich auf.

»Das war aber in letzter Sekunde«, sagte einer der beiden. »Jetzt sehen Sie, was passiert, wenn wir nicht ständig in Ihrer Nähe sind.«

Hans holte Luft, doch Katharina unterband die Schimpfkanonade mit einer knappen Geste. »Dann bringen Sie den Mann mal ins Präsidium. Polanski wird sich freuen. Ach ja, Sie sollten ihn vorher vielleicht noch nach weiteren Waffen durchsuchen.«

Mit der Schuhspitze schob sie das Hosenbein des Mannes zurück. Um den Knöchel war ein kleines Holster mit einer weiteren Pistole geschnallt. Die beiden zogen den Mann hoch und lehnten ihn gegen die Wand. Sie fanden noch ein Springmesser, einen kleinen Totschläger sowie ein paar Reservemagazine. Schließlich griff einer der beiden zum Handy. Er berichtete knapp von der Heldentat der Frankfurter Polizei, Bereich Personenschutz. Katharina war das nur recht. Dann würde niemand die falschen Fragen stellen.

Der Polizist beendete das Telefonat. »Polanski sagt, wir sollen ihn ins Präsidium bringen. Er schickt Ablösung.«

»Na dann …« Katharina drückte ihm den Beutel mit der Pistole in die Hand.

»Wir brauchen aber auch noch Ihre Aussage.«

»Später, wenn überhaupt nötig«, widersprach Katharina. »Erstens habe ich es eilig. Zweitens werdet ihr von eurer Festnahme doch selbst genug berichten können.«

Die beiden Polizisten nickten. Sie hakten den Mann unter und schleiften ihn zu ihrem Wagen. Befriedigt sah Katharina, wie sie davonfuhren. Ein normaler Streifenwagen nahm ihren Platz ein und grüßte kurz mit der Lichthupe. Katharina winkte zurück.

Melanie Wahrigs Computer sprang zwar artig an, aber er verlangte immer noch nach Fingerabdruck und Code-Stick. Katharina fand keine Möglichkeit, ein Passwort einzugeben.

Genervt griff sie zum Telefon und rief bei stop! an. Doch der dortige Systemadministrator konnte ihr auch nicht weiterhelfen.

Das System hatte er nicht eingerichtet. In der EDV des Polizeipräsidiums konnte sie nicht anrufen; das würde Wochen dauern, so überlastet, wie die seit den vielen Raubkopie-Klagen waren.

Aber hatte ihr nicht irgendjemand etwas von einem Spezialisten erzählt, der im Rathaus eine Computerpanne behoben hatte? Rathaus? Klar, der Sohn der Oberbürgermeisterin.

»Frau Klein, welch eine Freude! Was kann ich für Sie tun?«, schallte Katharina die Stimme von Walpurga Grüngoldt entgegen.

Etwas eingeschüchtert fragte Katharina, ob die Oberbürgermeisterin wohl meinte, ihr Sohn Frank könnte ihr mit einem Computerproblem helfen. »Natürlich!«, lautete die Antwort. »Das macht er sicher gern. Ich gebe Ihnen gerade mal die Handynummer.«

Kaum hatte die Oberbürgermeisterin aufgelegt, rief Katharina Frank Grüngoldt an. Nur die Mailbox. Sie bat um Rückruf.

Zu Elfie LaSalles Enttäuschung kam Katharina diesmal wieder selbst die Stufen zum Eingang des Kindergartens herauf: »Ach, Sie sind es.«

»Ja, Lutz ist leider noch bei der Arbeit«, log Katharina schnell.

»Ach so.« Elfie sah ein wenig fröhlicher aus. Lutz musste sie wirklich schwer beeindruckt haben. »Er ist ein bisschen schüchtern, oder?«

Katharina hob die Schultern: »Scheint so. – Ich werde manchmal nicht recht schlau aus ihm.«

»Aber er ist doch nicht …?«

»Nein, er ist Single.« Wie kam sie eigentlich dazu, Lutz' Liebesleben zu diskutieren? Aber wenn es der Wahrheitsfindung diente.

»Das meinte ich nicht. Mag er Frauen überhaupt?«

Katharina lachte: »Doch, ich denke schon.«

Die Kindergärtnerin fragte streng: »Und was halten Sie von Lutz?«

»Er ist echt in Ordnung. Man unterschätzt ihn leicht.«

»Aha!«, sagte Elfie LaSalle. Das war eindeutig »Verhör für Fortgeschrittene: Wie verwickele ich meinen Gegner in Widersprüche«.

Das Gespräch fing Katharina langsam an zu nerven. »Fragen Sie doch einfach.«

»Was soll ich fragen?«

»Interessiere ich mich für Lutz als Mann?«

»Ja?«

»Nein«, sagte Katharina.

Die Geröllawine, die Elfie vom Herzen fiel, hätte in den Alpen sicher Katastrophenalarm ausgelöst. »Dann ist's ja gut. Ich hole Laura.«

Elfie verschwand im Inneren des Gebäudes. Katharina atmete auf. Sie würde Lutz jetzt jeden Morgen reinschicken, um Laura zum Kindergarten zu bringen. Sollte Elfie ihn doch weichkochen.

Es dauerte einen Moment, bis die Kindergärtnerin wieder erschien, mit Laura an der Hand. Die Vierjährige war bereits fertig angezogen und trug ihren kleinen Rucksack. Sie sah sehr unglücklich aus. Katharina ging in die Hocke.

»Hallo, Laura. Was bist du denn so traurig?«

»Ach, die Kinder haben sich heute ein wenig gestritten«, sagte Elfie LaSalle leichthin.

Katharina sah zu ihr auf: »Ach ja? Und worüber?«

»Weiß nicht. Bin zu spät dazugekommen.«

Katharina sah wieder zu Laura: »Worüber habt ihr euch denn gestritten, Laura?«

Laura antwortete nicht. Sie klammerte sich nur an Katharinas Hals und zog mit einem Schluchzen Luft durch die Nase. Katharina hob sie hoch. Meine Güte, war Laura schwer. »Entschuldige, aber du wirst laufen müssen.«

Sie setzte Laura wieder ab. Das Mädchen zog sie zum Auto, krabbelte wortlos in den Kindersitz und starrte aus dem Fenster. Katharina erinnerte sich an ihre eigene Kindergartenzeit. Kinder konnten grausam sein. Kurzentschlossen kletterte sie zu Laura auf die Rückbank.

»Komm schon, Laura. Was ist passiert?«

Laura begann wieder zu schluchzen. »Torben hat mich gehauen.«

Katharina strich ihr sanft über das Haar: »Warum denn?«

»Der ist doof. Der hat gesagt, sein Papa hat gesagt, Mama ist eine Schlampe. Die treibt's mit jedem.« Laura sah Katharina fragend an: »Das ist was ganz Schlimmes, oder?«

»Das hat er wirklich gesagt?«

Laura nickte und starrte wieder ins Leere.

»Hast du ihn auch gehauen?«

Laura antwortete frustriert: »Er hat mich immer weggehalten, so mit der Hand. Er ist viel größer als ich.«

Katharina kannte das: Das hatten die größeren Kinder bei ihr auch immer gemacht. Den ausgestreckten Arm an die Stirn und einfach wegdrücken. Wie feige!

Laura weinte jetzt große Tränen: »Das stimmt doch nicht, was der Torben gesagt hat, oder?«

»Natürlich nicht, Laura«, antwortete Katharina rasch.

»Der Torben ist doof«, sagte das kleine Mädchen düster und starrte wieder ins Leere.

Katharina dachte nach. Es konnte nicht schaden, der Familie von Torben mal auf den Zahn zu fühlen.

Elfie LaSalle musste sie beobachtet haben, denn die Tür ging auf, kaum dass Katharina geläutet hatte: »Ja?«

»Ich wüsste gerne den vollständigen Namen von Torben. Und seine Adresse.«

»Wegen einer kleinen Rangelei?«

»Laut Laura hat Torben gesagt: Sein Vater hat gesagt – ich zitiere –, ›Lauras Mutter ist eine Schlampe, die es mit jedem treibt‹.«

»Das hat er gesagt? Warum hat denn Laura nicht …«

»Einerlei. – Ich weiß inzwischen genau, dass Melanie Wahrigs Tod kein Unfall war. Und dazu möchte ich den Vater ein wenig befragen.«

Elfie LaSalle wurde blass. Sie lief ins Gebäude und kam eine Minute später mit einem Zettel zurück. »Eigentlich darf ich das ja nicht.«

»Keine Sorge. Ich werde es nicht weitersagen. – Wissen Sie etwas über Torbens Eltern?«

Elfie LaSalle sah auf den Boden und schwieg.

»Ja?«, drängte Katharina.

»Torbens Mutter kommt manchmal mit Sonnenbrille, um Torben hier abzugeben. – Einmal zog sie auch ihr Bein nach.«

»Sie meinen, Torbens Vater schlägt seine Frau?«

»Aber das wissen Sie nicht von mir.«

Torben Hartmann wohnte nicht weit weg im Westend. Eine mondäne Adresse, eine kleine, aber akkurat renovierte Villa. Vor dem Haus stand ein neuer Porsche Cayenne. »Prof. Thomas Hartmann. Architekt. BdA.« stand auf einem Messingschild am Eingangstor.

Katharina bat Hans, auf Laura aufzupassen, und ging mit Lutz zur Eingangstür. Sie klingelte. Die Tür wurde rasch geöffnet. Vor Katharina stand eine mittelgroße Frau in einem schwarzen Kostüm. Ein Luftzug wehte kurz das Halstuch der Frau beiseite und offenbarte zwei hässliche Prellungen auf dem rechten Schlüsselbein.

Katharina streckte der Frau ihren Ausweis für den Polizeiparkplatz entgegen und ließ ihn sofort wieder verschwinden. »Katharina Klein. Kripo. Kriminalkommissariat 11. – Wir möchten mit den Eltern von Torben Hartmann sprechen«, sagte sie streng und setzte einen Fuß in die Tür. Dann deutete sie auf Lutz. »Das ist mein Kollege Wernecke. – Dürfen wir reinkommen?«

Ohne eine Antwort abzuwarten, gab sie Lutz ein Zeichen, und sie traten in den Hausflur.

»Ich bin Monika Hartmann. Torbens Mutter«, stellte die Frau sich eingeschüchtert vor.

»Wir würden auch gern Ihren Mann sprechen.«

»Er ist in seinem Atelier.«

»Dann holen Sie ihn«, sagte Katharina schroff. Aber das war nicht nötig. Eine Doppeltür schwang auf, und ein großer, breitschultriger Mann kam hindurch. Er hatte einen Dreitagebart und drahtige graue Locken; er trug ein Flanellhemd und Jeans, wildlederne Halbschuhe, keine Strümpfe.

»Ja?«, fragte er herrisch.

»Katharina Klein. Kriminalpolizei«, sagte Katharina knapp. »Können wir irgendwo ungestört reden?«

Sie machte einen Schritt nach vorne. Lutz verschränkte die Arme. Der Auftritt zeigte Wirkung.

»Vielleicht im Konferenzzimmer«, schlug Thomas Hartmann schon sehr viel freundlicher vor. Er ging ihnen voran durch eine zweite Doppeltür. Um einen geschwungenen Glastisch standen mehrere Stühle, die so unbequem waren, wie sie aussahen. Lutz blieb an der Tür stehen, die Arme immer noch verschränkt.

»Kennen Sie eine Melanie Wahrig?«, fragte Katharina, nachdem sie sich gesetzt hatten.

Das Ehepaar sah sich überrascht an. Das genügte ihr als Antwort.

»Ihre Tochter Laura geht mit Ihrem Sohn Torben zusammen in den Kindergarten.«

»Ja, und?«

» Torben soll heute zu Laura gesagt haben …« Katharina zog ein kleines Notizbuch aus ihrer Handtasche. Darin stand zwar nichts, aber während sie blätterte, beobachtete sie das Ehepaar, das zunehmend nervöser wurde. »Sie hätten gesagt – ich zitiere –, ›Melanie Wahrig ist eine Schlampe, die es mit jedem treibt.‹ – Stimmt das?«

Sie blickte Thomas Hartmann direkt in die Augen. Der große Mann schien zu schrumpfen. »Das kann Torben nicht gehört haben.«

»So wie du es durch das Haus gebrüllt hast«, sagte seine Frau schnippisch.

Katharina tat so, als würde sie sich eine Notiz machen.

»Aber was hat die Kriminalpolizei damit zu tun?«, fragte Thomas Hartmann rasch. »Das war ein häuslicher Streit. Und Sie wissen ja, wie Kinder sind.«

»Melanie Wahrig wurde am Donnerstagabend schwer verletzt in ihrer Wohnung aufgefunden. Sie ist am Freitag verstorben.«

Thomas Hartmanns Unterlippe zitterte: »Sie ist tot?«

Katharina schlug das Notizbuch zu. »Wir können Fremdbeteiligung nicht ausschließen.«

Thomas Hartmann sank auf seinem Stuhl zusammen.

»Hatten Sie eine Affäre mit Melanie Wahrig?«, fragte Katharina ihn in sachlichem Tonfall. Thomas Hartmann nickte langsam. Seine Frau sah zur Seite.

»Dann möchte ich von Ihnen wissen, wo Sie am Donnerstag waren. – Sie beide!«

»Sie glauben doch nicht …«

Katharina schnitt Frau Hartmann das Wort ab: »Wo waren Sie am Donnerstag?«

Thomas Hartmann richtete sich auf und verschränkte die Arme. »In Düsseldorf. Dort habe ich meine Professur. Ich bin erst am Freitag zurückgekommen.«

»Ich nehme an, dafür gibt es Zeugen?«

»Meine Studenten. – Moment, Sie glauben doch nicht, dass ich … Herrgott, ich habe einmal mit ihr geschlafen. Und dann wollte sie nichts mehr von mir wissen.«

Katharina wandte sich an Monika Hartmann: »Wussten Sie davon?«

Die Frau hob den Kopf: »Ja. Mein Mann hat es mir gesagt.«

»Und Sie waren nicht eifersüchtig?«

»Nein.« Die Antwort kam viel zu schnell.

»Und warum haben Sie sich dann gestritten?«

»Wir haben uns nicht gestritten.«

»Sie sagten aber vorhin, Ihr Mann habe es so laut gebrüllt, dass man es im ganzen Haus hören konnte.«

Monika Hartmann lehnte sich zurück und schwieg. Ihr Mann antwortete nach einer langen Pause: »Ja, wir haben uns deswegen gestritten.«

»Kam es dabei zu den Prellungen auf dem Schlüsselbein Ihrer Frau?«

»Ach die.« Monika Hartmann stieß einen Kiekser aus, der als Lacher keine große Karriere vor sich hatte. »Ich bin auf der Treppe ausgerutscht.«

Katharina hob die Augenbrauen, sagte aber nichts. Nach einer Weile fragte sie streng: »Würden Sie mir jetzt sagen, wo Sie am Donnerstag waren?«

»Ich habe am Morgen Torben in den Kindergarten gebracht. Und danach war ich hier. Wir mussten noch ein Modell fertig bauen. Ich und zwei Studentinnen vom Städel.«

»Die können das sicher bezeugen?«

»Wollen Sie etwa sagen, dass ich Melanie Wahrig umgebracht habe?«

»Zeigen Sie mir mal Ihre Hände.«

»Was?«

»Ihre Hände. *Bitte*.«

Artig streckte Monika Hartmann ihre Hände aus. Sauber manikürt und winzig klein. Kleiner als die von Katharina. Damit war sie als Täterin so gut wie ausgeschlossen. Dennoch fragte Katharina: »Könnte ich dann DNA-Proben von Ihnen beiden haben?«

»Wozu?« Thomas Hartmann hob wieder den Kopf.

Katharina erläuterte höflich: »Wir haben DNA-Spuren des Täters gefunden.« Sie ließ den Satz kurz wirken, aber die beiden zeigten keine Reaktion. »So können wir Sie ganz sicher entlasten.«

Die beiden wirkten erleichtert. Katharina zog zwei Teststäbchen aus der Tasche und nahm von beiden einen Wangenabstrich. Dann stand sie auf. »Sie sollten Ihrem Sohn ein besseres Rollenmodell sein. Er hat heute Laura Wahrig nicht nur beschimpft, sondern auch geschlagen.«

»Was wollen Sie denn damit sagen?« Thomas Hartmann stand drohend auf. Doch Lutz ließ die Knöchel knacken: »Hasse Männer, die Frauen schlagen. Ist übrigens strafbar.«

Besser hätte es Katharina auch nicht formulieren können.

Kaum war die schwere Tür hinter Lutz und Katharina ins Schloss gefallen, hörten sie Thomas Hartmann schreien: »Torben! Komm sofort hierher!«

Lutz sah zu Katharina: »Glaubst du, die haben was mit dem Mord zu tun?«

Katharina runzelte die Stirn: »Was denkst du?«

»Ich bin zwar kein Polizist, aber wenn du mich fragst, wussten beide nichts von Melanie Wahrigs Tod.«

»Sehe ich auch so. Aber sicher ist sicher. Morgen lassen wir auch die DNA von Thomas Hartmann überprüfen.«

Lutz nickte. Katharina sah zu dem großen Mann auf: »Elfie hat übrigens nach dir gefragt.«

»Hmhm.«

»Und nach der Konkurrenz. Anderen Frauen.«

»Hmhm.«

»Und …«

»Hmhm. – Was und?«

»Nichts. Nicht so wichtig.«

»Was? – Katharina?«

Katharina ging ein paar Schritte vor. Schwungvoll wollte sie in ihren Wagen steigen. Doch Lutz hielt sie auf: »Katharina!«

Sie antwortete mit harmloser Miene: »Sie hält dich für schwul.«

Das zeigte Wirkung: »Was? Ich bin doch nicht …«

»Das habe ich ihr auch gesagt. Aber ich bin nicht sicher, ob sie mir geglaubt hat. Du weißt doch, wie Frauen manchmal sind.«

»Und jetzt? Ich meine …«

Männer. So viel Spaß hatte sie nicht mehr gehabt, seitdem sie Oswald von der Notrufzentrale bezichtigt hatte, ein latenter Hetero zu sein: »Tja, du wirst wohl mit ihr Tee trinken müssen.«

Katharina stieg in ihr Auto. Im Rückspiegel sah sie, wie Lutz zum Golf der beiden Leibwächter zurückstapfte. Durch die noch offene Tür hörte sie ihn murmeln: »Und wie ich mit ihr Tee trinken werde …«

Mission erfüllt. Katharina war zufrieden.

Plötzlich fragte Laura vom Rücksitz: »Hast du Torbens Papa verhaftet?«

»Nein, Schatz.« Katharina drehte sich um. Laura starrte schmollend auf den Fußboden.

»Aber ich habe ihm ganz doll Angst gemacht. Der sagt so was bestimmt nie wieder über deine Mama.«

Laura sah sie zweifelnd an. »Und wenn Torben mich wieder haut?«

»Dann haust du ganz fest zurück.«

»Das kann ich nicht. Er ist doch viel größer als ich.«

»Schau mal, viele Männer sind auch viel größer als ich. Aber ich haue die auch, wenn sie mich hauen.« War das pädagogisch geschickt? Wenigstens war es die Wahrheit.

»Echt?«

»Echt. So was muss man als Polizistin können.«

Laura versuchte zu lächeln: »Zeigst du mir, wie das geht?«

Katharina wollte sie erst vertrösten. Aber warum eigentlich nicht?

Sie startete den Motor, wendete schwungvoll über den sorgfältig geharkten Rasen und fuhr aus der Einfahrt. An der nächsten Kreuzung bog sie ab. Richtung Bornheim. Zu Hiroshi Yamotos Dojo.

Laura lernte wirklich schnell. Katharina kniete vor ihr, drückte Lauras Kopf mit der Hand weg, doch Laura griff rasch zu, setzte den Hebel an und drehte Katharina den Arm auf den Rücken.

»Sehr gut«, lobte Katharina das Mädchen, als sie sich wieder aufgerappelt hatte. Sie hatte eine harmlose Hebeltechnik ausgesucht, die diesem Torben einen ordentlichen Schrecken einjagen, ihn aber nicht ernsthaft verletzen würde.

Sie verneigte sich vor Laura, die sich ebenfalls ernst verbeugte.

»In dem Alter habe ich auch angefangen zu lernen.«

Katharina erschrak ein wenig. Sie hatte nicht gemerkt, wie ihr Lehrer herangekommen war.

Laura starrte Hiroshi unverhohlen neugierig an. Er trug seine Kendo-Rüstung. Den Helm hatte er unter den Arm geklemmt. »Bist du ein Ritter?«, fragte das Mädchen.

Hiroshi lächelte geehrt. »Nein. Kein Ritter. Obwohl meine Familie eine alte Samurai-Familie ist. Weißt du, was ein Samurai ist?«

Laura schüttelte neugierig den Kopf.

»Das ist ein Ritter, dort, wo ich herkomme. Aus Japan.« Er wandte sich an Katharina: »Bereit, deine Lektion vom letzten Mal zu überprüfen?«

Es gab keine Widerrede. Katharina beruhigte Laura sicherheitshalber: »Pass auf. Wir üben nur. Das ist nicht echt. Verstehst du?«

Laura zuckte mit den Achseln. »Klar. Wie Ritter. Die müssen auch immer üben.«

Sie setzte sich artig an den Rand der Matte und sah den beiden neugierig zu.

Katharina konzentrierte sich, während sie ihren Helm aufsetzte und festband. Sie lockerte kurz die Arme und Schultern und schwang ihr Shinai ein paarmal probehalber durch die Luft. Es lag gut in der Hand. Sie verneigte sich vor ihrem Lehrer und ging in Kampfstellung.

Hiroshi griff sofort an. Doch Katharina blockte jeden Schlag sauber ab. Sie erzielte Punkt um Punkt und hielt sich ihren Lehrer dabei stets vom Leibe. Hiroshis Körperhaltung spannte sich. Er würde doch nicht selbst den Fehler machen und zornig werden?

Er schoss vor und verwickelte sie in einen schnellen Schlagabtausch, der sie fast bis zum Rand der Matte trieb, bevor sie parieren konnte. Jetzt jagte sie ihn. Hiroshi wich einem Schlag aus, sprang zurück. Plötzlich drehte er mitten in der Luft um und rannte mit erhobenem Schwert auf Laura zu.

Was sollte das denn? Keine Zeit zu überlegen.

Erst im letzten Augenblick konnte Katharina das Shinai ihres Lehrers blocken. Mit aller Kraft stieß sie Hiroshi zurück. Er stolperte. Katharina setzte ihm nach und ließ ihr Übungsschwert mit einem mächtigen Schlag auf das ihres Lehrers krachen. Hiroshis Shinai zerbarst. Bambusstreifen regneten auf ihren Lehrer herab, der sich auf den Rücken fallen ließ. Katharina hielt ihm ihr Schwert direkt vor die Maske. Den Bruchteil einer Sekunde später hörte sie es scharf klicken. Hans und Lutz standen neben ihr, ihre Pistolen im Anschlag.

Sie ließ das Schwert sinken: »Lasst gut sein. Das ist nur japanischer Humor.«

»Sehr witzig«, grummelte Hans, während die beiden ihre Waffen wieder wegsteckten. Katharina sah, dass sich ihr Lehrer schon wieder aufrappelte. Wachsam ging sie rückwärts zu Laura, während sie ihren Helm abnahm. Hiroshi im Auge behaltend, kniete sie sich neben das Mädchen, das totenblass neben der Matte saß. Sie legte einen Arm um sie. Laura ließ sich an sie sinken. »Es ist alles in Ordnung, Laura. Das war nur ein Witz.«

Auch Hiroshi nahm den Helm ab. Er sah ernst aus. »Kein Witz. Ein Test. – Schau mal auf deinen Brustpanzer.«

Katharina sah an sich herab. Über ihrer linken Brust steckte ein Wurfstern tief im festen Leder des Panzers. Sie zog ihn heraus.

»Und?«

»Im Kampf hätte das tödlich geendet.«

»Für uns beide«, erwiderte Katharina. »Jeder Samurai muss in der Lage sein, nach seiner Enthauptung noch den entscheidenden Schlag zu tun! Und ich denke, mein Schlag war ziemlich entscheidend.« Sie deutete auf die Splitter des Schwerts auf dem Boden.

»In der Tat. Ein präziser und starker Schlag. – Aber was wäre mit dir?«

»Was mit mir wäre, ist mir reichlich egal. Niemand greift in meiner Gegenwart ein Kind an.«

Hiroshi neigte anerkennend den Kopf. Dann begann er, die Splitter seines Schwerts einzusammeln.

Zornig hatte Katharina sich umgezogen. Was hatte sich Hiroshi nur bei dieser Aktion gedacht? Als hätte Laura nicht schon genug mitgemacht.

Hans, Lutz, Laura und Hiroshi waren bereits im Büro des Lehrers. Hiroshi spielte mit einer seiner scharfen Klingen. Noch so eine Demonstration?

Als Katharina gleichfalls in das Büro kam, nahm Laura sie ganz fest an der Hand und versteckte sich hinter ihr.

Hans fragte: »Und was, wenn Katharina nicht schnell genug gewesen wäre? Was, wenn Sie Laura getroffen hätten?«

Zur Antwort ließ Hiroshi die Klinge, die er in der Hand hielt, durch die Luft sausen. Sie kam nur Millimeter von Hans' Hals entfernt zum Stillstand.

»Ich glaube nicht, dass ich Laura getroffen hätte«, sagte Hiroshi unverbindlich lächelnd.

Was jetzt passierte, bekam Katharina nur in Bruchstücken mit: ein Blitzen von Stahl – Hans hielt plötzlich ein langes Stilett in der Hand, die Klinge auf Hiroshis Kehle gerichtet. »Andernfalls wären Sie jetzt auch tot«, sagte er, gleichermaßen freundlich.

Schweigend starrten sich die beiden Männer an.

Laura zupfte Katharina am Ärmel. »Sind das böse Männer?«, fragte sie ängstlich. Katharina lächelte beruhigend, wie sie hoffte. »Nein. Das ist nur ein Spiel. Wie Männer es manchmal spielen.«

Laura schob die Unterlippe vor: »Doofes Spiel.« Besser konnte man es nicht zusammenfassen. Die Anwesenden lachten.

»Da hast du recht, Laura.« Hiroshi steckte sein Schwert weg. Hans behielt den seltsamen Japaner zwar im Auge, schob aber das Stilett wieder in die Scheide, die um seinen Arm geschnallt war.

Hiroshi verneigte sich vor Laura: »Ich entschuldige mich für die Angst, die ich dir bereitet habe.«

Auch Laura verneigte sich. »Schon gut«, sagte sie großmütig.

Dann wandte sich Hiroshi an Katharina. »Setz dich.« Er deutete auf eines der Kissen vor dem kleinen Teetisch. »Ich habe etwas für dich. – Nicht, dass du glaubst, ich hätte deinen Geburtstag vergessen. Also bitte: Setz dich. Und deine Begleiter auch.«

Hiroshi ging zu einem Schrank, aus dem er ein langes, in ein Seidentuch gewickeltes Paket nahm.

»Etwas wie dieses hier habe ich in den fünfzig Jahren, in denen ich unterrichte, erst zweimal verschenkt. – Heute hast du dich als würdig erwiesen.« Er gab Katharina das Paket. »Mach es auf!«

Katharina entfernte vorsichtig die Seide. Zum Vorschein kam etwas, das man auf den ersten Blick für einen schwarzen, leicht gebogenen Stab halten konnte. Auf den zweiten Blick erst sah Katharina die dünne Linie im Holz, wo die Scheide endete und der Handgriff begann. Ein Katana – ein japanisches Schwert.

Ehrfürchtig zog sie die Klinge aus ihrer Hülle. Das Metall glänzte bläulich und schien von innen zu leuchten. Scharf wie ein Rasiermesser, keine Frage.

»Ich habe es speziell für dich anfertigen lassen. Bei einem der besten Schmiede der Welt.«

»Sensei, ich weiß gar nicht ... Danke.«

»Du hast es dir verdient. Aber jetzt stecke das Schwert weg.«

Sie gehorchte und schob die schimmernde Klinge langsam in die Scheide zurück.

»Es wird die Zeit kommen, da wirst du diese Klinge führen. Aber erst einmal werden wir mit einem ungeschliffenen Schwert üben. Du wirst sehen, welch elegante Waffe das ist.«

Katharina hatte zwei Nachrichten auf ihrer Mailbox. Polanski und Frank Grüngoldt. Polanski bat sie dringend um Rückruf. Also tippte sie die Kurzwahltaste.

»Katharina! Endlich. Ich hatte mir schon Sorgen gemacht.«

»Wieso? Haben Ihre Jungs mich nicht mehr im Visier?«

»Sie haben sie abgehängt. – Aber deswegen ... Passen Sie auf. Der Mann, der Sie vorhin angegriffen hat, ist Andrej Chrabrijewskow.« Polanski musste den Namen geübt haben, denn er kam ihm fehlerfrei über die Lippen. »Ein Ex-KGBler, der offenbar als Killer arbeitet. Seine Pistole ist letzten Monat für einen Mord in Frankreich benutzt worden.«

Das konnte ja noch lustig werden. Katharina fragte: »Seit wann arbeiten die Russen und die Südamerikaner so eng zusammen?«

»Nicht die Südamerikaner. De Vega. Es sieht so aus, als hätten die einen Deal abgeschlossen, schon vor einiger Zeit. – Das ist nicht gut, Katharina. Mit den Russen ist nicht zu spaßen.«

»Ich bin doch gut bewacht, oder?«

»Ja, aber dennoch sollten Sie vorsichtig sein. Das BKA übernimmt übrigens jetzt den Personenschutz. – Und halten Sie den Kopf in Deckung. Keine Extratouren. Versprochen?«

»Versprochen, Chef.«

»Irgendetwas Neues über Melanie Wahrig?«

»Viele Spuren, wenig Konkretes.«

»Bleiben Sie dran. Aber kein Risiko. Und keine Dummheiten. – Und sagen Sie nicht, ich würde Ihnen den ganzen Spaß verderben.«

Gut gelaunt wählte Katharina die Handynummer von Frank Grüngoldt. Endlich lief Polanski wieder zur alten Form auf.

»So eine richtig echte Ermittlung?«

Frank Grüngoldt starrte Katharina ungläubig an.

»Eine richtige Ermittlung, aber nicht offiziell. Deshalb frage ich Sie. – Melanie Wahrig ist meine Nachbarin. Ich bin mir ziemlich sicher, dass sie ermordet wurde, kann es aber nicht beweisen. Das Einzige, was mir hilft, ist ein Geständnis. Aber dazu brauche ich einen Verdächtigen.«

»Und ich? Was soll ich tun?«

»Mir helfen, Zugang zum Computer von Melanie Wahrig zu bekommen.«

»Cool! Klar! Wo steht denn der Rechner?«

Katharina führte Frank Grüngoldt in Melanie Wahrigs Arbeitszimmer.

»Ganz was Feines«, sagte er, nachdem er einer Weile über dem Rechner meditiert hatte. »Sicherungsstick und Fingerabdruckscanner. Sicherer geht es fast nicht. Den Stick haben Sie nicht?«

»Nein. Leider nicht.«

Frank Grüngoldt versank erneut in Meditation über dem Rechner.

»Und?«, fragte Katharina nach einer Weile.

»Ich müsste was basteln. Doch dazu muss ich den Rechner mitnehmen. Hier habe ich nicht das Werkzeug.«

»Aber Sie kriegen das hin?«

»Klar. Ich muss den Schutz halt irgendwie überbrücken.«

»Und bis wann?«

»Hm, morgen Nachmittag sollte zu schaffen sein.«

Frank Grüngoldt verpackte den Rechner sorgfältig. Hans bot sich an, ihn nach Hause zu fahren.

Zum Abschied drehte sich Frank Grüngoldt noch einmal zu Katharina um: »Cool. Danke für die Aufgabe. Ich tue mein Bestes.«

»Das hoffe ich doch. – Ach ja, falls Ihre Mutter fragt …«

Der Junge zwinkerte: »Schon klar. Das ist Ihr Rechner, und der hat eine kaputte Festplatte, die ich austauschen soll.«

Der Kleine lernte wirklich fix. Vielleicht, dachte Katharina, konnte sie wirklich mal mit Polanski über einen Praktikumsplatz für ihn reden.

Who's Afraid Of The Big Bad Wolf?

Mittwoch, 28. November 2007

Katharina stand in der Mitte des weiß ausgeleuchteten Fotostudios, die Pistole im Anschlag; eine Windmaschine ließ ihr Haar wehen und bauschte den langen, schwarzen Mantel, in den Sven Langstroem, der Fotograf, sie gesteckt hatte. Sie war genau in der richtigen Stimmung, jemanden zu erschießen.

Fast zu spät war sie an diesem Morgen aus ihrem üblichen Albtraum hochgeschreckt. Dann hatte Laura nicht in den Kindergarten gehen wollen und bitterlich geweint. Erst als Lutz ihr versprach, sofort zu kommen, wenn jemand sie ärgerte, beruhigte sie sich.

Wider Erwarten gerade noch pünktlich war Katharina auf den Parkplatz vor der Agentur stop! eingebogen und die Treppe in der umgebauten Fabrik hochgestürmt.

Sven Langstroem, der Fotograf, hatte sie gemustert, mit den Schultern gezuckt und gemurmelt: »Na ja, für ein Layout reicht's.«

All das hätte sie ja noch verkraften können. Auch dass das Visagisten-Wesen in ihre Garderobe platzte, als sie gerade beim Umziehen war, ihren Busen musterte und meinte, wenn Katharina weiter im Geschäft bleiben wolle, bräuchte sie aber etwas mehr davon. Aber als das Wesen Katharinas Haut, auf die sie besonders stolz war, als »problematische Mischhaut! Hilfe, da müssen wir heute Morgen ja einiges tun!« bezeichnete, überkam Katharina das dringende Bedürfnis, ganz schnell jemanden zu erschießen.

Doch leider war weit und breit noch kein Opfer zu sehen. Stattdessen kommandierte sie Sven bald in diese, bald in jene Pose, immer im Wind der Windmaschine, immer die Waffe im Anschlag. Nach Stunden, wie Katharina es schien, brummte er endlich zufrieden. Wigo hob den rechten Daumen und reichte ihr eine Tasse Kaffee aus dem Automaten. Der war bitter, aber wenigstens heiß.

Katharina sah sich um. Sven Langstroem teilte Kameras an die Anwesenden aus. »Was wird das?«, fragte sie Wigo.

»Schätze mal, wir werden für das Foto mit André Meyer nicht so viele Chancen haben.« Leise erklärte er Katharina, was sie tun sollte. Ihre Laune besserte sich schlagartig.

»Man bedarf meiner Mithilfe?« Die sonore Männerstimme erfüllte den Raum mit Wohlklang: André Meyer betrat die weiße Fläche des Studios wie ein Torero die Arena. Mit federnden Schritten kam der Mann auf Katharina zu. »André Meyer, Secondary CEO von stop!«, stellte er sich in melodiösem Singsang vor.

Wigo zwinkerte Katharina zu und sagte: »Katharina wird dir alles Notwendige erklären.«

»Also gut, Herr Meyer ...«, setzte Katharina an.

»André, bitte. Unter uns Kreativen.« Wigo verdrehte hinter seinem Rücken die Augen.

»Also gut, André. In der Kampagne ...«, fuhr sie zuckersüß fort. »... wollen wir die Vorteile der Modell 1 als Einsatzpistole herausstellen: Sie ist robust, einfach zu bedienen, gut ausgewogen und sehr zielsicher. Das Design ist nicht nur funktional, sondern bietet auch eine klare Message.« Oh Gott, jetzt fing sie auch schon an, so zu sprechen. André Meyer blitzte zufrieden mit seinen blauen Augen.

»Es gibt eine richtige Seite, die des Schützen ...« Katharina zeigte André Meyer das Visier der Waffe. Er nickte allwissend – vermutlich hatte er noch nie eine Pistole in der Hand gehabt.

»Und eine verdammt falsche Seite!«, bellte Katharina plötzlich. Sie sprang ein Stück zurück und richtete die Waffe auf ihr Opfer. Wie schon am Vortag verfehlte ihr Auftritt seine Wirkung nicht. André Meyer riss die Hände nach oben und fiel auf die Knie. Überall im Raum klickten Fotoapparate.

Sven Langstroem tauchte hinter seiner Kamera auf: »Super. Das haben wir im Kasten.«

Katharina ließ die Waffe sinken. André Meyer starrte sie immer noch entgeistert an. Sie verkniff sich ein Grinsen und reichte ihm die Hand zum Aufstehen. »Das ist bloody brilliant.« Er rang nach Atem. »Jetzt weiß ich, warum Hasko sie unbedingt booken wollte.«

Er stand auf und knöpfte rasch das Jackett zu. Katharina entging jedoch nicht, dass seine Hose von einer Erektion ausgebeult war. So, so. Gewalt turnte André Meyer also an.

»Wir sehen uns später«, sagte er rasch und eilte davon.

Wigo schlug Katharina auf die Schulter. »Gut gemacht. Die Fotos haben wir im Kasten.«

»Der Fotograf sah am Anfang nicht so glücklich aus.«

»Ach, Sven mault immer, vor allem, wenn man ihm Aufträge vor dem Aufstehen reindrückt. – Tja, das war André.«

»Das Ganze scheint ihn etwas erregt zu haben«, sagte Katharina vorsichtig.

Wigo war weniger diplomatisch: »Einen mordsmäßigen Ständer hatte er.«

Zur Feier des gelungenen Fotoshootings schmiss Wigo eine Runde Prosecco. Katharina, die außer Kaffee und Mineralwasser noch nichts im Magen hatte, fühlte sich angenehm leicht, als sie aus der Agentur schwebte. Sie grüßte kurz zu Lutz und Hans, die in ihrem Golf warteten. Hans war immer noch mit *Kalle Blomquist* beschäftigt.

Lutz winkte sie zu sich. »Da hat ein Frank angerufen.« Richtig, sie hatte Lutz ihr Mobiltelefon gegeben. »War ein bisschen enttäuscht, dass er dich nicht direkt erwischt hat.«

Eine halbe Stunde später saßen Frank Grüngoldt, der computerbegabte Sprössling der Oberbürgermeisterin, und Katharina vor Melanies Wahrigs Rechner. Die Augen des Jungen leuchteten.

»War gar nicht so einfach. Das System ist nämlich brandneu. Noch gar nicht auf dem Markt.«

Katharina notierte sich in Gedanken, dass sie herausfinden sollte, wie Melanie Wahrig an das System gekommen war.

»Wurde eigentlich für Hochsicherheitsbereiche entwickelt. Ist 'ne eigene Platine. Ziemlich bombensicher. Klemmt sich zwischen Rechner, Festplatten und alle Eingabegeräte und verschlüsselt die Daten. Eigentlich ein richtiger kleiner Rechner für sich.«

»Und ohne das Ding oder ohne Schlüssel sind die Festplatten sicher verschlüsselt?«, fragte Katharina interessiert.

»Nicht nur das. Sie sehen aus wie reiner Datenmüll.«

»Und wie sind Sie dann reingekommen?«

»Ach, das ist eine längere Geschichte.« Frank redete ohne Pause weiter. »Das Ding ist im Beta-Test. Also noch nicht so ganz ausgereift. Da hab ich mir gedacht, dass die Software vielleicht Fehler haben könnte. Und wenn so ein Fehler auftritt, muss man ja auf das System zugreifen können. Ich hab also mit einem der Entwickler des Systems gechattet. War unheimlich interessant. Die Karte arbeitet mit 1024-Bit-Verschlüsselung und einem völlig neuen asymmetrischen Algorithmus …«

Katharina seufzte. Wenn Nerds anfingen zu schwärmen!

»Aber, um es kurz zu machen: Die Entwickler sind etwas faul. Die Generalschlüssel werden nämlich in einem Tresor aufbewahrt; also haben sie ein Schlupfloch eingebaut, weil sie es leid waren, immer erst in den Tresorraum zu gehen, wenn ein System hängt.«

»Und das Schlupfloch hat er Ihnen einfach so verraten?«

»Nicht einfach so. Ich habe ihn mit einem völlig neuen Half-Life-Mod bestochen.«

»Faires Geschäft.«

»Wie dem auch sei: Die Kiste ist offen. Et voilà.«

Mit großer Geste schaltete er den Monitor an. Es erschien ein sehr aufgeräumter Desktop.

»Und? Schon was Verdächtiges gefunden?«

»Ich dachte, das wollten Sie selbst …«

»Frank, ich bitte Sie. Ohne Neugierde kommen Sie bei der Polizei nicht weit.«

»Also ehrlich gesagt, ich habe schon mal ein wenig geschaut. Auf dem Rechner sind hauptsächlich Grafikdaten.«

Nun, das war ja zu erwarten. Frank trommelte ungeduldig mit den Fingern auf die Tischplatte. Pokerface musste er noch lernen.

»Sie haben noch was anderes gefunden, nicht wahr?«

»Nun, es gibt da eine Reihe von Mails …«

Er startete das E-Mail-Programm. Die Mails waren sauber in Ordner sortiert. »Das Meiste ist Geschäftskram. Aber der hier …«

Er klickte einen Ordner mit der Bezeichnung Zaphod an. Er enthielt Mails von einem einzigen Absender. Katharina klickte ein paar an. Die Mails enthielten heiße Liebesschwüre. Eine der letzten Mails lautete: »Ich glaube, wir haben den Richtigen gefunden. Und wenn Hardy erst da ist, werden wir auf ewig zusammen sein! Liebe Dich. Zaphod.«

Katharina sah näher auf den Monitor. Die Mails waren mit einem kleinen Schloss gekennzeichnet. »Alle verschlüsselt«, murmelte sie.

»Und mit was für einem Schlüssel. Tausendvierundzwanzig Bit. – Denken Sie, das hat was zu bedeuten?«

»Mailen Sie Ihrer Freundin verschlüsselt?«

Frank schaut betreten auf den Boden. »Ich hab keine Freundin …«

Doch Katharina hörte gar nicht mehr hin. Eine Reihe von Mails hatten Attachments. Lauter PDFs, die von eins bis zwölf durchnummeriert waren. Sie klickte eins davon an. Das Dokument ergab keinen Sinn. Über das Blatt waren Zahlen, Kreuze und andere Symbole verteilt, ohne irgendein erkennbares Muster.

»Die Dinger habe ich auch schon gefunden. Ist wohl irgendein Code. Aber die Decodier-Programme, die ich habe, konnten damit nichts anfangen«, erklärte Frank.

Eins bis zwölf. Katharinas wusste, dass ihr diese Zahlen irgendetwas sagten. Aber was? Wo war nur Thomas, wenn man ihn brauchte? Sie musste kurz Luft holen, als sich ihr Magen verkrampfte. Thomas war tot. Hatte sie das so schnell zu den Akten gelegt?

Auch Frank war aufgefallen, dass etwas nicht stimmte: »Alles in Ordnung?«

Katharina schüttelte den Kopf und kniff kurz die Augen zusammen. »Ja, nur ein Gedanke …«

Sie gab dem Computer den Befehl, die Dokumente auszudrucken.

»Danke«, sagte sie. »Ich glaube, das hat unsere Ermittlungen ein ganzes Stück weitergebracht.«

»Wirklich?« Frank Grüngoldt errötete und strahlte über das ganze Gesicht. »Ich habe sogar noch etwas. Der Absender-Mail-Account ist zwar anonym, aber ich konnte feststellen, von welcher Adresse die Mails verschickt wurden. Wissen Sie, jeder Rechner hat im Internet eine eindeutige Nummer –«

»Eine IP, ja. Aber die werden meist dynamisch vergeben.«

»Oh, diese nicht. Die IP gehört zur Uni Frankfurt, und ich kenne da jemanden, der uns wahrscheinlich den Rechner aufspüren kann, von dem die Mail verschickt wurde.«

Das war wirklich eine gute Nachricht. Katharina ertappte sich dabei, wie sie Frank Grüngoldt umarmte. Der Junge lief nun vollends rot an.

»Ich schaue mal, dass ich den Typen erreiche. Ich denke mal, das geht bis morgen«, sagte er verlegen.

Wider Erwarten war Andreas Amendt nicht auf der Säuglingsstation. Katharina fand ihn im DNA-Labor, in ein intensives Gespräch mit Torsten Kleinau vertieft. Er blickte auf, als sie den Raum betrat: »Tja, unsere schöne Theorie ist zum Teufel. Johanna ist kein Wunderkind.«

»Ich hab's euch ja gesagt. Euer Ausdruck war ein Planspiel«, sagte Torsten Kleinau triumphierend. »Das Kind hier ist hübsch, aber nichts Besonderes. Alles andere wäre auch ein Wunder.«

»Warum? Wäre es technisch nicht möglich?«, fragte Katharina.

»Technisch gesehen ist es schon machbar. Genetic Engineering ist ziemlich weit fortgeschritten.«

»Aber?«

»Nun, um so ein perfektes Kind zu erzeugen wie auf eurem Ausdruck, reicht eine künstliche Befruchtung nicht aus. Man müsste massiv nachhelfen. Und das wäre ziemlich illegal.«

»Aber machbar wäre es?«

»Ja, in Timbuktu vielleicht. Aber hier?«

Das war wirklich eine schlechte Nachricht. Jetzt gab es für einen Mord an Alexandra Taboch praktisch kein Motiv mehr. Aber warum wollte dieser Henthen unbedingt, dass seine Wunschkandidaten das Kind adoptierten?

»Wissen Sie denn, wer die Eltern des Kindes sind?«, fragte Katharina.

»Also, die Mutter ist diese Alexandra Taboch. Und der Vater ist auf jeden Fall nicht derjenige aus euren Unterlagen. Ich drucke euch mal das Genprofil aus, falls Ihr über einen Verdächtigen stolpert.«

Torsten Kleinau ließ seine Finger über die Tastatur wandern. Katharina beobachtete ihn. Dabei fiel ihr etwas auf: Direkt neben der Tastatur stand ein Fingerabdruck-Scanner. Wie der von Melanie Wahrig.

»Wow, tolles Sicherheitssystem«, sagte sie. »Ich wusste gar nicht, dass es schon auf dem Markt ist.«

»Ist es offiziell auch noch nicht. Ein Beta-Test. – Funktioniert aber schon ziemlich gut.«

»Ist es nicht schwer, da Tester zu werden?«

Torsten Kleinau zuckte mit den Schultern: »Nicht wirklich. Die haben die Dinger kistenweise verschickt. Ich habe allein für das Labor ein ganzes Dutzend bekommen. Dabei gibt es hier nur einen einzigen Rechner, bei dem so ein System einsetzbar ist. Dieser hier.«

Er deutete auf das Tower-Gehäuse unter seinem Schreibtisch.

»Alles gesteuert von einem einzigen PC?« Katharina sah ungläubig auf die Hardware der automatischen Genanalyse-Anlage.

»Nicht doch. Die eigentliche Arbeit macht das Bladecenter da hinten.« Torsten Kleinau deutete auf einen schwarzen Schrank in einer Ecke des Raums. »Mein Computer erlaubt nur den Zugriff auf die Daten. Und die grafische Aufbereitung läuft auch auf meinem Rechner. Deswegen dieses High-End-Teil. Ist aber cool für Spiele.«

Andreas Amendt fragte: »Wer hat denn eigentlich alles Zugriff auf die Daten?«

»Ganz direkt? Nur ich. Neue Sicherheitsbestimmungen, seitdem wir ›Competence Centre DNA‹ sind.«

»Und was passiert, wenn du nicht hier bist?«

Torsten grinste: »Alle Räder stehen still, wenn mein starker Arm es will. – Die beiden anderen Stellen sind gestrichen worden, als sie feststellten, dass das Labor doch teurer wird als erwartet.«

»Aber sollte es nicht rund um die Uhr besetzt sein?«

»Sollte. Aber weder das Innenministerium noch BKA, LKA oder die Uni wollen Gelder für die Stellen lockermachen. Und ich bin auch nur hier, weil ich promoviere. – Eines der besten DNA-Labors der Welt, und keiner, der es bedient. Außer mir.«

»Sonst hat keiner Zugriff? Auch Fischer-Lause und Henthen nicht?«

»Im Moment nicht. Und alles, was ich rausschicke, ist verschlüsselt. PGP mit 1024-Bit-Verschlüsselung und Signatur. Muss ja letztlich gerichtsfest sein.«

»Und diese Planspiele von Fischer-Lause und Henthen?«

»Ach, dafür habe ich unseren beiden Gen-Spielkindern eine Sandkiste eingerichtet. Da können sie sich austoben. Aber die Analysen mache nur ich. Gesetzliche Vorschrift.«

»Das heißt, niemand kann die Daten manipulieren?«

»Nur mit sehr viel krimineller Energie. Alles, was digital ist, kann manipuliert werden. Aber dazu müsste derjenige die automatische Protokollfunktion ausschalten, die Back-ups löschen und zudem genau wissen, was er tut. Genetik ist hochgradig untrivial.«

Katharina kaute auf ihrer Unterlippe: »Fällt Ihnen jemand ein, der so etwas könnte?«

Torsten Kleinau lachte erneut: »Außer mir? Niemand. Zumindest nicht spontan. Gibt nicht so viele Menschen, die gleichzeitig Informatiker und Biochemiker sind.«

Andreas Amendt legte ihm die Hand auf die Schulter: »Torsten ist ganz stolz auf seine zwei Diplome.«

Wenn Torsten Kleinau lächelte, sah er noch jünger aus: »Und auf meinen ehemaligen Ruf als gefährlicher Hacker.«

»Und? Warum haben Sie das aufgegeben?«, fragte Katharina. Es schadete vielleicht nichts, seine Eitelkeit ein wenig zu füttern. Einen Vertrauten in der DNA konnte man immer brauchen.

»Ach, wer sagt, dass ich das habe? Ich habe mich nur auf einen sehr viel schwierigeren Code gestürzt. Kein Computersystem ist so spannend wie das menschliche Genom.«

Hans und Lutz stürzten sich auf die Kaffeemaschine in Andreas Amendts Büro, glücklich, etwas anderes tun zu können, als bedrohliche Schatten zu spielen.

Katharina zog die Ausdrucke der PDFs von Melanie Wahrigs Rechner aus der Tasche und gab sie dem Arzt. »Können Sie damit etwas anfangen?«

Andreas Amendt betrachtete die Ausdrucke nachdenklich. Dann schüttelte er den Kopf. »Nein, keine Ahnung, was das ist. – Warum?«

»Die stammen aus Mails, die von irgendwo aus der Uni kommen. Ich dachte, es könnten vielleicht medizinische Unterlagen sein.«

»Zumindest keine, die ich kenne.«

»Schade.«

»Wir sind übrigens noch verabredet heute. Mit meinem ehemaligen Doktorvater. Vielleicht kann er uns helfen.«

»Und wenn nicht?«

»Dann haben wir wenigstens einen angenehmen Nachmittag.«

Andreas Amendt war nur widerwillig in den knallroten Mini gestiegen. Katharina musste ihm erst versprechen, zivil zu fahren. Ihr blieb auch nichts anderes übrig, denn nicht nur Hans und Lutz sollten ihr folgen können, sondern auch der unauffällige schwarze Audi mit Wiesbadener Kennzeichen. Personenschutz vom BKA. Polanski hatte ihr also nicht zu viel versprochen.

Die Kolonne fuhr kurze Zeit später vor Lauras Kindergarten vor. Katharina bat Lutz in weiser Voraussicht mit hinein. Irgendwie hatte sie es im Gespür, dass …

»Laura hat Torbens Hand verstaucht«, fauchte Elfie LaSalle zur Begrüßung.

Laura, die eben zu Katharina gekommen war, schob schmollend die Unterlippe vor: »Er hat mich gehauen. Weil sein Papa mit ihm geschimpft hat. Und dann hat er mich wieder so weggedrückt.«

»Laura hat mir erzählt, dass Sie ihr einen Polizeigriff gezeigt haben!«

»Einen ganz harmlosen Hebel.«

»Gewalt ist keine Lösung!«

»Wenn er mich doch haut«, schmollte Laura weiter.

»Dann läufst du weg und kommst zu mir!«

»Ich bin doch keine Petze!«

Elfie LaSalle sah wieder zu Katharina. Katharina betrachtete das in zornige Falten verzogene Gesicht. Dabei fiel ihr etwas auf: »Haben Sie das auch gemacht? Weglaufen? Als Sie geschlagen wurden?«, fragte sie freundlich.

»Was?« Elfie LaSalle wurde schlagartig blass.

»Die kleine Narbe unter ihrem Auge. Ich schätze mal, der Schläger trug einen Ring.«

»Das geht Sie nichts an!«

»Und Ihre Nase hat der plastische Chirurg gut wieder hingekriegt.«

»Was? Woher wissen Sie …?«

»Mit der Zeit bekommt man einen Blick für so was. Auch ohne die Krankenakten zu lesen, die am Autopsie-Bericht dranhängen.« Katharina spürte Zorn in sich aufsteigen. »Wissen Sie eigentlich, in wie vielen Fällen ich schon ermittelt habe, bei denen der letzte Schlag tödlich war?«

Volltreffer. Tränen kullerten über Elfies Wangen.

»Wer sich wehrt, überlebt«, fuhr Katharina ärgerlich fort. »Das zeigen wirklich alle Untersuchungen. – Und deswegen bin ich stolz auf Laura.« Sie holte Luft, um mit ihrer Tirade fortzufahren. Doch eine Hand legte sich schwer auf ihre Schulter. Lutz. »Lass gut sein, Katharina.«

»Ist doch wahr! Die gebrochene Nase, die Narbe im Gesicht und wer weiß, was noch alles. Völlig unnötig. Wenn sie sich ein einziges Mal gewehrt hätte.« Katharina packte Elfie an den Schultern: »Und? Ist dieser Torben vielleicht wütend geworden? Hat weitergeschlagen?«

Die Kindergärtnerin schüttelte den Kopf.

»Na also.«

»Katharina, es ist gut jetzt!« Lutz sprach lauter als gewöhnlich. Sie ließ Elfie los. Lutz nahm die Kindergärtnerin in den Arm.

»Er hat … mich geschlagen … als … ich schwanger war …«, hörte Katharina sie schluchzen, »hat unser Kind totgeprügelt …«

Daher hatte Elfie also einen Kindersitz. Eigentlich tat sie Katharina leid. Manche lernten es eben nur auf die harte Tour.

»Lutz, warum nimmst du dir nicht mal den Abend frei?«, sagte sie sanfter. »Hans ist ja da und die Leute vom BKA.«

»Wenn du meinst.« Lutz sah nicht auf. Er hielt immer noch die schluchzende Kindergärtnerin im Arm.

»Ja. Dann kannst du dich um Frau LaSalle kümmern.«

Elfie sah zu ihm auf: »Wirklich?« Lutz gab ihr einen Kuss auf die Stirn.

Der Mann, der den kleinen Weg von der altmodischen Villa zu der Garage, vor der sie Morris geparkt hatten, heruntergeeilt kam, entsprach ziemlich genau Katharinas Vorstellung von einem Großvater. Er musste etwa Mitte siebzig sein, hatte weiße, volle Haare und einen gepflegten Bart. Die Weste seines hellen Anzugs spannte sich über seinen runden Bauch.

Professor Paul Leydth begrüßte sie herzlich. Laura, ganz Prinzessin, erwiderte den Händedruck mit einem Knicks.

»Du bist aber eine höfliche junge Dame«, stellte der Professor fest. Seine Stimme klang warm und voll. Noch eine Wunsch-Großvater-Eigenschaft. Dann erblickte er Katharinas Auto.

»Das ist ja ein Mini Monte Carlo! So einen habe ich früher auch gefahren, aber das muss über vierzig Jahre her sein.« Er ging bewundernd um das Auto herum. »Gut in Schuss, der Wagen.«

»Als ich ihn gekauft habe, war er ein Wrack. Ich habe ihn selbst wieder aufgebaut«, erklärte Katharina nicht ganz frei von Stolz.

»Das muss ja eine Menge Arbeit gewesen sein.« Der Professor nickte anerkennend.

Katharina drückte auf den Schließknopf der Zentralverriegelung. Morris blinkte zweimal und gab einen leisen, freundlichen Huper von sich. »Kleines Zugeständnis an die heutige Zeit.«

»Hat Katharina auch selbst eingebaut. Und eine Frau, die immer den Weg sagt«, ergänzte Laura, nicht minder stolz.

»So, so«, sagte Paul Leydth. »Sie mögen Oldtimer? Dann muss ich Ihnen bei Gelegenheit mal meine Garage zeigen. Das dürfte Sie interessieren.«

»Aber nicht jetzt! Der Kaffee wartet«, erklang eine sonore Stimme hinter ihnen. Die Frau, die am Rand des Weges stand, war groß und schlank. Ihr langes silbergraues Haar war zu einem strengen Pferdeschwanz gebunden. Ihr Gesicht war fein geschnitten, dominiert von den fast zu großen Augen, ausdrucksstark, wie bei einer Schauspielerin oder …

»Frau Kammersängerin, wir kommen!«, sagte Paul Leydth. »Darf ich Ihnen meine Frau vorstellen. Angelica Leydth. – Und das hier ist Katharina Klein.«

Die Frau streckte Katharina die Hand entgegen: »Ach, Andreas hat uns schon so viel von Ihnen erzählt.« Ihr Händedruck war warm und kräftig. »Natürlich nur Gutes.«

Gemeinsam gingen sie den Weg zum Haus hinauf, einer imposanten Gründerzeit-Villa mit zahlreichen Erkerchen und Türmchen, umgeben von einem charmant-wilden Garten. Katharina sah, dass der Weg, der jetzt vor den Garagen endete, einmal bis zum Haus geführt hatte. Professor Leydth hatte ihren Blick bemerkt: »Es scheint mir angemessener, das Haus zu Fuß zu erreichen. Sie wissen gar nicht, wie so ein kleiner Spaziergang das Gemüt beruhigt. Gerade bei etwas nervösen Patienten.«

»Paul war Psychoanalytiker und Neurologe«, erklärte Andreas Amendt. »Er hatte seine Praxis hier im Haus.«

»In der Villa meiner Ahnen. Etwas eigenwilliger Baustil, aber ich habe sie lieb gewonnen.«

»Dann sind Sie …«, fragte Katharina.

»Der Letzte der Leydths, ja.«

Die Leydths, das wusste Katharina, waren eine der großen Industriellenfamilien Frankfurts gewesen. Halb Frankfurt, so sagte man, habe den Leydths gehört.

»Und dieses Haus ist alles, was davon übrig ist.« Der Professor schien erneut ihre Gedanken erraten zu haben. »Das Haus und ziemlich viel Anlage-Vermögen. – Zum Leidwesen meiner Eltern konnte ich mich nicht entschließen, das Geschäft fortzuführen. Stattdessen habe ich mich der Medizin gewidmet. So steht es zumindest im *Who's who*.«

Katharina hatte eine verkramte Villa erwartet, vollgestopft mit Erinnerungsstücken an längst vergangene Zeiten. Doch das Haus war luftig und elegant eingerichtet. Einzig einige sehr ausgesuchte

Antiquitäten standen geschmackvoll eingepasst zwischen modernerem Mobiliar.

Auf dem Weg, der sie in einen anderen Gebäudeteil führte, kamen sie durch eine kleine Halle mit großen Oberlichtern. Paul Leydth hielt an. »Das hier ist unsere Ahnengalerie. Zumindest war sie das, bevor ich all die alten Schinken eingemottet habe. In zweihundert Jahren kommen eine ganze Menge Köpfe zusammen.«

Er führte sie vor ein großes Gemälde, das zentral an einer Wand hing. Laura kicherte. »Das sieht aus wie diese Bilder, wo man ganz viel suchen muss.«

»Genau das war auch die Absicht. Ich habe einen befreundeten Künstler gebeten, alle meine Ahnen auf einem Bild zu vereinen. Das spart Platz, und trotzdem erfüllt es die testamentarische Auflage, in diesem Raum unseren Vorfahren qua Abbildung Respekt zu zollen.«

Während Paul Leydth Laura seine Ahnen zeigte, schlenderte Katharina durch den Raum. Ein Bild zog sie magisch an. Es war nicht besonders groß und zeigte einen springenden, blauen Delfin. Das war … das konnte nicht sein. Oder doch?

Paul Leydth hatte mit der kleinen Erläuterung seiner Ahnenreihe aufgehört und war neben sie getreten.

»Eine Zeichnung aus …«

»The Legend of the Dolphin«, unterbrach ihn Katharina.

»Sie haben davon gehört?«

»Natürlich.« *The Legend of the Dolphin* hätte der erste farbige, abendfüllende Zeichentrickfilm werden sollen. Die Bewegungen des Delfins wurden angeblich Bild für Bild von Originalaufnahmen abgezeichnet. Doch das kleine Studio brannte vor der Fertigstellung ab, die Arbeit war verloren.

»Wie haben Sie das Bild gefunden?«, fragte Katharina neugierig.

»Ach, das war ein Glücksfall. Ein Kunstimporteur kam eines Tages damit zu mir. Drei Blätter dieser Art waren bei einer Lieferung dabei, die er aus den USA für einen Kunden importiert hatte. Doch der Kunde wollte sie nicht. Sie mussten zufällig in die Lieferung geraten sein. Die Verkäufer in den USA wollten sie auch nicht. Ich habe die Blätter prüfen lassen. Eindeutig Zeichnungen von Ub Ibram.«

Ub Ibram, der Chefzeichner von *The Legend of the Dolphin*, war bei dem Brand umgekommen.

»Zwei der Blätter wollte der Händler für seine delfinverrückten Töchter behalten. Das dritte habe ich ihm abgekauft.«

Katharina durchfuhr es eiskalt: »Der Kunsthändler hieß Diether Klein?«

Paul Leydth nickte, offenbar nur mäßig von der Frage überrascht: »Sie sind seine Tochter, nicht wahr?«

»Woher …?«

»Ach, eine Halbkoreanerin mit dem Namen Klein. – Irgendjemand hat mir erzählt, dass Sie Polizistin geworden sind«, antwortete der Professor rasch. »Ich hoffe, ich habe nicht …«

Er hielt inne. Katharina wandte sich wieder dem Bild zu. »Ich hab was ganz Tolles für deine Delfin-Sammlung«, hatte ihr Vater in ihrem letzten Telefonat gesagt.

»Der ist aber schön.« Laura, die sich auf ihren eigenen kleinen Rundgang durch die Galerie gemacht hatte, war zu ihnen gestoßen.

»Ja, nicht wahr? Magst du auch Delfine?«, fragte der Professor freundlich.

»Ja, aber Giraffen habe ich noch lieber. – Katharina sammelt Delfine.«

»So, so. Und Zeichentrickfilme mag sie auch?«

»Sie hat ganz viele.«

»Wie kommen Sie darauf, dass ich Zeichentrickfilme mag?«, fragte Katharina.

»Nur wirkliche Fans kennen *The Legend of the Dolphin*.«

Katharinas Gesicht begann zu glühen. Ertappt bei ihrer kindlichen Vorliebe.

»Bevor du jetzt aber in dein Kino bittest zur Vorführung deiner eigenen Sammlung, lasst uns Kaffee trinken«, ermahnte Angelica Leydth ihren Mann streng.

»Sie sammeln Trickfilme?«, fragte Katharina neugierig.

Paul Leydth antwortete ein wenig verlegen: »Oh ja! Meine Frau tadelt mich zwar stets für diese Leidenschaft, aber ich habe Originalkopien aller wichtigen abendfüllenden Zeichentrickfilme. Dafür habe ich einen der zahlreichen großen und überflüssigen Räume im Haupthaus zum Kino umbauen lassen. Bei Gelegenheit …«

»Gern«, antwortete Katharina schnell, noch bevor sie wusste, was sie da eigentlich sagte. Sie kannte diesen Mann doch kaum. Aber einem Großvater konnte man doch vertrauen, oder etwa nicht?

»Ich wusste ja, ihr würdet euch blendend verstehen«, sagte Andreas Amendt. Sie saßen in einem großen Salon vor einem flackernden Kamin. Laura nippte selig an einer großen Tasse heißer Schokolade.

Plötzlich setzte sich Paul Leydth mit Schwung auf: »Angelica, was hältst du davon, Laura deine Musikinstrumente zu zeigen?«

»Das ist eine gute Idee. Laura, hast du Lust mitzukommen?«

Das kleine Mädchen stellte die Tasse ab und rutschte abenteuerlustig vom Sofa: »Klar.«

Angelica Leydth nahm Laura an die Hand und führte sie in einen angrenzenden Raum. Paul Leydth, Katharina und Andreas Amendt blickten ihnen nach. »Ein liebes Kind«, sagte der Professor. »Aber kommen wir mal zum Grund eures Besuches. – Ihr wolltet mehr über Fischer-Lause, Henthen und ihre Forschung wissen.«

»Na ja …« Andreas Amendt zuckte mit den Schultern. »Eigentlich hat es sich schon fast erübrigt. Johanna ist kein Wunderkind.«

Paul Leydth legte die Fingerspitzen zusammen. »Hm, vielleicht bist du da etwas vorschnell.«

»Aber das Genprofil …«

»Mein lieber Andreas, schon zu meiner Zeit, mit Füller und Schreibmaschinen, konnte man medizinische Unterlagen fälschen. Und ich bin mir sicher, im Zeitalter des Computers geht das noch schneller und einfacher. Wie so vieles andere auch.«

»Du meinst …«

»Eigentlich ist es einerlei. Es kommt darauf an, was Henthen glaubt. Und offenbar liegt ihm viel an dem Kind.«

Paul Leydth lehnte sich zurück und musterte sie.

»Bitte, Paul, kein Testat«, sagte Andreas Amendt leicht genervt.

Der Professor wirkte ein wenig enttäuscht: »Früher hast du nicht so schnell aufgegeben.«

»Das hier ist doch keine Diagnose.«

»Warum nicht? Wir haben ein Problem, das wir nicht kennen. Wir haben die Symptome. Also?«

»Also was?«

»Was wisst ihr?«

Katharina knetete ihre Unterlippe: »Offenbar ist Johanna bedeutsam für Henthen. Sonst würde er nicht so ausrasten.«

»Was noch?«

»Er hat potenzielle Adoptiveltern, die das Kind unbedingt haben wollen. Und vermutlich bereit sind, dafür zu zahlen.«

Paul Leydth runzelte die Stirn: »Nicht ganz. Henthen war bereit, für das Kind zu zahlen. Über die Adoptiveltern wissen wir nichts. – Andreas?«

Der Arzt zuckte mit den Achseln: »Gut, Henthen dürfte hoch sechs- oder sogar siebenstellig verdienen. Finanzielle Probleme hat er keine, soweit wir wissen. Oder etwa doch?«

»Nicht, dass ich wüsste. Er lebt relativ bescheiden.« Paul Leydth wirkte schon sehr viel zufriedener. »Ich war so frei, ein paar meiner Bankkontakte zu befragen. Er hat keine Schulden und außerdem ein akzeptables kleines Vermögen.«

»Dann wird Geld also nicht das Motiv sein. Außer …«, dachte Katharina laut nach.

»Ja?« Paul Leydth lächelte unverbindlich.

»Außer, sein Institut steckt in finanziellen Schwierigkeiten.«

»In finanziellen nicht, nein. – Für Genetik gibt es momentan mehr als genug potenzielle Geldgeber.«

Katharina ließ sich die Worte des Professors durch den Kopf gehen: »Aber er hat andere Schwierigkeiten.«

»Ja?« Paul Leydth lehnte sich vor. »Welche könnten das sein?«

»Juristische. Wenn ich Torsten Kleinau richtig verstanden habe, ist die rechtliche Grundlage seiner Forschung alles andere als gesichert.«

»Sehr gut.«

Katharina ertappte sich dabei, dass sie sich über das Lob freute wie eine gelehrige Schülerin. »Ich nehme an, dass Henthen den legalen Bereich seiner Forschung ausgeschöpft hat.«

»Und den grauen Bereich auch, munkelt man«, ergänzte der Professor.

»Das Kind ist eine Bestechung. Um weiterarbeiten zu können, braucht Henthen die passenden Gesetze. Aber …«

»Kein Aber!«, unterbrach Paul Leydth sie.

»Bessere Gesetze im Tausch gegen ein Kind?«

Paul Leydth antwortete: »Ein genetisch optimiertes Wunschkind ist ein anständiger Preis. Wenn er den richtigen Leuten gezahlt wird.«

Andreas Amendt räusperte sich: »Die Theorie hat einen Fehler. Dazu müsste Johanna dieses Wunderkind sein. Das ist sie aber nicht.«

»Nur …«, setzte der Professor an.

»Das wissen die Eltern doch nicht«, kam Katharina ihm zuvor. »Und ich schätze mal, es gibt nicht allzu viele unabhängige Stellen, die das bestätigen können. Und wenn Henthen wirklich so eine Koryphäe ist, dann werden sie ihm wohl auch so vertrauen.«

Andreas Amendt war nicht überzeugt: »Und wenn sich das Kind nicht als Wunderkind entpuppt?«

»Dann ist es zu spät.« Der Professor fuhr amüsiert fort: »Wenn sie es überhaupt bemerken. Die Erwartungen der Eltern können ein Kind in der Entwicklung extrem beeinflussen.«

»Sie meinen, wenn die Eltern glauben, dass Johanna ein Wunderkind ist, und sie so behandeln, wird Johanna eines werden?«, fragte Katharina.

»Ziemlich genau.«

»Unglaublich.«

»Aber wahr. Nehmen Sie Andreas hier …«

»Paul, bitte.« Andreas Amendt wurde rot.

»Ach, Andreas, du bist nun wirklich das beste Beispiel. Er ist abwechselnd bei mir und bei Marianne Aschhoff aufgewachsen. Ich habe immer geglaubt, dass er ein guter Arzt werden würde, und Marianne und meine Frau haben in ihm immer einen guten Musiker gesehen. Er ist beides geworden.«

Andreas Amendt blickte zu Boden: »Ich bin kein guter Arzt.«

Der Professor wandte sich an Katharina: »Reine Koketterie. Er war einer meiner begabtesten Schüler.«

Abrupt stand Andreas Amendt auf. Er ging zu dem großen Flügel im Salon nebenan. Nicht »Autumn Leaves«, betete Katharina still für sich. Sie wurde erhört. Er spielte ein klassisches Stück, das sie nicht kannte.

Paul Leydth lehnte sich zu Katharina: »Seine zweite Lebenslüge: ein mittelmäßiger Musiker zu sein.«

Sie schwiegen und hörten zu. Nach ein paar Minuten fragte Katharina: »Was ist mit ihm passiert? Warum ist er so …?«

»Er hat im Leben zweimal alles verloren, was ihm wichtig war. Erst seine Eltern, und dann …« Paul Leydth unterbrach sich. »Ich bin ein alter Mann und rede zu viel. Er wird es Ihnen eines Tages selbst erzählen. – Sie haben noch einen zweiten Fall?«

Überrascht, aber dankbar für den plötzlichen Themenwechsel erzählte ihm Katharina von Melanie Wahrig. Sie endete mit ihrer

Theorie, dass Lauras Mutter offenbar auf der Suche nach einem passenden Erzeuger für ihr zweites Kind gewesen war.

Paul Leydth hatte die ganze Zeit nur zugehört. Als sie fertig war, sagte er: »Ihre Theorie klingt schlüssig. Sie vermuten den Täter bei den potenziellen Vätern?«

»Scheint mir naheliegend. Vermutlich hat sich einer der Männer in sie verliebt. Und als sie ihm reinen Wein eingeschenkt hat …«

Paul Leydth nickte. »Denkbar. Welche Möglichkeiten gibt es noch?«

»Haben Sie einen Vorschlag?«

»Nur eine Beobachtung, wenn Sie gestatten.«

»Natürlich.«

»Wenn ich Sie richtig verstanden habe, hat der Täter ja systematisch alle Spuren beseitigt. Oder es zumindest versucht.«

»Ja. Soweit wir sehen können.«

»Warum hat er dann die Kondome aus dem Kühlschrank nicht mitgenommen?«

»Vielleicht hat er sie übersehen.«

»Warum würde jemand, der erfahren hat, dass er als Samenspender untersucht werden soll, nicht systematisch alles nach Spuren von sich absuchen?«

»Sie meinen, dass unser Täter gerade nicht im Kreis der potenziellen Väter zu finden ist? Er hat nicht danach gesucht, weil er entweder nichts davon wusste, oder weil sie ihn nicht belasten würden?«

»Es wäre eine Möglichkeit, meinen Sie nicht?«

»Aber welches Motiv sollte er …«

»Oder sie«, unterbrach Paul Leydth sie.

»Wie kommen Sie darauf, dass der Täter eine Frau ist?«

»Ich halte es nur für möglich. Sie nicht?«

»Für die Tat braucht es schon ziemlich viel Kraft.«

»Es gibt kräftige Frauen. Aber weiter im Text: Gibt es denn Personen, die infrage kämen?«

Katharina überlegte. Was Paul Leydth sagte, war nicht falsch. Doch wen … Plötzlich fiel es ihr ein: »Tom Wahrig, Melanies Exmann. Er scheint aber ein ziemlich wasserdichtes Alibi zu haben. Er segelt gerade rund um die Welt.«

»Es gibt Häfen und Flugzeuge. – Wen noch?«

»Mir fällt niemand sonst ein.«

»Mir schon. Zwei Personen sogar.«

»Nämlich?«

»Was wissen Sie über den geheimnisvollen E-Mail-Schreiber?«

»Nichts. Nur, dass er Zugang zu einem Universitätscomputer hat. Und dass er Melanie Wahrig geliebt hat.«

»Liebe kann ein scharfes Schwert sein.«

»Aber wenn das Kind für die beiden gedacht ist …«

»Ist es das?«

Paul Leydth hatte recht. Frauen taten seltsame Dinge. Hatte Melanie Wahrig tatsächlich eine Intrige gesponnen? Hatte sie Zaphod ausgenutzt? War ihr Tod die Quittung dafür?

»Melanie kannte den idealen Vater doch noch gar nicht«, wandte Katharina ein. »Und Eifersucht kann es ja schlecht gewesen sein. Zaphod musste doch wissen, dass Melanie die Spermaproben durch Sex sammelte.«

»Deswegen sprach ich auch nur von einer Möglichkeit.«

Paul Leydth lehnte sich zufrieden in seinem Sessel zurück. Dennoch beobachtete er Katharina ganz genau.

»Sie sagten, Ihnen würden zwei Personen einfallen«, sagte sie vorsichtig.

»Nun ja, die zweite Person ist ein Schuss ins Blaue. Aber nehmen wir mal an, der Exmann war tatsächlich auf seinem Segelboot. Und nehmen wir weiterhin an, Melanie Wahrig hätte eine Intrige gesponnen. Dann gibt es noch einen Unbekannten, nicht wahr?«

Verdammt, Paul Leydth hatte schon wieder recht. Elfie LaSalle hatte es ja angedeutet: Melanie Wahrig war verliebt gewesen, und das schon seit einiger Zeit. Aber …

»Wieso kommen Sie darauf, dass Melanie Wahrig nicht in Zaphod verliebt war?«

»Welche Aufgabe hatte Zaphod in diesem Spiel?«

Katharina zuckte mit den Schultern. »Keine Ahnung.«

»Was wissen Sie über die beiden?«, fragte der Professor streng.

»Das habe ich doch schon gesagt: Zaphod liebt Melanie, sie wollen gemeinsam ein Kind, er kommt aber nicht als Vater infrage. Er arbeitet an der Uni … Scheiße! Verzeihung.«

Paul Leydth schmunzelte und fragte: »Wer?«

»Henthen ist Zaphod?«

»Es wäre eine Möglichkeit. Das müssen Sie zugeben! Denn wer könnte nützlicher sein bei der Suche nach einem Vater mit optimalen Genen als ein anerkannter Reproduktionsmediziner?«

Katharina ließ vor ihrem inneren Auge ein Bild von Henthen entstehen. Es schüttelte sie: »Wer würde sich denn in Henthen verlieben?«

»Meine Rede. Bleibt also noch eine unbekannte Person.«

»Aber Henthen ist …«

»Gleichfalls verdächtig, ja. Aber zwei Morde, völlig unzusammenhängend …«

»Ziemlicher Zufall, stimmt.«

»Was wissen Sie also über die unbekannte Person?«

»Nur, dass sie als Erzeuger nicht infrage kommt. Also ein Gendefekt.«

»Oder?«

»Oder was?«

»Sie könnte auch eine Frau sein. Aber das ist nur eine Theorie.«

Andreas Amendt hatte endlich aufgehört, Klavier zu spielen. Es war Zeit, sich zu verabschieden. Paul Leydth wollte sie noch zum Auto begleiten. Er hätte einen guten Kriminalisten abgegeben, dachte Katharina. Vor allem hatte er ihre Gedanken geordnet. Das war sonst immer Thomas' Aufgabe gewesen. Ihr Partner hatte stets alle Fakten gesammelt, sie in seiner kleinen, gestochenen Handschrift notiert, Fragen gestellt. Selten hatte er selbst Vermutungen geäußert, aber er war ein Genie darin gewesen, Katharinas Hypothesen blitzschnell anhand seiner Aufzeichnungen zu überprüfen. Katharina merkte, wie sehr er ihr fehlte, nicht nur als Partner, sondern auch als Freund.

Gedankenverloren spielte sie mit ihrem Schlüsselbund, mit der kleinen, neuen Fernsteuerung für die Zentralverriegelung. Sie waren auf der Mitte des Weges angekommen, als plötzlich …

Katharina schaute nach oben: ein Überschallknall, so laut? Dann sah sie den Feuerball über der Garage. Was war … Keine Zeit nachzudenken. Aus dem Augenwinkel sah sie etwas. Sie hechtete vor und stieß Laura, Andreas Amendt und Paul Leydth weg.

In derselben Sekunde bohrte sich an der Stelle, an der sie eben noch gestanden hatten, etwas in den Boden. Es war flach und rot lackiert: das Dach von Morris.

Katharina sprang auf und riss ihre Pistole aus der Handtasche. Sie rannte los, vorbei an der Garage. Wo Morris gestanden hatte, lagen nur noch rauchende Trümmer. Das große Gatter an der Einfahrt war durch die Explosion aufgesprungen, das Tor der Garage eingedrückt.

Katharina hörte das Quietschen von Reifen. Sie lief durch das Tor auf die Straße. Sie legte an, zielte, feuerte zwei Schüsse ab. Doch das Auto war schon um eine Kurve verschwunden. Mist! Wo waren eigentlich die Typen vom BKA?

Dann sah sie es: Sowohl Hans und Lutz als auch die Männer vom BKA hatten an der Straße geparkt, auf der gegenüberliegenden Seite des Tores. Die Wucht der Explosion war so stark gewesen, dass sie beide Autos in den Straßengraben gekippt hatte. Die BKA-Beamten krochen gerade aus ihrem Auto heraus. Schnell steckte Katharina die Pistole in ihre Jackentasche. Wo waren Hans und Lutz? Sie ging zu dem umgekippten Golf und sah, dass Lutz mit seinem Sicherheitsgurt rang.

Katharina riss an der Tür. Gott sei Dank ließ sie sich öffnen. Im nächsten Augenblick hatte sie schon ihr Taschenmesser aufgeklappt und begann, am Gurt zu sägen. Nach viel zu langer Zeit riss er endlich. Lutz kletterte aus dem Wrack, beugte sich dann gleich wieder hinein und zog Hans ins Freie. Der rührte sich nicht. Er hatte eine blutende Wunde an der Schläfe. Katharina tastete nach seinem Puls. Er schlug regelmäßig. Gott sei Dank.

Lutz hatte Hans ins Haus getragen wie ein schlafendes Kind. Paul Leydth wies ihn an, ihn auf einem Sofa in einem der zahlreichen Salons abzulegen. Dann untersuchte er die Wunde an Hans' Kopf. »Eine Schnittwunde«, stellte er fest. »Der Kopf scheint sonst nichts abgekriegt zu haben.«

In diesem Moment schlug Hans die Augen auf: »Katharina …«, stöhnte er, dann blieb ihm die Luft weg.

Katharina nahm seine Hand: »Ganz ruhig.« Mit der anderen Hand knöpfte sie sein Hemd auf. Paul Leydth betastete die Rippen und den Bauch. »Fühlt sich nicht an, als ob was gebrochen wäre, vermutlich nur eine heftige Prellung. Aber er muss ins Krankenhaus!«

»Erst müssen wir die Wunde versorgen«, sagte Katharina. »Was haben Sie im Haus?«

»Alles Nötige. Ich hole meine Tasche.« Er eilte davon, während Katharina Hans' Hemd auf die Wunde presste.

Paul Leydth war in wenigen Minuten zurück. Er warf Katharina ein paar Einweghandschuhe zu, während er selbst sie bei der improvisierten Kompresse ablöste.

»Schnell, Andreas. Du bist besser im Nähen als ich.«

Andreas Amendt zitterte immer noch, aber er atmete tief durch: »Lassen Sie mich die Wunde sehen.« Plötzlich war er die Ruhe selbst. Katharina hob die Kompresse ab. »Können Sie …«, begann er.

Doch Katharina wusste schon, was zu tun war. Behutsam schob sie die Wundränder zusammen, während Paul Leydth rings um die Wunde ein örtliches Betäubungsmittel injizierte. Andreas Amendt hatte währenddessen das Nahtgut aus seiner Verpackung befreit. Er begann zu nähen, sorgfältig, mit kleinen Stichen, Schicht um Schicht.

Katharina nahm vorsichtig die Hände weg. Die Naht hielt.

Paul Leydth sah ihr über die Schulter, während Andreas Amendt und sie Hans' Kopf verbanden: »Du hast recht, Andreas. Sie wäre wirklich eine gute Ärztin geworden.«

Das wäre jetzt eigentlich ein guter Augenblick, dachte Katharina noch, um in Ohnmacht zu fallen.

»Sie kommt zu sich.« Das war die Stimme von Andreas Amendt.

»Sind Sie sicher, dass sie nicht verletzt ist?« Die Stimme von Polanski.

»Ganz sicher.«

»Wenn doch, haben die Russen endgültig ein Problem.« Antonio Kurtz? Katharina fand es an der Zeit, die Augen zu öffnen.

Polanski und Antonio Kurtz hatten sich über sie gebeugt. Ebenso Andreas Amendt und Paul Leydth, der mit seinem besorgten Gesicht noch mehr wie ein Großvater aussah.

Katharina versuchte sich aufzusetzen, doch Andreas Amendt hielt sie sanft zurück: »Lieber nicht. Warten Sie, bis sich Ihr Kreislauf stabilisiert hat.«

Polanski hockte sich neben sie. »Wissen Sie, was passiert ist?«

»Eine Autobombe«, vermutete Katharina. »Ziemlich stark. Und irgendwie mit der Zentralverriegelung verbunden.«

»Wie konnte das passieren?« Polanski war aufgestanden und hatte die Frage in den Raum gestellt. Katharina hob den Kopf. Hans und Lutz saßen nebeneinander auf einem Sofa, die Köpfe gesenkt. Zwei weitere Männer, vermutlich die Personenschützer vom BKA, standen in einer Ecke.

»Das würde mich auch interessieren«, sagte Antonio Kurtz ärgerlich. »Hans, Lutz?«

»Weiß nicht, Boss«, antwortete Lutz tonlos.

»Aber ich«, sagte Hans. »Die beiden da wollten unbedingt unsere Papiere kontrollieren. Währenddessen müssen die Bombenleger durchgeschlüpft sein.«

Polanski und Antonio Kurtz musterten die beiden BKA-Beamten, die vermutlich einiges darum gegeben hätten, jetzt mit der Wand verschmelzen zu können.

»Nun, ein Auto mit zwei bewaffneten Insassen …«, sagte einer der beiden.

Antonio Kurtz wandte sich an Polanski: »Haben Sie denen nicht gesagt, dass sich auch noch private Sicherheitskräfte um Katharina kümmern?«

»Doch, schon. Zumindest habe ich das so durchgegeben.«

»Aber wir haben über das Innenministerium einen Hinweis bekommen, dass es sich bei den beiden um Kriminelle handeln soll«, sagte der andere BKA-Beamte entschuldigend.

»Hölsung.« Polanski und Katharina sagten es gleichzeitig. Katharina fügte hinzu: »Ich hätte ihn erschießen sollen.«

»Ich bin fast geneigt, Ihnen recht zu geben, Katharina«, knurrte Polanski. »Wenn ich den in die Finger kriege! – Ach ja …«, wandte er sich an Antonio Kurtz. »Es wäre vielleicht besser, wenn nur das BKA …«

»Kommt überhaupt nicht infrage! Sie sehen ja, was dabei herauskommt.« Kurtz drehte sich zu Hans und Lutz. »Ab sofort weicht ihr Katharina nicht mehr von der Seite. Außerdem kriegt ihr den Panzer.«

Der Panzer war Antonio Kurtz' speziell gesicherter Maybach: Panzerplatten, schussfeste Scheiben, sichere Reifen; der getunte Motor hatte mehr als sechshundert PS. Vermutlich das sicherste Auto in ganz Frankfurt. Nobel geht die Welt zugrunde, dachte Katharina.

Der Panzer hatte sie dann auch nach Hause gebracht. Hans hatte sich standhaft geweigert, in ein Krankenhaus zu gehen. Auch Lutz hatte immer noch ein schlechtes Gewissen und weigerte sich, von Katharinas Seite zu weichen, als sie ihn zu seiner Verabredung mit Elfie LaSalle schicken wollte. Katharina war zu müde und zu genervt, um ihm zu widersprechen, doch Andreas Amendt hatte eine Idee: Lutz solle den Besuch bei Elfie nutzen, etwas mehr über Melanie Wahrig zu erfahren. Sie würde hoffentlich eher reden, wenn Katharina nicht in der Nähe war.

Aber auch nachdem Lutz gegangen war, empfand Katharina ihre Wohnung als überfüllt: Hans saß mit den beiden Personenschützern vom BKA am Küchentisch und diskutierte die Vorteile der neuen MP5. Andreas Amendt versuchte, aus dem Restlebensmittelchaos etwas Essbares zu zaubern.

Einzig Laura saß schweigend im Wohnzimmer und malte. Katharina setzte sich zu ihr. Sie sah dem kleinen Mädchen zu, wie es sorgfältig Strich um Strich setzte, immer wieder innehaltend, um eine neue Farbe auszuwählen. Polanski hatte angeregt, dass Laura aus Sicherheitsgründen vielleicht doch besser in einem Heim untergebracht werden sollte. Aber Laura hatte sich weinend an Katharina geklammert. Schließlich hatte er nachgegeben.

Katharina barg das Gesicht in den Händen. Am liebsten hätte sie geheult, aber nicht vor dem Mädchen.

Plötzlich spürte sie, wie eine Hand ihr über den Kopf strich. Sie blickte auf. Laura hatte aufgehört zu malen und hockte neben ihr auf dem Sofa. »Bist du traurig, weil Morris tot ist?«, fragte sie.

Tot. Sie alle wären jetzt tot. Laura. Andreas Amendt. Wenn sie nicht zufällig mit dem Schlüsselbund gespielt und die Autobombe vorzeitig gezündet hätte. Sie zog das kleine Mädchen an sich und schloss sie ganz fest in die Arme. Sie spürte den Herzschlag, den warmen Atem. Laura lebte. Katharina schwor sich, sie nie wieder in Gefahr zu bringen.

»Ich dachte, Sie wollten vielleicht auch eine Kleinigkeit essen.«

Andreas Amendt war ins Wohnzimmer gekommen. Er reichte Laura und Katharina je einen Teller mit Nudeln und einer nach Käse riechenden Sauce.

»Sie gestatten, dass ich …?«

Katharina nickte: »Natürlich.« Andreas Amendt setzte sich in einen Sessel.

Laura kniete sich vor den Wohnzimmertisch, nahm ihren Löffel. Plötzlich blickte sie auf. »Warum mag der Paul dich nicht?«, fragte sie Andreas Amendt.

Das Kind bekam ziemlich viel mit, dachte Katharina. Was hatte Polanski zum Abschied gesagt? »Für meinen Geschmack kommen in Ihrer Gegenwart zu viele Menschen zu Schaden, Amendt.« Der Arzt hatte nicht widersprochen.

Jetzt sah Andreas Amendt das kleine Mädchen an. Katharina beobachtete ihn, sein Gesicht war undurchdringlich. »Das ist eine lange und uralte Geschichte«, antwortete er schließlich.

»Erzählst du sie mir?«

»Nein.« Er sagte es nicht schroff. Nur leise und bestimmt. Katharina fröstelte. Auch Laura betrachtete ihn argwöhnisch. Dann wandte sie sich ihrem Teller zu.

Katharina war dankbar für das Klingeln an der Wohnungstür. Sie wollte selbst hingehen und öffnen, doch Hans befahl ihr, ins Wohnzimmer zurückzukehren. Sie gehorchte.

Kurze Zeit später führte Hans Frauke Müller-Burkhardt ins Wohnzimmer. Die verliebte Staatsanwältin hatte Katharina gerade noch gefehlt. Frauke setzte sich zu Katharina und Laura aufs Sofa.

»Ich hoffe, die Bombenlegerin wird mir zugeteilt.«

»Bombenlegerin?«

»Ja. Erinnerst du dich an Andrej Chrabrijewskow?« Frauke brachte den Namen über die Lippen, ohne zu stottern.

Katharina dachte kurz nach, dann fiel es ihr ein: »Der Typ vom Dienstag. Der mich vor meiner Haustür abgepasst hat.«

»Genau der. Arbeitet normalerweise mit seiner Schwester Elena zusammen. Sprengstoffexpertin. Liegt doch irgendwie nahe, dass sie es war, die versucht hat, dich in die Luft zu sprengen.«

»Wartet mal einen Augenblick!«

Katharina nahm ihr Telefon und ging ins Gästezimmer, um ungestört zu sein. Antonio Kurtz war sofort am Apparat.

»Katharina! Bist du gut nach Hause gekommen?«

»Ja. Kennst du einen Andrej Chrabrijewskow? Oder seine Schwester Elena?«

Kurtz zog die Luft zwischen den Zähnen ein. »Natürlich«, antwortete er. »Das Pärchen, das die Russen auf dich angesetzt hatten.«

»Wusstest du, dass die Schwester Sprengstoff-Expertin ist?«

Katharina war nicht in der Stimmung, den Moment zu genießen, in dem sie ihrem Patenonkel endlich einmal um eine Information voraus war.

»Madonna ragazzi«, knurrte er. »Ich habe mir die Bande doch zur Brust genommen. Sie behaupten, sie hätten alle Hilfen für de Vega eingestellt.«

»Und du vertraust ihnen?«

»Sie vertrauen mir.« Er pausierte kurz. »Wenn ich ihnen sage, dass keiner von ihnen das Land lebend verlässt, wenn dir auch nur ein Haar gekrümmt wird. – Warte mal eben.«

Katharina hörte, wie das Telefon beiseitegelegt wurde. Dumpf klangen Gesprächsfetzen zu ihr durch. Antonio Kurtz telefonierte von seinem zweiten Apparat aus. Seine Stimme klang schroff und befehlend.

»Katharina?«, meldete er sich nach ein paar Minuten wieder. »Sie haben mir hoch und heilig versprochen, sie hätten alle Hilfe für de Vega eingestellt. Nur …« Katharina spürte die schlechte Nachricht, noch bevor Kurtz sie aussprach: »Elena ist abgetaucht. Katharina, bitte, du musst …«

»Ich weiß. Ich passe auf. Mittlerweile habe ich hier eine halbe Armee um mich herum.«

»Die Frau war beim KGB. Die kann ihren Job. – Keine Extratouren. Versprich mir das.«

»Versprochen.« Und Katharina meinte es ausnahmsweise ernst.

Eine durchgeknallte Sprengstoff-Expertin mit KGB-Training auf Rachefeldzug: Das hatte Katharina gerade noch gefehlt. Wäre sie doch Ärztin geworden. Dann könnte sie ihre Kunstfehler einfach begraben und gut.

Andreas Amendt hatte der Staatsanwältin ebenfalls einen Teller Nudeln geholt. Sie hatte die Schuhe abgestreift und aß genüsslich mit untergeschlagenen Beinen. Katharina ließ sich auf den letzten freien Sessel fallen.

»Eine Runde Mensch-ärgere-dich-nicht?«, fragte Laura.

Es wurden drei Runden, von denen Laura zwei gewann. Das Mädchen gähnte herzhaft, als sie ihre letzte Figur ins Ziel geschoben hatte. »Ich muss jetzt ins Bett«, verkündete sie und tappte aus dem Zimmer.

Katharina, Frauke und Andreas Amendt blieben sitzen und schwiegen sich an. Gut, dass das Mädchen zehn Minuten später im Pyjama und mit frisch geputzten Zähnen wieder im Raum stand: »Liest mir wer was vor?«

Katharina wollte aufstehen, doch Andreas Amendt war bereits an der Tür. Er nahm das kleine Mädchen an der Hand und ging mit ihr ins Gästezimmer.

»Interessanter Mann«, stellte Frauke sachlich fest. »Und eigentlich ganz attraktiv, findest du nicht? Zumindest für einen Mann. – Was machen deine Ermittlungen in Sachen Wahrig?«

Die Staatsanwältin kaute auf einer Haarsträhne, während sie zuhörte. Katharina berichtete ihr auch von der Querverbindung zu Henthen und Fischer-Lause.

»Ich glaube, man sollte den beiden einmal auf den Zahn fühlen«, fasste Frauke ihren Eindruck zusammen.

»Ich habe leider nichts Konkretes für eine Vernehmung.«

»Ich dachte auch eher indirekt. – Ärzte haben Patienten, nicht wahr?«

Katharina zuckte mit den Schultern: »Stimmt. Zur Fischer-Lause kann ich gehen. Aber Henthen kennt mich.«

»Mich nicht.« Frauke grinste. »Und ich glaube, ich höre plötzlich meine biologische Uhr ganz laut ticken. Da wäre doch Henthen genau der Richtige, nicht wahr?«

»Würdest du das wirklich tun?«

»Klar. Wir Schwesterhexen von Polizei und Justiz müssen doch zusammenhalten«, sagte sie ernst, nur um plötzlich laut loszulachen. »Das ist zumindest der offizielle Grund.«

»Und der inoffizielle?«

»Was tut man nicht alles, wenn man verliebt ist.«

»In wen?« Katharina wollte es eigentlich gar nicht wissen.

»In dich natürlich, Dummchen.«

Katharina stand auf. Das fehlte jetzt gerade noch!

Auch Frauke war aufgestanden. Sie stand direkt vor Katharina. »Du weißt aber ...«, begann Katharina vorsichtig. Die Staatsanwältin legte ihr die Hände auf die Schultern. »Katharina, ich bin zweiundvierzig. Keine sechzehn. Du bist halt hetero. Schade. Und träumen wird man doch noch dürfen. – Nun mach nicht so ein Gesicht und setz dich wieder hin. Sonst bekomme ich noch den Eindruck, du hast Vorurteile.« Frauke drückte sie sanft auf das Sofa. »Dein erstes lesbisches Liebesgeständnis?«

Katharina nickte. Ihr erstes Liebesgeständnis überhaupt. Bisher hatte sie sich Menschen immer gut vom Hals halten können.

»Andreas Amendt?«, fragte Frauke.

»Was ist mit ihm?«

»Habt ihr was ...«

»Nein!«

»Schade.«

Katharina fühlte sich elend für das, was sie jetzt tun würde: »Frauke? Kannst du mir noch einen Gefallen tun?«

»Klar. Immer.«

»Kannst du herausfinden, woher Andreas Amendt und Polanski sich kennen? Irgendwie werde ich den Verdacht nicht los, dass Polanski Amendt mal verhaftet hat.«

»Ich tue mein Bestes.«

»Danke.« Katharina beugte sich vor und gab der Staatsanwältin einen Kuss auf die Wange. Warum auch immer.

»So, Laura schläft jetzt. – Oh, Verzeihung, ich wollte nicht …«

Andreas Amendt stand im Türrahmen. Katharina war so verdattert, dass sie vergaß, Frauke loszulassen. Auch die Staatsanwältin starrte zur Tür.

Nach endlosem Schweigen löste sich Andreas Amendt mit einem Ruck. »Ich glaube, ich mache mich dann mal auf den Heimweg.«

Er ging nach draußen. Katharina war immer noch sprachlos. Frauke beugte sich zu ihr: »Keine Sorge, ich kläre das«, flüsterte sie. Dann rief sie laut: »Doktor Amendt, können wir uns ein Taxi teilen?«

Katharina war froh, als die Tür hinter ihnen ins Schloss fiel. Sie wusste aber nicht recht, was sie mit sich anfangen sollte. Um ins Bett zu gehen, war es noch zu früh. Außerdem hatte sie das Gefühl, ihre beiden Fälle sträflich vernachlässigt zu haben.

Was hätte Thomas jetzt gemacht? Erst mal alles aufgeschrieben. Sie holte sich ihr Notebook. Die Fakten zu Henthen und Alexandra Taboch waren rasch geordnet. Eigentlich eine ganz klare Sache. Wenn die Annahmen, die sie, Andreas Amendt und Paul Leydth entwickelt hatten, richtig waren. Fehlten nur noch die Beweise.

Sie speicherte die Datei ab. Zu Melanie Wahrig hatte sie sehr viel mehr Material. Sie notierte erst einmal alles, was sie über den Täter wusste. Dann legte sie über alle Verdächtigen ein Dossier an. Im rechten Licht betrachtet, waren es gar nicht so viele:

Thomas Hartmann, der Architekt – unwahrscheinlich. Dann die männliche Belegschaft von stop!. Und natürlich die Unbekannten. Da der Täter das Adressbuch von Melanie Wahrig hatte verschwinden lassen, würde es schwer werden, weitere Namen zu finden. Also: Erst mal auf die konzentrieren, die sie schon kannte.

Sie kopierte die Bilder, die sie bei stop! gemacht hatte, von ihrer Kamera auf den Rechner und wollte eben beginnen, sie in die einzelnen Profile einzubauen, als sie leise Schritte neben sich hörte.

Sie sah auf. Laura stand neben ihr, im Schlafanzug, mit ihrem grünen Plüschbären im Arm. »Ich kann nicht schlafen.«

Was jetzt? Heiße Milch mit Honig? Honig hatte Katharina nicht im Haus. Aber ... »Magst du einen Kakao?«

Laura zögerte: »Dann muss ich danach aber noch mal Zähneputzen.«

»Das wirst du wohl müssen«, sagte Katharina mit gespieltem Bedauern.

»Na gut.«

Das Mädchen tappte neben Katharina in die Küche. Die Leibwächterrunde war inzwischen bei seligen Erinnerungen an ihre Heldentaten angekommen. Laura musterte die drei kritisch.

»Wo ist denn Lutz?«, fragte sie.

»Ach, Lutz ist bei Elfie«, antwortete Hans leichthin.

»Mag der Lutz die Elfie?«

Hans und Katharina zuckten mit den Schultern. Schwer zu sagen, wirklich. Mal schauen, was er morgen berichtete.

Das kleine Mädchen saß auf dem Sofa und ließ die Beine baumeln. Sie nippte vorsichtig an ihrer Tasse Kakao. Schließlich sagte sie: »Ich finde das gut, wenn der Lutz die Elfie mag. Dann braucht die Elfie keine Angst mehr zu haben.«

»Wie kommst du darauf, dass Elfie Angst hat?«

»Weiß nicht. – Bin oft die Letzte im Kindergarten. Und wenn ich gehe, dann guckt sie sich immer so um und schließt ganz schnell ab. Und dann war da mal so ein Mann.«

»Was für ein Mann, Laura?«

»Weiß nicht. Aber er hat die Elfie ganz doll angebrüllt. Und die Elfie hat uns alle ins Haus geholt, als er weg war.«

Das Exmann-Phänomen. Katharina kannte das aus ihrer Arbeit nur zu gut. Insgeheim hoffte sie, dass dieser Mann auch heute Abend aufgetaucht und auf Lutz gestoßen war.

Das Kind konnte Menschen offenbar recht gut einschätzen. Verflixt, warum hatte sie nicht gleich daran gedacht? Laura war doch eine Zeugin, oder nicht?

»Laura, magst du mir mit was helfen?«

»Klar.«

»Ich möchte, dass du dir ein paar Fotos ansiehst und mir sagst, ob du die Menschen kennst.«

»Klar.« Laura rutschte neben Katharina auf den Boden. Katharina rief die Bilder auf, die sie eben überspielt hatte.

»Das ist der Papa von Torben«, sagte sie zu dem Bild von Thomas Hartmann.

»War der schon mal bei euch?«

»Nö. Ich glaub, Mama hat den nicht so gemocht. – Die ist ganz schnell mit mir weg, als der mal in den Kindergarten kam.«

Katharina begann zu tippen.

»Was schreibst du denn da?«

»Das, was du gesagt hast.«

»Ist das denn wichtig?«

»Vielleicht.«

Katharina zeigte ihr das nächste Bild.

»Das ist der Wigo. Mama hat mit dem gearbeitet. Der ist immer lustig.« Katharina tippte wieder. Und zeigte Laura Bild um Bild.

»Das ist Sven. Der macht viele Fotos. War mal bei uns, aber nicht oft.«

Hasko Beyer: »Das ist der Chef von Mama. Der spricht immer so komisch. Hat mir mal ein Malbuch geschenkt.«

»Magst du ihn?«, fragte Katharina.

»Weiß nicht.«

André Meyer: »Das ist auch ein Chef von Mama. Hat Angst vor Flecken. Und redet auch so seltsam. – Den mag ich nicht.«

»Warum?«

»Hab Angst vor dem. Irgendwie.«

Aha. Katharina tippte wieder.

Hartmut Farber: »Hartmut macht das Gleiche wie Mama. Hat sich deswegen mal mit Mama gestritten, als ich im Bett war. Ich hab sie aber ganz genau gehört.«

Ernesto Langmann, der Halbbrasilianer: »Der ist doof. Wollte immer bei uns übernachten, aber Mama wollte das nicht.«

Und zuletzt: »Das ist ja Tante Sandra. – Die war ganz oft bei uns. Die ist total nett und kann klasse Pfannkuchen backen.«

Katharina betrachtete das Foto. Tante Sandra? Hatte Laura nicht schon mal von ihr erzählt?

»Sie war mit deiner Mama befreundet?«

»Ja. Die hatten sich ganz doll lieb.«

Lieb, lieb … Da war doch was.

»Ist das die, die Frauen lieber mag?«

»Genau. Das ist aber nicht schlimm.«

Katharina lachte leise auf: »Nein, wirklich nicht.«

Laura sah grübelnd zu Katharina: »Mag die Frauke auch Frauen lieber?«

»Wie kommst du darauf?«

»Sie ist so mit dir, wie Tante Sandra mit Mama.«

Mr. P.C.

Donnerstag, 29. November 2007

»Elfie hat mich geküsst.«

Lutz war spät von seinem Rendezvous zurückgekommen und hatte sich sofort schweigend auf seine Matratze zurückgezogen. Am nächsten Morgen war er nicht viel gesprächiger. Am liebsten hätte er sich wohl sofort in den Wälzer versenkt, der vor ihm auf dem Küchentisch lag, doch Hans ließ nicht locker: »Und? Wie war's?«

»Verwirrend.«

»Nun lass dir doch nicht jedes Wort einzeln aus der Nase ziehen, Lutz. Erzähl schon.«

»Gibt nichts groß zu erzählen. Elfies Exmann ist aufgetaucht. Hab ihm die Hand gebrochen.«

»Die Hand gebrochen?«, fragte Katharina nicht ohne Genugtuung.

»War Notwehr. Hat mich angegriffen.«

»Und weiter?«

»Nichts weiter. Ist weggelaufen. Und Elfie hat mich geküsst.«

Hans drängelte: »Ja, und dann?«

»Bin ich nach Hause gegangen.«

»Aber du hast dich mit ihr verabredet?«

»So halb und halb. Für später. Wenn nicht mehr so viel zu tun ist.«

Und damit versenkte er sich wieder in sein Buch. Hans schwieg, für ihn völlig ungewohnt. Schließlich murmelte er »Typisch!«, stand auf und ging zur Küchentür.

Lutz blickte auf: »Hm?«

Hans wiederholte: »Ich sagte ›typisch‹.« Und damit ging er hinaus. Sie hörten ihn mit seiner Familie telefonieren, ihnen zärtlich »guten Morgen« wünschen.

Katharina wuste nicht recht, was sie sich unter einem Institut für Gendiagnostik vorgestellt hatte. Vielleicht die gleiche Stahl- und Glas-Kühle wie in der Abteilung von Henthen. Auf jeden Fall keine geräumige, etwas plüschige Etage einer Gründerzeit-Villa auf dem Klinikgelände.

Das Wartezimmer war völlig leer. Katharina, Lutz und Hans nutzten die Gelegenheit, noch einmal ihre Rollenverteilung durchzusprechen. Lutz und Katharina würden die kritischen Journalisten spielen, während Hans den Fotografen gab.

Ihre kleine Unterredung wurde jäh unterbrochen.

»Mein Gott, Sie sind aber gut gelungen!«

Durch die Tür des Wartezimmers steuerte eine kleine, dralle Frau in einem Arztkittel zielstrebig auf Katharina zu. Ihr graues Haar war zu einem Dutt hochgesteckt, und sie trug eine altmodische Nickelbrille. Sie streckte Katharina die Hand hin: »Halb kaukasisch, halb … Nein, sagen Sie es nicht. Koreanisch! Mutter Koreanerin, Vater Deutscher!«

Das war keine Frage, sondern eine Feststellung. Und zudem erschreckend korrekt.

»Was für eine schöne Mischung!«, schwärmte die Frau weiter. »Sie müssen mir erlauben, Sie zu fotografieren. Für meine Sammlung. – Verzeihung, ich habe mich noch gar nicht vorgestellt: Ich bin Erika Fischer-Lause. Sie sind die Journalisten?«

Katharina bejahte und stellte Hans und Lutz vor. Die Frau musterte Lutz streng. »Gute Muskulatur. Leider eine latente Neigung zur Fettleibigkeit. Da müssen Sie aufpassen, junger Mann.« Zu Hans sagte sie nichts, aber ihr Blick sprach Bände. Kein gutes Genmaterial, übersetzte Katharina für sich. Das konnte ja heiter werden.

Das Büro von Professorin Fischer-Lause mochte gut und gerne fünfzig Quadratmeter haben. Zur Hälfte war es das verkramte Arbeitszimmer eines Professors aus dem neunzehnten Jahrhundert: schwerer Eichenschreibtisch, über und über mit Büchern und Akten bedeckt; deckenhohe Bücherregale, zum Bersten gefüllt; ein Skelett an einem Ständer.

Die andere Hälfte war eine Mischung aus modernem Untersuchungszimmer und Fotostudio. In diese Hälfte lenkte die Professorin Katharina, während sie Lutz und Hans, der den emsig knipsenden Fotoreporter gab, zwei große Sessel zuwies; selbst Lutz wirkte in seinem unscheinbar.

»Na, dann wollen wir mal.« Die Professorin verschanzte sich hinter einer monströsen Großbild-Digitalkamera und richtete sie auf Katharina. »Erst mal den Kopf! Fragen Sie einfach; ich fotografiere derweilen. Bitte geradeaus schauen!«

Katharina blickte in die Kamera: »Wir haben uns intensiv mit Ihren Theorien aus ›Gute Gene‹ beschäftigt.«

»Ja? Bitte mal nach links drehen ins Profil.«

Katharina tat, wie ihr befohlen: »Wir fragen uns nun, ob es möglich ist, das ideale Kind künstlich zu erzeugen?«

Die Professorin sah erstaunt hinter ihrer Kamera hervor: »Wozu?«

»Künstliche Befruchtung und Samenbanken sind doch das Thema zurzeit. Halten Sie nichts davon?«, fragte Katharina erstaunt.

»Nichts davon halten ist zu viel gesagt. Ist aber aufwendig. Und die Risiken sind so hoch, dass sich der Aufwand meistens nicht lohnt.«

»Risiken?«

»Nun, erst mal muss die zukünftige Mutter hohe Dosen von Hormonen nehmen. Und selbst dann gibt es keine Garantie, dass ihr Körper den Embryo auch annimmt.«

»Und was macht man dagegen?«

»Das Übliche. Man pflanzt drei ein, in der Hoffnung, dass einer angenommen wird. Oft genug mit dem Resultat, dass die Mutter entweder doch kein Kind bekommt. Oder Drillinge.«

»Sie lehnen künstliche Befruchtung also ab.«

»Nein. Nicht direkt. Ich bin nur der Meinung, dass sie der letzte Ausweg sein sollte.«

»Und was wäre die Indikation?«

»Wenn einer der Partner erblich vorbelastet ist, zum Beispiel. Mit künstlicher Befruchtung kann man dann auf fremdes Erbgut zurückgreifen.«

»Mit einer Samenspende?«

»Genau. Aber auch das regelt sich in den meisten Fällen von selbst.«

»Wie meinen Sie das?«

»Nun ja, *pater semper incertum est.* Es kommt doch recht häufig vor, dass der rechtliche Vater nicht der biologische ist, nicht wahr? Und mit etwas Glück beweist die Mutter dann bei der Erzeugerwahl den richtigen Instinkt.«

»Aber wäre es nicht gerechter, wenn der Vater …«

»Gerechter ja. Aber umständlicher. Und nicht immer ist der beste Versorger auch der beste Erzeuger.«

»Aber mit künstlicher Befruchtung …«

Die Professorin lachte: »Sie sollten mit meinem Kollegen Henthen sprechen. Er ist der Meinung, dass künstliche Befruchtung der beste Weg ist. Mit dem ganzen Brimborium, das er sich so wünscht.«

»Brimborium?«

»DNA-Banken, optimale Embryo-Auswahl, Genchirurgie. Optimierte Gene für eine optimierte Rasse.«

»Und Sie teilen diese Auffassung nicht?«

»Ich halte diese Anstrengungen schlicht für überflüssig. Die Menschheit ist auch so ein gutes Stück vorangekommen, nicht wahr? Mein Gott, Sie sind wirklich gut gelungen. Noch mal nach vorn bitte. Mit geschlossenen Augen.«

Katharina drehte sich gehorsam in die gewünschte Richtung und fragte: »Und was wäre Ihre Vision?«

»Meine Vision? Die Menschen sollten endlich wieder lernen, sich die richtigen Partner auszusuchen. Und für den Rest hat uns die Schöpfung den Sex geschenkt.«

»Und was wären die richtigen Partner?«

»Beide gesund, frei von Erbkrankheiten und Risikofaktoren. Und möglichst unterschiedliche Gene. Wie bei Ihnen zum Beispiel. Jetzt einmal mit dem Rücken zu mir, bitte.«

»Und wie finden sich die richtigen Partner?«

»Meistens auf dem natürlichen Weg. Entkleiden Sie sich bitte.«

»Was?«

»Runter mit den Klamotten! So eine Figur muss doch dokumentiert werden.«

Lutz und Hans hatten sich in ihren Sesseln vorgebeugt. Fischer-Lause bemerkte die Bewegung: »Ach so, Verzeihung.«

Rasch zog sie einen Vorhang zu, der den Raum in der Mitte teilte. Katharina hörte Hans »Das ist unfair« murmeln. Etwas unsicher streifte sie ihren Rollkragenpullover über den Kopf. Schließlich stand sie nur noch in Unterwäsche vor der Professorin, die sie wohlwollend musterte: »Sehr geschmackvoll. Runter mit dem BH!«

»Was?«

»Erstens brauchen Sie keinen, zweitens verfälscht die schwarze Seide die Farbwerte.«

»Schwarze Seide?«, rief Hans vorlaut durch den Vorhang.

Was hatte der denn gedacht, was sie trug? Sportunterwäsche? Also gut, wenn es den Ermittlungen diente.

»Perfekt. Die richtige Menge in der richtigen Form an der richtigen Stelle«, sagte die Professorin begeistert. »Wo waren wir stehen geblieben?«

»Wie sich die richtigen Partner finden.«

»Ach ja. Voraussetzung ist natürlich, dass sich die Partner auf ihre Instinkte verlassen. Leider sind viele Menschen heutzutage verblendet von seltsamen Schönheitsidealen.«

»Ach ja?«

»Ja. Wenn sich immer nur große, blonde, blauäugige Menschen paaren, kann ja nur Inzucht dabei rauskommen. Diversität! Darauf kommt es an. Wie bei Ihnen.«

»So, so. Mischungen also.«

Die Professorin sah erneut hinter ihrer Kamera hervor: »Mischungen? Das klingt ja fast rassistisch!«

»Aber läuft es nicht darauf hinaus? Gute Gene für die ideale Rasse?«

»Darüber kann man geteilter Meinung sein. – Bitte mal die Arme spreizen!«

»Sie sind nicht dieser Meinung?«

»Nein, das ist eher das Gebiet von Kollege Henthen.«

Kollege Henthen? Das klang ja nicht gerade nach großer Sympathie.

»Arbeiten Sie nicht mit ihm zusammen?«

»Doch, aber deswegen muss man die Theorien des anderen ja nicht mögen. Eigentlich streiten wir uns meistens.«

»Und das gemeinsame Buch?«

»Eine Publicity-Idee der Universität.« Die Professorin schwieg und beschäftigte sich wieder mit ihrer Kamera.

»Wenn man nun die richtigen Partner hätte …«, fragte Katharina vorsichtig. »Wie stellt man dann die richtige Genkombination sicher?«

»Meistens regelt sich das natürlich.«

»Man kann also nicht nachhelfen?«

»Ach, darauf wollen Sie hinaus. Das wäre dann wieder das Gebiet von Henthen. Künstliche Befruchtung. Embryo-Selektion. Genchirurgie.«

»Und das wäre möglich?«

»Möglich? Darüber kann man geteilter Meinung sein. Es ist nicht so einfach, wie es sich anhört. Man kann nicht einfach beliebig Gene zusammenschneiden.«

»Nicht?«

Die Professorin schüttelte den Kopf. »Drehen Sie sich bitte einmal um. – Um Ihnen ein Beispiel zu geben: Sie wollen ein großes Kind? Dann macht es keinen Sinn, nur die Wachstumsgene zu manipulieren. Sondern Sie müssen das Wachstum auch begrenzen. Sonst wächst Ihnen das Kind in den Himmel und stirbt vermutlich schon, bevor es volljährig ist. Außerdem sind solche Prozederes Gott sei Dank noch illegal.«

»Noch?«

»Sie kennen das ja sicher. Forschungsstandort Deutschland! In Timbuktu ist man weiter. Diese Litanei muss ich mir vom Kollegen Henthen ja permanent anhören. Und wenn ich dann so seine Ideen sehe, hoffe ich, dass der Gesetzgeber ein letztes Quäntchen Vernunft besitzt …« Die Professorin hielt inne, während sie die Linse des Objektivs polierte.

Katharina fragte weiter: »Was würde Henthen denn bei so einem Idealpaar machen? Wenn sich nicht alles natürlich regeln sollte, meine ich?«

»Künstliche Befruchtung. Den optimalen Embryo auswählen. Hoffen, dass er angenommen wird. Theoretisch.«

»Theoretisch?«

»Die Genanalyse von Embryos ist extrem schwierig und nicht ganz frei von Risiken. Sie müssten sie sehr viel länger außerhalb der Mutter aufbewahren.«

»Wäre das möglich?«

»Nun ja, die Präimplantationsdiagnostik ist schon recht weit fortgeschritten. Aber in dem Umfang, in dem Henthen sich das wünscht, ist das ein ziemliches Risiko für den Embryo. Ideal wäre eine Analyse aus einer einzelnen Zelle, um den Embryo nicht unnötig zu belasten.«

»Und ist das machbar?«

»Nun, man forscht dran.«

»Wo?«

»Genau genommen? Hier. Ein Doktorand von mir forscht über die Genanalyse aus einer einzigen Zelle. Wenn er auch vermutlich eher darüber nachdenkt, das Ganze für die forensische Genetik einzusetzen, seitdem er im Institut für Rechtsmedizin sitzt. – Unser Genlabor ist uns weggenommen und in die Gerichtsmedizin gesteckt worden. Darüber sollten Sie schreiben. Ein echter Skandal.«

»Das Kompetenzzentrum DNA …«, begann Katharina vorsichtig.

»… ist eigentlich unser Labor. Jetzt dürfen wir es nur noch gelegentlich benutzen. – Ach, sind Sie schön! Sie sind bestimmt sehr selten krank, nicht wahr?«

»Ja, eher selten.«

»Kurz- oder weitsichtig?«

»Nein.«

»Irgendwelche Erbkrankheiten oder Diabetes in der Familie?«

»Nicht dass ich wüsste.«

»Ihre Eltern sind wohlauf?«

»Nein. Sie sind gestorben.«

»Das tut mir leid. Darf ich fragen, woran?«

»Bei einem Verkehrsunfall«, log Katharina rasch.

»Gott sei Dank. Ich meine, das ist schrecklich, aber Schicksal. Was gäbe ich für Ihr DNA-Profil! – Haben Sie Kinder?«

»Nein, ich …«

»Na, dann aber los!« Die Professorin musterte sie streng. »Sie sind doch für Männer empfänglich?«

»Sie wollen wissen, ob ich heterosexuell bin?« Katharina verkniff sich ein Aufstöhnen. »Natürlich.«

Die Professorin war erleichtert: »Wenigstens das. Alles andere wäre Verschwendung. Aber nicht verheiratet?«

»Nein.«

»Liiert?«

Katharina schwieg.

»Single?«, fragte die Professorin empört. »Nehmen Sie es mir nicht übel, aber das ist ein Skandal! So eine Vergeudung.«

»Es hat sich wohl noch nicht der Richtige …«

»Weil Sie sich nicht genügend Mühe geben!«

»Was?«

»Schauen Sie sich doch an! Ihre Kleidung! Ihre Frisur!«

Katharina war gerade dabei, sich wieder anzuziehen: »Was ist damit?«

»Die Unterwäsche stimmt. Aber damit hat es sich auch. Jeans! Rollkragenpullover! Lederjacke! Turnschuhe! Pferdeschwanz!« Die Professorin spuckte die Worte aus. »Das schreit doch alles ›Rühr mich nicht an‹! Und dann diese Körperhaltung. Als würden Sie permanent Kampfsport machen. Völlig unweiblich. So eine Verschwendung. Sie tragen auch eine Verantwortung!«

»Ja?«, knurrte Katharina.

»Ja! Den Genen kommender Generationen gegenüber. Oder wollen Sie eine Welt voller bulimischer Models?«

Wider Willen lachte Katharina schallend.

»Sehen Sie?«, sagte die Professorin versöhnlich.

»Und mein richtiger Partner? Wie wäre der?«, fragte Katharina schließlich, während sie sich die Schuhe zuband.

»Das werden Sie wissen. Das ist uns genetisch so einprogrammiert.«

»Ernsthaft?«

»Ja! Wenn Sie einen Mann unbedingt küssen wollen, küssen Sie ihn! Folgen Sie Ihrem Begehren!«

»Küssen?«

»Ja. Denn die Schöpfung hat uns Geschmacks- und Geruchssinn gegeben. Und wenn der Partner gut schmeckt und angenehm riecht …«

Katharina fiel unwillkürlich ein, wie Andreas Amendt sie vor fast einer Woche aufgefangen hatte. Sie verdrängte den Gedanken gleich wieder.

»Wenn der Kuss perfekt ist, ist der Partner perfekt«, resümierte die Professorin.

»Leider sind perfekte Küsse nicht so häufig.«

»Ja, leider. – Aber so, wie Sie genetisch strukturiert sind, ist die Chance, einen passenden Partner zu finden, recht hoch.«

»Wenn Sie meinen.«

»Ja, meine ich. Also: Gehen Sie hin und paaren Sie sich!«

Auf dem Weg in die Gerichtsmedizin kicherten Lutz und Hans ununterbrochen.

»Gehe hin und paare dich«, murmelte Hans.

»Minirock«, ergänzte Lutz.

»Stöckelschuhe.« – »Make-up.« – »Aber die Unterwäsche stimmt.« – »Wenigstens etwas.« – »Jazzdance. Aerobic.«

»Genug!«, raunzte Katharina die beiden an. »Das war völlig vergeudete Zeit.«

»Nicht ganz«, sagte Lutz, immer noch grinsend.

»Fang nicht schon wieder an!« Katharina wirbelte herum, willens, ein paar Knochen zu brechen. Doch Lutz hielt ihr eine CD hin: »Die Akten über Melanie Wahrig und Alexandra Taboch. Ich war so frei. Frau Fischer-Lause war netterweise eingeloggt.«

Katharina wollte nach der CD greifen. Lutz zog sie weg: »Und wir wissen jetzt von deiner schweren Verantwortung den Genen kommender Generationen gegenüber.«

Katharina trat ihm vors Schienbein. Er ließ die CD fallen, die sie rasch auffing, und hüpfte auf einem Bein. »Das war gemein.«

Katharina grinste boshaft: »Ja, das war es. – Aber was haltet ihr von Frau Fischer-Lause?«

»Süßes Ömchen«, murmelte Lutz. »Predigt freie Liebe und natürliche Fortpflanzung.«

»Freie Liebe?«

»Sie hat doch gesagt, du sollst Männer küssen, was das Zeug hält. – Davon steht aber wenig in ›Gute Gene‹.«

»Ich mutmaße mal, dass der Henthen da federführend war«, sagte Katharina.

»Glaub ich nicht. Der ist zu dumm.«

»Zu dumm?«

»Das Buch beginnt mit einem Zitat von Peter Singer. Aber der Name sagte ihm überhaupt nichts. Wette, der hat das Buch von einem Assistenten schreiben lassen. Kommt vor. Und –«

Katharina unterbrach ihn: »Was hast du gerade gesagt?«

»Dass das Buch nicht von den beiden stammt. Ist das wichtig?«

Katharina hatte sich an das Gespräch mit Paul Leydth erinnert. An den potenziellen Unbekannten: »Vielleicht.«

»Apropos Kuss«, fragte Hans Lutz nach einer Weile des gemeinsamen Schweigens. »Wie war denn der Kuss mit Elfie?«

Lutz' Wangen röteten sich leicht. »Gut«, antwortete er knapp.

Katharina konnte es sich nicht verkneifen: »Dann gehe hin und paare dich!«

Kaum hatte Katharina Andreas Amendts Vorzimmer betreten, fand sie sich in einer Umarmung wieder. Der Arzt presste sie fest an sich. Katharina erstarrte.

Endlich ließ er Katharina los und stellte sie auf ihre Beine, sie immer noch sanft an den Schultern haltend. »Entschuldigung«, sagte er leise. »Aber ich habe mir Sorgen gemacht.«

Katharina machte einen raschen Schritt zurück: »Schon gut.« Ihre Wangen glühten.

»Wenn Ihnen und Laura etwas passiert wäre – *Was?*«, bellte er plötzlich. Katharina erschrak, doch er meinte nicht sie, sondern Djeannie, die hinter ihrem Schreibtisch saß, das Kinn in die Hände gestützt, und verträumt lächelte.

»Nichts«, sagte sie rasch und widmete sich wieder ihrem Computer.

»Djeannie glaubt, wir wären das ideale Paar«, erklärte Andreas Amendt entschuldigend.

»Gehe hin und … *Aua!*« Lutz hatte Hans etwas unsanft daran gehindert, den leise gemurmelten Satz zu Ende zu sprechen. Das war auch besser so.

Glücklicherweise klingelte in diesem Moment Katharinas Handy: Frank Grüngoldt. Er hatte einen Systemadministrator von der Uni aufgetrieben.

Neben dem schlaksigen Frank Grüngoldt wirkte Gabor Weininger noch massiver. Der Systemadministrator war so groß wie Lutz und mindestens ebenso schwer, allerdings war der Großteil seiner Masse Körperfett. Er schnaufte angestrengt: »Wo brennt's denn?«

Frank gab ihm Ausdrucke der E-Mails, die sie auf dem Rechner von Melanie Wahrig gefunden hatten.

»Hm. Stammt wirklich vom Universitätsgelände. Das da ist einer von unseren Routern.« Gabor Weininger deutete auf eine Zahl.

»Und der Absenderrechner?«, fragte Katharina.

»Moment! Ich darf mal?« Ohne die Antwort abzuwarten, wuchtete er sich hinter Andreas Amendts Rechner und begann zu tippen. Endlich schnaufte er wie ein zufriedenes Walross.

»Ziemliches High-End-Teil. Hat alles, kann alles. Spezialanfertigung bei uns aus der Werkstatt.«

»Das können Sie so direkt sagen?«, fragte Katharina erstaunt.

»Klar. Bei uns haben alle Rechner eine feste IP. Unser System ist ziemlich organisch gewachsen. Dynamische Vergabe wäre fast nicht mehr möglich. Alles Kraut und Rüben.«

»Können Sie auch sagen, wo der steht?«

»Klar. Institut für Reproduktionsmedizin, Raum F.«

»Henthen«, stellte Andreas Amendt mäßig überrascht fest.

»Steht hier nix von. Aber wenn Sie das sagen …«

»Und wie kommen wir jetzt da ran? Das Institut ist ziemlich abgesichert.«

»Das ist kein Problem«, sagte Gabor Weininger vergnügt.

Der Systemadministrator riss die Stahltür zum Institut für Reproduktionsmedizin auf. Mit großen Schritten stapfte er auf die Glaskanzel zu. Die Schwester dahinter fuhr erschrocken zurück. Er knallte seinen Uni-Ausweis auf den Tresen.

»Einer eurer Rechner hat einen verfickten Virus!«, schnauzte er. »Legt uns das ganze Teilnetz hier lahm. Wir müssen in Raum F.«

»Aber –«

»Nix aber! Tür auf! Wir konnten das Ding gerade noch vor der Intensivmedizin abfangen. Wissen Sie, was das heißt?«

Die Schwester schüttelte ängstlich den Kopf.

»Das heißt, dass heute beinahe jemand krepiert wäre, weil irgendein Depp hier seinen Schwanz nicht in der Hose lassen konnte und ungesichert auf einer Porno-Seite gesurft ist.«

Die Schwester lief rot an.

»Also Tür auf!«

Der Summer ertönte. Gabor Weininger wuchtete sich durch die Tür.

»Raum F?«, bellte er knapp.

»Geradeaus, die fünfte Tür links.«

»Ist offen?«

Ängstlich streckte ihm die Schwester eine Code-Karte hin. Er riss sie ihr aus der Hand. Dann stapfte er den Gang hinunter. Katharina und Frank folgten ihm.

Raum F hatte kein Türschild. Gabor Weininger stieß die Tür auf: Der Raum war leer bis auf ein paar Kartons in einer Ecke. Offenbar hatte hier noch nie jemand gearbeitet. Selbst die Leitungen waren neu, die Steckdosen noch versiegelt. Und wo war der Rechner?

Gabor Weininger machte auf dem Absatz kehrt und walzte mit dem Tempo und der Lautstärke einer überhitzten Dampflokomotive zurück zum Eingang des Instituts. Bedrohlich lehnte er sich über die Schwester: »Wo sind die Rechner aus Raum F?«

»Ich … ich weiß nicht. Ich arbeite erst seit einem halben Jahr hier. Der Raum war immer leer.«

»Und wer weiß es?«

»Da müssten Sie Professor Henthen fragen.«

»Und wo steckt der?«

»Auf einer Konferenz in Barcelona. Bis Sonntag. Ich kann aber eine Nachricht …«

»Vergessen Sie's! Ich reiße ihm am Montag selbst den Kopf ab.«

»So ein Mist!« Kaum waren sie in Andreas Amendts Büro zurückgekehrt, hatte sich Gabor Weininger wieder hinter den Rechner geworfen. Katharina blickte ihm über die Schulter. »Was ist?«

»Die blöde Kiste ist im Netz und aktiv. Lässt sich problemlos anpingen.«

»Lässt sich was?«, fragte Andreas Amendt.

»Anpingen«, wiederholte der Systemadministrator genervt.

»Man schickt ein Probesignal an die Adresse des Rechners und schaut, ob der Empfang bestätigt wird«, erklärte Katharina. »Anpingen ist doch gut, oder? Mit 'nem Traceroute …«

»Du kennst dich aus, was? Tja, Asia-Chicks! Normalerweise würde ich sagen, klar. Wir gucken einfach, an welchem Switch die Kiste hängt.«

»Er meint so eine Art Stellwerk«, sagte Katharina, bevor Andreas Amendt fragen konnte. »Aber?«, wandte sie sich wieder an Gabor Weininger.

»Das Netz der Uniklinik ist vor Kurzem erneuert worden.«

»Und?«

»Der übliche Mist. Erst warten wir monatelang auf die Freigabe, und dann muss alles an einem Wochenende geschehen. Wir haben die Kisten am Fließband programmiert; dann sind wir durch die Gegend gerast und haben sie eingebaut. Dabei hat natürlich niemand die Standorte aufgeschrieben. Wir wollten das immer nachholen, hatten aber bisher nicht die Zeit dazu.«

Andreas Amendt räusperte sich: »Aber es muss doch irgendwo stehen, wofür der Rechner ursprünglich mal gedacht war.«

»Nicht bei uns. Wir kriegen die Anforderung, bauen das Ding zusammen und liefern aus. Und die hier …«, er deutete auf den Bildschirm, »… waren besonders paranoid. Keine Installation. Wurde hausintern gemacht. Auch die ganze Software.«

Katharina hatte einen Einfall: »Bei uns im Polizeipräsidium können sich die Admins von ihrem Arbeitsplatz aus in die Rechner einloggen, wenn es Probleme gibt.«

»Gute Idee. Du bist wirklich 'ne Bulette und keine Technikerin?« Der Systemadministrator tippte emsig auf der Tastatur. Plötzlich schlug er mit der Faust auf den Tisch. »Was für ein Arschloch! Aber begabt. Die Fernwartung ist nicht nur deaktiviert, das Ding sitzt hinter einer eigenen Firewall, die ich hier noch nie gesehen habe. Da hat aber einer wirklich was zu verbergen.«

»Und wer könnte das sein?«

»Keine Ahnung. Die Mediziner hier sind eigentlich alle etwas paranoid, wegen Vertraulichkeit der Patientenakten und so. Außerdem findet hier ziemlich viel Forschung statt.«

»Der Rechner könnte also überall stehen.«

»Ja. Und dahinter sitzt jemand, der besser ist als ich«, knurrte Gabor Weininger mit dem Ton eines mordsüchtigen Tyrannen und starrte wieder auf den Bildschirm.

»Ich glaube, ich muss Sie noch mehr frustrieren.« Andreas Amendt berichtete von den manipulierten Patientenakten, von den gelöschten Daten in der Radiologie. Gabor Weininger hörte zu, mit den Zähnen auf den Knochen eines unsichtbaren Feindes mahlend. Dann dreht er sich wieder zum Rechner um: »Geht Kaffee trinken oder ein paar Tote aufschneiden. Das hier dauert 'ne Weile.«

Sie hatten sich um Djeannies Schreibtisch versammelt, um Gabor Weininger in Ruhe arbeiten zu lassen. Katharina berichtete von ihrem Besuch bei Fischer-Lause, ließ dabei jedoch die pikanteren Details aus.

»Ich denke, wir können sie getrost von unserer Verdächtigenliste streichen«, sagte sie abschließend.

»Sehe ich auch so«, stimmte Andreas Amendt zu, der sich die CD mit den Patientenakten angesehen hatte. »Beide sind nur regulär von Fischer-Lause untersucht worden. Vorbeigeschickt von Henthen. Bei Melanie Wahrig steht allerdings der Vermerk ›Ehepartner erblich vorbelastet‹. Und ›Wünscht künstliche Befruchtung. Keine medizinischen Einwände‹.«

Lutz fragte unsicher: »Meinst du, die Fischer-Lause hat ihr auch die ...« Er brach ab.

»Die was?«, fragte Katharina.

»Du weißt schon.«

Katharina verstand endlich: »Doch. Möglich ist es.«

»Möglich ist was?«, fragte Andreas Amendt.

Wie formulierte Katharina das jetzt am unverfänglichsten? »Nun, sie hält viel davon, dass –«

»... dass man küssen soll, was das Zeug hält«, fiel Hans ihr ungeduldig ins Wort. »So findet man den richtigen Partner. Das hat sie zumindest Katharina empfohlen.«

Nun ja, es war raus, dachte Katharina. »Wenn sie Melanie Wahrig Ähnliches geraten hat ...«

»Das würde zumindest die Polygamie erklären«, sagte Andreas Amendt. »Die Suche nach dem idealen Vater. – Nur mal so als Idee: Was ist, wenn die Fischer-Lause sie unterstützt hat? Inoffiziell? Trauen Sie ihr das zu?«

»Sie meinen, ob Fischer-Lause unser Unbekannter ist? Glaube ich, ehrlich gesagt, nicht. Eine nette ältere Dame. Nicht gerade der Typ für eine Fortpflanzungsverschwörung«, fasste Katharina ihren Eindruck zusammen.

Endlich sprang die Tür zu Andreas Amendts Büro auf.

»Koffein!«, stöhnte ein schweißnasser Gabor Weininger. Djeannie drückte ihm eine große Tasse in die Hand, die er mit gierigen Schlucken austrank. Er atmete tief ein: »Das war nötig. Guter Kaffee. Also ... der Typ war echt raffiniert. Hat sich über eine Administratorenhintertür ins Zentralsystem eingeloggt. Dann hat er die beiden Akten wieder auf lebendig gesetzt und in der Radiologie einen Totalausfall simuliert. Sogar die Back-ups hat er bearbeitet. Hat das Ganze nach Fehlbedienung oder Stromausfall aussehen lassen. Ziemlich gut und gründlich, der Typ.«

»Wissen Sie, wer es war?«

»Er hat zwar alle Logs im System verändert, aber das Portal, durch das er reingekommen ist, hat er vergessen. Es ist wieder unser Rechner, der eigentlich im Raum F stehen sollte.«

Katharina überlegte: »Warum gehen wir eigentlich immer von einem Mann aus?«

»Das ist ein Kerl. Ganz bestimmt. Wenn die Frau hier an der Uni wäre und so gut hacken kann, dann würde ich sie kennen. Hacker-Chicks sind selten.«

Andreas Amendt fragte überrascht: »Warum sollte es eine Frau sein?«

Katharina berichtete von Paul Leydths Ideen, die er am Vortag geäußert hatte.

»Eine lesbische Hacker-Chick? Was für eine Verschwendung«, grummelte Gabor Weininger. »Was für eine Verschwendung. – Ich hab Hunger.«

Vielleicht war Hunger nicht ganz das richtige Wort. Gabor Weininger hatte das Büfett der Krankenhaus-Cafeteria leer gekauft: Sein Tablett war mit zahlreichen belegten Brötchen, einem doppelten Wiener Schnitzel, mehreren Puddings, zwei Milchgetränken sowie einer Literflasche Cola beladen.

»Bin nicht gewohnt, so herumzurennen«, sagte er entschuldigend. »Muss die Kalorien wieder auffüllen.«

»Nur zu.« Andreas Amendt wandte sich von dem Schauspiel ab, das Gabor Weininger bot, als er nicht ohne Eleganz Nahrungsmittel um Nahrungsmittel verschwinden ließ, und sagte zu Katharina: »Ich glaube, Sie könnten mir einen Gefallen tun. Ich muss morgen früh meine Vorlesung halten. Leichenschau für Dummies. Und ich habe keinen Toten, an dem ich irgendwas zeigen könnte. Da dachte ich, wir könnten eine kurze Lektion einfügen über polizeiliche Arbeit. Sie wissen schon: warum eine gründliche Leichenschau wichtig ist, worauf Sie als Polizistin achten, wie man Spuren möglichst wenig verwischt und so weiter.«

»Klar, gerne.« War ihre Stimme immer schon so hoch gewesen? Egal! Katharina nickte. »Kommen Sie doch einfach heute Abend zum Essen vorbei. Dann können wir alles durchsprechen.«

In diesem Moment klingelte Katharinas Handy. Frauke, die verliebte Staatsanwältin: »Ich komme gerade von diesem Henthen. Kann ich heute Abend vorbeikommen, um zu berichten?«

Andreas Amendt war etwas früher gekommen, um während des Kochens mit Katharina die Vorlesung durchzusprechen. Sie würde hoffentlich lehrreich, aber auf jeden Fall unterhaltsam werden. Katharina ertappte sich dabei, sich auf die schockierten Gesichter der armen Studenten zu freuen.

Frauke war zu ihnen gestoßen, sie hatten gegessen. Dann hatten sich Hans, Lutz und Laura ins Wohnzimmer gesetzt, um *Bambi* zu schauen.

Die Staatsanwältin wollte endlich mit ihrem Bericht loslegen, doch Katharina plagte eine ganz andere Frage: »Ich dachte, der Henthen wäre gar nicht im Haus. Die Sekretärin hat uns also angelogen.«

»Was hat sie noch mal gesagt?«, fragte Andreas Amendt.

»Er wäre auf einer Konferenz in Barcelona.«

Der Arzt lachte auf: »Ach, das bedeutet nur, dass der Gesuchte zwar da ist, aber nicht behelligt werden will. Eine Standardausrede. – Djeannie schickt mich übrigens immer auf die Malediven. Sie meint, etwas Sonne würde mir guttun.«

Andreas Amendt würde ein leicht gebräunter Teint wirklich gut stehen. In ihrem Kopf hörte Katharina urplötzlich Fischer-Lause sprechen. Ihn küssen? Einfach so? So weit kam es noch. Dankbar hörte sie Frauke zu.

»Mein Gott, war das gruselig. Wenigstens hat er auf eine Untersuchung verzichtet. Diese Wurstfinger …« Die Staatsanwältin schüttelte sich. »Also gut. Ich hab ihm das Übliche erzählt, von wegen biologischer Uhr und so. Und dass ich mir ein Kind wünsche. Außerdem habe ich diskret fallen lassen, dass Männer nicht so mein Ding sind. Da wollte er erst das Gespräch beenden, bis ich gesagt habe, was ich mache. Und dass ich bereit bin, gut zu zahlen. Das Geld schien ihm nicht so wichtig, aber eine Oberstaatsanwältin? Dachte mir, dass er so einen Kontakt brauchen kann.

Dann habe ich ihm erzählt, wie mein Wunschkind sein soll. Er meinte, mit einer guten Samenspende wäre da schon einiges zu machen. Ich müsste mich aber einer Hormonbehandlung unterziehen, und das Risiko, das Kind zu verlieren, sei sehr hoch. Dann habe ich gefragt, ob man die Eigenschaften eines Kindes eigentlich genau bestimmen kann. Da hat er etwas von Zufallsfaktor erzählt. Gene könne man nicht genau manipulieren. Noch nicht. Dann ist er mit der Sprache rausgerückt. Die Technik sei eigentlich so weit. Durch die Art der Befruchtung, die Auswahl des richtigen Embryos und ein bisschen Manipulation käme man ziemlich dicht an das Idealbild heran. Aber er dürfe so etwas leider noch nicht. Die Gesetze würden jedoch bald geändert werden, auch auf seine Anstrengungen hin. Und dann sei der Weg frei für Kinder mit optimalen Genen.«

Andreas Amendt und Katharina atmeten gleichzeitig schwer aus. Genau, was Paul Leydth vermutet hatte. Henthen betrieb seine eigene Form von Lobby-Arbeit.

»Die Fischer-Lause wird hellauf begeistert sein«, sagte Katharina.

»Nach ihr habe ich ihn auch gefragt. Er ist gar nicht gut auf sie zu sprechen. Sagte, sie seien Wissenschaftler und kein Partner-Vermittlungsinstitut. Wie dem auch sei, ich habe bei Henthen Melanie Wahrig als Referenz angegeben. Der Name schien ihm nichts zu sagen. Oder er ist ein extrem guter Pokerspieler.«

Katharina kramte in ihrem Gedächtnis. Was hatte Lutz gesagt? Spielt oft im Goldtaler? Also eher nicht.

»Bei Melanie Wahrig können wir ihn, glaube ich, von der Liste der Verdächtigen streichen«, fasste Andreas Amendt zusammen.

Katharina stimmte ihm zu: »Und so wenig, wie sein Computer abgesichert war, ist er bestimmt auch kein begnadeter Hacker.«

Damit blieb nur einer der potenziellen Väter. Oder der große Unbekannte. Schon wieder in der Sackgasse.

Katharina wurde durch einen leichten Tritt gegen ihr Schienbein aus ihren Gedanken gerissen. Frauke sagte: »Katharina, kann ich dich mal kurz unter vier Augen sprechen? Wegen deiner Anhörung?«

Etwas widerwillig wollte Katharina die Oberstaatsanwältin in das Gästezimmer lotsen. Doch Frauke nahm sie bei der Hand, zog sie ins Badezimmer und schloss die Tür leise ab. Sie flüsterte: »Du hast mich doch gestern um einen Gefallen gebeten? Weißt du noch?«

Katharina fiel es wieder ein. Andreas Amendt und seine Verbindung zu Polanski. Die Staatsanwältin sprach schnell und leise: »Andreas Amendt ist mal festgenommen worden und saß in U-Haft.«

»Weswegen?«

»Ich weiß es nicht; die Akte ist nicht bei uns, und die Computereinträge sind lückenhaft. Aber Polanski war der zuständige Sachbearbeiter. Das Ganze war eine Angelegenheit vom KK 11.«

KK 11? Kapitalverbrechen. Das hieß Mord oder Totschlag.

»Und weiter?«

»Wenn ich die paar Informationen, die ich finden konnte, richtig interpretiere, war Andreas Amendt der Hauptverdächtige. Die Akte ist noch offen. Und wann hast du je erlebt, dass Polanski sich bei seinen Festnahmen geirrt hätte?«

Katharina ging wie auf Watte zurück in die Küche. Polanski irrte sich in der Tat selten. Hatten vielleicht nur die Beweise nicht für eine Anklage ausgereicht? War Andreas Amendt ein … Sie weigerte sich, die Frage zu Ende zu denken. Mit Schwung setzte sie sich wieder auf ihren Platz.

»Danke dir, Frauke. – Für deine Recherche.«

»Nichts zu danken. Es hat wirklich Spaß gemacht, Detektiv zu spielen. Zum Ermitteln komme ich ja viel zu selten«, sagte Frauke munter. »Aber eine Frage: Darf ich mal mit auf den Schießstand?«

In diesem Augenblick kam Laura panisch in die Küche gelaufen: »Du musst ganz schnell kommen. Hans und Lutz …«

»Bleib in der Küche, Laura. Und macht die Tür zu.«

Katharina blickte in den Flur. Nichts. Verdammt, wo war ihre Waffe? Handtasche, richtig. Durchladen. Entsichern. Vor der Wohnzimmertür blieb sie stehen. Was würde sie erwarten? Egal. Hans und Lutz waren ihre Freunde. Sie trat die Wohnzimmertür auf und sprang hinein, die Waffe im Anschlag.

Hans und Lutz starrten sie erschrocken an. Ihre Gesichter waren … feucht? Sie weinten?

Niemand sonst war im Raum. Katharina ließ die Waffe sinken und warf einen Blick auf den Fernseher. Bambis Mutter war eben vom bösen Jäger erschossen worden. Waidmanns Heil.

Laura kam hinter ihr ins Zimmer gedüst: »Die heulen ganz doll«, schloss sie ihre Botschaft ab.

Katharina atmete kräftig durch, zählte im Geiste bis zehn, ging gemessenen Schritts in ihr Schlafzimmer, schloss die Tür und zog ihre Schuhe aus. Dann ließ sie sich auf ihr Bett fallen und lachte so lange, bis ihre Bauchmuskeln den Dienst verweigerten und die Tränen kamen.

Love's Haunts

Freitag, 30. November 2007

»Wissen Sie, was der texanische Sheriff über die Leiche eines Schwarzen mit zwölf Messerstichen im Rücken sagte?« Andreas Amendt kostete die Pointe aus: »So einen grausigen Selbstmord hätte er noch nie gesehen.«

Die Reaktionen der Studenten waren durchwachsen. Die meisten schwiegen, einige kicherten unsicher, zwei junge Frauen plusterten sich auf, um sich politisch korrekt zu empören.

Doch Andreas Amendt ließ sie nicht zu Wort kommen: »Ersetzen Sie ›texanischer Sheriff‹ durch ›deutscher Arzt‹ und den Schwarzen durch einen beliebigen Verstorbenen, und Sie haben das typische Bild einer hiesigen Leichenschau. Und darüber wollen wir heute reden. Über Bequemlichkeit, Schlamperei, Vorurteil und Unkenntnis. Also, direkt in medias res.«

Er drückte auf eine Taste. Ein Projektor warf das Bild eines älteren Mannes an die Wand: »Rolf S. lag eines Morgens tot in seinem Bett im Altersheim; seine Herzprobleme waren dem herbeigerufenen Arzt bekannt. Also schrieb er Herzinfarkt auf den Totenschein, ohne sich die Leiche gründlich anzuschauen. Erst der Bestattungsunternehmer bemerkte das Blut im Bett – Rolf S. war durch einen Stich ins Herz verstorben. Aus diesem Fall lernen Sie zwei Dinge. Erstens: Auch beim Rommé sollten Sie nicht betrügen. Zweitens?«

Er deutete ins Publikum. Der dicke Student, der in der letzten Vorlesung umgekippt war, antwortete stotternd: »Dass die Leichenschau immer gründlich sein muss? Von allen Seiten? Bei unbekleideter Leiche?«

»Sehr gut. Und unser nächster Fall: Dieser Mann …«, er zeigte ein neues Dia, »… war obdachlos. Er lebte in einem Abbruchhaus. Dort haben ihn Freunde tot aufgefunden. Die äußeren Anzeichen wiesen auf einen Schlaganfall hin. Und das wollte der Arzt auf den Totenschein schreiben, bis er Verletzungen an den Fingerknöcheln des Toten bemerkte. Tatsächlich war der Mann ein paar Tage zuvor in eine Schlägerei geraten. Todesursache, meine Herrschaften?«

Niemand meldete sich. Schließlich hatte Katharina, die bis dahin still in der ersten Reihe gesessen hatte, Mitleid.

»Schädel-Hirn-Trauma?«, fragte sie rhetorisch.

»Warum?«, fragte Andreas Amendt streng zurück.

»Schädelverletzungen sind nicht immer sofort tödlich. Äußere Verletzungen wie etwa Prellungen können durch die Haare verdeckt werden. Und oft haben die Verletzten zunächst nur Kopfschmerzen und werden selbst von erfahrenen Ärzten nach Hause geschickt.«

»Sehr gut.« Er wandte sich an die Studenten. »An dieser Stelle möchte ich Ihnen jemanden vorstellen, der diese Vorlesung heute Morgen mit mir zusammen halten wird: Kriminalhauptkommissarin Katharina Klein vom KK 11 der Frankfurter Kriminalpolizei.«

Katharina stand auf und stellte sich an die Seite von Andreas Amendt. Die Studenten schauten einander überrascht an. Einer flüsterte leise: »Die Killer Queen.«

»Wer weiß, was ein ›masurisches Handtuch‹ ist?«, fragte Katharina, ihren Spitznamen überhörend. Niemand meldete sich.

»Ein ›masurisches Handtuch‹ ist einfach ein nasses Handtuch. Eine hinterhältige Mordwaffe. Kann sich jemand denken, warum?«

Eine Studentin meldete sich schüchtern: »Wenn jemand mit einem nassen Handtuch erwürgt wird, entstehen keine Würgemale? – Das habe ich mal in einem Krimi gelesen.«

Katharina schmunzelte: »Auch wenn in Krimis meistens hanebüchener Unsinn steht: In diesem Fall haben Sie recht. In einem meiner ersten Fälle hier in Frankfurt war ein ›masurisches Handtuch‹ die Mordwaffe. Auch hier hatte der Arzt einen Herzanfall attestiert und die Leiche freigegeben. Zum Glück war sie für eine Feuerbestattung vorgesehen.«

Andreas Amendt unterbrach sie und fragte die Studenten: »Warum ›zum Glück‹?«

Keine Antwort.

»Okay! Das Testat der nächsten Woche ist ›Rechtsgrundlagen der Leichenschau‹. Die Unterlagen finden Sie auf unserer Homepage.«

Die Studenten murmelten protestierend.

»Es handelt sich um zehn Seiten, meine Herrschaften. Das sollte auch für Sie zu bewältigen sein. Also: Bei einer Feuerbestattung ist eine zweite Leichenschau durch einen Amtsarzt zwingend vorgeschrieben!«

»Und diesem Arzt …«, nahm Katharina den Ball wieder auf, »… fiel etwas auf, das sofort auf Erdrosseln hindeutete.«

Sie machte die Pause eigentlich nur, um Luft zu holen. Doch ein Student wollte offenbar das drohende Schweigen abkürzen: »Geplatzte Äderchen in den Augen?«

»Ganz genau. Er untersuchte die Leiche also genauer und stellte einen eingedrückten Kehlkopf fest. Zudem fand er Hautspuren unter den Fingernägeln des Toten. Eine DNA-Analyse ergab, dass die Spuren von einem nahen Verwandten stammten; tatsächlich war es sein Bruder und Haupterbe.«

Andreas Amendt ergänzte: »Wenn Ihnen also eine Leiche auch nur annähernd suspekt vorkommen sollte: Achten Sie darauf, möglichst keine Spuren zu zerstören. Sichern Sie Kleidung und Umgebung. Und rufen Sie im Zweifelsfall lieber einmal mehr die Kriminalpolizei.«

Ein Mann im Publikum, ein wenig älter als die anderen Studenten, meldete sich: »Wie sind Sie darauf gekommen, die DNA-Spuren mit dem Opfer zu vergleichen?«

Katharina antwortete: »Das ist eigentlich das normale Verfahren: Man vergleicht DNA-Spuren zunächst einmal mit dem Opfer, um sicherzustellen, dass sie wirklich von einer anderen Person stammen. Das Ergebnis in diesem Fall war auch ein wenig Glück.«

»Aber mit was vergleicht man sie sonst?«

»Natürlich mit der DNA von möglichen Verdächtigen oder eventuell bereits gespeicherten Spuren.«

»Und wenn man keine Verdächtigen hat?«

»Nun, meistens ergibt sich irgendwann eine Vergleichsmöglichkeit.«

»Aber man ist doch heute so weit, dass man mittels DNA das Aussehen eines Menschen bestimmen kann, richtig?«

Katharina wollte antworten, aber Andreas Amendt war schneller: »Das ist in der Tat möglich. Allerdings sind solche Analysen aufwendig und teuer. Und nur in Grenzen zuverlässig. Größe, Körperbau und anderes sind zwar genetisch angelegt, hängen aber genauso von der Umwelt ab. Ernährung, Sport.«

»Zudem …«, ergänzte Katharina, »… ist eine solche Analyse illegal. Der Gesetzgeber legt strengen Wert darauf, dass Analysen für forensische Zwecke nur sogenannte nicht codierte DNA nutzen. DNA also, die keine Erbgutinformationen trägt.«

»Aber wäre es nicht trotzdem wünschenswert, das Aussehen wenigstens ungefähr bestimmen zu können?«, fragte der Mann weiter.

Katharina betrachtete ihn: dunkler Teint, die kurzen, schwarzen Haare an den Schläfen leicht grau, dunkle Augen. Sie fragte: »Woher kommen Sie ursprünglich?«

»Was hat das denn …?«

»Bitte antworten Sie. Woher kommt Ihre Familie?«

»Meine Mutter stammt aus dem Iran, mein Vater ist Deutscher.«

»Sind Sie in den letzten Jahren mal in die USA gereist?«

»Ja. Zum Urlaub.«

»Und bei der Einreise? Hat es da Probleme gegeben?«

»Ja, in der Tat. – Worauf wollen Sie hinaus?«

»Fanden Sie es richtig, dass einzig Ihr Aussehen Sie zu einem Verdächtigen macht?«

»Nein, natürlich nicht, aber …«

»Und warum sollte es dann vernünftig sein, aufgrund einer Analyse, die auf einen mittelgroßen, blonden Mann hinweist, alle mittelgroßen, blonden Männer unter Generalverdacht zu stellen?«

»Aber in einem Mordfall …«

»Wie Doktor Amendt schon sagte: Diese Profile sind sehr allgemein und können der Realität überhaupt nicht entsprechen. Auch wenn es natürlich sehr verführerisch klingt, alle Eigenschaften eines Täters in simple Zahlen übersetzt zu bekommen …«

Moment! Was hatte sie da gerade gesagt? Verflixt, warum war sie nicht schon längst darauf gekommen?

»Ich bin gleich wieder da!« Katharina griff nach ihrer Handtasche und rannte los.

Endlich. Die Tür zur DNA-Analyse. Katharina stürmte in den Raum. Torsten Kleinau fuhr erschrocken herum. Dann erkannte er sie: »Gut, dass Sie kommen. Ich bin durch mit …«

Katharina riss die Ausdrucke der seltsamen Mails an Melanie Wahrig aus ihrer Handtasche: »Sind das DNA-Analysen?«

Torsten Kleinau nahm die Papiere zögernd und blätterte sie durch. »Ja. Sogar ziemlich aufwendig. – Moment.« Er zog ein paar Folien aus einem Ordner und legte sie über die Ausdrucke: »Sehen Sie?«

Die Folien waren mit einem Tabellenraster bedruckt. Die scheinbar sinnlos platzierten Zahlen und Zeichen passten genau in die Felder der Tabellen.

»Was soll das denn?«, fragte Katharina.

»Verschlüsselungsmaßnahme. Aber jeder, der damit arbeitet, kann die Analysen bald auch ohne die Folien lesen.«

»Woher stammen diese Analysen?«

Torsten Kleinau zuckte mit den Achseln: »Nicht von hier. Wir verzichten auf diese Sperenzchen. Außerdem sehen unsere Raster anders aus.« Er deutete auf einen der Monitore.

»Und woher stammen sie dann? Können Sie das sagen?«

»Einige Forscher geben ihre Analysen nach draußen. Nach Kassel, Osnabrück oder Würzburg. Möglich, dass die Dokumente von da stammen. Kann ich aber nicht sagen. Die Seriennummern der Analysen wurden gelöscht.«

»Wer an der Uni arbeitet denn mit solchen Analysen?«

»Konkret fällt mir nur Fischer-Lause ein. Sie hat ihre Analysen teilweise ausgelagert, um sich nicht mit der Gerichtsmedizin herumärgern zu müssen.«

»Und Henthen?«

»Nee, der ist zu paranoid. Der arbeitet lieber hier, bis er endlich sein eigenes Labor hat. Das hier war ja eigentlich seines.«

»Und das von Fischer-Lause. Ich weiß. Sie gehören doch zu ihrem Team, oder nicht?«

»Ja, in der Tat.«

»Dann sind Sie der Ein-Zell-DNA-Analytiker?«

»Genau. Das ist mein Forschungsgebiet. Warum?«

»Können Sie sich vorstellen, dass Fischer-Lause einer Patientin mit ein paar Gefälligkeitsgutachten hilft? Zum Beispiel, um aus einer Reihe von Kandidaten den passenden Vater auszuwählen?«

Torsten Kleinau lachte: »Oma Lause als Verschwörerin? Nun ja, für Frauen mit Fortpflanzungswunsch hat sie eigentlich immer ein offenes Ohr. Das würde auch erklären, warum diese Dokumente hier nicht offiziell sind und keine Seriennummer tragen.«

Katharina überlegte einen Moment. Dann fragte sie: »Können Sie mir einen Gefallen tun?«

»Lassen Sie mich raten? Ich soll diese Analysen hier mit den anderen Proben vergleichen? Klar, kein Problem.«

Andreas Amendt war bereits am Schluss seines Vortrags angekommen: »Und der Grund, warum ich Ihnen das alles erzähle und immer wieder auf eine gründliche Leichenschau dränge, ist ganz einfach: die Dunkelziffer. In Deutschland geht man davon aus, dass bei circa zehntausend Fällen im Jahr eine eigentlich indizierte Autopsie fälschlich nicht durchgeführt wird. Davon sind ungefähr eintausendzweihundert Fälle Tötungsdelikte, der Rest unerkannte Krankheiten, Vergiftungen oder Verletzungen. Bei circa zweitausendvierhundert bekannt gewordenen Tötungsdelikten liegt also allein in diesem Bereich die Dunkelziffer bei fünfzig Prozent. Und das ist definitiv zu hoch! – Ah, Frau Klein beehrt uns wieder mit ihrer Gesellschaft.«

Katharina nahm noch einmal ihren Platz vor der Leinwand ein: »Ich bitte die Unterbrechung zu entschuldigen.«

Andreas Amendt wandte sich wieder den Studenten zu: »Also? Hat jemand Fragen?«

Wider Erwarten meldete sich tatsächlich jemand: die Studentin, die zuvor mit ihren Krimikenntnissen geglänzt hatte: »Ich habe eine ganz blöde Frage.« Sie zögerte einen Augenblick. »Warum?«

»Warum was?«, fragte Andreas Amendt verwirrt.

»Warum töten so viele Menschen? In Krimis klingt das immer so durchdacht, aber im realen Leben, in Zeitungsmeldungen …«

»… klingt es immer entsetzlich banal«, führte Katharina den Satz zu Ende. »Gut beobachtet: der Mann, der seine Frau verprügelt, bis sie stirbt; der arme Schlucker, der für fünfzig Euro eine Tankstelle überfällt; die Messerstecherei vor der Disco. Und fast alle Täter werden noch am selben Tag überführt und verhaftet. Sie haben recht. Die Motive erscheinen schrecklich banal. Ich könnte Ihnen jetzt die wichtigsten Motive aufzählen, aber das hat man bereits vor vielen Hundert Jahren gemacht.«

Sie schrieb an die Tafel:

SUPERBIA
AVARITIA
INVIDIA
IRA
LUXURIA
GULA
ACEDIA

»Erkennt das jemand?«, fragte sie. Der Mann, der nach den DNA-Analysen gefragt hatte, meldete sich: »Die sieben Todsünden.«

»Sehr gut. Superbia: Hochmut und Arroganz lassen den Täter glauben, er kommt mit einem Mord durch. Avaritia: Habgier finden Sie als Mordmerkmal sogar im Strafgesetzbuch. Invidia: Neid und Eifersucht; fast sechzig Prozent aller Tötungsdelikte sind das, was die Presse gern Eifersuchtsdramen nennt. Ira: Zorn und Rache; Motiv für Totschlag im Affekt, aber auch für sogenannte Ehrenmorde. Luxuria: die Wollust, der überbordende Sexualtrieb; Gula: die Maßlosigkeit und Selbstsucht; und nicht zuletzt Acedia: Faulheit und Feigheit; die unterlassene Hilfeleistung, das Weghören, wenn der Nachbar wieder einmal seine Frau oder sein Kind verprügelt. Und ich würde noch zwei wesentliche Motive hinzufügen.«

Sie schrieb:

HERRSCHSUCHT

»Die Sucht nach Macht –Töten ist die ultimative Machtausübung – ist der wesentliche Kern praktisch aller sogenannten sexuell motivierten Verbrechen. Und …«

STUPIDITAS

»Die meisten Kapitalverbrechen werden aus Dummheit begangen. Und sie werden aus Dummheit übersehen, aus Naivität und Unwissen. – Aber um Ihre Frage zu beantworten: ja. Mir ist noch kein Mord untergekommen, der nicht banal und idiotisch gewesen wäre.«

Katharina hatte den letzten Satz regelrecht ausgespuckt. Die Studenten schwiegen betreten. Endlich löste Andreas Amendt die Spannung auf: »Das war es für heute. Denken Sie an das Testat nächste Woche.«

Nachdenklich hatten die Studenten den Raum verlassen. Katharina und Andreas Amendt blieben alleine zurück.

»Ich hätte nicht gedacht, dass Sie theologisch so gebildet sind«, sagte der Arzt schließlich.

»Bin ich auch nicht. Das habe ich von einem Kommilitonen an der Polizeihochschule, der eigentlich geweihter Priester war.

Ach, Sie wissen nicht zufällig, was Herrschsucht auf Lateinisch heißt?«

Andreas Amendt schmunzelte und wollte etwas erwidern, doch sie wurden jäh unterbrochen.

»Doktor Amendt?« Der Mann, der so aufdringlich nach den DNA-Analysen gefragt hatte, steckte den Kopf durch die Tür.

»Herr von Kunert! Hat Ihnen die Vorlesung gefallen?«

»Doch. Durchaus.« Der Mann kam die Stufen des Hörsaals hinunter und streckte Katharina seine Hand hin: »Alirezah von Kunert. Ich bin freier Journalist und …«

»… und er hängt immer in der Gerichtsmedizin herum auf der Suche nach einer Schlagzeile«, unterbrach ihn Andreas Amendt.

»Gestatten Sie, dass ich nachfrage, Doktor Amendt?«

»Wenn es sein muss.«

»Als Sie die Zahlen erwähnten: zehntausend übersehene Morde.«

»Zehntausend Tote, bei denen man besser eine Autopsie durchgeführt hätte. Zwölfhundert Tötungsdelikte.«

»Meinetwegen. War das Polemik?«

»Leider nicht. Das ist die bittere Realität.«

»Aber das ist ja ein Skandal. Was kann man denn dagegen tun, Ihrer Meinung nach?«

»Das Übliche. Mehr Mittel. Mehr Stellen. Und besser ausgebildete Ärzte. – Aber wenn Sie uns nun entschuldigen würden, Frau Klein und ich haben zu arbeiten.«

Sie waren ein paarmal durch das Gebäude gelaufen, bis sie sicher waren, Alirezah von Kunert wirklich abgehängt zu haben, bevor sie ihre Schritte ins DNA-Labor lenkten. Torsten Kleinau erwartete sie schon: »Dank der Unterlagen von Ihnen gibt es jetzt für alle eure Proben Gegenstücke. Bis auf eine.«

Katharina sah sich die Ergebnisse an. Für Wigo Bach gab es keine Gegenprobe. Wenig überraschend. Manchmal hatte es Vorteile, schwul zu sein.

»Aber ich habe noch mal über Ihre Frage nachgedacht«, unterbrach Torsten Kleinau ihre Gedanken. »Über Oma Lause.«

»Ja? Und?«

»Ich will ja meine Doktormutter nicht in Schwierigkeiten bringen, aber sie kam mal mit einem ganzen Satz Proben an. Vor ein paar Wochen. Allerdings war hier gerade Hochbetrieb. Der Massentest für diesen Kindermord in Marburg. Sie hat dann irgendwas davon gemurmelt, dass sie sich besser ein anderes Labor sucht.«

»War das ungewöhnlich?«

»Nicht unbedingt. Aber normalerweise hat sie nur eine oder zwei Proben zur Analyse, und das müssen zehn Stück oder so gewesen sein. Und sie war irgendwie … ich weiß nicht … geheimniskrämerisch. Ich habe damals nur gedacht, das wäre für ein Forschungsprojekt.«

Irgendwie schmeckte Katharina Oma Lause – was für ein passender Spitzname – nicht als Verdächtige. Andererseits …

»Kennt sich Frau Fischer-Lause gut mit Computern aus?«, fragte sie.

Torsten Kleinau lachte so sehr, dass er beinahe von seinem ergonomischen Bürostuhl fiel: »Oh je, nein. Einschalten ja. Aber den Rest muss ein Assistent machen.«

»Und wer ist das?«

»Bisher meistens ich. Aber in letzter Zeit weniger. Sie hat wohl jemand anderen gefunden. Soll mir recht sein.«

Andreas Amendt hatte schweigend zugehört. Jetzt sagte er: »Wir sollten noch mal mit ihr sprechen. Gehen wir doch gleich mal …«

»Spart euch den Weg. Sie ist nicht da«, unterbrach ihn Torsten Kleinau.

»Lass mich raten: Barcelona?«

»Nein, sie ist wirklich nicht da. Ihre Enkelin hat Geburtstag. Sie ist heute früh nach Köln gefahren. Kommt erst am Montag zurück.«

Katharina hasste es, eine heiße Spur nicht gleich verfolgen zu können. Dann würde sie sich eben erst einmal die anderen Verdächtigen vornehmen müssen. Also, auf zu stop!.

Hasko Beyer hatte Katharina schon erspäht, noch bevor Stop!-Mein-Name-ist-Sarah sie anmelden konnte. Er lotste Katharina in ein kleines Konferenzzimmer.

Na, wenn das kein Glücksfall war: fast alle Verdächtigen in einem Raum beisammen. Um den Tisch standen Wigo, Hartmut Farber, der Grafiker, und Ernesto Langmann. Hasko Beyer schloss vorsichtig die Tür: »Wir müssen dringend mit Ihnen sprechen, Frau Klein.«

War sie aufgeflogen? Sicherheitshalber ließ Katharina einen Riemen ihrer Handtasche von der Schulter rutschen. Wer wusste, ob sie nicht ihre Waffe brauchte.

»Die zweite Präsentation bei Stockert & Rohrbacher war ein voller Erfolg. Alle waren sehr angetan von Ihrer Arbeit«, begann Hasko Beyer ohne Übergang.

»Aber?«

»Kein Aber. Wir wollen Sie fest an die Agency binden. Commanding Conceptioner for Defence Goods.«

Katharina verstand zwar nur die Hälfte, aber offensichtlich wollten die vier ihr einen Job anbieten. »Das ist …«

»Diese Campaign kann unser Einstieg in ein völlig neues Segment sein. Wir haben schon ein Appointment mit Heckler & Koch nächste Woche.«

»Und ich?«

»Sie werden Creative Head dieser Accounts. Text, Konzept und so weiter.«

»Ich weiß gar nicht …«, sagte Katharina zögernd.

»You can thank us later. Sie müssten allerdings sofort anfangen.« Hasko streckte ihr siegesgewiss die Hand hin. Was jetzt? Am besten mit dem Kopf durch die Wand.

»Nein. Das geht leider nicht.«

»But why?«

»Weil ich immer noch Polizistin bin. Und ich bin hier, weil Melanie Wahrig aller Wahrscheinlichkeit nach ermordet worden ist.«

Die vier Männer starrten sie entsetzt an. Plötzlich sagte Wigo in die Stille hinein: »Wusste ich es doch. Wer war es? Weiß du es schon?«

»Noch nicht. Aber ich müsste von Ihnen allen wissen, wo Sie letzten Donnerstag waren.«

Hasko Beyer war bleich geworden: »Aber … Sie glauben doch nicht, dass einer von uns …?«

»Ich habe DNA-Spuren von Ihnen.«

»Von uns allen?«

»Bis auf Wigo, ja. – Vielleicht setzen Sie sich besser.«

Die vier Männer nahmen gehorsam Platz. Sie sahen alle so aus, als hätten sie ein verdorbenes Fischbrötchen erwischt.

»Sie, Ernesto und Hartmut haben offenbar mit Melanie …«, begann Katharina.

»Wir alle? Colleagues? Im Ernst?«, unterbrach Hasko Beyer sie.

Ernesto war der Erste, der wieder sprach: »Ach Gottchen, das eine Mal. Und sie hat es ja darauf angelegt. Das war ziemlich freiwillig.«

»Und?«, fragte Katharina.

»Nett. Aber nichts Besonderes.« Das klang zu abgebrüht, um gelogen zu sein.

»Und danach wollte Melanie nichts mehr von Ihnen wissen, stimmt's?«

»Andere Mütter haben auch hübsche Töchter.«

»Und bei dir?«, fragte sie Hartmut Farber. Hatte der sich nicht mit Melanie gestritten? Das hatte Laura doch erzählt.

»Oh je. Ja. Leider. Ich verstehe es auch nicht so ganz. In einem Augenblick streiten wir uns noch über den richtigen Schriftschnitt, und im nächsten liegen wir in ihrem Bett.«

»Und bei mir ...«, beichtete Hasko Beyer, »... war es nach der Office-Messe in Köln. Zu viel Sekt. – Warten Sie! Donnerstag, sagten Sie? Dann kann es keiner von uns vieren gewesen sein. Wir waren den ganzen Tag bei Stockert & Rohrbacher. The fucked-up first presentation. Wir sind Mittwochabend rübergefahren und erst am Freitagmorgen zurückgekommen.«

Die anderen atmeten erleichtert auf. Ein Alibi.

»Moment«, widersprach Katharina. »Wir haben doch am Donnerstag miteinander telefoniert.«

»Richtig«, erwiderte Hasko Beyer. »Aber wenn niemand mehr im Office ist, werden alle phone calls entweder auf mein Handy oder das von André Meyer umgeleitet. Das können Sie aber bestimmt an unseren Logs erkennen.«

Katharina nickte. Die Geschichte klang glaubwürdig. Sie konnte das Alibi immer noch überprüfen. »War André auch dabei?«

Hasko zuckte mit den Schultern. »Nicht sein Account.«

»Gut. Dann würde ich gern mit ihm sprechen.«

»Ist erst am Montag wieder im Office. – Sie glauben uns also?«

»Ja, ich glaube Ihnen. Tut mir leid, dass ich Ihnen so einen Schrecken eingejagt habe. Aber ich muss Sie bitten, über dieses Gespräch erst mal Stillschweigen zu bewahren.«

»Natürlich.« Mit wem sollten sie auch darüber reden? So angenehm war die Situation wirklich nicht.

»Ist die Angelegenheit erledigt?«, wechselte Hasko Beyer das Thema. »Dann kommen wir doch wieder auf unser Angebot zurück. Undercover oder nicht, Sie haben einen sehr guten Job gemacht. Und im *War for Talent* siegt der early bird. Also: Unsere Offer steht.«

»Leider ist das alles nicht so einfach.«

»Schade.«

»Aber …« Man sollte Türen ja nicht unnötig zuschlagen. »Ich habe zurzeit ein Disziplinarverfahren am Hals. Kann sein, dass ich wirklich fliege.«

Hasko Beyers Miene hellte sich auf: »Gorgeous! Wann ist denn die Decision?«

»Montag.«

«Please, call me first thing!«

Nur Wigo und Katharina waren in dem kleinen Besprechungsraum zurückgeblieben.

»Denkst du wirklich darüber nach, den Job anzunehmen?«, wollte Wigo wissen.

»Vielleicht. Mal sehen, was meine Anhörung ergibt.«

»Darf ich fragen, was du angestellt hast?«

»Wie ich schon sagte: Ich habe zwei Drogendealer erschossen.«

»Notwehr?«

»Ich sage Ja, andere sagen Nein.«

»Egal. Elendes Pack. Zwei weniger sind zwei weniger.« Er zögerte. »Ein Lover von mir ist an einer Überdosis krepiert.«

»Das tut mir leid.«

Wigo schwieg kurz. Dann fragte er: »Und … Hast du schon irgendeinen Verdacht? Wegen Melanie, meine ich?«

Katharina zuckte mit den Schultern. »Ein paar Spuren, ja. Aber nichts Handfestes.«

»Ich habe Melanie wirklich gemocht. Scheint aber trotzdem, dass an den Gerüchten etwas dran war, nicht wahr?«

»Welche Gerüchte?«

»Ich meine den Kondomfetisch. Und die ganzen Männer.«

»Irgendeinen Tipp?«

»Ganz ehrlich? André!«

»Warum?«

»Hat eine ziemliche Neigung zur Gewalt. Guckt sich in unserem Kinosaal hier immer Horrorfilme an. Von der übelsten Sorte. *Hostel* und so. Hast du auch Spuren von ihm?«

»Ja. Aber das bleibt unter uns.«

»Natürlich. Du solltest aber unbedingt auch noch mit Sandra sprechen.«

»Warum? Denkst du, dass sie …?«

»Die zarte Seele? Nein. Aber sie war Melanies beste Freundin. Kann sein, dass sie noch etwas weiß, was dir weiterhilft.«

Katharina hatte gehofft, verschwinden zu können, doch Hasko Beyer bat sie, noch zu der kleinen internen Trauerfeier für Melanie Wahrig zu bleiben, die er hatte arrangieren lassen.

Fast die gesamte Agentur hatte sich in der Church versammelt. Nur André Meyer fehlte. Und Sven Langstroem. Mit ihm würde Katharina auch noch reden müssen.

Hasko Beyer hielt eine Rede. Auf Deutsch, wie Katharina bemerkte, und erstaunlich einfühlsam. »… und so werden wir dich stets in Erinnerung behalten. Gut gelaunt mit wehender Mähne durch die Agentur laufend. Immer das Schöne auch noch in den seltsamsten Dingen sehend. Ich glaube, keiner von uns konnte Abwasserrohre und Gummidichtungen so ästhetisch in Szene setzen wie du.«

Ein leises Kichern im Publikum.

»Melanie, wo auch immer du jetzt sein magst: Vermutlich gestaltest du eine fröhliche Kampagne oder diskutierst über die richtige Schattierung von Weiß für deine persönliche Engelswolke. – Melanie, wir vermissen dich!«, schloss er seine Ansprache.

Nach einem Moment der Stille begann einer der Zuhörenden zu klatschen, die anderen fielen ein, bis der Beifall sich zu stehenden Ovationen gesteigert hatte.

Endlich war der Applaus verklungen. Hasko Beyer deutete mit den Händen an, dass sich alle wieder hinsetzen sollten. »Liebe Colleagues, gestattet mir noch einen Nachsatz. Ich weiß aus berufener Quelle, dass – und das wird für viele von euch ein Schock sein –, dass die Polizei Melanies Tod eingehender untersucht.«

Die Zuhörer atmeten alle hörbar ein.

»Ich erwarte von euch, dass ihr die Ermittlungen in vollem Rahmen unterstützt. Das sind wir Melanie schuldig. Danke.«

Er verließ das Rednerpult. Die Anwesenden begannen leise, aber aufgeregt durcheinanderzusprechen. »Ich habe es ja gesagt …«, hörte Katharina. »Kein Unfall … Mord … Entsetzlich … Wer … Na ja, Melanie und die Männer … ich dachte, sie …«

»Wo ist denn eigentlich Laura?«

Katharina hatte zunächst nicht registriert, dass die Frage ihr galt.

»Hallo? Laura?« Jemand stupste sie an der Schulter. Katharina drehte sich um. Neben ihrem Stuhl stand Sandra Beckmann.

»Oh, Entschuldigung«, antwortete Katharina endlich. »Laura geht es gut, das heißt den Umständen entsprechend. Sie ist zurzeit bei mir.«

»Aha.«

»Sie hätten nicht zufällig eine Zigarette für mich?« Irgendwie musste sie ja das Gespräch mit Sandra Beckmann beginnen.

Die Raucherecke war leer. Sie stellten sich an einen Stehtisch. Sandra Beckmann hielt Katharina die Schachtel hin. Ihre Hand zitterte so sehr, dass Katharina ihr endlich das Feuerzeug abnahm und ihnen beiden Feuer gab.

»Stimmt das, was die anderen sagen?«, fragte Sandra Beckmann, als ihre Zigarette brannte. »Dass Melanie ermordet wurde?«

»Es sieht danach aus, ja.«

Sandra Beckmann starrte konzentriert auf den Aschenbecher. Katharina konnte sich denken, wie sie sich fühlte. Sie sagte leise: »Ich bin hier, um die Geschichte zu untersuchen.«

Sandra Beckmann wirkte mäßig überrascht: »Das habe ich mir schon fast gedacht.«

»Warum?«

»Weil es zu schön war, um wahr zu sein: Wir brauchen einen Texter, der sich mit Waffen auskennt. Und plötzlich taucht eine ehemalige Polizistin auf. Polizeischützenmeisterin sogar. Ich war so frei und habe Sie gegoogelt.«

»Und Sie haben nichts gesagt?«

»Ich wollte die Ermittlungen nicht stören. Melanie war meine beste Freundin.«

Sie schwiegen und bliesen Rauch in die Luft. Schließlich fragte Sandra Beckmann: »Haben Sie schon einen Verdacht?«

»Nichts Konkretes. Ein paar Spuren.«

Sandra Beckmann drückte ihre Zigarette aus. Zwei Tränen rannen über ihre Wangen. »Sie wollte doch nur ein zweites Kind. Das ist doch kein Verbrechen.«

»Sie wussten von Melanies Plan?«

Sandra Beckmann schluchzte: »Klar. Ich war doch ihre beste Freundin.«

Weinende Frauen. Fast so schlimm wie weinende Kinder. Katharina legte ihr den Arm um die Schulter, fast erwartend, dass Sandra Beckmann sich losmachte und weglief. Aber sie lehnte den Kopf an Katharinas Schulter und schluchzte noch heftiger. Was jetzt?

Katharina beförderte ein Taschentuch aus den Tiefen ihrer Handtasche zutage und gab es ihr. Sandra Beckmann schnäuzte sich und tupfte ihre Tränen ab.

»Ich weiß, es ist schwierig für Sie«, fragte Katharina vorsichtig. »Aber haben Sie irgendeinen Verdacht?«

»Nein. Nur … einer von den Kerlen, die sie getestet hat, vielleicht.«

»Welcher?«

»Das war nur ein Gedanke. Das waren ja viele. Zwölf oder mehr.«

»Wissen Sie, wer alles?«

»Vermutlich vor allem unsere Agenturbelegschaft.«

»Die haben alle ein Alibi, wie es scheint.«

Sandra Beckmann atmete auf: »Wirklich?«

»Ja, ich denke schon.«

»Gut. Das wäre furchtbar, wenn hier …« Sie konnte nicht weiterreden.

»Ich habe schon verstanden, dass Sie hier so etwas wie eine Familie sind. – Gab es noch andere Kandidaten?«

»Ein Vater aus Lauras Kindergarten … Architekt oder so.«

Thomas Hartmann. »Ja, ich weiß. Hat auch ein Alibi.«

»Und vermutlich ein paar Kunden. Kann ich auch nicht so genau sagen. Aber ich kann es vielleicht herausfinden.«

»Das wäre gut.« Katharina zog eine ihrer Visitenkarten heraus und schrieb ihre Handynummer auf die Rückseite. Dann gab sie die Karte Sandra Beckmann: »Rufen Sie mich an, wenn Ihnen noch etwas einfällt? Vielleicht möchten Sie auch vorbeikommen. Laura würde sich freuen.«

»Was passiert jetzt eigentlich mit Laura?«

»Ihr Vater hat das Sorgerecht. Ist aber noch auf Weltreise.«

»Richtig. – Nun, hoffen wir, dass …« Sandra Beckmann unterbrach sich und zündete eine weitere Zigarette an. Katharina lehnte die hingehaltene Schachtel dankend ab.

»Aber …« Sandra Beckmann blies den Rauch kräftig aus. »Da war noch was. Das hat mir Melanie erzählt. Am Telefon. Sie hatte wohl den Idealkandidaten gefunden.«

»Wissen Sie, wer das war?«

»Nein, leider.«

Nun ja, das würden Andreas Amendt und Torsten Kleinau herausfinden können. Katharina griff nach ihrem Handy und wählte.

»Frau Klein!«, schallte ihr Andreas Amendts Stimme entgegen. »Können Sie ganz schnell in die Säuglingsstation kommen?«

»Na endlich.« Andreas Amendt schob Katharina in das Dienstzimmer von Katja Meyer. Neben der Ärztin saß Svenja Taboch. Ihre Augen waren rot geweint. Andreas Amendt kniete sich neben sie wie für einen völlig verkorksten Heiratsantrag: »Bitte, erzähl Frau Klein, was du mir erzählt hast.«

Leise begann Svenja Taboch: »Vorhin war die Anhörung. Wegen Johanna. Er weiß einfach alles. Hat mich ausspioniert.«

»Wer?«, fragte Katharina.

»Henthen natürlich«, sagte Andreas Amendt schroff. »Weiter.«

»Hat mich als totale Kinderhasserin dargestellt. Und … er hat erzählt, dass ich zwei Abtreibungen hinter mir habe.«

»Und? Stimmt das?«

»Ja. Leider. Aber aus gesundheitlichen Gründen. Ich hätte die Kinder verloren. Und wäre vermutlich selbst gestorben.«

Katharina kaute auf der Unterlippe: »Das hat er vermutlich verschwiegen, nicht wahr?«

Svenja Taboch nickte. Katharina schoss es durch den Kopf, dass es spätestens beim zweiten Mal klüger gewesen wäre, gar nicht erst schwanger zu werden.

»Waren die Abtreibungen hier in der Klinik?«

»Ja. Aber nicht bei Henthen oder in seiner Abteilung.«

Katharina wandte sich an Katja Meyer: »Kommt hier jeder an die Patientenakten?«

»Nein, nur nach spezieller Freigabe. Und der Arzt von Svenja hasst Henthen.«

»Vielleicht trotzdem eine Konsultation? Immerhin ist Henthen ja Spezialist für Fruchtbarkeit und so.«

»Sie haben mir nicht richtig zugehört, Frau Klein. Ich sagte ›hassen‹. Doktor Barlik und Henthen sind mit Infusionsständern aufeinander losgegangen.«

»Also ist jemand für Henthen in das Computersystem des Kollegen eingedrungen ...«

»Vermutlich.«

»Ein Hacker, der sich gut mit dem Computersystem der Uniklinik auskennt. – Doktor Amendt? Kommt Ihnen das nicht irgendwie bekannt vor?«

»Was?« Andreas Amendt sah auf. Er war damit beschäftigt gewesen, Svenja Taboch zu trösten, die wieder zu weinen begonnen hatte.

Katharina spürte einen Stich im Magen. »Ich sagte, Henthen hat sich entweder selbst in ein gut gesichertes Computersystem gehackt oder kennt jemanden, der das für ihn macht. Es ist doch interessant, wie viele Querverweise es zwischen unseren beiden Fällen gibt.«

»Ja. In der Tat. Und vielleicht gibt uns der Rest von Svenjas Geschichte noch mehr Aufschluss.«

Svenja? Sie waren also schon per Du? Katharina biss die Zähne zusammen.

»Erzähl weiter«, bat Andreas Amendt.

»Und dann präsentiert er die Traumeltern«, fuhr Svenja Taboch stockend fort. »Kinderlos. Reich. Tolles Anwesen. Die besten Schulen. Der Richter war total begeistert.«

»Und?«

»Er entscheidet bis Mittwoch. So lange muss Johanna noch hier bleiben.« Sie fing wieder an zu weinen. Andreas Amendt nahm sie tröstend in den Arm.

»Und die Namen der Adoptiveltern?«, fragte Katharina streng.

»Frau Klein, bitte. Sie sehen doch ...«

»Die Namen, *verdammt!*«, bellte Katharina. Die drei starrten sie entsetzt an.

»Ulf und Monika Marbert«, antwortete Svenja Taboch tonlos.

»Bitte. Geht doch.« Zufrieden notierte sich Katharina die Namen. Irgendwo hatte sie sie schon mal gehört.

»Frau Klein, auf ein Wort bitte.« Andreas Amendt zog sie am Ärmel auf den Flur und schloss die Tür sorgfältig. Dann zischte er: »Was fällt Ihnen eigentlich ein, so mit Svenja zu reden?«

»Ich rede mit ihr so, dass ich Antworten bekomme«, fauchte Katharina zurück.

»Und das ging nicht etwas freundlicher?«

»Ich musste die Namen wissen. Und ich habe weder Zeit noch Lust für Kuscheltherapie.«

»Aber dass man mit Feinfühligkeit und Sensibilität manchmal weiterkommt …«

»Ich weiß, was ich tue. Hundert Prozent Aufklärungsquote, schon vergessen?«

»Und wie viele Unschuldige waren dabei?«

»Das ist doch … Lassen Sie mich meinen Job machen, wenn Sie Henthen hinter Gittern sehen wollen. Und machen Sie Ihren. Finden Sie heraus, wer von unseren Kandidaten der Idealvater ist. Fragen Sie den Kleinau. Aber bitte so, dass Sie auch eine Antwort bekommen.«

»Das werde ich. Darauf können Sie sich verlassen.«

»Ach ja, wir brauchen die Antwort heute noch. Nicht nächstes Jahr!«

»Aber erst bringe ich Svenja nach Hause. Die ist völlig verstört. Und da kommen Sie …«

»Sie wird es überleben. Machen Sie sich nicht gleich ins Hemd. Manchmal muss man Zeugen hart anpacken.«

»Sie klingen wie Polanski, wissen Sie das?«

»Na, damit haben Sie ja Erfahrung.«

»Wie meinen Sie das?«

»Sieht doch ein Blinder mit Krückstock, dass Polanski Sie mal in der Mangel gehabt hat!«

Andreas Amendt stockte: »Was wissen Sie darüber?«

»Ich? Nichts.«

»Gut! Dann sprechen Sie nicht über Dinge, die Sie nichts angehen!« Er lehnte sich an die Wand, atmete heftig aus und schwieg.

Schließlich sagte Katharina: »Es tut mir leid. Ich wollte Sie nicht –«

»Schon gut«, schnitt Andreas Amendt ihr das Wort ab.

»Könnt ihr nicht einfach miteinander ins Bett gehen und es hinter euch bringen?« Katja Meyer lehnte im Türrahmen und amüsierte sich offenbar blendend. »Ihr weckt mir noch die ganzen Kinder auf.«

»Fang du nicht auch noch an!«, sagte Andreas Amendt rasch.

»Außerdem sind wir nicht …«, ergänzte Katharina.

Katja Meyer lachte auf: »Jaja. – Habt ihr keine Morde aufzuklären oder so? Oder wollt ihr euch noch ein wenig weiterstreiten?«

»Wir streiten uns nicht!«, sagten Katharina und Andreas Amendt gleichzeitig.

Katja Meyer zuckte mit den Achseln. »Wenn ihr meint …«

»Kannst du mir ein Taxi rufen, Katja? Ist vielleicht besser, wenn jemand Svenja nach Hause bringt«, fragte Andreas Amendt.

»Sie können doch mit uns fahren«, bot Katharina versöhnlich an. »Im Panzer ist genug Platz.«

»'ne Fahrt mit einer dauerzornigen Polizistin und zwei bewaffneten Leibwächtern? Svenja hat für heute schon genug erlebt, glaube ich.« Und damit ging Andreas Amendt wieder ins Zimmer zurück und schloss energisch die Tür.

Katja Meyer grinste. Katharina fragte unwirsch: »Was?«

»Wenn ich Ihnen einen Rat geben darf: Springen Sie in den Swimmingpool, bevor er zufriert. Wird sonst 'ne harte Landung. – Ich glaube übrigens nicht, dass Svenja ein Grund zur Eifersucht ist.«

Eifersüchtig? Sie war nicht eifersüchtig! Katharina saß an ihrem Küchentisch und hieb mit dem großen Messer, das Kurtz ihr in die Hand gedrückt hatte, auf die Zwiebel ein, die vor ihr lag.

»Würfel, Katharina. Kein Zwiebelmus.«

Kurtz war überraschend zu Besuch gekommen, mit mehreren Körben voller Lebensmittel. Vergnügt hatte er zu kochen begonnen, als Katharinas Handy klingelte. Ausgerechnet Andreas Amendt.

»Hören Sie, ich wollte nur sagen, dass Torsten an der Analyse sitzt. Versucht rauszufinden, wer von den Kandidaten der genetisch optimale Vater ist.«

»Danke.«

»Ach, und ich habe mit Paul Leydth telefoniert. Er holt ein paar Erkundigungen über die Marberts ein; der Name sagte ihm was. – Wie wäre es, wenn wir morgen Vormittag hinfahren? Paul würde sich freuen. Und wir könnten auch gleich den Idealvater …«

»Aber die Vernehmung überlassen Sie mir.«

»Wenn Sie nicht den Lötkolben auspacken.«

»Na gut. Ausnahmsweise.«

»Dann … bis morgen.«

Katharina wollte sich gleichfalls verabschieden, als sie durch das Telefon eine Frauenstimme hörte: »Wo hast du denn die Geschirrhandtücher?«

»Wer …?« Katharina konnte es sich schon denken.

»Svenja war extrem aufgewühlt. Deswegen ist sie erst mal mit zu mir gekommen.«

»Aha!«

Sie legte auf, ohne sich zu verabschieden. Dann wandte sie sich an Kurtz und knurrte: »Antonio, gib mir was zum Kleinschneiden.«

Kurtz lachte und gab ihr Zwiebeln und ein Messer: »Im Zweifelsfall wissen Hans und Lutz ja, was zu tun ist. Nicht wahr?«

»Klar, Boss. Herz brechen, Finger brechen.«

»Gehe hin und paare dich«, sagte Hans leise. Und wenn in diesem Augenblick nicht schon wieder das Telefon geklingelt hätte, hätte er sicher einen Finger verloren. Schließlich hatte Katharina ein sehr scharfes Messer in der Hand.

»Klein!«, blaffte sie ins Telefon, halb in Erwartung, noch einmal Andreas Amendts Stimme zu hören.

»Guten Tag, ich hoffe ich bin richtig bei Ihnen.« Eine sonore Männerstimme. »Elfie LaSalle hat mir Ihre Nummer gegeben und …«

»Ja?«

»Ich bin Tom Wahrig, Lauras Vater.«

Katharina brauchte einen Moment zum Umschalten und schwieg.

»Frau Klein? Ist alles in Ordnung mit Laura?«

»Was? Doch, doch. Natürlich. Ich war nur …« Was eigentlich?

»Dann bin ich ja beruhigt. Hören Sie, ich bin schon in London, aber die Flüge nach Deutschland fallen heute Nacht wegen Nebels aus. Ich setze mich aber in die erste Maschine nach Frankfurt, die ich kriege.«

»Das ist doch mal eine gute Nachricht. Möchten Sie Laura sprechen?« Katharina wartete die Antwort gar nicht erst ab, sondern wanderte mit dem Telefon in ihr Gästezimmer, wo sich Laura in ihre Spielecke verzogen hatte. Sie hielt ihr das Telefon hin: »Dein Vater.«

Laura sprang sofort auf und riss ihr den Hörer aus der Hand: »Papa!«

Katharina ließ sie in Ruhe telefonieren, ging zurück in die Küche und setzte ihr Zwiebelgemetzel fort.

Plötzlich klingelte es an der Haustür. Sie wollte hinlaufen, aber Hans und Lutz waren schneller. Kurze Zeit später führten sie Polanski in die Küche.

»Kurtz«, seufzte der Kriminaldirektor. »Nun machen Sie es Katharina doch nicht noch schwerer als nötig.«

Kurtz zuckte mit den Achseln: »Wieso? Ich denke, es ist ohnehin schon beschlossene Sache, dass sie fliegt?«

»Was?« Katharina sprang auf.

»Ganz mit der Ruhe. Darüber wollte ich mit Katharina gerade sprechen. Aber vielleicht besser unter vier Augen.«

Polanski und Katharina waren ins Wohnzimmer gegangen.

»Also, was ist nun?« Katharina saß gespannt auf der vordersten Kante des Sofas.

Polanski stöhnte auf: »Hölsung hat wirklich ganze Arbeit geleistet. Und die Interne Ermittlung braucht dringend einen Sieg.«

»Warum werfen Sie mich dann nicht gleich raus? Dann können wir uns die Show am Montag sparen.«

»Weil ich Sie nicht kampflos aufgebe. Kriminalbeamte mit Ihren Qualifikationen sind rar. Und ich will Sie behalten. Aber dazu müssen Sie sich unbedingt zusammenreißen.«

»Ich werde mich bemühen.«

»Das ist nicht genug, Katharina. Es geht nicht nur um Ihre Entlassung. Mit etwas Pech werden Sie wegen Mordes angeklagt. Das müssen wir auf jeden Fall verhindern.«

»Und wie?«

»Lassen Sie mich nur machen. Sehen Sie zu, dass Sie Ihre Geschichte sauber auf die Reihe kriegen. Und benehmen Sie sich. Ziehen Sie was Anständiges an. Sie haben doch ein Kostüm oder so?«

»Ja.«

»Gut. Also: Sie beantworten erst mal nur Fragen. Ansonsten halten Sie sich raus.«

»Aber wenn Hölsung …«

»Selbst dann. Sie hatten Ihre Chance, ihn zu erschießen. Jetzt ist Diplomatie angesagt.«

Katharina seufzte: »Na gut. Sonst noch was?«

»Eigentlich nicht. – Ach ja, die Beerdigung von Thomas ist am Sonntag … Ich möchte, dass Sie *nicht* hingehen. Aus Sicherheitsgründen.«

»Kommt nicht infrage. Thomas war mein Kollege. Und mein bester Freund.«

»Wenn Sie da auftauchen, bringen Sie nicht nur sich in Gefahr, sondern die ganze Trauergemeinde.«

»Warum?«

»Sie haben eine Bombenlegerin am Hals, Katharina. Diesmal wird sie auf Nummer sicher gehen.«

»Dann wird sie die Bombe in jedem Fall legen. Bombenleger sind feige. Sie wird nicht abwarten, ob ich wirklich auftauche. Wenn sie überhaupt von der Beerdigung weiß.«

»Wieso sollte sie es nicht wissen? Ihre Auftraggeber sind gut informiert.«

»Sie ist abgetaucht. Kurtz hat den Russen klargemacht, was passiert, wenn er noch mal einen von ihren Problembeseitigern in meiner Nähe sieht. Seitdem ist sie verschwunden.«

»Manchmal ist so ein Patenonkel bei der Mafia doch recht nützlich.«

»Kurtz ist nicht …«

»Sie wissen genau, was ich meine.«

Katharina wechselte lieber das Thema: »Ich glaube nicht, dass das Risiko auf der Beerdigung allzu groß ist, wenn Sie das Gelände vernünftig bewachen lassen. Außerdem werden mindestens zweihundert Polizisten vor Ort sein.«

Polanski nickte langsam: »Sie haben recht. Ich lasse die Kapelle und das Grab gleich absperren und rund um die Uhr bewachen.«

»Kann ich dann kommen?«

»Mir wäre es lieber, wenn …«

»Chef, ich kann dort auch nützlich sein. Ich bin die Einzige, die sie bisher gesehen hat.« Das stimmte zwar nicht ganz, aber das konnte Polanski ja nicht wissen.

»Also gut«, stimmte der Kriminaldirektor endlich zu. »Aber kleiden Sie sich unauffällig. Halten Sie sich im Hintergrund. Und die Personenschützer vom BKA sind immer in Ihrer Nähe, verstanden?«

»Versprochen. Danke, Chef. – Möchten Sie etwas mitessen? Kurtz hat gekocht.«

»Ach, Pflicht und Gewissen.«

Es war schon ziemlich spät, als Polanski sich verabschiedete.

»Zeit fürs Bett, Laura«, sagte Katharina, nachdem sie hinter ihm die Tür abgeschlossen und die Sicherheitskette vorgelegt hatte.

Das Kind putzte sich wie immer gründlich die Zähne, schlüpfte in ihren Pyjama und krabbelte zwischen die zahllosen grünen Yodas ihrer Bettwäsche.

»Liest du mir noch was vor?«

Katharina setzte sich auf die Bettkante und schlug das große Märchenbuch auf. »Es war einmal …«, setzte sie an.

Weiter kam sie nicht, denn Laura fragte plötzlich: »Wird der Andreas jetzt doch nicht dein Freund?«

Wie kam das Kind denn jetzt darauf? »Nein, Laura. Ich glaube nicht.«

»Bist du deshalb so traurig?«

»Ich bin doch nicht …«

»Doch, den ganzen Abend schon.«

Verdammt gute Beobachterin, die Kleine. Die ganze Zeit hatte an Katharina genagt, was Polanski ihr erzählt hatte. Die Mordanklage fand sie nicht so schlimm. Da kam sie schon irgendwie raus. Aber nicht mehr Polizistin zu sein?

»Warum bist du denn dann so traurig?«, riss Laura sie aus ihren Gedanken.

»Ach, weißt du …«, fing Katharina an. Besser gleich die Wahrheit. Laura kriegte sie ja auch so heraus. »Ich hab was Dummes gemacht. Und ich darf vielleicht nicht mehr Polizistin sein.«

»Hmhm.« Das Kind hatte die Stirn angestrengt in Falten gelegt.

»Laura, was denkst du?«

»Wenn du nicht mehr Polizistin bist, dann kannst du doch mit mir und Papa nach Brasilien kommen.«

Was hatte das Kind sich denn jetzt schon wieder ausgedacht?

»Wie kommst du darauf, Laura?«

»Also, der Papa hat keine Freundin. Und du hast keinen Freund. Und da könnt ihr doch …«

Daher wehte also der Wind. Oh Hilfe!

»Aber ich kenne deinen Vater doch gar nicht.«

»Der ist ganz doll lieb. Den magst du bestimmt.«

»Aber wenn er mich nicht mag?«

»Natürlich mag er dich.«

»Ich kann doch nicht einfach so …«

»Du kannst doch auch in Brasilien Polizistin sein!«

Unwillkürlich sah Katharina sich am Strand liegen, einen Longdrink in der Hand, jeden Tag Sonne … Aufs Stichwort trieb der Wind einen Schauer schweren Winterregens gegen das Fenster des Gästezimmers.

Laura flehte leise: »Bitte komm mit.«

Katharina schwieg. Plötzlich spürte sie Lauras Haar an ihrer Wange. Das Mädchen hatte sich aufgesetzt und ihre Arme um sie geschlungen. »Ich will, dass du meine neue Mama wirst. Dann sind wir eine Familie.«

Katharinas Magen verknotete sich: Familie. So stark hatte sie sich schon lange nicht mehr nach ihrer Familie gesehnt. Sie spürte, wie ihre Augen anfingen zu brennen.

»Nicht weinen.« Laura strich ihr über das Haar.

Katharina tastete nach ihren Wangen. Tatsächlich. Sie weinte. Trotzig wischte sie mit dem Handrücken über ihr Gesicht.

Schließlich ließ Laura sie los und kuschelte sich wieder zwischen ihre Decken. »Du wirst meine neue Mama! – Liest du mir jetzt noch was vor?«

Laura hatte gesprochen. Um Himmels willen.

Round Trip

Samstag, 1. Dezember 2007

»Katharina wird meine neue Mama!«, verkündete Laura ihren Beschluss. Die so Auserkorene wünschte sich eine Spalte zum Verkriechen.

»Ach, Sie wollen das Kind adoptieren?«, erkundigte sich einer beiden Personenschützer vom BKA, die Katharina zum Frühstück eingeladen hatte, neugierig.

»Katharina heiratet meinen Papa. Und dann fahren wir nach Brasilien!«, erläuterte Laura stolz ihren Plan.

»Sie sind verlobt? Glückwunsch! Ich dachte, Sie wären …«

»*Ich bin nicht lesbisch!*«, blaffte Katharina so laut, dass der Personenschützer fast vom Stuhl fiel.

»Single«, beendete er kleinlaut seinen Satz.

»Und wenn schon«, mischte sich sein Kollege ein. »Bei uns sind fast alle weiblichen Beamten lesbisch. Kein Problem damit.«

»Verlust für die Männerwelt, Gewinn für das Team. Sagt unser Chef immer.«

»Wie dem auch sei: Ich bin nicht lesbisch.«

»Das hatten wir schon gehört.« Der Beamte bohrte sich theatralisch im Ohr. »Ach ja, es geht so ein Gerücht über Sie um: Sie haben wirklich zwei Killer weggepustet?«

Katharina seufzte: »Ja. Leider.«

»Coole Aktion.« Beide nickten anerkennend.

»Deswegen werde ich jetzt ja auch gefeuert.«

Die Personenschützer sahen sich an, dann zuckten sie synchron mit den Schultern: »Kripo!« Sie lachten. »Bei uns hätten Sie 'ne Auszeichnung bekommen. – Und was machen Sie jetzt?«

»Sie geht mit mir und Papa nach Brasilien«, verkündete Laura, die sich von Minute zu Minute mehr für ihren Plan begeisterte.

Gott sei Dank klingelte in diesem Augenblick das Telefon. Andreas Amendt. »Torsten hat sich ziemlich beeilt. Er sagt, der ideale Vater wäre der mit der Probe, die mit Sven gekennzeichnet ist.«

»Sven Langstroem. Der Fotograf von stop!« Katharina überlegte. Sven war hochgewachsen, kräftig, hatte sehr große Hände; das war ihr aufgefallen, weil die Spiegelreflexkamera mit dem Großbild-Digitalaufsatz in seinen Händen klein und zerbrechlich gewirkt hatte. Körperlich war ihm die Tat durchaus zuzutrauen.

»Frau Klein?«, riss Andreas Amendt sie aus ihren Gedanken.

»Doch, ja. Wir sollten mit ihm sprechen.«

»Außerdem können wir später noch mal zu Paul Leydth fahren. Er hat sich ein wenig wegen der Marberts umgehört.«

»Gut. Wir gabeln Sie gleich auf.«

»Momentan ist es noch etwas ungünstig. Vielleicht so in zwei Stunden?«

»Dann spreche ich vorher schon mal mit Sven Langstroem.«

»Okay. Bis dahin habe ich auch Svenja nach Hause gebracht.«

Katharina konnte sich auch nicht erklären, warum ihre Verabschiedung so frostig ausfiel. Andreas Amendt konnte doch so viele Frauen über Nacht bei sich behalten, wie er wollte.

Es gab nur einen Sven Langstroem im Telefonbuch. Er wohnte ganz in ihrer Nähe. Die Haustür war offen, und so stieg Katharina die Treppe hinauf. »Vorsicht, Fotograf« stand unter der Klingel. Katharina läutete, kurz darauf öffnete sich die Tür.

Wigo Bach starrte sie mindestens ebenso erstaunt an wie sie ihn: »Oh, hi. Das ist ja eine Überraschung! Was bringt dich hierher?«

»Ich müsste auch noch mit Sven sprechen. Wegen …«

»Wegen Melanie?« Wigos Miene verdüsterte sich.

»Reine Routine. Ich überprüfe alle Männer aus ihrer Umgebung.«

»Wer ist es denn, Honey?«, hörte sie die Stimme von Sven Langstroem aus der Wohnung.

»Katharina, Schatz. Du weißt doch …«

»Klar. Die süße Asiatin mit der Knarre.« Sven Langstroem tänzelte heran. Er trug nur ein lässig geschwungenes Handtuch um die Lenden: »Komm doch rein. Ich zieh mir rasch was an. Wigo? Bist du so lieb und machst Kaffee?«

Er gab Wigo einen Kuss auf den Mund und verschwand wieder im Bad.

Wigo führte sie verlegen in eine ausgesprochen gemütliche Wohnküche und bot ihr Platz auf einem mit reichlich Kissen dekorierten Sofa an. Dann nahm er ein Glas aus dem Regal: »Macchiato?«

»Gern.«

Sven Langstroem hatte die gleiche Kaffeemaschine wie sie, stellte Katharina fest. Wigo kämpfte mit den Tasten, bis die Maschine endlich ein erlösendes Zischen von sich gab und das Glas mit Espresso und Milchschaum füllte. Er stellte das Glas auf eine Untertasse, legte einen langstieligen Löffel dazu und fischte schließlich noch zwei Schokoladenkekse aus einer großen Schale. Dieses Arrangement stellte er vor Katharina ab. Dann setzte er sich kurz in einen Sessel, stand aber gleich wieder auf und ging zur Kaffeemaschine. Espresso diesmal. Nach einer weiteren kurzen Servier-Ballett-Einlage blieb er dann endlich sitzen: »So.«

»Danke«, sagte Katharina amüsiert. »Du bist doch nicht etwa nervös?«

Wigo blickte sie unschlüssig an. Endlich verstand er: »Nee. Nur etwas umständlich. Tunten halt.«

Katharina überlegte, wie sie am geschicktesten fragte, doch Wigo war schneller: »Sag mal, kannst du für dich behalten, dass Sven und ich ein Paar sind? Beziehungen innerhalb der Agentur sind nicht gern gesehen. Hasko glaubt, das führt zu kreativer Inzucht.«

Sven gesellte sich kurz darauf zu ihnen. Er trug Jeans und ein Muscle-Shirt über dem gut trainierten Oberkörper. »Verlust für die Damenwelt«, dachte Katharina und verkniff sich ein Kichern.

»Und? Was kann ich für dich tun? «, fragte Sven neugierig. »Wieder ein Fotoshooting?«

»Hat Wigo dir noch nicht erzählt, wer ich bin?«

»Du hast uns doch gebeten, es nicht zu tun«, sagte Wigo gekränkt. »Nicht alle Schwulen tratschen.«

»Was nicht erzählt?«, fragte Sven.

»Ich bin Kriminalpolizistin«, erklärte Katharina. »Und ich untersuche den Tod von Melanie Wahrig.«

»Wow«, sagte der große Mann beeindruckt. »Under cover?«

»Sozusagen.«

»Cool. Und jetzt willst du auch mit mir sprechen?«, fragte er mit kindlicher Neugier. »Bin ich verdächtig?«

Das dürfte das erste Mal sein, dachte Katharina, dass sich jemand darüber freute, von ihr verdächtigt zu werden.

»Nun, wir haben in Melanies Wohnung DNA-Spuren …«

»Klar. Meine Spermaprobe.«

»Deine was?«, fragte Wigo entrüstet.

»Meine Spermaprobe. Melanie hat mich darum gebeten.«

»Und du hast …?«

»Lass doch erst mal die Kommissarin fragen.«

»Melanie hat dich um eine Spermaprobe gebeten?«, übernahm Katharina Wigos Frage.

»Klar. Suchte den optimalen Vater für ihr zweites Kind. Fand ich 'ne schöne Idee.«

»Und du sagst mir nichts davon?«, fragte Wigo, immer noch entrüstet.

»Ich wollte dich nicht kränken.«

»Aber du hast doch nicht mit Melanie …?«, fragte Wigo das, was Katharina auch auf der Zunge brannte.

»Geschlafen? Mit einer *Frau*?« Jetzt war es an Sven, entrüstet zu sein. »Nicht persönlich gemeint«, ergänzte er in Katharinas Richtung.

»Schon klar.« Katharina biss sich auf die Unterlippe. Nicht lachen. Das hier war ein ernsthaftes Verhör.

»Und wie dann?«, bohrte Wigo nach.

»Handarbeit. Und ja, ich habe dabei an *dich* gedacht. – Wigo ist manchmal etwas eifersüchtig.«

Wigo ließ sich schmollend in seinen Sessel zurücksinken.

»Nun ja«, setzte Katharina an. »Melanie hat von deiner DNA-Probe ein Genprofil erstellen lassen. Du wärst der optimale Vater gewesen.«

»Wirklich?« Sven wirkte ehrlich erfreut.

»Wusstest du nichts davon?«

»Nee. Überhaupt nicht.« Er dachte kurz nach. »Moment! Deshalb wollte sie sich am letzten Donnerstag mit mir treffen.«

»Treffen?«

»Sie hat mich angerufen. Von wegen gute Nachrichten und so. Und ob sie mit mir sprechen kann. Ich hatte aber keine Zeit. War bis abends spät auf einem Shooting in Hanau. Stahlpressen fotografieren. Also haben wir uns für den nächsten Tag zum Frühstück verabredet. Sie kam aber nicht. Hab versucht, sie anzurufen, doch sie ist nicht ans Telefon gegangen.«

»Fandest du das nicht seltsam?«

»Bei Melanie? Nö. Die war ziemlich oft in ihre Arbeit versunken und hat dann alles um sich herum vergessen.«

»Und das Fotoshooting kann jemand bestätigen?«

»Ein Alibi?« Schon wieder diese kindliche Neugierde. »Klar. Mein Assistent, der Firmenchef der Stahlwalz AG, der Marketingleiter, die Kommunikationstante und so ungefähr hundert Arbeiter, die ich durch die Gegend gescheucht habe. Ziemlich enttäuschend. Nur Bierbäuche. Keine Muskeln.«

»Tja, dann kann ich dich wirklich mit ruhigem Gewissen von der Verdächtigenliste streichen.«

»Cool. – Siehst du, Wigo, so sieht ein Verhör aus. Er schreibt seit Jahren Krimis, die keiner drucken will.«

»Ich weiß. Aber etwas anderes: Hast du sonst einen Verdacht?«

Sven zuckte mit den Achseln: »André. Das ist der Gewalt-Fan in der Agentur. Den würde ich auf jeden Fall befragen.«

Andreas Amendt hatte ihr eine SMS geschickt, mit einer Adresse und der Bitte, ihn dort abzuholen. Katharina ließ es sich nicht nehmen, selbst an der Tür zu klingeln. Svenja Taboch musterte sie frostig: »Sie wollen den Andreas aufgabeln?«

In diesem Moment kam Andreas Amendt auch schon aus der Tür: »Gehen wir?«

Svenja stellte sich auf die Zehenspitzen und küsste den Arzt zum Abschied kräftig auf die Wange. Sie hätte den Mund erwischt, wenn er nicht in letzter Sekunde den Kopf zur Seite gedreht hätte. »Bis bald«, sagte sie etwas überdreht.

»Bis bald.« Er hatte es eilig, die Treppe hinunterzukommen. Katharina konnte kaum folgen; der Knoten in ihrem Bauch schmerzte doch ziemlich.

Mit einem Seufzer der Erleichterung ließ sich Andreas Amendt in die weichen Polster des Panzers sinken: »Endlich Ruhe. Die Frau kann reden! Ein Wasserfall ist nichts dagegen.«

»Reden?«

»Fast die ganze Nacht. Erst heute Morgen um drei hat das Schlafmittel endlich gewirkt. Und immer das gleiche Thema: wie schön es wäre, wenn Johanna doch zu ihr kommt. Und dass ein Kind doch eine Familie bräuchte. Mit Mutter *und* Vater. Und wie schwer es doch ist, passende Männer kennenzulernen.«

»Und was haben Sie gesagt?«

»Was soll ich schon groß sagen? Ich hab zugestimmt. – Ich glaube, ich werde ihr Eric vorstellen. Den Neurologen, Sie erinnern sich? Der ist Single. Und leidensfähig.«

Katharina fühlte sich erleichtert.

Als wollte es Katharinas Laune widerspiegeln, hatte auf der Fahrt das Wetter aufgeklart. So bogen sie unter einem strahlend-blauen Spätherbsthimmel durch das große Tor, das zum Anwesen von Paul Leydth führte. Der Professor und seine Frau erwarteten sie schon auf dem kleinen Vorplatz.

»Andreas, du musst mir helfen!«, flehte Angelica Leydth dramatisch, kaum dass sie sich begrüßt hatten. »Eine Schülerin hat da Noten mitgebracht, mit einem Fingersatz, den ich einfach nicht durchschaue.« Sie fasste Andreas Amendt bei der Hand und zog ihn Richtung Haus. »Magst du auch mitkommen, Laura? Wir haben Kakao«, rief sie über die Schulter.

»Klar.« Laura hüpfte vergnügt hinter den beiden her.

»Das ist unsere Chance«, bühnenflüsterte Paul Leydth verschwörerisch zu Katharina. »Kommen Sie, ich zeige Ihnen meine Autosammlung.«

Der Professor ging zügig auf die Garage zu. Katharina wollte folgen, doch ihre Beine gehorchten nicht. Das Garagentor war eingedrückt gewesen, als sie am Mittwoch weggefahren waren. Eine Folge der Explosion. Doch jetzt sah es aus wie neu. Nur auf dem Pflaster war noch ein großer, schwarzer Fleck. Viele der Steine waren zerbröckelt oder gebrochen.

Endlich hatte der Professor gemerkt, dass sie ihm nicht gefolgt war. Er kam zurück und stellte sich neben sie. »Es ist zu kalt für Pflasterarbeiten«, sagte er leise.

Katharina spürte einen festen Kloß im Hals. Sie alle wären jetzt tot. Pulverisiert. Wenn sie nicht mit der Fernbedienung für die Zentralverriegelung gespielt hätte. Wenn sie nicht … Nur aus purem Zufall waren sie noch am Leben. Sie. Andreas Amendt. Laura. Und wenn Hans und Lutz nicht in ihrem Auto gesessen hätten … Das war alles ihre Schuld!

Sie spürte, wie ihr Gesicht kalt wurde. Ein Arm legte sich um sie. »Sie dürfen übrigens ruhig weinen«, sagte der Professor sanft. »Ist das Beste bei Schock.«

Ein paar Minuten standen sie so, während Katharina die Tränen über die Wangen rannen, ohne dass sie etwas dagegen tun konnte.

»Vielleicht sollten wir doch besser ins Haus gehen?«, schlug Paul Leydth schließlich vor. Katharina riss sich mit aller Kraft zusammen: »Nein, ich würde die Sammlung wirklich gern sehen.«

»Richtig so. Seinen Ängsten muss man sich stellen. Kommen Sie.« Der Professor bot ihr seinen Arm; gemeinsam gingen sie zur Garage.

Paul Leydth legte ein paar große Schalter um. Überall flammten Scheinwerfer auf und tauchten die Garage in gleißendes Licht. Mehr als zwanzig Autos fanden in ihr Platz, in mehreren Reihen hintereinander.

»Das hier sind meine Alltagsfahrzeuge.« Der Professor deutete auf die erste Reihe. Ein neuer Rolls-Royce Phantom, ein Lexus LS 600h, ein Mercedes-Coupé und ein kleiner, roter MG, Modell A, sauber restauriert. Paul Leydth strich über das Verdeck des kleinen Cabrios: »Damit fahre ich, wenn ich meine Frau ärgern will.«

In einer Ecke der Garage stand ein Auto, das als einziges mit schwerem, grauem Tuch abdeckt war.

»Eigentlich wollte ich Ihnen vor allem das hier zeigen. Ich brauche Ihre fachkundige Meinung. Fassen Sie mal mit an?«

Sie wuchteten die schwere Plane zur Seite.

»Und?«, fragte der Professor neugierig. »Was denken Sie?«

Sie standen vor dem Wrack eines Aston Martin DB 5. Die linke Front und die Seite waren eingedrückt, die Scheiben zersplittert, der Lack war stumpf, die Scheinwerfer hingen lose in ihren Halterungen, die Ledersitze waren spröde und farblos. Das war …

Katharina ging immer wieder um das Fahrzeug herum, ließ die Finger über das schwere Metall streichen. Kaum Rost, die Blechteile ließen sich ausbeulen, der Rahmen war mit etwas Glück nicht verzogen, aber selbst wenn … Dann gründlich abschleifen. Henry, ihr Mechaniker, würde schon den richtigen Lack auftreiben. Und innen alles wieder in Edelholz und Leder, wie im Original, vielleicht ein paar Zugeständnisse an die moderne Elektronik.

»Er ist wunderschön«, sagte sie schließlich.

»Glauben Sie, er ist zu restaurieren?«

»Natürlich.« Katharina konnte ihren Blick immer noch nicht abwenden. Sie musste diesen Wagen haben, koste es, was es wolle. Das war ein würdiger Nachfolger für Morris.

»Er hat meinem Bruder gehört. Und ich habe es bisher nicht übers Herz gebracht, ihn wegzugeben«, erklärte Paul Leydth.

»Ihrem Bruder?«

»Mein Bruder war das, was man früher einen Playboy nannte. Während ich Medizin studiert habe, hat er vor allem unseren Reichtum genossen. Mädchen, Drogen, schnelle Autos. Unter anderem dieses hier. Sein Liebling. Dann kam der Unfall. Und kurze Zeit später starb er in einer Hotelsuite in Monaco. Heroin kam damals im großen Stil nach Europa. Er hat es nicht vertragen.«

»Das tut mir leid.«

»Es ist lange her. Und seitdem steht der Wagen hier herum. Ich konnte mich nicht überwinden, ihn reparieren zu lassen oder loszuwerden. Bis jetzt.«

»Sie wollen ihn verkaufen?«, fragte Katharina rasch. »Sagen Sie mir den Preis und …«

»Er ist nicht zu verkaufen«, unterbrach sie der Professor.

»Aber Sie sagten doch gerade …«

»Ich schenke Ihnen den Wagen.«

»Bitte, Sie müssen mir den Wagen … was?«

»Ich schenke Ihnen den Wagen«, wiederholte der Professor.

Katharina wusste nicht, ob sie wieder weinen, dem alten Mann um den Hals fallen oder hysterisch lachen sollte. Also blieb sie starr stehen und schwieg.

»Ich glaube, Sie sind eine würdige Besitzerin.«

»Aber Sie können mir doch nicht so einfach ein Auto …«

»Doch, ich kann«, korrigierte er sie vergnügt.

»Warum?«

»Wie ich schon sagte: weil Sie eine würdige Besitzerin sind. Und vielleicht, weil Sie mir das Leben gerettet haben. Wenn Sie mich nicht weggestoßen hätten, hätte mich das Dach des Minis erschlagen.«

»Aber das wäre gar nicht erst passiert, wenn …«

Der Professor packte sie an den Schultern. Er war kräftiger, als Katharina gedacht hatte: »Fangen Sie gar nicht erst damit an, sich Vorwürfe zu machen. An der Bombe hat nur ein Mensch schuld: derjenige, der sie gelegt hat. Verstanden?«

Er stellte Katharina sanft auf die Beine und wurde wieder zum freundlichen Großvater. »Lassen Sie mich einfach wissen, wo Sie ihn hinhaben wollen. – Zu Henry Mörich?«

»Sie kennen Henry?«

»Selbstverständlich. Gute Mechaniker für Oldtimer sind rar. Kommt einen Tag in der Woche her und hält meine Autos in Schuss. Er hat mir mal erzählt, dass eine Kriminalkommissarin ihm geholfen hat, ein neues Leben anzufangen. Weil sie so eine Autonärrin ist. Da war zwei und zwei leicht zusammenzuzählen. Also: zu Henry?«

Katharina war immer noch völlig perplex: »Wie kann ich Ihnen danken?«

»Indem Sie mir ein paar Minuten Ihrer Zeit opfern. Ich habe nämlich eine Bitte an Sie.«

»Natürlich? Jetzt?«

»Wunderbar. Warten Sie ...«

Er blickte über seine Autoflotte und steuerte auf eine Stretch-Limousine zu: »Kommen Sie. Das ist gemütlicher. Und wir können vielleicht was zu trinken gebrauchen.«

Sie hatten sich in den Fond der Limousine gesetzt, und Paul Leydth hatte zwei Gläser Whisky aus der kleinen Bar eingeschenkt. Sie stießen an, nahmen einen kleinen Schluck, dann lehnte sich der Professor zurück und sah Katharina an: »Was wissen Sie über Andreas Amendt?«

»Was sollte ich ...«

»Alles.«

Katharina begann zögernd: »Nun, er ist stellvertretender Leiter der Gerichtsmedizin, gilt als extrem gut. Was ich bisher nur bestätigen kann. Er spielt Gitarre ... Worauf wollen Sie hinaus?«

»Gehen Sie weiter zurück. Was war er, bevor er Gerichtsmediziner wurde?«, fragte der Professor.

»Neurologe. War er nicht ein Schüler von Ihnen?«

»Ja, in der Tat. Er hat bei mir promoviert. Gehen Sie noch weiter zurück!«

»Aus Ihren Erzählungen und aus denen von Marianne Aschhoff weiß ich, dass er praktisch bei Ihnen beiden aufgewachsen ist.«

»Richtig. Warum?«

»Weil seine Eltern bei einem Unfall ums Leben kamen.«

»Das ist zumindest die offizielle Version, ja.«

»Wie meinen Sie das?«

»Später. Was ist Ihnen noch aufgefallen?«

»Er liebt Kinder. – Und er hasst Polizisten. Was schon ein wenig seltsam ist, in seinem Beruf.«

Paul Leydth nickte zustimmend: »In der Tat. Wissen Sie, warum?«

»Nur Vermutungen.«

»Heraus damit.«

»Er ist mal festgenommen worden.« Sie zögerte. »Unter Mordverdacht.«

»Aber?«

»Da er nicht im Gefängnis sitzt ...« Katharina stockte. Sie hatte völlig verdrängt, was Frauke ihr erzählt hatte.

»... ist er entweder unschuldig, oder die Beweise haben nicht ausgereicht«, führte der Professor ihren Gedanken zu Ende.

»Welches von beiden?«

»Ich glaube, dass er unschuldig ist. Aber das tut nichts zur Sache. Ich möchte noch einmal auf seine Eltern zu sprechen kommen. Ich werde Ihnen jetzt etwas erzählen, und ich möchte, dass Sie niemandem sagen, dass Sie davon wissen. Erst recht nicht Andreas.«

»Warum?«

»Mögen Sie ihn?«

Katharina spürte ein leichtes Kribbeln im Magen. »Ja«, sagte sie vorsichtig. »Ich mag ihn.«

»Er mag Sie auch. Erstaunlich genug bei Ihrem Beruf.«

Wollte der Professor sie etwa verkuppeln? Doch er fuhr fort: »Und was noch wichtiger ist: Er vertraut Ihnen. Das ist selten bei Andreas. Er traut so gut wie niemandem. Selbst mir nur in Grenzen.«

»Und ausgerechnet mir traut er?«

»So seltsam das für Sie klingen mag: ja.«

»Aber ...«

»Lassen Sie mich erzählen. Dann werden Sie sehen, worauf ich hinaus will. Also: Ich kenne Andreas schon sehr lange. Nicht als Studenten. Sondern als Patienten.«

»Aber Sie sind doch ...«

»Neurologe und Psychiater. Ja. – Und nein. Er ist nicht verrückt. Zumindest nicht mehr als Sie und ich.«

»Wie ist er zu Ihnen gekommen?«

»Durch den Tod seiner Eltern.« Der Professor schwieg. Offenbar wusste er nicht, was er als nächstes sagen sollte.

»Ich nehme an, es war kein Unfall?«, fragte Katharina nach einer Weile.

»Nein.«

»Was ist passiert?«

»Seine Mutter hat seinen Vater umgebracht. Dann sich selbst. Andreas hat schwer verletzt überlebt. Damals war er elf. – Seine Mutter litt seit ihrer Pubertät an Schizophrenie. Die Ärzte dachten, sie hätten sie medikamentös gut eingestellt; sie hatte ihre Familie, die ihr Halt gab. Aber dann kam ein Rückfall. So ganz genau weiß niemand, was passiert ist. Auf jeden Fall nahm sie eines Nachts ein großes Messer und stach zu. Erst bei ihrem Sohn, dann bei ihrem Mann. Danach hat sie sich die Pulsadern aufgeschnitten.«

Katharina überlegte einen Moment. »Aber gewalttätige Psychotiker sind doch sehr selten, oder?«

»Richtig. Sie haben Erfahrungen damit?«

»Nur mit den armen Schweinen, die ich während meines Streifendienstes aufgesammelt habe. Harmlos. Meistens nur eine Bedrohung für sich selbst.« Plötzlich durchfuhr es Katharina eiskalt: »Wurde Andreas verdächtigt?«

»Damals nicht. Nein. Es war tatsächlich die Mutter, daran gab es keinen Zweifel.«

»Aber später?«

»Genau.«

»Wann? Und warum?«

»Hier endet meine Geschichte leider. Mehr möchte ich Ihnen nicht erzählen. Noch nicht.«

»Warum nicht?«

»Was wissen Sie noch über Schizophrenie? Über die Ursachen?«, fragte der Professor zurück.

»Nicht viel. Die Familie spielt wohl eine Rolle, die Erziehung.«

»Die frühkindliche vor allem. Soweit die Medizin das sagen kann. Weiter!«

»Mehr … doch, ich habe irgendwo gelesen, dass Schizophrenie erblich sein kann.«

»Genau. Offenbar spielt ein genetischer Faktor eine wichtige Rolle.« Er musterte Katharina: »Sie ahnen, worauf ich hinaus will?«

»Nein … Moment. Doktor Amendt ist … Nein. Oder doch?«

»Es ist zumindest seine größte Angst, ja. Dass er die Krankheit seiner Mutter geerbt hat.«

Katharina traute sich kaum zu fragen: »Und? Was glauben Sie?«

»Ich bin felsenfest davon überzeugt, dass er keine psychotische Veranlagung hat.«

Katharina atmete erleichtert auf.

»Aber er ist anderer Meinung«, fügte der Professor hinzu. »Und ich muss leider sagen, dass aus seiner Sicht einiges dafür spricht.«

Katharina ließ den Satz einsinken. Vor ihrem inneren Auge griffen die Puzzleteile ineinander: »Der andere Mord. Der, wegen dem er verhaftet wurde.«

»Richtig. Er hat keine Erinnerung an die Tat. Obwohl er am Tatort gewesen sein muss. So viel steht fest.«

»Aber? Was ist damals passiert?«

»Das wiederum … Nun, das ist der Gefallen, um den ich Sie bitten möchte. Wie schon gesagt, ich glaube fest … Nein, ich bin überzeugt, dass er unschuldig ist. Aber ich möchte, dass Sie sich davon nicht beeindrucken lassen.«

»Dazu müsste ich aber wissen …«

»Das wird er Ihnen selbst erzählen. Eines Tages. Und damit kommen wir zu dem Gefallen, um den ich Sie bitten möchte.«

»Ich soll seine Unschuld beweisen?«

»Nein. So weit würde ich nicht gehen. Ich möchte, dass Sie ihm zuhören. Und dann all Ihren Instinkt und kriminalistischen Sachverstand darauf verwenden, die Wahrheit in Erfahrung zu bringen.«

»Aber …?«

»Es geht mir nur um die Wahrheit, Frau Klein. Wir brauchen Klarheit. Nur dann kann Andreas dieses Kapitel in seinem Leben endlich abschließen.«

Katharinas Nerven flatterten: »Und wenn er es doch war?«

»Dann ist das die Wahrheit. Und nur darauf kommt es an.«

Laura saß beinebaumelnd auf dem Sofa in dem kleinen Salon, in dem sie auch das letzte Mal gesessen hatten, vor sich eine große Tasse Kakao, eine Serviette artig über ihren Schoß gebreitet.

Andreas Amendt mühte sich am Flügel ab, während Angelica Leydth ihm über die Schulter schaute. Das Stück klang … nun ja, modern. Der Arzt spielte einen dissonanten Schlussakkord und blickte auf.

»Dieser Perversling von Komponist ist wirklich ein Fall für die Sitte.« Er massierte sich dramatisch die Hände. »Wer schreibt denn so was? Das ist doch bestimmt strafbar.«

»Das ist von einem Studenten der Musikhochschule«, erklärte Angelica Leydth. »Soll Teil seines Diploms werden. Und meine Schülerin soll die Hauptpartie singen. Aber genug für heute. Ich glaube, ich lasse den Komponisten besser selbst antanzen.«

»So, so, die Marberts. Im Nachhinein wundert es mich nicht, dass die Spur zu denen führt«, begann Paul Leydth, nachdem sie endlich alle um den kleinen Kaffeetisch saßen. »Zum idyllischen Glück fehlt den beiden wirklich nur noch ein Kind. Und weder er noch sie haben die Zeit, sich selbst um die Produktion zu kümmern.«

»Werden Kinder denn produziert?«, fragte Laura neugierig. »Wie denn?«

»Ich erklär's dir später«, erwiderte Katharina rasch. Auch noch Aufklärungsunterricht? Hoffentlich vergaß Laura diese Ankündigung wieder. Fürs Erste zumindest schien sie zufrieden und widmete sich wieder ihrem Kakao, an dem sie so dezent nippte wie eine englische Prinzessin an ihrem Afternoon-Tea.

Der Professor dozierte: »Also: Die Marberts sind das, was wir ›neues Geld‹ nennen können. Beide haben ein wenig geerbt und das Geld geschickt angelegt. Während des New-Economy-Booms sind sie richtig reich geworden und waren klug genug, ihr Geld in Sicherheit zu bringen, bevor der Crash kam. Sie sind beide Ende dreißig und hauptberuflich Geschäftsleute. Ihnen gehören zwei der wichtigsten PR-Agenturen des Landes. Aber ihre Stärke ist die Lobby-Arbeit. Und da wird es für euch interessant.«

»Henthen braucht andere Gesetze, um weiterforschen zu können, nicht wahr?«, fragte Katharina. »Das hatten wir ja schon beim letzten Mal vermutet.«

»Ja, aber jetzt wissen wir es genau. Die Marberts nehmen momentan massiven Einfluss auf die Ethik-Kommission, auf das Ministerium für Bildung und Forschung und auf die entsprechenden Ausschüsse. Sie wollen unbedingt durchsetzen, dass die Gesetze zur Stammzellen- und Embryonenforschung gelockert werden.«

»Und wie geht so eine Einflussnahme vor sich?«

»Zunächst einmal die übliche Lobby-Arbeit: Gespräche, Vorträge, Eingaben. Positionspapiere von Experten wie Henthen.«

»Das reicht?«

»Nicht immer. Und dann greifen die Marberts zu den seit Jahrhunderten erprobten Methoden der seriösen Geschäftswelt: Bestechung, Bedrohung, Erpressung.«

»Illegal?«

»Nicht bei uns. Dafür haben sie und andere gesorgt. Sie dürfen sich das auch nicht so vorstellen, dass in dunkler Nacht Koffer mit Geld den Besitzer wechseln.«

»Sondern?«

»Gut honorierte Vorträge. Aufsichtsratsposten. Die Marberts verfügen über ein Netzwerk, mit dessen Hilfe sie Menschen in praktisch jede Position hieven können. Wenn sie den Preis zahlen können.«

»Preis?«

»Einfluss ist die Währung, in der sich die Marberts bezahlen lassen. Ihr System ist dabei selbsterhaltend und selbststeigernd, wenn Sie verstehen, was ich meine.«

Katharina antwortete: »Je mehr Menschen ihretwegen in den richtigen Positionen sind, desto stärker wächst der Einfluss der Marberts.«

»Richtig.«

»Aber Sie sagten auch Drohung und Erpressung. Das ist doch illegal, oder nicht?«

»Wenn es belegbar wäre. Aber es ist einfach, die Karrieren von Menschen nachhaltig zu zerstören: Ein paar harmlose Urlaubsfotos zum falschen Zeitpunkt an die Presse lanciert, das große Exklusiv-Interview der Exgeliebten, oder ein einfacher Tipp an den richtigen Börsianer über etwaige Unregelmäßigkeiten in den Bilanzen eines Unternehmens, und schon geht eine Karriere den Bach runter. Meine Familie hat jahrhundertelang so Politik gemacht. Kein Erbe, auf das ich stolz bin. Aber die Marberts sind unsere Meister.«

»Warum das?«

»Sie haben keine Feinde. Zumindest keine, die sie ernsthaft bedrohen könnten.«

»Wie stellen sie das denn an?«

»Indem sie für ihre Opfer sorgen. Als Minister geschasst? Hier ist der Aufsichtsratsposten. Oder die Botschaft eines schönen, sonnigen Landes. Böse Zungen sagen: ›Es kann dir nichts Besseres passieren, als von den Marberts unter Beschuss genommen zu werden.‹«

»Das ist doch absurd.«

»Glauben Sie mir, ich habe mich oft bei dem Gedanken ertappt, dass die Verrückten in meiner Praxis gesünder sind als die Welt von Macht und Politik, in der auch meine Familie zu Hause war.«

»Und wenn wir jetzt mit den Marberts sprechen, werden Sie uns vermutlich drohen, oder?«

»Schlimmer. Sie werden versuchen, euch als Freunde zu gewinnen.«

Das Anwesen der Marberts war nicht weit entfernt von Paul Leydths Haus. Vom großen, streng bewachten Tor führte eine Privatstraße durch einen großzügigen englischen Park auf ein modernes Schloss zu. »Ich habe eine Vision«, hatte der Architekt wohl gesagt. »Ich sehe ein postmodernes Sanssouci.«

Der Butler, offenbar aus einem Edgar-Wallace-Film gefallen, geleitete Katharina und Andreas Amendt würdevoll durch die weitläufigen Säle dieses Schlosses aus Glas und Stahl in ein Büro, dessen Dimensionen mit weitläufig zu beschreiben eine Untertreibung wäre. Schmunzelnd sah Katharina, dass ein Elektroroller an der Wand neben der Tür lehnte. Sehr sinnvoll. Sonst würden die Bewohner des Schlosses ihren Tag wohl nur mit dem Weg zum Büro und zurück verbringen.

»Kriminalhauptkommissarin Klein? Endlich lernen wir uns einmal kennen.« Ein schlanker, mittelgroßer Mann mit Frettchengesicht kam um den großen Schreibtisch herum auf sie zu und streckte ihnen die Hand entgegen. »Ulf Marbert. Meine Frau wird auch gleich bei uns sein. – Und Sie sind sicher Doktor Andreas Amendt. Ich habe Ihren CV gelesen. Sehr beeindruckend. – Aber nehmen Sie doch Platz.«

Lächeln aus Teflon. Er begleitete sie zu einer Sitzecke aus der Designschule *Neue Unbequemlichkeit*. Mit etwas Mühe fanden sie eine halbwegs erträgliche Sitzposition.

»Ich weiß, nicht sehr rückenfreundlich. Dafür passend zur Einrichtung.« Ulf Marbert drapierte sich selbst auf einen der Sessel. »James. Kaffee und Refreshments, bitte. – Ich darf Ihnen doch etwas anbieten? – Ach ja, und ein Stück Pfefferminztorte für meine Frau.«

»Sehr wohl.« Der Butler glitt davon.

»Und womit kann ich Ihnen … – Ach, Monica, sehr schön. Das sind Kriminalhauptkommissarin Klein und Doktor Andreas Amendt.«

Drei Monate im Jahr Wellness-Farm, Fitness, tägliche Kosmetik und operative Optimierungen im siebenstelligen Preisbereich schüttelten ihnen die Hand und nahmen Platz. Monica Marbert war schön. Bis auf die Augen. Kalt. Zielerfassungssysteme.

»Nun, womit können wir Ihnen helfen?«, fragte Ulf Marbert freundlich.

Katharina begann vorsichtig: »Wir untersuchen gerade den Tod einer Patientin von Doktor Henthen. Und wir haben erfahren, dass er sie als Adoptiveltern für das Kind der Toten vorgeschlagen hat.«

»Ja, das hat er. Der gute Henthen. Enger Freund der Familie«, bestätigte Ulf Marbert freundlich.

»Und wir fragen uns …«

»Nicht so schüchtern. Hat Henthen uns ein Wunschkind erzeugt?« Ulf Marbert lächelte noch immer.

»Hat er?«, fragte Katharina.

»Ja. Das kann man so sagen. Die beste Mutter, genetisch gesprochen, und den besten Vater: gesund, Nobelpreisträger, musisch begabt. Bei uns wird das Kind die beste Zukunft bekommen, die man sich vorstellen kann. Sie sollten nur mal das Kinderzimmer sehen, das wir haben entwerfen lassen. Und nur Top-Personal von Anfang an.«

»Sie wissen aber schon, dass Kinderhandel strafbar ist?«

»Wer spricht denn von Handel? Es war eine Absprache, wie man sie unter Erwachsenen trifft.«

»Sie haben die Mutter nicht bezahlt?«

»Wir haben die Webdesignerin Alexandra Taboch dafür bezahlt, unsere Firmenwebsite auf den neuesten Stand zu bringen. Fürstlich natürlich. Da wollte sie uns den kleinen Gefallen gern erweisen.«

»Offenbar nicht.«

»Ach, eine kleine Meinungsänderung. Kein Problem.«

»Deswegen ist sie jetzt ja auch tot«, sagte Andreas Amendt bitter.

»Das ist höchst bedauerlich, hat aber mit unserer Absprache nichts zu tun. Ein tragisches Unglück, wie Sie ja wissen.«

»Meiner Meinung nach nicht«, widersprach Andreas Amendt.

»Ach, kommen Sie, Doktor Amendt! Selbst eine Koryphäe wie Sie kann sich mal irren. Und als Gerichtsmediziner müssen Sie die

Dinge immer von der strafrechtlichen Seite aus betrachten. Da kann man schon mal die Fakten überinterpretieren, nicht wahr?«

»Aber …«

»Ich lege für unseren Freund Markus Henthen die Hand ins Feuer. Und mein Wort hat sicherlich Gewicht. Keine Sorge.«

Andreas Amendt schwieg. Am liebsten hätte er wohl seine Hände, die sich jetzt in seine Oberschenkel krallten, um den Hals von Ulf Marbert gelegt. Katharina konnte es ihm nicht verdenken.

»Nun ist aber das Verfahren, dass Henthen für die Erzeugung des Kindes angewandt hat …«, setzte sie an.

»Illegal, meinen Sie? Ich bitte Sie. Die Gesetzesänderung wird kommen, muss kommen, wenn es mit unserem Land aufwärts gehen soll. Kein Richter in diesem Land wird ihn deswegen belangen. Alle werden davon profitieren. Auch Sie übrigens, Frau Klein.«

»Ich?«

»Nun, in Ihrem Aktienportfolio finden sich reichlich Biotechnologie-Aktien.«

»Woher wissen Sie das?«

»Nun, wir haben natürlich mitbekommen, dass Sie sich für Henthen interessieren. Da lag die Vermutung nahe, dass Sie irgendwann hier auftauchen würden. Außerdem haben wir uns angewöhnt, über jeden Frankfurter mit einem Vermögen in zweistelliger Millionenhöhe Bescheid zu wissen.«

Andreas Amendt fragte erstaunt: »Zweistellige Millionenhöhe?«

»Ja, da sind Sie überrascht, wie? Frau Klein zelebriert die neue Bescheidenheit. Aber sie gehört zu den reicheren Bürgern dieser Stadt. Eine Schande, dass das Vermögen so brachliegt. Was könnten Sie nicht alles bewirken … Kriminalitätsbekämpfung zum Beispiel.«

»Ich glaube, ich leiste meinen Beitrag zur Kriminalitätsbekämpfung ganz gut, danke.«

Ulf Marbert lachte jovial: »Nehmen Sie es mir nicht übel, aber was Sie betreiben, ist Mikro-Management. Ein Fall nach dem anderen. Absolut ineffizient. Wir sollten uns einmal zusammensetzen. Vielleicht nach Ihrer Anhörung, wenn Sie den Kopf wieder freihaben?«

»Woher wissen Sie von meiner Anhörung?«

»Informationen sind unser Geschäft. Es gibt wenig in dieser Stadt, was wir nicht wissen.«

Wie Antonio Kurtz. Aber der hielt sich wenigstens aus der Politik raus. Oder etwa nicht? Katharina musste ihn bei Gelegenheit fragen.

»Viel Erfolg«, wünschte Ulf Marbert frohen Mutes. »Ach ja, wir könnten Ihnen behilflich sein.«

»Wie das?«

»Wir haben ja nicht nur Informationen über Sie. Wir könnten Ihnen ein paar recht interessante Akten zur Verfügung stellen.«

»Und dafür wollen Sie vermutlich, dass ich Henthen vom Haken lasse?«

»Nicht doch. Das wird sich von selbst erledigen. Sie werden sehen. – Nein, einen Ansprechpartner im Polizeipräsidium kann man immer brauchen. Jemanden, der uns zu schätzen weiß.«

»Ich bin eine einfache Kriminalkommissarin.«

»Kriminal*haupt*kommissarin. Und Sie sind jung, Sie sind begabt: Man könnte meinen, Sie sind auf dem Weg nach oben. Auch dabei können wir helfen.«

»Ganz selbstlos?«

»Kriminalität ist nicht gut für unser Geschäft. Deswegen liegt uns natürlich an einer effizienten Strafverfolgung.«

So funktionierte also Bestechung ohne Bestechung. Katharina kannte genug Kollegen, die jetzt bereits schwach geworden wären. Sie erhob sich: »Nun, dann wollen wir Sie nicht länger aufhalten.«

»Ich hoffe doch, dass wir Ihnen weitergeholfen haben.«

»Doch, durchaus. Herzlichen Dank.«

»Ach, Frau Klein? Eine Sache noch.« Die Scharfschützenaugen von Monica Marbert fixierten Katharina: »Einflussnahme funktioniert in alle Richtungen.« Die Stimme war kalt. Eine Drohung. Gut verpackt und unangreifbar. Und vermutlich tödlicher als jeder Killer.

»Danke«, sagte Katharina schließlich.

»Für was?«

»Dafür, dass Sie nicht fragen.«

Andreas Amendt hatte bis jetzt geschwiegen. Er saß neben Katharina im Fond des Panzers, während sie auf ihr nächstes Ziel zusteuerten.

»Wonach sollte ich fragen?«

»Ob ich wirklich reich bin, zum Beispiel.«

»Ach, ehrlich gesagt wusste ich das schon. Paul hat es mir erzählt.« Er zögerte. »Auch von Ihrer Familie. Tut mir leid.«

»Es ist lange her …«, sagte Katharina nach einem Moment des Schweigens. »Normalerweise …«

»Normalerweise fragen die Menschen, was Sie mit dem Geld machen? Warum Sie so bescheiden leben?«

»Interessiert Sie das nicht?«

»Ich will Sie nicht nerven. Außerdem kann ich mir den Grund denken.«

»Ja?«

»Sie sparen. Falls Sie mal das Geld brauchen, um die Mörder Ihrer Familie zu jagen.«

Treffer. Katharina fragte mit einem wattigen Gefühl im Magen: »Wie kommen Sie darauf?«

»Ich würde es genauso machen. Ich mutmaße mal, dass Sie deswegen auch zur Kripo gegangen sind?«

Schon wieder richtig. War sie so durchschaubar? Sie fragte zurück: »Und Sie? Warum sind Sie Gerichtsmediziner geworden?«

»Warum wollen Sie das wissen?«, fragte er erstaunlich sanft.

»Nun, ich weiß, dass Sie eigentlich Neurologe waren. Und wohl kein ganz schlechter.«

»Hat Paul Ihnen das erzählt?«

»Ja. Aber das stand auch schon in dem Rundschreiben, dass Sie als neuen Gerichtsmediziner ankündigte. Also?«

»Neurologie ist oft genug Mängelverwaltung. Symptomarbeit.«

»Und die Gerichtsmedizin ist da anders?«

»Die Patienten dort jammern wenigstens nicht ununterbrochen. Außerdem, nun ja … Sie erinnern sich vielleicht, was Paul vorhin gesagt hat: Manchmal hat man den Eindruck, dass die Verrückten, mit denen wir es zu tun haben, normaler sind als der Rest der Welt.«

»Aber das ist nicht der einzige Grund für den Wechsel, oder?«

»Nein.« Er schwieg.

Nach einer Weile sagte Katharina: »Ich kann das nachvollziehen. In der Ausbildung bin ich Streife gefahren, und dann war ich erst mal bei den Eigentumsdelikten. Diebstahl und so. Da hatte ich es mit Menschen zu tun, die auch nur überleben wollten, irgendwie.«

»Hm.« Andreas Amendt räusperte sich. »Dann müsste Sie ja das Angebot gereizt haben, dass Ulf Marbert Ihnen gemacht hat.«

»Nein. Menschen wie er, die so denken und handeln … Wenn Sie mich fragen, warum ich meinen Reichtum nicht lebe …«

»Ich frage Sie nicht.«

»Nun, ich antworte Ihnen trotzdem. Ich will nicht so sein wie Ulf Marbert.«

»Sie könnten so sein wie Paul Leydth.«

»Alt und weise?«

»Autos und Zeichentrickfilme sammeln.«

Sie lachten.

Das letzte Ziel ihrer Rundtour war die Adresse von André Meyer. Doch dort öffnete nur eine Zofe, die ihnen mit französischem Akzent erklärte, dass »die 'errschaften weilten noch in die Wochenende«.

Nach diesem erfolglosen Intermezzo hatten sie Andreas Amendt, der bereits immer wieder einnickte, nach Hause gefahren. Offenbar hatte ihn die Beredsamkeit von Svenja Taboch wirklich arg geschlaucht. Er verabschiedete sich dankbar und schlich in seinen Hausflur. Katharina hoffte, dass er wenigstens den Weg in seine Wohnung finden würde, bevor er endgültig einschlief.

»Frau Klein?«

Der Mann trat plötzlich aus der Hofeinfahrt von Katharinas Haus. Hans und Lutz sprangen sofort vor Katharina und griffen in ihre Jacken. Aber Laura drängte sich zwischen den beiden durch und lief auf den Mann zu: »Papa!«

Das also war Lauras Vater. Katharina musterte den Mann. Grau meliertes Haar, sauber gestutzter Bart, sonnengegerbte Haut, blaugraue Augen: ein attraktiver Mann. Was hatte Elfie angedeutet? Er wusste wohl sein Aussehen beim weiblichen Geschlecht gekonnt einzusetzen.

Laura auf einem Arm balancierend, kam der Mann auf sie zu und streckte Katharina die Hand hin: »Tom Wahrig!«

Der Händedruck war fest und kühl. Die Hand war kräftig, rau … und klein, wie Katharina auffiel. Nicht viel größer als ihre.

»Und die anderen sind unsere Leibwächter!«, erklärte Laura fröhlich.

»Leibwächter?« Tom Wahrigs Blick verdüsterte sich.

»Lange Geschichte«, sagte Katharina rasch. »Wollen Sie mit reinkommen?«

»Tut mir leid, dass ich erst jetzt auftauche.« Tom Wahrig und Katharina saßen am Küchentisch. Laura hatte sich ins Gästezimmer verzogen. Packen.

»Aber das Funkgerät an Bord hat etwas viel Wasser abbekommen. Bin in einen Sturm geraten. Und bis ich einen Hafen erreicht hatte, wo ich es reparieren lassen konnte, war ich nicht erreichbar.«

»Ich hoffe, Sie verstehen, dass ich das fragen muss: Aber kann das jemand bezeugen?«, fragte Katharina.

»Ein Alibi? Ist Melanie etwa …« Er hielt inne.

»Höchstwahrscheinlich. – Bitte beantworten Sie meine Frage.«

Es brauchte eine Weile, bis sich Tom Wahrig wieder gefangen hatte. Endlich sagte er, immer noch stockend: »Natürlich. Meine Crew. Wir waren fast drei Wochen auf dem Wasser. – Ich werde doch nicht verdächtigt? Das ist absurd.«

»Sie werden verstehen, dass wir erst einmal jeden befragen müssen.«

»Ausgerechnet ich? Ich wollte nie etwas anderes für Melanie, als dass sie glücklich wird.«

»Wussten Sie, dass sie sich ein zweites Kind wünschte?«, fragte Katharina plötzlich.

»Klar. Wir haben es ja auch noch mal versucht. Leider hat sie das Kind verloren.«

»Nach der Trennung?«

»Ja. Wir waren weiterhin gute Freunde.«

»Wussten Sie, dass Melanie ziemliche Anstrengungen unternommen hat, einen optimalen Vater zu finden?«

»Natürlich.«

»Sie hatten also nichts dagegen?«

»Nein. Ich habe ihr sogar angeboten, die Vaterschaft anzuerkennen. Ich wollte auch immer ein zweites Kind, wissen Sie?«

»Haben Sie eine Vorstellung davon, was Melanie genau unternommen hat, um einen passenden Vater zu finden?«

»Sie wird wohl herumgefragt haben.«

»Nicht ganz. Sie hat … Nun ja, sie hat mit den Kandidaten Affären begonnen.«

»Oh je, das passt.«

»Wie meinen Sie das?«, fragte Katharina überrascht.

»Melanie hat immer Angst gehabt, sich irgendwie zu blamieren. Und lieber den … nun, den nonverbalen Weg gewählt. Weglaufen. Oder in diesem Fall … Meinen Sie, dass einer der Männer …«

»Das ist momentan unsere Vermutung, ja.«

»Arme Socke. Wird sich in sie verliebt haben.«

»Warum arm?«

»Weil er keine Chance bei ihr hatte. Melanie hatte endlich die Liebe ihres Lebens gefunden.«

»Wissen Sie, wer das war?«

»Eine Arbeitskollegin.«

Katharina konnte nur mit Mühe ihre Kinnlade oben halten: »Melanie war …«

»Lesbisch. Ja. Zumindest größtenteils.«

War das das Puzzlestück, das Katharina gefehlt hatte? Was hatte Paul Leydth gesagt? »Es könnte auch eine Frau sein.«

»Wissen Sie, wer die Kollegin war?«, fragte Katharina rasch.

»Hilfe, mein Namensgedächtnis! Eine Sylvia, Sarah …«

»Sandra Beckmann?«

»Ja, genau. So ein knuddeliger Typ. Kräftig, aber hübsch – wissen Sie, was ich meine?«

»Klar. Ich kenne sie.« Verdammt, schalt Katharina sich. Sie war blind gewesen! »Tante Sandra«! »Kann ganz toll Pfannkuchen machen zum Frühstück«! »War so mit Mama wie die Frauke mit dir«! Sie hätte noch mehr auf Lauras Worte achten sollen.

»Und Sie?«, fragte sie schließlich. »Wie haben Sie es herausgefunden? Und vor allem …«

Tom Wahrig zuckte mit den Achseln: »Jenseits leicht gekränkter männlicher Eitelkeit … Melanie war immer meine beste Freundin, wissen Sie? Ich habe es wohl geahnt, noch bevor sie es mir eines Tages gestanden hat. Und ich habe sie ermutigt.«

»Ermutigt?«

»Melanie kam aus einem erzkonservativen Elternhaus. Deswegen haben wir auch so früh geheiratet. Weil sie da rauswollte. Und mit der Zeit kam sie wohl immer mehr hinter ihre eigentliche sexuelle Identität. Und dann hat sie sich richtig verliebt.«

»Und Sie haben das unterstützt?«

»Natürlich. Ich wollte immer nur, dass sie glücklich wird.«

Er sagte es ganz sachlich. Ohne Pathos. Das war die Wahrheit, das spürte Katharina. Sie schwieg. Die Karten waren neu gemischt.

»Tun Sie mir einen Gefallen?«, fragte Tom Wahrig ernst, nachdem sie eine Weile schweigend am Küchentisch gesessen hatten. »Kriegen Sie den, der das getan hat.«

Gemeinsam waren Tom Wahrig und Katharina schließlich ins Gästezimmer gegangen und hatten Laura beim Packen geholfen.

»Gehen wir wirklich nach Brasilien, Papa?«

»Ja. Du wirst sehen, da wird es dir gefallen.«

»Kann Katharina mitkommen?«, setzte Laura ihren Masterplan in Gang. »Weißt du, Papa, sie ist nämlich auch alleine.«

»Aha!« Tom Wahrig schmunzelte in sich hinein.

»Und da könnt ihr doch …«

»Ich glaube, Frau Klein kann nicht so einfach weg. Sie hat doch ihren Beruf.«

»Aber es gibt doch auch in Brasilien Polizisten.«

»Ach Laura, ich kann doch nicht so einfach mit euch weggehen«, sagte Katharina rasch.

Das kleine Mädchen setzte sich aufs Bett und ließ den Kopf hängen. Katharina setzte sich neben sie, wusste aber auch nicht recht, was sie sagen sollte. Schließlich sagte Laura leise: »Ich will aber, dass du meine neue Mama wirst.«

»So einfach ist das nicht. Melanie ist deine Mama. Die ist ganz traurig, wenn du sie einfach so vergisst.«

»Meinst du?«

»Ganz sicher.«

»Kannst du nicht trotzdem mitkommen?«

Katharina schwieg. Plötzlich hatte sie eine Idee. »Ich muss doch erst noch mein Versprechen einlösen.«

»Versprechen?«, fragte das kleine Mädchen zaghaft.

»Weißt du nicht mehr, was ich dir versprochen habe?«

»Doch. Dass du die bösen Männer fängst, die das mit Mama waren.«

»Genau. Die muss ich erst mal fangen.«

»Dauert das lange?«

»Ich weiß es nicht. Vielleicht.«

»Okay.«

Das kleine Mädchen schloss Katharina in die Arme. Mein Gott, war das Kind kräftig.

Nach einer Ewigkeit ließ Laura Katharina los. Mit hängendem Kopf schulterte sie den kleinen Rucksack und klemmte sich Zon aus dem Lande Yan unter den Arm, während Tom Wahrig die restlichen Taschen nahm. Katharina brachte die beiden zu Tür.

Zum Abschied sah Laura noch mal auf: »Kommst du uns wenigstens besuchen?«

»Wenn ich darf.«

»Natürlich«, antwortete Tom Wahrig. »Wenn mein Haus fertig umgebaut ist, sind Sie jederzeit herzlich willkommen.«

Und dann waren sie gegangen.

Stille. Die Wohnung war unheimlich still. Katharina saß im Wohnzimmer und versuchte nachzudenken. Doch diese Stille war wirklich bedrückend. Laura war doch nicht den ganzen Tag topfdeckelschlagend durch die Wohnung gezogen? Verdammt. Sie vermisste Laura tatsächlich.

Schließlich hielt Katharina die Stille nicht mehr aus. Sie konnte ebenso gut arbeiten. Also rief sie Wigo Bach an.

»Hi Wigo, ich bin's, Katharina.«

»Oh hi! Wie geht's? Hast du André schon verhaftet?«

»Noch nicht. Aber kannst du mir die Nummer von Sandra Beckmann geben?«

»Klar. Sie ist doch nicht etwa verdächtig? Ohne sie können wir die Agentur knicken.«

»Nein, nein. Keine Sorge. Und entschuldige die späte Störung.«

»Kein Problem. Sven und ich wollen ohnehin gleich noch losziehen.«

»Na dann viel Spaß.«

Sie legte auf und wählte die Nummer von Sandra Beckmann. Nur die Mailbox. Katharina bat dringend um Rückruf.

Und jetzt? Diese Stille machte sie wahnsinnig.

Auf gut Glück wählte sie die Nummer von Andreas Amendt. Warum auch immer. Es meldete sich auch dort nur der Anrufbeantworter. Sie hinterließ keine Nachricht.

Was jetzt? Sie ging in die Küche und spielte mit Hans und Lutz eine Runde Mensch-ärgere-dich-nicht. Aber ohne Laura machte es einfach keinen Spaß.

Speak No Evil

Sonntag, 2. Dezember 2007

Die große Panoramascheibe zerbrach in einem Regen von Scherben. Der vermummte Eindringling begann sofort zu schießen. Katharina sprang vor und packte die Hand mit der Waffe. Sie rangen. Fast bis zum Fenster hatte Katharina die Gestalt schon zurückgedrängt, als sie ihr Knie in Katharinas Magen rammte. Sie stolperte zurück. Die Waffe richtete sich auf sie. Mündungsfeuer. Die Wucht des Treffers schleuderte Katharina zu Boden.

Die Gestalt stieg über sie hinweg, die Waffe im Anschlag. Schuss um Schuss fiel. Erst ihr Vater, dann ihre Mutter. Katharina konnte nur hilflos zusehen. Zuletzt drehte sich die Gestalt zu Susanne um. Die Kapuze war ihr vom Kopf gerutscht …

Andreas Amendt lachte, während er den Rest des Magazins auf Katharinas Schwester verschoss.

Ohne Hast ging er wieder auf Katharina zu, lud sorgfältig nach. Dann richtete er die Waffe auf ihren Kopf. Ein Lichtblitz und …

»Katharina?« – »Alles in Ordnung?«

Ein Rütteln an ihrer Schulter. Sie öffnete die Augen.

Lutz und Hans standen neben ihrem Bett, Pistolen in den Händen.

»Was …?«

»Du hast geschrien.«

»Oh je. Ein Albtraum.« Katharina setzte sich auf. Hans und Lutz steckten ihre Waffen weg.

»Wie spät ist es?«, fragte sie.

»Kurz vor sieben.«

Dann war es ohnehin Zeit aufzustehen. Thomas' Beerdigung begann um zehn. Sie wollte um keinen Preis zu spät kommen.

Katharina schleppte sich unter die Dusche. Heiß-kalt-heiß. Noch heißer. Endlich spülte das Wasser die Bilder fort. Sie rubbelte sich mit dem Handtuch ab, bis ihre Haut glühte.

Während des Schminkens dachte sie nach: Sie würde sich der Frage stellen müssen, ob sie Andreas Amendt wirklich für einen

Mörder hielt. Früher oder später. Verflixt, sonst fielen ihr solche intuitiven Entscheidungen nicht schwer. Eine laute Stimme in ihr sagte »Nein«, aber gleichzeitig schrillten sämtliche Alarmglocken. Polanski irrte sich selten, wenn er jemanden verhaftete.

Es half nichts. Sie würde warten müssen, bis Andreas Amendt ihr seine Geschichte erzählte. Wenn er es tat.

Katharinas Kleiderschrank war auch schon mal ergiebiger gewesen. Was hätte Thomas gefallen? Ihr Partner hatte fast immer Anzüge getragen. Anzug? Sie hatte doch einen Anzug. Anthrazit. Thomas hatte ihn gemocht. Also dann …

Schlichte Unterwäsche diesmal, weiße Bluse, darüber den Anzug. Schlichte, schwarze, flache Schuhe; wer wusste, ob sie vor Bombenlegern oder wütenden Witwen fliehen musste. Ihr Magen tat ein wenig weh, als sie das dachte: Sie hatte sich überhaupt nicht um Andrea Henrich gekümmert, die Frau ihres toten Kollegen.

Als sie endlich in der Küche an der Anrichte lehnte und einen wohlverdienten Kaffee trank, fiel ihr ein, dass etwas fehlte. Sie fragte Hans und Lutz: »Wisst ihr, wo ich Blumen für die Beerdigung herbekommen könnte?«

Lutz antwortete: »Hm, die Blumenläden am Friedhof haben auch sonntags auf. Sind auf so was vorbereitet.«

Das hatte Katharina nicht gewusst.

Man nannte es wohl eine ergreifende Trauerfeier. Der Polizeipräsident war erschienen. Viele Kollegen und Freunde.

Katharina hatte sich ganz nach hinten gesetzt. Sie umklammerte ihren Strauß: zehn langstielige rote Rosen, in der Mitte eine einzelne weiße. Rosen waren Thomas' Lieblingsblumen gewesen. Oft waren sie nach der Arbeit noch an einem Blumenladen vorbeigefahren. Dort hatte Thomas eine einzelne Rose für seine Frau gekauft. Manchmal hatte Katharina sich dabei ertappt, Andrea Henrich zu beneiden.

Ein Pastor sprach ein paar Worte, danach Polanski, dem sein schwarzer Anzug erschreckend gut stand. Dann war die Feier in der Kapelle zu Ende, und der Trauerzug setzte sich zum Grab in Bewegung.

Katharina war froh, sich mit niemandem unterhalten zu müssen. Ihre Augen fingen an zu brennen. Sie tastete in ihrer Handtasche nach einem Taschentuch. Sie fand keines. Na und? Sollten die Leute doch sehen, dass sie weinte.

Die Zeremonie am Grab war kurz. Ein paar Worte des Pastors, ein letztes Gebet, dann sank die Urne in das kleine Loch in der Erde.

Katharina wartete bis zuletzt, bevor sie ihre Blumen auf das Grab legte.

»Frau Klein? Katharina?« Andrea Henrich war plötzlich neben ihr auftaucht: »Schön, dass Sie gekommen sind.«

»Ich hoffe, ich habe keine …«

»Für die Frau, die die Schweine abgeknallt hat, die meinen Mann ermordet haben, nehme ich gern ein paar Sicherheitsmaßnahmen in Kauf.« Unvermittelt schlang sie die Arme um Katharina. »Ich hoffe, Sie kriegen einen Orden dafür.«

Endlich ließ sie wieder los. Katharina biss sich auf die Unterlippe, um nicht wieder zu weinen. Sie war keine Heldin. Sie hatte Thomas im Stich gelassen.

»Ich … ich weiß nicht genau, aber ich glaube, mein Mann wollte, dass Sie das hier bekommen.« Andrea Henrich zog einen prall gefüllten Schnellhefter aus Pappe aus ihrer Handtasche und drückte ihn Katharina in die Hand. Auf dem Deckel des Hefters stand »Akte Klein«. Sie öffnete ihn und blätterte ihn durch. Das war tatsächlich die Akte über den Mord an ihrer Familie. Protokolle, Tatort- und Autopsie-Berichte, dazwischen immer wieder Seiten, die eng mit der gestochenen Handschrift ihres Partners beschrieben waren.

»Mein Mann hat immer auf eine heiße Spur gewartet, bevor er mit Ihnen darüber sprechen wollte. – Achtung!«

Aus den Augenwinkeln sah Katharina einen Mann auf sie zukommen: Hölsung. Der fehlte gerade noch. Schnell schob sie die Akte in ihre Handtasche.

»Frau Henrich, ich wollte Ihnen mein Beileid aussprechen. Thomas war nicht nur ein guter Kollege, sondern auch ein …«

Andrea Henrich wischte die Hand, die Berndt Hölsung ihr hinhielt, fort wie eine lästige Fliege: »Ich kann mich nicht erinnern, Sie eingeladen zu haben.«

»Aber …«

Katharina machte einen Schritt auf ihn zu. Gib mir einen Grund, Hölsung, dachte sie. Aber sie blieb freundlich: »Ich glaube, Frau Henrich hat Sie gerade gebeten zu gehen.«

»Halten Sie sich da raus, Klein.« Hölsung wollte sie zur Seite schieben. Im nächsten Augenblick hatte Katharina ihm den Arm auf den Rücken gedreht und die Beine weggetreten. Sie ließ ihren Ellbogen auf Hölsungs Unterarm krachen. Dann stieß sie ihn in den Schlamm des unbefestigten Weges.

Hölsung starrte sie böse an: »Das werden Sie mir büßen, Klein. Morgen mache ich Sie fertig. Und das hier wird der Höhepunkt. Angriff auf einen Polizeibeamten.«

»Das werden wir noch sehen«, sagte eine ruhige Stimme neben ihnen. Polanski. »Für mich sah es so aus, als seien Sie ausgerutscht.«

»Und ich sage noch, Ledersohlen sind nichts für diesen Boden«, bestätigte Andrea Henrich.

Hölsung machte den Mund auf, klappte ihn aber gleich wieder zu, rappelte sich auf und humpelte, so schnell er konnte, davon.

Polanski legte die Hand auf Katharinas Schulter: »Katharina, so gut ich Sie verstehen kann … Aber genau diese Aktionen meinte ich, als ich sagte, dass Sie sich zusammenreißen sollten.«

»Er hat doch um die Schläge gebettelt.«

»Nicht jedem Bettler muss man etwas geben. – Ab jetzt bitte wirklich Ruhe, Katharina. Mit etwas Glück sieht es morgen nämlich gar nicht so schlecht für Sie aus, wie wir dachten.«

»Ja? Warum?«

»Lange Geschichte. Sie werden sehen. Also reißen Sie sich zusammen. Kommen Sie morgen auch so anständig gekleidet wie heute. Und wundern Sie sich erst mal über nichts.«

Katharina hatte keine Lust gehabt, nach Hause zu fahren, wusste aber auch nicht recht, was sie sonst mit sich anfangen sollte. Also hatte sie Hans gebeten, erst mal ein wenig durch die Gegend zu fahren. Sie trieben durch den klebrigen Nieselregen, der eingesetzt hatte, kaum, dass die Beerdigung zu Ende war.

Unschlüssig zog Katharina das Handy aus der Tasche. Wen sollte sie anrufen? Vielleicht noch mal Sandra Beckmann? Nur die Mailbox. Eine Adresse hatte sie nicht.

Okay, es stand ja noch der Besuch bei André Meyer aus. Sie hatte versprochen, Andreas Amendt mitzunehmen. Doch, sie war sich ganz sicher, dass sie es versprochen hatte. Also wählte sie seine Nummer.

»Hier ist der Anschluss von Andreas Amendt. In dringenden Fällen bin ich in meinem zweiten Wohnzimmer zu erreichen.« Nicht mal ein Piepser für eine Nachricht. Wie ärgerlich. Moment! Zweites Wohnzimmer?

Das Schild des Blauen Cafés war noch unauffälliger, als Katharina es in Erinnerung hatte. Wenn sie nicht die Musik gehört hätten, wären sie vermutlich daran vorbei gelaufen.

Das Café war gut besucht. An einer Wand war ein Büfett aufgebaut: Blue Brunch, wie das Schild darüber verkündete.

Andreas Amendt war nicht allein auf der Bühne. Ein Kontrabassist und ein Saxofonist spielten mit ihm zusammen irgendeine flottere Jazznummer, die Katharina nicht kannte.

»Ach, schau an, wer hier ist«, erklang eine tiefe Frauenstimme neben ihnen. »Heute ohne Kind?«

Katharina drehte sich zu ihr um: »Frau Aschhoff …«

»Marianne, bitte. Kommen Sie, bevor das Büfett ganz leer ist.«

Sie führte Katharina, Hans und Lutz zu einem von verschlissenen, aber gemütlichen Sesseln umstellten Tisch, auf dem das Schild »Reserviert« stand. »Andreas hatte so ein Gefühl, dass Sie auftauchen.«

Sie nahmen Platz. Marianne Aschhoff verschwand, aber nur, um kurze Zeit später mit großen Tassen Milchkaffee wieder aufzutauchen. Außerdem brachte sie Teller und Besteck.

»Essen Sie ruhig erst mal. Wenn Andreas mit den beiden spielt, vergisst er die Welt um sich herum.«

Während sie aß, beobachtete Katharina Andreas Amendt, der völlig entrückt Gitarre spielte, mal leise, mal wuchtige Kaskaden von Klängen abfeuernd, immer wieder seinen beiden Mitstreitern lauschend.

Nach einer Weile ging Marianne Aschhoff zur Bühne und zupfte Andreas Amendt am Ärmel. Er neigte sich zu ihr herunter, ohne eine Note auszulassen. Sie flüsterte ihm etwas ins Ohr, er nickte. Dann nahm er sie am Arm und zog sie auf die Bühne. Die anderen Gäste wussten anscheinend, was das bedeutete, denn sie applaudierten.

»Okay, okay, eine Nummer.« Marianne Aschhoff nahm sich ein Mikrofon, das in einer Ecke der Bühne lag. Sie begann zu singen, sanft mit den Fingerspitzen schnipsend:

»Well, since my baby left me,
I found a new place to dwell.
It's down at the end of lonely street
at Heartbreak Hotel.«

Die Musiker stiegen ein und zusammen verwandelten sie den Presley-Klassiker in eine mitreißende Swingnummer.

Nach einem schwungvollen Schluss legten die Musiker ihre Instrumente beiseite. Andreas Amendt kam zu Katharina an den Tisch. Er war sichtlich erfreut, sie zu sehen: »Sie haben die Botschaft verstanden! – Alles in Ordnung mit Ihnen?«

Katharina war erstarrt. Genauso hatte er in ihrem Traum gelächelt. Plötzlich standen ihr die Bilder wieder vor Augen: das Lachen, das eiskalte Nachladen, der Mündungsblitz … Sie spürte, wie alles Blut aus ihrem Kopf wich.

»Hey, hey, hey, hiergeblieben!« Sie spürte leichte Schläge auf ihrer Wange und öffnete die Augen. Andreas Amendt kniete vor ihr: »Ist schon eine Weile her, dass Frauen in meinem Publikum in Ohnmacht gefallen sind. Sie sollten wirklich mal Ihren Kreislauf untersuchen lassen. – Marianne soll Ihnen ein Glas Sekt bringen. Damit kommen Sie wieder etwas auf Touren. – Ich ziehe mir nur gerade was anderes an.«

War Andreas Amendt wirklich ein Mörder? Katharina nippte nachdenklich an ihrem Sekt.

Nach einer Weile kam der Arzt zurück und setzte sich zu ihnen: »Ich hatte gehofft, dass Sie die Nachricht auf meinem Anrufbeantworter verstehen.«

»Klar. ›Zweites Wohnzimmer‹. So haben Sie mir das Blaue Café vorgestellt.«

»Ich wusste nur nicht, ob Sie sich daran erinnern.« Er lehnte sich verschwörerisch vor: »Ich möchte nämlich gerade nicht von jedem gefunden werden, wissen Sie?«

»Weshalb?«

»Ganz ehrlich? Diese Svenja Taboch geht mir auf den Geist. Hat mich gestern ungefähr zwanzigmal angerufen. Immer, wenn ich gerade eingeschlafen war. Die Frau ist eine ganz schöne Nervensäge.«

Katharina wusste nicht recht, was sie ritt, aber sie sagte: »Sie ist halt verliebt.«

»In wen?« Das hatte er doch nicht wirklich gefragt! Dass Männer blind sein können, hatte sie schon erlebt. Aber so blind?

Endlich begriff er: »In mich? Oh Hilfe! Was mache ich denn jetzt?«

Katharina zuckte mit den Schultern: »Mit ihr schlafen und dann nicht wieder anrufen.«

»Was? Nee!«

»Dann sagen Sie ihr, dass Sie schwul sind.« Konnte das wahr sein? Ein Mann, der aussah wie Andreas Amendt, wusste nicht, wie man sich Frauen vom Hals hielt? War er doch gestörter …?

Andreas Amendt wechselte dankenswerterweise das Thema: »Was liegt an? Eine heiße Spur?«

»Vielleicht. Wir wollten ja noch André Meyer befragen.«

»Okay?«

»Und Sandra Beckmann hat mich angelogen. Sie war die Geliebte von Melanie Wahrig. Das hat mir Melanies Exmann gestern erzählt. Als er Laura abgeholt hat.«

»Und ich hatte mich schon gefragt, wo Laura wohl steckt.«

»Tja, ihr Papa geht mit ihr nach Brasilien.«

»Ohne Sie?«

»Ja, Lauras Plan, mich mit ihrem Vater zu verkuppeln, hat dann doch nicht geklappt.«

»Dabei können Kinder ganz schön hartnäckig sein.«

»Oh ja.«

»Vermissen Sie sie?«, fragte Andreas Amendt plötzlich.

»Ja.« Katharina war selbst völlig überrascht von ihrer Antwort.

»Man gewöhnt sich schnell an Kinder, nicht wahr?«

Katharina schwieg.

»Ich würde Laura auf jeden Fall vermissen.« Andreas Amendt klang fast so traurig wie Katharina sich fühlte.

»Andreas! Das ist ja eine Überraschung!«

Diesmal hatten sie mehr Glück. Die französische Zofe hatte ihnen geöffnet und sie in das Wohnzimmer der Meyers geführt. Die Frau, die dort aufstand und ihnen freudestrahlend entgegenkam, war – Katja Meyer, die Kinderärztin.

Katharina war zu verdattert, um zu sprechen. Andreas Amendt fing sich etwas schneller: »Katja, was machst du hier?«

»Ich wohne hier, Herzchen. Was denkst du denn?«

Katharina überwand endlich ihre Überraschung: »Eigentlich wollten wir mit André Meyer von stop! sprechen.«

»Mein Mann steht gerade noch unter der Dusche.«

»Ach so.« Katharinas Hirn begann zu arbeiten, während Andreas Amendt der Kollegin sein Leid mit Svenja Taboch klagte. War das die Verbindung? Hatte Katja Meyer für ihren Mann den Computer im Krankenhaus manipuliert?

Endlich segelte André Meyer in den Raum: »Ah, wir haben Gäste. – Katharina, was für eine angenehme Überraschung!« Er erklärte seiner Frau: »Katharina hier hat uns als Texterin und Model ausgeholfen.«

»Ach, dann sind Sie die Frau mit der Pistole?«, fragte die Ärztin. »André hat mir davon berichtet.«

»Ja. Genau.« Katharina wandte sich an André Meyer. »Doch weshalb ich hier bin: Nun, ich bin, wie deine Frau weiß, Kriminalpolizistin. Ich ermittele im Todesfall Melanie Wahrig. Aber vielleicht willst du das lieber unter vier Augen besprechen?«

»Wir haben keine Geheimnisse.«

Katharina zögerte: »Nun, wir haben DNA-Spuren von dir gefunden.«

»Das Kondom, oder?«, fragte André direkt. »Das war aber auch eine ziemlich schräge Nummer.«

Seine Frau zog milde amüsiert die Augenbraue hoch: »Kondom? Das klingt ja spannend.«

»Und die Geschichte mit dem blauen Auge hat man dir vermutlich auch schon erzählt?«

»Man hat so was angedeutet, ja. Dass du jemandem ein blaues Auge verpasst hast.«

»Was? Nee, Melanie mir!«, sagte André Meyer entrüstet.

Katja Meyer lachte auf: »Ach, das war *die* Geschichte?« Sie musste wohl die Überraschung von Katharina und Andreas Amendt gesehen haben, daher ergänzte sie: »Wir führen eine offene Beziehung. – Nun komm, André! Erzähl schon. Die Kommissarin wartet.«

»Muss ich wirklich? Das war so peinlich.«

»André? Muss ich böse werden?«, schnurrte Katja Meyer wie eine Katze, die überlegte, in welche empfindlichen Körperteile sie ihre Krallen zuerst schlagen sollte.

»Nein, Herrin. Also gut, es war so: Wir hatten eine erfolgreiche Präsentation. Und danach haben wir was getrunken. Plötzlich zieht mich Melanie ins Materiallager, schließt ab und beginnt an mir rumzumachen.«

»Und dann?«, lockte Katja Meyer.

»Ich bin nicht so richtig in Fahrt gekommen. Da habe ich sie gebeten, mir ein paar Ohrfeigen zu geben. Und ... Nun, es war dunkel. Und sie konnte nicht so richtig zielen. Da hat sie mein Auge erwischt.«

Katharina biss sich auf die Unterlippe, um nicht zu lachen. Sie fragte: »Und? Hat es was genützt?«

»Durchaus. – Und danach hat sie mir das Kondom abgestreift und verpackt. Hat gesagt, sie sammelt sie. Nun, jedem das Seine, nicht wahr?«

»Weißt du, wofür?«

»Nö, geht mich ja auch nichts an.«

»Sie hat das Sperma genetisch untersuchen lassen, um den Idealvater für ihr zweites Kind zu finden. Du wusstest also nichts davon?«, erklärte Katharina.

»Nein. Woher denn?«, erwiderte André Meyer erstaunt.

»Und ich mutmaße mal, du hast für den Donnerstag vor einer Woche auch ein Alibi?«

»Nun ...«

»Doch Schatz, haben wir«, widersprach Katja Meyer. »Hol mal die Fotos. Du weißt schon.«

»Muss das wirklich ...«

»Schatz? Bitte!«, schnurrte Katja Meyer mit funkelnden Augen.

»Okay.« André Meyer stand auf.

»Okay, wie?«

»Okay, Herrin!«

»Schon besser. Du darfst gehen.«

André Meyer verneigte sich, bevor er hinausging.

»Es ist unser Spielwochenende«, erklärte Katja Meyer gut gelaunt.

»Euer was?«, fragte Andreas Amendt. Katharina tippte ihn sanft mit dem Ellbogen an. »Schon klar«, sagte sie.

André Meyer kam mit einem Paket Fotos zurück. Er gab es seiner Frau und setzte sich brav wieder. Katja Meyer öffnete das Paket: »An dem Donnerstag waren wir auf dem Sklavenmarkt in München. Das ist eine Messe und Convention für S/M-Anhänger.«

Sie legte ein paar Fotos auf den Tisch. Die ersten zeigten Katja Meyer, in schwarzes Leder gekleidet, einen Mann mit Ledermaske und nacktem Oberkörper an einer Hundeleine führend: »Das sind wir.«

»Aber André ist darauf nicht zu erkennen.«

»Oh, das kommt noch.« Sie legte weitere Fotos auf den Tisch. Wieder der Mann mit dem nackten Oberkörper und der Maske, diesmal bei einem Tätowierer. Die Fotos dokumentierten Schritt für Schritt die Entstehung eines Ornaments.

»Das ist mein Besitzersiegel«, erklärte Katja Meyer. »Eigentlich wollten wir ein Branding, aber das Brandeisen sah mir nicht sehr hygienisch aus.«

»Brandeisen?«, murmelte Andreas Amendt, dessen Gesicht einen ungesunden Grauton angenommen hatte.

»Zieh mal dein Hemd aus, Schatz. Sonst glaubt uns die Kommissarin nicht, dass du das bist.«

Folgsam streifte André Meyer das Hemd ab. Solide Fitnessstudio-Muskeln, wie Katharina feststellte. Solariumsgebräunt. Er drehte sich um. Auf der rechten Schulter prangte die Tätowierung, deren Entstehen die Fotos dokumentiert hatten. Außerdem …

»Um Gottes willen«, fragte Andreas Amendt. »Was ist denn mit Ihnen passiert?«

»Wir haben auf der Messe auch ein paar neue Gerten und Peitschen gekauft, die wir gestern eingeweiht haben«, erklärte die Ärztin.

»Muss ja 'ne interessante Session gewesen sein«, sagte Katharina anerkennend, während André Meyer sich das Hemd wieder überstreifte.

»Doch, durchaus.« André Meyer grinste. »Nicht ganz so sexy wie mit der Pistole, aber …«

»Das hat dir gefallen, was?«, schnurrte seine Frau. »Muss ich später deine Gedankenuntreue bestrafen?«

»Wenn es sein muss, Herrin.«

»Nun, wir werden sehen.«

»Ach ja«, wandte sich André Meyer an Katharina. »Ich wäre dankbar, wenn du das hier nicht in die Agentur hinaustragen könntest.«

»Selbstverständlich nicht. Aber die wissen ohnehin alle um deine Faszination für Gewalt. Das kommt nicht von mir.«

»Ja, aber die glauben alle, ich bin ein Dom. Ist besser für einen Chef.«

»So, so! Ein Dom bist du also!«

»Verzeiht, Herrin.«

»Soll ich dir zeigen, wer hier der Dom ist?«

»Ja, Herrin.«

»Du *willst* also bestraft werden?«

»Nein, Herrin.«

Ein Klatschen. »Lüg nicht!«

Mehr konnten Andreas Amendt und Katharina nicht hören, da sie das Gartentor erreicht hatten und die hohe Hecke den Schall dämpfte. Der Arzt blieb stehen und schüttelte den Kopf.

»Was ist ein Dom?«, fragte er.

»Der Herr in einer S/M-Beziehung. In diesem Fall wohl Katja Meyer.«

»Aber … sie ist Ärztin.«

»Dann weiß sie wenigstens, was sie tut.«

»Ich verstehe nicht, wie …«

»Jedem das Seine. S/M-ler sind außerhalb ihrer Spiele meist ziemlich friedliche Menschen.«

Andreas Amendt schüttelte den Kopf: »Zum Vergnügen Schmerzen zufügen … das ist pervers.«

»Ach, wenn beide Partner Spaß dran haben … Außerdem gibt es Safewords.«

»Was?«

»Kennwörter, mit denen der Sub, also der Sklave, zu erkennen gibt, wenn es zu viel wird.«

»Aha.«

»Nicht Ihr Ding?«

»Ehrlich gesagt fehlt mir da jedes Verständnis.«

»Als Gerichtsmediziner müssten Sie doch ganz andere Dinge zu Gesicht kriegen.«

»Ja, aber die haben meistens tödlich geendet. Und Gewalt …« Er zögerte.

»Ja?«

»Gewalt macht mich krank. Ich kann nicht mal zurückschlagen, wenn ich angegriffen werde.«

Das stimmte: Katharina hatte zweimal erlebt, wie Henthen auf ihn losgegangen war. In beiden Fällen hatte er sich kein bisschen gewehrt, nicht mal eine Abwehrbewegung gemacht. Kein Mördermaterial! Oder …?

»Das ist aber nicht sehr gesund«, sagte sie schließlich.

»Was?«

»Sich nicht wehren zu können.«

»Ich weiß, ich weiß. Aber ich konnte es noch nie.«

Sie stiegen in den Panzer. Andreas Amendt ließ sich in den Sitz sinken: »Und Schmerzen zum Spaß? Das ist doch …«

»Lassen wir den beiden ihr Privatvergnügen. Ich hatte nicht den Eindruck, dass Katja Meyer ihr Hobby mit in den Beruf nimmt.«

»Im Gegenteil. Mit den Kindern ist sie dermaßen zärtlich und fürsorglich: nie genervt, immer …« Er suchte nach dem passenden Wort.

»Ausgeglichen eben«, erlöste ihn Katharina.

»Entschuldigt, wenn ich mich einmische.« Lutz hatte sich auf seinem Sitz zu ihnen umgedreht. »Aber wohin soll es jetzt gehen?«

»Haben wir noch ein paar andere Verdächtige, die wir verhören können?«, fragte Andreas Amendt etwas zu eifrig.

»Leider nicht. Die Adresse von Sandra Beckmann habe ich nicht.«

»Schade.«

»Ach, finden Sie plötzlich Gefallen an Polizeiarbeit?«

»Na ja, ich fürchte …«, begann er verlegen. »Ich fürchte, Svenja Taboch wartet wieder bei mir vor der Haustür.«

»Sie können ja mit zu mir kommen«, schlug Katharina vor, von sich selbst überrascht. »Wir bringen Sie dann später im Schutz der Dunkelheit nach Hause.«

»Frau Klein, ich … Was …?« Weiter kam die Frau nicht. Hans und Lutz hatten sie zu Boden gerungen und tasteten sie nach Waffen ab.

»Lasst gut sein, Jungs. Das ist Sandra Beckmann.«

»Ist sie sauber?«, fragte Lutz.

»Ja, vermutlich.« Allmählich sollte sie ein Schild in ihrer Hofeinfahrt anbringen, dachte Katharina: »Einfahrt freihalten. Lauern auf eigene Gefahr.«

Hans und Lutz stellten Sandra Beckmann mit Schwung wieder auf die Füße.

»Ich bitte um Entschuldigung, aber –«, begann Katharina.

Doch Sandra Beckmann fiel ihr ins Wort: »Ich habe Melanie getötet.«

Und dann brach sie in Tränen aus.

Gemeinsam hatten sie die hemmungslos Schluchzende in Katharinas Wohnung geführt und an den Küchentisch gesetzt.

»Der Streit … Ich … Melanie … gestoßen … Blut …«

»Ganz langsam, der Reihe nach.« Sanft legte Katharina ihre Hand auf die von Sandra Beckmann. »Am besten erzählen Sie die ganze Geschichte. Von Anfang an.«

»Also, ich und Melanie …« Sie stockte gleich wieder.

»Wir wissen, dass Sie ein Paar waren«, sagte Katharina. »Tom Wahrig hat es uns erzählt.«

»Ja. Ich war total verliebt. Und ich dachte, Melanie wäre es auch. Dann hatte sie diese Idee mit dem zweiten Kind. Fand ich klasse. Ich wollte doch auch gern …« Sandra Beckmann schluchzte wieder.

»Ja?«

»Auf jeden Fall … Tom schied als Vater aus. Melanie hat das zweite Kind von ihm verloren. Und dann ist sie zu dieser Ärztin gegangen.«

»Fischer-Lause?«

»Genau. Die hat ihr geraten, sie soll doch einen passenden Vater suchen. So kam Melanie auf diese verrückte Idee, alle Männer aus ihrer Umgebung zu testen.«

»Und Sie hatten keine Probleme damit? Sie wussten doch, wie Melanie die Proben sammelte?«

»Ja, sie hat es mir gesagt.«

»Aber?«

»An diesem Donnerstag war ich morgens bei ihr. Sie war in der Küche beim Kaffeekochen. Und ich war kurz im Arbeitszimmer, um ein paar Entwürfe zu holen. Ihr E-Mail-Programm war offen. Und die Mail … da stand was von ›perfekter Vater gefunden‹ und ›unser gemeinsames Kind‹ und ›auf ewig zusammen sein‹ und was weiß ich noch alles.«

Eine von Zaphods Mails. »Und dann?«, fragte Katharina.

»Ich bin in die Küche gerannt. Wollte Melanie zur Rede stellen. Da hat sie mich so an den Schultern gepackt. Und … ich weiß auch nicht, wie es passiert ist. Ich habe sie weggeschubst. Sie ist gestolpert und mit dem Hinterkopf auf den Tisch geschlagen. Plötzlich lag sie da. Dann das ganze Blut, das aus der Wunde kam … Ich … ich habe die Panik gekriegt. Bin weggelaufen. Einfach nur gerannt.«

Katharina sah zu Andreas Amendt, der den Kopf schüttelte. Schließlich fragte sie: »Sind Sie später zurückgekommen? Um Ihre Spuren zu verwischen?«

»Nein, ich hatte doch gar keinen Schlüssel.«

»Und genau so hat es sich abgespielt? Nur ein Stoß? Kein Kampf?«

»Nein. Ich habe sie wirklich nur geschubst. Und nicht mal besonders stark. Sie muss gestolpert sein. Aber das ändert doch nichts daran, dass ich sie ermordet habe.« Sie schluchzte erneut.

»Doch, das ändert alles«, sagte Andreas Amendt ruhig. »Sie haben sie nicht getötet.«

»Was? Aber … das ganze Blut.«

»Sie haben sie schon verletzt. Kopfverletzungen bluten stark. Doch mehr als eine Gehirnerschütterung hatte sie davon nicht.«

»Aber sie hat sich nicht mehr bewegt.«

»Sie war ohnmächtig.«

»Sehe ich auch so«, stimmte Katharina zu. »Das erklärt auch den Eiswürfelbehälter und die zwei unterschiedlichen Verletzungen.«

»Ich verstehe nicht«, fragte Sandra Beckmann. »Was für …«

»Nachdem Sie weg waren, ist Melanie wieder aufgewacht. Sie hat sich einen Eisbeutel für ihren Kopf gemacht. Und dann ist der wahre Mörder gekommen«, erklärte Andreas Amendt. »Wenn es wirklich so passiert ist, wie Sie sagen, haben Sie Melanie Wahrig nicht getötet.«

»Wer dann?«

»Wir wissen es nicht. Haben Sie eine Idee, wer dieser Zaphod gewesen sein könnte?«, fragte Katharina.

»Wer?«

»Der Absender der Mail.«

»Nein. – Keine Ahnung.« Sandra Beckmann versank in brütendes Schweigen.

Katharina hatte eine Idee. Vielleicht hatte Zaphod beim Verwischen seiner Spuren ja etwas übersehen. »Hat Melanie ein Tagebuch geführt?«

»Ja, natürlich. Ich habe ihr eine von diesen ganz dicken Moleskin-Kladden geschenkt. Da hat sie jeden Tag etwas reingeschrieben.«

»Wissen Sie, wo sie das Tagebuch aufbewahrt hat?«

»Klar. Ihr Schreibtisch hat so eine verborgene Schublade.«

Sandra Beckmann hatte eine Minute auf der Schwelle gestanden, ehe sie endlich den Mut hatte, die Wohnung ihrer toten Geliebten zu betreten. Dann ging sie schnell an der Küche vorbei direkt ins Arbeitszimmer.

»Aber … hier ist ja alles falsch«, sagte sie entsetzt.

»Ja, wir mussten den Computer …«

»Nein, das meine ich nicht.« Sie deutete auf den Zeichentisch, der im rechten Winkel zum Schreibtisch stand. Stiftkästen, Tintenflaschen, Lineale und anderes Zubehör waren unordentlich um eine Arbeitsfläche in der Mitte aufgestapelt. »So würde Melanie ihren Arbeitsplatz nie hinterlassen.«

»Sie wird wohl gearbeitet haben.«

»Nein, nein, nein. Melanie war sonst ziemlich unordentlich. Aber alles, was sie zum Arbeiten brauchte, war sauber angeordnet. Wie bei einem Chirurgen die Instrumente. Ich … ich habe oft darüber gelacht.«

»Das Geheimfach?«, fragte Katharina vorsichtig.

»Ach ja.« Sandra Beckmann tastete unter dem Schreibtisch lang. »Hier ist irgendwo ein Hebel, der … ach, da.«

Zwei Verzierungen am Schreibtisch klappten weg und eine Schublade schob sich hervor. Sandra Beckmann zog sie auf.

Die Schublade war leer. Sie wollte hineingreifen, doch Katharina hielt sie zurück. »Vorsicht. Fingerabdrücke.« Sie streifte sich rasch ein paar Gummihandschuhe über und fuhr behutsam mit den Fingern in die Schublade. Doch sie fand nichts.

»Das kann doch nicht wahr sein. Das war Melanies …« Sandra Beckmanns Gesicht war grau geworden, und Andreas Amendt hielt es für besser, sie zu stützen.

»Wusste sonst noch wer davon? Von dem Geheimfach, meine ich?«, fragte Katharina.

»Nur ich und Melanie und …«

»Ja?«

»Sie hatte den Schreibtisch erst ziemlich kurz – einem Bekannten abgekauft. Vor einem Monat oder so.«

»Wissen Sie, wer das war?«

»Nein.« Sandra Beckmann ließ sich auf den Bürostuhl sinken und starrte apathisch vor sich hin.

»Fällt Ihnen sonst noch irgendetwas auf?«, fragte Katharina.

»Nee, nur das Chaos. Und die leere Schublade.« Sandra Beckmann schluchzte auf. Andreas Amendt nahm sie in den Arm und führte sie sanft zur Tür: »Wir gehen besser.«

Vor der Wohnungstür blieb Sandra Beckmann stehen und wischte sich mit einem Ärmel über das Gesicht.

»Ich glaube, ich gehe dann mal«, sagte sie leise. »Hat ja alles …«

Katharina fasste sie am Arm. »Ich habe leider noch ein paar Fragen an Sie. Besser, Sie kommen noch mal mit rauf.«

»Muss ich wirklich?«

»Ja. Bitte.«

Katharina und Andreas Amendt hatten Sandra Beckmann in die Küche gesetzt und einen Augenblick um Geduld gebeten. Dann gingen sie ins Wohnzimmer und schlossen sorgfältig die Tür.

»Was denken Sie?«, fragte Katharina.

»Ich glaube ihr.«

»Ich auch. Aber das meinte ich nicht. Bei mir schrillen gerade alle Alarmglocken.«

»Stimmt. Sie ist ziemlich instabil.«

»Was machen wir mit ihr? Wir können sie doch so nicht nach Hause schicken.«

»Sie meinen, ins Krankenhaus?«

»Nicht so drastisch. Aber mir wäre es lieber, wenn … Nun ja, mein Gästezimmer ist wieder leer.«

»Das ist eine gute Idee«, stimmte der Arzt zu.

»Aber wie überzeugen wir sie davon?«

»Lassen Sie mich das machen. Vielleicht kann ja einer Ihrer Leibwächter schon mal das Bett vorbereiten?«

»Was haben Sie vor?«

Andreas Amendt zuckte mit den Schultern. Dann zog er eine Pillenpackung aus der Jackentasche: »Einmal Neurologe, immer Neurologe.«

»Kann sie dann unbeaufsichtigt bleiben?«

»Sie sind doch hier.«

»Mir wäre es lieber, Sie blieben auch hier. Das Sofa im Wohnzimmer ist …«

Das hatte sie nicht wirklich vorgeschlagen, oder? Offenbar doch. Andreas Amendt zog eine Augenbraue hoch: »Ein Bett. Ich weiß. Nett, dass Sie mich vor Svenja beschützen wollen. Die Einladung nehme ich dankend an.«

Svenja? Ach ja. Natürlich. Genau deshalb hatte sie ihn gebeten zu bleiben. Doch. Das klang gut. Und das machte man doch so unter Freunden. Sich schützen. Der hysterische Teenager in Katharinas Kopf plapperte zufrieden vor sich hin.

Manchmal fragte sich Katharina, ob Hans wirklich so dumm war, wie er manchmal tat. Er hatte den kleinen Hinweis mit dem Bett sofort verstanden. Nachdem er frische Bettwäsche aufgezogen hatte, stand er auf dem Flur Wache, um zu verhindern, dass Sandra Beckmann aus der Wohnung lief.

Währenddessen hatte Andreas Amendt Sandra Beckmann in ein Gespräch verwickelt. Scheinbar setzte er einfach nur die Vernehmung fort, fragte nach Melanies Vorlieben, nach dem Kennenlernen. Sie antwortete monoton und abwesend.

Schließlich sagte er: »Ich hoffe, Sie nehmen es mir nicht übel, Frau Beckmann. Aber Sie haben einen soliden Schock. Völlig verständlich. Und so können wir Sie nicht allein nach Hause gehen lassen.«

Er fühlte den Puls, sah ihr mit gewichtiger Miene in die Augen: »Hm, ja. Etwas schwach. Ich möchte, dass Sie die hier nehmen.«

Er legte zwei weiße Tabletten vor sie hin und holte ein Glas Wasser. Sie betrachtete die Pillen unschlüssig. »Was ist das?«

»Nur ein mildes Kreislaufmittel. Tut mir leid, dass wir Sie diesem Stress ausgesetzt haben. Mit der Wohnung und so …«

»Ja, aber es müsste mir doch besser gehen als vorhin. Ich meine, ich habe sie nicht getötet, oder?«

»Das ist eine ganz normale Reaktion. Einfach nur das abfallende Adrenalin. Keine Sorge. In einer halben Stunde sind Sie wieder auf dem Damm. Nehmen Sie einfach die Pillen.«

»Okay.« Lustlos schluckte Sandra Beckmann die Tabletten.

»Sehr artig. Und jetzt mache ich uns etwas zu essen.«

Andreas Amendt machte sich mit Feuereifer ans Kochen. Katharina sah ihm fasziniert zu. Es war fast schon Musik, es war …

Ein dumpfer Schlag riss sie aus ihren Gedanken. Sandra Beckmanns Kopf war auf die Tischplatte gefallen. Katharina rüttelte vorsichtig an der Schulter der Schlafenden. Sandra Beckmann murmelte »Nicht jetzt, Schatz« und drehte den Kopf auf die andere Seite.

»Doch, die haben so schnell gewirkt, wie ich gehofft hatte.« Andreas Amendt wandte sich an Lutz: »Fassen Sie mal mit an?«

Lutz hob die kräftige Frau mit Leichtigkeit hoch und trug sie ins Gästezimmer. Gemeinsam zogen sie ihr Schuhe und Jeans aus. Dann deckte Andreas Amendt sie sorgsam zu.

Stormy Monday

Montag, 3. Dezember 2007

»Ich wollte Sie nur daran erinnern, dass heute Ihre Anhörung ist. Und dass Sie auf keinen Fall zu spät kommen dürfen.« Irgendjemand sollte mal mit Polanski über die Folgen von Schlafdefizit reden.

»Ja, schon klar, Chef.« Katharina gähnte herzhaft ins Telefon, bevor sie fragte: »Wie spät ist es überhaupt?«

»Halb sechs. Ich dachte, ich wecke Sie etwas früher. Und ziehen Sie sich was Anständiges an.«

»Okay, Chef.« Katharina legte auf und ließ sich wieder rückwärts aufs Bett fallen.

Das war er also: der Tag ihrer Exekution. Regen klatschte gegen das Fenster und bot den passenden dramatischen Trommelwirbel.

Ihr Blick fiel auf das Foto auf ihrem Nachttisch. Verdammt, heute war doch … Ausgerechnet am Todestag ihrer Familie würde sie ihren Job verlieren. Nicht drüber nachdenken. Keine Zeit zum Grübeln.

Also dann: aufstehen. Ins Bad. Unter die Dusche. Schminken. Morgenmantel überwerfen. Zurück ins Schlafzimmer. Moment! Was passierte denn in der Küche?

Andreas Amendt lehnte neben der Kaffeemaschine und nippte an seiner Tasse. Als Katharina in die Küche kam, nickte er ihr zu, um dann den Blick wieder auf seine Patientin zu richten.

Vor dem Herd wirbelte Sandra Beckmann herum, jonglierte mit Pfannen. Sie machte eine halbe Drehung und entdeckte Katharina: »Ich mache Pfannkuchen zum Frühstück. Ich hoffe, Sie haben nichts dagegen.« Ihre Stimme klang viel zu hoch.

Katharina nahm sich eine Tasse und überredete die Kaffeemaschine, ihr einen doppelten Espresso zu spendieren. Sie nahm ein paar Schlucke, verbrannte sich beinahe die Zunge. Andreas Amendt, der das Geschehen vor dem Herd aufmerksam beobachtete, neigte sich zu Katharina und flüsterte: »Ich bin immer wieder überrascht über den Wirkungsgrad moderner Antidepressiva.«

Richtig, er hatte Sandra Beckmann ja am Vorabend unter Drogen gesetzt. Katharina flüsterte zurück: »Hoffentlich schlägt sie nicht böse auf dem Boden der Realität auf.«

Sportunterwäsche. Katharina fand, das passte zu einer Anhörung. Ihren Anzug hatte sie am Vorabend unordentlich auf den Boden geworfen; er war zerknittert. Also: Kostüm. Wenn es denn sein musste. Flache Schuhe. So, das war es. Jetzt war sie optisch bereit für ihre Anhörung.

Sicherheitshalber sollte sie ihre Pistole in den Tresor legen. Hans und Lutz waren ja bewaffnet. Sie ging ins Wohnzimmer, öffnete den kleinen Wandtresor und griff in ihre Handtasche. Was war das denn?

Sie zog den dicken Schnellhefter hervor; die Akte über die Ermordung ihrer Familie. Sie widerstand der Versuchung, sie aufzuschlagen, und legte sie zusammen mit ihrer Waffe und dem Ersatzmagazin in den Tresor. Jetzt war sie in Zivil. Ein sehr unangenehmes Gefühl, aber da musste sie wohl durch.

Laura hatte recht gehabt: Sandra Beckmann konnte wirklich hervorragend Pfannkuchen machen. Katharina hatte drei Stück von den dicken, mit Apfelstücken durchsetzten Fladen verdrückt. Auch die anderen hatten tüchtig zugelangt. Schließlich hatten sie die Köchin noch davon abhalten können, »rasch zu spülen«. Man konnte alles übertreiben. Außerdem war es langsam Zeit für den Aufbruch.

Sandra Beckmann hatte sich unter tausend Beteuerungen, ihr ginge es viel besser, verabschiedet und in ein Taxi gesetzt. Andreas Amendt, dessen Lederjacke offenbar ebenso viele Geheimnisse barg wie Katharinas Handtasche, hatte ihr schnell noch ein Rezept auf einem Block ausgestellt, den er aus einer Innentasche hervorzog.

»Hoffentlich nimmt sie die Medikamente auch«, sagte er, während er hinter dem Taxi herschaute.

Katharina griff nach ihrem Handy: »Ich bitte Wigo besser, ein Auge auf sie zu haben.«

Während Katharina mit Wigo sprach, kam Andreas Amendts Taxi. Er flüsterte ihr zum Abschied ins Ohr: »Viel Glück.«

Die Uhr über der Tür des Sitzungssaals, in dem die Anhörung stattfinden sollte, zeigte eine Minute vor neun, als Katharina schlitternd zum Stehen kam. Gerade noch pünktlich. Polanski erwartete sie schon: »Kommen Sie, kommen Sie!«

Der Raum war fast leer geräumt. An einem Tisch an der Stirn des Saals saßen Staatsanwalt von Ottweiler und Kriminaldirektor Hans-Peter Weigl, der Leiter der Internen Ermittlungen.

Polanski führte Katharina zu ihrem Platz auf der linken Seite. Ein Tisch, zwei Stühle, ein Mikrofon. Er bedeutete ihr, sich zu setzen, dann drehte er sich um und wollte gehen.

»Bleiben Sie nicht?«

»Ich bin Zeuge, Katharina. Keine Sorge. Alles wird gut. Versprochen.« Und damit ging er.

Der Staatsanwalt und Kriminaldirektor Weigl würdigten Katharina keines Blickes. Sie waren in Akten vertieft. An einem Tisch auf der anderen Seite saß ein älterer Mann, der zu dösen schien. Allerdings durfte man Richter Weingärtner nicht unterschätzen. Hinter seinem Dösen verbargen sich eine genaue Beobachtungsgabe und ein schnell arbeitender Verstand. War es ein gutes oder schlechtes Zeichen, dass er an der Anhörung teilnahm?

In der Mitte stand ein Stuhl hinter einem kleinen Tisch, vermutlich für die Zeugen. Eine mit einem Tuch verhängte Pinnwand und ein Videomonitor waren dahinter bereitgestellt.

Katharina wartete. Doch nichts geschah, bis sie plötzlich einen eigentümlichen Geruch nach Eukalyptus wahrnahm. Sie drehte sich zur Seite. Der Mann musste sich so leise hingesetzt haben, dass sie ihn nicht bemerkt hatte. Und wenn er nicht gerochen hätte wie ein Koalabär, hätte sie ihn vermutlich ganz übersehen, denn alles an diesem Mann war unauffällig: der graue Anzug, die dezente Krawatte, das schüttere Haar, die blassen Augen, das weiche Gesicht.

»Wer sind Sie denn?«, fragte Katharina unwirsch.

»Verteidigung«, antwortete der Mann freundlich. Selbst seine Stimme war unscheinbar. »Eukalyptuspastille?« Er hielt ihr eine aufgeklappte Dose mit grünen Bonbons hin. Geistesabwesend nahm Katharina eine. Meine Güte, waren die scharf.

Er stellte die Dose vor sich auf den Tisch. Keine Akten, kein Block, nicht mal ein Stift. Nur die Dose. Fantastisch!

Endlich räusperte sich Staatsanwalt von Ottweiler: »Wir verhandeln heute gegen Katharina Klein und –«

Der Mann mit den Eukalyptuspastillen unterbrach ihn: »Entschuldigen Sie, dass ich Ihnen ins Wort falle, werter Herr Staatsanwalt.

Aber dies hier ist eine informelle Anhörung, keine Verhandlung.« So unauffällig seine Stimme auch war: Alle merkten auf. Selbst Richter Weingärtner hatte die Augen geöffnet.

Staatsanwalt von Ottweiler zog die Augenbrauen hoch: »Also gut, dies hier ist eine *informelle Anhörung* zu den Ereignissen vom einundzwanzigsten November dieses Jahres. Im Laufe der *Anhörung* soll festgestellt werden, ob Kriminalhauptkommissarin Katharina Klein in Notwehr gehandelt hat oder ob gegen sie Anklage erhoben wird.« Er sah zu dem Mann mit den Eukalyptuspastillen. »Zufrieden?«

»Nun ja, fürs Erste.«

»Also gut. Dann beginnen wir mit der Aussage von ...« Staatsanwalt von Ottweiler blickte gewichtig auf die Akte vor ihm: »Katharina Klein. Nehmen Sie bitte dort Platz.«

Katharina ging zu dem Stuhl in der Mitte des Saals und setzte sich. Oh nein, der alte Verhörtrick. Ihr Stuhl hatte leicht gekürzte Beine. Zudem saß sie meilenweit vom Tisch der Verhandlungsführer entfernt. Die Vernommenen sollten sich so klein und schutzlos fühlen; nun, es funktionierte sehr gut.

»Beginnen wir zunächst einmal mit den Personalien. Ihr voller Name?«, fragte der Staatsanwalt.

»Katharina Yong Klein. Yong mit Ypsilon.«

»Nur die Fragen beantworten bitte. Geboren?«

»Am sechsundzwanzigsten November 1974 in Frankfurt am Main.«

»Schildern Sie bitte kurz Ihren beruflichen Werdegang.«

»1993 Abitur an der Deutschen Schule in Kapstadt, Südafrika.«

»Wie kamen Sie nach Südafrika?«, fragte Kriminaldirektor Weigl knapp.

»Ich sollte eigentlich nur ein Austauschjahr dort verbringen. Aber nach dem Tod meiner Eltern entschloss sich ein dort lebender Freund der Familie, mich zu sich zu nehmen.«

»Sie sagten: Tod der Eltern?«

»Ermordung. Als ob Sie das nicht ganz genau wüssten.«

»Frau Klein, Pampigkeit bringt sie hier ...«

»Ich sehe nur nicht, was ...«

»Beantworten Sie einfach die Fragen. Nach dem Abitur sind Sie zur Polizei gegangen?«

»Ja. 1993 bis 1996 Ausbildung zur Kommissaranwärterin, danach Streifendienst in Kassel, dann Übernahme in die Kriminalpolizei.

Ein Jahr später Versetzung in das Kommissariat für Kapitalverbrechen und Beförderung zur Oberkommissarin.«

»Wollten Sie zur Polizei, um den Mord an Ihren Eltern aufzuklären?«

»Sie wissen, dass diese Frage aufgrund unserer Dienstvorschriften unsinnig ist.«

»Das lassen Sie bitte uns entscheiden. War der Tod Ihrer Eltern ein Motiv, zur Polizei zu gehen?«

»Ja!« Wenn schon, denn schon.

»Bitte, geht doch. Fahren Sie fort.«

»2002 Beförderung zur Hauptkommissarin. Freistellung für einen achtzehnmonatigen Lehrgang an der FBI-Akademie in Quantico.«

»Und weiter?«

»Nach meiner Rückkehr wurde ich auf meinen Wunsch nach Frankfurt am Main versetzt. Ins KK 11.«

»Beeindruckende Karriere. Wie erklären Sie sich Ihren raschen Aufstieg?«

»Hundert Prozent Aufklärungsquote.«

»In der Tat, ja. Zwei Belobigungen. Außerdem 2004, 2005 und 2006 hessische Polizeischützenmeisterin. Aber auch mehrere Aktenvermerke wegen unnötiger Brutalität gegenüber Verdächtigen. Schon vor dem einundzwanzigsten November 2007 haben Sie bereits fünfmal von der Schusswaffe Gebrauch gemacht.«

»Jeweils in Notwehrsituationen, wie zweifelsfrei festgestellt werden konnte. Und die anderen Vorwürfe wurden entkräftet.«

»Nun ja, ich bin lang genug bei der Internen Ermittlung, um zu wissen, dass eine Krähe der anderen kein Auge aushackt. – Warum wollten Sie unbedingt zur Frankfurter Kriminalpolizei?«

»Sie kennen doch die Antwort«, knurrte Katharina mürrisch.

»Sagen Sie sie uns bitte.«

»Ich wollte in meine Heimatstadt zurück. Außerdem hatte ich gehofft, eines Tages über eine Spur zu stolpern.«

»Um die Ermordung Ihrer Familie aufzuklären?«

»Um vielleicht meinen Beitrag zu leisten, ja!«

»Das klingt sehr ehrenwert. – Beschreiben Sie uns Ihre Vermögensverhältnisse.«

»Da sind Sie vermutlich besser informiert als ich.«

»Kennen Sie den genauen Umfang Ihres Vermögens nicht?«

»Nein!«

Der Staatsanwalt öffnete eine Akte: »Für das Protokoll: Die Kreying-Vermögensverwaltung, die das Privatvermögen von Kriminalhauptkommissarin Klein betreut, beziffert den momentanen Wert auf dreiundfünfzig Millionen Euro in Anlagevermögen und Immobilien. Hinzu kommt eine bisher ungeschätzte Kunstsammlung.«

»Wenn Sie das sagen.«

»Sie kennen also den Stand Ihres Vermögens nicht?«

»Nein. Alles Wesentliche regelt der Vermögensverwalter.«

»Sie leben sehr bescheiden.«

»Nun, ich lebe in einer Eigentumswohnung mit vier Zimmern. Allein.«

»Das ist aber auch das Einzige, was Sie von Ihrem Vermögen nutzen. Sie leben ausschließlich von Ihrem Gehalt als Polizistin. Sie überziehen hin und wieder sogar ein wenig Ihr Konto. Und Sie fahren einen Gebrauchtwagen.«

»Seit letztem Mittwoch nicht mehr.«

»Warum?«

»Der Wagen wurde von einer Bombe zerrissen.«

»Ach ja. Aber Sie fuhren einen Gebrauchtwagen …«

»Einen Mini Monte Carlo. Einen Oldtimer, wenn Sie so wollen.«

»Den Sie selbst restauriert haben?«

»Ja, das ist mein Hobby.«

»Gut. Warum nutzen Sie Ihr Vermögen nicht?«

Katharina entschied sich für die Wahrheit: »Weil ich mir geschworen habe, es erst anzurühren, wenn der Mord an meinen Eltern und meiner Schwester aufgeklärt ist. Oder das Vermögen zur Aufklärung einzusetzen, wenn nötig.«

»Geben Sie sich die Schuld am Tod Ihrer Eltern?«

»Was? Wie kommen Sie darauf?« Sie wusste, dass diese Frage unsinnig war. Aber der Stich im Bauch schmerzte trotzdem. Nur mit purem Glück war sie entkommen. Nur mit purem Glück war sie in Kapstadt gewesen und nicht in Frankfurt. Nur mit purem Glück …

Der Staatsanwalt riss sie aus ihren Gedanken: »Lassen wir das. – Sie kamen also nach Frankfurt und erarbeiteten sich rasch den Ruf einer exzellenten Ermittlerin. Gleichzeitig verschlissen Sie in ihrem ersten Jahr fünf Partner. Sie sollten sogar schon versetzt werden, weil niemand mehr mit Ihnen zusammenarbeiten wollte. Ist das richtig?«

»Ja.«

»Und dann kam, als letzte Chance, Thomas Henrich.«

»Thomas und ich kannten uns vorher schon. Und kamen gut miteinander aus.«

»Warum?«

»Er hat meine Gedanken geordnet. Und stand nicht im Weg.«

»Wie meinen Sie das?«

»Thomas war ein Genie darin, Informationen zu ordnen und aufzubereiten. Er hat sich wirklich alles gemerkt und aufgeschrieben. Jede Kleinigkeit. Und mich dann machen lassen.«

»Sie würden ihn also nicht gerade als entschlussfähigen und guten Ermittler bezeichnen?«

»Thomas war mein bester Freund.«

»Aber er war kein guter Ermittler?«

»Er war ein ausgezeichneter Ermittler.«

»Berichte beschreiben ihn als detailversessen und wenig initiativ.«

»Ich habe gern mit ihm zusammengearbeitet. Und gut.«

»Hatten Sie ein Verhältnis mit ihm?«, fragte Kriminaldirektor Weigl plötzlich.

»Was? Nein! Ich wüsste auch nicht, was das mit …«

»Wir stellen hier die Fragen, Frau Klein.«

Katharina schwieg.

»Gut.« Staatsanwalt von Ottweiler übernahm wieder das Wort. »Kommen wir dann auf die Ereignisse vom einundzwanzigsten November dieses Jahres zu sprechen. Schildern Sie bitte den Ablauf aus Ihrer Sicht.«

»Wo soll ich anfangen?«

»Ganz am Anfang. Warum waren Sie in dem Parkhaus?«

»Thomas und ich wollten in die Oper.«

»Dienstlich?«

»Nein. Wir wollten Karten kaufen.«

»Aber Sie waren noch im Dienst?«

»Wir hatten uns telefonisch in eine Pause abgemeldet.«

»Und diese Pause wollten Sie nutzen, um Karten für die Oper zu kaufen?«

»Ja.«

»Warum?«

»Thomas, seine Frau und ich wollten einen gemeinsamen Abend verbringen.«

»Verstehen Sie sich gut mit Andrea Henrich?«

Was sollte sie darauf sagen? Katharina antwortete zögernd: »Wir hatten nie viel miteinander zu tun.«

»Waren Sie eifersüchtig auf sie?«

»Was? Nein, ich war nicht eifersüchtig. Thomas und ich waren Kollegen und Freunde. Mehr nicht.«

»Warum haben Sie nicht direkt vor der Oper geparkt?«

»Dort ist Parkverbot. Und Thomas war in der Einhaltung von Vorschriften sehr penibel.«

»Sie nicht?«

»Doch!«, sagte Katharina wütend. Und musste dann leider ein kleinlautes »Meistens.« hinterherschieben.

»Sie hätten Ihr Parkprivileg missbraucht?«

»Es ging um fünf Minuten halten, um Himmels willen. Und wir waren ja im Parkhaus.«

»Also, Sie haben geparkt. Und dann?«

»Sind wir zu den Fahrstühlen gegangen.«

»Die Sie aber nicht genommen haben?«

»Nein. Die Fahrstühle waren außer Betrieb. Also haben wir das Treppenhaus gesucht. Da fiel mir auf, dass ich meine Handtasche nicht dabeihatte. Ich bin also zurück zum Auto. Thomas wollte schon mal vorgehen.«

»Und dann?«

»Ich habe schnell meine Handtasche aus dem Auto geholt und bin zurückgelaufen. Ich wollte ihn unbedingt noch einholen.«

»Und was passierte dann?«

»Ich habe die Tür zum Treppenhaus geöffnet. In diesem Augenblick habe ich die Schüsse aus einer Maschinenpistole gehört.«

»Wie viele Schüsse?«

»Konnte ich nicht zählen. Nicht bei einer automatischen Waffe. Aber es war eine lange Salve.«

»Nach unseren Unterlagen dreiunddreißig Schüsse.«

»Das ist die Magazingröße einer MAC-10, ja.«

»Was haben Sie dann gemacht?«

»Ich bin in Deckung gegangen und habe meine Dienstwaffe gezogen.«

»Welche Munition hatten Sie geladen?«

»Noch die vorschriftsmäßigen Vollmantelgeschosse.«

»Noch?«

»Ich habe später Glaser-Sicherheitsgeschosse verwendet. Ich weiß, dass die illegal sind.«

»Aha! Für das Protokoll: Frau Klein gibt einen Verstoß gegen das Waffengesetz zu.«

»Ich wollte in dem engen Raum …«

»Weiter bitte. Was haben Sie dann gemacht?«, schnitt ihr Kriminaldirektor Weigl das Wort ab.

»Mithilfe eines Schminkspiegels habe ich vorsichtig um die Ecke des Treppenschachts geschaut und mir so Überblick verschafft.«

»Was konnten Sie da sehen?«

»Mein Kollege lag auf der Treppe. Außerdem konnte ich zwei Männer mit automatischen Pistolen, MAC-10, sehen. An der Wand knieten mehrere weitere Personen.«

»Ihren Kollegen Hölsung konnten Sie aber nicht sehen?«

»Nein, er kauerte in der nicht einsehbaren Ecke des Raums.«

»Kauerte?«

»Ja, kauerte.«

Der Staatsanwalt überlegte kurz, bevor er fragte: »Warum haben Sie keine Hilfe gerufen?«

»Wollte ich ja. Aber ich hörte einen der Männer sagen, dass sie abhauen wollten. Und vorher mehrere der Geiseln erschießen. Die Zeit war also zu knapp.«

»Und was haben Sie dann gemacht?«

»Ich habe meine Pistole mit Glaser-Sicherheitsgeschossen geladen – und meinen Pullover ausgezogen.«

»Warum das denn?«

»Das war nötig für meinen Plan.«

»Welcher Plan?«

»Ich habe so getan, als wäre ich eine betrunkene Nutte.«

»Was?«, fragt von Ottweiler überrumpelt.

»Eine alkoholisierte Prostituierte.«

»Ich hatte schon verstanden. Warum?«

»Um die beiden Geiselnehmer abzulenken und um ein gutes Schussfeld zu bekommen.«

»Sie sind also einfach die Treppe runtergegangen?«

»Gewankt. Das Ablenkungsmanöver funktionierte.«

»Und dann?«
»Dann habe ich die beiden erschossen.«
»Sie müssen sehr schnell geschossen haben.«
»Ja.«
»Was haben Sie dann gemacht?«
»Ich habe überprüft, ob die beiden Geiselnehmer wirklich kampfunfähig sind, die Maschinenpistolen gesichert und einen Notruf abgesetzt. Danach habe ich meinen Kollegen Berndt Hölsung entdeckt. Und ihn festgenommen.«
»Festgenommen?«
»Nur zum Schein. Ich habe angenommen, dass er verdeckt ermittelt. Und ich wollte seine Tarnung nicht auffliegen lassen.«
»Aha. Haben Sie den beiden Geiselnehmern Handschellen angelegt?«
»Nein.«
»Warum nicht?«
»Weil sie tot oder zumindest kampfunfähig waren.«
»Woher konnten Sie das beurteilen?«
»Nun, Kopftreffer mit Glaser-Sicherheitsgeschossen sind praktisch immer sofort tödlich. Das Geschoss zerlegt sich in Schrot, das schwerste Schäden des Hirngewebes hervorruft.«
»Und wegen dieser tödlichen Wirkung sind diese Geschosse in Deutschland verboten«, warf Kriminaldirektor Weigl ein.
»Aber Vollmantelgeschosse …«
»Das tut hier nichts zur Sache.«
»… *hätten* die Köpfe durchschlagen und wären in dem engen Treppenhaus abgeprallt. Eventuell wäre noch eine Geisel zu Schaden gekommen«, führte Katharina ihren Satz energisch zu Ende.
Weigl machte eine Handbewegung, als wolle er eine lästige Fliege verscheuchen: »Irrelevante Spekulationen. – Wie ging es weiter?«
»Der Notarzt und die Kollegen trafen ein.«
»Diese sagen aus, Sie seien mit Blut beschmiert gewesen.«
»Ja, ich habe versucht, Thomas wiederzubeleben.«
»Aber die Geiselnehmer nicht?«
»Nein.«
»Warum?«
»*Weil mir mein Kollege ehrlich gesagt wichtiger war!*«
»Kein Grund zu schreien. Was ist dann passiert?«
»Kriminaldirektor Polanski hat mich nach Hause gefahren.«

»Und Ihr Fahrzeug?«

»Hat er zum Polizeipräsidium bringen lassen. Er wollte nicht, dass ich selbst fahre.«

»Gut. – Haben Sie Ihrer Geschichte noch etwas hinzuzufügen? Irgendetwas ausgelassen? Vergessen?«

Katharina schüttelte den Kopf: »Nein.«

»Nehmen Sie dann wieder an der Seite Platz.«

Katharina stand auf und setzte sich neben den Mann mit den Eukalyptuspastillen. Er schob ihr die Dose hin. Sie lehnte dankend ab.

Der Staatsanwalt und Kriminaldirektor Weigl flüsterten kurz miteinander. Sie schienen ihr nicht zu glauben.

»In Ordnung«, sagte der Staatsanwalt schließlich. »Beschäftigen wir uns mit den Inkonsistenzen Ihrer Aussage später. Hören wir zunächst einmal Berndt Hölsung.«

»Inkonsistenzen?«, fragte Katharina überrascht.

»Sie haben jetzt nicht das Wort, Frau Klein.« Der Staatsanwalt wandte sich an die Protokollantin. »Rufen Sie bitte Kriminalhauptkommissar Berndt Hölsung herein.«

Die Protokollantin suchte erst verzweifelt die Rufanlage, bis sie feststellte, dass sie sich nicht im Gerichtssaal befand. Also ging sie zur Tür: »Herr Hölsung, bitte.«

Berndt Hölsung humpelte herein und ließ sich auf den Stuhl in der Mitte sinken.

»Sind Sie verletzt?«, fragte der Staatsanwalt mitleidig.

»Nur ein kleiner Sturz. Fuß verknackst und Hand verstaucht. Beim Training. Kommt schon mal vor.« Hölsung ahnte wohl, dass er gegen Polanski und Andrea Henrich keine Chance hatte.

»Gut, Herr Hölsung, Sie wissen ja, um was es geht.«

»Ja, natürlich.« Der Angesprochene nickte artig.

»Es geht um die Vorfälle am einundzwanzigsten November im Parkhaus an der Oper, an denen Sie beteiligt waren.«

»Ich werde versuchen, mein Möglichstes zur Aufklärung beizutragen.«

»Sehr schön. Dann berichten Sie doch bitte einmal von Anfang an.«

»Gut, alles begann so: Über einen Informanten bekam ich einen Tipp, dass eine größere Menge Kokain zum Verkauf steht. Also –«

»›Zum Verkauf steht‹ ist gut«, fiel ihm Katharina ins Wort.

»Frau Klein«, sagte der Staatsanwalt streng. »Sie hatten Gelegenheit, sich zu äußern. Jetzt sind Sie bitte ruhig.«

»Aber …«

»Herr Hölsung, bitte fahren Sie fort.«

Katharina drehte sich zu ihrem Verteidiger um, der ihr bloß beruhigend zunickte. Hölsung begann wieder: »Also bat ich meinen Informanten, den Kontakt herzustellen. Normalerweise hätte ich natürlich die Drogenfahndung informiert, aber die Zeit drängte. Mein Informant spielte mir einen Preis und eine nicht registrierte Handynummer zu. Ich rief an. Wir verabredeten den Treffpunkt.«

»Das Parkhaus an der Oper?«

»Ja. Mir blieb nur wenig Zeit, also organisierte ich einen Koffer mit Falschgeld …«

»… der für solche Zwecke im Präsidium vorrätig gehalten wird«, ergänzte Kriminaldirektor Weigl.

»Richtig. Und ich steuerte das Ziel an. Doch anstatt eines Mannes erwarteten mich zwei Bewaffnete: ein versuchter Raubüberfall. Ich hatte damit schon gerechnet, daher war ich vorbereitet.«

»Moment, Moment!« Endlich sagte der Mann mit den Eukalyptuspastillen auch etwas: »Die vier Jugendlichen? Wie kamen die zum Tatort?«

»Dazu wollte ich gerade etwas sagen. Sie kamen in dem Augenblick, als ich zum Gegenschlag ausholen wollte, die Treppe herunter. Die Drogendealer zwangen sie, sich vor die Wand zu knien.«

»Was Sie ausnutzten?«, fragte Staatsanwalt von Ottweiler freundlich.

»Nein, denn plötzlich überstürzten sich die Ereignisse. Thomas Henrich kam gleichfalls die Treppe herunter.«

»Und was passierte dann?«

»Der eine der beiden Geiselnehmer schoss auf ihn. Das war zwar tragisch, aber verschaffte mir den Freiraum, meine Waffe zu ziehen und die beiden Geiselnehmer zu überwältigen.«

»Was?«, schrie Katharina auf.

»Frau Klein, Sie sind nicht gefragt.«

»Aber er lügt doch!«

»Das entscheiden wir. Und jetzt schweigen Sie, sonst findet die Anhörung ohne Sie statt.«

Der Staatsanwalt sagte zu Berndt Hölsung: »Bitte, fahren Sie fort. Und entschuldigen Sie die Unterbrechung.«

»Ja klar, keine Ursache. Also: Ich entwaffnete die Geiselnehmer und fesselte ihnen die Hände vorschriftsmäßig auf den Rücken.«

»Die Waffen?«

»Verstaute ich in der hintersten Ecke des Raums, nachdem ich die beiden gezwungen hatte, sich auf den Boden zu knien. Ich wollte gerade Verstärkung rufen, als plötzlich Frau Klein auf dem Treppenabsatz stand. Und dann schoss sie auch schon.«

Der Mann mit den Eukalyptuspastillen war stärker, als Katharina gedacht hatte. Mit eisernem Griff hielt er sie auf ihrem Platz fest.

»Ich meine, ich kann sie ja im Prinzip verstehen«, sprach Hölsung weiter. »Nach dem Tod von Thomas Henrich fühlte auch ich unglaubliche Wut in mir und musste mich zwingen, vorschriftsmäßig zu handeln.«

»Was passierte dann?«

»Und das war der Moment, den ich nicht verstehe. Mit Frau Klein verband mich zwar nie ein wirklich freundschaftliches Verhältnis, aber ich habe sie als Kollegin immer respektiert, und ich nahm an, umgedreht wäre es genauso. Aber sie richtete ihre Waffe auf mich und drohte, mich zu erschießen«, führte Hölsung seine gut auswendig gelernte Rede zu Ende.

»Frau Klein handelte also nicht in Notwehr, als sie die beiden Geiselnehmer erschoss?«, fragte Kriminaldirektor Weigl.

»Nun ja, in der Hitze des Augenblicks …«

Hölsung war klüger, als Katharina angenommen hatte: Indem er so tat, als würde er sie verteidigen, riss er sie noch weiter rein. Er fuhr fort: »Es war von außen betrachtet fast schon eine Exekution. Aber zur Verteidigung meiner Kollegin …«

»Das ist nicht Ihre Aufgabe.«

»Natürlich nicht. Aber Frau Klein hat nun einmal ein etwas ungestümes Temperament, was ja präsidiumsbekannt ist. Ich nehme an, dass ihr einfach die Sicherungen durchgebrannt sind. Was ich nachvollziehen kann; gutheißen kann ich es jedoch nicht.«

Der Staatsanwalt nickte zufrieden. »Sehr richtig. – Haben Sie Ihrer Aussage noch etwas hinzuzufügen?«

»Nein, momentan nicht.«

»Ich würde Sie aber bitten, im Saal zu bleiben.«

»Gerne.« Hölsung stand auf und humpelte zu einem Stuhl an der Seite. Sein Blick traf Katharinas. Ein verschlagenes Lächeln huschte über seine Lippen.

Der Staatsanwalt stand auf und räusperte sich: »Nun, bisher haben wir zwei unterschiedliche Aussagen gehört. Frau Klein behauptet, die Geiselnehmer seien noch bewaffnet gewesen und Berndt Hölsung eine der Geiseln, während Kriminalhauptkommissar Hölsung die Ereignisse anders darstellt. Nach seinen Einlassungen waren die Geiselnehmer bereits überwältigt, als Frau Klein in das Geschehen eingriff. Wir haben in der folgenden Anhörung nun die Aufgabe, herauszufinden, welche Aussage der Wahrheit entspricht. Dazu möchte ich zunächst Gerhard Schönauer hören.«

Gerhard Schönauer war ein anerkannter Ballistik-Experte. Sein schütteres Haar war kurz, er hatte einen buschigen Schnurrbart und mit seinem braunen Cordjackett, dem blauen Hemd und der grob karierten Krawatte wirkte er wie ein Studienrat für Deutsch und Geschichte kurz vor der Frühpension. Doch seine Augen waren klar, blau und immer fokussiert. Scharfschützenaugen. Er rollte die verhängte Pinnwand näher heran und setzte sich.

»Herr Schönauer, schön, dass Sie Zeit gefunden haben.«

»Keine Ursache.«

»Kurz für das Protokoll: Herrn Schönauers Aussage soll darüber Aufschluss geben, in welcher Situation die tödlichen Schüsse abgegeben wurden: in einer Kampfhandlung oder auf bereits überwältigte Ziele. Nun, Herr Schönauer?«

»Zunächst einmal muss ich sagen, dass mir die verwendete Munition die Arbeit erschwert hat«, knurrte der Angesprochene missgelaunt. »Glaser-Sicherheitsgeschosse zerlegen sich beim Aufschlag und lassen so kaum einen Schluss auf den Schusswinkel zu.«

»Sie konnten aber dennoch zu einer Beurteilung kommen?«

»Ich denke schon. Zunächst einmal wäre da die Präzision der Einschüsse. Die Schüsse drangen in der Mitte der Stirn ungefähr auf Augenhöhe ein. Es ist praktisch unmöglich, im Rahmen einer Kampfhandlung so präzise zu schießen. Daher ist eine stehende Schussposition mit der Möglichkeit des genauen Zielens auch bei der geringen Schussentfernung wahrscheinlicher.«

»Wie viel wahrscheinlicher?«

»Ich würde davon ausgehen, dass die beiden Täter sich nicht bewegten, und der Schütze genügend Zeit hatte zu zielen. Außerdem waren die beiden MAC-10, die mir als Waffen der Opfer überstellt worden sind, durchgeladen und auf Dauerfeuer eingestellt. So leichtgängig, wie diese Waffen sind, wäre im Rahmen einer Gegenwehr aus mindestens einer von ihnen geschossen worden.«

Der Mann mit den Eukalyptuspastillen fragte plötzlich: »Auch bei einem Überraschungsangriff?«

»Ja, ziemlich sicher. So schnell und gut ist kaum ein Schütze.«

»Nun gilt Frau Klein als exzellente Schützin.«

»Frau Kleins Schießprüfungsergebnisse sind natürlich weit über dem Durchschnitt. Aber sie hätte in etwa einer Sekunde zielen, schießen, erneut zielen und erneut schießen müssen. Das ist möglich, aber dann wäre das Schussbild vermutlich nicht so präzise ausgefallen.«

»Aber möglich wäre es?«

»Technisch und theoretisch schon. Aber dazu müsste Frau Klein schon fast übermenschliche Reflexe haben. Ich halte es für sehr unwahrscheinlich.«

»Aber möglich?«, wiederholte Katharinas Verteidiger mit freundlicher Penetranz seine Frage.

»Möglich. Ja. Theoretisch. Wie ich schon sagte«, antwortete Schönauer genervt. »Ich möchte jedoch hinzufügen, dass ich seit zwanzig Jahren Gutachter für Schusswaffeneinsätze bin. Und so etwas ist mir in meiner ganzen Laufbahn noch nicht untergekommen. Nicht einmal in der Literatur.«

»Schon gut, Herr Schönauer«, sagte Staatsanwalt von Ottweiler beruhigend. »Niemand wird hier ihre Kompetenz in Abrede stellen. Sie haben jedoch noch weitere Hinweise?«

»Ja. Sie waren ja so freundlich und haben mir Tatortfotos zur Verfügung gestellt.« Gerhard Schönauer zog das Tuch ab, das die Tafel, neben der er stand, verdeckte. »Wie Sie sehen, wurden die Leichen mit auf den Rücken gefesselten Händen gefunden. Nach Aussagen der Sanitäter mussten sie bewegt werden, um eventuelle Rettungsmaßnahmen einzuleiten, und daher konnte die genaue Fallposition nicht mehr ermittelt werden. Aber die Fesselung allein deutet ja bereits auf unbewegliche Ziele hin. Ich gehe daher davon aus, dass die Aussage von Herrn Hölsung der Wahrheit entspricht.«

Katharina riss sich zusammen, um nicht an die Decke zu gehen. Denn die Fotos auf der Pinnwand zeigten die beiden Toten mit auf den Rücken gefesselten Händen. Sie beugte sich zu ihrem Verteidiger: »Das hat jemand nachträglich gemacht. Das müssen wir beweisen.«

Doch der Mann mit den Eukalyptuspastillen sagte nur sanft: »Alles zu seiner Zeit. Beruhigen Sie sich.«

»Kann ich dann gehen?«, fragte Gerhard Schönauer.

»Natürlich. Und nochmals herzlichen Dank, dass Sie sich die Zeit genommen haben.«

Der Ballistik-Experte verabschiedete sich knapp und verließ den Saal.

Der Staatsanwalt wandte sich triumphierend an Katharina: »Nun, Frau Klein? Möchten Sie eventuell Ihre Aussage korrigieren?«

»Nein«, knurrte Katharina. »Ich habe nichts zu korrigieren.«

»Die Toten haben vor Ihnen gekniet, Frau Klein. Gefesselt. Und Sie haben sie kaltblütig exekutiert.«

»Nein!«

»Sie stehen mit einem Bein in einer Mordanklage. Sind Sie sicher, dass Sie Ihre Aussage nicht korrigieren möchten?«

Katharina wollte antworten, doch der Mann mit den Eukalyptuspastillen hielt sie zurück: »Frau Klein ist sicher. Wenn Sie also weiter nichts vorzubringen haben, als theoretische Wahrscheinlichkeiten ...«

Der Staatsanwalt erwiderte süffisant: »Nun gut, ich wollte es ja nicht so weit kommen lassen. Aber dann werden wir uns wohl mit dem Privatleben von Frau Klein befassen müssen. Bitte rufen Sie den Zeugen Karsten Weiss herein.«

Der Name sagte Katharina nichts. Aber der Mann, den die Protokollantin hereinführte, kam ihr vage bekannt vor. Er war groß, schlank, gut aussehend, die langen, lockigen Haare waren zu einem Pferdeschwanz gebunden. Woher kannte sie ihn bloß?

»Ihr Name?«

»Karsten Weiss.«

»Ihr Beruf?«

»Werbekaufmann.«

»Sie kennen Frau Klein?« Der Staatsanwalt deutete auf Katharina.

»Nun ja. Kennen ... Wir haben eine Nacht miteinander verbracht.« Oh nein! Ihr One-Night-Stand. Was hatte der denn hier zu suchen?

»Sind Sie sicher?«

»Natürlich. So ein Gesicht vergisst man nicht. Halbasiatin und so.«

»Wann und wo haben Sie Frau Klein kennengelernt?«

»Das war am einundzwanzigsten November. Ziemlich spät, nach Mitternacht. In der Roten Bar in Sachsenhausen.«

»Wie haben Sie sich kennengelernt?«

»Wir saßen nebeneinander an der Theke. Frau Klein hat ziemlich schnell Whiskys bestellt und getrunken. Mindestens drei Stück. Ich habe sie gefragt, ob es ihr gut geht.«

»Was hat sie gesagt?«

»Irgendwas wie ›Ja, Spitze. Mein bester Freund ist tot, und ich habe im Pokern gewonnen.‹ Und dann hat sie angefangen, Drinks auszugeben.«

»Ist Ihnen dabei irgendetwas aufgefallen?«

»Ja, sie hat jede Runde von einem dicken Geldbündel bezahlt. Fünfziger und Hunderter.«

»Hat Sie das nicht gewundert?«

»Doch. Und ich habe sie gefragt. Sie hat gesagt, sie hätte doch im Pokern gewonnen. Und dann hat sie mich geküsst.«

»Einfach so? Und Sie?«

»Also … Sie war attraktiv. Und ich war nicht mehr ganz nüchtern. Und dann sind wir halt zu mir gefahren. Da ging es dann zur Sache.«

»Und dann?«

»Am nächsten Morgen war sie weg. Und ich hab auch nicht mehr so viel dran gedacht. War ja safe, alles. Das fand ich ziemlich eigenartig. So wild, aber unbedingt Kondome. Und dann hat jener Herr dort …«, er deutete auf Berndt Hölsung, »… rumgefragt. Hab sie von einem Foto wiedererkannt.«

Richter Weingärtner hatte die Augen geöffnet: »Ich vermag nicht zu erkennen, was uns die Aussage von Herrn Weiss bringen soll. Ich habe schon Schlimmeres gehört, als dass eine Frau einen One-Night-Stand hat.« Er schloss die Augen wieder.

»Aber wir werden zeigen, dass es sich um keinen Einzelfall handelt, sondern dass die Lebensführung von Frau Klein einige Fragen aufwirft. Danke, Herr Weiss.«

Karsten Weiss stand auf. Sein Blick traf Katharinas: »Sorry, ich hoffe, ich habe dich nicht reingerissen.« Dann ging er.

Der Staatsanwalt musterte Katharina abschätzend: »Können Sie die Aussage von Herrn Weiss bestätigen oder widerlegen?«

»Keines von beiden. Ich war betrunken.«

»Das geben Sie offen zu?«

»Ja. Ich war ja nicht im Dienst.«

»Hm. Nun, die Interne Ermittlung hat zusammen mit Herrn Hölsung ein wenig weiter geforscht.«

»Ja, mit dem war ich im Bett. Leider. War ziemlich schrecklich«, sagte Katharina, noch bevor ihr Verteidiger sie in die Seite stoßen konnte. Und da sie sich ohnehin den Mund verbrannt hatte, schob sie hinterher: »Dafür ziemlich kurz. Zeitlich wie räumlich.«

Richter Weingärtner gluckste mit geschlossenen Augen vor sich hin. Wenigstens er amüsierte sich gut.

Hölsung humpelte wieder zum Stuhl in der Mitte.

»Herr Hölsung, Sie haben im Auftrag von Kriminaldirektor Weigl etwas Hintergrundrecherche betrieben?«, fragte der Staatsanwalt.

»So ist es.«

Der Mann mit den Eukalyptuspastillen räusperte sich: »Ist das nicht ungewöhnlich? Immerhin sind Sie beim KK 12 und nicht bei der Internen Ermittlung.«

»Nun, Kriminaldirektor Weigl wollte gern jemanden haben, der die Arbeitsumgebung von Frau Klein besser kennt«, antwortete Hölsung.

»Mich erstaunt diese Wahl dennoch. Ich war so frei, selbst ein paar Erkundigungen einzuholen. Zwischen Ihnen und Frau Klein besteht eine offene Feindschaft?«

»Das ist übertrieben. Ich sagte schon, dass ich Ihre Arbeit als Kollegin sehr schätze, aber …« Hölsung setzte sich in Positur. Auch diese Rede musste er geübt haben: »Frau Klein ist innerhalb des KK 11 recht isoliert, jenseits ihres Partners. Viele Kollegen haben Schwierigkeiten, mit ihr zusammenzuarbeiten.«

»Welche Gründe gibt es dafür?«, fragte Staatsanwalt von Ottweiler.

»Nun, Frau Klein ist sehr impulsiv und jähzornig. Zudem übernimmt sie gern das Kommando. Vor allem aber hält sie sich aus allen privaten Aktivitäten raus. Betriebsausflüge, Unternehmungen, selbst das Bierchen nach dem Dienst – sie ist nie dabei.«

»Ist Frau Klein einfach nur ungesellig, oder vermuten Sie andere Motive?«

»Nun ja, ungesellig vielleicht. Aber nach meinen Erkenntnissen bewegt sie sich in anderen Kreisen. Zu ihren engen Freunden zählen zum Beispiel der Bordellbesitzer Antonio Kurtz sowie andere polizeibekannte Personen, darunter auch Henry Mörich, dessen Werkstatt sie für ihr Hobby, alte Autos zu restaurieren, nutzt. Henry Mörich ist wegen Einbruchs mehrfach vorbestraft. Und zurzeit lässt Frau Klein sich, anstatt auf den Personenschutz des BKA zu vertrauen, von zwei Subjekten bewachen, die aus dem Umfeld von Antonio Kurtz stammen.«

Kriminaldirektor Weigl hatte wieder seine Akte geöffnet: »Ergänzen möchte ich, dass die Kreying-Vermögensverwaltung dem erwähnten Henry Mörich eine recht umfassende Finanzierung seines Unternehmens, einer Tankstelle und eines kleinen Hotels, gewährt hat, abgesichert durch eine Bürgschaft von Frau Klein.«

Hölsung ergänzte: »Zudem ist Frau Klein oft Gast bei privaten Pokerpartien.«

»Illegales Glücksspiel?«, fragte der Staatsanwalt.

»Das kann ich nicht beurteilen. Nicht mein Fachgebiet. Aber auffällig ist diese Nähe zum kriminellen Milieu durchaus, finde ich.«

Richter Weingärtner machte sich gar nicht erst die Mühe, seine Augen zu öffnen: »Ich wäre dankbar, wenn Sie auf Spekulationen verzichten würden.«

»Ja. Richtig. Entschuldigung. Der zweite Teil meiner Recherche bezog sich auf das Privat- und Beziehungsleben von Frau Klein. Soweit ich feststellen konnte, gab und gibt es keinen festen Beziehungspartner in ihrem Leben. Dafür eine ganze Reihe von kurzen Affären und One-Night-Stands. Herr Weiss war nur ein Sexualpartner der letzten Zeit. Das Personal der Roten Bar bestätigt, dass Frau Klein das Etablissement häufiger besucht und mit wechselnden Männerbekanntschaften verlässt.«

»Gibt es denn irgendwelche Hinweise, dass Frau Kleins Lebensführung ihre Arbeit beeinträchtigt?«, fragte der Mann mit den Eukalyptuspastillen.

»Nicht bis zum Mittwoch, dem einundzwanzigsten November, nein. Aber den Eindruck, dass Katharina Klein sehr viel destruktive Energie in sich trägt, hatte nicht nur ich allein.«

»Hat Frau Kleins Verhalten etwa das Betriebsklima gefährdet?«

»Nun, die Kollegen haben gelernt, mit ihr umzugehen. Und nach mir hat sie ihr Privatleben ja auch außerhalb des Präsidiums ausgelebt. Bis jetzt.«

»Wie meinen Sie das?«, fragte der Staatsanwalt mit gespielter Neugierde.

»Mein Eindruck, dass Frau Klein einen Teil ihrer Persönlichkeit bisher unterdrückte, verdichtet sich. Es gibt starke Verdachtsmomente, dass Frau Klein …«, Hölsung machte eine dramatische Pause, »… dem eigenen Geschlecht zugeneigt ist.«

»Ich bin nicht …«, fuhr Katharina auf. Der Mann mit den Eukalyptuspastillen packte sie erneut fest am Arm.

»Aber das ist ja unerhört! Eine lesbische Polizistin. Wo ist der Rosa Winkel für Frau Klein?« Richter Weingärtner hatte sich ruckartig aufgesetzt und die Augen geöffnet. Er fuhr sachlich fort: »Herr Hölsung, darf ich Sie darauf hinweisen, dass der Paragraf hundertfünfundsiebzig in diesem Land abgeschafft ist?«

Hölsung musterte ihn eisig: »Das ist mir durchaus bewusst. Aber Beziehungen zu Vorgesetzten sind trotzdem unzulässig. Und Frau Klein unterhält eine intensive Affäre mit …«, er konnte sich auch diese dramatische Pause nicht verkneifen, »… Oberstaatsanwältin Doktor Frauke Müller-Burkhardt!«

»Und das können Sie natürlich belegen?«

»Selbstverständlich: Die Oberstaatsanwältin …«, Hölsung ließ sich den Titel genüsslich auf der Zunge zergehen, »… verbrachte die Nacht vom dreiundzwanzigsten auf den vierundzwanzigsten November in Katharina Kleins Wohnung. Und ihre Zuneigung zu Frau Klein ist im Kommissariat bekannt.«

»Und vermutlich Anlass für ein paar nette Spekulationen in der Männer-Umkleide.« Richter Weingärtner lächelte milde amüsiert. »Ich nehme an, als Nächstes werden Sie uns ein Video präsentieren?«

Hölsung blieb frostig: »Frau Müller-Burkhardt ist die Vorgesetzte von Staatsanwalt Ottweiler. Sie können das gern als Spekulation abtun, aber dass Frau Klein ihre Affäre ausgerechnet jetzt beginnt, klingt für mich nach dem Versuch, Einfluss zu nehmen.«

Von Ottweiler nickte befriedigt. Zwei Fliegen auf einen Streich. Wenn Frauke etwas getan hatte, was nur den Hauch einer Anmutung von Einflussnahme hatte, würde auch ihr Kopf rollen. Katharina flüsterte ihrem Verteidiger zu: »Dazu muss ich etwas sagen.«

Der Staatsanwalt sagte freundlich: »Danke, Herr Hölsung, das war sehr aufschlussreich. Sie können dann wieder an der Seite Platz nehmen. Als nächsten Zeugen …«

»Moment«, unterbrach ihn der Mann mit den Eukalyptuspastillen. »Es sind hier schwere Vorwürfe gegen Frau Klein erhoben worden, zu denen sie sich äußern möchte.«

»Später.«

»Nein, jetzt. Ich muss darauf bestehen.« Der Mann mit den Eukalyptuspastillen sagte es sehr ruhig. Erneut gehorchten die Anwesenden.

»Also gut. Frau Klein?«

Katharina setzte sich wieder auf den Stuhl in der Mitte des Saals.

»Zunächst für das Protokoll: Ich bin nicht lesbisch und unterhalte keine Affäre mit Oberstaatsanwältin Frauke Müller-Burkhardt«, sagte sie energisch.

»Aber Sie kennen sich näher?«

»Frauke ist eine gute Kollegin und Freundin, ja. Mit der ich in zahlreichen Fällen erfolgreich zusammengearbeitet habe. Die fragliche Nacht hat sie in der Tat bei mir verbracht. Sie hat mich besucht, da sie vermutete, dass ich vielleicht Hilfe bei der Betreuung eines Kindes benötige, das ich bei mir aufgenommen hatte. Das Kind eines Verbrechensopfers. Wir hatten ein wenig viel Wein getrunken, daher hat sie die Nacht in meiner Wohnung verbracht. Auf dem Gästebett.«

»Aber die homosexuelle Neigung von Oberstaatsanwältin Müller-Burkhardt ist Ihnen bekannt?«

Katharina wusste nicht, was sie antworten sollte. Glücklicherweise kam ihr Richter Weingärtner zur Hilfe: »Die sexuelle Orientierung von Oberstaatsanwältin Müller-Burkhardt erscheint mir unwichtig.«

»Nicht, wenn …«

Katharina spürte Zorn in sich aufsteigen, doch sie zwang sich zur Ruhe: »Frau Doktor Müller-Burkhardt ist eine extrem kompetente und erfolgreiche Staatsanwältin. Die Idee, sie sei irgendwie bestechlich, ist absurd.«

Der Richter schloss die Augen wieder: »Das ist auch mein Eindruck.«

»Nun gut«, sagte der Staatsanwalt. »Aber die anderen Vorwürfe?«

»Ich vögle gerne. Na und? Sie nicht?«

»Frau Klein, ich muss doch sehr bitten!«

»Und das Pokerspiel …« Wenn schon reinen Tisch, dann richtig. »Das Pokerspiel ist eine rein private Angelegenheit von mir. Millionen Menschen spielen Poker am Computer, ich eben mit Freunden. Nie öffentlich. Nie in illegalen Clubs.«

»Was hatten Sie an dem Abend gewonnen?«, fragte der Kriminaldirektor plötzlich.

»Keine Ahnung. So um die zwanzigtausend.«

»Was? So viel?« Die Zahl überraschte selbst den Staatsanwalt.

»Es war eine No-Limit-Runde. Und ich bin gut.«

»Oder man hat Sie gewinnen lassen …«, ließ sich Weigl seine Trumpfkarte auf der Zunge zergehen.

»Ach darauf wollen Sie hinaus.« Katharina zuckte mit den Schultern. »Ich bin nicht bestechlich. Dazu können Sie gerne die zahlreichen Kriminellen befragen, die meinetwegen im Knast sitzen.«

»Aber Henry Möhrig zum Beispiel …«

»Henry war ein kleiner Einbrecher und Autotuner. Ich fand es traurig, dass er seine Talente so vergeudet. Also habe ich ihm mit einem Darlehen geholfen. Ein Darlehen, das er übrigens mit marktüblichen Zinsen zurückzahlt. Resozialisierung nennt man das.«

»Und Antonio Kurtz, immerhin stadtbekannter …«

»Antonio Kurtz ist mein Patenonkel. Er war der beste Freund meines Vaters. Ich betrachte ihn als Familie.«

Der Staatsanwalt räusperte sich: »Sie müssen aber zugeben, dass so ein halbseidener Kontakt dem Ruf der Polizei …«

»Dieser halbseidene Kontakt hat Sie nicht gestört, als er nützlich für Sie war.«

»Was?«, fragte der Staatsanwalt verblüfft.

»Erinnern Sie sich an den Kandinsky-Fall?«

Natürlich erinnerte sich von Ottweiler daran. Dieser Fall hatte ihm den Ruf des gnadenlosen Korruptionsjägers eingebracht: illegaler Waffenhandel, in dem wertvolle Kunst, vor allem Zeichnungen von Kandinsky, als Währung eingesetzt wurde. Zwei hohe Beamte des Zolls waren darin verstrickt gewesen.

»Wissen Sie noch, von wem der Hinweis auf Zolldirektor Klamm und seinen Kollegen kam?«, fragte Katharina triumphierend.

»Von Ihnen«, gestand der Staatsanwalt kleinlaut.

»Raten Sie mal, von wem ich den Tipp hatte.«

»Ach, Kurtz wollte lästige Konkurrenz …«

»Unsinn«, blaffte Katharina wütend. »Kurtz hasst illegale Geschäfte mit Waffen und Drogen.«

»Aber –«, begann der Staatsanwalt. Doch Kriminaldirektor Weigl unterbrach ihn kleinlaut: »Da muss ich Frau Klein leider recht geben. So erklärungsbedürftig Kurtz' Aktivitäten auch sind: Waffen und Drogen gehörten nie dazu. Im Gegenteil.«

»Also gut. Dann wollen wir weitermachen«, wechselte Staatsanwalt von Ottweiler rasch das Thema. »Unser nächster Zeuge …«

Der Richter unterbrach ihn: »Ich wäre erst mal für eine kurze Pause. Ich muss mal pinkeln.« Er stand auf und ging zum Ausgang.

Der Staatsanwalt deutete auf Katharina: »Sie bleiben hier.« Dann gingen er, Kriminaldirektor Weigl und Hölsung gleichfalls nach draußen. Nur der Mann mit den Eukalyptuspastillen blieb zurück.

Katharina setzte sich wieder auf ihren Platz.

Was war das hier? Die öffentliche Schlachtung der Katharina Klein? Was würden sie noch alles hervorziehen? Das Ärgerlichste war, dass sie selbst anfing zu zweifeln: an sich, an ihrem Leben und vor allem daran, was sie an dem betreffenden Tag gesehen und getan hatte.

Die Fotos mit den gefesselten Toten starrten sie anklagend an. Hatte sie die beiden Geiselnehmer wirklich exekutiert? Hatte ihre Erinnerung einfach die Realität umgeschrieben? Und dieser Verteidiger? Wann verteidigte er sie endlich? Und vor allem …

»Wer sind Sie eigentlich?«, fragte Katharina den Mann mit den Eukalyptuspastillen.

»Ein Freund.« Er lächelte gutmütig.

»Freundlich zur Menschheit im Allgemeinen oder Freund von irgendjemand Speziellem?«

Der Mann lachte auf und nahm sich noch eine Pastille: »Ich bin hier, um Ihnen zu helfen. Lassen wir es dabei?«

»Aber Sie gehören weder zur Polizei noch zur Justiz?«

»Nein.«

»Geheimdienst?«

»Möglich.«

Er machte es ja wirklich spannend. »Warum ist der Geheimdienst an meinem Fall interessiert?«

»Sagen wir mal, dass *ich* an Ihrem Fall interessiert bin.«

»Und Sie sind hier, um mich zu verteidigen?«

»Ja.«

»Und wann fangen Sie damit an?«

»Bald.«

»Muss ich das verstehen?«

»Nein. – Eukalyptuspastille?« Er hielt Katharina höflich die Dose hin.

»Gut, dann wollen wir fortfahren«, hob der Staatsanwalt an, nachdem alle wieder umständlich ihre Plätze eingenommen hatten. »Bitte rufen Sie als Nächstes …«, langer theatralischer Blick in die Akte, »… Paul Polanski herein.«

Endlich. Katharina atmete erleichtert auf.

Geduldig gab Polanski seine Personalien zu Protokoll: Name, Dienstgrad, sein Verhältnis zu Katharina.

»Als Direktor der Kriminalinspektion 10 sowie Leiter des KK 11 bin ich der direkte Vorgesetzte von Kriminalhauptkommissarin Katharina Klein.« Er betonte Katharinas Rang.

»Schildern Sie uns bitte zunächst Ihren Gesamteindruck von Frau Klein«, bat ihn der Staatsanwalt.

»Kriminalhauptkommissarin Klein gehört zu den fähigsten Beamten des KK 11. Allein ihre Aufklärungsquote von hundert Prozent spricht für sich.«

»Wie erklären Sie sich den Erfolg?«

»Sie ist gut ausgebildet und verfügt über ein umfangreiches Wissen in allen Bereichen der Kriminalistik und Kriminologie. Zudem hat sie einen guten Instinkt und eine genaue Beobachtungsgabe. Außerdem ist sie extrem hartnäckig.«

»Also eine Vorzeigebeamtin?«, fragte der Staatsanwalt süßsauer.

»Was ihre Arbeit angeht, in jedem Fall.«

»Aber?«

»Wie kommen Sie darauf, dass es ein Aber gibt?«

»In Frau Kleins Akte findet sich nicht nur Positives. Mehrere Tätlichkeiten gegen Verdächtige, Schusswaffengebrauch.«

»Zeigen Sie mir einen erfahrenen Kripobeamten, der eine völlig weiße Weste hat.«

»Zudem sind wir im Laufe der Anhörung auch auf soziale Schwierigkeiten von Frau Klein gestoßen. Sie waren dafür verantwortlich, einen passenden Partner für Sie zu finden?«

Polanski setzte sich zurecht, bevor er antwortete: »Nun ja, Frau Klein hatte im Team zunächst ein paar Anpassungsschwierigkeiten. Und nicht jeder Partner arbeitet mit jedem gut zusammen.«

»Wessen Idee war es, sie mit Thomas Henrich zusammenzuspannen?«

»Diese Idee kam von Frau Klein und Herrn Henrich selbst.«

»Was hielten Sie davon?«

»Nun ja, eigentlich erst einmal recht wenig. Aber nicht wegen Frau Klein. Thomas Henrich war zu dem Zeitpunkt nicht gerade der erfolgreichste Beamte des KK 11. Es wurde sogar schon über eine Versetzung gesprochen.«

»Warum?«

»Für die Arbeit an Kapitalverbrechen braucht man nicht nur viel Sachkenntnis und Einfühlungsvermögen – Eigenschaften, die Thomas Henrich besaß –, sondern auch Ideen und Initiative. Er war kein Beamter für Geniestreiche.«

»Aber Sie haben ihm und Frau Klein eine Chance gegeben.«

»Da auch Frau Klein versetzt werden sollte, dachte ich mir, zumindest den Versuch sei es wert. Ich wollte sie auf jeden Fall behalten.«

»Weshalb?«

»Weil sie vielleicht die beste Ermittlerin ist, die jemals in diesem Präsidium gearbeitet hat.«

»Außer Ihnen selbstverständlich«, erwiderte der Staatsanwalt hochnäsig.

»Gegen Frau Klein bin ich ein kleines Licht. Wenn sie sich selbst in den Griff kriegt …«

»Gut, davon gleich. Also, das Team funktionierte?«

»Zur Überraschung aller, ja. Die penible und akribische Seite, die Thomas Henrich hatte, sein Bedürfnis, alles genau zu dokumentieren, war genau das, was Frau Klein fehlte. Die beiden ergänzten sich hervorragend.«

»Ein Dream-Team also?«

»Was die Effizienz angeht, sicher. Zudem schienen beide sich zu mögen …«

»Was bei Frau Klein ja nicht selbstverständlich ist.«

Polanski seufzte: »Nein.«

»Mögen Sie sie?«

»Ja.«

»Nur als Kollegin?«

»Als Kollegin und als Mensch.«

»Und als Frau?«

»Was wollen Sie damit sagen?«

»Nun ja, Sie waren immer rührend um Frau Klein bemüht. Und sie ist jung, attraktiv, Sie sind geschieden, mehrfach –«

Polanski unterbrach ihn schroff: »Wenn Sie mir hier unterstellen wollen …«

»Ich stelle nur fest. Denn Sie engagieren sich für Frau Klein weit über das zu erwartende Maß hinaus.«

»Weil sie, ich wiederhole mich, eine sehr gute Ermittlerin ist. Eigenwillig, das gebe ich zu, und darüber habe ich auch schon mehrfach mit ihr gesprochen. Aber erfolgreich.«

»Nun, lassen wir das mal so stehen. Wie stehen Sie zum Privatleben von Frau Klein? Was wissen Sie darüber?«

»Das hat mich schon hin und wieder besorgt: Frau Klein ist von ihrer Arbeit besessen und isoliert sich sehr. Außer mit ihrem Partner hatte sie innerhalb des Präsidiums nur mit einigen Kollegen von der Spurensicherung engeren Kontakt. Sie hielt sich aus Feiern raus, ging nie mit den anderen weg. Ich hatte manchmal das Gefühl, dass sie recht einsam und unglücklich ist.«

»Hat das jemals die Arbeit von Frau Klein beeinflusst?«

»Nein.«

»Und trotzdem sorgten sie sich?«

»Ja. Wie mich das bei jedem meiner Beamten sorgen würde. Könnten wir dann zur Sache kommen?«

»Gut, kommen wir wieder zu unserem Fall. Sie haben Frau Kleins Aussage aufgenommen und zu Protokoll gegeben?«

»Ja.«

»Sie wissen schon, dass diese Aussage mit den Erkenntnissen der Spurensicherung, der Ballistik und der Aussage von Berndt Hölsung in Widerspruch steht?«, fragte der Staatsanwalt scharf.

»Inwiefern?« Polanski blieb ruhig.

»Nun, nach diesen Erkenntnissen hatte Berndt Hölsung bereits die beiden Geiselnehmer überwältigt und gefesselt. Frau Klein muss sie also eiskalt exekutiert haben.«

»Unsinn.«

»Warum?«

»Weil Frau Klein impulsiv, waghalsig und tollkühn ist. Aber keine eiskalte Mörderin.«

»Und wie erklären Sie sich dann die Fesseln an den Händen der Geiselnehmer?«

»Die wurden nachträglich angebracht.«

»Und wer sollte das gemacht haben?«

»Hölsung zum Beispiel …«

»Der zu dem Zeitpunkt in einer Verwahrungszelle saß. Von Frau Klein festgenommen.«

»Oder einer seiner Kumpane.«

»Sie mögen Kriminalhauptkommissar Hölsung nicht?«

»Nein.«

»Und aus dieser Abneigung schließen Sie, dass er die Unwahrheit sagt?«

»Ich weiß, dass er die Unwahrheit sagt.«

»Und woher?«

»Ich schlage vor, Sie befragen Frank Grüngoldt zu dem Thema.«

»Wir wollten eigentlich eine so junge Seele nicht unnötig belasten.«

»Im Zweifelsfall wird Oberbürgermeisterin Grüngoldt persönlich darauf bestehen, dass ihr Sohn aussagt.«

Das Argument stach. Katharina war noch nie so froh über die zupackende Politik von Frankfurts Oberbürgermeisterin gewesen. Staatsanwalt von Ottweiler seufzte: »Also gut. Haben Sie Ihrer Aussage noch etwas hinzuzufügen?«

»Nur so viel: Ich hätte gerne Stephan Roi als sachverständigen Zeugen bei der Aussage dabei.«

»Wen?«, fragte der Staatsanwalt.

»Den Leiter des SEK«, erklärte Kriminaldirektor Weigl.

»Wozu das denn?«

Statt einer Antwort sagte Polanski: »Sie werden sehen.«

»Also gut. Herr Polanski, Sie bleiben bitte hier. Und Sie …« Der Staatsanwalt wandte sich an die Protokollantin. »Sie rufen bitte Herrn Grüngoldt herein.«

Katharina fragte sich, ob es wirklich eine gute Idee war, Frank Grüngoldt aussagen zu lassen. Er wirkte noch schlaksiger als sonst. Seine Ohren glühten rot, und er schlotterte vor Nervosität. Zudem hatte Hölsung, während Frank Grüngoldt hereinkam, schnell etwas auf einen Zettel geschrieben und an Kriminaldirektor Weigl gegeben, der die Notiz mit boshafter Begeisterung las.

Der Staatsanwalt eröffnete die Vernehmung: »Fürs Protokoll: Ihre Personalien bitte.«

Die Antwort war kaum zu verstehen.

»Sie brauchen keine Angst zu haben. Nur etwas lauter, bitte.«

»Frank Grüngoldt.«

»Frank, du weißt vermutlich, um was es hier geht. Ich darf doch ›du‹ sagen?«, fragte der Staatsanwalt freundlich.

»Ein … ein … ›Sie‹ wäre mir lieber.«

»Auch recht, auch recht. Erzählen Sie einfach mal, was am einundzwanzigsten November dieses Jahres passiert ist. Keine Scheu. Es kann Ihnen nichts passieren.«

Frank Grüngoldt berichtete. Vorsichtig. Stotternd. Wie er mit drei Freunden in das Parkhaus gefahren war. Aus Jux ganz nach oben. Und wie die Fahrstühle defekt waren. Sie die Treppe gesucht haben. Rumgealbert haben. Und wie sie plötzlich mit Maschinenpistolen bedroht und brutal gegen die Wand gestoßen wurden. Auch die Mädchen. Wie sie sich hinknien mussten. Wie dann plötzlich der Polizist die Treppe heruntergekommen war. Und der eine Geiselnehmer auf ihn geschossen hat. Bis die Maschinenpistole nur noch klickte. Wie der Geiselnehmer neu geladen hat. Und wie die beiden darüber gesprochen haben, die Jungs zu erschießen und »… die Mädchen und den Bullen als Geisel zu nehmen.«

»Bitte. Das heißt Polizist«, unterbrach ihn Kriminaldirektor Weigl.

»Entschuldigung. Aber das war das Wort, das der Typ benutzt hat. – Und dann kam da dieses andere Mädchen. Ich habe sie erst nur gehört. Klang betrunken. Sie hat einen der Typen angemacht. Dann plötzlich seine Waffe gepackt und selbst eine Pistole gezogen. Da fielen auch schon die Schüsse.«

»Und dieses Mädchen war …«

»Frau Klein.« Er deutete auf Katharina.

»Sie sagen also, die beiden Geiselnehmer waren beim Erscheinen von Frau Klein noch bewaffnet?«

»Natürlich. Sie hatten ja eben erst gesagt, dass sie uns erschießen wollten.«

»Und wo war Herr Hölsung?«

»Wer?«

»Der andere Polizist. Der schon vorher da war.«

»Ach, der Typ mit den Koffern? Der dort?« Er zeigte auf Hölsung.

»Genau. Das ist Kriminalhauptkommissar Berndt Hölsung.«

»Okay. Also der hat sich ganz in seine Ecke verkrochen und gewimmert.«

»Gewimmert?«

»Ja. ›Nicht schießen‹ und so.«

»So, so. Und so ist es ganz sicher gewesen?«

»Ja. Das kann ich beschwören.«

»Schauen Sie doch bitte mal hinter sich auf die Pinnwand.«

Frank Grüngoldt drehte sich um.

»Das sind die Leichen der Geiselnehmer, wie sie von der Spurensicherung vorgefunden wurden«, erklärte Kriminaldirektor Weigl. »Sie sehen, dass die Hände auf den Rücken gefesselt sind?«

»Ja.«

»In Ihrer Gegenwart waren die beiden aber nicht gefesselt?«, übernahm der Staatsanwalt wieder die Vernehmung.

»Nein.«

»Aber sie saßen doch mit dem Gesicht zur Wand?«

»Ja. Und?«

»Da haben Sie ja vielleicht nicht mitgekriegt, wie Herr Hölsung die beiden Geiselnehmer überwältigt und gefesselt hat?«

»Was?«

»So ist es nämlich gewesen. Aber ich kann Sie verstehen – der Schock: Da kann man sich schon täuschen.«

»Ich täusche mich nicht. Ich wusste ja nicht mal, dass der Typ …«

»Ähem!«

»Also, dass Herr Hölsung Polizist ist, bis Frau Klein es mir gesagt hat. Das war aber viel später. Der saß die ganze Zeit in der Ecke und hat gewimmert.«

»Und das würden Sie auch vor Gericht beeiden?«

»Natürlich!«

»Auf Meineid steht übrigens Gefängnis.«

»Meineid?«

»Sie lügen uns an!«, mischte sich Kriminaldirektor Weigl ein.

»Ich lüge nicht.«

»Sie hatten anschließend mehrfach Kontakt mit Frau Klein?«, fragte Weigl genüsslich.

»Ja, was hat das denn …«

»Ich stelle die Fragen. Warum hatten Sie Kontakt?«

»Nun, beim ersten Mal hat meine Mutter mich mit zu ihr genommen. Weil wir uns bedanken wollten.«

»Wofür?«

»Sie hat mir das Leben gerettet.«

»Sagt Frau Klein.«

»Nein. Ich weiß es.«

»Nun gut. Und danach?«

»Ein paar Tage später hat mich Frau Klein gebeten, ihr bei einem Computerproblem zu helfen.«

»Haben Sie das gern getan?«

»Klar. Wenn ich helfen kann.«

»Aber das war nicht der einzige Grund.«

»Was denn noch?«

»Sie haben sich in Frau Klein verliebt.«

»Was?«

»Kommen Sie. Sie ist attraktiv. Gibt Ihnen das Gefühl, gebraucht zu werden. Suggeriert Ihnen, dass sie Ihr Leben gerettet hat …«

»Sie *hat* mein Leben gerettet!« Frank Grüngoldt weinte fast.

»Haben Sie sich in sie verliebt?«, bohrte Staatsanwalt von Ottweiler ruhig, aber bestimmt nach.

»Nein.«

»Die Wahrheit, verdammt!«, bellte Kriminaldirektor Weigl. Bad Cop aus dem Lehrbuch.

»Na ja«, sagte Frank Grüngoldt nach eine Weile. »Ein wenig schon.«

Auch das noch. Katharina kämpfte gegen den Impuls an, aufzustehen und den Jungen zu ohrfeigen.

»Und Frau Klein hat diese Zuneigung ausgenutzt und Sie gebeten, diese Version der Geschichte zu erzählen.«

»Hat sie nicht!«

»Und warum lügen Sie uns dann an?«

»Ich lüge Sie nicht an.« Plötzlich setzte sich Frank Grüngoldt auf. Er war blass, aber seine Stimme war ruhig: »Ich muss nicht lügen. Fragen Sie doch Ayla, wenn Sie mir nicht glauben.«

»Wen?«

Polanski mischte sich ein: »Ayla Gönenc. Eine weitere Geisel.«

»Damit sie uns die gleiche Lügengeschichte auftischt?«

»Sie muss gar nichts auftischen«, sagte Frank Grüngoldt steif. Er vergewisserte sich mit einem Blick zu Polanski, der ihm zunickte. »Sie hat alles auf Video aufgenommen.«

Katharina sah aus den Augenwinkeln, wie sich ihr Verteidiger zufrieden zurücklehnte und noch eine seiner Pastillen in seinen Mund schob, bevor er entspannt vorschlug: »Dann sollten wir uns doch die Aussage von Ayla Gönenc anhören, finden Sie nicht?«

Katharina hatte inständig gehofft, dass Ayla Gönenc keine schüchterne Kopftuchträgerin war, die beim ersten lauten Wort zusammenbrach und alles beeidete, was man ihr in den Mund legte.

Ihr Gebet wurde erhört. Ayla war, Katharina fiel kein besseres Wort ein, proper. Ihr dunkles Haar war zu einem Pferdeschwanz gebunden; sie wirkte straff, ein paar Zentimeter Umfang davon entfernt, üppig zu sein. Mit großen, dunklen Augen musterte sie die Menschen im Saal, wach, einschätzend. Höflich beantwortete sie die Fragen nach ihren Personalien.

»Nun, dann kommen wir zu den Ereignissen vom einundzwanzigsten November«, begann der Staatsanwalt. »Erzählen Sie uns …«

»Wenn Sie gestatten …«, unterbrach ihn der Mann mit den Eukalyptuspastillen, »würde ich gern das Gespräch führen.«

Wer auch immer dieser Mann war, er musste wichtig sein. Denn der Staatsanwalt stimmte zu, wenn auch widerwillig: »Wie Sie wollen …«

»Also gut.« Der Mann mit den Eukalyptuspastillen zog ein sorgfältig in Plastik eingeschweißtes Mobiltelefon hervor. Er hielt es Ayla Gönenc hin: »Erkennen Sie dieses Handy?«

»Ja. Das ist meins. Ein Geburtstagsgeschenk.«

»Woher wissen Sie, dass es Ihres ist?«

»Auf dem Deckel ist mein Name eingraviert. Außerdem gehört dieser Anhänger mir.«

Mit gewichtigen Schritten ging Katharinas Verteidiger durch den Saal und zeigte allen Anwesenden die Gravur und den Anhänger. Auf diesen Moment musste er sich schon den ganzen Tag gefreut haben.

Der Staatsanwalt fragte verärgert: »Von diesem Handy erfahren wir erst jetzt?«

»Nachdem mir Kriminaldirektor Polanski gezeigt hat, was es damit auf sich hatte, zog ich es vor, es besser von meinen eigenen Leuten untersuchen und auswerten zu lassen. – Frau Gönenc …«

»Ayla bitte.«

»Ayla, erzählen Sie doch einmal von diesem Handy. Was es kann.«

»Oh, das ist ein ganz tolles Handy. Hat eine ziemlich gute Videokamera eingebaut. Kann bis zu fünfzehn Minuten Video aufnehmen. Das meinten Sie doch?«

Der Mann mit den Eukalyptuspastillen war zufrieden: »Genau. Nun erzählen Sie, was Sie am einundzwanzigsten November damit gemacht haben. Im Parkhaus.«

»Also, ich habe das Handy am Tag vorher zum Geburtstag gekriegt und wollte ein wenig damit angeben. Als wir zur Treppe gelaufen sind, habe ich aus Spaß angefangen zu filmen. »

»Und weiter?«

»Meine Freunde und ich haben dann auf der Treppe so rumgealbert. Wir haben so getan, als wären wir auf einer Expedition zum Mittelpunkt der Erde.« Sie kicherte verlegen.

»Sie haben also gefilmt. Und dann?«

»Plötzlich standen da diese Männer mit den Maschinenpistolen. Und vor Schreck habe ich das Handy fallen lassen.«

»Es hat den Sturz aber heil überstanden?«

»Ja, glücklicherweise. Und es hat die ganze Zeit weitergefilmt. Ich wollte ja erst alles löschen. Aber als ich gesehen habe, was da drauf ist, habe ich sofort Herrn Polanski angerufen.«

»Und der hat mich verständigt«, setzte der Mann mit den Eukalyptuspastillen die Geschichte fort. »Auf dem Handy war ein Video, das ich Ihnen jetzt gerne zeigen möchte. – Aber …« Er wandte sich an die beiden Jugendlichen. »Ayla, Herr Grüngoldt … ich kann verstehen, wenn Sie den Saal verlassen möchten.«

»Nicht nötig«, winkte Frank Grüngoldt ab. »Wir haben das Video schon gesehen.«

»Nun gut. Dann wollen wir mal.« Der Mann mit den Eukalyptuspastillen zog eine DVD aus dem Jackett und ging zum Videomonitor. Er legte die DVD ein und nahm die Fernbedienungen. Dann ging er zu seinem Platz zurück, nahm noch eine von seinen grünen Pastillen und startete den Player.

»Guck mal, das Ding kann bis zu fünfzehn Minuten Video aufnehmen.« Das war Aylas Stimme.

»Cool.« Das war Frank Grüngoldt.

»Und dann kann ich die Videos am Computer bearbeiten.«

»Du meinst Frank.« Eine zweite Mädchenstimme.

»Klar.« Ayla und Frank kamen ins Bild. Das Mädchen gab Frank einen Kuss auf die Wange. »Er ist doch unser Spezialist.«

Nach einer kurzen Pause sagte Ayla mit Grabesstimme: »Wir werden nun zum Mittelpunkt der Erde hinabsteigen. Dorthin, wo nie ein Mensch zuvor gewesen ist. Hinter dieser Tür findet sich eine alte, von Trollen gebaute Treppe, die uns bis an unser Ziel führt.«

Schwenk auf die Tür. Ein weiterer Junge war zu sehen. »Seid Ihr bereit?«, fragte er übertrieben ängstlich.

»Ja«, kam es aus mehreren Mündern. Der Junge stemmte mit scheinbar unglaublicher Anstrengung die Tür auf und imitierte gleichzeitig dramatisches Quietschen.

»Und hier ist die Treppe.« Wieder Ayla. »Wir werden ganz genau dokumentieren, wie dieser Abstieg erfolgt.«

Ayla hielt die Kamera so, dass sie die vier Jugendlichen auf der Treppe von vorn zeigte. Wie in einer Prozession schritten sie die Treppe herab. Dann plötzlich …

»Rüber! An die Wand!« Eine raue Männerstimme. Das Bild wackelte und verschwamm. »Keine falsche Bewegung. Hinknien.«

Verschwommene, schnelle Muster. Offenbar der Fall der Kamera. Sie schlug auf und stellte sich scharf. Zunächst nur ein Gewirr von Beinen. Dann wurde der Raum sichtbar. Volltreffer, Ayla!, dachte Katharina. Offenbar war das Handy auf eine Kante gefallen oder an einer Fußbodenleiste hängen geblieben, den es filmte nicht die Decke, sondern der Bildausschnitt zeigte fast den ganzen Raum: drei der vier Jugendlichen, die an der Wand knieten, Hölsung in seine Ecke gekauert, die beiden Geiselnehmer in der Mitte stehend. Es war zwar Froschperspektive, aber die Kamera war so gefallen, dass sie leicht nach oben filmte. Die Gesichter, die Waffen: Alles war gestochen scharf zu sehen.

»Und was machen wir jetzt?« Östlicher Akzent. Das musste Max Boroffski sein.

»Madre Dio … erst mal das hier.« Der Kolumbianer. Miguel de Vega.

»Lass das. Nicht jetzt.«

»Ich brauch aber 'ne Nase. Für die Reflexe. Hier …« Offenbar hielt Miguel de Vega Boroffski eine Tüte mit Kokain hin. Dann hörten sie mehrfach tiefes Schniefen.

Plötzlich eine neue Stimme: »Hände hoch. Polizei.«

De Vega drehte sich auf dem Absatz um, hob seine Waffe und drückte ab. Katharina spürte, wie ihr das Blut aus dem Gesicht wich. Thomas' Schreie drangen noch über den Lärm der Maschinenpistole hinweg. Schließlich ein Klick … der Verschluss der leergeschossenen Pistole … mehrfaches leises Klirren … die letzten Patronenhülsen, die auf den Boden fielen … dann ein feuchtes Kratzen – die letzten Atemzüge ihres Kollegen und Freundes.

De Vega steckte ruhig die Tüte mit dem Kokain in die Tasche, klinkte das Magazin der Waffe aus, steckte es in den Gürtel, zog ein zweites hervor, schob es in die MAC-10. Verriegelte. Lud durch.

»Scheiße, Mann. Du hast einen Bullen umgelegt!« Wieder Max Boroffski.

»Ja, und? Besser er als ich.«

»Und jetzt?«

»Wir nehmen die beiden Mädchen und den anderen Bullen als Geiseln und sehen zu, dass wir hier verschwinden.« Das war wieder Miguel de Vega.

»Und die beiden Jungs?«

»Pusten wir gleich weg. Die anderen erledigen wir, sobald wir in Sicherheit sind.«

Plötzlich drehte sich de Vega zur Treppe um.

»Was ist denn das schon wieder?«

Kichern. Dann, erst die Beine, ganz unsicher schwankend; schließlich war sie ganz zu sehen: Katharina, nur die Lederjacke über ihrem Bustier. Sie wankte auf Boroffski zu: »Du hast aber großes Kanone!«

Miguel hob seine Waffe, doch Boroffski hielt ihn zurück: »Lass sie, die ist so voll, die erinnert sich sowieso an nichts.«

De Vega verdeckte Katharina, ein Schmatzen war zu hören, und dann: »Wirklich großes Kanone! Hast hundert Euro? Lutsch ich Saft aus deiner Kanone! Wirst sehen! Besser nie erlebt!«

»Komm, Mädel, geh weiter. Such deine Freier woanders.«

Er stieß Katharina von sich, sodass sie wieder voll ins Bild kam. Sie hielt die Waffe von Boroffski fest.

»Nun lass schon los, du …«

Plötzlich hatte Katharina eine Pistole in der Hand. De Vega wollte seine eigene Waffe auf sie richten, doch sie hatte schon abgedrückt. Dann der zweite Schuss. Auf Boroffski.

De Vegas MAC-10 fiel scheppernd auf den Betonboden. Katharina hielt die Waffe von Max Boroffski noch in der Hand. Die Körper der beiden schlugen auf dem Boden auf. Katharina richtete die Pistole auf sie. Und dann fror das Bild ein.

Der Mann mit den Eukalyptuspastillen hatte auf die Pausentaste gedrückt. Er schaltete den Monitor mit der Fernbedienung ab.

»Das war ein Meisterstück«, unterbrach eine Stimme das Schweigen.

»Ja, Herr Roi. Ihre Einschätzung würde ich dann doch gern noch hören«, sagte der Mann mit den Eukalyptuspastillen. »Ich glaube, Polizeidirektor Stephan Roi brauche ich niemandem vorzustellen.«

Mit seinem Pferdeschwanz und dem grauen Bart sah Stephan Roi zwar aus wie ein in die Jahre gekommener Hippie, aber er war vermutlich der härteste Polizist von ganz Frankfurt. Leiter des SEK. Von der GSG 9 gewechselt.

»Das war ausgezeichnete Arbeit«, sagte er. »Tollkühn. Aber in dieser Situation, in der die Geiseln unmittelbar bedroht waren, perfekt. Vor allem, wie Frau Klein im Bruchteil einer Sekunde die Schussrichtung der Geiselnehmer weg von den Geiseln lenkte. Wirklich exzellent.«

»Herr Roi, wenn Sie Einsatzleiter gewesen wären …«

»Ich habe keinen Beamten unter mir, der so etwas kann. Und wir hätten in jedem Fall gewaltsam zugreifen müssen. Die standen unter Kokain und hätten gekämpft bis zum letzten Atemzug.«

»Darauf wollte ich hinaus: Mit was für einer Verlustrate hätten Sie gerechnet?«, fragte der Mann mit den Eukalyptuspastillen sachlich.

Stephan Roi überlegte: »In diesem engen Treppenhaus mit der eingeschränkten Sicht und den begrenzten Zugriffsmöglichkeiten: unter den Geiseln mindestens sechzig Prozent. Eher achtzig.«

»Also drei oder vier Geiseln tot oder schwer verletzt?«

»Eher vier. Und wenn es zu einer Verfolgungsjagd durch das Parkhaus oder die Stadt gekommen wäre: kaum einzuschätzen, wie viele Unbeteiligte noch zu Schaden gekommen wären.«

»Kann man also sagen, dass Frau Klein hier im Sinne der Geiseln und der polizeilichen Vorschriften gehandelt hat?«

»Nun, den Eigenschutz hat sie vernachlässigt. Ansonsten, wie ich schon sagte, exzellente Arbeit.«

»Danke.« Der Mann mit den Eukalyptuspastillen lehnte sich zufrieden zurück und legte Katharina die Hand auf die Schulter.

»Moment«, widersprach Staatsanwalt von Ottweiler. »Da wäre noch die Verwendung illegaler Munition.«

»Welche?«, fragte Stephan Roi.

Der Staatsanwalt blickte in die Akte: »Glaser-Sicherheitsgeschosse.«

»Perfekt. Was Besseres für diesen Einsatz gibt es nicht.«

»Was?« Mit der Reaktion hatte von Ottweiler offenbar nicht gerechnet.

»Ja. Höchste Mannstoppwirkung. Kein Durchschlag, keine Gefährdung Unbeteiligter wie bei diesen schwachsinnigen Vollmantelgeschossen, die wir verwenden müssen. Die wären durch die beiden Geiselnehmer durchgeschlagen und wie Pingpong-Bälle am Beton hin und her geprallt. Das hätte nur die Geiseln gefährdet.«

»Tatsache ist aber, dass diese Munition in Deutschland verboten ist.«

Stephan Roi musterte ihn kühl: »Wenn Sie Frau Klein daraus einen Strick drehen, sage ich aller Welt, dass sie diese Munition von mir hat.« Er setzte sich wieder.

Der Staatsanwalt räusperte sich: »Nun, dann können wir uns ja beraten. Könnten Sie bitte draußen warten?«

Auf dem Gang überkam Katharina das dringende Bedürfnis nach Nikotin. Sie fragte: »Hat jemand eine Zigarette für mich?«

Ayla hatte. »Ach ja, danke«, sagte das Mädchen leise, als sie Katharina die Schachtel hinhielt.

»Wofür?«

»Für mein Leben.«

Katharina nahm eine Zigarette und das angebotene Feuerzeug; dann ging sie schnell durch den Gang auf den kleinen Raucherbalkon, den der Architekt strategisch günstig an diesem Nichtrauchergebäude platziert hatte. Es musste ja niemand sehen, dass sie weinte.

Sie rauchte die Zigarette bis fast auf den Filter, warf sie dann auf den Innenhof, suchte in ihrer Handtasche nach einem Taschentuch, mit dem sie sich die Tränen vorsichtig abwischte. Hoffentlich war ihr Make-up nicht allzu sehr zerlaufen.

Staatsanwalt von Ottweiler, Kriminaldirektor Weigl und Richter Weingärtner standen hinter dem Tisch. Der Staatsanwalt und Weigl sahen aus, als hätten sie sich den Magen verdorben, Richter Weingärtner jedoch wirkte zufrieden.

»Kurz und knapp«, erklärte der Staatsanwalt. »Es wird keine Anklage erhoben. Allerdings fanden wir einige der Dinge, die in der Anhörung zur Sprache kamen, sehr bedenklich. Daher ordnen wir eine psychologische Evaluation von Frau Klein an.«

Er schlug den Aktendeckel zu. Polanski hatte Katharina schon vorher am Arm gefasst, um sie vor einem Verhalten zu bewahren, das sie bereuen könnte. Jetzt flüsterte er ihr leise ins Ohr: »Das bedeutet zehn Sitzungen mit Arnulf Sturmer. Kein Problem, er mag Sie.«

Katharina nickte stumm.

Während Weigl und von Ottweiler schnell durch die zweite Tür des Saals hinauseilten, kam Richter Weingärtner um den Tisch herum: »Frau Klein? Schenken Sie mir ein paar Minuten Ihrer kostbaren Zeit?«

Polanski flüsterte ihr zu: »Wir sehen uns anschließend in meinem Büro.« Dann ging er. Richter Weingärtner gab Katharina die Hand: »Gehen Sie ein paar Schritte mit mir?«

Sie verließen den Saal. Draußen standen die vier Jugendlichen und applaudierten. Das Klatschen hallte durch den Gang. Katharina wusste nicht, was sie sagen sollte. Frank Grüngoldt gab ihr die Hand: »Ich rufe gleich Mama an. Das wird sie freuen.«

Dann drückten ihr die anderen drei Jugendlichen der Reihe nach die Hand. Zuletzt Ayla. »Sie haben noch mein Feuerzeug«, sagte sie strahlend. Katharina zog es aus der Jackentasche und gab es ihr zurück. Sie schwieg immer noch.

Richter Weingärtner lenkte Katharina von den Jugendlichen weg, den menschenleeren Gang hinunter. Unvermittelt sagte er: »Das ist ja noch mal gut gegangen.«

Katharina zuckte mit den Schultern: »Wenn Sie meinen.«

Er drehte sich zu ihr um: »Katharina – Sie erlauben doch, dass ich Sie Katharina nenne – Sie dürfen sich nicht die Schuld am Tod Ihres Kollegen geben.«

»Ach, und wessen Schuld ist es dann?«

Der Richter packte sie fest an den Schultern: »Schuld ist einzig und allein derjenige, der seine Maschinenpistole in ihn geleert hat. Und böse Zungen würden behaupten, dass er seine Strafe postwendend erhalten hat.«

»Dadurch wird Thomas auch nicht wieder lebendig.«

»Natürlich nicht. Und ich hätte die beiden auch lieber vor Gericht gesehen. Aber geschehen ist nun mal geschehen. Und Sie haben fünf Menschen das Leben gerettet. Mindestens. Einschließlich das Ihres Kollegen Hölsung, den jetzt hoffentlich die gerechte Strafe trifft.«

Katharina sagte müde: »Glaube ich nicht. Er ist Freund und Golfpartner des Innenministers. Und die Handschellen kann er den Toten nicht angelegt haben. Ich hatte ihn ja festgenommen.«

Der Richter seufzte: »Vielleicht haben Sie recht. Aber Sie sind wieder im Dienst.«

»Fürs Erste.«

»Ach, das wird auch so bleiben. Sie haben mächtige Verbündete.«

»Meinen Sie Polanski?«

»Auch. Aber vor allem Ihren Verteidiger.«

»Wer ist das überhaupt?«

»Das kann ich Ihnen leider nicht sagen.«

»Staatsgeheimnis?«

»Nein. Ich weiß es wirklich nicht.«

»Aber Sie kennen ihn?«

»Unsere Wege haben sich schon gekreuzt, ja.«

»Wie mächtig ist er?«

»Sagen wir es mal so: Seien Sie froh, dass er auf Ihrer Seite ist. Ich habe gesehen, was mit seinen Gegnern passiert. Nicht schön.«

»Woher kommt er? Geheimdienst?«

»Zumindest nicht offiziell.«

»Und welches Interesse hat er an mir?«

»Das weiß ich leider nicht. Aber Sie müssen irgendwo ganz weit oben einen sehr guten Freund sitzen haben, der ihn aktivieren kann.«

Antonio Kurtz, dachte Katharina bei sich. Sie gingen schweigend ein paar Schritte.

Plötzlich blieb der Richter wieder stehen: »Da fällt mir ein: Ich hatte nie Gelegenheit, Ihnen mein Beileid auszusprechen. Zum Tod Ihrer Familie. Ich kannte Ihren Vater sehr gut.«

»Ja?«

»Wir waren – ich glaube, ich kann das sagen – befreundet. Ich habe mein erstes Bild bei ihm gekauft. Da waren wir beide noch

Studenten. Und auch Sie kenne ich noch – gleich werden Sie mich hassen –, als Sie noch so klein waren.« Er hielt die Hand ungefähr achtzig Zentimeter über den Boden.

Katharina musterte ihn genau. Die Augen, die Lippen. Das Lächeln. Das kannte sie. Nur war der Mann damals viel größer oder sie sehr viel kleiner gewesen. Und seine Haare noch nicht ergraut. »Onkel Peter?«, fragte sie ungläubig.

»Sie erinnern sich?«

»Ja. Sie waren oft bei uns. Dann eines Tages nicht mehr. Warum? Gab es Streit?«

»Oh nein, aber ich habe – 1982 war das – meinen ersten Richterposten angetreten. In Bremen. Und bin erst Mitte der Neunzigerjahre zurückgekehrt. Aber Ihren Vater habe ich nach meinem Weggang noch oft getroffen. Er hat mich immer gut beraten. Mein Steuerberater liegt mir manchmal in den Ohren, ich solle doch meine Bildersammlung versilbern und in Pension gehen. Aber noch habe ich nicht ausgedient.«

»Das freut mich zu hören.«

»Und Sie übrigens auch nicht! Wäre traurig, wenn Sie aufgeben.«

»Wer hat denn was von Aufgeben gesagt?«

»Sie wirkten gerade ein wenig … melancholisch.«

»Seit ich bei der Polizei bin, wollte ich ins KK 11, Kapitalverbrechen aufklären.«

»Wegen Ihrer Familie?«

»Ja. Aber das wissen Sie doch aus der Verhandlung.«

Der Richter rieb sich nachdenklich die Unterlippe: »Haben Sie schon einmal überlegt, ob Sie die Wahrheit wirklich wissen wollen?«

»Natürlich will ich. Warum fragen Sie?«

Der Richter musterte sie eindringlich: »Ich habe meine Erfahrung mit Mordprozessen. Sie kennen das ja. Man erfährt manchmal Dinge über die Opfer, die besser unberührt geblieben wären.«

Katharina wusste, was er meinte. Es kamen ja nicht nur Unschuldslämmer ums Leben. »Meinen Sie, dass …«

»Ich weiß es nicht. Und ich hoffe es nicht. Aber Sie hatten, wenn ich mich recht erinnere, eine ziemlich glückliche Kindheit.«

Er hatte recht. Es war zwar manchmal nicht ganz einfach gewesen, als Exotin, die sie war. Aber sie konnte immer nach Hause. Zu ihren Eltern. Zu Susanne.

»Sehen Sie? Vielleicht riskieren Sie zu viel«, sagte der Richter.

»Mag sein. Aber das wird die Zeit zeigen. – Kennen Sie Paul Leydth?« Katharina wusste auch nicht genau, warum sie das fragte. Vielleicht, weil sie innerhalb kurzer Zeit zwei Menschen getroffen hatte, die ihren Vater kannten.

Richter Weingärtner lachte kurz auf: »Oh ja, wer kennt ihn nicht? War auch Kunde Ihres Vaters.«

»Ich weiß. Was halten Sie von ihm?«

»Als er noch praktiziert hat, war er einer der besten Psychiater und Neurologen hier in der Gegend. Ich habe ihn ein paarmal als Gutachter vor Gericht erlebt. Sehr kompetent, sehr genau. Stellte stets die richtigen Fragen. Warum?«

»Ach, ich habe ihn im Rahmen einer Ermittlung kennengelernt. Er war recht hilfreich. Außerdem mögen wir beide Zeichentrickfilme.«

»Natürlich. Seine Leidenschaft. Ich war zweimal bei ihm eingeladen. Beide Male gab es Dinner und Disney-Filme.«

»Und wir beide mögen Autos. Er hat mir seine Sammlung gezeigt.«

Der Richter zog eine Augenbraue hoch: »Wirklich? Dann muss er Sie sehr schätzen. Die zeigt er nicht jedem.«

»Na ja, ich bin auch so ein Autofreak.«

»Dennoch. – Aber …« Der Richter hielt inne.

»Aber?«

»So sehr ich ihn schätze … Er beobachtet gern Menschen. Deshalb spielt er mit ihnen. Nicht böswillig. Eher wie ein Kind, das wissen will, ob eine Fliege auch mit einem Flügel noch fliegen kann.«

»Wie macht er das?«

»Ach, meistens wirft er seinen Opfern ein paar Brocken Informationen hin. Nie genug, um sich ein ganzes Bild machen zu können. – Sie wissen, was ich meine, nicht wahr?«

Katharina war stehen geblieben. Jetzt nickte sie: »Ja.«

»Das ist sein Lieblingsspiel. Und mit einer professionellen Detektivin bereitet es ihm doppelt so viel Spaß, möchte ich meinen.«

»Und? Ist an den Informationen, die er gibt, was dran?«

»Manchmal ja, manchmal nein. Ich würde das Ganze als Spiel auffassen, wenn ich Sie wäre. Machen Sie ein paar überraschende Züge. Das freut und beschäftigt ihn.«

»Sie kennen ihn doch besser, nicht wahr?«

»Sagen wir mal so: Ein Richter ist natürlich ein dankbares Spielobjekt. Ein halbes Jahr hat er mich darüber grübeln lassen, ob der Tod eines entfernten Bekannten von uns beiden natürlich oder Mord war. Er hat mich sogar so weit getrieben, dass ich die Leiche habe exhumieren lassen. – Es war Altersschwäche.«

Katharina konnte sich das Lachen nicht verkneifen. Richter Weingärtner lächelte säuerlich: »Jetzt lache ich auch darüber. Aber so ganz verkehrt war sein Verdacht nicht. Der Bekannte lebte in einem Altersheim, in dem es tatsächlich seltsame Vorkommnisse gab. Sie haben vielleicht davon gehört?«

»Die Gesellschaft für sozialverträgliches Ableben?«

Katharina kannte den Fall. Die Gesellschaft hatte Altersheim-Insassen sehr geschickt und beinahe unbemerkt vergiftet. Dafür hatte sie sich von habgierigen oder geizigen Angehörigen bezahlen lassen. Jetzt erinnerte sie sich an die Aufklärung: In der Tat war zunächst ein natürlich Verstorbener exhumiert worden. Doch die Gesellschaft bekam Panik und wurde schlampig. Schließlich konnten drei Krankenschwestern überführt werden.

»Also war ein Fünkchen Wahrheit dran? Hat Paul Leydth Sie bewusst auf die richtige Spur gelenkt?«, fragte Katharina.

»Das ist ja gerade das Seltsame. Er behauptet zumindest, nichts von den anderen Morden gewusst zu haben. Wie dem auch sei, nehmen Sie das Spiel nicht zu ernst. Insbesondere, wenn es dramatisch klingt. – So, nun muss ich aber wirklich.«

Er schüttelte ihr die Hand. Katharina sagte: »Danke. Für Ihre Unterstützung.«

»Keine Ursache. Wir sehen uns ja sicher bald vor Gericht. Und bitte nur als Zeugin.«

»Versprochen.«

Der Richter wollte gehen, aber dann drehte er sich noch einmal um: »Hat Ihr Vater Ihnen eigentlich noch den Delfin geben können?«

»Welchen Delfin?«

»Ach, als ich das letzte Mal bei ihm war, kurz bevor … also, da hatte er zwei Zeichnungen von Delfinen aufgetrieben. Wohl mehr Kuriosum als Kunstwerk. Zeichnungen aus irgendeinem Zeichentrickfilm.«

»*The Legend of the Dolphin*?«

»Genau! Die hatte er gerade rahmen lassen. Für seine delfinversessenen Töchter, wie er gesagt hat.«

Richtig. Das hatte auch Paul Leydth erzählt, an dessen Wand die dritte Zeichnung hing.

»Genau das Richtige für Susanne und Sie, hat er gesagt«, fuhr Richter Weingärtner fort. »Vielleicht würden Sie ja dann doch noch anfangen, Kunst zu sammeln. Die beiden Zeichnungen seien nämlich Unikate.«

»Nein, leider ist es dazu nicht mehr gekommen. Ich nehme an, die Zeichnung liegt immer noch im Kellertresor.«

»Meine Güte, den haben Sie noch nicht geöffnet? – Das sollten Sie. Und wenn Ihnen die Sammlung nicht gefällt, versilbern Sie sie. Dann können Sie das Polizeipräsidium kaufen und sich selbstständig machen.«

Katharina brauchte einen Moment, bis sie verstand. Dann fing sie an zu lachen. So sehr, dass sie nach ein paar Minuten japsend an der Wand lehnte. Die Vorstellung war auch zu komisch. Im Geiste sah sie sich als Donald Trump des Polizeipräsidiums, zu Hölsung sagend: »You're fired!«

Endlich beruhigte sie sich wieder. »Entschuldigung. Aber das war wirklich der Höhepunkt meines Tages.«

»Ich hoffe doch, dass Ihre Tage Besseres bereithalten als die albernen Witze eines alternden Richters. Aber schön, dass Sie noch lachen können. Auf Wiedersehen.«

Er fasste sie bei den Schultern und sah ihr in die Augen. Dann zwinkerte er, ließ sie wieder los und eilte den Gang hinunter.

Mit einem Mal fiel die Anspannung des Tages von Katharina ab. Sie war freigesprochen. Und Andreas Amendt? Vermutlich war alles nur ein Spiel. Ein perfides, aber harmloses Spiel …

Katharina ließ sich in den Sessel vor Polanskis Schreibtisch fallen: »Das scheint ja noch mal gut gegangen zu sein.«

»Wie man's nimmt«, erwiderte Polanski mürrisch. »Lesen Sie das!«

Er reichte ihr ein Fax. Katharina überflog es. Dann las sie es noch mal: »Das ist doch nicht wahr. Belobigung für Hölsung? Und Beförderung zum Ersten Hauptkommissar? Für seinen erfolgreichen Schlag gegen den Drogenhandel?«

»Kam gerade vom Innenministerium. Lohnt sich offenbar, den richtigen Golfpartner zu haben. Und es wird noch schlimmer.«

Polanski gab Katharina ein zweites Fax. Er hatte die entscheidende Passage mit einem Marker angestrichen:

Betreffs der Beamtin KHK Katharina Klein haben wir doch große Bedenken, sie weiterhin Dienst in Ihrer Dienststelle ausüben zu lassen. Sie gefährdet mit ihrem Verhalten den Betriebsfrieden der gesamten Abteilung. Daher ordnen wir ihre Versetzung zum schnellstmöglichen Zeitpunkt an.
Wie unsere Recherche ergab, ist in der Polizeidirektion Kassel die Stelle der Leitung der Verkehrsüberwachung frei zur neuen Besetzung zu diesem Zeitpunkt. Die Stelle geht einher mit einer Beförderung zur Polizeioberrätin, sodass Sie keine Schwierigkeiten haben werden, sie von der Annahme dieses sehr großzügigen Angebotes zu überzeugen. KHK Kleins Dienst in Ihrer Dienststelle endet in jedem Fall am 1. Januar 2008.
Hochachtungsvoll,
Hanfried de la Buquet, Innenminister des Landes Hessen

Katharina ließ das Fax sinken. »Verkehrsüberwachung? Das soll wohl ein Witz sein!«

»Vermutlich. Aber einer auf Ihre Kosten. Und ich kann nicht das Geringste dagegen tun.«

Katharina stand auf. »Aber bis zum ersten Januar bin ich noch im Dienst?«

»Theoretisch. Obwohl es wohl besser wäre, wenn Sie Urlaub nähmen.«

»Einerlei. Ich bin also wieder im Dienst?«

Polanski nickte: »Ja.«

»Kann ich dann meinen Dienstausweis wiederhaben? Ich habe zwei Morde, die ich aufklären muss. Ach ja, ich möchte gern die Akten Wahrig und Taboch offiziell öffnen. Und vielleicht können Sie den Hörnchen sagen, dass sie ihren Bericht auf heute datieren sollen, damit wir wenigstens etwas Gerichtsverwertbares haben.«

Polanski zog die Schublade seines Schreibtischs auf. Er nahm Katharinas Dienstausweis heraus und gab ihn ihr. Dann, nach einigem Zögern, ihre Dienstwaffe. Ein wenig unschlüssig hielt Katharina die Waffe in ihren Händen. Sie trug ja immer noch ihr albernes Kostümchen. Also verstaute sie die Pistole erst mal in ihrer Handtasche.

»Und? Was wollen Sie danach machen?«, fragte Polanski traurig.

»Das wird die Zeit zeigen. Vermutlich wird die Staurate in Kassel ziemlich ansteigen. – Ach ja, Chef, warum haben Sie das Video eigentlich nicht gleich ins Spiel gebracht? Das hätte uns – mir – viel Ärger erspart.«

»Eine Lektion in Demut«, sagte eine leise Stimme hinter ihnen. Sie drehte sich um. Der Mann mit den Eukalyptuspastillen hatte offenbar die ganze Zeit an der Wand gelehnt und zugehört. »Es war dringend notwendig, dass Sie begreifen, dass Sie immer angreifbar sind, egal, wie gut Sie Ihren Job machen.«

»Okay, Ziel erreicht. – Sie schon wieder?«, fragte Katharina.

»Schön, dass Sie mich nicht schon vergessen haben. Eukalyptuspastille?« Er hielt ihr die Dose hin.

»Nein danke. Versuchen Sie sich das Rauchen abzugewöhnen?«

»Nein, ich bin einfach so von den Dingern abhängig.« Er nahm eine und schob sie sich in den Mund.

Zögernd hielt Katharina ihm die Hand hin: »Ich schätze, ich bin Ihnen noch einen Dank schuldig.«

Er nahm die Hand und schüttelte sie. »Keine Ursache. Das ist mein Job.«

»Und wer sind Sie nun?«

»Sagen wir es einmal so: Ich arbeite für eine Institution, deren Aufgabe es ist, Fehler auszubügeln. Auf die eine oder andere Art.«

»Fehler?«

»Polizei, Justiz, Politik, Diplomatie … je nachdem.«

»Und meine Bestrafung wäre ein Fehler gewesen?«

»Sie ahnen gar nicht, was für einer!«

»Warum?«

»Die Antwort müssten Sie sich selbst geben können. Erinnern Sie sich an Ihr Gespräch mit den Marberts?«

»Sie wissen davon?«

»Menschen wie die Marberts sind natürlich von besonderem Interesse für uns. Wissen Sie noch, was Herr Marbert Ihnen angeboten hat?«

»Die Weltherrschaft oder so ähnlich.«

Der Mann mit den Eukalyptuspastillen lachte auf: »Ja, so kann man das nennen. Macht. Einfluss. Basierend auf Ihrem Vermögen. Gutes tun in ganz großem Stil.«

»Und das ist ein Fehler?«

»Nein. Aber es sollte Ihnen verdeutlichen, was Sie erreichen könnten. Und nehmen wir einmal an, Sie wären angeklagt worden. Mit einem guten Verteidiger wäre es auf eine Verurteilung wegen

Totschlags hinausgelaufen, vermutlich in minderschwerem Fall. Fünf Jahre, raus auf Bewährung in drei.«

»Klingt ja noch erträglich.«

»Das Gefängnis verändert die Menschen. Es verstärkt wesentliche Charakterzüge. Und nimmt Skrupel. Ein zorniger Mensch wie Sie …«

Katharina sah zu Boden.

»Ich sehe, dass Sie mich verstehen. Sie kommen also aus dem Gefängnis. Zorniger denn je. Reich. Mit besten Verbindungen zur Unterwelt.«

»Sie meinen, ich hätte mich auf einen Rachefeldzug begeben?«

»Oder schlimmer. Auf jeden Fall wären Sie – mit Verlaub – eine Zeitbombe gewesen.«

Katharina musterte ihn abschätzend: »Das ist nicht die ganze Wahrheit, oder?«

Der Mann mit den Eukalyptuspastillen zögerte: »Nein. Ist das so offensichtlich?«

»Ich merke, wenn mir jemand nicht die Wahrheit sagt. Ich bin eine gute Kriminalbeamtin, Herr … Eukalyptusbonbon.«

Er lachte auf. »Herr Eukalyptusbonbon. Das ist gut.« Dann wurde er wieder ernst. »Aber zurück zum Thema. Wir brauchen eine bessere Verwendung für Sie als die Verkehrsüberwachung in Kassel. Keine Sorge. Mir fällt schon was ein.«

»Ach ja? Was?«

»Nun, das SEK wäre sicher sehr interessiert an Ihnen. Oder Sie könnten für mich arbeiten.«

Katharina schüttelte den Kopf: »Geheimdienst, offiziell oder inoffiziell, ist nichts für mich. – Wissen Sie etwas über den Tod meiner Familie?«

Die Frage kam so überraschend, dass der Mann sich an seiner Pastille verschluckte. »Wie kommen Sie darauf?«, fragte er hustend.

»Ist doch ganz einfach. Ich selbst bin eine einfache Kriminalbeamtin. Meine Verbindungen zu Kurtz: vermutlich nichts, was Sie nicht selbst hinkriegen würden. Bleibt noch meine Familie.«

»Gut geschlossen. Wenn Sie sich auch unterschätzen. Aber um Ihnen eine halbwegs ehrliche Antwort zu geben: Ich weiß nicht viel. Doch ich bin aus verschiedenen Gründen sehr an einer Aufklärung interessiert. Und dabei baue ich auf Sie.«

»Auf mich?«

»Hundert Prozent Aufklärungsquote. Deshalb habe ich Ihrem Partner auch die Akte zugespielt. Ich hatte eigentlich gehofft, dass er sie früher an Sie weitergibt. Offensichtlich habe ich seine Neigung, sich an die Vorschriften zu halten, unterschätzt.«

»Sie kannten Thomas nicht«, sagte Katharina dumpf.

»Das ist wahr. – Wie dem auch sei: Ich hoffe, dass es Ihnen gelingt, die Wahrheit herauszufinden. Und ich persönlich halte übrigens Polanskis Theorien für falsch. Aber das ist nur meine bescheidene Meinung.«

Katharina sah zu ihrem Chef: »Ihre Theorien?«

In diesem Augenblick sprang die Tür auf.

»Es ist ein Skandal!«

Walpurga Grüngoldt stand plötzlich mitten im Raum wie eine Walküre auf Kriegszug, eine Zeitung in den hocherhobenen Händen. Sie stürmte zu Polanskis Schreibtisch und knallte ihm das Blatt hin. Katharina konnte einen Blick auf die Schlagzeile erhaschen:

10 000 unerkannte Morde?
Wie Polizei, Justiz und Gerichtsmedizin
politisch gewollt versagen.

Weiße Lettern auf schwarzem Grund. Über die ganze Titelseite. Alirezah von Kunert hatte wohl doch seine Nachricht des Tages gefunden. Katharina unterdrückte ein Lachen. Sie hielt es für geschickter, sich strategisch zurückzuziehen, bevor die Frage aufkam, wie diese Schlagzeile entstanden war. Also nahm sie ihre Tasche und verließ unauffällig Polanskis Büro.

Fünf Minuten später saß Katharina im Fond des Panzers. Hans und Lutz hatten Frank Grüngoldt getroffen, während sie warteten. Er hatte ihnen bereits vom Ausgang der Anhörung erzählt.

»Glückwunsch, Mädel. Heißt das, du darfst uns jetzt wieder ganz offiziell verhauen?«

»Lass es nicht darauf ankommen, Hans!«

Lutz hatte diesmal auf dem Fahrersitz Platz genommen und drehte sich nun um: »Wohin?«

Ja. Wohin? Katharina sah auf die Uhr. Halb zwölf. Fütterungszeit, dachte sie unvermittelt. Sollte sie zur Säuglingsstation fahren?

Nein. Irgendwie erschien ihr das albern. Vielleicht erst mal die Klamotten wechseln. Raus aus diesem Kostümchen. Sie sagte: »Nach Hause.«

Nachdem sie sich umgezogen hatte, setzte sich Katharina mit einer Tafel Zartbitterschokolade an den Küchentisch und dachte nach. Was Laura jetzt wohl machte? Saß das Mädchen schon mit ihrem Papa im Flugzeug nach Brasilien?

Sie aß die Schokolade, Stück für Stück, und trank Kaffee. Schließlich stand sie auf und ging in der Wohnung herum. Im Flur stand ihre Handtasche. Der Kolben ihrer Dienstpistole ragte heraus. Tja, brauchen würde sie die Waffe heute nicht mehr. Sie öffnete den Safe und wollte die Pistole hineinlegen, als sie die Akte entdeckte. Sie nahm den schweren Hefter heraus und wog ihn unentschlossen in der Hand. Endlich zwang sie sich, ihn zurückzulegen. Nicht heute. Nicht, bevor sie Melanie Wahrigs Mörder gefasst hatte. Sie kannte sich. Sie würde sich mit nichts anderem mehr beschäftigen. Und sie hatte Laura ein Versprechen gegeben.

Sie verschloss den Tresor sorgfältig. Dann stand sie auf. Im Regal über der Stereoanlage stand eine CD. Provozierend. Neu. Immer noch eingeschweißt.

A Voice and a Guitar. Jazz Classics.
Performed by Marianne Aschhoff and Andreas Amendt.

Plötzlich wusste Katharina, was sie tun musste. Andreas Amendt würde ihre Gedanken aufräumen. Aber erst würde sie noch einen anderen Besuch erledigen. Einen, der sie daran erinnern sollte, warum sie Polizistin geworden war.

Katharina ließ die schwere Tür hinter sich ins Schloss fallen. Sie war allein. Endlich. Die Luft in dem unbewohnten Haus roch muffig.

»Eines Tages …«, sagte sie sich. Eines Tages würde sie hier wieder einziehen. In das Haus ihrer Eltern.

Wie immer, wenn sie herkam, ging sie erst einmal ins Wohnzimmer. Das große Panoramafenster war mit Sperrholzplatten vernagelt worden, sodass der Raum in einem Dämmerlicht lag. Sie sah die dunklen, fast schwarzen Flecken auf dem Parkett. Dort hatte ihre Schwester gelegen. Susanne musste aufgestanden sein, um sich schützend vor ihre Eltern zu stellen. Doch der Mörder hatte keine Gnade gekannt.

Katharina ging zum Panoramafenster. Hier war der Täter eingedrungen. Er war durch das Fenster gesprungen, hatte geschossen … Und dann? Soweit sie wusste, war nichts gestohlen worden. Einfach nur ein sinnloser Gewaltakt?

»Sei ehrlich mit dir, Katharina«, ermahnte sie sich: »Du kennst diesen Typ Tatort.« Das war eine Exekution gewesen. Ein Exempel, sonst hätte man die Leichen verschwinden lassen. Komisch, das war ihr noch nie aufgefallen. Aber wer hatte ihre Familie so gehasst? Hatte ihr Vater Feinde gehabt? Der Kunsthandel war hart, das wusste sie. Aber Mord? Im Mafia-Stil?

Was hatte Richter Weingärtner gesagt? »Haben Sie schon einmal überlegt, ob Sie die Wahrheit wirklich wissen wollen?« Und: »Man erfährt manchmal Dinge über die Opfer, die besser unberührt geblieben wären.« Die Sätze des Richters hallten in ihrem Kopf.

Kunsthandel. Im- und Export von Kunstwerken. Katharina biss sich auf die Lippen, bis es wehtat. Kunstwerke galten als begehrte Währung in der organisierten Kriminalität. War das 1990 auch schon so? War ihr Vater in illegale Geschäfte verstrickt gewesen?

Sie schüttelte den Kopf. Das konnte, wollte sie nicht glauben. Schnell. Was tat sie als Nächstes? Gegenargumente finden! Wo war Thomas? Konnte er ihr nicht wenigstens als Geist erscheinen? Er würde sofort alle Löcher aufgespürt haben. Also, erstens: Ihr Vater hatte immer offen über seine Geschäfte gesprochen. Sogar den Steuerprüfer vom Finanzamt hatte er mit Kaffee und Kuchen empfangen. Andererseits war er oft auf Reisen gewesen. Wusste sie, was er dann gemacht hatte?

Weiter: Was wusste sie noch? Klar. Er war nie ängstlich gewesen. Selbstverständlich hatte das Haus eine gute Alarmanlage, und der Keller war zum Tresorraum umgebaut worden. Aber das war bei Kunsthändlern doch normal. Ihr Vater hatte auch einen Waffenschein besessen, da er hin und wieder wertvolle Bilder selbst transportierte; aber er hatte das immer eher amüsant gefunden. Hatte gesagt, er müsse heute mal Cowboy spielen. Wenn er nicht ein sehr guter Schauspieler gewesen war …

Ja. Wenn. Aber dann war da sein bester Freund. Antonio Kurtz. Katharina mochte ihren Patenonkel sehr. Aber sie war nicht blind dafür, dass er ein Leben am Rand der Legalität führte. Der Pate von Frankfurt. Das klang so pittoresk. Aber … Und er hatte sich immer so intensiv um sie gekümmert. Schlechtes Gewissen?

Katharina atmete durch. Sie würde Kurtz einfach fragen. Er musste ihr die Wahrheit sagen. Und sie würde die Hörnchen bitten, ihr zu helfen. Vielleicht konnten sie ja noch Spuren finden. Die forensischen Wissenschaften hatten doch große Fortschritte gemacht seit 1990. Und Andreas Amendt würde sicher auch helfen. Ganz bestimmt.

Vielleicht war ihr Quasi-Rauswurf aus dem KK 11 das Zeichen gewesen, nichts mehr auf die lange Bank zu schieben. Sich endlich ihrem Dämon zu stellen.

Sie verließ das Wohnzimmer, schloss sorgfältig die Tür hinter sich und begann, ziellos durch das Haus zu wandern. Das Schlafzimmer ihrer Eltern. Ihr altes Zimmer. Sie hatte nie wieder darin geschlafen, seitdem sie nach Südafrika abgereist war.

Susannes Zimmer. Es herrschte immer noch das sympathische, geordnete Chaos, das Susanne um sich herum verbreitet hatte. Schminkutensilien, medizinische Lehrbücher, Stifte, eines der ersten Laptops, CDs …

CDs? Katharina hob das Laken von der kleinen Stereoanlage, die neben dem Bett stand. Auf der Anlage lag tatsächlich die Hülle von »A Voice and a Guitar«. Ziemlich abgegriffen und zerkratzt. Leer.

Einem plötzlichen Impuls folgend, betätigte sie den Schalter der Stereoanlage. Die Anzeige leuchtete auf. Sie drückte auf die Play-Taste. Ein wenig mürrisch lief der CD-Player an. Und dann erklangen Gitarrenakkorde. »Autumn Leaves«. Sie wollte die Anlage abschalten. Aber sie zwang sich, es nicht zu tun. Sie hatte es versprochen. Sie würde sich die ganze CD anhören.

Also setzte sie sich auf Susannes Bett. Hörte zu. Betrachtete die dem Bett gegenüberliegende Wand – Susannes Delfinwand. Hunderte von Fotos hingen da; in mehreren Hängeregalen lagen Delfine aus allen möglichen Materialien. Sie hatte Susannes Sammlung immer bewundert. Sie selbst war nie so hartnäckig gewesen.

Aber … zwischen all den Delfinbildern klaffte eine Lücke. Ein Stück kahle Wand. Als ob dort etwas fehlte. Etwas Wichtiges. Das Glanzstück der Sammlung.

»Ja, dort hat sie gehangen«, bestätigte eine freundliche Stimme neben ihr. Katharina drehte sich erschrocken um. Susanne lag auf dem Bett, den Kopf auf eine Hand gestützt.

»Schön, dass du mich besuchen kommst. Und schön, dass du die CD aufgelegt hast. Die habe ich vermisst.« Susanne sang ein paar Takte mit. Nein, sie sang eine perfekte zweite Stimme. Sie war immer sehr viel musikalischer gewesen als Katharina.

»Hallo, Susanne«, sagte Katharina nach einem Moment. »Schön, dich zu sehen.«

»Ist schon ein Weilchen her.«

»Ja. – Was hing dort?«, fragte Katharina unvermittelt.

»Ach je, Dummerchen. Du bist doch die Detektivin von uns beiden. Natürlich die Zeichnung aus *Legend of the Dolphin*. Papa hatte für jeden von uns eine.«

»Und wo ist sie jetzt?«

»Keine Ahnung. Ich bin da so schlau wie du. Weißt du doch!«

Katharina nickte.

»Aber diese Professorin hat recht«, wechselte Susanne das Thema.

»Womit?«

»Mit deiner Kleidung. Wirklich nicht sehr sexy.«

Katharina zuckte mit den Schultern. »Na und?«

»So wirst du nie den Mann fürs Leben finden.« Susanne kicherte.

»Wieso sollte ich das wollen?«

»Weil du ihn vielleicht gefunden hast.«

»Wen?«

»Na komm. Stell dich nicht dümmer, als du bist.«

»Den Amendt meinst du? Komm, Susanne, wir sind nur Kollegen.«

»Jaja.«

»Nicht jaja.«

»Ach Katharina, ich weiß noch, wie du das erste Mal so auf meinem Bett gesessen und mir von einem Jungen erzählt hast. Natürlich mochtest du ihn gaaaaaar nicht.«

»Aber ich mag Andreas Amendt.«

»Meine Rede.«

»Als Kollege. Vielleicht als guten Freund. Irgendwann.«

»Jaja, mach dir nur etwas vor. Aber heul anschließend nicht wieder.«

Jetzt fing ihre Schwester auch schon an, sie mit Andreas Amendt aufzuziehen. Konnte der nicht einfach schwul sein? Dann wäre das Thema endlich vom Tisch.

»Nun zieh keine Schnute. Sonst bleibt dein Gesicht noch so stehen.« Susanne kniff Katharina sanft in die Wange. Das hatte ihre Mutter auch immer gesagt.

Katharinas Handy klingelte.

»Schade«, sagte Susanne. »Ich muss gehen.«

»Aber …«

Susanne erstickte den Widerspruch in einer Umarmung. Katharina schloss die Augen, atmete den vanillenen Geruch der Geborgenheit ein. Dann war Susanne verschwunden.

Katharina fand sich auf dem Bett liegend wieder. Sie war tatsächlich eingeschlafen, hier in Susannes Zimmer. Der CD-Player spielte. »Heartbreak Hotel«. Track 14. Und ihr Handy klingelte immer noch.

Sie antwortete: »Ja?«

»Katharina? Alles in Ordnung mit dir?« Lutz.

»Ja. Doch. Sorry. Bin eingeschlafen.«

»Na dann ist ja gut. Wir wollten gerade schon stürmen.«

»Nee, nicht nötig. Gib mir noch ein paar Minuten.«

»Klar, so lange du willst.«

Sie legte auf. Immer noch auf dem Bett liegend, lauschte sie den letzten Klängen von »Heartbreak Hotel«. Dann war das Lied zu Ende; und auch die CD. Sie setzte sich auf und schaltete die Stereoanlage aus. Worüber hatte sie mit Susanne gesprochen? Ach ja, über den leeren Fleck an der Wand.

Sie besah ihn sich genauer. Tatsächlich. Ein Nagel ragte an der Stelle aus der Wand. Die Traum-Susanne hatte recht gehabt. Dort hatte vermutlich die Zeichnung aus *Legend of the Dolphin* gehangen. Doch wo war das Bild jetzt? Seltsam.

Dann fiel es ihr ein. Der Testamentsvollstrecker, irgendein Notar Sowieso, hatte zur Sicherheit alle Bilder aus dem Haus in den Tresorraum im Keller bringen lassen. Sie war seit dem Tod ihrer Familie nicht mehr im Tresor gewesen. Tresor war untertrieben. Schatzgewölbe war vermutlich zutreffender. Der ganze Keller war mit Stahlbeton verstärkt worden und nur durch eine große Panzertür zugänglich, deren Schlüssel sie nicht hatte. Sie würde den Notar danach fragen müssen. Oder ihren Vermögensverwalter. Im Zweifelsfall musste Henry ran.

Aber … später. Sie hatte einen Fall zu lösen. Nein, zwei. Andreas Amendt würde ihr sicher dabei helfen, ihr Versprechen an ein kleines Mädchen einzulösen.

Doch dazu musste sie Andreas Amendt erst einmal finden. In seiner Wohnung war er nicht. Die Nachricht auf dem Anrufbeantworter war diesmal ganz knapp: »Bin leider nicht da.«

Auch Djeannie hatte ihn nicht gesehen. Zuletzt blieb nur noch die Säuglingsstation. Doch auch da war er nicht aufgetaucht. Dafür saß Svenja Taboch in Katja Meyers Büro. Auch das noch!

Katharina wollte sich gleich wieder verabschieden, aber Katja Meyer zog sie rasch in den Umkleideraum: »Und? War Andreas sehr schockiert über meinen Mann und mich?«

»Nun, etwas überfahren schon. Aber ich glaube nicht, dass er deswegen nicht gekommen ist.«

»Nein?«

»Svenja Taboch hat ihn ziemlich in Beschlag genommen.«

»Oh ja, das ist mir auch schon aufgefallen.«

»Deswegen geht er ihr aus dem Weg.«

»Schade eigentlich. Wäre doch praktisch: eine liebende Frau und ein hübsches Kind.«

Katharina spürte einen Stich im Magen. Aber sie zwang sich zu lächeln: »Na ja, wer nicht will … – Sagen Sie, Sie haben nicht zufällig eine Ahnung, wo Doktor Amendt sich verkrochen haben könnte?«

»Doktor Amendt? Immer noch so förmlich? – Also eigentlich fällt mir nur ein Ort ein, wo er sein könnte. In diesem Café seiner Quasi-Adoptivmutter. Dahin flieht er meistens.«

Da hätte Katharina eigentlich gleich drauf kommen können.

Lutz wirkte ein wenig enttäuscht, als Katharina das neue Ziel, das Blaue Café, bekannt gab. »Elfie hat vorhin angerufen. Dachte, ich könnte vielleicht heute Abend …«

»Nimm sie doch mit«, schlug Katharina großzügig vor.

»Und wenn irgendwas passiert?«

»Was soll schon passieren? Niemand weiß, wohin wir fahren. Und selbst wenn, dann kann Elfie ihren Helden in Aktion sehen.«

»Wenn du meinst …«

Und so waren sie am Kindergarten vorbeigefahren. Elfie und Lutz hatten sich nach hinten gesetzt, und die Kindergärtnerin hatte sich an ihren starken Begleiter gekuschelt. Katharina hatte Hans dazu gebracht, sie fahren zu lassen. Dafür würde er den nächsten Band *Kalle Blomquist* bekommen, wenn sie wieder zu Hause waren.

Sie lenkte das schwere Fahrzeug durch den Feierabendverkehr. Kurtz hatte recht. Ein Maybach war schon eine Klasse für sich.

Andreas Amendt war tatsächlich im Blauen Café. Er saß auf der Bühne und spielte Gitarre. Katharina kannte das Stück nicht. Vielleicht eine Improvisation. Traurig. Ein wenig aggressiv. Er hatte die Augen geschlossen und ließ die Finger über die Saiten des Instruments gleiten.

Katharina ging zur Bar. Sie lehnte sich mit dem Rücken an die Theke und sah zu Andreas Amendt hinüber.

»Da sitzt er schon seit heute Mittag«, erklärte eine dunkle Frauenstimme hinter Katharina. Sie drehte sich um. Marianne Aschhoff war wohl aus der Küche gekommen; sie hatte sie vorher nicht gesehen.

»Macht er das öfter?«

»Nur, wenn es ihm nicht so besonders geht. Ist zwar gut fürs Geschäft, so voll ist es hier selten am Montagabend, aber …« Marianne Aschhoff hielt inne.

»Aber?«

»Sagen wir mal, dass der dritte Dezember nicht gerade zu seinen Glückstagen gehört.«

Das Datum verursachte einen Knoten in Katharinas Magen. Der Todestag ihrer Familie. Heute. Wirklich nicht gerade ein Glückstag. Sie blickte zur Bühne. Noch eine Gemeinsamkeit, die sie und Andreas Amendt teilten.

»Ich hatte gehofft, dass Sie auftauchen«, fuhr die Wirtin fort. »Vielleicht können Sie ihn da rausreißen.«

»Ich?«

»Er mag Sie. Das ist bei ihm selten.«

»Ja, das hat mir Paul Leydth schon erzählt.«

»Hat er Ihnen noch mehr erzählt?«

»Ein wenig. Von Doktor Amendts Eltern. Und …«

»Und dass Andreas glaubt, einen Mord begangen zu haben? Der alte Schwätzer sollte lieber den Mund halten. Das ist Andreas' Privatangelegenheit.« Marianne Aschhoff polierte ärgerlich an einem Glas herum.

»Ich … ich habe heute die CD gehört, die Sie mit Doktor Amendt zusammen aufgenommen haben. Wunderschön, wirklich.«

»Danke. War 'ne gute Zeit damals. – Möchten Sie was trinken?«

»Einen Whisky, bitte.«

Marianne Aschhoff fragte: »Wie trinken Sie Ihren Whisky?«

»Aus einem Glas.«

Die Wirtin lachte: »Gute Antwort.«

Sie drehte sich zum Spirituosenregal um und griff nach einer Flasche, die im obersten Fach verborgen hinter ein paar anderen Flaschen stand. Sie goss zwei Fingerbreit in ein Whiskyglas.

»Den Whisky für Leute, die wissen, wie man so etwas trinkt. Geht aufs Haus.«

Marianne Aschhoff stieß mit ihr an. Katharina genoss das Bouquet des Whiskys, dann nahm sie einen kleinen Schluck und ließ ihn sich auf der Zunge zergehen. Sie entspannte sich, lehnte an der Bar und lauschte der Musik.

»Und? Wie ist es ausgegangen?«

Katharina hatte gar nicht bemerkt, dass die Musik aufgehört hatte. Doch … die Bühne war leer, und Andreas Amendt stand neben ihr. Sie drehte sich zu ihm: »Entschuldigung. Was haben Sie gesagt?«

»Wie ist es ausgegangen? Hat man Sie …«

Katharina musterte ihn. Er hatte tiefe Ringe unter den Augen. Sein Gesicht war grau unter den unrasierten Bartstoppeln.

»Es ist alles gut ausgegangen. Ich bin freigesprochen worden, oder wie auch immer man das nennen soll«, sagte sie endlich. »Aber ich werde zum ersten Januar versetzt. Wenn es nach dem Innenminister geht, in die Verkehrsüberwachung von Kassel.«

»Das ist doch absurd. Warum?«

»Ich gefährde den Betriebsfrieden. Aber fürs Erste bin ich wieder im Dienst. Und wir haben zwei Morde aufzuklären.«

»Wir?«

»Sie und ich.«

»Ich?«

»Ich brauche Ihre Hilfe. Sie müssen mein Denken aufräumen.«

»Wie meinen Sie das? – Oder … kommen Sie, setzen wir uns besser.«

Er führte Katharina zu einem Tisch. Dann ging er noch mal fort und kam mit einem neuen Whisky für Katharina und einem Milchkaffee für sich zurück.

»Kaffee am Abend?«

»Später Nachmittag. Es ist erst sechs. Und Medikamente und Alkohol vertragen sich nicht so gut.«

»Medikamente?«

»Warum, glauben Sie, hatte ich passende Medikamente für Sandra Beckmann dabei?«

»Sie nehmen Antidepressiva?«

»Nur heute. Versprochen. Heute ist … kein guter Tag. Aber keine Sorge, ich bin nicht high. Zumindest nicht schlimmer als sonst auch. Also? Wie kann ich Ihnen helfen?« Er lehnte sich in seinem Sessel zurück, Notizblock und Stift in der Hand.

Katharina schmunzelte: »Sie sehen aus wie ein Psychoanalytiker. Soll ich mich besser hinlegen?«

»Nicht nötig. Berufskrankheit. Ich habe wohl zu lange mit Paul Leydth zusammengearbeitet. – Also?«

»Also, bei mir ist das so: Ich sammele bei meinen Fällen Puzzlesteinchen. Irgendwann fallen sie ins richtige Muster. Doch jemand muss aufpassen, dass ich alle Puzzlesteinchen erwische und mir meine falschen Hypothesen um die Ohren hauen.«

»Um die Ohren hauen? Wäre das nicht eher ein Job für Katja?«

»Sie meinen die Kinderärztin? Sie hat sich übrigens nach Ihnen erkundigt. Hatte ein wenig Sorge, dass Sie ihr aus dem Weg gehen.«

»Oh Hilfe, nein. Ich wollte nur nicht …« Er stockte.

»Svenja Taboch?«

»Achtunddreißig Anrufe! Achtunddreißig!«

»Sie hat Sie halt als Kindsvater auserkoren.«

»Oh je. Was mache ich jetzt?«

»Erzählen Sie ihr, dass Sie schwul sind.«

»Aber ich bin doch nicht …«

»Na und?«

Andreas Amendt seufzte: »Na gut, da denke ich morgen drüber nach. Wie soll ich Ihre Hypothesen überprüfen?«

»Anhand der Fakten. Sie sammeln und vergleichen.«

»Und wie soll ich …?«

»Mit Objektivität. Sie sind doch der Wissenschaftler.«

»Professor Metzel wäre anderer Meinung. Hat mich als Märchenerzähler betitelt.«

»Wegen Henthen?«

»Ja.«

»Gut. Fangen wir doch mit dem an! Also, was wissen wir?«, fragte Katharina.

»Dass Alexandra Taboch Leihmutter war. Dass sie das Kind nicht hergeben wollte. Und dass die Marberts ein Wunderkind bestellt haben.«

»Bei Henthen haben wir also Motiv und Gelegenheit: Er hat ja selbst operiert«, ergänzte Katharina.

»Aber wir haben keine Beweise. Nichts. Mein Bericht zählt nicht. Die Leiche ist freigegeben und eingeäschert worden.«

»Kommt Zeit, kommt Rat. Wir kriegen ihn schon dran. Notfalls müssen wir ihm eine Falle stellen.«

»Und wie?«

»Weiß ich noch nicht. Aber das ist meine Spezialität. Außerdem kriegen wir Henthen vielleicht über den Umweg Melanie Wahrig.«

»Meinen Sie?«

»Also, wir wissen: Derjenige, der die Daten von Melanie Wahrig manipuliert hat, hat auch die Daten von Alexandra Taboch verändert. Da haben wir schon eine Verbindung. Und Alexandra und Melanie haben beide bei stop! gearbeitet. Eine zweite Querverbindung.«

»Die uns aber momentan nicht hilft.«

»Stimmt. Die Mitarbeiter von stop! sind auch alle entlastet. Aber …«

Andreas Amendt unterbrach sie: »Es gibt noch mehr Querverbindungen. Sagten Sie nicht, Fischer-Lause wäre mehr für den ›natürlichen Weg‹?«

»Ja.«

»Und die ganze Vatersuche und die genauen Genuntersuchungen schreien für mich: Embryoselektion und eventuell Genchirurgie. Das klingt nach Henthen.«

»Sehen Sie? Nun kommt aber der Stolperstein: Warum hat Fischer-Lause dann Proben untersuchen lassen? Wenn das stimmt, was Torsten Kleinau uns erzählt hat«, warf Katharina ein.

»Vielleicht war das ja wirklich ein Forschungsprojekt. Oder sie und Henthen verstehen sich besser, als sie zugeben. Vielleicht ist der Streit ein … ein …«

»Ablenkungsmanöver«, setzte Katharina seinen Satz fort. »Wir sollten noch mal mit der Fischer-Lause sprechen.«

»Aber was wollen Sie machen? Sie können sie ja schlecht als Journalistin nach solchen Details fragen.«

»Ich werde sie nicht als Journalistin fragen, sondern in meiner Eigenschaft als Kriminalhauptkommissarin.«

»Dürfen Sie das denn?«

»Natürlich darf ich jederzeit Zeugen befragen. Polanski hat den Fall Wahrig offiziell eröffnet. Und wir brauchen einen Sachverständigen, der sich nicht nur mit Genetik, sondern auch mit der Uniklinik und der bürokratischen Abwicklung von Genanalysen auskennt. Trifft das nicht alles auf Fischer-Lause zu?«

Andreas Amendt lachte auf: »Klar! Als Genetikerin ist sie vermutlich ohnehin im Sachverständigen-Pool. Und Henthen kriegen wir vielleicht so auch noch dran.«

»Ja?«, fragte Katharina überrascht.

»Nun, entweder sie arbeiten zusammen, dann werden Sie das herausfinden. Oder Fischer-Lause hasst Henthen wirklich. Dann wird sie ihn uns hoffentlich ans Messer liefern.«

»Hey, Sie machen das gut«, sagte Katharina begeistert. »Genauso meinte ich das.«

»Danke. Schön, wenn ich helfen kann.«

Andreas Amendt nippte an seinem Milchkaffee, Katharina nahm einen großen Schluck Whisky. Dann saßen sie sich eine Weile schweigend gegenüber.

Endlich fasste sich Katharina ein Herz: »Sie … Sie könnten mir mit noch etwas helfen.«

»Ja?«

»Also, es ist so: Ich habe vielleicht endlich so etwas wie eine Spur für den Mord an meiner Familie. Thomas … mein Partner … hatte die Akten für den Fall. Seine Frau … Witwe hat sie mir gegeben. Und ich würde gern versuchen …«

Sie zögerte. Andreas Amendt hatte sich vorgebeugt: »Sie wollen selbst ermitteln? Sie wissen, dass Sie das als Angehörige eigentlich nicht dürfen?«

»Ja. Aber …«

»Ich kann Sie gut verstehen. Aber haben Sie sich schon die Konsequenzen überlegt?«

»Schlimmer als die Verkehrsüberwachung in Kassel kann es nicht werden.«

»Ich meinte nicht beruflich.«

»Sondern?«

»Für Sie selbst. Vielleicht erfahren Sie etwas, dass Sie nie wissen wollten. Haben Sie die Akte schon gelesen?«

»Noch nicht. Das wollte ich machen, wenn wir die Fälle Wahrig und Taboch gelöst haben.«

Andreas Amendt nickte nachdenklich: »Gut. Die aktuellen Fälle zuerst. Außerdem haben Sie so noch Gelegenheit zu überlegen, ob Sie die Akte wirklich lesen wollen.«

»Wie meinen Sie das?«

»Sie haben doch selbst genügend Mordakten verfasst. Darin steht vielleicht mehr, als Sie wissen wollen. Und wenn Sie diese Akte lesen, gibt es kein Zurück mehr. Sind Sie wirklich bereit dafür?«

Berechtigte Frage: War sie bereit für die Wahrheit?

Andreas Amendt fuhr zögernd fort: »Ich hoffe, ich trete Ihnen nicht zu nahe, aber Sie haben bisher nur wenig unternommen, um den Fall aufzuklären, nicht wahr? Vielleicht hat das einen Grund. Vielleicht wollen Sie die Antwort nicht wissen. Oder Sie ahnen die … die …«

»Die Abgründe?« Katharinas Magen verkrampfte sich. Andreas Amendt hatte recht. Sie hatte Angst. Angst vor dem, was sie herausfinden würde. Aber …

»Vielleicht muss man sich seinen Dämonen stellen«, sagte sie schließlich. »Wenn das Leben jemals wieder normal werden soll.«

»Den Dämonen stellen«, wiederholte Andreas Amendt nachdenklich. »Da mögen Sie recht haben. Und natürlich helfe ich Ihnen.«

Icarus

Dienstag, 4. Dezember 2007

Katharina kuschelte sich schläfrig an den Körper, der sie wohlig umschlungen hielt. Sie genoss das leichte Kratzen des unrasierten Kinns in ihrem Nacken, die Wärme des Brustkorbs an ihrem Rücken, die Hand, die sanft ihre Brüste streichelte, die beginnende Erektion, die sich an ihren Po drückte. Die Hand verließ ihre Brüste, wanderte tiefer, über ihren Bauch, dann zu ihren Schenkeln. Sie streichelte die Innenseiten ihrer Beine, den Flaum ihrer Schamhaare, ließ einen Finger leicht über ihre Schamlippen gleiten.

Katharina genoss die Schauer, die durch ihren Körper rieselten. Plötzlich spürte sie, wie jemand sie in ihre Wange kniff. Sie öffnete die Augen und sah, wer sie da neckte.

»Nicht jetzt, Susanne, bitte.«

»Ach, lass dich nicht stören. Ich wollte nur sehen, wie es dir geht.« Ihre Schwester strich ihr eine Haarsträhne aus dem Gesicht. »Schade, dass der Wecker gleich klingelt.«

Katharina entschloss sich, sie zu ignorieren. Vielleicht reichte die Zeit noch. Sie drehte sich um, den Zärtlichkeiten entgegen. Andreas Amendt küsste sie sanft auf den Mund. Sie öffnete die Lippen, um seine Zunge einzulassen.

Der Wecker fing an zu piepen. Nur ein paar Minuten noch. Bitte. Katharina suchte nach der Schlummer-Taste, fand sie endlich. Der Wecker verstummte. Sie drehte sich wieder um. Doch ihr Bett war leer. Sie war wach. Schade.

Katharina schaltete ihre Nachttischlampe ein. Es hätte schlimmer kommen können. Sie hatte sich geborgen gefühlt. Ja, geborgen. Das war das richtige Wort. Der einzige andere Mann, bei dem sie je dieses Gefühl gehabt hatte – dass er sie um ihrer selbst willen mochte –, war Thomas gewesen, ihr Partner. Und von Thomas hatte sie auch geträumt, wie sie sich eingestehen musste; ein- oder zweimal. Vielleicht war das normal, sie wusste es nicht.

Katharina merkte, wie sie wieder zu träumen begann. »Komm!«, schalt sie sich in Gedanken. »Zeit zum Aufstehen. Du hast heute einiges vor.« Sie warf sich ihren Morgenmantel über. Dann wanderte sie ins Bad für eine schöne, lange, warme Dusche. Sie trocknete sich ab, föhnte und schminkte sich, griff zu ihrem Lieblingsparfum. Halt! Sie war heute im Dienst. Egal. Zu spät.

»Schick«, sagten Hans und Lutz gleichzeitig, als Katharina in die Küche kam. Sie sah an sich herab: die schwarze Seidenbluse mit Stehkragen, die eng geschnittene schwarze Stoffhose, der Gürtel mit der Intarsienarbeit, die schwarzen, hohen Stiefel: Das war doch nicht overdressed! Wie gut, dass Hans und Lutz den mit Spitze besetzten Seidenbody nicht sehen konnten. Sie hätten sicher sofort wieder ihren »Gehe hin und paare dich«-Chor begonnen.

Wann behandelte die Fischer-Lause eigentlich Patienten? Katharina saß völlig allein in dem plüschigen Wartezimmer. Hans und Lutz hatte sie in die Cafeteria geschickt. Polizeiliche Ermittlungen im Beisein von zwei Leibwächtern einer »bekannten Unterweltgröße« waren vermutlich keine gute Idee.

»Na, Sie haben sich meinen Rat offenbar zu Herzen genommen.«

Frau Fischer-Lause war erstaunt im Eingang zum Wartezimmer stehen geblieben. »Selbst die Frisur.« Katharina hatte sich ihre Haare zu einer leichten Welle geföhnt und trug sie offen. »Sehen Sie, geht doch alles. War ja eine Schande, sich so zu verstecken.«

Die Professorin führte Katharina wieder in ihr Arbeitszimmer und bat sie, auf einem der Sessel Platz zu nehmen.

»Was kann ich für Sie tun?«

Ja, was eigentlich? Am besten begann Katharina mit der Wahrheit: »Ich war beim letzten Mal nicht ganz ehrlich zu Ihnen. Ich bin Kriminalhauptkommissarin Katharina Klein, und ich ermittele in einem Mordfall.«

Fischer-Lause verzog ein wenig das Gesicht, wirkte aber nicht sonderlich überrascht: »So was in der Art habe ich mir schon gedacht. Zu durchtrainiert für eine Journalistin, die für Frauenzeitschriften schreibt.« Sie stockte: »Ich stehe doch nicht etwa unter Verdacht?«

Katharina schüttelte rasch den Kopf: »Nein, ich benötige Ihr Fachwissen in Gendiagnostik. Und vielleicht können Sie mich auch hier in der Klinik auf die richtige Spur setzen.«

Die Professorin zog amüsiert die Augenbrauen hoch: »Hat Henthen was angestellt?«

»Wie kommen Sie auf Henthen?«

»Es ist kein Geheimnis, dass dieser Gerichtsmediziner ihn des Mordes beschuldigt hat. Wie war noch der Name?«

»Amendt«, antwortete Katharina.

»Richtig. Ist wohl suspendiert worden. Hätte mich aber nicht gewundert, wenn … – Das bleibt aber unter uns?«

»Natürlich. Wenn ich Ihre Aussage nicht vor Gericht benötige.«

»Genaues weiß ich nicht. Aber es würde mich nicht wundern, wenn was dran wäre. Henthen geht für sein persönliches Prestige über Leichen. – Also, was hat er angestellt?«

»Ich weiß nicht, ob er es war.« Katharina berichtete von Melanie Wahrigs Versuch, einen idealen Vater zu finden; von den Genanalysen; vom unbekannten Kontakt irgendwo in der Uniklinik.

»Klingt in der Tat nach Henthen. Kann ich die Analysen mal sehen?« Die Professorin wirkte völlig ruhig. Entweder war sie unschuldig, oder sie könnte beim Pokern ein Vermögen verdienen.

Katharina zog die Ausdrucke aus der Handtasche und gab sie Fischer-Lause, die den Stapel rasch durchblätterte: »Hier, der Oberste … Ist das der Idealvater?«

Katharina sah auf das Blatt. Ja, das war der Test von Sven.

»Hm, doch, gute Wahl. Sehr gesund. Keine Risikofaktoren«, stellte die Professorin fest. »Na, da haben wir es doch: groß, blond, blauäugig. Das stammt sicher von Henthen oder aus seiner Umgebung.«

»Können Sie die Tests einfach so lesen? Ohne Folien?«

»Klar. Mit der Zeit lernt man das.«

»Ich dachte, dieses System wird hier nicht eingesetzt.«

Die Professorin schmunzelte: »Ach, das hier ist nur die alte Software. Ich und auch Henthen nutzen sie gelegentlich. Vor allem wenn …«

»Wenn?«

»Nun ja, Gendiagnostik ist aufwendig und kompliziert abzurechnen. Die neue Software registriert jeden Test und dokumentiert ihn. Mit der alten Version konnten wir uns da eine Hintertür offenhalten. Daher haben die Tests auch keine Seriennummern. Wir nutzen das für den kleinen Test zwischendurch. Torsten drückt da ein Auge zu.«

»Torsten?«

»Torsten Kleinau. Doktorand von mir. Er steuert die DNA-Anlage. Das bisschen Anarchie macht ihm wohl Spaß, und er ist so was wie ein begeisterter … wie nennt man die noch mal, die ihr Talent am Computer gelegentlich für Unfug nutzen? Hacker? Er hat das System so eingerichtet, dass Henthen und ich dann doch gelegentlich bekommen, was uns zusteht. Die Anlage war nämlich eigentlich unsere, wissen Sie?«

»Ja, ich habe davon gehört«, sagte Katharina nachdenklich. Sie hatte plötzlich ein Bild im Kopf: den leeren Raum F in der Reproduktionsmedizin. »Sagen Sie, wo sollte das Labor eigentlich stehen? Hier bei Ihnen?«

Fischer-Lause zuckte mit den Achseln: »Leider nicht. Drüben bei Henthen. Die haben extra drei Räume dafür zusammengelegt. Jetzt steht der Raum leer, bis wir wieder Gelder kriegen oder die Industrie uns eine neue Anlage sponsert. – Wo wollen Sie denn hin?«

»Reproduktionsmedizin. Raum F.« Ein leerer, frisch renovierter Raum.

Die Stimme von Gabor Weininger: »Teurer Rechner. Kann alles. Hat alles.«

Der PC im DNA-Labor: »High-End-Teil. Ist aber cool für Spiele.«

Das Sicherheitssystem in Melanie Wahrigs Rechner: »Die haben ganze Kisten davon verschickt. Ich habe allein hier für das Labor ein solides Dutzend bekommen.«

»Gibt nicht so viele Menschen, die gleichzeitig Informatiker und Biochemiker sind.« – »Ganz stolz auf seine zwei Diplome.« – »Und auf meinen ehemaligen Ruf als gefährlicher Hacker.«

Die Stimmen erklangen laut in Katharinas Kopf. Was war sie doch blind gewesen! Sie hätte viel schneller darauf kommen können.

Sie rannte und rannte. Ihre Lungen brannten, doch sie ignorierte es. Endlich hatte sie die Gerichtsmedizin erreicht. Sie stürmte durch das Eingangsportal. Die Treppe hoch. Durch die Gänge.

Mist! Der Raum war abgeschlossen.

Katharina zog ihr Schweizer Taschenmesser hervor. In wenigen Sekunden war das Schloss geknackt. Sie stieß die Tür auf.

Das DNA-Labor war leer. Erst jetzt entdeckte Katharina den Zettel, der an die Tür gepinnt war:

Bin in der Reproduktionsmedizin. Um zehn wieder da.
Torsten Kleinau

Katharina sah auf die Uhr. Kurz nach halb zehn. Das gab ihr Zeit. Sie ging zum Arbeitsplatz von Torsten Kleinau und drückte eine Taste auf dem Keyboard seines Rechners. Von den Monitoren grinste sie das System, das sie auch schon von Melanie Wahrigs Rechner kannte, höhnisch an. Sicherheitsstick und Fingerabdruck bitte! Beides hatte sie natürlich nicht. Aber … Sie zog ihr Handy hervor und wählte die Nummer von Frank Grüngoldt.

»Hallo, Frau Klein. Ich hoffe, ich habe Sie gestern nicht in Verlegenheit gebracht. Von wegen verliebt sein und so … Und ich …«

Oh je, kein pubertäres Gestammel jetzt! »Schon gut, Frank. Kein Problem. Sie müssen mir bei etwas helfen. Ich sitze hier vor einem Rechner mit einem dieser Sicherheitssysteme, Sie wissen schon.«

»Ja, wie bei dem von Ihrer Nachbarin.«

»Genau. Ich muss da rein. Können Sie mir sagen, wie ich die Hintertür aktiviere?«

»Klar!« Katharina meinte, die vor Stolz glühenden roten Ohren durchs Telefon zu spüren. Den Hörer zwischen Schulter und Ohr gepresst, folgte sie den Anweisungen, die er ihr diktierte.

Endlich: »Danke. Ich bin drin.«

»Keine Ursache. Und wenn …«

»Sorry, aber ich bin in Eile.« Katharina drückte schnell auf die rote Taste, um das Gespräch zu unterbrechen.

Dann blickte sie auf den Bildschirm. Ein ganz normaler Anmeldeschirm von Windows XP. Zwei Benutzerkonten. Torsten Kleinau und …

Zaphod! Katharina musste sich zusammenreißen, um nicht ganz laut »Bingo!« zu rufen. Sie klickte mit der Maus auf Zaphod. Natürlich passwortgeschützt. Sie probierte es mit »Melanie«, mit »Wahrig«, mit »MelanieWahrig«, mit »Laura«. Nichts. Kein Glück.

Aber bei Windows XP gab es doch die Möglichkeit, eine Frage einzugeben, die helfen sollte, wenn man mal das Passwort vergessen hatte? Klar. Sie klickte auf das kleine Fragezeichen neben dem Log-in.

»Was reißt dich immer mit?«, stand auf dem Bildschirm.

Das wusste sie! Sie hörte Torsten Kleinaus Stimme ganz laut in ihrem Kopf: »… reißt mich immer mit.«

Nur was? Sie blickte suchend auf dem Schreibtisch umher. Unterlagen. Kaffeetassen. Stifte. Der CD-Player. Die Hülle einer Klassik-CD. Natürlich!

Sie tippte »Bruckner«.

Der Anmeldeschirm verschwand, die erlösende Meldung erschien: »Benutzereinstellungen werden geladen …«

Sie war drin. Und noch einfacher hätte es ihr Torsten Kleinau wirklich nicht machen können. Der Ordner mit der Bezeichnung »Melanie« lag mitten auf dem Desktop. Er enthielt die Gentests, die sie schon kannte. Als nächstes öffnete sie das E-Mail-Programm. Die Schlüssel der Verschlüsselungssoftware luden sich automatisch. Wie unvorsichtig für einen erfahrenen Hacker. Die Mails, die er gesendet hatte, waren akribisch archiviert. Ebenso die Mails von Melanie Wahrig. Ihre letzte Mail vom Mittwoch, dem einundzwanzigsten November, lautete:

Super, dass wir den Idealkandidaten gefunden haben. Komm morgen Vormittag einfach vorbei. Dann besprechen wir alles Weitere.

Und die Antwort:

Bis morgen. Ich bringe Brötchen mit.
Liebe Dich, Zaphod

Zaphod alias Torsten Kleinau war also zur Tatzeit am Tatort. Perfekt.

Sie öffnete den Datei-Manager. Was mochte sich noch auf der Festplatte verbergen?

Auf einer Partition mit dem Namen Forschung wurde sie erneut fündig. »Genetic Engineering Projects« hieß ein Unterverzeichnis, das nur einen einzigen Ordner enthielt: »Alexandra Taboch für Henthen«.

»Bingo!« Katharina konnte nicht mehr an sich halten. Schnell, alle Daten auf CD sichern. Sie schob einen Rohling in das Laufwerk. Dann suchte sie das Brennprogramm. Jetzt nur noch …

Ein schwerer Schlag traf ihren Hinterkopf.

Ihr Gesicht prallte auf die Tastatur.

Schwärze.

»Die hat sich in meinen Rechner gehackt. Da waren auch die Daten von Alexandra Taboch drauf. Sie hängen da genauso drin wie ich.«

»Na und? Die Daten beweisen doch gar nichts.«

Die Stimmen drangen dumpf zu Katharina durch. Ihr Schädel fühlte sich an, als ob er gleich platzte. Mühsam öffnete sie die Augen. Eine große Lampe strahlte ihr ins Gesicht. Sie kniff die Augen zusammen. Zwei Gestalten standen über ihr. Mussten sie so schreien?

»Kommen Sie, Mann! Sie müssen mir helfen!«

»Nein, nein, nein! Das ist Ihr Problem. Wenn Sie meinen, diese Wahrig umbringen zu müssen, dann ...«

»Und Sie haben Alexandra Taboch umgebracht!«

»Selbst wenn! Können Sie es beweisen?«

Gesichter schälten sich aus dem Nebel vor Katharinas Augen. Henthen. Und Torsten Kleinau, der drohte: »Ja, ich kann. Ich habe alle Fotos, die der Amendt bei der Autopsie gemacht hat.«

»Ach, ich denke, die sind gelöscht worden?«

»Was denken Sie, wer die gelöscht hat? Und wer die anderen Berichte hat verschwinden lassen? Ich habe Sicherheitskopien von allem.«

Katharina wollte sich bewegen. Doch sie war gefesselt. Und ihr Mund war verklebt. Sie bekam kaum Luft durch die geschwollene Nase. Außerdem war sie nackt. Und an ihren Füßen fühlte es sich warm an. Nein. Heiß. Mühsam hob sie den Kopf ein wenig.

Hinter ihren Füßen glühte ein Feuer. Ein Verbrennungsofen. Katharina ließ den Kopf zurücksinken. Am liebsten hätte sie die Augen geschlossen. Nein! Sie musste um jeden Preis bei Bewusstsein bleiben!

»Wollen Sie mich erpressen?«, fragte Henthen höhnisch.

»Nein, natürlich nicht. Ich will, dass Sie mir helfen. Wir müssen sie töten. Dann zerlegen wir sie und verbrennen die Teile.«

»Das ist doch Wahnsinn. Wissen Sie, was für eine Hitze man braucht, um eine Leiche zu verbrennen?«

»Der Ofen ist heiß genug. Da werden auch Organe drin verbrannt.«

»Damit reiten Sie uns nur noch weiter rein.« Henthen ließ den Kopf sinken. Er sah Katharina direkt in die Augen: »Scheiße, sie ist wach.«

»Keine Sorge, die ist voller Natrium-Pentothal. Kommen Sie, wir haben nicht ewig Zeit.«

Henthen stöhnte genervt auf: »Okay. Geht wohl nicht anders. Geben Sie mir das Hirn-Lungen-Messer da. – Nicht das Skalpell, Sie Idiot!«

»Welches dann?«

»Das da. Mit der langen Klinge. Und jemand wie Sie arbeitet in der Gerichtsmedizin.«

Eine Hand mit einem langen, dünnen Messer tauchte in Katharinas Sichtfeld auf. Eine andere Hand nahm es. Henthen kommandierte: »Schließen Sie schon mal die oszillierende Säge an. Das Ding, das aussieht wie ein Staubsauger. Genau.«

Er blickte auf Katharina herab, die verzweifelt versuchte, sich aus ihren Fesseln zu befreien. Aber sie konnte sich keinen Zentimeter bewegen. Der Arzt lächelte gezwungen: »Keine Sorge, ich mache schnell. Das wird nur ein wenig unangenehm.«

So musste er es einer Frau ankündigen, wenn er ein Spekulum in ihre Vagina schob. Henthen hob das Messer, nahm mit einer Hand ihren Kopf, hielt ihn fest. Dann setzte er die Klinge an und …

»Hände hoch! Lassen Sie das Messer fallen, Henthen!«

Henthen ließ Katharinas Kopf los.

»Wird's bald?«

Die Stimme kannte sie doch. Das war …

»Amendt! Was machen Sie hier?« Katharina hörte, wie Henthen um den Tisch herumging. »Das ist doch eine Falle. Sie drei haben mich reingelegt! Nehmen Sie die Pistole runter, Amendt!«

»Erst legen Sie das Messer weg.«

»Sie schießen nicht. Nehmen Sie die Pistole runter, oder sie stirbt.« Urplötzlich tauchte Henthen wieder in Katharinas Gesichtsfeld auf, das Messer hoch erhoben.

Ein Schuss.

Kurze Stille. Als hätte jemand die Pausentaste gedrückt und so die Realität im Standbild eingefroren.

Dann kippte Henthen aus Katharinas Sichtfeld. Sie hörte das Geräusch von etwas Schwerem, das dumpf auf den Boden aufschlug.

Und dann …

Schreie, wie Katharina sie noch nie in ihrem Leben gehört hatte.

Über den Schreien die Stimme von Andreas Amendt: »Torsten, wir müssen die Blutung stoppen. Er verreckt uns sonst.«

Aus den Augenwinkeln sah sie, wie Torsten Kleinau sich in Bewegung setzte. Er wollte weglaufen! Doch …

»Halt! Nicht so schnell. Hier geblieben!« Das war die Stimme von Lutz.

Die Schreie wurden schriller.

»Schnell. Rufen Sie die Eins-Eins-Null an. Da, über den Hausapparat. Die sollen …«

»Die Leitung ist tot!« Das war Hans.

»Verdammt! Halten Sie durch, Henthen!«

Die Schreie wurden leiser, heiserer, zu einem Wimmern.

»Wach bleiben!« Ein paar Klatscher. Offenbar gab Andreas Amendt Henthen Ohrfeigen. »Schnell! Fassen Sie mit an!«

Hans tauchte kurz in Katharinas Gesichtsfeld auf. Dann war er wieder verschwunden. Hatte sich offenbar runtergebeugt.

Andreas Amendt kommandierte: »Hier abdrücken. Ja, so.«

Dumpfes, rhythmisches Stoßen. Herzmassage, schloss Katharina. Bestimmt zwei Minuten lang. Und dann:

»Hat keinen Sinn. Er ist tot. Sie können loslassen.«

Vielleicht kümmert sich ja dann auch mal jemand um mich, dachte Katharina. Sie versuchte, sich bemerkbar zu machen. Stöhnte gegen den Knebel, wehrte sich gegen die Fesseln.

Endlich tauchte Andreas Amendt in ihrem Blickfeld auf. Sein weißes Hemd war blutgetränkt, sein Gesicht bespritzt. Plötzlich hatte er eine Schere in der Hand. »Stillhalten, bitte«, sagte er ruhig. Sie spürte, wie der kühle Stahl der Schere sich unter das Pflaster schob, das über Mund und Wange geklebt war. Ein Schnitt. Der Zug an ihrem Kopf ließ nach.

»Achtung!« Mit einem Ruck riss Andreas Amendt das Leukoplast von ihrem Mund. Es brannte. Sie würgte den Slip, der in ihrem Mund steckte, heraus und schnappte nach Luft. Der Arzt schnitt schon an ihren anderen Fesseln. Endlich konnte sie sich bewegen. Sie wollte sich aufsetzen, doch ihr Körper versagte den Dienst.

»Warten Sie.« Andreas Amendt legte den Arm um sie, half ihr, sich aufzurichten. Sie spürte die feuchte Wärme des Bluts auf seinem Hemd. Er merkte es auch, ließ sie los: »Verzeihung.«

Dabei war es jetzt auch schon egal. Am liebsten wollte sie sich übergeben, so sehr schämte sie sich dafür, wie sie da saß, nackt, das

Leukoplast, mit dem sie gefesselt gewesen war, in Streifen von ihr herabhängend. Dann hob sie den Kopf.

Lutz hielt immer noch Torsten Kleinau umklammert.

Direkt vor dem Stahltisch, auf dem sie gefesselt gelegen hatte, lag der Körper von Henthen in einer großen Blutlache.

Katharina atmete aus. Es war vorbei. Endlich. Aus den Augenwinkeln sah sie eine Bewegung. Plötzlich stand Hans vor ihr und gab ihr eine schallende Ohrfeige.

»*Spinnst du eigentlich vollkommen?*«, brüllte er los. »Dafür sind wir da. Um genau diese Situationen zu vermeiden. Wenn der Amendt dich nicht gefunden hätte, wärst du jetzt tot. Immer diese Extratouren! Du bist nicht unsterblich, *du blöde Kuh!*«

»Nicht. Sie hat genug.« Andreas Amendt. Katharina spürte, wie etwas Schweres, Warmes um sie gelegt wurde. Ihre Lederjacke. Sie zog sie über. Jede Bewegung schmerzte.

»Sorry, Ihre andere Kleidung ist zerschnitten«, sagte Andreas Amendt hilflos. Er legte den Arm um Katharina und zog sie fest an sich. Sie ließ sich fallen. Schloss die Augen. Klebrige Schwärze umfing sie.

Ein Stich in ihrem Arm.

Etwas Kühles rann in ihre Venen.

Sie lag auf etwas Weichem. Ihr Körper war zugedeckt. Jemand wischte ihr die Stirn ab.

Sie machte die Augen auf.

Andreas Amendt hatte sich über sie gebeugt: »Da sind Sie ja wieder.«

Katharina wollte sich aufrichten, doch er hielt sie sanft, aber bestimmt zurück: »Ganz ruhig. Erst muss die Infusion rein. Sie haben eine ziemliche Ladung Natrium-Pentothal abgekriegt.«

Sie wollte etwas sagen, doch sie brachte nur ein Krächzen zustande. Andreas Amendt steckte ihr einen Strohhalm in den Mund: »Trinken Sie! – Schmeckt seltsam, ich weiß. Elektrolyt-Lösung. Sehr gesund.«

Egal. Es war flüssig, es war kühl, es war köstlich. Sie mochte den Strohhalm nicht mehr hergeben, bis nur noch Luft kam.

»Wo bin ich?«, brachte sie endlich hervor.

»In der Uniklinik. – Wissen Sie, was für ein Tag heute ist?«

»Dienstag.«

»Richtig. Wissen Sie Ihren Namen?«

»Katharina Yong Klein. Yong mit Ypsilon.«

»Wunderbar. Was ist Ihr Lieblingsessen?«

»Im Moment könnte ich eine Wagenladung von Kurtz' Rumpsteaks vertragen. – Wozu wollen Sie das denn wissen?«

»Hervorragend. Offenbar keine Gedächtnisaussetzer. – Sie haben einen schweren Schlag auf den Kopf bekommen. Dazu das Natrium-Pentothal. Keine gute Kombination. Sollten Sie in Zukunft meiden.«

Katharina musste wider Willen lachen, bereute es aber gleich. Ihr Kopf drohte zu platzen. »Auuuu!«

»Entschuldigung. Einen kleinen Augenblick müssen Sie sich noch gedulden, dann kann ich Ihnen was gegen die Schmerzen geben. Erst muss die Infusion ganz durchgelaufen sein.«

»Bin ich schwer verletzt?«

»Nur eine leichte Gehirnerschütterung und ein paar Prellungen. Sie bleiben aber zur Beobachtung über Nacht im Krankenhaus.«

»Auf keinen Fall.«

»Darüber sprechen wir gleich noch.«

Katharina starrte zur Decke. Sie schwiegen.

Endlich war die Infusion durchgelaufen.

»So, das war's!« Andreas Amendt zog die Nadel aus ihrem Arm und presste einen Tupfer auf die Einstichstelle. Dann klebte er ein Pflaster auf die kleine Wunde, und sie schafften es mit vereinten Kräften, Katharina auf die Bettkante zu setzen.

In diesem Augenblick ging polternd die Tür auf. Musste das so laut sein? »Ssscht«, machte Andreas Amendt.

Hans und Lutz standen in der Tür. »Entschuldigung«, sagte Lutz. Hans ergänzte: »Wir haben hier die Kleidung für Katharina.«

Er stellte eine Reisetasche neben ihr ab: »Übrigens, die Ohrfeige tut mir leid.«

Ohrfeige? Ach ja, richtig. Katharina zuckte mit den Schultern.

Lutz hielt etwas verloren zwei große Schaumstoffbecher in seinen Händen. »Der Kaffee?«, fragte er.

Katharina sah zu Andreas Amendt: »Kaffee?«

»Koffein ist das beste Mittel, um die Reste der Droge aus Ihrem Körper zu vertreiben. Und der Kaffee hier im Krankenhaus ist grauenhaft. Deshalb habe ich Ihre Leibgarde gebeten, bei meinem

Lieblingscafé vorbeizuschauen.« Er drückte Katharina den ersten Becher in die Hand: »Trinken und genießen Sie.«

Katharina zog den Deckel vom Becher. Berge von Milchschaum. Sie nahm einen Schluck. Wunderbar. Macchiato mit einem doppelten Espresso. Wenn nicht sogar mit einem dreifachen. Allmählich wurde sie wach. Ihr fiel auf, dass die drei Männer eifrig bemüht waren wegzuschauen. War irgendwas? Sie blickte an sich herab. Rasch schlang sie die Bettdecke um sich: »Warum bin ich eigentlich völlig nackt?«

»Eigentlich wollten wir Ihnen ja eines von diesen Krankenhaus-Hemden anziehen. Sie wissen schon«, antwortete Andreas Amendt verlegen. »Sie haben sich aber geweigert. Weil Sie nicht in eine Zwangsjacke wollten.«

Das klang nach ihr. Katharina zog den Reißverschluss der Reisetasche auf. Himmel, Hans und Lutz mussten ihren Kleiderschrank wirklich sehr gründlich inspiziert haben: Obenauf lag ein alter Pyjama von ihr – bunte Bärchen auf himmelblauem Grund.

»Wir dachten, etwas Farbe und so …«, sagte Lutz.

Katharina legte den Pyjama beiseite.

»Wollen Sie den nicht lieber anziehen?«, fragte Andreas Amendt.

»Nein. Ich bleibe nicht hier.« Sie zog die weiteren Kleidungsstücke heraus. Schwarze Jeans, schwarzer Rollkragenpullover. Okay. Socken. Auch gut. Dann spürte Katharina, wie ihre Wangen anfingen zu glühen. Ein Seidentanga und ein BH. Bestickt.

»Lagen obenauf«, erklärte Hans rasch.

»Schon klar.« Katharina stand auf und warf die Bettdecke ab. Sie streifte den Tanga über, dann den BH. Sie wollte ihn am Rücken schließen. »Aua!« Das tat doch noch weh. »Kann mir einer von euch helfen?«

Betretene Stille. Männer!

Endlich erbarmte sich Andreas Amendt. Mit schnellem Griff schloss er den BH. Katharina schlüpfte in die Jeans, den Pullover.

»Ihr Gürtel liegt dort.« Andreas Amendt deutete auf einen Stuhl. Dort hing auch ihre Lederjacke. Und neben dem Stuhl stand …

»Gott sei Dank. Meine Handtasche!«

Sie zog vorsichtig den Gürtel durch die Schlaufen der Hose. Zu heftig bewegen durfte sie sich immer noch nicht, wenn sie nicht wollte, dass ihr Kopf explodierte. Dann wühlte sie in ihrer Handtasche. Haarbürste. Haarband. Make-up-Täschchen.

»Nur Ihre Pistole ist leider nicht mehr drin«, sagte Andreas Amendt bedauernd. »Die musste ich abgeben. Weil ich damit auf Henthen geschossen habe.«

Katharina ging vorsichtig zu dem Waschbecken in einer Ecke des Zimmers und sah in den Spiegel. Ihre rechte Kinnhälfte war blau. Auf der Stirn war eine kleine Platzwunde. Und ihre Nase war geschwollen. Sie betastete sie vorsichtig. Es tat nicht weh.

»Nicht gebrochen«, sagte Andreas Amendt zur Bestätigung.

Vorsichtig bürstete Katharina ihre Haare. Sie waren verklebt und brauchten dringend eine Wäsche. Sie band fürs Erste einen Pferdeschwanz. Dann setzte sie sich wieder aufs Bett.

Lutz gab ihr den zweiten Becher Kaffee. Allmählich begann ihr Gehirn wieder in normaler Geschwindigkeit zu arbeiten. Wie kam Andreas Amendt eigentlich an ihre Waffe? Wie hatte er …?

»Wie haben Sie mich eigentlich gefunden?«

»Dafür können Sie Djeannie danken. Ich dachte, ich frage Torsten noch mal nach den DNA-Analysen. Und wer bei Henthen und Fischer-Lause sonst so mitmischt. Ich habe Djeannie erzählt, dass ich zu ihm runterwollte. Und sie hat gesagt: ›Ach, der arme Torsten. Ich glaube, seine Freundin hat ihn sitzen lassen.‹ Ich habe sie gefragt, wie sie darauf käme. Und sie meinte, er wirke so traurig. Dann hat sie weitererzählt: dass Torsten zwar ziemlich glücklich gewesen sei; aber sie hätte das Gefühl gehabt, das die Frau ihn nur ausnutzt. Er hat ihr sogar seinen supertollen antiken Schreibtisch mit Geheimfach geschenkt. Und da bin ich endgültig hellhörig geworden. Ich habe Djeannie gefragt, ob sie die Freundin mal gesehen hat. Einmal, hat sie gesagt. Ziemlich hübsch. Blonde lange Locken. Aber alles an der Frau sei irgendwie aufgesetzt gewesen, zu laut, zu schrill. Als ob sie eine Rolle spielt. Ich habe Djeannie nach dem Namen gefragt. Und sie hat mit den Schultern gezuckt: ›So eine Frau kann ja nur Melanie heißen.‹ Da hat es bei mir endgültig Klick gemacht. Und ich bin direkt in den DNA-Raum gerannt. Die Tür stand offen, aber Torsten war nicht da. Und Ihre Handtasche stand neben seinem Stuhl. Da war mir klar, dass was passiert sein musste.«

»Wegen meiner Handtasche?«

»Ganz ehrlich? Sie steht immer ganz in Ihrer Nähe, oder Sie halten sich daran fest. Ich konnte mir nicht vorstellen, dass Sie Ihre Handtasche einfach vergessen.«

Katharina biss sich auf die Lippen. Sie hatte sie nur einmal vergessen. Am Tag, als ihr Partner erschossen wurde. Katharina fragte rasch: »Und wie haben Sie mich dann gefunden?«

»Nun, ich hoffe, Sie kommen jetzt nicht auf dumme Gedanken, aber ich habe überlegt, wo ich Sie hinschaffen würde, wenn ich Sie verschwinden lassen müsste. Von der DNA führt ein alter Speiseaufzug direkt in die Autopsie Fünf. Da Torsten sie nicht aus der Tür geschleppt haben konnte, ohne dass das irgendjemandem aufgefallen wäre, habe ich angenommen, dass er Sie da reingesteckt und direkt nach unten befördert hat. In Ihrer Tasche habe ich die Pistole gesehen. Die habe ich genommen. Ich habe nie gedacht, dass ich damit würde schießen müssen. Dann bin ich nach unten gelaufen. Und da wollte Henthen Sie gerade erstechen.«

»Und Sie haben geschossen!«

Der Arzt betrachtete eingehend seine Finger: »Ich habe auf seine Beine gezielt. Doch der Schuss hat die Arterien in beiden Oberschenkeln zerfetzt. Praktisch keine Chance, ihn zu retten.«

»Was Sie dennoch versucht haben ...«

»Und auch das Notarztteam, das endlich kam, nachdem Sie das Bewusstsein verloren hatten. Es war zu spät.«

»Und was passierte dann?«

»Ich habe Sie erst mal in die Notaufnahme bringen lassen. Und dann kam die Kripo. Polanski persönlich.«

Katharina versteifte sich: Polanski kannte doch die ganze Geschichte noch gar nicht. Sie ignorierte die dröhnenden Kopfschmerzen, die die raschen Bewegungen auslösten, und stürzte zu ihrer Handtasche, kramte, zog ihr Handy hervor. Kurzwahlverzeichnis. Polanski. Endlich. Es läutete.

»Polanski?«

»Ich bin es, Katharina.«

»Katharina, geht es Ihnen ...«

»Jaja, hören Sie, Sie dürfen Torsten Kleinau auf keinen Fall laufen lassen. Er hat Melanie Wahrig umgebracht und ...«

Polanski fiel ihr ins Wort: »Ich weiß, Katharina.«

Verdattert fragte sie: »Woher?«

»Ich war bei Ihnen, als Sie aus dem Kernspin kamen. Da haben Sie mir die ganze Geschichte erzählt.«

Katharina schwieg.

»Erinnern Sie sich nicht? Katharina, machen Sie mir keine Dummheiten. Sie waren zwar benommen, aber sonst ganz klar.«

»Nein, nein, Chef. Ich kann alles beweisen. Sie müssen auf dem Computer ...«

»Ja, Katharina. Das haben Sie mir auch schon erzählt. Und Frank Grüngoldt war eine große Hilfe. Cleverer Junge. – Auf dem Rechner haben wir übrigens auch die Autopsie-Fotos von Alexandra Taboch gefunden. Und jetzt, wo Henthen tot ist, hat der Metzel mit Amendts Bericht plötzlich kein Problem mehr.«

»Und was passiert nun?«

»Torsten Kleinau bespricht sich gerade mit seinem Anwalt. Und dann werde ich ihn verhören.«

»Chef, ich will dabei sein.«

»Katharina, Sie gehören ins Krankenhaus. Sie haben heute schon genug erlebt.«

»Bitte!« Katharina ärgerte sich, dass sie so weinerlich klang.

Polanskis Stimme wurde weicher: »Was sagt denn der Arzt dazu?«

Katharina blickte zu Andreas Amendt: »Bitte, ich will unbedingt bei dem Verhör von Torsten Kleinau dabei sein.«

Andreas Amendt sagte nachdenklich: »Wirklich gut finde ich das nicht. Aber ich nehme an, ich kann Sie nicht zurückhalten.«

»Nur, wenn Sie mich fesseln.«

»Ich komme aber mit. Sicher ist sicher.«

Katharina sprach wieder ins Telefon: »Doktor Amendt kommt mit und passt auf mich auf.«

»Aber Sie bleiben im Beobachtungsraum.«

»Aber –«

»Kein Aber. Sie haben eine Gehirnerschütterung und sind unter Drogen gesetzt worden. Wenn ich Sie in diesem Zustand mit ins Verhör lasse, kann das ganz schnell nach hinten losgehen. Sie wissen doch, wie Verteidiger aus jeder Verfahrensungenauigkeit ein ›Im Zweifel für den Angeklagten‹ herausleiern.«

»Okay. Dann nur Beobachtungsraum.« Katharina war zwar ein wenig enttäuscht, aber es war besser als nichts. »Wer führt das Verhör?«

»Ich selbst, keine Sorge. Und die Müller-Burkhardt ist als Vertreterin der Staatsanwaltschaft dabei. Wir bringen ihn schon zum Reden.«

Katharina hatte sich blitzschnell fertig angezogen. Dann hatte sie Hans, Lutz und Andreas Amendt über den Klinikparkplatz gehetzt. Hans fuhr so schnell er konnte. Nicht schnell genug für Katharina, die ihn immer wieder antrieb, bis er sich an einer roten Ampel entnervt umdrehte: »Katharina, wenn ich noch mehr rase, kommen wir vielleicht überhaupt nicht hin.«

Endlich erreichten sie das Polizeipräsidium. Katharina lief, so schnell es ihre Schmerzen zuließen, ins KK 11 zu den Verhörräumen. Sie kam schlitternd vor Polanski und Frauke Müller-Burkhardt, die auf dem Flur gewartet hatten, zum Stehen. Die Staatsanwältin musterte sie kritisch: »Du siehst furchtbar aus. Solltest du nicht lieber im Krankenhaus sein?«

»Nein«, japste Katharina noch etwas außer Atem. »Das lasse ich mir nicht entgehen. Ich will sehen, wie er gesteht.«

»Keine Sorge, wir machen das schon.« Polanski legte ihr beruhigend die Hand auf die Schulter.

»Okay, worauf wartet ihr dann noch?«, fragte Katharina ungeduldig.

»Torsten Kleinau bespricht sich immer noch mit seinem Anwalt.«

Sie mussten fast eine halbe Stunde warten, bis der Rechtsanwalt endlich seinen Kopf aus der Tür steckte: »Mir kenne' dann.«

Dr. Meyerbruck war ein kleiner, gemütlich wirkender Mann in den besten Jahren, meistens lächelnd, jovial hesselnd, immer darauf spekulierend, dass man ihn unterschätzte.

Der Beobachtungsraum lag im Dämmerlicht. Katharina und Andreas Amendt stellten sich vor das Fenster zum Verhörraum. Der Polizist am Mischpult schaltete die Lautsprecher ein, sodass sie mithören konnten.

»Für das Protokoll: Zur Vernehmung in den Angelegenheiten Wahrig und Taboch sowie ergänzend Klein, Aktenzeichen«, Polanski diktierte drei längere Nummern, »... sind erschienen: Torsten Kleinau als Verdächtigter sowie sein Anwalt, Doktor Hans Meyerbruck. Die Vernehmung führen Kriminaldirektor Paul Polanski und Doktor Frauke Müller-Burkhardt, Oberstaatsanwältin am Oberlandesgericht Frankfurt am Main.«

»Mäschtisch viel Dienstgrade fer meine' Mandante'«, stellte der Anwalt fest. »Zunächst möscht isch eimal sache, dass mei Mandant bereit ist, in der Angelescheheit Wahrig ein volles Geständnis abzulesche. Allerdings erwarte mir ein Entgeschekomme der Staatsanwaltschaft.«

»Nämlich?«, fragte die Staatsanwältin.

»Anklach nur wesche' Todschlach. Minneschwere Fall. Sibbe Jahr. Maximal.«

»Sieben Jahre?«

»Vielleisch auch fünf. Des ist unser Angebot.«

»Wir sind hier nicht auf dem Basar«, sagte Polanski genervt. »Außerdem wäre da noch …«

»In der Angelescheheit Taboch is' mein Mandant völlisch unschuldisch … Als Nisch-Mediziner war er ja nisch' mal in der Näh des mutmaßlische' Tatorts.«

»Aber er hat Beweise verschwinden lassen.«

»Unner Zwang von …« Der Anwalt schaute theatralisch in seine Notizen. »… Markus Henthen. Und er hat die Beweis' gesischert. Wie Se ganz genau wisse dun.«

Polanski seufzte: »Okay. Allerdings wird er um eine Anklage wegen Mordversuchs an Katharina Klein nicht herumkommen.«

»Mein Mandant versischet, nichts damit zu tun zu habe'. Henthen hat ihn gezwunge. Un' er wollt scha alles verhinnern.«

»Die Aussage von Frau Klein belegt das Gegenteil.«

»Herr Kriminaldirektor, isch bitt Sie. Frau Klein hat a schwere Schlach auffe Kopp bekomme und war unne Drogen.«

»Die Ihr Mandant ihr verabreicht hat.«

»Aber, aber … wie soll denn mein Mandant als einfache' Bioschemike' an Natrium-Pentothal komme?«

»Frau Klein sagt aber …«

»Isch bitt sie. Die Arme war doch völlisch außer sisch. Der Kopp, die Droge … und dann die Dodesangst. Da kann man sisch doch täusche. Isch doch nur menschlisch.«

»Ich vertraue der Aussage von Kriminalhauptkommissarin Klein.«

Plötzlich sprach der Anwalt hochdeutsch: »Wenn Sie es wirklich darauf ankommen lassen wollen vor Gericht. Dann soll doch das medizinische Gutachten entscheiden.«

Andreas Amendt schüttelte den Kopf.

»Was denken Sie?«, fragte Katharina.

»Meyerbruck hat recht: Gehirnerschütterung und Natrium-Pentothal sind eine perfekte Kombination, um Sie als Zeugin zu diskreditieren.«

Wie ärgerlich! Aber wohl nicht zu ändern. Katharina sah wieder nach vorn. Polanski machte sich gerade ein paar Notizen: »Gut, kommen wir dann zum Fall Wahrig. Ihr Mandant gesteht also, Melanie Wahrig die Verletzungen zugefügt zu haben, die zu ihrem Tode führten?«

»Nisch so schnell. Zunäscht spresche mir mal übe' den Handel.«

»Nun, die Indizienkette würde auch so ausreichen.«

»Sie habe' nischt.«

»Die Computerdaten und E-Mails …«

»… ware private Daten meines Mandante', die ohne Durchsuchungsbefehl erlangt wurde'.«

»Wir können Gefahr im Verzug geltend machen.«

»… als mein Mandant schon längst in Gewahrsam war.«

Frauke Müller-Burkhardt räusperte sich: »Was aber keine Rolle spielt. Der Rechner, auf dem die Daten gefunden wurden, war im Besitz der Uniklinik sowie des Kompetenzzentrums DNA. Damit hätte spätestens das LKA jederzeit Zugriff auf alle Bereiche des Computers. Ihr Argument zählt also nicht.«

Der Anwalt nickte anerkennend: »Tuschee, Frau Oberstaatsanwältin. – Allerdings wurde dieser Reschner auch für eine ganz andere Rechtsbeugung missbraucht. DNA-Tests im Auftrach von Frau Klein. Möschte' Sie, dass das vor Gerischt zur Sprach' kommt? Könnt a bös Lischt auf Ihr Verständnis von Dateschutz werfe.«

Frauke seufzte: »Also gut, was für ein Handel?«

»Sie werde sehe, mehr würde Sie sowie net erreiche. Todschlach. Minnerschwerer Fall. Fünf Jahr. Oder sache' wir drei.«

»Nur noch drei?«

»Bedenke Sie das Lebbe' meines Mandanten. Ein junge' Wissenschaftler mit große Möglischkeite. Das sollt ihm doch eine Handlung, die er im Affekt begange hat, net alles kaputt mache.«

»Und das Leben von Frau Wahrig?«

»Un' bedenke Sie sei' Reputation. Er hat immerhin geholfe, zahlreische Straftate aufzukläre. Als DNA-Analytiker.«

»Okay«, stimmte Frauke schließlich zu. »Anklage wegen Totschlags. Ob minderschwerer Fall oder nicht, werden wir sehen. Und das ist mein Angebot.«

Der Anwalt hielt das Mikrofon zu und begann, mit seinem Mandanten zu flüstern.

Katharina ließ sich auf einen Stuhl sinken und barg den Kopf in den Händen. Andreas Amendt beugte sich zu ihr: »Alles in Ordnung?«, fragte er leise.

»Ich hab's versaut«, murmelte Katharina. Andreas Amendt hob sanft ihr Kinn hoch: »Ich weiß, es beruhigt Sie nicht, aber ohne Sie säße er jetzt gar nicht dort. Dann wäre Melanie Wahrig als Unfallopfer in die Statistik eingegangen. Und an den DNA-Tests bin ich schuld. Das war meine Idee.«

Katharina atmete durch und wandte sich wieder dem Geschehen im Verhörraum zu.

»Mein Mandant ist nu bereit, auszusaache«, erklärte der Anwalt.

Polanski nahm zunächst die Personalien auf. Belehrte Torsten Kleinau darüber, dass er als Verdächtigter vernommen wurde, sich also nicht selbst belasten musste. Dann bat er ihn zu bestätigen, dass er aus freien Stücken aussagte. Torsten Kleinau nickte.

»Bitte laut, für das Protokoll.«

»Ich, Torsten Kleinau, sage auf Anraten meines Anwalts aus freien Stücken aus. – Wo soll ich anfangen?«

»Am beste ganz am Anfang. Wie Sie Melanie kennegelernt habe«, forderte ihn der Anwalt auf.

Polanski unterbrach ihn: »Ich würde es doch vorziehen, selbst die Fragen zu stellen. – Also: Beginnen Sie einfach.«

Und Torsten Kleinau begann zu erzählen. Melanie Wahrig war zu ihm gekommen, weil die Fischer-Lause sie zur DNA-Diagnose geschickt hatte. Er hatte Melanie die Anlage gezeigt, um ihr die Angst zu nehmen. Ein paar Tage später war sie wiedergekommen. Am Tag darauf noch einmal. Dann hatte sie ihn zu sich eingeladen. Heimlich, damit ihre Tochter das nicht mitbekam. Irgendwann hatten sie sich geküsst. Miteinander geschlafen. Und dann hätten sie über mehr gesprochen: übers Heiraten und ein weiteres Kind. Und so sei der Plan entstanden, unter den Männern in Melanie Wahrigs Umgebung den idealen Vater zu suchen.

»Und wie hat Melanie Wahrig die potenziellen Väter ausgesucht?«, fragte Polanski.

»Vor allem Männer aus ihrer Umgebung. Die ihr gesund erschienen. Von denen hat sie dann eine DNA-Probe genommen.«

»Und wie?«

»Sie hat … nun … Sie wissen schon …«

»Geschlechtsverkehr mit ihnen gehabt?«

»Ja.«

»Und das hat Sie nicht gestört?«

»Ein bisschen eifersüchtig war ich schon manchmal. Aber Melanie hat mich beruhigt. Es ginge ja um unser Kind. Und da wolle sie auf Nummer sicher gehen. Sie hat ein Kind verloren, wegen eines Erbgutschadens, wissen Sie?«

Polanski schüttelte den Kopf. »Nein?«

»Ja, deswegen überhaupt die ganze Suche. Und wir haben dann ja auch einen passenden Kandidaten gefunden.«

»Wussten Sie, wer das war?«

»Nein, wir haben vereinbart, dass ich nur Nummern kriege. Falls was rauskommt. Außerdem sollte ich neutral urteilen können.«

»Und was geschah dann?«

»Also, endlich hatten wir den passenden Kandidaten gefunden. Und dann habe ich mich mit Melanie verabredet, um alles Weitere zu besprechen.«

»Das war am zweiundzwanzigsten November diesen Jahres? Vorletzten Donnerstag?«

Torsten Kleinau nickte: »Ja. Ich bin also zu ihr gefahren.«

»Und was ist dann geschehen?«

»Sie war von Anfang an etwas komisch. Hat die ganze Zeit einen Eisbeutel auf ihren Kopf gepresst. Sie wäre gestolpert, hat sie gesagt. Wir sind in die Küche gegangen.«

»Und dann?«

»Dann hat sie gemeint, sie müsse mit mir reden. Wir haben uns an den Küchentisch gesetzt. Und sie hat lang und breit angefangen: dass sie mich sehr mag; und dass sie mich nicht verletzen will; aber dass sie mir etwas sagen muss.«

»Und das war was?«

»Plötzlich ist sie damit rausgeplatzt: ›Ich bin eigentlich lesbisch.‹ Ich habe gedacht, das soll ein Scherz sein. Aber dann hat sie gesagt, dass sie endlich reinen Tisch machen will. Dass sie in eine Kollegin verliebt und seit mehr als einem Jahr fest mit ihr zusammen ist.«

»Und dann?«

»Ich … ich konnte das nicht fassen. Weil … wir waren doch … Das wollte ich ihr sagen. Und dass ich sie liebe. Ich wollte sie küssen.«

»Und da hat sie sich gewehrt?«

»Nein … viel schlimmer. Sie hat gesagt: ›Na gut, einen Abschiedsfick für geleistete Dienste.‹ Und dann noch: ›Kommt ja jetzt auch nicht mehr drauf an.‹ Und da bin ich wütend geworden. Ich habe sie gepackt und …« Er stockte.

»Und?«

»Dann habe ich den Kopf der blöden Fotze mit aller Gewalt auf die Tischkante geschlagen!«, brüllte Torsten Kleinau plötzlich.

Polanski sprang auf: »Ganz ruhig!«

Auch Dr. Meyerbruck legte eine Hand auf die Schulter seines Mandanten. Es dauerte ein wenig, bis Torsten Kleinau sich wieder beruhigt hatte. Endlich setzte er stotternd seine Erzählung fort: »Und plötzlich lag sie da … auf dem Küchenboden. Und da habe ich Panik bekommen. Habe alles aufgeräumt. Alle Spuren verwischt. Die ganzen Unterlagen mitgenommen. Auch das Adressverzeichnis, ihr Tagebuch und das Notebook. Nur den Computer konnte ich nicht tragen. Aber sie hatte ja dieses Sicherheitssystem von mir. Und dann bin ich gegangen.«

Sie schwiegen. Nach einem Moment fragte die Staatsanwältin freundlich: »Haben Sie nicht überprüft, ob Melanie Wahrig vielleicht noch gelebt hat?«

»Doch. Sie hatte noch Puls.«

Polanski wollte etwas sagen, doch die Staatsanwältin hielt ihn zurück: »Ich denke, wir haben genug gehört. Von mir aus steht einer Anklage wegen Totschlags in minderschwerem Fall nichts im Wege.«

Katharina war genauso erstaunt wie Polanski, der fragte: »Was?«

»Über das Strafmaß müssen wir natürlich noch sprechen«, fuhr die Staatsanwältin fort.

Dr. Meyerbruck lächelte jovial: »Isch hab's ja gewusst, dass Sie sisch meine Meinung anschließe dun.«

Katharina ließ erneut den Kopf in ihre Hände sinken. Tja, das war es dann wohl. Noch ein Mörder, der in wenigen Jahren wieder aus dem Knast rauskam. Sie murmelte: »Es ist doch immer das Gleiche. Habgier. Eifersucht. Neid. Und so weiter. – Und wissen Sie, was mich am meisten ankotzt? Es ist so banal.«

»Wie meinen Sie das?«

»Alle Morde, die ich bis jetzt bearbeitet habe, waren so: kleinliche Menschen mit banalen Motiven. Das, was dann später ›Beziehungstragödie‹ heißt und meist vor Gericht mit einem Kuhhandel endet. Wie hier. Es ist zum Kotzen.«

»Kommen Sie, ich bringe Sie nach Hause.« Andreas Amendt legte ihr den Arm um die Schulter. »Ich koche was Vernünftiges, und dann sehen wir weiter. Immerhin sind beide Morde aufgeklärt.«

Katharinas Handy klingelte. Sie fischte es aus ihrer Handtasche und antwortete: »Katharina Klein?«

»Hi, ich bin's. Wigo. Du, ich muss dir was Trauriges sagen.«

Katharina hörte zu. Dann ließ sie das Handy sinken.

»Alles in Ordnung?«, fragte Andreas Amendt besorgt.

»Nein«, sagte Katharina tonlos. »Nichts ist in Ordnung. Sandra Beckmann hat sich das Leben genommen.«

Sie blieb ein paar Sekunden stehen. Plötzlich schmetterte sie das Handy mit voller Wucht gegen die Wand. Es zerbrach in tausend Stücke.

»Nichts ist in Ordnung, verdammt!«, brüllte sie. *»Vier Tote! Zwei Kinder ohne Eltern! Und der da kommt vermutlich noch davon!«*

Sie schlug mit der Faust so kräftig gegen die verspiegelte Scheibe, dass sie zerbrach.

Katharina spürte einen scharfen Schmerz. Ungläubig starrte sie auf die blutende Wunde.

Dann packten sie zwei kräftige Arme.

Drückten sie an sich.

Die Welt verblasste.

Dankbar ließ sie sich in die Bewusstlosigkeit fallen.

Katharina öffnete vorsichtig die Augen. Das war … Doch, das war ihr Schlafzimmer. Wie war sie hierher gekommen?

Aber … da saß jemand auf der Bettkante. Susanne? Träumte sie wieder? Nein. Andreas Amendt saß dort, die eine Hand auf der Matratze abgestützt. Die andere Hand hielt etwas, das er betrachtete. Er wirkte müde und traurig.

Katharina strich mit ihren Fingerspitzen über seine aufgestützte Hand. Überrascht drehte er sich zu ihr um: »Oh, Sie sind wach.«

»Hi«, sagte Katharina leise. Nicht sehr einfallsreich. »Wie bin ich hierher gekommen?«

»Sie wollten unbedingt nach Hause. Eigentlich sollten Sie in der Klinik bleiben, aber Sie haben sich mit Händen und Füßen gewehrt. Wissen Sie das nicht mehr?«

Katharina wollte den Kopf schütteln, aber ein stechender Schmerz hielt sie davon ab: »Nein.«

»Wir … ich musste die Wunde an Ihrer Hand nähen. Aber Sie haben echt Glück gehabt. Haarscharf an Sehnen und Nerven vorbei. Nur eine Fleischwunde.«

Katharina besah sich erneut ihre Hand. Sie puckerte zwar ein wenig, ließ sich aber bewegen.

»Was ist passiert?«, fragte sie. »Ich weiß nur noch, dass ich meinen üblichen Moralischen hatte.«

»Ihren was?«

»›Kleinliche Menschen mit banalen Motiven‹ und so.«

»Haben Sie den öfter?«

»Es sind immer Leute wie Torsten Kleinau. Zu kurz gekommen im Leben, dankbar, wenn man sie ausnutzt. Das Erschreckendste ist, dass ich ihn sogar irgendwie verstehen kann.«

Andreas Amendt sagte nachdenklich: »Das klingt enttäuscht.«

»Es ist so banal. Ich meine, Mord? Bei so einem Verbrechen …« Sie schwieg. Andreas Amendt setzte ihren Satz fort: »… erwartet man eigentlich Satan persönlich.«

»Und es sind immer ganz normale Menschen. Wie Sie und ich.« Andreas Amendt zuckte leicht zusammen. Katharina begriff, was sie gesagt hatte, und bemühte sich um einen Themenwechsel: »Aber egal. Was ist dann passiert? Ich weiß, dass Wigo mich angerufen und mir erzählt hat, dass Sandra Beckmann sich umgebracht hat. Und dass ich wütend geworden bin.«

»Oh ja. Das kann man sagen. Sie haben die Scheibe zum Vernehmungszimmer zerschlagen. Und dann sind Sie in Ohnmacht gefallen.«

»Aber hat das …«

»Meinen Sie, ob das das Verhör beeinflusst hat? Nein. Torsten Kleinau war schon abgeführt worden. Und Polanski hat gesagt, er hätte gerade einen ähnlichen Wunsch gehabt. Und dann hat er mich und Ihre beiden Leibwächter mit Ihnen ins Bürgerhospital geschickt. Ich war so frei, die Behandlung selbst zu übernehmen. Sie sollten doch keine Riesennarbe behalten.«

»Danke.«

»Nichts zu danken. Und dann wollten Sie nach Hause. Sie wissen ja, dass Sie ziemlich hartnäckig sein können. – Warten Sie, ich gebe Ihnen was gegen die Schmerzen.«

Andreas Amendt wollte wegstellen, was er in der Hand hielt. Es war das Bild, das immer auf ihrem Nachttisch stand.

»Entschuldigung. Ich wollte nicht in Ihre Privatsphäre …«, fing er an.

»Schauen Sie ruhig.« Sie nahm ihm das Bild ab und hielt es unter die Lampe. »Das ist meine Familie. Mein Vater, meine Mutter, meine Schwester, diesmal mit blauer Haarsträhne. War so eine Marotte von ihr. Und das da bin ich. Da war ich sechzehn. An dem Tag bin ich nach Kapstadt geflogen. Unser letztes gemeinsames Foto.«

Sie gab das Bild Andreas Amendt, der es behutsam wieder auf den Nachttisch stellte. Er fragte: »Denken Sie oft an Ihre Familie?«

»Jeden Tag.«

»Hm.« Er schaute weg und schwieg.

Es verstrichen ein paar Sekunden, bis Katharina fragte: »Wie geht es Ihnen?«

Überrascht drehte er sich wieder zu ihr um: »Wieso mir? Sie sind doch die Verletzte und …«

Katharina unterbrach ihn: »Wie geht es Ihnen?«

Er blickte ins Leere: »Ich habe heute einen Menschen erschossen.«

»In Notwehr«, sagte Katharina leise. »Sie haben mir damit das Leben gerettet. Und Sie wollten ihn nicht erschießen.«

»Eigentlich war es mir in dem Augenblick egal.«

»Aber Sie haben sofort versucht, ihn zu retten.«

Er rieb sich das Gesicht. Erst nach einer halben Ewigkeit sagte er: »Wissen Sie, was das Schlimmste ist? Ich spüre nichts. Gar nichts. Keine Trauer. Nicht mal Befriedigung.«

Erst jetzt fiel ihr auf, dass Andreas Amendt weinte. Bitte nicht! Er hatte ihr doch das Leben gerettet. Ihre Kopfschmerzen ignorierend, setzte Katharina sich auf und schlang die Arme um ihn. Hielt ihn fest. Spürte seine Schluchzer.

Katharina wusste nicht, wie lange sie so dagesessen hatten. Schließlich machte sich Andreas Amendt los. Sanft. Beinahe zärtlich.

»Danke.« Er wischte sich das Gesicht mit dem Ärmel ab. »Entschuldigung. Ich wollte Ihnen nichts vorheulen. Und … Aua!«

Katharina hatte ihm gegen die Schulter geboxt: »Hören Sie auf, sich zu entschuldigen. Das ist völlig unnötig. Sie haben die ganze Zeit zu mir gehalten, mir geholfen, zwei Morde aufzuklären, sind meinetwegen beinahe in die Luft gesprengt worden, haben mir heute das Leben gerettet und mich zweimal verarztet. Und Sie tragen kein Make-up, das mir die Kleidung versauen könnte.«

»Danke.« Er sah sie an. Meine Güte, hatte er schöne Augen. Dann streckte er die Hand aus und strich ihr über das Haar.

In diesem Moment schrillte die Türklingel. Nicht sehr kopfschmerzfreundlich, wie Katharina feststellte: »Wer ist das denn jetzt?«

Sie hörte, wie die Tür geöffnet wurde.

»Haaans! Luuuutz!«, rief eine Stimme. Eine sehr junge Stimme.

»Hey, das ist Laura.«

Katharina stand auf. Sie war etwas wackelig auf den Beinen und Andreas Amendt musste sie stützen. Aber dann fing sie sich, öffnete die Schlafzimmertür und ging auf den Flur.

»Katharinaaaa!« Das kleine Mädchen kam auf sie zugelaufen. Dann blieb es abrupt stehen.

»Bist du krank?«, fragte Laura besorgt.

»Nein. Nur etwas verletzt. Nicht schlimm.«

Sie ging vorsichtig in die Hocke und nahm das Mädchen in den Arm, das sich sofort ganz fest an sie drückte.

»Vorsicht, Laura. Ich bin heute etwas zerbrechlich.«

Das Mädchen ließ sie los: »Hast du heute böse Männer gefangen?«, fragte sie strahlend.

»Ja. Das hat sie«, sagte Andreas Amendt, der neben Katharina in die Hocke gegangen war.

»Andreas!« Umarmung. Dann ließ Laura auch ihn wieder los und sah zu Katharina: »Wirklich? Ganz böse Männer?«

»Weißt du noch, was ich dir versprochen habe?«

»Klar. Dass du die bösen Männer fängst, die das mit Mama waren.«

»Genau. Den habe ich heute gefangen.«

»Und? Wo ist er?«

»Im Gefängnis!«

»Echt? Und kommt er da nie wieder raus?«

Katharina seufzte: »Ja. Hoffentlich.«

»Super!« Sie zog Katharina mit sich.

»Guck mal, Papa. Was ich gesagt hab.«

Erst jetzt bemerkte Katharina Tom Wahrig, der etwas verloren in der Tür stand. Er gab Katharina die Hand. »Auch von mir Glückwunsch. Wenn man das sagt.«

»Kommen Sie doch rein!«

»Ja, danke. Ich wollte nicht allzu lange bleiben. Aber ...«

»Ja?«

»Ich habe ein Attentat auf Sie vor. Könnte Laura wohl noch eine Nacht bei Ihnen bleiben? Ich muss ein paar geschäftliche Dinge in Köln regeln, und da dachte ich ... Aber wenn Sie verletzt sind, dann ...«

Katharina unterbrach ihn gut gelaunt: »Unsinn. Ein paar Partien Mensch-ärgere-dich-nicht mit Laura sind jetzt genau das Richtige.«

Winter Song

Mittwoch, 5. Dezember 2007

»Wie schon gesagt: Es wird etwas brauchen, bis ich Henthens Schreie wieder aus meinem Kopf kriege.«

Stimmt. Das hatte Andreas Amendt gesagt. Am Abend vorher.

Sie hatten Mensch-ärgere-dich-nicht gespielt, und Laura hatte sie alle geschlagen. Nach der dritten Partie hatte das kleine Mädchen verkündet, sie gehöre jetzt wohl ins Bett, und war für ihr Zahnputzritual im Bad verschwunden. Als sie kurz darauf den Kopf durch die Küchentür steckte und fragte: »Liest mir jemand noch was vor?«, waren Katharina und Andreas Amendt gleichzeitig aufgestanden. Laura kuschelte sich mit ihrem giftgrünen Teddy ins Bett. Andreas Amendt hatte das große Märchenbuch genommen und begonnen vorzulesen. Katharina saß auf dem Fußboden und hörte zu, den Rücken gegen das Bettgestell gelehnt. Sie widerstand der Versuchung, ihren Kopf auf Andreas Amendts Knie zu legen.

Schließlich war Laura eingeschlafen, und sie hatten sich leise aus dem Zimmer geschlichen. Vor der Tür des Gästezimmers drehte sich Andreas Amendt zu Katharina um: »Sie sollten sich auch ins Bett legen. Eine Gehirnerschütterung ist kein Pappenstil.«

Katharina ging gehorsam in Richtung Schlafzimmer. »Lesen Sie mir auch noch was vor?«, fragte sie scherzhaft.

Andreas Amendt zog eine Augenbraue hoch: »Wenn es hilft, gern.«

Und so hatte sich Katharina in ihr Bett verzogen. Andreas Amendt kam kurz darauf zu ihr, ein Glas Wasser in der Hand. Er gab ihr zwei Tabletten: »Gegen Schmerzen.«

Katharina hatte die Tabletten folgsam geschluckt und mit dem Glas Wasser hinuntergespült. Dann hatte er ihr aus *Die chinesische Nachtigall* vorgelesen, einem alten Buch, das ihr Susanne einmal geschenkt hatte. Er las wirklich gut. Doch Katharina fielen langsam die Augen zu. So legte er das Buch beiseite.

Mit halb geschlossenen Augen nahm sie wahr, wie Andreas Amendt eine Tablette nahm und trocken hinunterschluckte. Sie öffnete die Augen wieder und sah ihn fragend an.

Er zuckte mit den Schultern: »Es wird etwas brauchen, bis ich Henthens Schreie wieder aus meinem Kopf kriege.«

Als Katharina aufwachte, fühlte sie sich deutlich besser. Ihre Hand tat nicht mehr weh, und auch ihr Kopf murrte nur noch wenig. Sie sah auf die Uhr. Halb sechs. Eigentlich konnte sie ja noch etwas schlafen. Aber sie war wach. Auch gut. Dann hatte sie eben das Bad etwas länger für sich. Doch erst mal einen Kaffee.

Im Halbdunkel der Küche saß Andreas Amendt.

»Haben Sie überhaupt nicht geschlafen?«, fragte Katharina, während sie sich einen Kaffee zapfte.

»Wie schon gesagt: Es wird etwas brauchen, bis ich Henthens Schreie wieder aus meinem Kopf kriege.« Er sah zu ihr auf: »Ich wollte ihn nicht erschießen. Nur erschrecken. Ich habe die Waffe so niedrig gehalten, damit ich nicht aus Versehen Sie treffe.«

Katharina legte ihm die Hand auf den Arm: »Das war einfach verflixtes Pech. Wenn Sie Henthen wirklich hätten töten wollen, hätten Sie ihm in den Kopf oder die Brust geschossen.«

Er erwiderte grimmig: »Das hätte mir allerdings die Schreie erspart.«

»Hm.« Katharina überlegte schweigend.

»Was?«, fragte der Arzt schließlich.

»Wollen Sie einen Tipp, um auf andere Gedanken zu kommen? Eine intensive Wechseldusche. Heiß-kalt-heiß-kalt. Hilft mir zumindest.«

»Lauwarm würde auch reichen, wenn wir zusammen duschen«, sagte eine kichernde Stimme in Katharinas Kopf, die sie großzügig ignorierte.

»Wenn Sie meinen.« Andreas Amendt zuckte mit den Schultern. »Aber nach Ihnen. Ich decke inzwischen den Frühstückstisch.«

»Die Fischer-Lause scheint recht zu haben mit Ihren guten Genen«, stellte Andreas Amendt fest. Er hatte Katharinas Hand frisch verbunden. »Die Verletzung verheilt ausgezeichnet.«

»Ich habe ja auch einen guten Arzt.« Vorsichtig bewegte Katharina ihre Hand. Schon sehr viel besser.

Andreas Amendt lächelte. Katharina bedauerte nicht, vergessen zu haben, ihm einen ihrer Ladyshave-Rasierer anzubieten. Unrasiert und mit etwas Farbe im Gesicht von der Wechseldusche sah er unverschämt gut aus.

Laura kam kurz darauf in die Küche gehüpft. Sie frühstückten ausgiebig, während der rote Himmel vor Katharinas Fenster einen sonnigen Tag ankündigte.

Um halb neun klingelte das Telefon. Polanski. »Dachte, ich lasse Sie ausschlafen. Wie geht es Ihnen, Katharina?«

»Besser, danke. Was kann ich für Sie tun?«

»Ach, ich wollte Sie nur bitten, heute um fünfzehn Uhr ins Präsidium zu kommen.«

»Warum?«

»Das soll Ihnen der Innenminister selbst erzählen.«

»Der Innenminister?«

»Ja. Ein bisschen formelle Kleidung wäre nicht schlecht. Dieser Anzug von der Beerdigung stand Ihnen übrigens ausgezeichnet.«

»Danke.«

»Ach ja, wenn Sie ihn treffen: Bringen Sie den Amendt auch mit. Und beruhigen Sie ihn. Es war eindeutig Notwehr. Diesmal.«

Sie hatten zu Ende gefrühstückt und den Tisch abgeräumt. Jetzt spielten sie Mensch-ärgere-dich-nicht. Das Spiel machte wirklich süchtig. Allerdings nur, wenn Laura mitspielte. Katharina würde sie vermissen, wenn ihr Vater sie heute wieder abholte. Vielleicht sollte man zu Lauras Abschied irgendetwas unternehmen, dachte sie. Plötzlich hatte sie eine Idee: »Was haltet ihr davon, wenn wir gemeinsam in den Zoo gehen?«

»Oh ja! Giraffen schauen!«, rief Laura begeistert. »Kommt Andreas auch mit?«

»Ich weiß nicht«, sagte der Arzt.

»Oh ja! Kommen Sie mit. Ich gebe Ihnen auch ein Eis aus«, drängte Katharina, die sich von Lauras Begeisterung hatte anstecken lassen.

Andreas Amendt seufzte gespielt: »Also gut.«

In diesem Moment klingelte das Telefon erneut. Es war Katja Meyer: »Sorry, dass ich Sie störe. Aber wissen Sie, wo der Amendt steckt?«

»Oh, der ist hier«, antwortete Katharina arglos.

»Aha!«

Katharina konnte die triumphierend hochgezogene Augenbraue vor sich sehen: »Nein, nein … wir … ich gebe Sie weiter.«

Sie reichte Andreas Amendt das Telefon. Er hörte zu, sprach ein paar Takte, und schloss: »Okay, ich komme vorbei.« Dann legte er auf und erklärte: »Der Richter hat seine Entscheidung über das Sorgerecht für Johanna noch mal überdacht. Sie kommt zu Svenja. Katja hat gefragt, ob ich mich noch verabschieden will.«

»Und? Wollen Sie?«, fragte Katharina.

»Eigentlich schon. Aber Svenja ist auch schon da. Was soll ich denn da machen?«

»Ich hab Ihnen ja gesagt, Sie sollen ihr stecken, dass Sie schwul sind.«

»Aber …«

»Angst um den guten Ruf? Sie?«

»In der Uniklinik wird halt viel geredet.«

»Schon mal mit der Wahrheit versucht?«, mischte Lutz sich ein. »Dass Sie kein Interesse an ihr haben?«

Hans schüttelte den Kopf: »Lutz, dir fehlt da die Erfahrung, ganz ehrlich. Das weckt in Frauen nur den Jagdinstinkt. – Ich hab 'ne viel bessere Idee«, fuhr er begeistert fort, »Ihr beide, also Doktor Amendt und du, Katharina, ihr gebt euch vor dieser Svenja als Paar aus. Tut so richtig frisch verliebt. Das hilft meistens.«

Andreas Amendt und Katharina sahen sich an. Und Katharina ertappte sich dabei, wie sie sagte: »Einen Versuch ist es wert.«

Laura hatte gespannt zugehört: »Wird der Andreas jetzt doch dein neuer Freund?«

»Was? Nein. Wir tun nur so, weißt du?«

Das Mädchen war zufrieden: »Fein. Dann kannst du ja immer noch meine neue Mama werden!«

Du liebe Güte, war Andreas Amendt verspannt! Katharina hatte sich bei ihm untergehakt und den Kopf an seine Schulter gelegt. Ihm schien diese Intimität nicht zu behagen; er ging steif wie ein Stock.

Sie waren gemeinsam in die Uniklinik gefahren, wo Hans und Lutz wieder zum fröhlichen Fütterkommando mutierten, während Svenja Taboch und Katja Meyer die letzten Formalitäten erledigten. Andreas Amendt hielt währenddessen die kleine Johanna auf dem

Arm. Es schien ihn wirklich unglücklich zu machen, das Kind aus den Händen zu geben. Also hatte Katharina ihm noch eine Gnadenfrist verschafft, indem sie Svenja einlud, sie in den Zoo zu begleiten.

Die Freude, die Svenja darüber empfand, kühlte sich jedoch recht schnell ab. Katharina hatte sich nicht nur bei Andreas Amendt untergehakt, sondern ihn auch permanent mit Spitznamen bedacht: »Schnuffelchen«, »Hasenkind«, »Bärchen«. Und mit jedem dieser Namen wurde Svenja Tabochs Gesicht spitzer, ihre Stimme schriller.

Es war zwar ein kalter Tag, aber die Sonne schien. Sie spazierten durch die endlosen Anlagen des Zoos, bis sie in den Bereich der afrikanischen Großtiere kamen. Laura hatte die Giraffen schon von Weitem erspäht. Jetzt stand sie begeistert vor dem Gehege mit den hochgewachsenen Tieren, die majestätisch durch die Gegend schritten wie übergroße Supermodels.

Plötzlich öffnete sich ein Tor zu der Scheune, die sich an das Gehege anschloss. Eine weitere Giraffe kam ins Freie. Sie musste sehr jung sein, denn sie reichte den anderen gerade bis zum Bauch und stakste noch ungeschickt auf ihren viel zu langen Beinen. Laura war fasziniert. Lutz hob sie hoch, damit sie besser sehen konnte.

»Entschuldigt mich mal einen Augenblick.« Andreas Amendt ging plötzlich eilig davon. Nach ein paar Minuten kam er zurück, einen Mann in blauer Latzhose und Jacke im Schlepptau. »Das ist Karl, ein alter Bekannter von Marianne und mir. Ziemlich gefährlicher Schlagzeuger und außerdem Pfleger hier.«

Karl streckte Laura die Hand hin: »Du bist also der Giraffen-Fan?«

Laura nickte unschlüssig.

»Magst du sie mal streicheln? Keine Angst, die tun nichts.«

»Darf ich?«, fragte Laura. Katharina antwortete: »Klar.«

»Fein.« Laura strahlte.

An Karls Hand ging Laura mit. Kurze Zeit später führte er das Mädchen durch das Scheunentor in das Gehege. Die kleine Giraffe beäugte die Neuankömmlinge neugierig und stakste auf sie zu. Karl streichelte ihr über die Schnauze. Dann hob er Laura hoch, damit auch sie das Tier streicheln konnte. Die kleine Giraffe legte ihren Kopf an Lauras Brust und ließ sich die Zärtlichkeiten gefallen.

Als Karl mit Laura gehen wollte, stakste das Tier hinter ihnen her. Laura drehte sich noch einmal um und winkte ihr zum Abschied. Dann schloss sich das Scheunentor. Die kleine Giraffe blieb davor stehen. Sie wirkte … Katharina wusste, dass man Tiere nicht vermenschlichen sollte, aber die Giraffe wirkte traurig.

Nach ein paar Minuten kam Laura herbeigehüpft. Karl konnte kaum Schritt halten: »Echt 'ne natürliche Begabung für Tiere, das Mädchen. Giraffen sind Fluchttiere und ziemlich scheu.«

»Das ist Mama«, stellte Laura zufrieden fest. »Hat mich erkannt!«

Karl fragte ratlos: »Wisst Ihr, was sie damit meint? Das hat sie schon im Gehege gesagt.«

Katharina erklärte es ihm. »Lauras Mutter hat zu ihr gesagt, sie wolle eine Giraffe werden, wenn sie mal stirbt.«

Karl brauchte einen Augenblick, bis er verstand. Dann blickte er betreten zu Boden. »Ach so. – Na, ich muss dann mal weiter. Hat mich gefreut, Andreas. Demnächst mal wieder jammen?«

»Natürlich. Du weißt ja, wo du mich findest.«

»Klaro. Tschüss dann.« Karl stapfte davon.

»Doch, das ist Mama«, beharrte Laura, die immer noch durch die Gitterstäbe in das Gehege schaute. »Und hier ist es schön. Das gefällt ihr bestimmt. Mama war ganz oft mit mir im Zoo.«

Katharina streichelte ihr über den Kopf. Andreas Amendt stellte sich zu ihnen: »Glauben Sie an Wiedergeburt?«

Katharina zuckte mit den Schultern und sagte nichts.

»Ich zeig Ihnen was Interessantes.« Er führte sie zu dem Schild für das Gehege. Auf die große Tafel mit Informationen zu Giraffen war ein eingeschweißtes Blatt geklebt:

Das Jungtier wurde am 23. November 2007 um 13.13 Uhr geboren.

Katharina blickte Andreas Amendt fragend an: »Und?«

»Sie werden mich gleich auslachen. Aber das ist exakt die Todeszeit von Melanie Wahrig. Ich habe sie mir gemerkt, wegen der zwei Dreizehnen.« Dann ließ er die Schultern hängen. »Na ja, das ist mir vorhin aufgefallen.«

»Toller Mann. Sie haben echt Glück.«

Svenja Taboch stand, die kleine Johanna auf dem Arm, neben Katharina, während Andreas Amendt den Kinderwagen fachmännisch im Kofferraum des Taxis verstaute. Katharina musste zugeben, dass Svenja Taboch recht hatte. Selbst bei dieser Aufgabe sah der Arzt noch sexy aus. Stopp! Was sollten denn diese Gedanken?

Svenja Taboch wollte einsteigen und reichte Andreas Amendt die kleine Johanna. Katharina sah, wie der Arzt sich unauffällig eine Träne wegwischte. Sein Herz hing wirklich sehr an dem Kind. Da musste doch was zu machen sein? Sie beugte sich zu Svenja: »Ich hoffe, Sie schaffen das, mit dem Kind, so allein.«

»Meine Eltern werden ein bisschen helfen. Und ich arbeite größtenteils von zu Hause aus.«

Katharina blickte kurz zu Andreas Amendt. Dann sagte sie: »Hören Sie, wenn ich oder Andreas mal babysitten sollen: Das machen wir gern. Nicht wahr, Schatz?«

Andreas Amendt fragte überrascht: »Was?«

»Du bist doch gern bereit, hin und wieder auf Johanna aufzupassen, oder?«

»Was? Oh ja, klar. Wenn ich darf.«

Svenja Taboch war sichtlich erfreut: »Natürlich. Das wäre eine große Hilfe. Wenn es keine Mühe macht.« Sie zögerte kurz und sah die beiden an: »Und – so verliebt, wie Sie sind, hat Johanna bestimmt bald einen Spielkameraden.«

Lächeln, Katharina! Und nicken!

Andreas Amendt schloss die Taxitür. Katharina wollte sich wieder bei ihm einhaken, doch er legte tatsächlich den Arm um sie. Sie winkten, bis der Wagen außer Sichtweite war.

Dann ließ er sie los, aber ganz sanft, und drehte sich zu ihr um: »Danke. Ich glaube, sie hat es geschluckt.«

»Denke ich auch.«

Plötzlich fing Andreas Amendt an zu lachen: »Schnuffelchen!«

Katharina fiel in das Lachen ein: »Ich hatte schon befürchtet, das wäre zu dick aufgetragen.«

»Hoffentlich sind Sie sonst beim Erfinden von Spitznamen für Ihren Lebensgefährten origineller. – Hab ich was Falsches gesagt?«

»Nein, nur ein Gedanke«, antwortete Katharina rasch. Ihr Lachen war erstickt. Lebensgefährte … Egal. Nein. Sie vermisste nichts. Wirklich nicht. Aber sie hasste den Winter. Und jetzt hatte es auch noch zu schneien begonnen.

Hans und Lutz hatten sich überreden lassen, im Hausflur zu warten. Katharina und Laura wollten ja nur ganz kurz in Katharinas Wohnung, um Lauras Gepäck zu holen.

»Gibt es in Brasilien Giraffen?«, fragte Laura, während sie neben Katharina die Treppe hochhüpfte.

»Oh, ich fürchte nicht, Laura«, antwortete sie. »Giraffen leben in Afrika.«

»Warst du schon mal dort?«

»Ja, ich habe drei Jahre da gelebt.«

»Echt? Toll! Hast du da auch Giraffen gesehen?«

Natürlich. Die große Rundtour durch den Krüger-Nationalpark gehörte dort zu jedem Urlaub dazu: »Ja. Und Löwen. Und Elefanten.«

»Toll. Papa hat gesagt, er kauft eine Farm in Brasilien. Da ist ganz viel Platz für Tiere. Vielleicht kauft er ja auch eine Giraffe.«

Und damit waren sie an Katharinas Wohnungstür angekommen. Katharina schloss auf. Lauras Gepäck stand schon im Flur.

»Geh doch mal ins Gästezimmer, Laura, und guck, ob wir nichts vergessen haben.«

»Mach ich.« Das Mädchen wuselte geschäftig davon.

Katharina ging in die Küche. Auf dem Tisch stand noch das Mensch-ärgere-dich-nicht-Spiel. Das würde sie für Laura einpacken; und auch den Umschlag mit Lauras Spielgewinn.

Klick.

Katharina kannte das Geräusch hinter ihr nur zu gut.

Sie hechtete über den Küchentisch und warf ihn um. Die harten Eichenbohlen fingen die beiden schallgedämpften Schüsse ab. Katharina griff nach ihrer … Verdammt! Ihre Pistole lag in der Ballistik.

»Du hast Katharina wehgetan!«

Laura! Nein! Katharina sah über die Tischkante. Das kleine Mädchen hatte sich auf die Angreiferin gestürzt und schlug mit ihren kleinen Fäusten auf sie ein.

»Laura! Nicht! Lauf weg!«, schrie Katharina.

Doch das kleine Mädchen dachte gar nicht daran. Immer noch schlug sie um sich. Die Killerin packte Lauras Kopf, drückte ihn weg und wollte anlegen. Doch da hatte Laura auch schon zugegriffen, tauchte weg und drehte die Hand, die sie umklammert hielt, herum, wie Katharina es ihr gezeigt hatte. Die völlig überraschte Killerin geriet ins Straucheln.

Und das war Katharinas Chance! Sie sprang los. Mit einem Schlag ihres Ellbogens flog die Pistole davon. Sie warf sich mit voller Wucht gegen die Killerin. Sie stolperten, rangen. Katharinas Überraschungsvorteil war schnell dahin. Die Killerin war zehn Zentimeter größer und mindestens zwanzig Kilo schwerer als sie, das meiste davon durchtrainierte Muskeln. Blitzschnell hebelte sie Katharina aus; im nächsten Augenblick war sie über ihr und versuchte, die Hände um Katharinas Hals zu schließen. Die Killerin wusste, was sie tat: Sie tastete nach den empfindlichen Blutgefäßen an Katharinas Hals und drückte zu. Katharinas Kraft ließ nach. Nein, sie durfte nicht das Bewusstsein verlieren, nicht …

Die Schwärze kam in einer mächtigen, klirrenden Explosion.

»Hat die Katharina totgemacht?« Das war Lauras Stimme. Sie schluchzte.

»Nein, sie ist nur ohnmächtig. – Ach, da ist sie ja wieder …«

Katharina öffnete die Augen. Andreas Amendt hatte sich über sie gebeugt und tätschelte ihre Wangen: »Hier geblieben.«

Katharina hustete. Dann spürte sie, wie ihr etwas Kühles, Hartes an die Lippen gehalten wurde.

»Trinken Sie einen Schluck.«

Wasser. Kalt. Köstlich. Nach drei Schlucken hatte sie genug und ließ sich wieder zurücksinken. Andreas Amendt stellte das Glas beiseite.

»Wissen Sie Ihren Namen?«

»Katharina Yong Klein. Yong mit Ypsilon. Mittwoch. Rumpsteaks.«

»Allmählich wird es zur Routine, oder?« Andreas Amendt strich ihr über die Haare.

Katharina setzte sich auf. Das hier war ihr Wohnzimmersofa. Wie war sie hierher gekommen? Und was war …?

Urplötzlich presste Andreas Amendt sie an sich: »Gott sei Dank.«

Genauso abrupt ließ er sie wieder los: »Entschuldigung! Aber als ich das ganze Blut gesehen habe und die Scherben …«

»Blut?«

»Nicht Ihres. Von der … der …«

»Killerin?«

»Genau.«

»Wo ist sie?«

»Die Leute vom BKA verfrachten sie gerade in ein Krankenhaus. Genauer gesagt das, was Laura von ihr übrig gelassen hat.«

»Laura?«

Das Mädchen sagte mit hängendem Kopf: »Ich hab deine Vase kaputtgemacht. Die große vom Flur.«

»Sie hat sie der Angreiferin über den Schädel gezogen«, erklärte Andreas Amendt.

Laura sah auf: »Ich wusste doch nicht, was …«

Katharina war vom Sofa aufgestanden und zu ihr gegangen. Sie nahm das kleine Mädchen ganz fest in die Arme: »Schon gut, Laura. Du hast mir das Leben gerettet. Das war ganz toll tapfer.«

»Wirklich?«

»Ja. Wirklich! Und die Vase war sowieso hässlich.«

»Tja, dann wollen Laura und ich mal …« Tom Wahrig saß etwas unschlüssig auf dem Wohnzimmersofa. Er wusste wohl nicht recht, ob er wegen Katharinas Unvorsichtigkeit wütend oder stolz auf seine heldenhafte kleine Tochter sein sollte.

Als Lauras Vater eintraf, hatten Lutz und Hans zwar bereits die Scherben zusammengefegt, aber das Blut war natürlich in den Teppich auf dem Flur eingedrungen. Eine hässliche, sich langsam bräunlich verfärbende Lache. Katharina würde den Teppich entsorgen müssen.

Und so kamen sie nicht umhin, Lauras Vater von dem Angriff zu erzählen: von der Killerin, die die Russen nicht hatten zurückpfeifen können. Elena Chrabrijewskowa war über das Dach des Nachbarhauses geklettert, dann über Katharinas Balkon in die Wohnung eingestiegen und hatte ihnen aufgelauert.

Laura berichtete, wie sie der Angreiferin die große Vase über den Kopf gehauen hatte: »Katharina ist auch gar nicht böse. Dabei ist die Vase kaputt.«

»Natürlich bin ich nicht böse. Aber du musst aufpassen, weißt du? Das war sehr gefährlich.«

Laura schob die Unterlippe vor: »Ja, klar.«

Katharina knuddelte das kleine Mädchen. Dann saßen sie schweigend da, bis Tom Wahrig den Aufbruch ankündigte.

Sie gingen in den Flur und wollten sich verabschieden. Da fiel Katharina ein, weshalb sie eigentlich in die Küche gegangen war:

Hans und Lutz hatten den Tisch wieder aufgestellt, die dicken Eichenbohlen hatten jetzt zwei Einschläge. Aber die Geschosse waren nicht durchgeschlagen. Das nannte man wohl Wertarbeit. Gut, dass sie bei der Einrichtung der Küche auf ihren Patenonkel gehört hatte.

Katharina nahm das Mensch-ärgere-dich-nicht-Spiel und den Umschlag mit Lauras Spielgewinn. Dann ging sie zurück in den Flur.

»Hier, das gehört Laura.« Sie gab beides Tom Wahrig.

Er drehte den Umschlag in den Händen: »Was ist das?«

»Laura hat gegen ein paar Freunde von mir Mensch-ärgere-dich-nicht gespielt. Das ist ihr Gewinn.«

»Katharina sagt, das reicht bald für eine Giraffe«, mischte sich Laura ein.

»Eine Giraffe?«

»Du hast gesagt, wir haben in Brasilien ganz viel Platz für Tiere.«

»Aber Giraffen leben doch in Afrika.«

»Nicht in Brasilien?«

»Nur im Zoo.«

»Aber wir können doch eine Giraffe halten.«

Katharina schmunzelte: »Geben Sie es auf!«

Auch Tom Wahrig lachte: »Ja, genauso überzeugend wie Melanie. Noch mal vielen Dank.«

»Wofür?«

»Dass Sie sich um Laura gekümmert haben. Und dass Sie den Mörder erwischt haben.«

»Das ist mein Beruf.«

»Tja …« Tom Wahrig ließ etwas unschlüssig die Arme hängen, dann wollte er nach Lauras Gepäck greifen, richtete sich aber noch mal auf: »Ach ja, wenn Sie uns wirklich besuchen kommen wollen, in Brasilien … Sie sind jederzeit herzlich eingeladen. Mail genügt. Ich schicke Ihnen ein Ticket.«

»Vielleicht bleibst du ja dann und wirst doch meine neue Mama«, ergänzte Laura.

»Man wird sehen. Erst mal wünsche ich dir eine ganz schöne Zeit in Brasilien.« Katharina ging auf die Knie und nahm Laura noch einmal in die Arme.

»Aber wirklich kommen«, flüsterte ihr das Mädchen ins Ohr.

»Klar. Versprochen.«

Sie ließen einander los.

Das Mädchen nahm ihren kleinen Rucksack und ihren grünen Teddy, Tom Wahrig die beiden Reisetaschen. Katharina hielt ihnen die Tür auf.

»Ich hab Mama gesehen. Sie ist jetzt eine Giraffe im Zoo«, hörte sie Laura noch sagen. Dann schloss Katharina leise die Tür. Andreas Amendt hielt ihr das jetzt dringend benötigte Taschentuch hin. Oh Gott, was war sie doch seit Neuestem für eine Heulsuse!

»Die Frau, die Sie angegriffen hat, ist tatsächlich Elena Chrabrijewskowa«, sagte Polanski. »Die Schwester von Andrej Chrabrijewskow, den wir neulich vor Ihrer Haustür festgenommen haben.«

Katharina und Andreas Amendt saßen in Polanskis Büro. Nach Lauras Abschied waren sie vorzeitig ins Polizeipräsidium gefahren, falls sie noch eine Aussage machen mussten. Doch die Angelegenheit war bereits fest in den Händen der Staatsanwaltschaft. Frauke Müller-Burkhardt, die neben Polanskis Schreibtisch stand, triumphierte: »Dem feinen Geschwisterpaar können wir mindestens drei Attentate nachweisen. Da nützt ihnen auch der beste Anwalt nichts.«

»Apropos Anwalt«, warf Polanski ein. »Frauke, erzähl doch mal von deinem Plan.«

»Natürlich. Also: Wir kriegen Torsten Kleinau wegen Mordes dran.«

»Wie hast du das denn geschafft?«, fragte Katharina überrascht.

»Eigentlich ganz einfach. Ich habe noch einmal mit Torsten und seinem Anwalt gesprochen. Ihnen den Deal bestätigt. Dass ich Torsten wegen Totschlags in minderschwerem Fall anklage.«

»Aber …«, setzte Katharina an.

Doch die Staatsanwältin redete munter weiter: »Nun, was ich in der Anklageschrift schreibe und was das Gericht entscheiden wird, sind zwei unterschiedliche Dinge. Ich habe Torsten Kleinau aufgefordert, genau das auszusagen, was er auch im Verhör gesagt hat.«

»Und das nützt uns wie?«

»Der erste Angriff mag im Affekt gewesen sein. Aber weißt du noch, was er gesagt hat, als ich ihn gefragt habe, ob er geprüft hat, ob Melanie Wahrig noch lebt?«

»Ja. Dass sie noch einen Puls hatte. Schien ihm egal gewesen zu sein.«

»Eben. Anstatt Hilfe zu holen, hat er sie liegen lassen, während er seelenruhig seine Spuren verwischt hat. Und das ist Tötung durch Unterlassen, um eine Straftat zu verdecken. – Und, weil es so schön war, als zweites Mordmerkmal Heimtücke: Wehr- und Hilflosigkeit des Opfers. Als er die Tür der Wohnung hinter sich ins Schloss zog, hat Torsten Kleinau Melanie Wahrig endgültig ermordet. – Moment, das gehört ins Schlussplädoyer; das muss ich mir aufschreiben.«

Sie zog einen Stift hervor und schrieb auf ihrem Notizblock.

»Und der Richter wird das auch so sehen?«, fragte Katharina nachdenklich.

»Dafür sorge ich schon. – Außerdem, was den Mordversuch an dir betrifft …« Die Staatsanwältin unterbrach sich: »Entschuldige, ich habe gar nicht gefragt, wie es dir geht.«

»Besser. Danke. Also, was ist damit?«

Die Staatsanwältin kam nicht dazu zu antworten, denn das Telefon auf Polanskis Schreibtisch klingelte. Er antwortete »Ja?«, lauschte; dann legte er auf: »Der Maximo Leader wartet.«

Katharina erhob sich: »Vielleicht erklären Sie mir ja auf dem Weg schon mal, um was es geht.«

»Um Ihre berufliche Zukunft. Aber mehr verrate ich noch nicht. Soll eine Überraschung sein.«

Sie waren in den Saal B bestellt worden, der in einem anderen Gebäudeteil lag. Katharina erfüllte der Ort mit einem unguten Gefühl: Immerhin hatte dort am Montag ihre Anhörung stattgefunden. Hoffentlich war das kein schlechtes Omen.

Um sich abzulenken, fragte sie Frauke: »Hast du keine Angst, dass der Fall Wahrig eurer Sache schadet?«

»Meiner Sache?«

»Nun, die konservative Presse wird es lieben: Lesbe – Verzeihung – will Mutter werden und …«

Frauke fuhr Katharina an: »Wir wollen doch nicht vergessen, wer hier das Opfer ist. Wer wen ermordet hat.«

Katharina zuckte zurück: »Nein. Natürlich nicht. Entschuldige.«

»Wo steht eigentlich geschrieben, dass Lesben besonders gute oder besonders schlechte Menschen sind? Oder dass die Tatsache, dass Melanie Wahrig auf Frauen stand, überhaupt etwas mit dem Ganzen zu tun hat? Immerhin sind mindestens zehn Prozent aller Kinder nicht von ihrem rechtlichen Vater. Außerdem, ganz ehrlich:

In diesem Fall gehören zwei dazu. Melanie Wahrig hat vor den Augen von Torsten Kleinau mit fünfzehn Männern rumgemacht ...«

»Vierzehn«, warf Katharina konsterniert ein. »Einer ist schwul und hat freiwillig gespendet.«

»Vierzehn! Und da kommt er nicht auf die Idee, dass sie mit ihm vielleicht auch spielt? Nee, was die Wahrig gemacht hat, war nicht die feine Englische, das gebe ich zu, aber der Kleinau hätte vielleicht mal nachdenken können. Und vor allem: *Nichts*, aber auch *gar nichts* rechtfertigt Mord! Und das hat nichts damit zu tun, ob Melanie Wahrig nun lesbisch war oder nicht! Mord ist Mord. Und wenn die Presse sich das Maul darüber zerreißen will: Bitte! Ich bin es leid, immer die Beschützerin der Witwen, Lesben und weiblichen Waisen, die Schwester der Enterbten spielen zu müssen! So!«

Alle waren erschrocken stehen geblieben, während die Staatsanwältin tobte. Jetzt schwiegen sie betreten. Endlich löste Andreas Amendt die Spannung: »Und ich dachte, ihr moralischer Anfall wäre nicht mehr zu toppen gewesen, Frau Klein.«

Die Staatsanwältin lachte auf: »Sorry, aber das musste mal raus. Ach, das erinnert mich: Katharina, wann darf ich denn jetzt mal mit auf den Schießstand?«

Endlich hatten sie Saal B erreicht. Polanski klopfte kurz, öffnete dann die Tür. Der Saal war noch nicht wieder für Konferenzen eingerichtet worden, also drängten sich die versammelten Menschen um den Tisch, an dem vor zwei Tagen versucht worden war, Katharina einen Strick zu drehen.

Dort standen die Oberbürgermeisterin und ein kleiner, runder Mann, den Katharina nicht kannte, und, genau zwischen den beiden, Hanfried de la Buquet, Innenminister des Landes Hessen. Obwohl er der konservativen Partei angehörte, wurde er von allen nur Maximo Leader genannt: wegen seines buschigen Barts, vor allem aber wegen seiner ewigen Ambitionen auf das Amt des Ministerpräsidenten.

»Sie müssen Kriminalhauptkommissarin Katharina Klein sein«, hob der Innenminister an zu sprechen. Er hob immer an zu sprechen. Das war Teil seiner pompösen Natur. »Kommen Sie doch näher. Schön, dass Sie Zeit gefunden haben.«

Er reichte Katharina die Hand und stellte vor: »Oberbürgermeisterin Walpurga Grüngoldt kennen Sie ja bereits. Und dies hier ist

Professor Doktor Martin Schnitzer, der Direktor der Universitätskliniken Frankfurt am Main.«

Der Händedruck, den Andreas Amendt mit ihm austauschte, war ausgesprochen frostig. Offenbar war Schnitzer für seine Suspendierung verantwortlich gewesen.

Endlich war die Begrüßungszeremonie beendet, und der Innenminister hob erneut an: »Ich weiß, dass Sie eben erst eine komplexe Ermittlung abgeschlossen haben – meinen Glückwunsch –, aber vielleicht haben Sie ja am Montag diese Schlagzeile gesehen.«

Er deutete auf den Zeitungsausschnitt, der anklagend vor ihm lag:

10 000 unerkannte Morde?
Wie Polizei, Justiz und Gerichtsmedizin
politisch gewollt versagen

Hoffentlich erfuhr der Innenminister nicht, wem er diese Presse letztlich zu verdanken hatte, dachte Katharina.

»In der Tat hat die Presse als vierte Macht in diesem Lande den Finger auf ein wesentliches Problem gelegt«, hob der Maximo Leader, wiewohl eigentlich mitten in seiner Rede, erneut an. »Und wir haben uns sofort entschlossen zu handeln: Wir werden eine neue Ermittlungseinheit ins Leben rufen. Als Kooperation der Kriminalpolizei Frankfurt, des Innenministeriums, der OLG-Staatsanwaltschaft und der Unikliniken wird diese Ermittlungseinheit die Aufgabe haben, diesem Missstand …«, er deutete noch einmal auf den Zeitungsausschnitt, »… entgegenzuwirken. Kriminalisten, Gerichtsmediziner und weitere Experten werden interdisziplinär zusammenarbeiten und ungewöhnliche Todesfälle daraufhin untersuchen, ob ein Verbrechen vorliegt, und diese, in Zusammenarbeit mit der Kriminalpolizei und der Staatsanwaltschaft, ausermitteln.«

War das nicht eigentlich die Aufgabenbeschreibung des KK 11? Einerlei. Katharina brannte eine Frage auf der Zunge: »Und Sie möchten, dass ich dort mitarbeite?«

»Oh, mehr als das. Wir möchten Sie als kriminalistische Leiterin dieser Einheit gewinnen.«

»Mich? Als Leiterin?« Katharina hatte Mühe, ihre Kinnlade oben zu behalten.

»Wer könnte mehr qualifiziert sein als Sie? Die gerichtsmedizinische Leitung wird Doktor Andreas Amendt übernehmen. Wir können uns kaum einen besseren Mann vorstellen.«

Katharina blickte zu Andreas Amendt. Er war mindestens so überfahren wie sie, aber er schwieg. Sie überkam plötzlich eine dunkle Vorahnung. Daher wandte sie sich an Polanski: »Chef, kann ich Sie einen Moment sprechen? – Es ist wichtig. Details zum Fall Kleinau. Muss jetzt sein, bevor die Leiche freigegeben wird.«

Polanski hatte endlich verstanden. »Sie entschuldigen uns?«

Der Innenminister nickte freundlich.

Katharina und Polanski gingen hinaus und schlossen die Tür hinter sich. Dann zog Katharina ihren Chef auf den kleinen Raucherbalkon.

»Chef?«, begann sie ohne Umschweife: »Täusche ich mich, oder klingt das nach Wegloben?«

»Ja«, sagte Polanski bedrückt.

»Und wenn das schiefgeht …«

»Werden Sie so lange versetzt, bis Sie aufgeben.«

»Und Sie halten das für eine tolle Idee für meine berufliche Zukunft? Warum raten Sie mir nicht gleich zu kündigen?«

»Weil es nicht schiefgehen wird, Katharina.«

»Ach, und warum nicht?«

»Weil Sie die Beste sind. Und Andreas Amendt, meine persönlichen Differenzen mit ihm mal beiseite gestellt, ist einer der fähigsten Gerichtsmediziner dieses Landes.«

»Aber wenn …«

»Es wird nicht schiefgehen, Katharina. Es darf nicht schiefgehen. Auch meine Zukunft hängt daran.«

»Ihre?«

»Ich und Frauke Müller-Burkhardt sollen die Supervision der Einheit übernehmen. Und ich bin dem Innenministerium schon länger zu unbequem. Weil ich darauf insistiere, dass wir unseren Job machen. Das Ministerium will meine Abteilung nämlich am liebsten umbauen: Schwerpunkt Antiterror und das bisschen Todesermittlungen nebenbei.«

»Und Drogen und organisierte Kriminalität auch.«

»Ich sehe, Sie haben verstanden. Also: Ich baue auf Sie. Ich will nämlich nicht in Frühpension, verstehen Sie?«

»Und da bauen Sie ausgerechnet auf mich?«

»Katharina, nehmen Sie es mir nicht übel; Sie haben zwar einen schweren Dachschaden …«

»Chef!«

»… aber Sie sind die beste Ermittlerin, die ich kenne. Außerdem …« Er zögerte kurz. »Ich sollte es Ihnen eigentlich nicht sagen: Aber Sie sind dann völlig autonom. Sie können praktisch in jedem Todesfall ermitteln, gegenwärtig oder vergangen. Sie wissen, was ich meine?«

»Meine Familie?«

»Scht.« Er legte die Finger an die Lippen. »Das habe ich Ihnen nicht gesagt. – Ich glaube, wir sollten langsam zurückgehen.«

Katharina schluckte. Dann ging sie ihrem Chef hinterher.

»Wann sollen wir denn die neue Arbeit aufnehmen?«, fragte Katharina, als sie wieder vor dem Innenminister standen.

»Sie sind also dabei? Hervorragend! Momentan ist der erste Februar als Starttermin angedacht. Aus Haushaltsgründen.«

»Wo soll die Einheit denn angesiedelt sein? Hier oder in der Gerichtsmedizin?«

»Oh, das ist ein ganz besonderes Bonbon«, sagte der Innenminister. »Frau Oberbürgermeisterin?«

Walpurga Grüngoldt öffnete eine Mappe, die sie die ganze Zeit in der Hand gehalten hatte: »Die Stadt ist ja im letzten Jahr in den Besitz der Karl-Kreutzer-Villa gekommen …«

Katharina verkniff sich einen erstaunten Pfiff. Die Karl-Kreutzer-Villa lag direkt am Main am Museumsufer, in einer der edelsten und begehrtesten Lagen von Frankfurt.

»… mit der Auflage, sie für gemeinnützige Zwecke zu nutzen«, erklärte die Oberbürgermeisterin. Sie breitete Fotos aus. Die Villa lag in einem verwilderten Garten und wirkte von außen etwas verwunschen. Doch die Innenaufnahmen zeigten helle, lichte Räume.

»Sie werden das Gebäude mehr als geeignet finden«, ergänzte der Innenminister. »Ich bin fast neidisch.«

»Aber wer wird denn noch mit uns arbeiten?«, fragte Katharina.

»Das ist das Schmankerl dieses Angebots: Sie können sich Ihr übriges Team praktisch frei aussuchen. Wenn Sie also schon irgendwelche Ideen haben?«

»Nun ja, zunächst einmal brauche ich zwei, besser drei Kriminalbeamte, möglichst mit Erfahrung in Todesermittlungen, und ein paar uniformierte Beamte.«

Der Innenminister nickte: »Die uniformierten Beamten sind kein Problem, aber für die anderen müssen wir eventuell erst die Stellen schaffen. Das kann noch etwas dauern.«

Katharina biss sich auf die Lippen. Dann würde die Ermittlungsarbeit an ihr hängen bleiben. Sie fuhr fort: »Außerdem will ich Oswald.«

»Oswald?«

»Ein Beamter aus der Notrufzentrale«, erläuterte Polanski, der mit der Wahl nicht sehr glücklich zu sein schien. Verständlich. Oswald war der beste Einsatzkoordinator, den die Frankfurter Polizei hatte.

»Und ich will die Hörnchen. Ich meine Alfons und Bertram Horn. Inklusive ihres Labors«, verlangte Katharina rasch.

»Herr Kriminaldirektor?«, fragte der Innenminister.

Polanski gefiel dieser Vorschlag deutlich besser: »Doch, doch, natürlich. Eine gute Wahl!«

»Hervorragend. Sonst noch jemanden?«

»Nein, nur die übliche Ausstattung und eine moderne EDV-Anlage«, sagte Katharina.

»Selbstverständlich.«

Die Oberbürgermeisterin räusperte sich vernehmlich: »Ich frage mich, ob man nicht speziell dafür eine Zivildienststelle schaffen könnte. Das würde Kosten sparen und …«

Katharina nickte ihr zu, am erstaunten Innenminister vorbei. »Von mir aus gern. Ihr Sohn wird die Position sicher gut ausfüllen.«

Die Oberbürgermeisterin strahlte, als würde sie gerade wieder einmal ihren dreiunddreißigsten Geburtstag feiern.

»Noch etwas?«, fragte der Innenminister erneut.

»Von mir nicht. Sie? Doktor Amendt?«

Andreas Amendt antwortete unsicher: »Ich möchte Djeannie behalten. Und ein paar Hiwis wären gut, vielleicht auch ein oder zwei Doktorandenstellen. Und ein fester Assistent.«

Der Direktor der Uniklinik nickte zustimmend: »Das lässt sich einrichten. Und wie sieht es mit der Ausstattung aus?«

»Nun ja, da würde ich noch eine Liste zusammenstellen. Labors und Autopsieräume sowie eine Leichenhalle werden wir wohl im neuen Gebäude einrichten müssen.«

»Natürlich. Sie werden sehen, der Keller ist bereits optimal dafür vorbereitet«, erklärte Walpurga Grüngoldt. »Karl Kreutzer war ein begeisterter Anatom. Selbst einen entsprechenden Hörsaal gibt es.«

»Wunderbar«, stellte der Innenminister befriedigt fest. »Dann sind wir uns ja handelseinig. Kommen wir also zum erfreulichsten Teil dieser Veranstaltung. Ernennung und Ehrung.«

Pompös öffnete er eine Dokumentenmappe und zog einen teuren Füllfederhalter hervor. Er unterschrieb die vier Urkunden, als ob er damit den Weltfrieden besiegelte.

»Doktor Amendt, hiermit ernennen wir Sie zum medizinischen Direktor der Sonderermittlungseinheit I Frankfurt am Main, kurz SEE I FFM.«

»Griffiger Titel«, sagte Andreas Amendt trocken.

»Nicht wahr? Stammt ja auch von mir. – Meinen Glückwunsch.«

Der Innenminister überreichte die Urkunde mit huldvollem Handschlag. Katharina erwartete fast ein Blitzlichtgewitter.

»Gleichzeitig ist es mir eine Freude, Ihnen die offizielle Beförderung zum Chefarzt zu überreichen. Denn ein Direktor muss ja auch ein Chef sein, nicht wahr?«

Noch ein pompöser Handschlag.

»Und nun zu Ihnen, Frau Klein. Wir ernennen Sie zur kriminalistischen Direktorin der SEE I FFM.«

Handschlag. Er griff die letzte Urkunde:

»Und eine Direktorin muss ja auch eine Direktorin sein, nicht wahr? Herzlichen Glückwunsch, Frau Kriminaldirektorin Klein.«

Handschlag. Urkunde.

Sie war tatsächlich befördert worden? Und das mal eben über drei Rangebenen hinweg in den höheren Polizeidienst? Der Innenminister würde schon sehen, was er davon hatte; so leicht würde sein Plan, Katharina wegzuloben, nicht aufgehen.

Hanfried de la Buquet zog eine Flasche Champagner aus seiner Aktentasche hervor: »Darauf müssen wir anstoßen.«

Er schenkte ein. Dann hob er sein Glas: »Auf die neue Ermittlungseinheit! Und auf viele erfolgreiche Ermittlungen!«

Katharina nahm einen Schluck. Was man auch immer über den Maximo Leader sagen konnte, von Champagner verstand er etwas.

Endlich war diese kuriose Zeremonie vorbei. Andreas Amendt und Katharina standen allein auf dem Gang vor Saal B.

Weglobeinheit hin, Intrigantenstadl her, Katharina hatte Lust zu feiern. Sie fragte: »Hat das Blaue Café eigentlich auch Küche?«

»Klar. Was denken Sie, bei wem ich Kochen gelernt habe?«

»Gut, wie wäre es, wenn wir dort etwas essen? Vielleicht könnten Sie auch was spielen. ›Autumn Leaves‹ zum Beispiel.«

»Sie haben die CD gehört?«

»Ja. Wunderschön.«

»Danke.« Er schwieg einen Moment, bevor er fragte: »Was denken Sie eigentlich über unsere neue Aufgabe? Ich habe so die Befürchtung, dass man uns wegloben will.«

»Das ist auch so.« Katharina berichtete, was Polanski ihr erzählt hatte.

»Und dann lassen Sie sich darauf ein?«, fragte Andreas Amendt ungläubig. »Ausgerechnet mit mir als Partner?«

Katharina musterte ihn. Die Frage schien keine Koketterie zu sein. Endlich sagte sie: »Ich kann mir keinen Besseren wünschen.«

»Warum?« Das klang beinahe schroff.

Katharina antwortete ebenso harsch: »Weil Sie ein guter Arzt sind. Und ein exzellenter Gerichtsmediziner. Wenn das mit jemandem funktioniert, dann mit Ihnen. Außerdem …«

Katharina brach ab. Ihr Magen schlug plötzlich Purzelbäume.

»Außerdem?«

»Außerdem sind Sie ein wirklich guter Freund! Und keine Sorge, ich lasse Sie nicht ins Verderben laufen!«

»Das glaube ich. Aber …«

Katharina erstickte seinen Widerspruch, noch bevor sie selbst wusste, was sie tat: Sie stellte sich auf die Zehenspitzen, schlang die Arme um Andreas Amendts Hals, presste ihre Lippen auf seine. Nach einer Schrecksekunde kam er ihrem Kuss entgegen. Sie spürte seine Hand in ihrem Nacken, die andere auf dem Rücken, seine Lippen wurden weich, öffneten sich, ließen ihre Zunge ein. Katharinas Herz schlug im Rekordtempo. Sie schloss die Augen und …

Andreas Amendt machte sich so plötzlich los, dass Katharina beinahe hingefallen wäre. »Entschuldigung, ich … ich kann das nicht«, stammelte er. Dann drehte er sich um und rannte davon.

Eigentlich wollte Katharina ihm nachlaufen. Aber dann ließ ihre Kraft nach, und sie musste sich mit dem Rücken gegen die Wand lehnen. Sie rutschte an der Wand hinunter, bis sie saß, dann legte sie den Kopf auf die Knie.

»Kriminaldirektorin Klein bitte im Dienstzimmer von Kriminaldirektor Polanski melden. Kriminaldirektorin Klein für Polanski, bitte.«

Katharina konnte nicht sagen, wie lange sie dort auf dem Gang gesessen hatte, ehe sie die Durchsage aus ihren Gedanken riss.

Was war nur passiert? Seine Zunge in ihrem Mund, die Hände, die sie kraftvoll-zärtlich festhielten, seine Erregung, die sie an ihrem Bauch gespürt hatte: Das hatte sie sich doch nicht alles eingebildet.

Aber warum war er davongelaufen? War sie zu stürmisch gewesen? Warum hatte sie ihn überhaupt geküsst?

»Gib es zu, du bist in ihn verliebt«, höhnte eine Stimme in ihrem Inneren. »Und du hast es versaut.«

Katharina raffte sich auf. Dann schlug sie mit der Faust gegen die Wand. Im letzten Augenblick bremste sie noch ab; diesmal würde Andreas Amendt nicht da sein, um sie zu verarzten. Die Stimme hatte recht: Sie war verliebt! Und sie hatte es versaut! Wie eine blutige Anfängerin!

Lustlos ging sie zum Gangtelefon und wählte die Nummer der Zentrale: »Klein. Ich bin unterwegs zu Polanski.« Sie hängte auf, ohne die Antwort abzuwarten.

Während sie durch die Gänge des Polizeipräsidiums ging, grübelte sie weiter. Ja! Sie war eine blutige Anfängerin! Natürlich. Ihre Arbeit. Ihre alles verzehrenden Grübeleien über den Mord an ihrer Familie. Und ihre Angst vor Nähe. Ihre Angst, wieder alles zu verlieren, so wie sie ihre Familie verloren hatte, ihre Heimat.

Und jetzt? Da war sie einmal bereit, das Risiko einzugehen, auch wenn sie es sich nicht hatte eingestehen wollen. Einmal, das erste und einzige Mal in ihrem Leben verliebt.

Und dann versaute sie es. Für ewig.

»Nun mal halblang, Mädel«, beruhigte sie eine andere Stimme in ihrem Kopf, die verdächtig nach Lutz klang. »Was heißt hier versaut? Du hast ihn geküsst, mein Gott. Und er hat dich geküsst, vergiss das nicht. Scheint ihm also gefallen zu haben.« Die Stimme hatte irgendwie recht.

»Klar! Er hatte einen mächtigen Ständer!«, warf eine zweite Stimme ein. Wigo? Wie kam der denn in ihren Kopf?

»Lass mal auf dich zukommen, Mädel.« Wieder Lutz. »Immerhin weißt du jetzt, dass du dich überhaupt verlieben kannst. Kommt Zeit, kommt Rat.«

Was war von einem Philosophen schon anderes zu erwarten?

Polanski öffnete die Tür, kaum dass sie geklopft hatte: »Gut, dass Sie noch im Haus waren, Katharina. Auf Ihrem Handy meldet sich niemand.«

Stimmt. Katharina hatte es ja gestern zertrümmert. Sie würde Ersatz brauchen.

»Kommen Sie rein. Nehmen Sie Platz.«

Katharina setzte sich in einen der Sessel.

»Eukalyptuspastille?« Der farblose Mann tauchte urplötzlich aus einer Zimmerecke auf, eingehüllt in eine Mentholwolke. Wie viele von den Dingern aß er denn am Tag?

Katharina nahm einen von den grünen Bonbons. Die Schärfe half, den Kopf klar zu bekommen.

Polanski räusperte sich und zog seine Schreibtischschublade auf: »Ihre Dienstwaffe.«

Er reichte ihr die Stockert & Rohrbacher und das Magazin. Katharina schob das Magazin in die Pistole, lud durch, sicherte die Waffe und schob sie in ihre Handtasche.

»Danke. War es das?«

»Nein, leider nicht.« Polanski bat den Mann mit den Eukalyptuspastillen: »Vielleicht erklären Sie es besser.«

»Gern. Die Organisation, die ich vertrete, verfügt über gute Kanäle nach Kolumbien. Und wir haben erfahren, dass de Vega einen Spezialisten – genauer: einen der besten professionellen Killer der Welt – auf Sie angesetzt hat. Niemand weiß, wie er aussieht. Und er kennt Deutschland sehr gut. Hat hier schon gearbeitet.«

»Weiß man wenigstens, wo er herkommt?«

»Nein. Wir wissen fast nichts über ihn, außer seinem Code-Namen: Ministro. Also Minister.«

»Oder Pfarrer. Zumindest, wenn es Spanisch ist«, ergänzte Katharina.

»Das ist ja wohl kaum der Code-Name für einen Killer.«

»Ich meine ja nur.«

Der Mann mit den Eukalyptuspastillen fuhr leicht genervt fort: »Wir wissen, dass er noch nie versagt hat.«

»Na klasse. Und jetzt?«

»Wir setzen gerade alles in Bewegung, damit de Vega seinen Mann zurückpfeift. Aber so etwas dauert. Und bis dahin müssen Sie irgendwie überleben.«

Das waren ja großartige Aussichten. »Und wie?«

»Indem Sie untertauchen. Niemand, wirklich niemand darf wissen, wo Sie sind. Polanski nicht, ich nicht und auch Kurtz nicht.«

»Kurtz würde mich niemals …«

»Nicht bewusst. Aber de Vega hat einen der besten privaten Geheimdienste der Welt. Nur deshalb hat er sich so lange halten können. Wir dürfen kein Risiko eingehen, verstanden?«

Er öffnete einen schmalen Aktenkoffer und entnahm ihm einen Umschlag: »Da drin sind fünftausend Euro, das sollte fürs Erste reichen.«

»Wie lange soll ich denn abtauchen?«

»Schwer zu sagen. Vielleicht vier Wochen. Vielleicht sechs. Hier, neue Papiere: Reisepass, Personalausweis, Führerschein und so weiter.«

Katharina nahm die Dokumente, die sehr echt und sehr abgegriffen aussahen. Woher hatten die denn das alte Foto? Oh Gott, klar, das stammte aus ihrem ersten Polizeiausweis. Die Dokumente waren auf eine Zoë Tomioto ausgestellt.

Katharina sagte sachlich: »Das ist ein japanischer Nachname.«

»Ihre Deckidentität ist Halbjapanerin und Geschäftsfrau.« Der Mann mit den Eukalyptuspastillen gab ihr eine schmale Akte: »Hier, Ihre Legende. Sie wissen doch, was eine Legende ist?«

»Ja, der Hintergrund einer falschen Identität. Aber ich bin Halbkoreanerin.«

»Das ist jetzt nicht der Zeitpunkt für Nationalstolz, Frau Klein.«

»Japaner werden sofort erkennen, dass ich keinen Tropfen japanisches Blut in mir habe.«

»Dann meiden Sie eben Orte mit vielen Japanern.«

»Also nicht nach Heidelberg.«

»Schenken Sie sich bitte Ihre Scherze. Also nicht nach Südostasien oder China oder so.«

»Sondern? Was schlagen Sie vor?«

»Am besten in die Berge. Irgendein Touristendorf in Österreich oder in der Schweiz.«

Katharina konnte gut weghören, wenn der Berg rief. Aber wenn es sein musste: »Gut. Und wie erfahre ich, wenn ich zurückkommen kann?«

»Kontrollieren Sie jeden Tag das Internet. Wenn wir Ihr Problem gelöst haben, wird auf der Seite der *Financial Times* in der Rubrik Asia-Pacific eine Gewinnwarnung des Unternehmens KAJ erscheinen.«

Katharina wiederholte: »*Financial Times*. Asia-Pacific. Gewinnwarnung. KAJ. Ich nehme an, dieses Unternehmen existiert nicht?«

»Doch. Natürlich. Falls es jemand überprüft.«

»Gut. – Noch mehr?«

Der Mann mit den Eukalyptuspastillen stellte einen Kosmetikkoffer auf den Tisch. »Da Sie allein reisen müssen, dürfen Sie natürlich nicht unbewaffnet sein.« Er öffnete den Koffer. »Hiermit bringen Sie Ihre Waffe über die Grenze.«

Katharina stand auf und sah hinein: »Das soll wohl ein Witz sein?«

»Im Gegenteil.«

In dem Koffer lagen ein großer, silberner Föhn, ein überdimensionierter Epilierapparat …

… und ein silberner Vibrator von der Größe einer Salatgurke.

»Alle diese Geräte funktionieren wirklich«, sagte der Mann mit den Eukalyptuspastillen nicht ohne Stolz.

»Sehr beruhigend.« Katharina kämpfte mit dem Lachen.

Der Mann nahm den Föhn heraus und drückte auf einen verborgenen Knopf. Der Föhn klappte auf und offenbarte einen Hohlraum. »Jedes dieser Geräte kann einen Teil Ihrer Pistole aufnehmen.«

»Auch der Vibrator?«

»Lauf und Verschluss. Außerdem …«

»Ja?«

»Sie tun gut daran, ihn ganz oben in Ihrem Koffer zu platzieren. Nach unseren Erfahrungen kürzt das jede weitere Gepäckuntersuchung sofort ab. Sie müssen natürlich ein wenig beschämt schauen.«

Katharina zweifelte nicht daran, dass ihr das gelingen würde.

Der Mann mit den Eukalyptuspastillen schloss den Kosmetikkoffer und gab ihn ihr. »Ersatzmunition finden Sie in der Verkleidung des Koffers. – Und verhalten Sie sich absolut ruhig. Sie sind im Urlaub. Sonst nichts.«

»Nur, dass eventuell einer der gefährlichsten Killer der Welt auf meinen Fersen ist.«

»Richtig. Also zu niemandem ein Wort. Wechseln Sie die Verkehrsmittel und Kleidungen. Ich kann nicht oft genug betonen, wie ernst die Lage für Sie ist.«

Vermutlich gab es wirklich keinen anderen Ausweg. Hoffentlich war Herr Eukalyptusbonbon so einflussreich, wie Richter Weingärtner angedeutet hatte, und konnte den Killer aufhalten. »War es das dann?«, fragte Katharina schließlich.

Der Mann mit den Eukalyptuspastillen nickte: »Ja. Viel Glück.«

Katharina war schon halb aus der Tür, als er sie noch einmal aufhielt: »Augenblick, ich habe doch noch etwas für Sie.«

Na super! Weggelobt von ihrem heiß geliebten Job, unglücklich verliebt und jetzt auch noch von einem Weltklassekiller bedroht. Ihr blieb auch nichts erspart.

Katharina ging in ihr altes Büro, um ihre wenigen persönlichen Dinge zu holen. Jemand hatte ihr ramponiertes Handy auf den Schreibtisch gelegt. Sie fischte die SIM-Karte aus den Fragmenten und setzte sie in das Abschiedsgeschenk des Mannes mit den Eukalyptuspastillen ein: ein Mobiltelefon mit Scrambler, um Nachrichten zu verschlüsseln, Zugriff auf das neue digitale Funknetz der Polizei, GPS-Empfänger, Notfallsender: Geheimdienstmaterial.

Sie schaltete das Handy ein. Es piepte. Ein Anruf von Henry, ihrem Lieblingsmechaniker. Sie drückte die Rückruftaste. Es konnte wichtig sein, vielleicht eine verschlüsselte Nachricht von Antonio Kurtz.

Aber Henry sagte nur fröhlich: »Hi Katharina, hier ist eine Lieferung für dich gekommen.«

»Was für eine Lieferung?«

»Ein Aston-Martin DB 5. In ziemlich üblem Zustand. Lass mich raten: unsere Aufgabe für die Wintermonate?«

»Eigentlich schon, aber ich bin erst mal ein paar Wochen in Urlaub.«

»Urlaub? Du?«

»Lange Geschichte. Aber der Wagen gehört mir, ja.«

Henry druckste ein wenig herum, dann fragte er: »Darf ich schon mal gucken, was alles gemacht werden muss? Ich fange auch nicht ohne dich an, Ehrenwort.«

»Na gut. Aber nur gucken.«

»Versprochen.«

Richtig. Der Wagen. Das Geschenk von Paul Leydth. Oder besser: der Preis für die Wahrheit über Andreas Amendt. So seltsam, wie der Gerichtsmediziner sich vorhin verhalten hatte, würde das zumindest eine interessante Recherche werden. Aber das würde warten müssen, bis sie wieder auftauchen durfte. Oder …

Eines konnte sie jetzt schon mal klären. Sie klopfte erneut an die Tür von Polanskis Büro.

»Katharina! Noch nicht weg?«

»Gleich, Chef! Aber ich habe noch eine Frage. Vielleicht etwas seltsam.«

»Ja?«

»Woher kennen Sie eigentlich Andreas Amendt?«

Polanski erstarrte. Alle Farbe wich aus seinem Gesicht. Er sagte fassungslos: »Wie? Das wissen Sie noch nicht?«

»Nein? Woher denn?«

»Oh! Jetzt verstehe ich. Sie haben die Akte noch nicht gelesen.«

»Welche Akte?«

»Und ich dachte, Sie hätten etwas herausgefunden, was ich damals übersehen habe. Was Amendt definitiv entlastet. So freundschaftlich, wie Sie mit ihm umgehen …«

»Wovon sprechen Sie?«

»Setzen Sie sich besser.«

»Bitte, Chef«, drängte Katharina energisch.

»Also gut.« Polanski atmete tief durch, bevor er weitersprach: »Andreas Amendt ist … war der Verlobte Ihrer Schwester. Und für den Mord an Ihrer Familie war er … ist er … mein Hauptverdächtiger.«

Einen Moment lang stand die Welt still.

Katharina spürte, wie das Blut aus ihrem Gesicht wich und ihre Beine nachgaben. Polanski schob ihr gerade noch rechtzeitig einen Stuhl hin. Sie sank darauf zusammen und barg den Kopf in den Händen. Ihre Worte waren fast tonlos: »Oh. Scheiße.«

Ende

Bitte beachten Sie auch die folgenden Buchhinweise.

Buchhinweise

Die verschlüsselte Liste

Manfred Köhler

978-3-866886680-275-9

9,90 € [D]